U0556501

创 意 写 作 书 系

小说写作实训教程

陈鸣◎著

中国人民大学出版社
·北京·

“创意写作书系”顾问委员会

（按姓氏笔画排名）

刁克利	中国人民大学
王安忆	复旦大学
刘震云	中国人民大学
孙　郁	中国人民大学
劳　马	中国人民大学
陈思和	复旦大学
格　非	清华大学
曹文轩	北京大学
梁　鸿	中国人民大学
阎连科	中国人民大学
葛红兵	上海大学

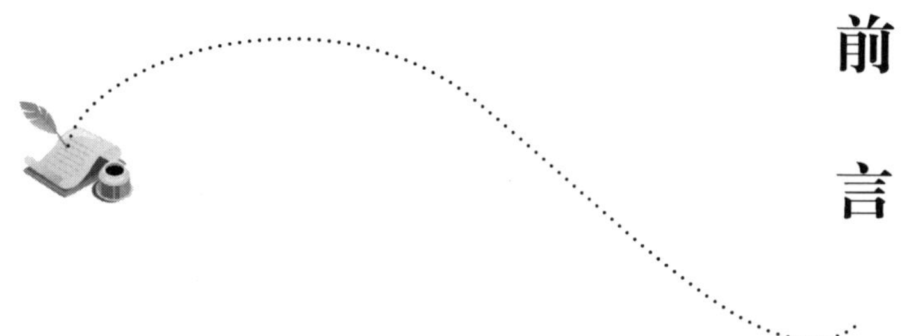

前言

2009 年 4 月起，笔者参与了上海大学文学与创意写作研究中心（现改名为中国创意写作中心）的创意写作学科建设，从事本科生和硕士研究生的创意写作教研工作，并于 2011 年出版了《创意写作：虚构与叙事》（广西师范大学出版社），2016 年出版了《小说创作技能拓展》（中国人民大学出版社）。2019 年，笔者受聘于上海视觉艺术学院，向新媒体艺术学院广播电视编导专业的本科生开设了以小说写作实训和短片写作实训两个序列的“创意与写作”课程，在小说写作实训教学方面有了新的感受和收获。因此，笔者在《小说创作技能拓展》一书的基础上进行了较多的增删和修改，希望这部《小说写作实训教程》能对从事小说写作实训教学研究的同人有所助益和启发。

比较而言，《小说写作实训教程》在以下几个方面进行了新的探索。第一，在本教程增设的导论部分中，笔者试图从创意写作的意义上阐释小说写作实训的基本理念和实操方法，并提出了“故事作文”的教学观念及其入门方法。第二，为了贴近小说实训活动的实操流程，笔者调整了教程的章节次第，将“用故事核设计故事大纲”列为第一章，并提出了五个小说故事核的构思策略，旨在为小说写作实训活动提供一些可操作的教学和研习的路径。第三，针对小说写作实训活动中容易出现的问题，笔者新设了第二章“为小说故事创造主人公”，目的是在设计小说的故事核和撰写小说的故事大纲过程中明确小说要叙述的故事主人公，并强调在小说的故事序列中创造主人公。第四，在小说作品的文案选择方面，笔者也增加了一些国内外的小说名著，希望能在小说写作实训活动中进一步重视相关小说的阅读，扩大小说文本的细读分析范围。第五，为了更加符合教材体例，笔者在每章结尾增加了“本章概要”和相关的思考题、练习题、推荐阅读，并为全书增设了参考文献。

总之，《小说写作实训教程》在我国小说写作的教研界应该是一部探索性的读本。笔者希望此书能成为一部面向创意并行之有效的创意写作教材，进而能切实倡导并有效推进我国创意写作教研领域内写作实训系列的教育教学取向。

上海视觉艺术学院新媒体艺术学院

陈 鸣

2020 年 10 月 18 日

目录

导论 创意写作取向下的小说写作实训活动

第一章 用故事核设计故事大纲

第二章 为小说故事创造主人公

第三章 从故事大纲到情节清单

导论 创意写作取向下的小说写作实训活动

禅的主旨是开悟，心理分析的主旨则是克服抑制，是把无意识变为意识。

因此，要意识到无意识，需要意识方面的特殊训练。

“意识到无意识”意为克服抑制，克服自己同自己的疏离，因之也克服了自己同陌生人的疏离。它意为觉醒……创造性的知性思想与直觉性的直接领悟，其根源都是这真正的觉醒。

——艾利克·弗罗姆《禅与心理分析》

《小说写作实训教程》是基于创意写作取向的文学写作专业训练教材，旨在系统而又实操地传授和辅导小说写作的叙事技术，激活小说写作的叙事潜能。因此，与传统的小说写作教材不同，本教程从小说写作训练的教学问题和教学案例出发，结合小说名著的文本细读方法，贴近小说写作实训的课程进度设计章节框架，同时贯彻创意写作的理念和方法，突破传统的文学写作模式，将小说写作实训教学纳入现代艺术教育中文学写作专业的实操性教学课程。基本的做法是，讲解和传授设计小说故事和叙述小说故事的写作技术，在小说写作体验和小说写作构思的教学指导和教学互动过程中提升写作者的人文修养和文学品味，激活写作者的小说写作潜能，最终孵化出具有专业水准的原创小说作品。

第一节　从创意写作的意义上定义小说写作

创意写作，是由创意与写作构成的复合词。这种结合使写作具有了创意的特性和功能，或者说创意赋予了写作新的意义和价值，并超越了“创作”一词的传统含义。笔者认为，从创意写作的意义上定义小说写作至少包含了两个层面的含义：一个是开辟我国创意产业界的新领地。创意写作意义上的小说写作能为小说写作（或创作）活动引入新的思维方式、价值取向和传播效应，使小说写作（或创作）进一步走出文学创作的传统格局，进而在文学虚构叙事的内容创意的意义上融入时代的创意产业领域，使小说写作在我国的创意产业界占据应有的一席之地。另一个是填补我国现代艺术教育的空白。创意写作倡导的小说写作实训教学使小说写作（或创作）为我国的现代艺术教育开启新的路径，改变我国的语文教学和写作教学从小学到大学的传统模式，填补我国现代艺术教育中文学写作专业教学的空白，在写作取向、写作方法、写作范围和写作互动等方面引进创意写作的理念和方法，重视小说写作技术的进阶实操训练，使小说写作成为在学校的课堂里传授、训练和研究的专门教学课程和专业教学门类。所以，在从事小说写作实训之前，我们有必要先从小说写作的意义上谈谈什么是创意。

一、什么是创意

从小说写作实训上讲，创意并不是一个形而上学的抽象概念，而是与作者从事的写作活动密切相关。我们可以从思维方式、价值取向和传播效应三个方面简要地阐释一下创意与创意写作的基本特质。

1. 思维方式上，创意是一种文本设计和活动策划

创意的第一个含义是设计，即对某种文本的预先构想。一般认为，“设计”一词起源于 15 世纪的绘画理论术语，指画家在绘制油画之前对画作的构图设计。意大利画家瓦萨里曾把设计与创意并列为美术的父母[①]。工业革命后，英国美术界出现了“工业艺术”（industrial art）的提法。1919 年，美国艺术家约瑟夫·西奈尔用“工业设计”（industrial design）一词指称工业产品的广告图像设计。从这个意义上说，创意是一种文本设计。

创意的第二个含义是策划，即对某种活动的前期规划。任何创意性的活动都有一个工作方案或工作流程的策划环节，因而都注重对于未来工作或活动的战略性和系统性的规划，并以此指导和规范将要从事的工作和活动。例如，主播节目策划不只需要对节目内容方面的预先构想，而且也包括节目的采编、拍摄、制作和出镜主持、播放平台等全工作流程在内的工作方案。所以，创意也可以理解为一种活动策划。

因此，从思维方式上看，创意具有文本设计和活动策划的含义，而创意写作的思维方式可以被定义为一种面向文学写作的设计与策划活动。

2. 价值取向上，创意旨在主观世界的开悟和客观世界的发现

从本源上说，开悟是把人的潜意识中的东西提升到其意识层面，使人能在一些重要的人生、社会、自然等问题的思考过程中，得到前所未有的领悟。从这个意义上说，创意的价值之一便是主观世界的开悟。美国心理学家弗罗姆在阐释日本禅师铃木大拙关于禅宗的思想时认为，禅的主旨是开悟，而禅宗的心理分析则是把无意识变为意识；并指出，创造性的知性思想与直觉性的直接领悟，其根源

---

① 中国大百科全书总编辑委员会．中国大百科全书：美术卷．北京：中国大百科全书出版社，1995：设计条目．

都是这真正的觉醒[①]。确实，中国禅宗有关觉悟的思想蕴含着丰富而奥妙的价值源泉，对中国传统的文学艺术影响深远。唐宋时期的“意境说”和民国时期王国维的“境界说”，便是直接受到禅宗觉悟思想的启发，采用以禅悟诗的方法而形成的诗歌创作与研究的范畴。所以，创意的价值取向是一种通过创意者主观世界的开悟而把无意识中的东西升华到意识层面，激发创造性思维的火花。

与开悟不同，创意的另一个价值取向是客观世界的发现，即在习以为常的客观世界中找到新的东西和新的意味。20 世纪初俄国形式主义文学理论家什克洛夫斯基认为：“事物摆在我们面前，我们知道它，但对它却视而不见。”[②] 所以，艺术是一种“反常化”（或“陌生化”）手法。并指出托尔斯泰的反常化手法是：“他不用事物的名称来指称事物，而是像描述第一次看到的事物那样去加以描述，就像是初次发生的事情。”[③] 因此，“那种被称为艺术的东西的存在，正是为了唤回人对生活的感受，使人感受到事物，使石头更成其为石头。艺术的目的是使你对事物的感觉如同你所见的视像那样，而不是如同你所认知的那样”[④]。也就是说，作为一种客观性价值取向，创意是在人们熟悉化的客观世界中发现陌生化的新东西和新意味。

因此，从价值取向上讲，创意的价值涉及主观世界的开悟和客观世界的发现两个方面。而创意写作的价值取向则表现为文学写作实践过程中的开悟和发现。一方面，作者用创意的开悟方式，从自身的写作经验和文学想象中领悟到写作灵感，激活沉睡在无意识中的文学写作潜能；另一方面，作者用创意的“反常化”或“陌生化”的发现方式，通过切身地观察和体验客观世界，在人生、社会和自然的对象中发现文学写作的“初次视像”。

3. 传播效应上，创意具有关怀他者和与人分享的魅力

创意是一种面向他者的创造性活动，而文学写作的创意活动则具有关怀他者的传播效应。法国作家萨特指出：“任何文学作品都是一项召唤。写作，这是为了召唤读者以便读者把我借助语言着手进行的揭示转化为客观存在。……因此，

---

① 铃木大拙，弗洛姆．禅与心理分析．北京：中国民间文艺出版社，1986：191－192，195.

② 维克托·什克洛夫斯基．作为艺术的手法//俄国形式主义文论选．北京：三联书店，1989：7.

③ 同②.

④ 同②6.

作家向读者的自由发出召唤，让它来协同产生作品。”[①] 其实，“人类的艺术自诞生之初便拥有着传播的取向——一种关怀他者的情结”[②]。也就是说，作为一种创意实践活动，文学写作者从一开始就应明确，他的写作不只是个人的文学爱好，甚至也不只是文学的自娱自乐，并且也是在召唤着更多的读者来阅读和喜欢自己的作品，因而指向一种关怀他者的传播效应。

如果说关怀他者是创意的形式传播效应的话，那么，与人分享则是创意的实质传播效应，而文学与艺术则是以各自的方式实现与人分享的传播效应。达·芬奇说，画家教会人们如何看世界。所以，画家不只是告诉人们他的绘画作品中画了什么，用什么样的线条和色彩绘制的，而且通过绘画作品的创意设计来教会人们如何看世界。而文学写作则是作家教会人们如何用“文学视像”的方式，去护养美妙浪漫的诗意心境，去培育直面现实的人生态度。从这个意义上说，创意写作是一种文学性的创意实践活动，而不是格式化、公文性的实用写作。从传播效应上讲，创意写作者不只是教会人们如何分享作品中的文学意味，而且通过分享“文学视像”的途径，教会人们如何用诗意的方式看待人生，用真诚的眼光直面现实，在平凡枯燥的日常生活中捕捉浪漫的诗意，在艰难困苦的人生旅途中激发直面现实的勇气。

二、什么是创意写作

创意写作是一种面向创意的文学写作实践活动，而创意写作取向下的小说写作实训活动则是虚构叙事的文学写作专业教学活动。我们可以从四个方面探讨创意写作意义下的小说写作实训含义和特点。

1. 写作取向上，创意写作指向类型化文学写作

与传统的文学写作训练不同，创意写作更加强调面向各种较为成熟和较为时尚的类型化文学写作。特别是文学叙事写作实训活动，更加注重与文学界和数字影像版权界签约对接的实训项目，诸如类型小说、类型纪实文学、类型影视剧等。笔者认为，类型小说是一种因小说写作中的一系列叙事成规而产生的小说类

① 沈志明，等．萨特文集：第7卷．北京：人民文学出版社，2005：126-127.

② 陈鸣．艺术传播原理．上海：上海交通大学出版社，2009：18.

型，是小说写作实践和小说批评理论的产物①。所以，倡导类型化文学写作并不是要写作者去简单地模仿或照搬现存作品，也不是要写作者放弃自己的写作个性去迎合市场需求，而是旨在从文学写作的常规类型中研习那些行之有效的写作技术，并在既有的常规类型中找到和实现文学写作的创意性。例如，美国编剧家麦基曾从影视故事的类型化编剧中概括出四种常规类型：类型场景、类型角色、类型事件和类型价值②。应该看到，好莱坞的影视故事编剧有一个常规类型的形成、传播和变迁的过程，实际上小说写作中的常规类型也有一个生成、成熟和与时俱进的演变进程，并由此扩展出各种兼类和跨类的类型化跨界现象。

从小说写作实训上讲，类型化文学写作旨在训练类型小说中那些可操作和有成效的叙事常规类型。这些叙事常规类型不仅有助于初习者的小说写作训练③，而且与影视编剧的常规类型之间有着密切的关联，因而在叙事取向上使小说写作实训活动能与影像叙事创意产业之间实现有效对接，使小说写作在我国的创意产业界占据应有的一席之地。也就是说，类型化小说写作能引导小说写作实训活动突破各种传统的“小众化”小说写作取向，不仅使小说写作活动适应公共领域的大众化小说阅读诉求，而且使具有内容创意的小说作品能够面向创意产业领域内版权交易的时代趋势。

2. 写作方法上，创意写作采用文学潜能激发与写作成规实训的双轨制

写作首先是一种语言书写的技能，是每个人通过后天习得都能掌握的文化技能。网络传播的技术革命将人类带入了一个“人人写作”的时代，每个网民都可以成为网络写手，将自己的写作文案在线发布和线上传播。当然，与日常的写作不同，创意写作是具有文学特质的写作活动，因而需要写作者具备文学写作的天赋和素质。这种文学写作的禀赋既有后天习得的特性，也有先天遗传的特质。所以，人们一直在讨论作家是否可以培养的话题。

大家知道，美术学院可以培养画家、雕塑家，音乐学院也致力于培养演奏家和歌唱家，那么，高等院校中的艺术类专业和汉语言文学专业是否可以培养作家呢？应该看到，与美术和音乐相比，培养一个人的文学写作能力确实较为困难，

---

① 陈鸣．创意写作：虚构与叙事．桂林：广西师范大学出版社，2011：56.

② 罗伯特·麦基．故事——材质、结构、风格和银幕剧作的原理．天津：天津人民出版社，2016：83.

③ 同①57.

而要培养作家更是难上加难。一个简单的事实是，人们通常不会在日常生活中用美术或音乐的方式进行交流，不会用美术中的线条和色彩、音乐中的乐音和节奏等艺术符号来开展人际对话，却时常会用文学写作中使用的语言符号进行沟通。所以，文学写作者要面对和解决的文学表达问题是，如何学会用具有文学特质的方式使用语言符号。20 世纪初，俄国语言学家雅各布森将诗性语言（以表达本身为重心）定义为具有文学特质的语言符号，并区别于情感型言语（以说话者为重心）和应用型言语（以参照系为重心）①。也就是说，要从事文学写作教学抑或致力于培养作家的专业教学，首先遇到的阻碍便是如何改变人们在语言符号方面的使用习惯，以及由此养成的情感型和应用型等语言符号的惯常思维方式，学会用诗性语言的方式体验、想象和创造“文学视像”。

除了改变人们的语言符号使用习惯外，作家是否可以培养的问题还涉及文学写作禀赋。虽然，网络传播时代的每个网民都可以成为网络写作者，然而却并不意味着每个网民都能够成为网络上进行文学写作的作家。也就是说，不是每个在网络上写作的人都能够达到作家的专业水准；不是每部在网络上传播的作品都能够获得广大网络文学爱好者的认可；不是每部在网络上出版的作品都可以进入版权贸易领域，获得创意产业界的认可。所以，作家是否能够培养的问题实际上涉及两个方面：一个是作家的哪些文学写作技能带有个人的天赋特质，需要采用非常规的培养方法；另一个是作家的哪些写作技术具有普遍的习得特质，可以实施常规的培养方法。

因此，从写作方法上讲，创意写作的双轨制便是在实操训练小说写作成规的同时，激发写作者的文学写作潜能。也就是说，要使小说写作（或创作）为我国的现代艺术教育开启新的路径，既要打破传统的作家“天才论”观念，又要注重文学写作的天赋潜能，并清楚地意识到，小说写作技术是可以用常规的方法进行成规实训的，而小说写作的天赋是需要通过非常规的方法进行潜能激活的。

3. 写作范围上，创意写作倾向于划分虚构写作与非虚构写作的疆界

关于文学体裁，通常有古希腊的“三分法”与我国“五四”时期的“四分法”的传习。虽然创意写作也往往采用文学体裁来命名具体的文学写作实训活动，诸如小说写作实训活动、短片剧作实训活动等，然而在写作范围上，创意写

① 让·贝西埃，等．诗学史：下册．天津：百花文艺出版社，2002：746.

作倾向于划分为虚构写作与非虚构写作。其中，诗歌、小说、剧本等属于虚构文学写作领域，而报告文学、深度报道等属于非虚构文学写作领域。所以，创意写作不再局限于传统的文学体裁类别，而是从写作思维方式和写作流程的意义上用虚构写作与非虚构写作来划分文学写作的疆界。笔者认为，与传统的文学体裁相比，虚构写作与非虚构写作不只是一种文学体裁的划分，而且也涉及写作方法、写作态度和写作行为等一系列写作者的创意行动。更为重要的是，这种划分不仅适用于文学写作的生产领域，而且也面向文学改编等文学再生产领域。从这个意义上说，虚构写作与非虚构写作的划分确立了文学写作的生产再生产的疆界。

虽然创意写作是一种想象性写作活动，无论是虚构文学写作还是非虚构文学写作，都需要通过作者的文学想象来实现和完成，可以说，没有想象性文学的写作，就没有创意写作，然而在想象性文学写作活动中，虚构写作与非虚构写作之间却存在着不可逾越的界限。以文学叙事写作为例，虽然都是讲故事的文学写作实训活动，但是，虚构写作与非虚构写作的特质规定了两种文学叙事写作之间的区别。在小说、剧本等虚构的文学叙事写作活动中，写作者的创意思维建立于假定真实的原则之下，故事中的人物、地点和事件是可能发生和实际存在的。所以，写作者的写作素材既可以来自现实或历史中纪实真实的事件，也可以取自神话或传说中想象真实的事件，然而却需要虚构想象的加工处理，写作者总是会在讲什么故事与如何讲故事两个方面进行虚构想象创意。而纪实文学、深度报道等非虚构的文学叙事写作，写作者的创意思维则是绑定在纪实真实的基石之上的，故事中的人物、地点和事件是真实发生和曾经存在的。所以，写作者在用文学想象构思和书写之前，必须对现实或历史的写作素材进行实地采访和考察，因而有一个文学想象的非虚构前置环节，并且，在文学想象的创意构思和写作过程中，写作者必须在讲什么故事方面忠实于纪实真实的事件；在如何讲故事方面也应有纪实真实的非虚构创意关怀。因此，在小说写作实训上，将创意写作的实训领域划分为虚构写作与非虚构写作，是十分必要和非常有效的。

4. 写作互动上，创意写作实施普适性指导与个别性辅导相结合的路径

任何创意写作的实训活动都需要写作互动，包括写作实训的教师与学生之间的互动、写作者之间的互动、写作者与阅读者之间的互动等，然而小说写作实训活动的复杂性在于，一方面，小说写作者具有一定的文学天赋和写作个性，因而每个写作者的写作趣味和写作优势等都不相同；另一方面，小说写作实训教学又

需要讲解和训练小说写作的叙事技术。所以，小说写作实训的教学互动应该遵循普适性与个别性相结合的原则。概括地讲，普适性是指任课教师根据学生写作中普遍存在的问题、困惑，通过课堂上的讲解、讨论和答疑等方式进行普适性指导；而个别性则是指任课教师根据每个学生的特殊情况及其写作中的具体问题、困惑，通过课堂外的约谈、讨论和答疑等方式进行个别性辅导。也就是说，普适性指导主要面向小说写作技术方面，针对普遍存在的写作技术问题；而个别性辅导则更多地指向写作个性和写作潜能方面，侧重于具体存在的写作问题。

因此，在小说写作实训教学互动中，只有兼顾普适性指导与个别性辅导两个方面，才有可能在对全体学生进行叙事技术专业辅导的基础上，给更多的学生提供个性化的叙事创意空间。

第二节　为小说写作明确几个创意写作的基本原则

在用创意写作取向定义小说写作实训活动时，就有必要为小说写作明确几个创意写作的基本原则。遗憾的是，笔者所要提出的创意写作基本原则中，有不少内容涉及文学写作的常识，是每个文学写作者应该秉持的写作态度和写作底线。可是，有些原则的要求在网络时代的写作语境和传播技术中被遮蔽或忽视了，而有些原则的内容却在我国的语文教学和写作教学的传统模式中被扭曲或割裂了，给文学写作实训活动的正常开展和顺利推进造成了负面的影响和阻力，因而有必要从创意写作的角度加以强调和阐发，为小说写作实训活动明确几个基本原则。

一、写作态度上，从“要我写”变为“我要写”

长期以来，“要我写”几乎成了许多学生对于文学写作课的一句口头禅。教师通常按照教材的教学进度机械地设定并布置若干个写作训练习题，如小说写作课上的人物描写、景物描写等。其结果是，学生对教师布置的写作习题不感兴趣。这种机械的写作训练方法无法激发学生的写作热情，时常会引起学生的写作厌烦心理。所以，学生们自然会用教师“要我写”来加以回应。

笔者认为，“我要写”是创意写作者的基本写作态度，并且，从事创意写作课程的教师也应该将其视作写作教学的初始目标，即要培育学生“我要写”的主动进取的写作姿态。在小说写作实训活动中，教师应根据小说写作的流程，循序渐进地对学生提出写作习题的技术要求，而写什么的问题则由学生自己决定。如小说写作课上，通常从故事作文的写作习题开始，并围绕着故事逐步推进小说写作技术训练，而学生则根据自己的喜好和擅长来决定写什么故事，并按照小说写作的技术训练进度，将自己编写的故事写作成小说作品。因此，在小说写作实训活动中，创意写作倡导的首要原则是，写作者的写作态度应从“要我写”变为“我要写”。

二、写作目标上，由“为我写”到“为他人写”

创意写作主张“我要写”的基本原则，引导作者写自己熟悉和喜欢的东西。“我要写”意味着写作者出于自己的写作兴趣和写作冲动而从事写作活动，但是“我要写”并不意味着“为我写”。准确地讲，“我要写”是写作态度的问题，而“为我写”则是一个写作目标的问题。也就是说，创意写作在写作目标上倡导“为他人写”的原则，并以此区别于各种掩藏在漂亮名号下的“为我写”诉求。

在小说写作实训活动中，“为他人写”的原则要求写作者具有两种写作意识。一是，写作者要有“隐含的读者”的意识，要使更多的读者能理解并喜欢看自己的小说作品。所以，写作者要从作者和读者两个角度设计和修改小说作品。二是，写作者要有“隐含的作者”的意识，在小说故事写作中隐蔽地表达自己的价值评判，并且，要为自己的小说写作活动创造出一个“理想的我”，一个超越了日常生活世界的“我”①。因此，一旦确立了“为他人写”的写作目标，写作者就会在自己的小说写作活动中自觉地形成“隐含的读者”和“隐含的作者”，营造了写作者的小说写作活动与“他者”的小说阅读活动之间的友好界面，也在一定程度上为自己的小说写作活动及其小说作品确立了一种面向公共领域的写作取向。

---

① W.C. 布斯．小说修辞学．北京：北京大学出版社，1987：80－82.

三、写作底线上，确立写作自信与写作自尊

文学写作者应该确立写作自信与写作自尊的写作底线，这其实是从事专业文学写作活动的常识，然而却并没有得到足够重视和切实实施。一方面，“要我写”的写作态度不仅反映了文学写作课程的学生缺乏积极进取的写作姿态，而且也意味着文学写作课程的教师自觉或不自觉地压抑或挫败了学生的写作自信；另一方面，网络时代的信息传输和发布技术一定程度上降低了从事文学写作的门槛，写作者发布和出版自己作品的渠道也更加便利和畅通，往往使公共领域内的文学作品出现鱼龙混杂、良莠不齐的局面，一些写作者受到各种利益的诱惑或偏见的蛊惑而失去了写作自尊的底线。因此，创意写作重申写作自信与写作自尊的文学写作常识，并将其视作小说写作实训活动应该遵守的写作底线。

创意写作主张人人都可以从事文学写作活动，并通过专业的训练和后天的习得而有可能成为作家。这就要求从事文学写作的教师应该积极培育写作者的写作自信。在小说写作实训活动中，培育写作自信的具体做法是，要使写作者养成把自己构思的故事讲给他人听的习惯。一个不愿意把自己的故事讲出来的学生，也许是故事尚未准备好或者不善言表，但更多的是缺乏把故事说出来的自信，自然也就失却了小说写作的自信。所以，如何引导学生找到自己喜欢的故事，如何培养学生给他人讲述自己故事的习惯，是练就小说写作自信的基本实训途径。

如果说培育写作自信主要是小说写作实训教师的教学责任的话，那么，坚守写作自尊则更多的是小说写作实训学生的写作底线。一方面，小说写作的目标是“为他人而写”，从收集素材、构思作品之初，作者就明确自己的小说作品不光是自我欣赏的，而是要写给他人看的，是要发表的，是要进入公共领域的；另一方面，小说写作的商业化、产业化和时尚化等潮流，以及小说写作的传统门槛被消除，每个人都可以在国家法律和社会道德的框架下，根据各自的兴趣和诉求从事小说写作。因此，这就要求小说写作者不能在自己的作品中随意地宣泄日常生活中的个人情绪，不能完全根据个人的兴趣偏好或者商业化的写作意图，毫无顾忌地看到什么就写什么、感到什么就写什么、想到什么就写什么。也就是说，写作自尊意味着写作者应该意识到，自己的小说作品将携带着自己的人格进入公共领域，所以，写作自尊实际上意味着写作者人格的自我尊重。

四、写作品味上，倡导阅读自信与阅读自尊

写作离不开阅读，不仅因为写作往往缘起于阅读，而且在于写作水平的成熟和提高也总是与相关阅读作品的数量和品质密不可分。笔者认为，从写作品味上定义文学阅读，进而倡导阅读自信和阅读自尊，应该是创意写作的基本原则。

在小说写作实训活动中，将阅读自信视作写作品味，一个重要的理由是，阅读者应从自己的小说写作视野选择并欣赏文学作品，而不只是把文学阅读活动停留于文化休闲行为[①]。所以，阅读自信意味着阅读者是以写作者的姿态来解读文学作品，并从文学阅读中汲取有价值的写作技术和文学创意。在小说写作实训活动中，阅读自信的基本做法是，教师应该尊重学生的文学阅读兴趣，引导学生从提高各自写作水平的意义上选择并欣赏文学作品。这里就涉及文学经典作品的问题。笔者认为，文学经典也有一个回到常识的问题，有一个从阅读者的角度重新定义的问题。简单地讲，文学经典能够衡量阅读者对一部文学作品的喜爱程度，其基本的含义是，阅读者因在个人的阅读活动中有所感动、有所启发而喜欢上了某部文学作品，之后的日子里还愿意重新阅读，并在再次阅读中发现新的感动和启发。在小说写作实训活动中，从阅读者而不是研究者角度定义文学经典，是一个亟待厘清和回归的文学常识。

从写作品味上理解文学阅读，就需要从阅读者的视野定义文学经典，就不难发现阅读自信与阅读自尊之间的内在联系。这其实也是一种文学常识。当阅读者以写作者的姿态选择和阅读文学作品的时候，就意味着，一个人喜欢阅读什么样的文学作品往往会反映其文学阅读的修养和文学写作的趣味。因此，创意写作应该从阅读品味上界定阅读自信和阅读自尊。

第三节　从故事作文开始

小说是讲故事的文学作品，作者通过文学想象的虚构叙事方式写作小说作

① 人们可以从文化休闲的角度欣赏文学作品，也可以从文学批评的意义上解读文学作品，然而创意写作则强调文学阅读与小说写作之间的互动和互补关系，要求从小说写作的视野从事文学阅读活动。

品。所以，小说写作实训活动自然应该从故事作文开始。

一、为何要从故事作文开始

小说写作实训活动提倡故事作文，不仅因为小说是一种讲故事的文学作品，而且在于故事作文是小说写作实训流程的起始。我们从以下三个方面简要阐释小说写作为何要从故事作文开始的缘由。

1. 小说写作实训流程的起始环节是作者构思小说的故事

命题作文、情景作文是小说写作教学中常用的方法。其中，命题作文适用于写作考试，即用某个题目规定作者在一定时间内独立完成，以此考核作者理解命题后的作文，而情景作文常用于课堂习题，规定作者根据某个规定的情景作文。然而对于学生来说，这两种作文方式的问题在于，教师在不考虑学生的写作兴趣和写作特长的前提下，预设一个写作的题目或写作的情景。所以，就写作者而言，命题作文和情景作文都是从“要我写”出发的。

因此，故事作文流程的起始环节是，写作者先要找到各自熟悉和感兴趣的故事，并根据自己构思的故事来作文，进而唤起“我要写”的写作动机和写作冲动。

2. 小说写作实训流程的方便之门是故事创意优先于书面语言表达

大家知道，文学是语言艺术，小说写作自然是一种语言艺术的写作实践活动。然而在传统的小说写作教学中，书面语言的符号功能被过分强调和曲解了，以至于许多人受制于书面语言表达上的障碍和困惑而对小说写作敬而远之、不敢问津。所以，创意写作的小说写作实训教学旨在突出用文学语言所虚构的故事。也就是说，小说写作中的书面语言表达应该服从于故事创意，正如颜料在绘画中的作用、乐音在演奏或演唱中的作用一样，书面语言是小说作者用来构思和叙述虚构故事的符号和工具。值得注意的是，故事创意之所以优先于书面语言表达，不仅因为小说是讲故事的，而且在于故事能使小说与故事片等虚构叙事作品之间建立一种内容创意方面的桥梁。换句话说，虚构故事使小说写作能够走出文学创作的传统领域，与影视等创意产业之间在虚构叙事的内容创意层面上实现创意对接和产业交汇。

因此，故事作文流程的方便之门是故事创意优先，写作者先要有个自己喜欢的故事，然后才考虑如何用书面语言叙述出来。

3. 小说写作实训流程的动力机制是用故事唤起写作者的写作自信和写作热情

如何引导和激发写作者的写作自信和写作热情，一直是小说写作实训教学中的难题，也是如何使作者能从“要我写”向“我要写”转换的关键。笔者认为，破解这一难题的有效方法便是故事作文。故事作文的基本做法是，引导写作者从自己熟悉的、感触深的、难以忘怀的事件和人物中找出故事素材，然后构思小说的故事大纲，并根据故事大纲设计小说情节，撰写小说初稿。

因此，故事作文流程的动力机制是从故事入手，通过构思故事核和撰写故事大纲的循序渐进过程，唤起作者写作小说的自信和热情。

二、故事作文的入门要点

故事写作是小说写作实训的起始环节，而如何进入故事作文的实训活动无疑有着各种不同的方法和途径，每个写作者可以根据各自的写作诉求、故事素材、故事类型、写作习惯等主观和客观的条件和优势加以选择。笔者针对小说写作实训教学中的常见问题，提出一些简便易懂而又行之有效的故事作文的入门要点。

1. 先学会用单线索构思故事

小说是一种虚构叙事作品。所以，写作者不要局限于现实生活世界中的所见所闻，也不要执迷于无法驾驭的宏大故事构架，而要学会从纷繁复杂的故事素材中找出一条清晰简明的故事主线。基本做法是，从故事素材中找出一个故事主人公，将其遭遇的重要事件串联成一条前后相继和因果关联的事件主线，进而在虚构的故事世界里呈现为单一明了的故事主线。

例如，莫泊桑的小说《项链》以玛蒂尔德为故事主人公，作家将其遭遇的借项链、丢项链和赔项链的主要事件串联成一条单线索的故事主线。小说主人公的故事便在这条由三个环节构成的故事主线上起伏变化，其生活遭遇的变迁脉络也因单线索的故事主线而显得清晰明了。

2. 故事事件优先于人物性格

无论从写作的可操作性还是便利性上讲，故事作文都应该从故事素材中的人物行动来设计和表现人物性格，而不是根据人物性格来设计小说故事。亚里士多德在《诗学》中曾经说过，悲剧模仿的不是人，而是人的行动和生活。因此，情节是悲剧的根本，用形象的话说，是悲剧的灵魂。性格的重要性占第二位。悲剧是对行动的摹仿，它之摹仿行动中的人物，是出于摹仿行动的需要[①]。悲剧也好，小说也罢，作者要从人物行动的具体事件中设置人物的性格，而不应该先去设计人物的性格，再来构思故事中的事件。也就是说，用主人公的人物行动来表现人物性格，用人物行动中的欲望与其阻碍所造成的矛盾冲突来设置小说故事，一言以蔽之，就是故事事件先于人物性格。

在小说写作实训活动中，作者不仅要采用故事创意优先于语言表达的方法，也需要遵循故事事件优先于人物性格的规则。所以，作者不应该把小说故事主人公的人物性格理解为某种抽象的、预定的叙事要素，不应该脱离具体的故事事件，先去构思主人公的性格等背景性“人设”内容，而应该遵循故事事件优先于人物性格的基本写作要点，其原理在于，主人公的性格只有在具体的故事事件与人物行动中才得以生成和表现。一方面，人物性格是在主人公的故事事件中生成的，作者要从主人公的具体欲望与其阻碍的矛盾冲突的故事事件中设计主人公的人物性格；另一方面，人物性格可以在主人公的故事事件中变化和转折，作者要从主人公的人物主线变化中设计主人公的人物性格[②]。因此，作者应该根据小说故事中的具体事件来设计主人公的人物性格，并根据主人公的人物主线变化调整主人公的人物性格。

3. 让故事中的事件“落地”

事件是故事中最简单的叙事单位。所以，故事作文需要抓住故事中的事件。俄国学者普洛普曾在《故事形态学》一书中提出“功能”的概念，认为故事中的功能是从人物行动的意义上定义的角色行为，并用动词命名功能，如，从打破禁忌、离家出走到惩罚敌人、举行婚礼[③]。虽然，故事中的事件可以是人物外部行动的“功能”，也可以是人物内心活动的“非功能”。但是，故事作文之初，应该

---

① 亚里士多德．诗学．北京：商务印书馆，2003：65.

② 正是基于故事事件优先于人物性格，主人公的性格需要在其具体的行动和故事事件中叙述出来，并根据人物的命运机遇做出相应的表现或变化，笔者提出了小说故事核的构思策略，要求作者根据主人公遭遇的问题、人物的变迁、引发的事件、高潮的转折和价值观主导等五种故事核构思策略，从主人公行动的欲望与其阻碍的矛盾冲突中发现故事主人公遭遇的故事事件，进而寻找小说故事的出发点或聚焦点。

③ 弗拉基米尔·雅可夫列维奇·普洛普．故事形态学．北京：中华书局，2006：18-20.

学会如何找出故事素材中的“功能”性事件，并且通过人物外部行动中的一系列事件来设计故事主线。

所以，作者要学会用人物行动的动作性事件构思故事，尽量剔除形容词和副词，并在一个物理的而不是意念的虚构世界中，用动词来构架故事主线。例如，莫泊桑就是由借、丢、赔三个谓语动词构成的事件来设计小说《项链》的故事主线。

4. 找到面对面讲故事的感觉

讲故事的活动总是跟听故事者相关联，所以，面对面是人们讲故事时应该拥有的场景感，尽管有时候是一种假定性的场景。在小说写作实训活动中，作者可以从以下三个方面找到面对面讲故事的感觉。

首先，选择小说的人称就不仅选择了讲故事的角度，也选择了讲故事的人与故事的关系。常用的两种小说人称中，第三人称是讲一个与故事叙述者“我”无关的他人故事；第一人称是讲一个与故事叙述者“我”相关的故事。所以，作者需要站在“他”的叙事视野设计第三人称小说的故事，而构思第一人称小说的故事时，作者应该有一个“我”的叙事视野。从这个意义上说，选择哪一种小说人称实际上就确定了面对面讲故事的第一感觉：作者是在讲自己亲历的故事（第一人称）还是他人的故事（第三人称）。

其次，找到故事主人公就确立了讲谁的故事。应该指出的是，明确小说故事的主人公，与故事事件优先于主人公的人物性格之间并不矛盾。前者强调的是，作者先要找到自己小说的故事主人公，才能围绕着主人公的故事事件，从故事素材中挖掘小说的故事核；后者突出的是，作者要从具体的故事事件构思主人公的性格，并根据主人公经历的故事事件及其采取的具体行动设计主人公的性格变化。所以，在构思小说故事核的过程中，作者应该明确故事的主人公。作者只有明确了故事主人公，才能够自觉地围绕主人公来设计小说的故事核和故事主线。当然，在用“我”来叙述第一人称小说的故事时，这个叙述者“我”，既可以是故事主人公，如鲁迅小说《伤逝》中的涓生；也可以是参与或知晓的他人为主人公的故事，如菲茨杰拉德小说《了不起的盖茨比》中的尼克。因此，面对面讲故事的第二个感觉便是找到故事主人公。

最后，意识到“隐含的读者”的感觉就找到了跟他人讲故事的在场感。讲故事原本是以面对面的方式进行的，而小说则把在场讲故事的形态变成了书面叙事的方式，进而容易使写作者陷入一种“自说自话”的错觉，失去了面对面讲故事的在场感。所以，在构思小说的故事过程中，作者始终要意识到有一个“隐含的读者”在听故事。一个有效的方法是口述故事，写作者可以先用生动的口头语言叙述小说故事，并让故事中的人物行动起来，如同正在眼前发生那样。然后用口述录音或口述记录等方法完成其口述故事，再根据口述故事设计小说的故事核和故事主线。因此，找到面对面讲故事的感觉就是要求小说写作者找回跟“隐含的读者”讲故事的在场感写作状态。

5. 在主人公的现实困境或情感纠结中发现故事的起始点

作为虚构叙事文学作品，小说的主要任务不是去客观地记录现实生活中的人和事，而是要对现实生活中的素材进行虚构想象，用艺术的真实去反映和表现现实生活中的事件，揭示隐藏在现实生活现象背后的东西。所以，作者可以从自己熟悉的生活中收集故事素材，也可以从历史事件里找出故事素材，然而要明白的是，小说是作者凭借其虚构想象写作出来的，并且，小说作者不应该满足于追求尘封历史中的轶闻趣事，也不应该局限于亲身经历或亲眼目睹的真实事件之中，试图将小说故事原封不动地还原成现实生活中的故事，而应该在轶闻趣事里发现故事主人公的现实困境，在真实事件中挖掘故事主人公的情感纠结，进而用虚构想象的方式超越历史和现实的生活现象。

文学是人学，小说也不例外。笔者认为，小说的魅力在于叙述小说主人公的生活欲望和人生理想在故事世界中遭遇的现实阻碍、引起的情感困惑与激发的行动抗争，以及由此展示其曲折起伏的命运。所以，写作者不应该站在故事世界之外，用旁观者的态度叙述一个历史的或现实的故事，而应进入主人公的身体和头脑之中，力图从主人公的外在行为中挖掘其内心的行为动机和情感轨迹，把主人公卷入故事世界的矛盾冲突的旋涡，并尽可能地使其成为推动故事发展变化的行动者。因此，主人公的情感纠结或现实困境便是故事作文开始的地方。

【本章概要】

本章是全书的导论部分，主要从创意写作的意义上阐释小说写作实训活动的理念和方法。

首先，本章从思维方式、价值取向和传播效应三个方面简要回答了什么是创意，以及什么是创意写作的问题，使从事小说写作实训活动的教师和学生都能对创意写作的基本观念和实操方法有一个初步的了解。

其次，针对小说写作实训活动中存在的问题，本章从写作态度、写作目标、写作底线和写作品味四个方面阐释了从事小说写作实训活动的基本原则，不仅把写作自信和写作自尊确立为小说写作实训活动的教学者和研习者的最低要求，而且将阅读自信和阅读自尊纳入小说写作实训活动之中，突出了小说阅读是小说写作实训的有机组成部分，并根据小说写作实训的特点，强调了从小说写作而不是从小说批评的角度阅读小说作品。

最后，本章倡导故事作文的小说写作实训观念，简要地解答了小说写作实训活动为何从故事作文开始的缘由，以及教学方法上不采用命题作文或情境作文的主张，并针对小说写作实训活动中容易出现的问题，提出了五个故事作文的入门要点。

【思考题】

1. 谈谈“我要写”与“为他人写”的关系。
2. 谈谈你对写作自尊的理解。
3. 举例说明故事事件优先于人物性格。
4. 举例说明如何让故事中的事件“落地”。
5. 用口述故事的方法，叙述一个故事。

【练习题】

1. 简要概述你想要写作小说的故事，并说明该故事的钩子是什么。
2. 根据故事作文的基本要点，撰写小说的故事大纲。

【推荐阅读】

1. 司汤达．红与黑．武汉：湖北人民出版社，2008.
2. 本哈德·施林克．朗读者．南京：译林出版社，2012.

第一章 用故事核设计故事大纲

故事的材质是鸿沟，是一个人采取行动时，期望发生的事情和实际发生的事情之间裂开的鸿沟；是期望与结果之间、或然性与必然性之间的断层。

——罗伯特·麦基《故事——材质、结构、风格和银幕剧作的原理》

创意写作倡导小说写作实训活动应从故事作文开始。所以，这就有了如何设计小说故事的问题，即作者如何从故事素材中找到小说的故事核，并根据故事核撰写小说的故事大纲①。美国学者麦基曾在探讨电影剧本编写原理时提出“主控思想”的概念，并建议剧作家采用一步步讲述故事的“步骤大纲”写作银幕剧作②。作为虚构叙事的创意写作活动，小说作者也需要为自己的书面故事设计一个故事大纲。其实，这不只是一个小说作者的个人习惯问题，而且涉及如何使小说写作的创意活动能够走出“天才论”和“直觉说”的误区问题。也就是说，创意写作要探索一些能使作者循序渐进的小说写作和小说实训的方法，确立小说写作实训的运作流程及其基本环节，而故事优先便是小说写作的第一原则，同时也是小说写作实训的基本原则。因此，小说写作实训活动的第一步，作者先要学会如何为自己的小说构思故事核和撰写故事大纲。

第一节　寻找小说的故事核

设计小说的故事是小说写作实训流程的第一个环节。这个环节包含了两个方面，一个是寻找故事核；另一个是撰写故事大纲。虽然在具体的小说写作实训过程中，作者可以从故事素材中挖掘故事核开始，也可以在根据故事素材构思故事大纲的过程中发现故事核，或者修改已有的故事核，然而应该意识到，一个好的故事应有一个让人意想不到的、使人拍案叫绝的故事核。

一、什么是故事核

故事核是小说的故事主旨或叙事母题，即小说故事情节主线上的核心创意点

① 许多作者会在写小说之前先构思小说故事，但方法不尽相同，有的善于用书面记录的方式预先撰写一个故事大纲；有的却喜欢用大脑记忆的方式储存一个故事大纲。创意写作强调小说写作是一种设计和策划的文学叙事创意活动，因而主张，小说写作之前，作者应该为自己的小说预设一个故事大纲，并尽可能地在叙事母题等构成的故事核的引领下，撰写小说的故事大纲；而小说写作实训活动更是要求把构思故事核和撰写故事大纲列为首要的训练环节。

② 罗伯特·麦基．故事——材质、结构、风格和银幕剧作的原理．天津：天津人民出版社，2016：445.

和核心驱动力，进而也是小说的故事主线或情节主线上的“钩子”。我们将以“失而复得的情人礼物”叙事母题为例，探讨故事核的一般特点。

1. 故事核是由动作性事件构成的小说故事中的核心故事序列

故事核是小说故事情节主线上的核心驱动力，所以，用动作性事件设计小说故事框架中的核心故事序列是故事核的基本特点。例如，“失而复得的情人礼物”是一个故事母题来源于10世纪印度的民间故事《一只鹦鹉的七十个故事》中的《一枚戒指故事》，该故事可以概括如下：

> 某购粮者来粮商的住所买粮食，发现粮商不在家，就以赠送一枚戒指的方式诱奸了粮商的妻子。事后，购粮者感到后悔，想要讨回自己的戒指，便找到了那个粮商，要他交出一笔粮食，并谎称：你妻子说你会给她用粮食换一枚戒指。现在，我已将戒指给了你妻子，你应给我粮食。粮商信以为真，一气之下，便吩咐身边的儿子回家取回那枚戒指，还给了购粮者。

我们可以将这个故事概述为以下五个故事序列的故事大纲：

（1）购粮者去粮商家购买粮食，却发现粮商不在家，便与粮商的妻子达成用一枚戒指作为情人礼物的协议。

（2）购粮者将自己的一枚戒指送给了粮商的妻子后，与粮商的妻子发生了性爱活动。

（3）购粮者回去后，后悔把自己的一枚戒指送给了粮商的妻子，想要讨回那枚戒指。

（4）购粮者找到粮商并谎称，是粮商的妻子告诉他能用一枚戒指交换粮食的，粮商信以为真。

（5）粮商非常生气，便吩咐身边的儿子马上回家去取回那枚戒指，购粮者终于从粮商手里要回了自己的戒指。

由此可见，《一枚戒指故事》在故事框架上涉及两个故事序列，一是购粮者用一枚自己的戒指送给粮商的妻子，并作为情人的礼物而与其发生了性关系；二是购粮者用谎言欺骗粮商而从其手里讨回了那枚戒指。于是，这个印度民间故事通过一枚戒指的情人礼物如何赠送（失去）以及如何讨回（复得），创造了一个叙事母题的故事核：“失而复得的情人礼物”。在这个故事核里，“失去”与“复得”是两个动作性的事件，并且也是故事框架中两个故事序列的转折枢纽。因此，这个印度民间故事主要是用这两个动作性的事件创造了“失而复得的情人礼物”的故事核。

2. 一个叙事母题故事核可以通过配置不同的故事序列而构思出新的小说故事

如上所述，“失而复得的情人礼物”的故事核来源于10世纪的印度民间故事——《一枚戒指故事》，因被后世作家传承和使用而成为叙事母题的故事核。文艺复兴时期的薄伽丘就是借用这个叙事母题的故事核，在其短篇小说集《十日谈》里撰写了一个《两百个金币故事》，该故事可以概括如下：

(1) 古尔法多看上了友人加帕罗洛的妻子安勃罗佳，并给漂亮的安勃罗佳写情书加以引诱。

(2) 安勃罗佳提出要以两百个金币作为情人礼物的条件后，古尔法多想作弄这个贪财的女人，便答应了安勃罗佳的要求。

(3) 古尔法多向加帕罗洛借了两百个金币，并作为情人礼物给了安勃罗佳。

(4) 古尔法多与安勃罗佳完成了赠送情人礼物与两人性爱活动的交易。

(5) 古尔法多当着安勃罗佳的面告知加帕罗洛，两百个金币的借款已还给了他的妻子。

(6) 加帕罗洛见妻子默认后便答应给古尔法多销账。

虽然《两百个金币故事》采用了《一枚戒指故事》的故事核“失而复得的情人礼物”，但薄伽丘并没有简单地复制《一枚戒指故事》的叙事母题成规，而是对原有的小说故事进行了修改，不仅把“情人礼物”由一枚戒指变为两百个金币，而且在情人礼物的“失去”与“复得”的故事序列中增加了一个“借”与“还”的故事序列，即古尔法多向友人加帕罗洛借了两百个金币，后又当着情人的面跟友人谎称，两百个金币还给了他的妻子安勃罗佳。因此，薄伽丘在印度民间故事《一枚戒指故事》的故事框架中增加了新的故事序列，进而写作出新的小说故事《两百个金币故事》。从这个意义上说，一个叙事母题故事核可以通过配置不同的故事序列而构思出新的小说故事。

3. 一个叙事母题故事核可以传递不同的核心价值观，并创造出新的故事核

一个故事核往往可以承载某种核心价值观主题，并且，一个叙事母题故事核

不仅可以创造出两个以上的小说故事，而且能够在传递不同的核心价值观上设计新的故事核。如《一枚戒指故事》与《两百个金币故事》就是在“失而复得的情人礼物”叙事母题的故事核基础上，通过两个不同的故事主题传递了两种不同的核心价值观，进而创造了新的故事核。

首先，《一枚戒指故事》的核心价值观是主人公粮商因自私和愚昧而遭遇上当受骗的惩罚。小说的结局是，一方面购粮者巧设谎言来蒙骗粮商，达到了讨回戒指的目的；另一方面粮商不知道购粮者用一枚戒指跟自己的妻子发生了性交易，并因轻信他人对自己妻子的谎言而中计上当，所以，粮商的轻信既衬托了购粮者的狡黠，又暗示了粮商的人格弱点，他把自己的清白放置在其妻子的清白之上，因而没有去向妻子对质而立刻信从了购粮者的谎言，致使购粮者的谎言之计得逞。

其次，《两百个金币故事》的核心价值观是主人公古尔法多巧用两百个金币的借与还方式惩罚了友人妻子的唯利是图。古尔法多发现漂亮的安勃罗佳十分贪财，就设计用从她丈夫那里借来的两百个金币与其发生了性关系，并当着安勃罗佳和她丈夫的面说两百个金币还给了她，进而作弄了这个貌美却贪财的贵妇人。所以，在借用“失而复得的情人礼物”的叙事母题时，薄伽丘创造性地设置了一个新的故事主题，进而使“失而复得的情人礼物”的故事核具有了新的价值观，这一新的价值观也为《两百个金币故事》设计了一个以价值观主题为标志的新的故事核。

因此，作者可以在叙事母题的故事核中设计核心价值观，并且，一个叙事母题故事核可以在不同的故事主题中传递出不同的核心价值观，而这种有别于原有叙事母题的小说故事价值观主题，也能够成为新的故事核①。

4. 一个叙事母题可以由母题原型故事核变为母题成规故事核

在叙事母题的由来上，我们可以把叙事母题故事核区分为两类：一类是原创型母题故事核，即作者根据自己的故事素材而量身定做纲领性叙事母题，简称母题原型故事核；另一类是成规型母题故事核，即作者借鉴那些广为使用或世代相传的叙事母题成规，创造性地运用于提炼故事素材中的叙事元素，简称母题成规

---

① 用价值观主题构思小说故事核是小说故事核构思策略之一。参阅本章第二节之五“价值观主导策略”。

故事核[①]。从叙事母题史上看，一个叙事母题可以由母题原型故事核变为母题成规故事核。也就是说，作者从自己的故事素材中直接创造出叙事母题故事核的时候，该故事核便是一个母题原型故事核。经过世代相传，该故事核便成为一种母题成规故事核，或者也可以称为叙事母题成规。“失而复得的情人礼物”的叙事母题由《一枚戒指故事》的母题原型故事核变为《两百个金币故事》的母题成规故事核，便是叙事母题历史变迁的典型例证。

因此，在叙事母题来源上，作者可以从两个方向上设计小说的故事核，一个是母题原型故事核，即从自己的小说故事素材中直接找到核心叙事创意点，并将其设计为小说作品的纲领性叙事母题故事核；另一个是母题成规故事核，即在已有的叙事母题成规启发下，用在自己的小说故事素材中间接找到的核心叙事创意点来设计小说作品的纲领性叙事母题故事核[②]。然而无论是用母题原型故事核还是借鉴母题成规故事核设计小说的故事核，作者都需要从自己的小说故事素材中挖掘出核心叙事创意点，才能为自己的小说作品设计出独一无二的故事核。因此，薄伽丘在借用“失而复得的情人礼物”的母题成规故事核时，从自己的小说故事素材中找到了一个新的核心价值观，并将其设计为自己小说的故事主题，即《两百个金币故事》的价值观主题故事核。

5. 故事核是小说故事中驱动作者写作和吸引读者阅读的“钩子”

从“钩子”角度定义故事核，意味着作者要从故事素材中找出自己喜欢的叙事创意点，这个叙事创意点也能够“钩住”广大读者的阅读期待。所以，故事核的“钩子”既能吸引读者的阅读兴趣，也具有驱动作者写作小说的叙事动力。

---

① 陈鸣．小说创作技能拓展．北京：中国人民大学出版社，2016：55－56.

② 笔者曾通过薄伽丘《十日谈》中的《两百个金币故事》《宰鹰款待情人故事》两篇小说和欧·亨利的小说《麦琪的礼物》的案例分析，分别从叙事序列、叙述句型和叙事母题三个层面探讨作家是如何用《一枚戒指故事》中“失而复得的情人礼物”叙事母题进行叙事成规创意的。从叙事母题历史变迁的角度上看，在上述三个借“失而复得的情人礼物”的成规型母题故事核设计小说故事核的案例中，有两个叙事母题故事核的创意路径：一个是不同取向上的故事核创意，小说《两百个金币故事》在不改变“失而复得的情人礼物”叙事母题的前提下，在小说故事的价值观主题取向上创造了一个新的故事核，即新的价值观主题故事核；另一个是相同取向上的故事核创意，小说《宰鹰款待情人故事》和小说《麦琪的礼物》都通过修改“失而复得的情人礼物”叙事母题表达式为自己的小说故事设计了新的故事核，其中，小说《宰鹰款待情人故事》的故事核是“因失而得的情人礼物”，即主人公费得里哥因宰杀了心爱的猎鹰（失去）款待其情人乔凡娜而获得两人的爱情婚姻（得到）；小说《麦琪的礼物》的故事核则是“失中有得的夫妻礼物”，即夫妻两人在互赠圣诞礼物中失去了礼物的实用价值，却得到了互相奉献中的夫妻爱情。陈鸣，刘艳莺：虚构与叙事——创意写作方法论问题．湘潭大学学报（哲学社会科学版），2011（5）．

例如，“失而复得的情人礼物”是一个母题类故事核。《一枚戒指故事》从故事框架的意义上创造了这个母题原型故事核。故事核中的“失去”与“复得”包含了时间先后关系和因果逻辑关系，并且“失去”与“复得”之间又具有某种矛盾关系，预示着故事世界里可能发生的戏剧性冲突，因而能以“钩子”的方式吸引读者的阅读期待。而在小说《两百个金币故事》中，薄伽丘借用了“失而复得的情人礼物”的母题成规故事核，不仅在情人礼物的“失去”与“复得”中增加了借与还的故事序列，而且改变了原小说故事的价值观主题，叙述主人公如何惩罚友人妻子唯利是图，进而在小说的价值观主题中设计了新的“钩子”：在情人礼物的“失去”与“复得”过程中，主人公为何与如何惩罚友人妻子。所以，故事核是小说故事中驱动作者写作小说故事和吸引读者阅读小说故事的“钩子”。

二、为何要寻找故事核

从创意写作的角度讲，故事核是作者设计小说的故事大纲和情节结构的出发点和落脚点。所以，在小说写作实训活动中，寻找故事核至少有以下四个方面的缘由与作用。

1. 故事核是小说故事的核心创意点，有利于挖掘小说故事素材中的叙事创意点

无论是短篇还是长篇小说作品，一个好的故事总应有一个故事核，并作为小说故事的核心创意点。这个核心创意点是小说作品的纲领性叙事母题，可以帮助作者在故事素材中发现有价值的叙事创意，并引导作者设计小说的故事大纲。

虽然作者既可以根据自己的小说故事素材设计母题原型故事核，也可以借用母题成规故事核设计新的故事或新的故事核，但是他都应该为自己的小说作品设计一个故事核。可以说，能否从故事素材中挖掘出小说故事核，能否在母题成规故事核启发下找出小说故事素材的叙事创意点，往往衡量并决定着其将要写作的小说故事和小说作品是否具有创意价值，也在一定程度上考验和衡量着作者的叙事感悟力和虚构想象力。所以，作者可以从故事素材中直接发现有价值的叙事创意，抑或在母题成规故事核的启发下找到故事素材的叙事创意点，并将其设定为小说的故事核，引领其设计小说的故事大纲。

2. 故事核能驱动作者的创作灵感和写作思路，有利于激发作者根据叙事母题设计小说故事的热情

小说写作需要天马行空式的虚构想象，也需要浪漫的诗意情怀。所有这一切都应该建立在一个令写作者满意的故事核之上。因为小说写作是感性的，而灵感也缘起于写作者的无意识深处，所以，作者既要通过开悟和发现来开辟小说写作的创意路径，找到文学叙事的感性和灵感，也要找到可以进入小说写作创意路径的可操作的“抓手”，具体的方法是，从故事素材中找到母题原型故事核，抑或在母题成规故事核启发下找到故事素材的核心叙事创意点，设计出新的小说故事核。一旦找到了故事核，作者自然而然地有了讲故事的热情，并且创作灵感和写作思路也会由此被激活。

所以，故事核不只是作者寻找小说叙事创意点的切入口，也是驱动作者写作小说故事的热情和“抓手”。

3. 故事核是故事大纲的纲领性叙事母题，有利于作者根据故事核来设计故事大纲

在用故事素材构思小说故事的过程中，故事核与故事大纲往往是同构互动的。有时候，作者有了故事核才配置故事大纲；也有时候，作者是在故事大纲的构思中找到故事核的。然而不管先后次第如何，故事核应该是作者构思和撰写故事大纲的纲领性叙事母题。

纲领性叙事母题是作者为自己的小说设计的故事核，同时也是作者撰写小说故事大纲的叙事创意纲要。麦基指出银幕剧作的“主控思想”概念，认为主控思想确立了作者的关键性选择，而一个完成故事的主控思想必须能够用一个句子来表达①。并且，在剧作家从里到外的写作流程中，提出了“步骤大纲”写作方法，要求剧作家采用单句或复句的叙述句方式，在“步骤大纲”中简单明了地描述出每一个场景发生了什么，是如何构建和转折的②。小说和剧作是两种不同的叙事文体类型，与小说的书面阅读不同，编写银幕剧作更强调故事的场景化构成和影像化呈现，然而小说和剧作都是叙述故事的虚构叙事作品。所以，麦基提出

---

① 罗伯特·麦基．故事——材质、结构、风格和银幕剧作的原理．天津：天津人民出版社，2016：115-116.

② 同①445.

用“主控思想”和“步骤大纲”的主张也适用于小说作者设计故事核和故事大纲。

我们已经知道，作者既可以根据自己的小说故事素材设计母题原型故事核，也可以借用母题成规故事核设计新的故事。但每个故事核都应用一个概括性的叙述句子加以表述，构成小说故事的纲领性叙事母题，作者在这个纲领性叙事母题的引领下，通过一系列叙述句子撰写出小说的故事大纲。需要指出的是，一个故事核可以设计出不同的故事主线和故事大纲，如上所述，“失而复得的情人礼物”的故事核可以用五个叙述句设计出《一枚戒指故事》的故事大纲，也能够用六个叙述句构思出《两百个金币故事》的故事大纲。所以，故事核是小说故事的叙事创意点，是故事大纲的纲领性叙事母题。但这并不意味着，故事核与故事大纲之间是一一对应的关系。换句话说，同一个故事核可以构思出两个以上的故事大纲。

4. 故事核是故事大纲与情节主线的控制点，有利于作者参照故事核来布局小说的故事主线和情节结构

在小说写作实训教学中，经常会出现这样一种尴尬的情形：在构思故事大纲或情节主线的过程中，作者们经常会“跑偏”故事主线，不是偏离了故事主线就是在情节主线之外生出了许多枝蔓；也有的作者往往会“掉落”重要的叙事要素，不是掉了故事的主人公就是漏了情节的高潮。其中的原因不一而足，究其根本在于，这些学生都没有能够为自己的小说确定故事核，或者在具体设计故事大纲或情节结构时，遗忘了曾经确立的故事核。

所以，故事核不只是有助于作者设计故事大纲，也有利于作者设计情节结构。虽然在设计故事大纲和小说情节结构的过程中，作者会调整既有故事核的创意内涵和叙事形式，但是，故事核无疑会引导作者的小说创作活动规避偏离故事主线或情节主线。

三、为小说故事核设计“钩子”

故事核是一部小说的核心创意点，在写作小说之前，作者应该先扪心自问：我是否找到了自己小说的故事核？笔者认为，戏剧型故事核、悬疑型故事核和奇观型故事核是三大较为常用的故事核“钩子”类型。

1. 戏剧型故事核，抓住故事的矛盾性

一个故事能够钩住作者的写作热情和读者的阅读注意力的第一个要素是：故事中的矛盾。抓住故事素材中矛盾性的事件或人物，就是抓住了小说故事的核心。

例如，英国作家哈代的小说《德伯家的苔丝》，讲述了年轻美丽的少女苔丝的悲剧性故事。我们可以把小说的故事概括为这样一个故事核，主人公苔丝因美丽、善良和天真、诚实而遭遇诱奸、被丈夫抛弃和被送上断头台的不幸命运。在这个故事核里，美丽、善良和天真、诚实是苔丝的性格特点，而遭诱奸、被丈夫抛弃和被送上断头台却是不幸的命运。小说《德伯家的苔丝》就是在苔丝的性格与命运的矛盾冲突之中展开的。所以，这个故事核的钩子是主人公苔丝的善良人格与不幸命运之间的戏剧性矛盾。也就是说，故事主人公苔丝拥有如此美好的人格魅力，她在小说故事里究竟经历了什么事件而会遭到如此不幸的命运。

2. 悬疑型故事核，聚焦故事的不确定性

小说故事能够钩住作者的写作热情和读者的阅读注意力的第二个要素是：故事的不确定性。侦探、推理等小说便往往用这种叙事不确定性来设计故事核。

例如，《尼罗河上的惨案》是英国女作家阿加莎·克里斯蒂的推理小说，叙述了一艘在尼罗河上行驶的游轮上发生的三起杀人事件，比利时侦探波洛通过对船上游客的调查，最终揭示了三起案件的真相。其实，这部小说的名字就是一个故事核，它生发出一系列悬疑不定的问题：尼罗河的游轮上发生了什么样的惨案、为何发生惨案、如何发生惨案，以及凶杀是否被抓获等。从这个意义上讲，作家克里斯蒂就是采用了悬疑型故事核，并且，这个悬疑型故事核，既包含了故事开始和结局的不确定性，也隐含了故事过程的不确定性。

确实，作家克里斯蒂并没有让读者的叙事期待落空。小说设计了这场惨案的第一起杀人事件是，百万富翁的女继承人林内特在她度蜜月的游轮上，头部中了一枪而死，她的那条价值五万英镑的项链也不翼而飞。而小说的结局是，波洛的推理证实了凶手是与林内特一起度蜜月的丈夫西蒙，以及西蒙的前女友杰奎琳。至于小说故事的过程更是悬念不断，正值波洛寻找破案的线索时，林内特的女仆被杀死在房间里，她手里握着一张一千法郎的一角，显然她发现了凶手，并因敲诈而被杀死。值得庆幸的是，奥特勃恩太太是这件凶杀案的唯一目击证人。但是

正当她要说出凶手时，却被窗外射来的一颗子弹击毙。

3. 奇观型故事核，瞄准故事的非常态可能性

小说故事能够钩住作者的写作热情和读者的阅读注意力的第三个要素是：故事的不太可能性，或者说非常态可能性。从一定意义上讲，小说虚构想象的本意就是要设计现实和历史的生活世界中不太经常发生却又可能发生的故事。

例如，俄国作家肖洛霍夫的小说《静静的顿河》叙述了第一次世界大战到俄国国内战争结束的动荡年代，顿河哥萨克人的生活和战争的故事。小说开篇不久，作家设计了一个奇观型故事核。故事主人公葛利高里爱上邻居司契潘的妻子婀克西妮亚，即使父亲为他找到了年轻貌美的娜塔莉亚新娘，葛利高里却在婚后不久与婀克西妮亚离家私奔。其实，这个奇观型故事核是在两个层面上设计的。一方面，婀克西妮亚是个有夫之妇，而她的丈夫司契潘是个白俄军人。要这样一个女人去爱上年轻的单身汉葛利高里，在世俗生活中几乎是不可能的；如果可能发生的话，那也是伤风败俗的，自然会受到普通读者的鄙视和指责。另一方面，主人公葛利高里爱上年轻漂亮的邻居婀克西妮亚，并趁婀克西妮亚的丈夫外出军营集训之机到婀克西妮亚家里幽会过夜，这虽然符合葛利高里的好奇和占有的欲望，在世俗社会里却是有失体统的。葛利高里在新婚不久与婀克西妮亚离家私奔，这违背情理，在世俗生活中往往是不可能发生的。

作家肖洛霍夫通过虚构想象和叙事创意的方式成功地设计了一种奇观型故事核，使两者在虚构的小说故事中都成为可能。原来婀克西妮亚有段不幸的人生经历，婚前被自己的亲生父亲强奸，十七岁嫁给了司契潘。司契潘在新婚第二天发现了妻子的家庭丑闻后，就凶狠地殴打新娘婀克西妮亚，并从此每晚出去酗酒，把婀克西妮亚关在家里，新婚夫妻毫无爱情可言。所以，当葛利高里向她发起猛烈的爱情攻势时，婀克西妮亚在理智上尽力抵抗，而在心理上却感到温暖和愉快。司契潘去哥萨克军营集训时，正值全村割草时节，葛利高里和婀克西妮亚在半夜的田间找到了亲近的机会，点燃了爱情之火。自那以后，婀克西妮亚完全换了个样子，她直言不讳地承认自己爱葛利高里。这样，婀克西妮亚爱上葛利高里就具有了虚构故事里的可能性和合理性。

司契潘得知妻子跟葛利高里偷情，军营集训回家后就狠命地揍婀克西妮亚，葛利高里看到后，跳过篱笆和司契潘厮打。事情越闹越大，潘苔莱决定给儿子葛利高里娶亲。于是，通过媒人介绍，鞑靼村年轻漂亮的娜塔莉亚见了葛利高里后

喜欢上了葛利高里，葛利高里也想要和婀克西妮亚结束旧情。但是，婀克西妮亚却决心要把葛利高里从娜塔莉亚手里夺回来，理由是，在娜塔莉亚与葛利高里结婚之前，她就爱上了葛利高里。同时，作家为葛利高里与婀克西妮亚离家私奔设计了一些叙事逻辑上的推动力。葛利高里夫妻的性生活不和谐，娜塔莉亚吃苦耐劳，可性格冷淡，对丈夫的爱意只会窘急顺从，这就使葛利高里依恋起婀克西妮亚那种狂热的爱。同时，葛利高里的父亲潘苔莱听到娜塔莉亚要回娘家去，气急败坏地骂儿子："如果不愿跟自己的妻子同住，就滚出家门。"葛利高里一气之下从家里出走，并和婀克西妮亚一起远走高飞。这样，新婚不久，葛利高里与婀克西妮亚离家私奔，也成为一种非常态可能性的叙事奇观。

第二节　构思小说故事核的可操作策略

从整体上看，作者构思小说故事核的流程可以分为三个基本步骤：首先是收集自己熟悉并喜欢的小说素材；其次是从这些故事素材中直接找出核心叙事创意点，或者在母题成规故事核的启发下，从这些故事素材中间接地挖掘新的核心创意点；最后是运用小说故事核构思策略设计具体的小说故事核。笔者认为，以下五个小说故事核的构思策略是广泛适用和行之有效的，因而在小说写作实训活动中是可操作的故事核构思策略。

一、遭遇问题策略

从问题出发是构思小说故事核的首要策略，其要点是，抓住了主人公在故事主线上遭遇的各种问题或困境，并使之成为故事的"钩子"。

1. 主人公遭遇的客观问题——外部困境

故事主人公遭遇的客观问题是指主人公在自己的现实生活世界里面临的外在境遇所引发的问题，所以也叫外部困境。

例如，爱尔兰作家伏尼契的小说《牛虻》中有这样一个故事核：牛虻（亚瑟）为了革命的信念而坚强地承受失去亲情和爱情的磨难。在小说故事里，年轻时的亚瑟参加了意大利地下组织活动，但又笃信上帝。亚瑟在一次向新来的神父忏悔时无意间暴露了地下组织的骨干波拉，致使他和波拉一起被捕入狱。出狱以后，亚瑟遭受了两次重大的打击，一是亚瑟的恋人琼玛误以为他出卖了地下组织的同志波拉，用一记耳光断送了两人的爱情；二是亚瑟发现自己是私生子，而亲生父亲居然是自己最崇拜的神父蒙泰尼里。于是，亚瑟留下字条谎称自己投河自尽，却躲藏在一艘远洋货轮的船舱里，背井离乡远走南美洲。十三年后，亚瑟以牛虻的笔名应邀重回意大利时，已是一名勇敢无畏的革命者。当琼玛发现牛虻就是当年的亚瑟时，牛虻却在一次为组织革命暴动而运送军火的行动中被捕。琼玛组织营救牛虻的越狱活动失败后，时任红衣主教的蒙泰尼里在牛虻的判决书上签了字，将亲生儿子送上刑场处死。

虽然主人公亚瑟从故事一开始就遇到了许多问题，诸如母亲的过早去世，哥嫂对他的严厉与蛮横，怀疑琼玛喜欢上了地下党的干部波拉而心生嫉妒，第一次被捕入狱等等，但是，从小说的故事主线上看，亚瑟年轻时期遭遇的最大客观问题是，亚瑟出狱以后遭受的两次重大打击，一是爱情的打击，亚瑟的恋人琼玛误以为他出卖了地下党的同志，二是亲情和信仰的打击，亚瑟发现自己是私生子，而亲生父亲居然是自己最崇拜的神父蒙泰尼里，亚瑟笃信的上帝信仰崩塌，亚瑟敬仰的神父也背弃了自己，他无法接受自己是蒙泰尼里亲生儿子的身世。这两个事件直接导致亚瑟背井离乡，远走南美洲，结束了自己在意大利的生活。亚瑟人生中遭遇爱情的挫折和亲情的背弃，构成其人生遭遇的重大客观问题。

2. 主人公遭遇的主观问题——内在困境

主人公遭遇的主观问题是指主人公的欲望与现实阻碍之间的矛盾冲突产生的情感包袱，以及由此引发的问题，所以也叫内在困境。

例如，法国作家司汤达的小说《红与黑》讲述了一个主人公于连的悲剧故事。于连是木匠的儿子，却不甘卑微的家庭出身，试图凭着自己的聪明才智，不择手段地想要挤入法国的上流社会。可是，这种身份钻营的人生志向经常会使于连在现实生活中遭遇阻碍，进而形成情感包袱。在小说故事里，于连的身份钻营的人生志向往往与男女情爱的情感欲望纠结起来。于是，于连在市长家里当家庭教师时与市长夫人勾搭成奸，事情败露后逃离市长家，进了神学院。经神学院院长的举荐，于连到巴黎给拉莫尔侯爵当私人秘书，很快得到侯爵的赏识和重用，却与侯爵的女儿有了私情。最后，在教会的策划下，市长夫人被逼写了一封告密信，揭发于连诱惑自己的私情，于连的身份钻营计划因此而毁于一旦。一气之下，于连开枪击伤市长夫人。最后，于连被判死刑送上了断头台。

所以，小说《红与黑》有一个故事核：于连立志于改变自己卑微的社会身份，却始终纠缠于身份钻营的人生志向与男女情爱的情欲纠葛的情感包袱之中。无论是于连从肉体上占有市长夫人，还是跟拉莫尔侯爵的女儿谈婚论嫁，都是因其身份钻营的人生志向与现实阻碍之间的矛盾冲突过程中所做出的抉择，而于连最终因开枪击伤市长夫人而被送上断头台，也是因为市长夫人的匿名信件，破坏了他苦心经营的身份钻营的计划，并搅乱了于连在人生志向与男女情爱之间的既定布局，进而一定程度上导致于连的悲剧性命运。

由此可见，作者可以从主人公遭遇的问题出发，从故事素材中寻找和构思小说的故事核。当作者找到了由主人公的主观问题或客观问题构成的故事核之后，往往也给小说故事预设了一个叙事悬念：作者将如何通过主人公来应对和解答自身所遭遇的问题。这不仅需要勇气，也需要智慧。

二、人物变迁策略

从创意写作上讲，小说应该叙述主人公的故事。所以，主人公的人物变迁就成了第二个构思故事核策略。

1. 主人公的自我变迁

主人公的自我变迁，即作者从主人公自身的价值观念、生活态度和个人性格等方面的前后变化或反转中找出故事核的策略。

例如，美国作家马里奥·普佐的小说《教父》叙述了一个在美国的西西里黑手党柯里昂家族的故事。故事主人公迈克尔是柯里昂的小儿子，一名“乖乖的大学生”。最初，迈克尔不愿意参与父亲的黑帮家族事务，甚至报名参军，意在远离家庭。但是，他的父亲因不肯跟其他帮派合作贩卖毒品，险遭暗杀。于是，迈克尔被卷入了帮派争斗旋涡。出于对父亲的爱，迈克尔接受了贩毒帮派头目提出与自己进行的谈判邀约，并在谈判时杀掉了贩毒帮派的头目和一名被收买的警察局长。事成之后，迈克尔立刻离开美国，躲到了意大利。几年以后，大哥被杀，迈克尔不得不回到美国，接替年迈的父亲做起了黑手党新的领袖，成了柯里昂家族的第二代教父。

因此，小说《教父》的故事核是教父之位的传承，即迈克尔因父亲险些被黑帮枪杀而违背最初的愿望，卷入黑手党争斗的旋涡，最后接替其父亲当上了第二代教父。显然，作家正是从主人公迈克尔的人物反转中找到了故事核。所以，这是一个用主人公自我变迁的策略来构思的小说故事核。

2. 主人公的境遇变迁

与主人公的自身变迁不同，主人公的境遇变迁是指主人公的生活境遇或人生命运发生了重大的变异或反转，但主人公自身却在小说故事中始终没有发生重要的变化。所以，境遇变迁的故事核构思策略就是作者从主人公的现实生活境遇或人生命运的转折变异中找出故事核。

例如，法国作家莫泊桑的小说《项链》里有一个故事核：女主人公玛蒂尔德因丢了一条向女友借来的项链而遭遇不堪的生活。在整个故事中，玛蒂尔德自身没有变化，她的爱美虚荣始终如一，但她的境遇却在十年里发生了重大的变迁。最初，玛蒂尔德虽然嫁给了小科员，可生活却是安稳的，请得起用人干家务，也不必靠外出打工挣钱。然而出于爱美虚荣，玛蒂尔德向女友借了一条项链；又因爱美虚荣，玛蒂尔德在舞会上得意忘形而丢失了项链；还是因为爱美虚荣，玛蒂尔德没有勇气跟女友说出丢失项链的实情，借高利贷去买了一条款式相同的项链，还给女友。最后，玛蒂尔德不得不为了还高利贷，辞退用人，自己干家务，并且外出打工挣钱。因此，十年的时间里，玛蒂尔德的爱美虚荣没有变化，而玛蒂尔德的生活却因丢失了一条项链而发生了很大的变异，以至于她的女友也因其容貌苍老而认不出她来了。

由此可见，作为故事核的构思策略，人物变迁是作者从故事素材中找出主人公的变化轨迹，并把小说故事聚焦于主人公的自身变化或境遇变化的过程之中。所以，人物变迁是从主人公的人物主线上构思故事核的基本策略。

三、引发事件策略

引发事件是小说故事主线上第一个重要的转折性事件。埃德森认为，在电影编剧中，“引发事件常常发生在电影的开头，它提供一个真正开始主人公的故事之旅的情节事件”[①]。而麦基则从故事的五个部分中提出了激励事件的概念，并指出，激励事件是故事讲述的第一个重要事件，也是一切后续情节的首要导因，它使其他四个要素开始运作起来，而主情节上的激励事件是一个“大钩子”，把主人公送上一条求索之路，去追寻自觉或不自觉的欲望对象，以恢复生活的平衡[②]。因此，无论是引发事件还是激励事件，只要打破了主人公生活世界的日常平衡，这样的事件就构成一个“大钩子”式的故事核，我们可以称之为“引发事件”。

1. 外部引发事件

外部引发事件，即作者从故事主人公的外在生活遭遇中找出的引发事件。这个事件可能是偶发的，却一定是严重地打破了主人公的生活平衡，并迫使主人公自觉或不自觉地采取寻求新的生活平衡的行动。

例如，英国作家简·奥斯汀的小说《傲慢与偏见》有一个这样的故事核：伊丽莎白与达西因傲慢与偏见的由来和消除而经历了一段爱情波折。小说的故事叙述了乡绅班纳特家的五个女儿对待终身大事的不同态度。作家根据不同的婚姻观设置了三条主要的情节线：一是财富式婚姻观的情节线；二是爱情式婚姻观的情节线；三是欺骗式婚姻观的情节线。其中，伊丽莎白与达西的爱情式婚姻观是小说故事情节上的主线，而傲慢与偏见的由来便成为伊丽莎白与达西的爱情故事的引发事件。

应该看到，在小说故事里，傲慢与偏见的由来是由两个主要事件构成的外部引发事件，并且都是偶发事件：

第一个外部引发事件是，达西的傲慢言辞。达西首次参加伊丽莎白的家乡麦里屯小镇的舞会时，许多姑娘纷纷向年轻而富有的达西投去羡慕的目光，但达西却非常骄傲，并跟朋友彬格莱私下说起，舞会里的这些女孩都不配做他的舞伴。伊丽莎白碰巧听到达西的话，就决定不去理睬这个傲慢的家伙。因此，伊丽莎白偶然听到达西的私下言谈中的傲慢之言，就有了不理达西的决定。

第二个外部引发事件是，伊丽莎白的轻信偏见。那次舞会后的一天，伊丽莎白等应邀去腓力普太太府上做客。年轻的军官韦翰在伊丽莎白身旁坐下，边玩牌边跟伊丽莎白谈起了自己的身世，并诉说起达西曾对自己如何的不公，以及达西

---

① Eric Edson. 故事策略——电影剧本必备的 23 个故事段落．北京：人民邮电出版社，2013：87.

② 罗伯特·麦基．故事——材质、结构、风格和银幕剧作的原理．天津：天津人民出版社，2016：187.

身上的傲慢习性。伊丽莎白听信了韦翰的话，并确立了对达西的“偏见”。

因此，小说《傲慢与偏见》的故事情节主线就是由上面两个外部引发事件开始的，前一个是傲慢的由来，后一个则是偏见的确立。达西的傲慢激起了伊丽莎白的不平和气愤，同时也引起了她的关注，而伊丽莎白的偏见也使达西在后续故事中遭受不少的误会。从这个意义上说，小说故事开始不久，麦里屯小镇舞会上伊丽莎白听到达西的傲慢言辞，腓力普太太府上打牌时伊丽莎白听到韦翰对达西的诽谤，这两个外部的引发事件将主人公伊丽莎白带到小说故事主线上来了。

2. 内在引发事件

内在引发事件，即作者从故事主人公的内心世界中找出的引发事件。这个事件可以出于主人公一时的情欲冲动，也可以是源于主人公执着秉持的人生信念，但都将使主人公走上一段充满不确定的故事之旅。例如，俄国作家托尔斯泰的小说《复活》中可以找出这样一个故事核：主人公聂赫留朵夫因自我救赎而获得精神和道德上的复活。

小说叙述了十年前后的两段故事。大学生聂赫留朵夫暑期住在姑妈的庄园，认识并诱奸了姑妈家养女玛丝洛娃。十年以后，当聂赫留朵夫以陪审员身份出席法庭审判时认出被告玛丝洛娃是自己曾经诱奸过的姑妈家养女，并决定采取忏悔和赎罪的救赎行动。虽然小说故事叙述了十年前的故事，大学生的聂赫留朵夫如何认识玛丝洛娃，两人有了好感，但聂赫留朵夫却在参军服兵役前夕诱奸了玛丝洛娃，玛丝洛娃也因此怀孕而被赶出养母家，最后沦落为以卖身为生的妓女。但是，小说故事主线却是十年后的故事，身为贵族的聂赫留朵夫认出并决定对被起诉杀人罪的玛丝洛娃进行忏悔和赎罪之后，小说叙述了聂赫留朵夫如何为玛丝洛娃的不实之案四处申诉，如何因玛丝洛娃被判流放西伯利亚之后，聂赫留朵夫当面向玛丝洛娃求婚，并跟随玛丝洛娃一起去西伯利亚，最后又如何尊重玛丝洛娃嫁给政治犯西蒙松的意愿。

确实，聂赫留朵夫诱奸玛丝洛娃是小说十年之前故事中的一个引发事件，但从小说故事主题上看，小说的引发事件应该发生在小说十年之后的故事之中，聂赫留朵夫以陪审员身份出席法庭审判时，认出被告玛丝洛娃是自己曾经诱奸过的姑妈家养女，并决定采取忏悔和赎罪的救赎行动。并且，这个十年之后的引发事件是一个内在引发事件，是主人公聂赫留朵夫内心深处产生的自我救赎欲望。这个内在的引发事件导致主人公聂赫留朵夫走上了一条向玛丝洛娃主动忏悔和真心赎罪的人生之途。

由此可见，引发事件是从故事主线的发展方向上选择的故事核，无论是外部引发事件还是内在引发事件，这些事件的出现都改变了主人公的日常生活，并将其推向了故事主线的真正起始。

四、高潮转折策略

大家知道，高潮是故事的最大转折性事件，常常表现为故事主线上的矛盾冲突达到最激烈的程度，因而总是带来小说故事的转折或反转。

1. 人物反转

当主人公的反转带来故事主线反转时，就成为高潮转折的故事核心构思策略。例如，法国作家小仲马的小说《茶花女》有一个这样的故事核：主人公玛格丽特因对阿芒父亲的一个承诺而葬送了自己的爱情。

青年贵族阿芒爱上了年轻貌美的巴黎妓女玛格丽特。在一次聚会上，玛格丽特肺病复发，阿芒表示出由衷的关心，并倾吐了恋慕之情。在阿芒的热烈追求下，玛格丽特告别了巴黎的妓女生活，与阿芒去巴黎市郊同居，并准备结婚。但是，阿芒的父亲得知此事后，气急败坏地赶往巴黎，单独约见并恳求玛格丽特顾及其家庭的声誉而离开阿芒。玛格丽特伤心地答应了阿芒父亲的要求，装作自己已经变心，并跟阿芒不告而别，独自回到巴黎，却遭到阿芒近乎疯狂的报复，终因肺病加重而离开了人世。阿芒读了玛格丽特生前的日记，了解到玛格丽特因答应自己父亲的要求而忍痛割爱的实情后，追悔莫及、痛不欲生，并用给玛格丽特移坟的方式见了玛格丽特最后一面。

因此，小说故事的转折高潮是，玛格丽特答应阿芒父亲的请求而离开了阿芒。显然，这个转折高潮表现了玛格丽特的意愿反转。在此之前，玛格丽特接受了阿芒的求爱，放弃了巴黎的生活，与阿芒搬到巴黎市郊，过起了二人世界的幸福生活，并准备办理婚事。所以，玛格丽特的意愿是想嫁给阿芒的。但是，当阿芒的父亲以一个长者的身份请求玛格丽特，为了阿芒妹妹的婚姻而离开阿芒时，玛格丽特却背弃了自己想与阿芒结婚的意愿，背弃了自己与阿芒的爱情。而这一转折高潮客观上导致了小说故事的悲剧发生。

2. 发现反转

发现发转是作者用人物发现或读者发现的方式带来转折高潮的故事核构思策略。亚里士多德认为，悲剧的情节所摹仿的行动可以分为简单行动和复杂行动。其中，复杂行动是指通过发现或/和突转伴随的行动①。因此，发现反转是通过发现和突转构成的转折高潮。

例如，英国作家勃朗特的《简·爱》是一部带有自传体式的小说。我们可以从中找出这样一个故事核，简·爱因发现罗切斯特有一个疯病的妻子而拒绝嫁给罗切斯特。简·爱是个孤女，从小寄养在舅父母家里，过了十年受尽歧视和虐待的生活。来到桑菲尔德庄园做家庭教师初期，简·爱感到庄园的男主人罗切斯特是个性格忧郁、喜怒无常的人，但在两人的相处过程中，简·爱不知不觉地爱上了罗切斯特，并答应了罗切斯特的求婚。但是当婚礼在教堂悄然进行时，却有人出证，罗切斯特先生十五年前已经结婚，他的妻子就是那个疯女人。这一突来的消息几乎将简·爱震晕在教堂里。所以，简·爱不得不痛苦地离开了罗切斯特。几年以后，简·爱回到桑菲尔德庄园时，却发现那座宅子已成废墟，疯女人放火后坠楼身亡，罗切斯特也受伤致残。最后，简·爱找到罗切斯特并与他结婚，得到了自己理想的幸福生活。因此，简·爱发现罗切斯特有个患了疯病的妻子，是导致小说故事反转高潮的事件。从这个意义上说，作家最后设计罗切斯特的妻子放火后坠楼身亡，为简·爱回到桑菲尔德庄园后与罗切斯特喜结良缘提供了故事主线上的铺垫。

由此可见，高潮转折总是决定了小说故事的全面反转，作者找出故事中的人物反转或发现反转的事件，也就抓到了小说故事的核心。所以，高潮转折就成了从故事主线上构思故事核的基本策略。

五、价值观主导策略

小说是讲故事的文学作品，可作者总是会自觉或不自觉地通过故事传递一些价值观念，包括对主人公的态度，以及由故事引发的人生感悟和道德评判等，在故事中探讨一些普世性的人性话题，并以此揭示故事主题。所以，作者可以通过

---

① 亚里士多德．诗学．北京：商务印书馆，2003：88.

价值观主导策略构思小说的故事核。

1. 单一价值观主题

虽然小说故事时常会涉及不同的价值观念，但当作者将某个价值观设定为故事主题时，就成了一种单一价值观主题的故事核构思策略。也就是说，单一价值观主题是作者通过小说故事传递出的主导价值观。

例如，“失而复得的情人礼物”的叙事母题中，《一枚戒指故事》和《两百个金币故事》都是通过具体的故事揭示了某种核心价值观。《一枚戒指故事》的价值观是粮商因自私和愚昧而遭遇上当受骗的惩罚。故事的结局是粮商出于愚昧和自私相信了购粮者的谎言，并把一枚戒指还给了购粮者。而《两百个金币故事》则揭示了这样一个核心价值观：主人公古尔法多巧用两百个金币的借与还的方式，惩罚友人妻子的唯利是图。在小说故事里，古尔法多发现漂亮的安勃罗佳十分贪财，就设计用从她丈夫那里借来的两百个金币与其发生性关系，最后，当着安勃罗佳的面告诉她丈夫，两百个金币的借款已还给了他的妻子，进而惩罚了这个貌美却贪财的贵妇人。因此，《一枚戒指故事》和《两百个金币故事》虽然是两个不同的故事，却都设计了单一价值观主题；两个故事虽然都采用了“失而复得的情人礼物”的叙事母题，但各自故事的价值观主题却不同。

2. 复合价值观主题

复合价值观主题是指作者在两个或以上相同取向的主导价值观主题的矛盾冲突中构思故事核。最常用的策略就是，通过主人公的“两难抉择”（两善取其一，两恶取其轻），在故事主题上形成两种以上价值观之间的矛盾冲突。

例如，俄国作家托尔斯泰的小说《安娜・卡列尼娜》叙述了两个平行而又相关的故事：一个是安娜和卡列宁、渥伦斯奇之间爱情、家庭和婚姻纠葛的故事；另一个是列文和吉提的爱情故事。在安娜的故事主线上，作家设计了复合价值观主题，安娜既要追求爱情的天赋人权，又要遵循为人之妻的家庭伦理和为人之母的社会良知，最后陷入诸多价值观之间的矛盾纠结旋涡，导致卧轨自杀的悲剧。

与渥伦斯奇一见钟情之后，安娜就逐渐面对两种以上价值观的对峙和矛盾。一方面，安娜是一个俄国上流社会的贵妇人，年轻漂亮，追求个性解放和爱情自由，而她的丈夫却是一个性情冷漠的“官僚机器”；另一方面，一次车站上的邂逅，安娜在年轻军官渥伦斯奇的热烈追求下，堕入情网，毅然抛夫别子和渥伦斯奇同居。一方面，安娜是一个感情真挚的女性，发现自己爱上渥伦斯奇以后，就和丈夫提出离婚，力图摆脱没有爱情的夫妻生活；另一方面，安娜是一个充满母爱的母亲，她的丈夫为了名誉和地位而不愿接受安娜的离婚要求，更不让安娜带走儿子。于是，安娜陷入痛苦和不安之中，在一次和渥伦斯奇发生口角后卧轨自杀。

所以，小说《安娜·卡列尼娜》设计了一种“两难抉择”的复合价值观主题：一方面是安娜追求自由爱情之人身权利的价值观念，另一方面是安娜为人之妻的家庭伦理和为人之母的社会良知。在自由爱情与为人之妻的价值观矛盾中，安娜选择了自由爱情；在自由爱情与为人之母的价值观矛盾中，安娜却陷入了不能自拔的境地。最后，安娜怀疑渥伦斯奇有了新的相好，自由爱情的追求受到伤害，又时刻牵挂着自己的儿子，为人之母的情感陷入纠结，所以不得不选择了卧轨自杀。因此，在“两难抉择”的复合价值观主题中，安娜最初选择自由爱情而放弃了没有爱情的为人之妻的身份，后来却在自由爱情与为人之母的“两难抉择”时陷入了感情纠结之中，最终又因与渥伦斯奇之间的自由爱情发生了危机而酿成悲剧性结局。从这个意义上说，作家通过安娜在自由爱情与为人之母之间的“两难抉择”矛盾冲突，为小说《安娜·卡列尼娜》设计了复合价值观主题的故事核。

3. 悖论价值观主题

悖论性价值观主题，即作者在两个或以上矛盾或对立的主导性价值观主题的组合中设计故事核。

例如，德国作家本哈德·施林克的小说《朗读者》叙述十五岁的米夏与中年女子汉娜之间因朗读而产生的一段爱情故事。作家为小说设计的故事核是，米夏在不知情的情况下爱上了汉娜，后来发现汉娜曾是纳粹集中营的女看守而被判刑入狱。对于主人公米夏来说，汉娜就成了曾经的爱人与现在的战犯。显然，爱人与战犯是两个对立的身份，因而米夏面临着一种悖论性选择。与“两难抉择”不同的是，小说故事给米夏出了一道更加复杂的难题：一个人如何对待因不知情而与触犯了法律的人之间所产生的爱情，并且，得知实情之后的米夏却割舍不下那段曾经的爱情，却又接受不了自己的恋人曾是个纳粹战犯的事实。

作家施林克运用叙事想象的智慧和勇气对这个具有悖论特质的价值观做出了人文关怀的回应和破解。施林克在回忆小说《朗读者》的故事主题时说道：“人并不因为曾做了罪恶的事而完全是魔鬼，或被贬为魔鬼；因为爱上了有罪的人而卷入所爱之人的罪恶中去，并将由此陷入理解和谴责的矛盾中。”[①] 因此，施林克没有采用“两选一”这种简单而极端的方式处理小说故事的价值观悖论：曾经的爱人与现在的战犯，而是创造了第三种价值观主题：主人公米夏用朗读者的方式怀念曾经的爱情，并希望曾经的爱人能忏悔自己的罪行。也就是说，十五岁的米夏在不知情的情况下与纳粹集中营的女看守汉娜之间因朗读而产生了爱情，即使在发现了实情之后，米夏还是用自己朗读名著的录音带寄给狱中汉娜的方式，怀念这段难以忘却的少年恋情，并希望汉娜能够悔悟自新。

总之，用故事核的构思策略挖掘出故事素材中的核心创意点，激活作者的写作灵感和热情，钩住读者的阅读期待，无疑有着十分重要的意义和价值。而上述五种故事核的构思策略不仅提供了小说故事的寻找方法，而且也可以使小说故事的构思变得更加准确、简便和有效。值得注意的是，五个故事核的构思策略意味着，作者可以从五个方面构思小说作品的故事核，而每一部小说作品存在着多种故事核构思的可能性。

第三节　小说故事大纲的写作要领

从故事作文出发，作者不仅要寻找小说的故事核，而且应在写作小说初稿之前撰写一个故事大纲。所以，从故事核到故事大纲是小说写作不可或缺的环节。我们将从小说写作实训活动的角度简单地阐释小说故事大纲的写作要领。

一、什么是故事大纲

故事大纲是小说故事的概括性纲要。然而从小说写作实训上讲，故事大纲在叙事文体与叙事结构上都区别于故事梗概或故事简介。

1. 叙事文体上，故事大纲是小说故事的写作提纲

说起故事大纲，人们自然会想到小说作品的故事梗概或故事简介。虽然故事

① 本哈德·施林克专访：人不因为曾做罪恶的事而完全是魔鬼//本哈德·施林克．朗读者．南京：译林出版社，2012.

大纲与故事梗概或故事简介都是对于故事内容的概述，然而仔细分析的话，故事大纲却在阅读对象和概述内容方面有着自己的特点，因而区别于故事梗概或故事简介。

一般地讲，故事梗概或故事简介是一种介绍性或宣传性的故事概述文本，主要是写给读者看的，重点是告诉读者小说写了什么故事，其任务是在介绍或宣传小说故事内容的同时，吸引读者去阅读小说作品。而故事大纲则是一种写作提纲性的故事概述文本，主要是写给作者看的，重点是设计小说故事的主要内容是什么，以及故事中的一系列重要事件是如何排列的。所以，故事大纲是小说故事的写作提纲，是作者为自己写作小说作品而撰写的小说故事设计文本。

例如，我们把薄伽丘的小说《两百个金币故事》写成故事大纲的话，就可以概述为六个叙述句：

（1）古尔法多看上了友人加帕罗洛的妻子安勃罗佳，并给漂亮的安勃罗佳写情书加以引诱。

（2）安勃罗佳提出要以两百个金币作为情人礼物的条件后，古尔法多想作弄这个贪财的女人，便答应了安勃罗佳的要求。

（3）古尔法多向加帕罗洛借了两百个金币，并作为情人礼物给了安勃罗佳。

（4）古尔法多与安勃罗佳完成了赠送情人礼物与两人性爱活动的交易。

（5）古尔法多当着安勃罗佳的面告知加帕罗洛，两百个金币的借款已还给了他的妻子。

（6）加帕罗洛见妻子默认后便答应给古尔法多销账。

倘若用故事梗概或故事简介的方式概述小说《两百个金币故事》的话，通常可以表述如下：

> 古尔法多看上了友人的妻子安勃罗佳并偷偷地写情书给她。不料，安勃罗佳却提出了要以两百个金币作为情人礼物的要求。更让人意想不到的是，古尔法多居然答应了安勃罗佳的要求，并最终用两百个金币成功地惩罚了这个唯利是图的贪婪女人。

由此可见，故事梗概或故事简介在概述小说故事的时候，作者只要简单地叙述故事的重要事件，以便于引起读者的阅读期待，并不需要完整地概述小说故事中的主要事件；而故事大纲则是小说故事的写作提纲，是作者对于自己将要写作的小说作品进行的故事内容设计，所以，用故事大纲概述小说故事的话，就需要完整地叙述小说故事的始末，以及故事中的重要事件。尽管作者往往会在小说作品的写作过程中调整和修改故事大纲中的事件，以及故事事件之间的排列顺序。

2. 叙事结构上，故事大纲是小说故事的写作框架

我们已经知道，故事核是小说故事的核心叙事创意点，所以，故事核可以用一句话概括，甚至用一个关键词概括。而故事大纲则是小说故事的写作提纲，所以，光用一句话就难以概述小说故事中的事件。作者需要用三句话以上的句子概述，或者用三个以上的关键词概述。也就是说，故事大纲是小说写作的故事结构框架，必须要有开始、中段和结局的故事序列。因此，故事大纲就不能用故事核的方式表述，而要在一个结构完整的时间线上概述小说的故事主线。

我们可以用“失而复得的情人礼物”的故事核，以及《一枚戒指故事》与《两百个金币故事》两个故事大纲为例，阐释故事核与故事大纲的区别。

《一枚戒指故事》与《两百个金币故事》都源自“失而复得的情人礼物”的故事核。也就是说，“失而复得的情人礼物”是两篇小说故事的纲领性叙事母题。但是两篇小说的故事大纲却存在着诸多不同。

首先，第一个故事序列不同。在《一枚戒指故事》的故事大纲中，第一个故事序列是，购粮者见粮商不在家，便与粮商的妻子达成用一枚戒指作为情人礼物的协议。在《两百个金币故事》的故事大纲中，第一个故事序列是，古尔法多看上了友人加帕罗洛的妻子安勃罗佳，并给漂亮的安勃罗佳写情书加以引诱。

其次，故事序列的转折点不同。在《一枚戒指故事》的故事大纲中，故事序列的转折点是，购粮者向粮商谎称，是粮商的妻子告诉他能用一枚戒指交换粮食，并使粮商信以为真。在《两百个金币故事》的故事大纲中，这个转折点是，古尔法多当着安勃罗佳的面告知加帕罗洛，两百个金币的借款已还给了他的妻子。

因此，作者用故事大纲概述小说故事的开端、中段和结局，不只是对故事核的丰富和扩充，增加了故事序列中的具体事件，以及故事序列的转折环节，而且，作者要在故事核的引领下，从故事素材中挖掘出一系列故事事件，并用故事序列的方式把这些故事事件配置成一个有完整始末的故事框架。

二、故事大纲的写作思路

在小说写作实训活动中，作者可以采取不同的方法寻找故事核，也可以根据

各自的写作习惯和小说故事来撰写小说的故事大纲。笔者认为，以下四个方面是可操作的小说故事大纲的写作思路和写作要领。我们将用从小说作品倒推其故事大纲的方法，举例探讨小说故事大纲的写作思路。

1. 用故事核引领故事大纲

故事核是纲领性叙事母题。虽然作者可以从不同的角度和层次在故事素材中寻找并确定故事核，然而，一旦选定了故事核，就需要根据故事核来构思和撰写故事大纲。我们可以从已有的小说作品故事里倒推其故事大纲和故事核。

例如，张爱玲的小说《色・戒》可以从小说作品的故事主线上概述出以下七个叙述句。

（1）在港大读书时，王佳芝被推举为暗杀汉奸的美人计主角，并结识了汉奸易先生及其妻子。

（2）因用美人计暗杀汉奸的行动计划需要，王佳芝与暗杀组织的成员梁闰生发生了性关系，事后却懊悔起来，甚至怀疑起自己是否得了性病。

（3）转学上海后，王佳芝接受了上海地下工作者暗杀汉奸易先生的计划，并住进了易太太家。

（4）王佳芝跟易先生两次去外面的公寓发生性关系，感到像洗了个热水澡那样舒爽。

（5）王佳芝与上海地下工作者布置了暗杀易先生的行动计划，在咖啡馆等易先生时，王佳芝却感到自己像在演戏，并回想起自己两年多来参与暗杀汉奸行动的经过。

（6）在珠宝店里，王佳芝戴上易先生为她挑选的六克拉粉红钻戒，突然感到自己有点爱上了易先生，甚至误以为易先生也爱上了自己，于是便低声提醒易先生快逃离。

（7）易先生逃离珠宝店后，下令把王佳芝等暗杀组织的成员都抓捕起来，并于当晚统统执行枪决。

上述七个故事序列可以视作小说《色・戒》的故事大纲，并且，我们可以从这个故事大纲中提炼出这样一个故事核：女大学生王佳芝因色欲与物欲的诱惑而迷失自我。可见，小说的名字《色・戒》本身就隐含了小说的故事核。因此，我们有理由相信，张爱玲很可能是在找到了小说的故事核后，才设计小说的故事大纲，或者说，才创作了小说的故事。准确地讲，小说《色・戒》的故事大纲中包含了一个与小说名字相吻合的故事核。

2. 故事主人公应有一个变化或反转的轨迹

小说作品主要是叙述主人公的故事，所以，在找故事核和设计故事大纲时，作者应该先要明确小说的故事主人公是谁。并且，根据人物变迁的故事核构思策略，作者应该为小说的故事主人公设计一个变化或反转的轨迹。这既是故事核构思的要求，自然也是故事大纲设计的原则。

例如，日本作家村上春树的小说《挪威的森林》的故事核是，大学生渡边在与两位性格相异的女同学的情感相处中，在性与爱的体验和生与死的拷问中迷惘与成长。我们可以从小说作品里找出这个故事核，并由这个故事核概述小说故事。或者说，围绕上述的故事核，作家在小说《挪威的森林》的故事主线上设计了以下七个故事序列的故事大纲。

（1）大一学生渡边偶遇高中女同学直子，于是，两人便在直子的男友木月自杀一年以后重新开始交往。

（2）直子二十岁生日那晚，渡边因直子伤心流泪而一时冲动，两人发生了关系，事后，直子神秘失踪。

（3）渡边结识了大学低年级的女同学绿子，两人相熟后产生了好感。

（4）接到直子的信后，渡边去精神疗养院看望住院的直子，并表示愿意永远等待直子。

（5）面对热情活泼和主动示爱的绿子，渡边的内心充满了矛盾和犹豫，无法在直子与绿子之间定夺自己的爱。

（6）渡边得知直子自杀的噩耗，失魂落魄地独自四处徒步旅行，反思起生与死的话题，并感觉到，自己与直子的爱情纠葛，实际上是替死去的木月完成其死前应做而没有做的事情。

（7）经玲子的开导，渡边意识到，自己必须像成年人一样承担起自己的选择。于是，渡边终于找到了自己的成长之路，并准备主动与绿子联系。

由此可见，小说《挪威的森林》叙述了主人公渡边在大学期间的爱情故事，并且，在这条爱情故事的主线上，作家设计了主人公渡边个人成长的心路历程。而主人公在性与爱的体验和生与死的拷问中迷惘与成长，则是这部小说的故事核。

3. 故事大纲要有内在呼应的逻辑线索

寻找故事核时，需要设置核心故事序列中的因果叙事逻辑。同样，在构思和撰写故事大纲过程中，也要在故事序列中配置内在呼应的逻辑线索，使故事序列能前后照应，合理完整。

例如，金庸的小说《神雕侠侣》的故事核是，主人公杨过和小龙女因破除情人误会和师徒禁忌而终成神雕侠侣。我们可以从小说作品中概述出以下十一个故事序列构成的故事大纲：

（1）杨过因不堪教规的束缚而逃离全真教的重阳宫，跟小龙女拜师学艺，师徒朝夕相伴，在习武过程中渐生感情。

（2）小龙女被全真教高手尹志平玷污，却误以为是杨过所为，见杨过在自己面前装傻而愤然分手。

（3）受伤后的杨过在陆无双的照顾下才意识到自己爱上了小龙女。

（4）庆功宴席上，郭靖因杨过在战场上的出色表现而提出要将自己的女儿郭芙许配给杨过，小龙女当众宣布自己和杨过将要结为夫妻。

（5）为了得到解药解除小龙女身上的剑毒，杨过答应裘千尺的要求去杀死郭靖夫妻。

（6）襄阳城一战，杨过因折服于郭靖的凛然大义而在危急时刻救出了郭靖，并在神雕的帮助下炼成一身神功。

（7）小龙女发现自己曾被尹志平玷污而消除了对杨过的误会，却遭遇全真教几大武林高手的围攻。

（8）杨过将小龙女从全真教武林高手的围攻中救出，两人在全真教的重阳宫举行成婚仪式。

（9）小龙女为了不耽搁杨过服食解药而跳入万丈深渊，并在崖壁上留书：十六年后在此相会。

（10）十六年后，闻名江湖的“神雕侠”杨过找到了受困于深渊水溶洞室的小龙女。

（11）小龙女和杨过大败蒙古大军，并以神雕侠侣名扬天下，夫妻两人却回到活死人墓过着不为人知的退隐生活。

在十一个故事序列中，第二个故事序列是一个引发事件，小龙女的误会导致师徒分手，虽然在第三个故事序列中，杨过意识到自己爱上了小龙女，并且在第四个故事序列中，小龙女当众表示自己和杨过将要结为夫妻，但是，直到第八个故事序列，杨过才与小龙女正式结婚。不难看出，师徒两人感情正式反转的逻辑依据是第七个故事序列，小龙女发现自己曾被尹志平玷污而消除了对杨过的误会。因此，作家在设计小说故事时，为小龙女最初跟杨过的分手挖了一个“坑”，就是小龙女对杨过的误会，直到小龙女听尹志平跟人说起当年是自己玷污了小龙女的话后，这个“坑”才被填埋，小龙女对杨过的心结才最终被打开。于是，小龙女才和杨过在全真教的重阳宫举行成婚仪式。

4. 故事主线应该表现主人公的生活世界从旧平衡向新平衡的深层转换

在撰写故事大纲中的故事主线时，作者需要从主人公的生活世界中发现某种新旧平衡的转换过程。法国叙事学家托多洛夫认为，小说的表层结构可以由叙述句概括为几个叙事序列，深层结构则是分析表层结构中叙事序列的转换关系，揭示小说故事由最初的平衡状态变为新的平衡状态[①]。也就是说，作者要在故事核的引领下，用叙述句概述小说故事中的主要事件，将其撰写为由一系列叙述句表现的故事序列，并且，在故事序列的深层结构里，作者应该在故事主人公的生活世界中设计一个或若干个由旧的平衡向新的平衡的深层转变。

根据托多洛夫的分析，薄伽丘的小说《十日谈》里的《卖酒桶故事》，可以从小说的表层结构上概述为以下五个叙述句：

(1) 泥瓦匠与妻子过着正常的夫妻生活，丈夫的工作早出晚归，而妻子操持家务。

(2) 泥瓦匠的妻子与情人在家里幽会，触犯了家法。

(3) 泥瓦匠的妻子发现丈夫提前回家，就让自己的情人钻入酿酒的木桶。

(4) 泥瓦匠的妻子跟丈夫谎称有人要买家里的木桶，泥瓦匠信以为真。

(5) 泥瓦匠钻入木桶帮助清洗时，泥瓦匠的妻子与情人在木桶外发生了性关系。

按照托多洛夫的要求，这篇小说的深层结构需要从小说的表层结构中找出故事序列之间的结构性转折。不难看出，小说《卖酒桶故事》有两个转折环节：

(1) 泥瓦匠妻子在家中与情人相会，打破了最初泥瓦匠与妻子的平衡夫妻生活，家庭法律没有被遵守。

---

① 托多洛夫．诗学//张寅．叙述学研究．北京：中国社会科学出版社，1989：84－85.

（2）泥瓦匠的妻子以卖木桶为由，逃避了惩罚，并和情人再次发生性关系，使故事最终找到了一个新的平衡状态。

由此可见，小说《卖酒桶故事》的故事大纲不仅设置故事主人公的变化或反转，而且在故事主线上配置了主人公的生活世界由旧的平衡向新的平衡的结构性深层转换。

三、故事大纲的文体类型

用什么样的文体类型撰写故事大纲，确实仁者见仁，智者见智，难以一概而论。笔者认为，两种故事大纲的文体类型是小说写作实训活动中较为常用和切实有效的：一是叙述句型故事大纲；二是关键词型故事大纲。

1. 叙述句型故事大纲

叙述句型故事大纲，是作者用叙述句编写小说故事大纲的方法。具体表现为，作者从水平与垂直两个方向上设计和撰写故事大纲。

第一，水平方向上，根据因果逻辑等叙事逻辑，作者把故事主线中的事件概述成若干个叙述句。这样，一个故事大纲就有三个以上的叙述句子组成故事序列。

第二，垂直方向上，根据事件的时间先后，作者把若干个叙述句前后排列起来，构成故事大纲的总体框架。这样，这些叙述句子的故事序列，可以在时间序列上排列成一个结构性框架。

例如，《一枚戒指故事》可以概述为五个故事序列组成的故事大纲：

（1）购粮者见粮商不在家，便与粮商的妻子达成用一枚戒指作为情人礼物的协议。

（2）购粮者与粮商的妻子完成了性爱活动后，将自己的一枚戒指送给了粮商的妻子。

（3）购粮者后悔把自己的戒指送给了粮商的妻子，想要讨回那枚戒指。

（4）购粮者向粮商谎称，是粮商的妻子告诉他能用一枚戒指交换粮食，并使粮商信以为真。

（5）粮商很生气，叫自己的儿子回家去取回戒指，并还给了购粮者。

首先，水平方向上，五个叙述句由因果逻辑等叙事逻辑关系组合而成，如，第一个叙述句：购粮者见粮商不在家，便与粮商的妻子达成用一枚戒指作为情人礼物的协议。两个事件之间有因果关联，粮商不在家，购粮者用自己的戒指引诱粮商的妻子，所以两人达成情人礼物的协议。

其次，垂直方向上，五个叙述句根据时间先后的叙事时态依次排列而成，如，第一个叙述句与第二个叙述句是故事事件的时间先后排列。第一个叙述句与第五个叙述句是故事事件的起始与结尾。

2. 关键词型故事大纲

关键词型故事大纲，是作者用若干个关键词配置故事大纲中的故事序列，而功能性的动词谓语是关键词型故事大纲的基本构成要素。

例如，古罗马作家阿普列乌斯的小说《金驴记》叙述了主人公鲁巧由人变为驴子，后又变身为人的传奇故事。贵族青年鲁巧远游途中寄宿友人家中，误用魔药涂身变成一头驴子。鲁巧被强盗掳掠后，以驴子的身体和人的意识，历经各种艰辛和冒险，同时也听到了各种奇闻轶事，有神话传说，更有人世间的坑蒙拐骗、男女风情、巧取豪夺等故事。最后，埃及女神降恩，传授秘诀，终于使鲁巧脱掉驴皮，恢复人形，并皈依教门。

俄国学者巴赫金在《小说的时间形式和时空体形式》一文中，称此小说为一种“道路时空体”，并将主人公鲁巧的传奇故事核心序列概括如下：过错（贵族青年鲁巧误用外敷药）→惩罚（变身驴子）→赎罪（受尽苦难）→净化（吃下埃及女神的玫瑰花环，被女神救起）→幸福（恢复人形）[①]。由此可见，巴赫金实际上是用关键词型故事大纲的方式概述小说《金驴记》的故事，即过错→惩罚→赎罪→净化→幸福。这五个关键词中至少四个是动词谓语，用于概述主人公行动的叙事功能。因此，关键词型故事大纲是作者把故事中的故事序列在历时态方向上依次排列，进而编写小说的故事大纲。

【本章概要】

本章是小说写作实训活动进入实操环节的起始部分。

---

① 巴赫金．小说的时间形式和时空体形式//小说理论．石家庄：河北教育出版社，1998.

首先，本章从故事核的基本特质、故事核与叙事母题的关系、故事核的叙事功能三个方面，探讨作者如何为自己的小说寻找故事核。在论述故事核与叙事母题关系时，笔者举例阐释了母题原型故事核与母题成规故事核的由来和关联，又从构思故事核的实操意义上探讨了作者如何从自己的小说故事素材中寻找并确定核心的叙事创意点，进而提出了三种小说故事核的“钩子”类型。

其次，本章从遭遇问题、人物变迁、引发事件、高潮转折和价值观主导五个方面提出了五个构思小说故事核的可操作策略，并举例阐述了五个构思小说故事核的操作方法。这是笔者在十余年小说写作实训教学的成功经验与失败教训中总结出来的小说故事核构思策略。这五个小说故事核的构思策略有助于作者寻找自己小说的故事核，也意味着作者可以运用多种策略为自己的小说构思故事核。

最后，本章从叙事文体和叙事结构两个层面上阐释了什么是故事大纲的问题，并将故事大纲与宣传或广告类文体的故事梗概或故事简介进行了比较分析，目的在于明确故事大纲是写作者为自己的小说故事所预设的写作提纲。为了具体指导在小说写作实训活动中如何撰写故事大纲，本章从故事大纲的写作思路和写作文类两个方面探讨了如何撰写小说故事大纲的思路和方法。

【思考题】

1. 举例分析小说故事核的构思策略。
2. 谈谈你喜欢以哪种方式寻找小说故事核。
3. 除五种构思故事核策略外，还有哪些构思故事核的策略？

【练习题】

根据自己设计或修改的故事核，撰写一个叙述句型故事大纲。

【推荐阅读】

1. 列夫·托尔斯泰．安娜·卡列尼娜．北京：人民文学出版社，1978.
2. 艾·丽·伏尼契．牛虻．北京：中国青年出版社，1953.

第二章 为小说故事创造主人公

你必须为你的故事创造一个中心人物及其行为。

——悉德·菲尔德《电影编剧创作指南》

小说是虚构叙事文学作品，所以，小说作者首先要考虑的是如何找到一个自己喜欢而又能吸引更多读者的故事。然而如果只是讲述故事中轶闻趣事的事件，抑或致力于描绘奇异风情的场景，往往无法写成一部好的小说作品。要使小说故事吸引读者的叙事期待，抓住读者的阅读注意力，引起读者对小说故事的感悟和反思，作者必须为自己的故事创造一个故事主人公，一个故事的中心人物。电影编剧如此，小说写作也不例外。也就是说，在构思故事核与撰写故事大纲的过程中，作者应该首先明确故事的主人公，要通过主人公的行为所形成的事件来设计小说故事的中心人物。这不仅因为作者先要设定小说是叙述谁的故事，而且在于作者要搞清楚这样一个问题：小说故事的主人公是一个什么样的人物。

第一节　主人公应是什么样的人物

如果说确定小说主人公是设计故事核和故事大纲的基本前提的话，那么，从故事素材中找出了谁是小说故事的主人公之后，作者至少要考虑三个方面的问题：一是，如何让读者理解和接受自己塑造的故事主人公；二是，如何从主人公的视野来设计故事大纲；三是，如何通过主人公的行动来推动故事的变化。

一、主人公是一个异于常人的好人

无论性别、年龄、身份、职位等角色差异，小说故事中的主人公都应该拥有常人所不具备的东西，也许是人生经历，也许是身体特征，也许是性格偏好，也许是价值观念。可以说，异于常人的特性使作者能够为自己的小说创造一个独一无二的主人公，而好人的品质则使主人公能够在更广的范围内令人理解、引人同情或受人尊重。

1. 主人公是一个身体上异于常人的好人

一般地讲，要使主人公身体上异于常人往往有两种策略，一是主人公身体上存在非常人缺陷；二是主人公身体上拥有超人异能。当作者把故事主人公设定为一个身体上既有缺陷又有异能的好人之后，小说的故事也许会变得充满传奇或神奇的色彩。

例如，美国作家温斯顿·葛鲁姆的小说《阿甘正传》叙述了一个智障男孩的励志故事。主人公阿甘先天弱智，智商只有 75，他的腿也要用金属支架来矫正。所以，阿甘是一个智力和生理上都有缺陷的人物。可是上学以后，阿甘的身上却发生了奇迹。在遭到一些坏男孩欺负时，因女同学珍妮在边上的提醒，阿甘拼命逃跑，结果把金属支架弄散了，越跑越快，阿甘拥有了超越人类跑步速度极限的特异能力。因为这个身体上的异能，阿甘被大学破格录取，进了橄榄球校队。大学毕业后阿甘成了一名军人，因为阿甘只知道服从长官的命令，没有其他的杂念，被部队教官赞赏，并屡立战功。战后，阿甘成了英雄，还得到总统给他颁发的国会荣誉章。最后，阿甘欣喜地发现自己和珍妮有了一个漂亮的儿子。珍妮病死后，阿甘带着自己的儿子去搭上学的校车。

由此可见，阿甘是个身体上有特定缺陷的好人。他从小是个智障孩子，因双腿的疾病，要用金属支架来矫正。但阿甘又是一个心地善良、乐于助人、诚实进取的人。所以，阿甘可以称得上是一个智力和生理上存在缺陷的好人。从小说的字里行间，我们不难感觉到作家用一种轻松而深情的笔触，在阿甘的第一人称“我”的调侃和诙谐的叙述中隐约地传递出作家对阿甘的同情和赞许。不仅如此，作家还给阿甘设计了一种超越人类跑步速度极限的特异能力，弥补其智力障碍上的缺陷。因此，阿甘是一个身体上异于常人的好人。

2. 主人公是一个性格上异于常人的好人

人的性格本身并没有好坏之分。每一种性格特征都有其优势，也有其劣势。如果一个人有着性格缺陷的话，在现实生活中自然不会讨人喜欢。然而在小说故事里，作者却时常把自己的主人公设定为一个性格上有缺陷的好人，即一个性格上异于常人的好人，让主人公直面自己的性格缺陷，表现、回应或改变其性格缺陷，并以此为主人公的故事设置种种挫折、尴尬和苦难，引发读者的关注和同情或反思和批评。

例如，钱锺书的小说《围城》的故事主人公方鸿渐是一个有性格缺陷的好人。抗战初期，方鸿渐从欧洲游学回沪后住在已亡未婚妻的家里，后与女博士苏文纨及其表妹唐晓芙小姐发生了情爱纠葛，因此受到丈人家的冷淡。恋爱失败后，方鸿渐和苏文纨的失意追求者赵辛楣成为好朋友，二人接受内地三闾大学的聘请。在三闾大学任教期间，方鸿渐被卷入校内教师同事的明争暗斗之中。赵辛楣离校从商后，方鸿渐遭校方排斥，并与英语助教孙柔嘉结婚回沪。小说结尾，方鸿渐和孙柔嘉时常为琐事争吵，这对匆忙闯入婚姻之城的年轻夫妻有了逃离婚姻围城的想法。

应该看到，方鸿渐是具有中国现代知识分子特点的小说人物形象，虽然才气横溢、博闻强识，却有着性格的缺陷，诸如为人敏感懦弱、处事犹豫被动，缺乏男子汉的魄力和果断。但方鸿渐却又是个好人，善意待人，调侃他人的同时又不忘自我嘲讽。就是这样一个有着性格缺陷的好人，在回国的邮轮上被鲍小姐勾引和戏弄；回沪以后被自己所不爱的苏文纨追求，却又不敢直言回绝；与苏文纨的表妹唐晓芙一见钟情后，心里想着追求行动上却又不敢当面表白，结果因唐晓芙的误会而中途夭折；遭到三闾大学校方排斥而离校后，匆忙地和孙柔嘉结婚，把婚姻当成事业失败的避风港，又因夫妻之间鸡毛蒜皮的小事，与妻子争吵不绝，最后想要逃出婚姻之围城。正如作家借小说故事中的人物所言，“婚姻像一座围困的城堡，城外的人想冲进去，城里的人想逃出来”。而方鸿渐却因为性格的懦弱和被动，两次婚姻几乎都是出于无奈和匆忙，前一次是父母包办的无奈，差一点不明不白地走进婚姻的围城，而未婚妻的亡故使他稀里糊涂地被抛弃在婚姻的围城之外。后一次是因个人事业失败的匆忙，跌跌撞撞地进入婚姻的围城，却又因琐事争吵，无奈地想要离开婚姻的围城。方鸿渐只有一次被爱神之箭射中，却又因自己的被动性格而被唐晓芙拒绝在婚姻的围城之外。

3. 主人公是一个价值观上异于常人的好人

一个人的价值观念总是涉及其生活态度、价值取向和人生信念等多个方面，而作者也往往会在自己的小说故事主人公身上自觉或不自觉地传递出隐含作者的叙述声音。所以，主人公是一个价值观上异于常人的好人，不仅意味着作者可以从情感包袱或生活遭遇的故事层面上设计主人公的价值观念，而且也能够通过故事及其主人公的价值观传递出某种价值观主导的小说主题。

例如，在莫泊桑的小说《项链》中，故事主人公玛蒂尔德是个有着爱美虚荣价值观的好人。玛蒂尔德有着花容月貌的姿色，却因出生于小职员的家庭而无缘结识有钱有地位的男子，只得嫁给了教育部的一个小科员，过着简朴寒酸的生活，没有漂亮的衣服，没有珠宝首饰。所以，玛蒂尔德心里一直有个愿望：如何使自己身上的服饰能配得上自己的美丽容貌。显然，爱美是一种普世性的价值观念，本身无可厚非。但在玛蒂尔德看来，是自己的小职员的家庭和小科员的丈夫剥夺了她的美丽容貌所应得的东西。所以，她的内心深处总是期盼着有朝一日能拥有与自己容貌相配的穿戴，希望能够讨男人们的欢心，让女人们嫉妒。这样，作家巧妙地给玛蒂尔德的爱美欲望中掺入了虚荣的价值取向。于是，作家将爱美虚荣的价值观设定为玛蒂尔德的行动依据。出于爱美虚荣，玛蒂尔德向女友借了一条项链，才去参加丈夫单位的舞会；又因爱美虚荣，玛蒂尔德在舞会上得意忘形而丢失了项链；还是因为爱美虚荣，玛蒂尔德没有勇气跟女友说出丢失项链的实情，借高利贷去买了一条款式相同的项链，还给女友。所以，玛蒂尔德的借项链、丢项链和赔项链，都是其爱美虚荣的价值观使然。

当然，玛蒂尔德是个好人。她因为参加一次舞会，把女友借给自己的项链丢了。只好借了高利贷，用三万六千金法郎买了一条款式一样的项链，还给女友。为此，她辞退了家里的用人，自己做家务，还要外出打工挣钱，来还买项链的高利贷。整整十年，玛蒂尔德用自己的省吃俭用和辛勤打工所积攒的钱，付清了高利贷。但是，十年以后，当她的女友跟她说，自己借给她的那条项链是假的，最多值五百金法郎。作家这一神来之笔，无疑凸显了玛蒂尔德是个好人。玛蒂尔德虽然爱美虚荣，并因此受到生活的惩罚，但与其女友相比，玛蒂尔德的爱美虚荣却还表现出某种天真和质朴。在这里，我们可以感觉出作家通过小说故事主人公的价值观念与生活遭遇，以及通过主人公与其女友的叙事对比，隐约地传递出小说故事的主导价值观。这就是为什么读者看完小说作品后，对于主人公玛蒂尔德的爱美虚荣并不十分反感，反而会产生某种同情和怜悯。

由此可见，异于常人的好人使主人公成为一个有故事的人，一个读者能够理解和接受的小说人物，也为作者在小说故事中设置主人公的客观命运变迁和主观人物成长，提供了某种叙事空间和叙事想象的可能性。

二、主人公总是处在故事主线之上

故事主人公，顾名思义就是小说故事主线上的角色。所以，要使主人公成为名副其实的故事主人公，首先是要把主人公放置在小说故事的主线之上。基本的做法是，作者围绕主人公构思小说的故事核，并从主人公的视野来概述小说的故事大纲。

1. 围绕主人公构思小说的故事核

笔者在第一章第二节提出了五个常用的小说故事核构思策略：遇到问题、人物变迁、引发事件、高潮转折和价值观主导。其实，每一个故事核构思策略都是围绕着故事主人公设计的，围绕着主人公面临的困境和采取的行动来构思的。

第一，遇到问题策略，是从故事主人公遭遇现实生活问题出发构思故事核。其中，客观问题策略是围绕主人公遭遇的外部问题来设计故事核，而主观问题策略则是聚焦于主人公遭遇的内在问题构思故事核，包括主人公的情感包袱等。

例如，小说《红与黑》的故事核是：主人公于连立志于改变自己卑微的社会身份，却始终纠缠于身份钻营的情感包袱之中。所以，整部小说叙述主人公于连是如何在自己的情感生活和理想生活之间处理其情感包袱的故事。最初，于连在市长家里当家庭教师期间，与市长夫人发生了肉体占有与身份钻营之间的矛盾冲突。后来又在担任拉莫尔侯爵秘书期间，与侯爵女儿发生了婚姻占有与身份钻营之间的矛盾冲突。最后，市长夫人以向拉莫尔侯爵递交匿名信件的方式，揭露于连欺骗并诱惑的卑劣行径，于连在男女情爱与身份钻营之间的矛盾冲突中，开枪击伤了市长夫人，并被送上断头台。由此可见，围绕着身份钻营的人生志向与现实阻碍的矛盾冲突所构成的情感包袱是主人公于连一生的主观问题，尽管他始终没有摆脱，并因此而葬送了性命。

第二，人物变迁策略，是从主人公的自身变迁或境遇变迁两个角度设计故事核。自身变迁通常表现为主人公在故事主线上的反转过程，而境遇变迁则往往在主人公没有变化的前提下，表现其现实的生活状况和人生命运发生了变异。

例如，小说《教父》的故事核是：主人公迈克尔因父亲险些被黑帮枪杀而违背最初的愿望，卷入黑手党争斗的旋涡，最终接替其父亲当上了第二代教父。所以，小说故事侧重于叙述迈克尔的人物反转。而迈克尔远离家庭，大学毕业后报名参军等事件被处理成小说的故事背景，小说主线上叙述了迈克尔因父亲险遭黑手党的谋杀，不得不卷入家庭的黑帮事务，最后接替年迈的父亲，做起了黑手党新的领袖，成了柯里昂家族的第二代教父。

第三，引发事件策略，是从主人公生活世界的日常平衡被首次打破来构思故事核，这些引发事件可以来自外部世界，也可以源于人物的内心世界；可以是偶发的，也可以是必然的；可以是重大的，也可以是细小的。但是，引发事件一定会给主人公的生活世界带来重要而不可逆转的冲击，把主人公送上小说故事主线的旅程。

例如，小说《复活》的故事核是：主人公聂赫留朵夫因自我救赎而获得精神和道德上的复活。虽然，小说叙述了十年前后的两段故事。十年之前，大学生聂赫留朵夫暑期住在姑妈的庄园，认识并诱奸了姑妈家养女玛丝洛娃。十年以后，当聂赫留朵夫以陪审员身份出席法庭审判时，认出被告玛丝洛娃是自己曾经诱奸过的姑妈家养女，决定采取忏悔和赎罪的救赎行动。所以，小说故事有两个引发事件，一个是十年之前，聂赫留朵夫诱奸玛丝洛娃；另一个是十年之后，聂赫留朵夫以陪审员身份出席法庭审判时，认出被告玛丝洛娃是自己曾经诱奸过的姑妈家养女，并决定采取忏悔和赎罪的救赎行动。比较而言，前者是一个外在的偶发事件，后者则是一个内在的必然事件，是主人公聂赫留朵夫内心深处产生的自我救赎欲望。我们已经知道，作家主要是从十年之后的内在引发事件来设计故事核，因为这个内在的引发事件直接导致主人公聂赫留朵夫走上了一条向玛丝洛娃主动忏悔和真心赎罪的人生之途。

第四，高潮转折策略，是从主人公的人物反转或发现反转来构思故事核。由于主人公是小说故事主线上的人物，所以，主人公的反转总是会导致故事主线的高潮转折，而主人公的发现反转一旦与主人公的利害相关，也会造成故事主线的高潮转折。

例如，小说《茶花女》的故事核是：主人公玛格丽特因对阿芒父亲的一个承诺而葬送了自己的爱情。这是主人公的反转导致故事的高潮转折。玛格丽特接受了阿芒的求爱，过起了二人世界的同居生活，并正在筹划两人的婚事。但是，当阿芒的父亲以一个长者的身份请求玛格丽特，为了阿芒妹妹的婚姻而离开阿芒时，玛格丽特却背弃了自己想与阿芒结婚的意愿，背弃了自己与阿芒的爱情。主人公玛格丽特虽然仍深爱着阿芒，但是，她却答应阿芒父亲的请求，跟阿芒不告而别。小说故事也因此而发生转折高潮，并直接导致玛格丽特爱情悲剧的结局。

第五，价值观主导策略，是从主人公的价值观念来构思故事核。通常的情况是，主人公不仅是小说故事主线上的人物，而且往往也是小说主题的代言人。所以，主人公的价值取向往往传递和引领小说故事的主题。

例如，小说《朗读者》的故事核是：主人公米夏用朗读者的方式怀恋曾经的爱情。十五岁的米夏在不知情的情况下与纳粹集中营的女看守之间因朗读而产生爱情，用自己朗读的录音带寄给狱中的汉娜的方式，怀念这段难以忘却的少年恋情，并希望汉娜能够悔悟自新。所以，作家通过主人公的价值观取向和具体行动传递出小说故事的价值观主题，进而创造性地解决了两种对立的价值观悖论：曾经的恋人与现在的战犯。

由此可见，五个常用的故事核构思策略，都是围绕小说故事主人公来设计的。这样，作者从核心叙事创意点上设定故事主人公应有的位置和价值，并通过主人公的行动及其具体的事件加以展现，自然就把主人公设置在小说故事主线之上。

2. 从主人公的视野概述故事大纲

小说主要叙述主人公的故事，所以，在构思和撰写小说的故事大纲时，作者不仅要从小说的故事素材中找到故事主人公，要使小说的故事序列紧扣主人公的行动及其事件，而且应该尽可能地站在主人公的视野来概述故事大纲。

例如，《一枚戒指故事》的故事大纲由五个叙述句组成：

（1）购粮者见粮商不在家，便与粮商的妻子达成用一枚戒指作为情人礼物的协议。

（2）购粮者与粮商的妻子完成了性爱活动后，将自己的一枚戒指送给了粮商的妻子。

（3）购粮者后悔把自己的戒指送给了粮商的妻子，想要讨回那枚戒指。

（4）购粮者向粮商谎称，是粮商的妻子告诉他能用一枚戒指交换粮食，并使粮商信以为真。

（5）粮商很生气，叫自己的儿子回家去取回戒指，并还给了购粮者。

在上述故事大纲里，我们可以发现作者是如何用主人公的视野设计故事序列的。

第一，主语设定为故事主人公。在故事大纲的五个故事序列中，前四个故事序列的主语都是故事主人公购粮者，其结果是，故事大纲的句式是从主人公的主体位置来概述故事事件的。

第二，谓语动词设定为主人公的行动。故事大纲的前四个故事序列中，主句的谓语动词都是故事主人公购粮者发出的行动，诸如，达成……协议、送给、后悔……想要、谎称。所以，主人公在整个故事大纲的事件中充当了施动者，引领了故事主线的变化和转折。

第三，从主人公的视点设计叙事视角。故事大纲的第一个故事序列的开端写道“购粮者见粮商不在家”，“见”这一词确定了作者是从主人公的视点来设计该故事序列的。

由此可见，在用故事大纲的方式概述小说故事素材时，作者应尽可能地将主人公设定为主语，并为主人公配置相应的动词谓语，构成一种主谓结构的叙述句式。这样，作者才能从主人公的视野提炼和概述小说故事素材中的事件，进而确保主人公处于小说故事的主线之上。

三、如何配置主人公与小说故事之间的互动关系

把主人公设置在小说的故事主线之上，必然会产生主人公与小说故事之间的结构性关系问题，尤其是主人公的行为动机和行动目标在故事世界里发生改变或反转之后，作者就要考虑小说故事是否因此会发生变化，以及主人公的行为动机和行动目标又是如何发生变异的。我们将从主人公的施动功能与施受取向两个方面探讨作者如何配置主人公与故事之间的互动关系。

1. 施动功能：驱动主线与驱动主题

施动功能是要探讨主人公的行为动机和行动目标改变或反转之后，作者如何配置小说故事变异的问题，其中，驱动故事主线或驱动故事主题发生变异是两种常见的配置策略。

首先，驱动主线，即主人公的行为动机和行动目标的反转导致小说故事主线转向相反的方向。例如，在《一枚戒指故事》的故事大纲里，在第二个故事序列中，主人公购粮者用自己的一枚戒指作为情人礼物赠送给粮商的妻子，并与其发生性关系，第三个故事序列是，购粮者后悔了，想要讨回那枚戒指。从整个故事框架上看，情人礼物由失去到复得的故事反转是由这个故事序列开始的，并因此带来后续故事序列中主人公的反转行动，结果是，粮商轻信了购粮者的谎言而把那枚戒指还给了购粮者。也就是说，主人公后悔并想要讨回赠送给粮商妻子的那枚戒指的事件，直接引发小说故事向相反的方向发展并直到故事的结局。虽然，主人公的行为动机和行动目标的反转通过驱动故事主线的转折，也使小说故事的主题发生变化，从购粮者与粮商妻子的偷情变为惩罚粮商的愚昧和自私。

其次，驱动主题，即主人公的行为动机和行动目标的反转没有改变小说故事的基本方向，却改变了小说故事的主题。例如，在《两百个金币故事》的故事大纲中，薄伽丘虽然采用了“失而复得的情人礼物”的叙事母题，却与《一枚戒指故事》不同，主人公古尔法多的行为动机和行动目标的反转，主要改变了小说故

事的主题。在第二个故事序列中，古尔法多发现友人妻子安勃罗佳索要两百个金币作为发生性关系的筹码后，改变了自己爱慕并试图占有友人妻子的动机，并决定要惩罚友人妻子，于是，古尔法多先是向友人加帕罗洛借了两百个金币，并作为情人礼物给了安勃罗佳而与其完成了性爱活动的交易，最后，古尔法多当着安勃罗佳的面告知加帕罗洛，两百个金币的借款已还给了他的妻子。所以，作家并没有改变由“得而复失的情人礼物”的故事核规定的小说故事框架，而是改变了小说故事的主题，由原来的古尔法多与友人妻子的偷情变为惩罚友人妻子唯利是图的贪婪本性。

如上所述，主人公行为动机和行动目标的改变往往会驱动小说故事主题发生变化，然而这种故事主题的变化有时可以在不改变故事框架的条件下完成。也就是说，从驱动功能上讲，在主人公行为动机和行动目标发生改变后，作者可以不改变小说故事框架，只是对故事框架内的故事序列做出相应的调整，同样可以驱动小说故事主题的变异[①]。

2. 施受取向：主动驱动与被动驱动

与驱动功能不同，施受取向要考虑的是，作者如何找到主人公的行为动机和行动目标发生变异的源头，即是什么导致了主人公的行为动机和行动目标发生变化。我们可以从主动驱动与被动驱动两个方面探讨作者如何配置施受取向。

首先，主动驱动是指主人公根据自己的主观意愿改变其行为动机和行动目标，进而在主人公与小说故事的互动中处于主动地位，即主人公的自身变化带动小说故事主线的变异。

例如，在小说《红与黑》上卷第九章“乡间一夜”中，作家设计了一个主人公于连与市长夫人德·瑞那在后花园握手的场景。夏日之夜，市长离家外出，德·瑞那夫人找了女友德尔维尔夫人一起，在自家的后花园里聊天。于连参与两位夫人的闲聊过程中，想要偷偷地握住德·瑞那的手。虽然从想要偷偷地握

---

① 笔者曾以小说《三国演义》第四回为例，分析了曹操在小说故事世界中改变了自己的杀人动机而使相同的行动目标具有不同的叙事意义。第一次是误杀，曹操误以为有人要杀他，就把吕伯奢在家的八口人都杀死了；第二次则是故意杀人，在逃跑路上遇见买酒回来准备款待他和陈宫的吕伯奢杀死。这一文案说明，人物的行为动机往往决定其行动目标的叙事意义。因此，在主人公与小说故事之间的结构性互动关系中，作者可以通过改变主人公的行为动机来改变小说故事主题，甚至可以不改变主人公的行动目标和小说故事主线框架，只要改变主人公的行为动机，就可以改变小说故事主题或者改变主人公行动的叙事意义。陈鸣．小说创作技能拓展．北京：中国人民大学出版社，2016：152-153.

住市长夫人的手到最终成功地实现了这一疯狂的握手举动，于连经过了激烈的思想争斗和情绪纠结，他甚至用城堡的时钟敲响十点作为自己采取握手行动的最后信号，但是，想借助夜色偷偷地握住德·瑞那夫人之手是于连自己想出来的疯狂念头，并且，用身份钻营的人生志向挣脱世俗的男女情爱也是在于连的内心矛盾冲突中完成的。所以，这是一个主人公主动驱动的施受取向，推进了小说场景中的故事序列，使于连与德·瑞那夫人之间的关系进入了一个新的阶段，也使于连的身份钻营人生志向跨出了关键的第一步。

其次，被动驱动是主人公受制于小说故事世界的外在力量而不得不改变自己的行为动机和行动目标，因而在主人公与小说故事的互动中处于被动地位，即主人公是被故事中的人物或事件牵着走的。

例如，莫泊桑的小说《羊脂球》叙述妓女羊脂球乘坐的驿车经过普鲁士哨卡前后的故事。普法战争时期，一辆法国的驿车驶离敌占区时，被一名普鲁士军官扣留，军官要车上的一个绰号叫羊脂球的妓女陪他过夜，否则驿车不能通过。羊脂球出于对法兰西祖国的热爱和对自己的人格尊重，拒绝与普鲁士军官的一夜性交易。然而随后发生的情况是，许多同车的乘客为了能尽早离开，想方设法劝说羊脂球答应普鲁士军官的要求。最后，羊脂球在众乘客的劝说下不得不放弃自己的最初信念，答应了普鲁士军官提出的一夜性交易要求。所以，羊脂球与普鲁士军官的一夜性交易，从拒绝到答应的转变是一种被动施受的结果，主人公羊脂球是在小说故事世界的外部力量劝诱下改变自己的行为动机和行动目标，小说的故事主线也因此而发生了重要的转折。

由此可见，主人公与小说故事之间存在着互为施动的可能性。作者既可以通过主人公主动驱动的方式，在主人公的内心世界里找到其行为动机和行动目标变化和反转的源头，进而推进小说故事主线的变化，也可以通过主人公被动驱动的方式，在主人公的外部故事世界里找到其行为动机和行动目标变化和反转的源头，进而使主人公被小说故事中的叙事要素牵引而发生变异。也许，主人公与小说故事之间的互为施动是一种文学写作的常识，甚至也是人们的生活常识，然而在构思故事核和撰写故事大纲时却往往被忽视甚至曲解。因此，笔者之所以用施受取向的文案分析加以强调，不只是一个回到文学写作常识的话题，也涉及作者如何为小说故事创造主人公的问题，是如何配置主人公与故事的结构性互动关系的叙事技术问题。

第二节　撬动主人公的行动意愿

要使主人公成为小说故事变异的第一驱动力，就需要设计主人公在小说故事世界的行动欲望和行动意愿。因此，在为小说故事创造主人公的时候，作者应该考虑如何撬动主人公的行动意愿。我们将从欲望强度与困难层级两个方面探讨作者如何撬动主人公的行动意愿。

一、增加主人公的欲望强度

马斯洛的需求理论把人的需求依次分为生理需求、安全需求、社交需求、尊重需求和自我实现需求。这五种需求之所以被依次排列为逐级递升的价值和意义，主要的原因是，人们在每一种需求的变化中加入了对事理、情理和义理等价值观方面的判断。因此，在设计小说故事的主人公欲望时，作者可以从人物的行动目标上设定主人公的欲望强度，也能够通过添加某些价值观判断的方法来提升主人公的欲望强度，进而有效地调控主人公在小说故事世界里的行动力度。

1. 低度欲望：主人公追取其不曾有的东西

欲望的本义是指人们想要达到某种目的而产生的行动意愿，因而时常表现为一个人想要获取某种东西。可是，作者一旦把主人公的欲望定义为追取其不曾有的东西，只是为自己小说的故事主人公设定了一个低度欲望。也就是说，这种欲望驱动主人公行动的力量是较为弱小的，需要植入相关的价值判断作为催化要素，才能使主人公的欲望具有充分的合理性和叙事的冲击力。

例如，在小说《红与黑》中，主人公于连有一个身份钻营的人生志向，一心想要跻身法国的上流社会，改变自己贫贱的家庭出身和低微的社会身份。所以，于连的身份钻营的人生志向实际上是一个低度欲望：他想要追取自己不曾有的社会地位。为了增强于连的行动欲望的力度，作家在这个身份钻营的深层欲望中加入了一个异性情欲的表层欲望，一是对市长夫人女性身体的占有欲，二是对侯爵女儿贵族门第的占有欲，并且，在小说故事里，这种异性之间的情欲不只是于连的单方面欲望，也表现为后者的呼应，一是市长夫人的积极响应，意欲和于连保持婚外情，二是侯爵女儿的主动引诱，在情书中邀请于连半夜爬到自己的闺房。

因此，作家在于连的身份占有的低度欲望中加入了合乎情理的催化剂，表现了欲望的追取者与被追取者之间的两情相悦，从而使于连的低度欲望在小说故事的境遇中被赋予了价值判断上的合理性。也就是说，于连试图借助于市长夫人和侯爵女儿的渠道跻身法国上流社会，这种想要获取自己不曾拥有的身份是一种低度欲望，却因与这两名上流社会女性之间两情相悦的表现而变得合乎情理。

2. 中度欲望：主人公争取自己应该有的东西

中度欲望是指作者将主人公的行动欲望设定为想要争取自己应该有的东西。显然，这个欲望已在主人公的低度欲望（想要自己不曾有过的东西）基础上，添加了一种理智判断：主人公想要得到的东西，不只是不曾有的，并且是应该拥有的。

例如，在小说《项链》中，女主人公玛蒂尔德的欲望是爱美虚荣。显然，爱美是女性的自然欲望，本身无可厚非。作家给玛蒂尔德的爱美欲望中掺入了虚荣的意向，并使之成为主人公的情感包袱。结婚之后，玛蒂尔德内心深处总是希望能穿上美丽的服饰，博得男人们的欢心，引起女人们的嫉妒。应该看到，玛蒂尔德爱美虚荣是一个低度欲望，玛蒂尔德想要追取其婚后不曾有过的东西，并且，此类欲望在现实生活中也较为普遍。因此，作家为玛蒂尔德爱美虚荣的低度欲望提供了合理的缘由和动机。那就是，玛蒂尔德有着花容月貌的姿色，却因出生于小职员的家庭而无缘结识有钱有地位的男子，只得嫁给了教育部的一个小科员，过着简朴寒酸的生活，没有漂亮的衣服，没有珠宝首饰。所以，玛蒂尔德心里一直有个愿望：如何使自己身上的服饰能配得上自己的美丽容貌。

也就是说，在玛蒂尔德眼里，爱美虚荣的欲望与美丽容貌之间有着某种内在的逻辑关联，漂亮的女人应该穿戴漂亮的服饰，所以，玛蒂尔德的爱美虚荣不只是想要得到自己不曾有过的东西，而是要争取自己应该有的东西。显然，作家在玛蒂尔德的爱美虚荣欲念中加入了自我评价的价值判断，主人公的欲望层级也由此进阶为中度欲望。

3. 高度欲望：主人公夺回自己曾经拥有的东西

高度欲望是指主人公夺回自己曾经拥有的东西。显然，这已经不只是要不要获取什么的欲望，也不只是该不该拥有什么的欲望，而是定要夺回原本属于自己的东西的欲望，因而是一种基于主人公的意志和信念而产生的行为动机和行动目标。

例如，小说《静静的顿河》开篇不久，故事主人公葛利高里爱上邻居司契潘的妻子婀克西妮亚，并在与年轻貌美的娜塔莉亚新婚不久就与婀克西妮亚离家私奔。我们已经分析，作家如何用一系列非常态的事件将小说男女主人公的传奇爱情故事设计成奇观型故事核。我们也可以从主人公的欲望强度上进一步探讨女主人公婀克西妮亚的行动欲望。

从社会伦理上讲，婀克西妮亚与葛利高里的爱情触犯了一系列社会习俗和个人行为的道德禁忌，首先，婀克西妮亚是司契潘的妻子，一个有夫之妇爱上同村的青年单身汉葛利高里已是违背了为妻之道；其次，婀克西妮亚乘丈夫外出军事集训，约葛利高里来自己的家里偷情，也属伤风败俗的行径；最后，当葛利高里的父亲知道并加以阻止两人的荒唐行为时，婀克西妮亚居然当面说出“葛利高里是我的”的话，更是挑衅了老葛利高里的长者尊严。以此而言，婀克西妮亚确实是在追取不属于自己的东西，并且逾越了社会伦理和个人道德的边界。其欲望强度是负的。为此，作家为婀克西妮亚近乎疯狂的欲念行为设计了两个重要的欲望反转动力，一个是婀克西妮亚的少女贞洁被自己的亲生父亲夺去了；另一个是婀克西妮亚的幸福婚姻被丈夫司契潘夺走了。新婚第二天，司契潘发现婀克西妮亚婚前的家庭丑闻后，非但没有同情之心，反而殴打新娘，并每夜出去酗酒，把婀克西妮亚关在家里。所以，葛利高里的热烈追求，不仅冲破了婀克西妮亚的情感之堤坝，而且激活了婀克西妮亚的女性之渴望。她要夺回被亲生父亲剥夺的少女贞洁，她要夺回被丈夫剥夺的幸福婚姻。也就是说，婀克西妮亚的灵魂深处爆发出一种高度欲望：夺回自己曾经拥有的东西，夺回曾被自己不幸的命运所剥夺的东西。

由此可见，婀克西妮亚的欲念之所以能由低度欲望甚至负面欲望，转变为一种极具爆发力的叙事动力，原因在于，作家在婀克西妮亚的欲念中注入了事理上和情理上的合法性依据：夺回被非法或非人性方式剥夺的东西。所以，婀克西妮亚要真正拥有并实施这种高度欲望，就必须具有这样一种意志和信念上的价值判断，一种凌驾于常情和常理之上的合法性判断力。

总之，作者可以通过设定主人公的欲望强度的方式，诱导或逼迫主人公动起来，促使主人公为了特定的欲望目标而采取相应的行动。比较而言，主人公的低度欲望主要是面向目标的行动欲念，瞄准欲念的情感判断合理性；主人公的中度欲望是包含了某种情理与事理上的智力意愿，符合欲念的理智判断合理性；主人公的高度欲望则超越世俗观念的合法性，指向意志和信念合理性。所以，低度欲望、中度欲望和高度欲望的区分，旨在帮助作者准确而有效地设定故事主人公的欲望强度，并通过引入相应的价值观判断，操控主人公的行动力度。

二、推进主人公的困难层级

要使主人公行动起来的简单方法是，把主人公放入某种利害关系的情景之中，并且，“人物性格真相在处于压力之下做出的选择时得到揭示——压力越大，揭示越深，其选择便越真实地体现了人物的本性”①。也就是说，作者可以通过小说故事世界里不断恶化的困境来倒逼主人公采取回应或抗争的行动，甚至导致主人公在人生成长或迷失自我的过程中发生人物变迁。所以，与欲望强度不同，困难层级主要是探讨如何从小说故事的客观方面撬动主人公的行动意愿。其中，困境、险境和绝境是三个依次递进的困难层级。

概括地讲，困境是主人公在人物主线上遭遇的第一个重大的困难；险境是主人公在回应困境过程中遭遇的重大挫折；绝境是主人公在抗争险境过程中陷入的致命境地。我们可以从境遇变迁与人物变迁两个方面探讨作者如何配置依次推进的困难层级。

1. 主人公境遇变迁的困难层级

我们已经知道，境遇变迁是人物的客观变迁。所以，主人公境遇变迁的困难层级是指主人公在自己的生活境遇或人生命运的重大变异或反转过程中遭遇的困难境遇。

例如，小说《项链》的故事主线是借项链、丢项链和赔项链。实际上，作家正是通过故事主线的三大环节，为故事主人公玛蒂尔德依次递进地配置了三大困难层级及其相应的行动。

（1）困境，玛蒂尔德因参加舞会而遇到没有得体服饰的问题，后通过向女友借一条项链的方式，摆脱困境。

---

① 罗伯特·麦基．故事——材质、结构、风格和银幕剧作的原理．天津：天津人民出版社，2016：99.

（2）险境，玛蒂尔德遭遇丢失女友借给她项链的问题，后通过借高利贷购买一条项链偿还女友的方式，解决险境。

（3）绝境，玛蒂尔德遭遇偿还高利贷借款的问题，后通过辞掉用人和外出打工的勤俭劳作的方式，用十年的时间还清了借款，走出了绝境，却为此付出了沉重的代价。

所以，从借项链、丢项链到赔项链，既是小说故事主线的三个环节，也是作家为玛蒂尔德的境遇变迁配置的三大困难层级。因一场舞会引发了玛蒂尔德没有得体服饰的困境；因舞会上得意忘形而使玛蒂尔德遭遇丢失女友项链的险境；因偿还高利贷又使玛蒂尔德陷入赔项链的绝境。虽然所有这些都出于玛蒂尔德爱美虚荣的欲望，但是从小说故事的开始到结局，玛蒂尔德的爱美虚荣并没有变化，变化的是其生活境遇：从困境、险境到绝境。小说正是通过依次递进的困难层级，撬动了玛蒂尔德的行动意愿，或者说，玛蒂尔德爱美虚荣的欲望因其遭遇三大困难层级的现实境遇，不得不采取相应的行动：借项链、丢项链和赔项链。

2. 主人公自身变迁的困难层级

主人公自身变迁的困难层级是指主人公在自身的价值观念、生活态度和个人性格等方面的前后变化或反转中遭遇的困难境遇。

例如，在小说《安娜·卡列尼娜》的故事里，我们可以从主人公安娜的自身变迁过程中找到依次递进的三大困境及其相应的行动。

（1）困境，安娜发现自己爱上了渥伦斯奇以后，她的情感生活遭遇了困难，安娜试图通过向丈夫提出离婚的方式脱离困境。

（2）险境，安娜的丈夫不愿签署离婚协议，更不愿把儿子抚养权交给女主，她的婚姻生活遭遇困难，她通过与渥伦斯奇同居的方式走出险境。

（3）绝境，安娜无法摆脱牵挂儿子的为母之心，同时又怀疑渥伦斯奇有新的相好，不得不以卧轨自杀的方式在绝境中放弃了自己的生命。

所以，从安娜遭遇婚外恋情后，试图摆脱没有爱情的夫妻关系的困境，却因丈夫拒绝离婚而陷入险境，只好选择与渥伦斯奇婚外同居，直到在恋情和亲情中迷失自我的绝境之后，走上了卧轨自杀的悲剧命运。作家为主人公安娜设置了一种人物自身变迁的轨迹。在小说故事最初，安娜是一个优雅而自信的上流社会的妇人，然而却在与渥伦斯奇一见钟情之后发生了重大的变化。尤其是在故事结尾，一方面，因怀疑同居后的渥伦斯奇有了新的相好，安娜追求自由爱情的价值观受到了沉重的打击；另一方面，因长久未能与亲生儿子相处，安娜内心深处的母子情感也遭遇严重的伤害，结果是，安娜的人格发生了重大的变迁，从优雅而自信的上流社会的妇人，变为一个充满嫉妒、迷茫和绝望的出轨女人，最后走上告别生命的悲剧之路。从这个意义上说，在经历从困境、险境到绝境的递进式困难层级的过程中，安娜的价值观念和个人性格等方面发生了重要的变迁，并最终选择卧轨自杀的人生结局。

需要指出的是，困境、险境和绝境，是作者撬动主人公行动意愿的叙事策略。这并不意味着，每一部小说的故事主人公，都需要配置依次递进的三种困难层级，作者要根据人物自身的变化节奏、故事中事件的复杂情况，以及小说的篇幅和容量，有针对地给故事主人公配置困难层级。但是，将主人公的困难层级设置为逐步递进的方式应该是作者配置主人公困难层级的基本策略。

第三节　处理好主人公行动结构中的三个要素

一般说来，主人公的行动主要涉及三大结构元素：目标、动机和路径。或者说，作者可以通过目标、动机和路径来配置主人公行动“做”的情感动作线。其中，目标（what）是指主人公行动所要达到的客观目的，即主人公行动做什么；动机（why）是指主人公为达到目标而预设的主观缘由，即主人公为何要采取行动；路径（how）是指主人公为达到目的所选择的具体行动方案，即主人公达到行动目的的方式及其所需要的条件。因此，作者可以通过目标、动机和路径之间的关系设计主人公的行动结构，进而叙述主人公行动的结构性变异而形成主人公的情感动作线。

我们将从行为动机制导下的行动目标、行动结构的简单模式与复杂模式三个方面，探讨作者如何通过目标、动机和路径的三大要素来设计和调整主人公的情感动作线及其行动模式。

一、主人公行为动机制导下的行动目标

我们已经知道，俄国学者普洛普的“功能说”把故事中的事件界定为由人物

的外部行动构成的情节内事件。其原因在于，普洛普探讨的是童话故事，因而注重故事中的人物在实施其行动目标过程中的外部表现和外在结局。其实，在小说作品中，人物行动的目标与动机是人物行动结构中相对独立的两个方面。并且，作为人物行动的意向性活动，主人公的行为动机往往是一个自变量的叙事要素，而主人公的行动目标则是一个因变量的叙事要素，作者往往会通过主人公行为动机的变化来设计或调整主人公的行动目标。所以，在设置小说主人公的行动结构时，作者应首先将聚焦点设定在主人公的行为动机之上。

1. 通过主人公行为动机的变化揭示其行动目标变异的动因

在小说的主人公由扁平人物向圆形人物转换的过程中，往往会伴随着主人公原有的行为动机发生变化和转折。因此，作者可以通过主人公行为动机的转折入手，挖掘出主人公改变或修正其行动目标的深层原因。

例如，在小说《带小狗的女人》中，契诃夫便是抓住了小说主人公古罗夫的人物行为动机的变异，叙述了他试图修改自己原有的行动目标。古罗夫是个情场老手，因过早结婚，四十岁不到就有了三个孩子。但在婚后的家庭生活中，古罗夫对自己的妻子产生了反感，认为她智力有限、胸襟狭隘、缺少风雅，而他的妻子也瞧不起他。所以，古罗夫背着妻子不止一次地跟别的女人私通。就是这样一个情场老手，在雅尔塔公园里结识了一个名叫安娜的女人之后，却在爱情与婚姻的观点和态度上发生了变化。

从人物行为上看，古罗夫最初认识安娜时，他的行动目标依然是寻找婚外性伙伴，其行为动机是满足自己的性欲需求。但与安娜发生一夜情之后，古罗夫原初的行为动机开始动摇，以至于其行动目标也出现了逆转。作家主要从以下四个叙事序列来叙述古罗夫的行为动机的变化轨迹：

（1）与安娜一夜情之后，古罗夫与安娜坐在海边的长凳上，眺望着晨雾中的雅尔塔，以及山顶上漂浮的云，听着树上的知了声和下面的海水声。古罗夫在安宁的心境中表达出对人的尊严的渴望。小说写道：

> 古罗夫跟一个在黎明时刻显得十分美丽的年轻女人坐在一起，面对着这神话般的环境，面对着这海，这山，这云，这辽阔的天空，不由得平静下来，心醉神迷，暗自思忖：如果往深里想一想，那么实际上，这个世界上的一切都是美好的，唯独我们在忘记生活的最高目标，忘记我们人的尊严的时

候所想和所做的事情是例外。①

(2) 古罗夫回到莫斯科的家后，原本想忘却与安娜在雅尔塔的艳遇，然而一个多月过去了，仍无法摆脱对安娜的思念。于是，古罗夫有了去彼得堡找安娜的行为动机。小说写道：

> 可是一个多月过去，隆冬来了，而在他（古罗夫）的记忆里一切还是很清楚，仿佛昨天他才跟安娜·谢尔盖耶芙娜分手似的。而且这回忆越来越强烈，不论是在傍晚的寂静中，孩子的温课声传到他的书房里来，或者在饭馆里听见抒情歌曲，听见风琴的声音，或者是暴风雪在壁炉里哀叫，顿时，一切就都会在他的记忆里复活：在防波堤上发生的事、清晨以及山上的迷雾、从费奥多西亚开来的轮船、接吻等等。②

(3) 古罗夫在彼得堡找到安娜后，两人便每两三个月来莫斯科的旅馆里幽会。古罗夫为自己的婚外偷情寻找到了新的行为动机。他想，每个人都有着两种生活：一种是公开的，用伪装来遮盖真相的外衣；另一种生活则是在暗地里进行的，真诚地去做那些没有欺骗自己的事情。小说接着写道：

> 他（古罗夫）根据自己来判断别人，就不相信他看见的事情，老是揣测每一个人都在秘密的掩盖下，就像在夜幕的遮盖下一样，过着他的真正的、最有趣的生活。每个人的私生活都包藏在秘密里，也许，多多少少因为这个缘故，有文化的人才那么恓恓惶惶地主张个人的秘密应当受到尊重吧。③

(4) 与安娜在莫斯科的旅馆幽会时，古罗夫发现自己生平第一次真正地爱上了一个女人，于是，古罗夫有了改变自己的婚姻现状的行动意向，因而产生了修正其原有行动目标的欲望。小说写道：

> 直到现在，他（古罗夫）的头发开始白了，他才生平第一次认真地、真正地爱上一个女人。④

由此可见，作家没有简单地叙述古罗夫与安娜之间发生婚外情的事件经过，

---

① 契诃夫．契诃夫小说全集：第10集．上海：上海译文出版社，2000：258.

② 同①260.

③ 同①265.

④ 同①266.

也没有从行动目标上叙述古罗夫是如何从一个寻找婚外性伙伴的情场老手变为痴情的婚外恋人并试图改变自己的婚姻现状，而是抓住了古罗夫的行为动机，并从行为动机的转折中揭示其行为目标变异的内在依据。与安娜在雅尔塔的相识和一夜情，唤醒了古罗夫内心深处对人的尊严的渴望，并产生了关心和同情他人的意愿。于是，作家主要从情绪和观念两个方面为古罗夫的行为动机引入变化的动因，使他由最初的满足婚外性欲需要变为婚外恋式的情爱追求。首先是情绪层面上带来的动机变化，回到莫斯科的家以后，古罗夫原本想要忘掉安娜，然而在雅尔塔与安娜相处的日日夜夜却一直萦绕在他的眼前，如饥似渴的思念情绪迫使他不得不去彼得堡找安娜；其次是观念层面上带来的动机变化，与安娜在莫斯科旅馆幽会后，古罗夫为自己的婚外幽会找到了一个自以为是的理由。他认为，公开生活是虚伪的，而隐秘生活却是真实的，所以，有文化的人会尊重个人的隐私。这样，婚外恋情的秘密幽会便绕开了社会正统道德观念的质疑，被置换成应受文化人尊重的隐秘生活，进而在行为动机上获得了合理性。而在小说结尾时，古罗夫也产生了想与安娜结婚的念头，追求“一种崭新的、美好的生活”，一种建立于互相尊重与真实爱情基础之上的婚姻关系。因此，在叙述古罗夫在雅尔塔公园认识牵小狗的女人安娜的故事中，作家通过叙述古罗夫的婚外行为动机的两次变化，促成他的行动目标也由最初的寻找婚外性伙伴变为试图改变现有的婚姻状况。

2. 用激活主人公深层动机的方式展示其行为动机与行动目标之间的戏剧性矛盾冲突

小说人物的动机与目标之间关系的复杂性在于，一方面，人物的行动目标涉及载体与标的两个方面，其中，行动目标的载体是指目标所依托的媒介，如，爱情的目标载体可以是男人或女人，以及现实或想象中的爱慕对象，行动目标的标的是目标所指向的内容，比如，爱情、友谊等的对象化愿景；另一方面，人物的行为动机也具有结构性层次，往往表现为一个与肉体相关的、偶发的表层动机与一个与灵魂相关的、持续的深层动机。因此，作者可以表现主人公行为在动机与目标之间的矛盾，也可以将主人公的行为动机区分为深层动机与表层动机，进而用激活主人公深层动机的方式展示其行为动机与行动目标之间的戏剧性矛盾冲突。

例如，在小说《红与黑》中，主人公于连的人生欲望是身份钻营，他试图通过跻身法国的上流社会来改变自己的低微身份。然而面对严酷的现实生活，于连只得凭借着年轻、英俊和良好的文学修养等个人特长，通过当家庭教师和私人秘书的方式，从上层社会的女性人物那里找到通往人生目标的途径。所以，在于连与市长夫人和侯爵女儿的情爱关系上，作家为于连的人物行为分别设计了一个行动目标与两个行为动机。其中，一个行动目标是占有，而具体的标的则因目标载体的不同而有所区别：在市长夫人那里是身体占有，而在侯爵女儿那里则是拥有婚姻。两个行为动机是：一个是男女情爱的表层动机，另一个是身份钻营的深层动机。司汤达的基本方法是，在于连的表层动机（男女情爱）与行动目标（身体占有或拥有婚姻）之间的结构性矛盾中，通过激活其深层动机中的身份钻营而使于连找到人物行动的驱动力量，进而表现于连的人物行动在动机与目标之间的戏剧性矛盾冲突。

（1）在于连与市长夫人德·瑞那的情爱关系上，表现于连的行为动机与身体占有（行动目标）之间的戏剧性冲突。在小说的上卷第九章“乡间一夜”中，作家通过于连与市长夫人在后花园握手的事件，表现于连的行为在动机与目标之间的戏剧性冲突。夏日之夜，于连和市长夫人，以及市长夫人的女友德尔维尔夫人一起，坐在市长夫人家的后花园里聊天。当时，于连想借助夜色偷偷地握住德·瑞那夫人之手，却又怕市长夫人拒绝。小说写道：

城堡的时钟已敲过九点三刻，他（于连）还是不敢有所作为。于连对自己的怯懦感到恼怒，暗自决定：“十点钟声响过，我得做我一整天里一直向自己保证要在晚上做的事。否则我就回到房间，一枪打碎自己的脑袋。”

在焦炙的等待中度过了最后的时刻。于连由于过度紧张，精神几乎崩溃。终于，他头顶上的时钟敲响了十点。这生死攸关的钟声，每一下都在他心中回荡，使他不由得心惊胆战。

最后一记钟声余音未了，他便伸出手去，一把握住了德·瑞那夫人的纤手。但她立刻抽了回去。于连连自己也不知哪来的勇气，又握住了她的手。虽然激动不已，他握住的那只冰也似的手还是令他吃了一惊。他使劲地握着。德·瑞那夫人曾最后一次试图把手抽回，但那只手还是留在了他的手里。

于连的心中涌动着幸福的暖流，不是因为他爱德·瑞那夫人，而是一次可怕的折磨终于结束了。①

最初，于连想要偷握市长夫人的手，然而在实施这个身体占有的目标时，于连却迟迟不敢动手，原因在于，当时的他正沉迷于男女情爱的表层动机之中，却又无法以情人的方式去偷握德·瑞那夫人的手。但是，当于连把自己的行动时间设定在时钟敲响十点之后时，实际上激活了潜藏在于连深层动机之中的身份钻营人生志向，所以，于连才有勇气去握住德·瑞那夫人的手，并最终涌动起幸福的暖流。由此可见，于连起初的心理矛盾表现为男女情爱的表层动机与身体占有的行动目标之间的矛盾，后因深层动机中的身份钻营人生志向的觉醒，才使他鼓足勇气，并完成了身体占有的行动目标。

（2）在于连和侯爵女儿玛蒂尔德的情爱关系上，表现于连的行为动机与拥有婚姻（行动目标）之间的戏剧性冲突。由于家庭背景和社会身份上的悬殊差异，作家采取了反向施受的方式，让侯爵女儿主动向于连发出情爱和婚姻的诉求。但是，对于自己能否成为侯爵女儿的情人，是否能与这位贵族小姐并肩踏入婚姻的殿堂，于连本人却一直处于怀疑和犹豫之中，甚至当侯爵女儿来信约于连午夜一点钟爬到她的卧室时，于连还在怀疑这是一场阴谋。在小说的下卷第十五章“莫非是个圈套”中，作家写道：

“如果这不是圈套，那她为我干出的事也太疯狂了！……如果这是愚弄，那么，先生们，是否把事情闹大，那就全在我了，我可不是让他们随意耍弄的。

“但要是我一进去便被他们捆住了胳膊怎么办呢，他们可能已经装了什么巧妙的机关！

“这像是一场决斗，”他（于连）笑着自语道，“我的剑术教师说过，有进招就有破招，但是仁慈的天主希望有个了结，就让两个人中的一个忘记招架。再说，我有东西回敬他们。”他从口袋里掏出两把手枪，尽管火药还有效，他还是换上了新的。②

侯爵女儿写信约自己午夜爬到她的卧室，于连怀疑是一个阴谋，因而内心十分矛盾。这显然是个机会，侯爵女儿主动向于连伸出了爱情的橄榄枝，于连可以通过与侯爵女儿的婚姻而跻身法国的上流社会，进而实现于连内心深处的身份钻

---

① 司汤达．红与黑．武汉：湖北人民出版社，2008：59.

② 同①361.

营动机。但是，身为贵族小姐的玛蒂尔德为何要向木匠出身的于连主动示爱呢？如此悬殊的社会身份又怎么可能喜结良缘呢？于连思前顾后，无法在男女情爱的行为动机与拥有婚姻的行动目标之间获得平衡。于是，作家从于连的深层动机中找到了身份钻营的人生志向欲望冲动，与侯爵女儿的半夜约会不只是男女情爱的行为，而是于连试图通过与贵族小姐玛蒂尔德的婚姻来摆脱自己的平民身份、踏入贵族社会的难得良机。因此，即使是个圈套，于连最终还是下定决心前去赴约，甚至把半夜赴约视作一场决斗。

值得注意的是，于连与市长夫人德·瑞那和侯爵女儿玛蒂尔德之间的行动目标诉求不同，前者是身体占有，后者则是拥有婚姻，但是，作家都是通过激活潜藏在于连深层动机中的身份钻营动机，使之取代或者说掩盖其表层动机中的男女情爱的意欲，进而找到了真正的行为动机，并最终采取了行动。因此，在于连的行动结构中，作家不仅表现了于连的行为动机与行动目标之间的矛盾，更揭示了于连的表层动机与深层动机之间的矛盾，以及由深层的行为动机驱使于连行动的内在动力机制。

二、主人公行动结构的简单模式

如上所述，目标、动机和路径是人物行动的结构性元素。如果用谓语动词“做”与情态词“要做”“能做”等加以表述的话①，人物行动“做”的结构便可以表述为“要做”——行动目标、“为何做”——行为动机、“如何做”——行动路径三个方面。在人物行动“做”的结构中，人物行动的动机与路径是较为活跃的变量参数，往往充当诱发、改变或驱使人物行动的策动力量。所以，作者可以从人物的行为动机（“该做”“敢做”等）与路径（“能做”“可做”等）的变化来配置人物行动“做”的结构模式。

笔者认为，简单模式是指单一对应的人物行动元素的结构性模式。基本的方法是，作者通过人物的行动路径与行动目标的组合，或者人物的行为动机与行动目标的组合，在人物行动要素的单一配置中设计主人公的情感动作线。

1. 主人公行动的路径与目标组合的情感动作线

“能做”与“可做”是人物行动条件方面的规定，因而是主人公行动路径

① 保尔·利科．虚构叙事中的时间的塑形：时间与叙事卷二．北京：三联书店，2003：75－87.

（“如何做”）上的要素。作者可以将主人公行动路径上的“能做”或“可做”与主人公的行动目标（“要做”）组合起来，设计主人公行动“做”的简单模式。

（1）“要做”与“能做”的组合。作者通过改善主人公行动路径上“能做”的主观条件，实现或推进主人公“要做”的行动目标。

例如，在小说《项链》中，女主人公玛蒂尔德的行动目标是想按照自己的要求与丈夫一起参加舞会。起初，丈夫把舞会请柬拿回家，请妻子一起去参加舞会。这本来是件令玛蒂尔德高兴的事情。但是，作家却为玛蒂尔德设计了两个行动目标：一个是要做一件自己在舞会上穿的礼服；另一个是她要佩戴首饰去参加舞会。这两个行动目标是玛蒂尔德的主观能力所无法达成的。所以，玛蒂尔德用丈夫的积蓄定做了一件舞会礼服，并向女友借了项链。也就是说，玛蒂尔德依靠外部力量的帮助才获得了“能做”的主观条件，这才心满意足地与丈夫一起去参加舞会。因而丢失项链后，玛蒂尔德只得为赔偿项链而借高利贷，后来又在还高利贷的过程中付出了惨痛的代价。值得注意的是，对于玛蒂尔德因爱慕虚荣而招致的不幸遭遇，作家给出了一个反讽式的故事结尾，即玛蒂尔德从女友那里得知，借给她的那条项链是假的。于是，读者突然发现，与她的女友相比，玛蒂尔德似乎有些许的天真和憨厚。

（2）“要做”与“可做”的组合。作者通过改善主人公行动路径上“可做”的客观条件，实现或推进主人公“要做”的行动目标。

例如，在小说《安娜·卡列尼娜》中，主人公安娜与渥伦斯奇一见钟情之后，安娜“做”的行动目标是，告别没有爱情的婚姻，与渥伦斯奇相爱成婚。但是，作家在安娜的行动路径上设置了一系列“可做”的障碍，一是安娜的丈夫不愿意离婚；二是安娜无法使儿子在自己的身边；三是渥伦斯奇没有做好与安娜结婚的准备。这样，安娜的行动目标与行动路径的客观条件之间发生矛盾冲突。最终，安娜没有能够解决行动路径上的诸多障碍，甚至怀疑起自己“做”的行动目标，不得不选择卧轨自杀，结束了自己的悲剧性命运。

2. 主人公行动的动机与目标组合的动作线

人物行为动机是人物行动结构中较为活跃的自变量要素，所以，作者通常会通过主人公行为动机的变化来设计或调整主人公的行动目标。由于“敢做”与“该做”是人物行动在意志和态度方面的规定性，决定了人物“为何做”的内在条件，因而是人物行为动机“为何做”上的要素。作者可以将人物动机中的“敢做”与其

“要做”组合，或者用“该做”与其“要做”组合，设计主人公动作线的简单模式。

（1）“要做”与“该做”的组合。表现为，作者通过改变主人公行为动机中“该做”的观点，调整或改变其“要做”的行动目标。

例如，在小说《羊脂球》中，主人公羊脂球原初的行动目标是拒绝与普鲁士军官的一夜性交易，其行为动机是出于对法兰西祖国的热爱和对自己的人格尊重。然而为了能使驿车通过普鲁士哨卡，同车的乘客都施展出各种伎俩，劝说羊脂球答应普鲁士军官的要求。于是，羊脂球原有的“该做”动机被逐渐消解了。作家主要是从以下三个时段叙述的：

● 在午饭的餐桌上，众人列举出许多古代的事例，借以阐述女人慷慨献身的意义。小说写道：

> 讲到最后，简直会叫你认为：女人来到尘世的唯一任务，永远是牺牲自己的肉体，没完没了地任大兵们为所欲为。[①]

● 在晚餐席间，伯爵夫人与修女谈论起宗教方面的崇高事迹。小说写道：

> 她（伯爵夫人）继续问这位修女：
>
> “这么说，嬷嬷，您是认为：只要目的正确，走哪条路天主都允许；只要动机纯洁，怎么做都能得到天主的谅解喽?”
>
> “谁能怀疑这一点呢，夫人？一个仅就事实来看是大逆不道的行为，往往只因出发点是好的，就变成可歌可颂的事哩。”[②]

● 第二天午后，伯爵挽起羊脂球的胳膊去散步，并以父辈的身份亲切地与羊脂球交谈。小说写道：

> 他单刀直入就触及问题的要害：
>
> “这么说，您宁愿让我们在这里待下去，等普鲁士军队吃了败仗，跟您一样任凭他们宰割，也不肯将就一下，做一次您生活里经常做的事喽?”
>
> 羊脂球一言不答。[③]

在第一天的午饭餐桌上，羊脂球听到了众多有关女人献出自己身体的合理性

---

① 莫泊桑．羊脂球//莫泊桑小说精选．北京：人民文学出版社，2010：72-73.

② 同①74.

③ 同①75.

事例。接着，在第二天晚餐的时候，羊脂球又听了伯爵夫人的宗教观念：只要动机纯洁，怎么做事都能得到天主的谅解。最后，在第二天的午后散步时，伯爵又婉言劝解羊脂球，为了众人的利益而去做一次自己生活里经常做的事。于是，羊脂球终于招架不住了，她的行为动机中的爱国热情和人格尊严的意识被消解了。尤其是伯爵夫人所散布的伪善的宗教观念，以及伯爵为众人的求情劝诱，迫使羊脂球改变了自己原初的行为动机，进而也背离了自己最初的行动目标，答应了普鲁士军官提出的一夜性交易要求。那一天的晚饭餐桌上，羊脂球一直没有出现。隔天早晨，羊脂球露面时，似乎有点心绪烦乱，面带羞色。大家仿佛没有看见她，也不认识她。然而“沉重的马车摇晃起来，旅行又开始了”[①]。

（2）“要做”与“敢做”的组合。表现为，作者通过改变主人公行为动机中“敢做”的态度，清除其行动路径上的障碍，并最终实现“要做”的行动目标。

例如，在小说《红与黑》中，主人公于连做了侯爵秘书之后，接到侯爵女儿玛蒂尔德的情书，并主动约于连半夜时分爬到自己的卧室会面。于连收到玛蒂尔德的信件后，内心十分纠结。他知道，玛蒂尔德是贵族家庭的女孩，而自己却是木匠的儿子，两人的社会地位差异悬殊，更重要的是，于连并不爱玛蒂尔德。因此，于连最初没有想要与侯爵女儿结婚的打算，即使收到侯爵女儿的情书之初，也没有准备与玛蒂尔德半夜幽会。但是，小说的下卷第十五章“莫非是个圈套”中，作家为于连引入了一个“敢做”的动机。于连想到，侯爵女儿写信约自己午夜爬到她的卧室，也许是个阴谋，但转念一想，这又是个机会，于连可以通过与侯爵女儿的婚姻而跻身法国的上流社会，进而实现身份钻营的目标。因此，即使是个圈套，于连最终还是下定决心前去赴约，甚至把半夜赴约视作一场决斗。由此可见，于连最初并不想跟侯爵女儿半夜赴约，只是植入了“敢做”的动机之后，才使于连把那次半夜赴约的行动目标由最初的男女幽会，变成于连实现其身份钻营的一场决斗。

三、主人公行动结构的复杂模式

复杂模式是一种复合对应的人物情感动作线。与简单模式不同的是，作者通过主人公的行动目标与两个以上行动路径的组合，或者与两个以上的行为动机的

---

① 莫泊桑．羊脂球//莫泊桑小说精选．北京：人民文学出版社，2010：79.

组合，在人物行动要素的复合配置中设计主人公的动作线。

1. “要做”与“能做”“可做”组合的主人公动作线

在主人公的行动目标与行动路径上，主客观条件之间组合而成的主人公动作线，即“要做”与“能做”“可做”组合。作者通过消除主人公行动路径上“能做”与“可做”的主客观条件方面的障碍，进而调整或实现主人公“要做”的行动目标。也就是说，作者可以通过人物在“要做”的行动目标与“能做”“可做”的行动路径之间的结构性矛盾冲突来设计主人公行动“做”的复杂模式。

例如，在小说《简·爱》中，主人公简·爱与罗切斯特相爱和结婚是小说情节框架中的核心叙事线条，因而也是作家为小说主人公设置的行动目标。但是，在叙述简·爱与罗切斯特由互生好感、互相爱慕至相爱结婚的过程中，作家却设置了一系列的障碍。除了罗切斯特比简·爱年长二十岁外，这些人物行动路径上的障碍主要来自两个方面：一是两人的社会身份差异所带来的“能做”上的障碍；二是罗切斯特妻子的存在所带来的“可做”上的障碍。最初，简·爱的自信和智慧赢得了罗切斯特的好感和信任，从而打消了两人因主仆身份差异所带来的阻碍，尤其当罗切斯特放弃了与贵族小姐的婚事，主动提出想要娶简·爱为妻之后，简·爱就接受了与罗切斯特结婚的行动目标。所以，作家主要是通过简·爱与罗切斯特克服两人之间的社会身份差异，消除了爱情婚姻路径上的“能做”障碍。但是，当简·爱发现罗切斯特的妻子后，就毅然地提出要离开罗切斯特。当时，罗切斯特极力劝简·爱做自己的妻子，但实际上是名义上的罗切斯特太太，小说写道：

> 他（罗切斯特）的声音和手都发抖了，他的大大的鼻孔又扩大了，他的眼睛发出亮光，然而我还是敢讲话：
>
> “先生，你的妻子还活着，这是你今天早上还承认的事实。要是我像你所希望的那样跟你住在一块儿，那我就成了你的情妇。不这样说就是诡辩，就是虚伪。”①

所以，罗切斯特家里有一个疯了的妻子，是简·爱与罗切斯特在相爱婚姻路径上的“可做”障碍，并直接导致简·爱改变其原有的行动目标，选择了离开罗

---

① 夏洛蒂·勃朗特．简·爱．上海：上海译文出版社，1980：399.

切斯特。

总之，在简·爱与罗切斯特的爱情婚姻道路上，两人的社会身份差异是一种“能做”方面的障碍；而罗切斯特妻子的存在则是“可做”方面的障碍。作家最初通过消除因社会身份的差异而造成的障碍，使简·爱与罗切斯特走进了婚礼的殿堂，接着通过罗切斯特的妻子在一场火灾中死亡的事件，扫清了两人在爱情婚姻道路上的最终障碍。所以，当简·爱回到桑菲尔德庄园，发现罗切斯特的妻子去世之后，简·爱主动提出并最后实现了与罗切斯特相爱结婚的行动目标。

2. “要做”与“能做”“该做”组合的主人公动作线

作者通过消除主人公行动路径上“能做”的障碍，确立行为动机上“该做”的行为动机，最终选择“要做”的行动目标。也就是说，作者可以通过人物在“能做”的行动路径、“该做”的行为动机与“要做”的行动目标之间的结构性张力来设计主人公“做”的复杂模式。

例如，在小说《牛虻》故事里，当蒙泰尼里以主教大人的身份来监狱探望被捕的牛虻时，牛虻向蒙泰尼里说出了自己是亚瑟的真实身份，蒙泰尼里非常震惊。然后，作家在蒙泰尼里与牛虻之间的对话中分别设置了两组“要做”的行动目标：

- 牛虻“要做”的目标——要蒙泰尼里帮助自己越狱，放弃上帝的信仰。
- 蒙泰尼里“要做”的目标——帮助牛虻越狱后自杀。
- 牛虻“要做”的目标——要蒙泰尼里参与武装革命活动。
- 蒙泰尼里“要做”的目标——坚守上帝的信仰，看着自己的亲生儿子被处死。

在上述人物“要做”的四个行动目标中，最初，牛虻向蒙泰尼里提出了第一个行动目标，蒙泰尼里却不愿放弃自己的宗教信仰，所以他选择了第二个行动目标。显然，牛虻并不希望自己的父亲帮自己越狱后自杀，所以，牛虻提出了第三个行动目标，要蒙泰尼里参与武装革命活动。但是，蒙泰尼里无法参与武装革命活动，因而不得不选择了第四个行动目标。因此，在人物“要做”的两组行动目标中，只有帮助牛虻越狱是蒙泰尼里“能做”的，也是两人可以共同达成的目标。但是，牛虻并不满足于自己越狱的目标。于是，这对亲生父子的争议焦点实际上已从行动路径上的“能做”，转移到行为动机上的“该做”问题。一方面，牛虻要蒙泰尼里放弃天主教的信仰，这是超出蒙泰尼里的行为动机中“该做”底线的，所以，蒙泰尼里无法接受这一行动目标；另一方面，蒙泰尼里提出自己帮牛虻越狱后自杀，这也不是牛虻的行为动机中想要蒙泰尼里“该做”的愿望，所以，牛虻也拒绝了这一行动目标。因此，作家通过两人在帮牛虻越狱的认同基础上，将矛盾冲突由两人的“能做”转移至“该做”的层面上，进而表现了两人在宗教信仰与武装革命抉择上的对立交锋。

值得注意的是，在叙述牛虻与蒙泰尼里的狱中交谈时，作家巧妙地通过在人物的行动目标“要做”与行为动机“该做”之间的双向冲突，设置了人物行动的结构。一方面，帮牛虻越狱后自杀，是蒙泰尼里“要做”的行动目标，却是牛虻“该做”的行为动机中所否定的；另一方面，帮牛虻越狱后一起参与武装革命活动，是牛虻希望蒙泰尼里“要做”的行动目标，却与蒙泰尼里“该做”的行为动机大相径庭。最终，两人选择了并非自愿却又不得不“该做”的第四个行动目标：蒙泰尼里坚守自己的宗教信仰，亲眼看着自己的亲生儿子被处死；而牛虻则坚持自己的武装革命信仰，用选择死亡的方式告别自己的亲生父亲。因此，作家在两人对话结束时写道：

> 他们都沉默了，一种异样的沉默，那么长久，那么深沉，而又那么突如其来。在黄昏的灰色微光中，他们互相注视着，他们的心的跳动由于恐怖而停止了。
>
> “你还有什么说的吗？”蒙泰尼里低声说，“还能给我任何——希望吗？”
>
> “不。除了跟教士们战斗之外，生命对于我已毫无用处。我不是一个人，而是一把刀。如果你让我活下去，那你就得承认我们这些短刀。”
>
> 蒙泰尼里转身向着十字架。“上帝呀！听他说的话……”
>
> 他的声音消失在一片空虚的静寂中，毫无反响。只是牛虻身上那个嘲讽的魔鬼又醒过来了。
>
> “对他喊……喊得响些呀，也许他是睡……睡熟了。……”
>
> 蒙泰尼里像挨了打一样地惊跳起来。他站在那儿向前凝视了一会——然后在草荐边沿坐下来，双手掩面，开始哭泣了。牛虻不住地战栗，一身冷汗。他知道这一场哭是什么意思。①

3.“要做”与“能做”“敢做”“该做”“可做”组合的主人公动作线

人物行动的目标与动机、路径之间的组合而形成的人物情感动作线，即“要

① 艾·丽·伏尼契．牛虻．北京：中国青年出版社，1953：309.

做”与“能做”“敢做”“该做”“可做”的组合。作者通过消除主人公行动路径上“能做”“可做”的障碍，确立“该做”“敢做”的行为动机，最终实现其“要做”的行动目标。也就是说，作者可以通过人物在“能做”的行动路径、“敢做”或“该做”的行为动机与“要做”的行动目标之间的结构性张力来设计主人公行动“做”的复杂模式。

例如，小说《了不起的盖茨比》叙述了主人公盖茨比试图与昔日情人黛西重温旧梦的故事。作家通过人物在“能做”的行动路径、“敢做”和“该做”的行为动机与“要做”的行动目标之间的结构性张力，设计盖茨比的人物行动“做”的复杂模式。

第一，作家为盖茨比要与黛西重温旧梦的行动目标设置了“能做”的条件。小说采取了从故事中间写起的方式，将小说的初始情节设定在盖茨比已从一个穷中尉变为富豪，并在纽约市郊的长岛上盖了座豪华的大别墅，招引着纽约城里的各界名流纷至沓来。

第二，作家为盖茨比要与黛西重温旧梦的行动目标设定了“敢做”和“该做”的行为动机。小说通过一系列叙事序列来表现盖茨比主动地实施与黛西重温旧梦的行动，诸如，盖茨比请尼克安排他与黛西会面；盖茨比请黛西去自己的别墅幽会；盖茨比亲口向黛西的丈夫汤姆挑明，黛西爱自己；盖茨比要黛西当面说自己从来没爱过丈夫；等等。而盖茨比之所以如此“敢做”，不仅因为他与黛西曾经相恋过，而且在于他始终怀着这样的“该做”动机：他深信黛西一直爱着自己，即使在她嫁给了汤姆之后。因此，盖茨比在与黛西重温旧梦的行动目标上拥有“敢做”和“该做”的行为动机。

第三，作家以隐含作者的声音揭示了盖茨比在要与黛西重温旧梦的行动目标“要做”上的致命症结。“了不起”的盖茨比怀着美好的理想、真诚的爱情和炽热的勇气，想要与昔日的恋人黛西重温旧梦，然而，他非但没有实现自己梦寐以求的理想，也没有找回五年前失去的爱情，却因黛西开车撞死人而被误杀致死。更为可悲的是，黛西非但没有出席盖茨比的葬礼，还与丈夫一起去欧洲旅行了。显然，盖茨比的悲剧既不在于他的行为动机，因为他确实爱着黛西，也不在于他的行动路径，因为他确实有迎娶黛西的物质基础，而在于他的行动目标，因为他错误地把实现自己理想的希望寄托在了那个“话音里充满了金钱”的黛西身上。于是，小说便传递出隐含作者的叙述声音：盖茨比的理想超出了黛西所能承载的，或者说，黛西无法理解盖茨比的理想，更不能与盖茨比一起实现和分享那个梦幻般的理想。

【本章概要】

本章主要探讨作者在设计故事核和撰写故事大纲过程中如何创造小说故事主人公的问题。

首先，笔者从主人公的身体、性格和价值观三个方面阐释了小说故事主人公应是一个异于常人的好人的观念。并指出，异于常人的特性使作者能够为自己的小说创造一个独一无二的主人公，而好人的品质则使主人公能够在更广的范围内令人理解、引人同情或受人尊重。然后举例分析了作者如何切实有效地将小说故事主人公设置于故事主线之上，以及如何配置主人公与小说故事之间的互动关系，目的在于探寻小说故事主线走向的驱动力量及其来源。

其次，如何撬动主人公的行动意愿是作者创造小说故事主人公时必然面对和必须回应的问题。本章先从增加主人公欲望强度的意义上分别探讨了主人公行动意愿在低度欲望、中度欲望和强度欲望方面的基本表现，以及作者通过添加某些价值观判断的方法来提升主人公的欲望强度，进而有效地调控主人公在小说故事世界里的行动力度。接着，本章从推进主人公行动意愿的角度，举例分析了作者如何在主人公的境遇变迁或自身变迁过程中经历的困境、险境和绝境三个困难层级，进而使作者有效地调控小说故事主人公的欲望强度，并为小说故事主人公设计一条渐入绝境的人物故事序列，迫使主人公的身体和灵魂在小说故事世界里的拷问和锤炼进程中激发出挣脱各种险阻和诱惑的智慧与勇气。

最后，本章指出，在目标、动机和路径为标志的主人公行动结构中，主人公的行为动机往往是自变量的叙事要素，而主人公的行动目标则是因变量的叙事要素。所以，作者往往通过主人公行为动机的变化来设计或调整主人公的行动目标。根据主人公行动的结构性关系的原理，本章举例分析了作者如何用主人公的行为动机改变主人公的行动目标，抑或用激活主人公深层动机的方式展示其行为动机与行动目标之间的戏剧性矛盾冲突，并通过阐释主人公行动结构的简单模式与复杂模式，具体探讨作者如何在人物行动要素的配置中设计主人公的情感动作线。

【思考题】

1. 举例说明故事主人公是一个异于常人的好人。
2. 举例说明故事主人公的欲望强度。
3. 举例说明故事主人公的困难层级。

【练习题】

1. 根据故事主人公的欲望强度，修改小说的故事大纲。
2. 根据故事主人公的困难层级设计，修改小说的故事大纲。

【推荐阅读】

1. 曹雪芹，高鹗．红楼梦．北京：人民文学出版社，2000.
2. 菲茨杰拉德．了不起的盖茨比．北京：人民文学出版社，2004.

第三章 从故事大纲到情节清单

"国王死了，不久王后也死去"便是个故事，而"国王死了，不久王后也因伤心而死"则是情节。虽然情节中也有时间顺序，但却被因果关系所掩盖。

——E. M. 福斯特《小说面面观》

作者通常是从两个层面上写小说的：一个是故事层面，用叙事母题的故事核编写小说的故事大纲；另一个是情节层面，根据小说的故事大纲设计小说的情节清单。在策划故事大纲时，作者要考虑的是如何从故事素材中提取纲领性叙事母题，并按照故事中事件的时间顺序编写出一个完整的小说故事大纲；而在设计情节清单时，作者关注的却是如何使小说作品更能吸引读者的阅读兴趣和叙事期待。也就是说，策划故事大纲的功能主要是给作者构思一个完整的小说故事时提供某种叙事驱动机制，而设计情节清单的作用则是为诱导读者阅读小说作品而预设某种叙事期待机制。所以，策划故事大纲主要追求的是小说故事自身的感人、可信和完整，而设计情节清单却是要突出小说故事阅读上的扣人心弦、曲折离奇和精彩纷呈，进而能激发读者的身体感知和叙事想象。换句话说，策划故事大纲是要解决"写什么"的问题，而设计情节清单则是要解决"如何写"的问题。从创意写作的操作流程上看，作者可以从预设小说的故事大纲开始，然后根据读者的阅读兴趣和叙事期待，将故事大纲中的事件设计成小说的情节清单。

从故事大纲到情节清单是小说写作实训流程中的重要转换，作者需要对故事大纲所涉及的小说故事进行结构性叙事重组。我们将从情节单位的构成、分类和叙事动力三个方面阐释作者如何设计小说情节的基本叙事单位，进而从叙事时态重组、叙事语法重组和叙事逻辑重组三个方面探讨小说情节设计的基本原理。

第一节　如何设计情节单位

从故事大纲到情节清单意味着作者的小说写作重心要从小说的故事素材转为小说的故事阅读。也就是说，从撰写故事大纲转入设计小说情节之后，小说写作实训活动进入了一个新的环节，作者的主要任务是面向"隐含的读者"设计小说的情节清单，首先便是设计小说情节的最基本叙事单位：情节单位。因此，我们将从情节单位的构成、分类和叙事动力方面了解和把握情节单位的主要特性。

一、情节单位的构成

情节单位是小说的情节结构中具有独立而完整叙事意义的叙事单位，因而是小说情节的细胞。其基本的特点是，小规模的事件是情节单位的基本要素，而一个完整的情节单位则是由两个以上的小规模事件在时间顺序和叙事逻辑中串联而成的。

1. 一个完整的情节单位须由两个以上的小规模事件组成

在小说情节清单中，事件是具有独立叙事意义的最小叙事单位。从事件在小说情节清单中的结构性特点来看，我们可以把事件分为两类：小规模事件与大规模事件。其中，小规模事件是指情节单位中不可细分的最小事件；而大规模事件则是由两个以上的小规模事件组成的。所以，小规模事件是情节单位的基本要素，而一个完整的情节单位则是由两个以上的小规模事件组成的。

例如，在小说《红楼梦》第三回中，作家叙述了黛玉的首次出场。当贾雨村受了林如海的吩咐，准备随行将黛玉带往荣国府后，小说写道：

> 那女学生黛玉身体方愈，原不忍弃父而往，无奈他外祖母执意要他去，且兼如海说："汝父年将半百，再无续室之意。且汝多病，年又极小，上无亲母教养，下无姊妹兄弟扶持，今依傍外祖母及舅氏姊妹去，正好减我内顾之忧，何反云不往！"黛玉听了，方洒泪拜别，随了奶娘及荣府中几个老妇人，登舟而去。①

黛玉首次出场是一个大规模的事件，可以切分出若干个小规模的事件：

- 黛玉身体方愈；
- 原不忍弃父而往（贾府）；
- 无奈他外祖母执意要他去（贾府）；
- 且兼如海劝说；
- 黛玉听了（父亲之言）；
- 洒泪拜别；
- 随了奶娘及荣府中几个老妇人；
- 登舟而去（贾府）。

由此可见，作家通过八个小规模事件构成了一个大规模的事件，进而将黛玉的首次出场设置成一个黛玉告别父亲、前往荣国府的情节片段。换句话说，在小

---

① 曹雪芹，高鹗．红楼梦：上卷．北京：人民文学出版社，2000：25.

说的情节线上，单个的小规模事件虽然具有独立的叙事意义，却只能叙述某个孤立的事件，无法构成一个独立而自足的情节单位。如果在上述八个小规模事件中选用任何一个事件，都不能在告别父亲、前往荣国府的情节片段中承担起情节单位的叙事功能。所以，作者必须通过情节线上两个以上的小规模事件来设置情节单位。

2. 一个情节单位应由两个以上的小规模事件在时间顺序和叙事逻辑中串联而成

情节单位不仅由两个以上的小规模事件在时间顺序中串联而成，而且需要在不同的事件之间置入叙事逻辑。福斯特认为，故事与情节的区别在于，故事中的事件只是由时间顺序的关系连接起来的，而情节中的事件不但具有时间先后的顺序，并且引入了因果逻辑的关系①。所以，在将两个以上的小规模事件组成情节单位时，作者需要在时间关系中引入叙事逻辑关系。虽然因果叙事逻辑是一种基础性的叙事逻辑形式，但是，作者往往会通过因果叙事逻辑与其他叙事逻辑组合的方式，将大规模的事件配置成小说中的情节单位。

（1）因果逻辑与转折逻辑组合而成的情节单位。在小说《红楼梦》第三回中，黛玉首次出场的情节单位是由八个小规模事件组成的，并且，它们是按照顺时序方式排列的，即：从黛玉最初不忍心离开父亲，到她听了父亲的劝说，才洒泪拜别，登舟前往荣国府。然而除了时间关系外，作家还在八个小规模事件中设置了以下两种叙事逻辑关系：

- 转折逻辑关系——黛玉原来不忍心离开父亲，听了父亲之言后，才不得不洒泪拜别父亲，前往荣国府。
- 因果逻辑关系——因为外祖母执意要她去，以及父亲林如海的劝说，所以，黛玉才洒泪拜别父亲，前往荣国府。

准确地讲，作家是在转折逻辑关系中插入了因果逻辑关系。在黛玉不忍心离开父亲到不得不泪别父亲而前往荣国府的转折逻辑中，外祖母的执意邀请和父亲的劝说充当了这一转折的原因。值得注意的是，因果逻辑关系主要是叙述了黛玉为何离别父亲的缘由；而转折逻辑关系则表现了黛玉与父亲的情感，她出于无奈才告别了父亲。

---

① E. M. 福斯特．小说面面观．北京：人民文学出版社，2009：74.

（2）因果逻辑与证明逻辑组合而成的情节单位。在小说《红楼梦》第三回中，作家为王熙凤首次出场的情节单位设置了一系列的小规模事件。小说写道：

> （贾母）一语未了，只听后院中有人笑声："我来迟了，不曾迎接远客。"黛玉纳罕道：这些人个个皆敛声屏气，恭肃严正如此，这来者系谁，这样放诞无礼。心下想时，只见一群媳妇丫鬟围拥着一个人，从后房门进来。这个人打扮与众姑娘不同，彩绣辉煌，恍如神妃仙子……黛玉连忙起身接见。贾母笑道："你不认得他，他是我们这里有名的一个泼皮破落户，南省俗谓作辣子，你只叫他'凤辣子'就是了。"黛玉正不知以何称呼，只见众姊妹都忙告诉道："这是琏二嫂子。"黛玉虽不认识，也曾听见母亲说过，大舅贾赦之子贾琏娶的就是二舅母王氏之内侄女，自幼假充男儿教养的，学名王熙凤。黛玉忙陪笑见礼，以嫂呼之。①

从王熙凤的笑语声到黛玉的陪笑见礼，作家设置了以下七个小规模事件：

- 王熙凤的笑语声；
- 黛玉见在场的人都肃然起敬而感到纳闷；
- 黛玉见王熙凤从后房门进来，连忙起身接见；
- 贾母笑着介绍"凤辣子"；
- 众姊妹告诉黛玉是琏二嫂子；
- 黛玉想到母亲曾提起的贾琏之妻；
- 黛玉忙陪笑见礼。

上述七个小规模事件不仅呈现为一种时间先后的次序，而且引入了以下两种叙事逻辑关系：

- 因果逻辑关系——黛玉因没看见王熙凤的身影，却听到后院传来的笑语声，以及在场的众姊妹都肃然起敬，所以才感到纳闷：此人居然如此放诞无礼。

- 证明逻辑关系——当身旁的众姊妹告诉黛玉此人是琏二嫂子时，黛玉便回忆起母亲曾跟她说起王熙凤身世的往事，经回忆确认后，黛玉才与王熙凤陪笑见礼。

由此可见，作家是在因果逻辑关系之后引入了证明逻辑关系。黛玉因王熙凤的笑语声和众姊妹的肃然起敬而惊疑纳闷，而在场的姊妹们向她介绍这是琏二嫂

---

① 曹雪芹，高鹗．红楼梦：上卷．北京：人民文学出版社，2000：27－28.

子时，作家却引入了一种证明叙事逻辑，通过黛玉的自我回忆而得出证实性的叙事判断，进而为情节单位中的小规模事件的连接提供释疑、确认等依据。值得注意的是，在上述两种叙事逻辑关系中，因果逻辑关系主要是从黛玉的视角刻画王熙凤的直爽性格，所以，黛玉会因王熙凤的放诞笑声和众人的肃然起敬而感到纳闷和惊诧；而证明逻辑关系则表现了黛玉较有主见和心机的性格，她没有轻易地信从众姊妹的介绍，而是从自己的母亲曾经谈及的往事中得到印证后才与王熙凤陪笑见礼。

总之，情节单位的构成特点是，小规模的事件是情节单位的基本要素，而一个完整的情节单位则是由两个以上的小规模事件在时间顺序和叙事逻辑中串联而成的。

二、情节单位的分类

人物、事件（情节）和场景（环境）是小说写作的三个核心叙事元素。作者需要通过这些叙事元素来设计情节单位，叙述小说故事。我们可以从人物、事件和场景与小说情节主线的关系上探讨情节单位的分类。

1. 外部情节单位与内部情节单位

人物行动通常可以分为内部与外部两个层面，所以，作者总是从外部情节单位和内部情节单位来设计和叙述小说故事中的人物行动。俄国学者普洛普曾把童话故事中的人物（角色）行动称为“功能”，并认为，在童话故事中，人物的姓名是可变的，但功能却是稳定不变的，所以，功能是指具有叙事意义的人物行动[①]。可见，普洛普提出的“功能”其实是指童话中的内部情节单位，即由人物的外部行动构成的情节内事件。所以，法国学者列维-斯特劳斯对普洛普的功能观提出了质疑，他指出，在童话故事中，既有功能单位，也有非功能单位，非功能单位包括故事情节的连接材料，比如，故事中插说 A 人物如何知道 B 人物的行为，又如，人物行为的动因，即人物行为的目的和缘由[②]。显然，列维-斯特劳斯看到了有一种情节线上的事件是“非功能”的，主要用于叙述人物的内心活

① 弗拉基米尔·雅可夫列维奇·普洛普．故事形态学．北京：中华书局，2006：18．

② 克劳德·列维-斯特劳斯．结构与形式——关于弗拉基米尔·普洛普一书的思考//结构人类学．北京：文化艺术出版社，1989．

动，A 人物如何知道 B 人物的行为，以及人物行为的目的和缘由，这些“非功能”的事件一旦在故事情节线上产生叙事意义，便构成了情节内事件。

从叙事功能上说，情节单位是小说情节清单中的情节内事件，主要由小说情节线上的人物外部行动构成。不过，一旦人物的内心活动具有了连接、推动或延缓小说情节发展的叙事功能，人物的内部行动就构成了情节单位。也就是说，作者用情节单位设计和叙述故事中的人物行动时，既可以聚焦于人物的外部行动（人物做了什么），也可以关注于人物的内部行动（人物想了什么）。所以，从小说情节线上的人物行动的内外两个层面，我们可以区分出以下两类情节单位：

（1）外部情节单位（也称外显性情节单位），是在小说情节线上叙述人物外部行动的叙事单位。例如，在小说《红楼梦》第三回黛玉首次出场的案例中，“洒泪拜别”“登舟而去”叙述了黛玉的外部行动。作家是在小说的情节线上叙述这些人物的外部行动，因而是一种外部情节单位。

（2）内部情节单位（也称内显性情节单位），是在小说情节线上叙述人物内心活动的叙事单位。例如，在小说《红楼梦》第三回黛玉首次出场的案例中，“原不忍”“无奈”叙述了黛玉离别父亲前的内心活动。作家是在小说的情节线上叙述这些人物的内心活动，因而是一种内部情节单位。

2. 情节内情节单位与情节外情节单位

作者主要是通过情节主线上的事件叙述小说故事的，但也需要借助于情节主线外的事件来描写小说故事中的人物和场景，使小说的故事事件能够呈现出某种文学视象的感性特质。所以，从事件与小说情节的关系上看，情节单位又可以分为以下两种类型：

（1）情节内情节单位，是小说情节线上不能缺少的情节单位，也叫情节性事件。通常由人物的外部行动设计和叙述小说情节主线上的重要事件。

例如，在小说《红楼梦》第三回中，作家通过八个小规模事件构成的一个大规模事件，叙述黛玉在小说情节中的首次出场。这个大规模的事件既是黛玉前往荣国府的情节起因，又是宝黛爱情在现实故事中的情节初始。所以，这是小说主要情节线中不能缺少的情节片段。

（2）情节外情节单位，是小说情节主线上可以删除的情节单位，也叫非情节性事件。主要是静态描写人物外貌和小说场景，以及提供故事背景信息等方式，为小说情节主线设计与叙述某些文学视象的感性叙事要素，以及情节主线的信息做铺垫。

首先，静态描述小说场景的情节外情节单位。例如，在小说《红楼梦》第三回中，告别宁国府的邢夫人后，黛玉回荣国府前去拜见二舅父贾政。当黛玉穿过荣禧堂时，小说写道：

> （黛玉）进入堂屋中，抬头迎面先看见一个赤金九龙青地大匾，上写着斗大三个字，是“荣禧堂”，后有一行小字：“某年月日书写赐荣国公贾源”，又有万机宸翰之宝。大紫檀雕螭案上设着三尺来高青绿古铜鼎，悬着待漏隋朝墨龙大画……地下两溜十六张楠木交椅。又有一副对联，乃是乌木联牌，镶着錾银字迹，道是：
>
> “座上珠玑昭日月。堂前黼黻焕烟霞。”
>
> 下面一行小字道是：“同乡世教弟勋袭东安郡王穆莳拜手书”。①

作家先从堂屋正中的“荣禧堂”大匾写起，然后转到匾额下方的大紫檀案几和案上的三尺铜鼎，以及墙上悬挂着的墨龙大画，接着又描写了案几两侧的十六张楠木交椅，以及墙上的一副乌木联牌上的镶银对联。虽然所有这些室内描写都是从黛玉的眼里叙述的，然而黛玉看了“荣禧堂”室内场景的事件，并没有改变黛玉的行为，也没有给小说情节的发展带来任何影响。其叙事意义在于，作家通过黛玉刚到荣国府，从一个小女孩的眼光，描写荣禧堂内的文墨装饰和家具摆设，尤其是当朝皇帝御笔书赐的“荣禧堂”的匾额、郡王手题对联等，凸显了当年荣国府的荣华富贵，以及受到君王宠幸的显赫权势。也就是说，作家并没有把描写荣禧堂的室内场景用于小说情节上的叙事功能，所以，即使将这些室内场景描写的内容从小说作品中删除的话，也不会影响黛玉经过荣禧堂，以及后来与王夫人见面。因此，这是一个静态描写小说场景的事件，是一个情节外的情节单位。

其次，提供故事背景信息的情节外情节单位。例如，在小说《红楼梦》第三回中，贾母把黛玉的住处安置在宝玉的套间里，并配了一个名叫鹦哥的二等丫鬟，而将宝玉搬到贾母的套间，也配了大丫鬟袭人。于是，王嬷嬷与鹦哥陪侍黛玉，李嬷嬷与袭人陪侍宝玉，小说写道：

> 原来这袭人亦是贾母之婢，本名珍珠。贾母因溺爱宝玉，生恐宝玉之婢

① 曹雪芹，高鹗．红楼梦：上卷．北京：人民文学出版社，2000：30.

无竭力尽忠之人，素喜珍珠心地纯良，肯尽职任，遂与了宝玉。宝玉因知他本姓花，又曾见旧人诗句有“花气袭人”之句，遂回明贾母，即把珍珠更名袭人。①

在叙述贾母把自己的丫鬟袭人配给宝玉时，小说介绍了袭人的背景信息：袭人原名珍珠，是贾母的丫鬟，心地好，肯尽职，所以，贾母把袭人配给了宝玉做丫鬟。而宝玉得知珍珠原本姓花，就将其改名为袭人。虽然贾母给宝玉安排袭人丫鬟是小说叙述黛玉到荣国府第一天里的事件，是小说情节主线上的情节内事件，然而有关袭人的背景信息却是情节外事件，作家通过全知叙述者的概述叙事的方式交代袭人的为人品性和做事态度，并暗示贾母对宝玉的溺爱和关心。

3. 动态描述型情节单位与前景化型情节单位

一般地讲，单个外部情节单位或内部情节单位、情节内情节单位或情节外情节单位，都是小规模情节单位，因而在小说情节线上具有单一的叙事功能。当作者将两个或两个以上情节单位组合起来以后，便构成一个大规模的情节单位，而两个或两个以上异质性情节单位组合之后就是一个复合情节单位。所以，复合情节单位是由两个或两个以上的异质性小规模情节单位组合而成的，因而在小说情节线上具有两种或两种以上的叙事功能。我们将探讨两类复合情节单位：动态描述型情节单位与前景化型情节单位。

（1）动态描述型情节单位是指作者在小说的情节主线上描述人物外貌或小说场景，使之构成一种动态描述的情节单位，在描绘人物或场景的同时具有推动小说情节进展或变化的叙事功能。

例如，在《红楼梦》第二十三回中，作家设计了一个宝玉与黛玉在大观园的沁芳闸桥边诵读《会真记》（《西厢记》）的场景。小说写道：

早饭后，宝玉携带了一套《会真记》，走到沁芳闸桥底下一块石上坐着。展开《会真记》，从头细读。正看到“落红成阵”，只见一阵风过，把树上桃花吹下一大半来，落的满身满书满地皆是。宝玉要抖将下来，恐怕脚步践踏了，只得兜了那花瓣，来至池边，抖在池内。那花瓣漂浮在水面，漂漂荡荡，竟流出沁芳闸去了。回头只见地上还有许多。宝玉正踌躇间，只见背后

① 曹雪芹，高鹗．红楼梦：上卷．北京：人民文学出版社，2000：37－38.

> 有人说道："你在这里做什么？"宝玉一回头，却是林黛玉来了，肩上担着花锄，上挂着纱囊，手内拿着花帚。宝玉笑道："好，好，来把这个花扫起来，撂在那水里。我才撂了好些在那里呢。"林黛玉道："撂在那水里不好。你看这里的水干净，只一流出去，有人家的地方脏的臭的混倒，仍旧将花糟蹋了。那畸角上我有一个花冢。如今把他扫了，装在这绢袋里，拿土埋上，日久不过随土化了，岂不干净。"①

宝玉与黛玉在沁芳闸桥边诵读《西厢记》的场景是小说情节主线上的重要事件。可是，"风吹桃花飘落满地"一句则是一个复合情节单位。一方面，这是情节外的场景描写，属于情节外情节单位，另一方面，作家却用来连接两个情节上的事件，一个是宝玉捡起地上的桃花瓣放到池水里；另一个是黛玉扛着花锄去山坡上葬花。因此，"风吹桃花飘落满地"，在情节结构中具有两种叙事功能：场景描述与情节进展，因而是动态描述型情节单位。

(2) 前景化型情节单位是指作者将故事的背景信息植入小说情节主线的前景之中，使背景信息具有驱动小说情节进展的功能。

例如，在小说《红楼梦》第三回中，黛玉告别父亲首次来到荣国府，是小说情节主线上的事件。在这条情节主线上，作家设计了许多重要人物首次出场的场景，而王熙凤的首次出场便是一个大规模的情节内情节单位。在叙述王熙凤从院外进门，描述王熙凤的外貌服饰之后，小说写道：

> 黛玉连忙起身接见。贾母笑道："你不认得他，他是我们这里有名的一个泼皮破落户，南省俗谓作辣子，你只叫他'凤辣子'就是了。"黛玉正不知以何称呼，只见众姊妹都忙告诉道："这是琏二嫂子。"黛玉虽不认识，也曾听见母亲说过，大舅贾赦之子贾琏娶的就是二舅母王氏之内侄女，自幼假充男儿教养的，学名王熙凤。黛玉忙陪笑见礼，以嫂呼之。②

黛玉初次见到王熙凤是小说第三回的情节内情节单位，因而是情节主线上的事件。可是，当黛玉起身接见的时候，贾母向黛玉介绍王熙凤是"凤辣子"，众姊妹告知黛玉眼前的是"琏二嫂子"，作家并没有直接叙述黛玉跟王熙凤打招呼，却插入了一句黛玉的回忆，叙述黛玉回想起母亲曾跟自己说起王熙凤身世的话。

---

① 曹雪芹，高鹗．红楼梦：上卷．北京：人民文学出版社，2000：240.

② 同①28.

显然，黛玉的这段回忆是情节外情节单位，并且是小说场景之前发生的事件，可是，作家却借助于黛玉的这段回忆，不仅引出了王熙凤身份的背景信息，而且用于塑造黛玉的人物性格：虽然年幼，却是个有主见的女孩。因此，黛玉的这段回忆本身是小说情节的背景信息，然而作家却将其进行前景化处理，使之具有了两种叙事功能，一是提供小说的背景信息，二是在情节主线上塑造黛玉的人物性格和推助情节进展。也就是说，黛玉回忆的背景信息，不只是简要交代王熙凤的身世，而且在塑造黛玉性格的同时，推进了黛玉回忆后的行动所带来的小说情节进展，因而是前景化型复合情节单位。

三、情节单位的叙事动力

作者之所以要用两个以上的小规模事件构成一个情节单位，其原因在于，一方面，作者需要通过时间或逻辑的关系将两个以上的小规模事件串联成情节单位，将不同的事件在小说的情节清单中配置叙事连接环节；另一方面，作者需要在情节单位的结构中设置叙事动力，以便能在一个情节单位向另一个情节单位的转变中配置小说的情节清单。因此，要使小说情节具有张力并能驱动起来，作者就应该在小说的情节结构中配置具有戏剧性冲突的事件。麦基将这种由“一个人行动时期望发生的事情与实际发生的事情之间裂开的鸿沟”所形成的戏剧性冲突定义为电影的故事“材质”①，而美国作家克利弗则将其命名为小说情节的基本形式要素，并指出，小说情节的形式包含三个基本要素：冲突（conflict）、行动（action）和解答（resolution），而冲突等于欲望（want）与阻碍（obstacle）之和②。所以，克利弗把主人公的欲望与欲望受挫带来的阻碍所构成的冲突，视作小说情节形式中基本的叙事元素。

我们已经指出，作者应该围绕着故事主人公的欲望与其阻碍之间构成的矛盾冲突事件来设计小说的故事核，并根据其故事素材和小说作品的叙事创意取向选择故事核的构思策略。也就是说，故事主人公的欲望与其阻碍之间所形成的矛盾冲突，是作者设计小说故事核的基本策略。在设计情节单位的叙事动力时，作者也应该将这种矛盾冲突纳入小说情节的结构之中，从主人公的当下遭遇、直面应

---

① 罗伯特·麦基．故事——材质、结构、风格和银幕剧作的原理．天津：天津人民出版社，2016：184.

② 杰里·克利弗．小说写作教程：虚构文学速成全攻略．北京：中国人民大学出版社，2011：第四章．

对与正面摆脱的三种结构性情景中，设计小说情节的戏剧性叙事动力。

1. 在当下遭遇的情景中，用主人公的欲望遭遇现实的阻碍来引发和加深小说情节结构中的矛盾冲突

人们通常把戏剧性界定为矛盾冲突，却忽视了戏剧性的另一个含义：正在进行。所以，在当下遭遇的情景中，用主人公的欲望与阻碍之间的矛盾冲突，设置戏剧性叙事动力，实际上是把正在进行的矛盾冲突纳入当下遭遇的情节结构之中。

例如，在小说《项链》中，作家没有把玛蒂尔德的欲望局限于小说人物的意识和情绪之中，简单地处理成人物头脑中的内心想法，也没有使主人公的欲望轻而易举地兑现，而是在小说情节线上给玛蒂尔德的欲望设置了一系列阻碍，并且，用借项链、丢项链和赔项链三个主要的情节性事件，将玛蒂尔德的爱美虚荣欲望与这些欲望的阻碍，置于当下遭遇的小说情景之中。

从丈夫把舞会请柬拿回家后，玛蒂尔德的麻烦事便接踵而至。先是玛蒂尔德因感到自己没有一件像样的舞会礼服而犯愁，丈夫答应给她定做一件舞会礼服后，玛蒂尔德又发现自己没有首饰，于是在丈夫的建议下到女友家里借了一条项链。但玛蒂尔德借来了项链后，麻烦事却更大了。凌晨舞会结束后回到家里，玛蒂尔德从镜子中突然发现自己脖子上的那条借来的项链丢失了，急得丈夫到处寻找，却没有找到。玛蒂尔德不愿告诉女友项链丢失的事情，只好硬着头皮借了高利贷，买了一条项链还给女友。于是，玛蒂尔德不得不为了还高利贷而受尽生活的煎熬。

由此可见，从借项链、丢项链到赔项链，作家为玛蒂尔德的爱美虚荣欲望配置了一系列当下遭遇的阻碍，而作家通过玛蒂尔德的欲望与这些阻碍的矛盾冲突，表现戏剧性叙事动力，进而使玛蒂尔德从一个困境进入另一个更大的困境，小说的情节也由此递进展开，直到结局。

2. 在直面应对的情景中，让主人公主动回应其欲望与阻碍之间的矛盾冲突来设置小说情节结构中的叙事动力

小说是一种虚构叙事的文学作品，与非虚构叙事不同，作者不能只是满足于从现场目击或事件报道的意义上叙述故事，而要使主人公直面应对各种矛盾冲突。无论是第三人称小说还是第一人称小说，作者都应让小说主人公直接面对其欲望与阻碍之间的矛盾冲突。

在第三人称小说中，作者可以通过主人公直面应对其欲望与阻碍之间的矛盾冲突，并以此设置小说情节的戏剧性叙事动力。例如，小说《项链》是一篇第三

人称小说，作家总是致力于把主人公玛蒂尔德抛入其欲望与阻碍之间的矛盾冲突之中，并迫使玛蒂尔德不得不直面应对这些矛盾冲突，从借项链、丢项链到赔项链，进而驱动小说情节的变化和转折。

在第一人称小说的情节结构中，作者通常使故事主人公“我”直面应对其欲望与阻碍之间的矛盾冲突，即使故事叙述者“我”不是主人公的时候，作者也需要把故事主人公拉进戏剧性情景之中，使其直面应对欲望与阻碍之间构成的矛盾冲突旋涡之中。

例如，菲茨杰拉德的《了不起的盖茨比》是一部第一人称的小说作品，小说中的故事主要由尼克以“我”的方式叙述的，而小说的主人公却是盖茨比。所以，作家并没有满足于用第一人称“我”的现场目击或事件报道的方式叙述小说故事，而是通过尼克的观察、评判乃至猜测和假设等方式，聚焦盖茨比的欲望与阻碍之间的矛盾冲突。例如，盖茨比邀请黛西夫妇一起参加在自己别墅举行的晚会。晚会结束后，盖茨比跟尼克畅谈起黛西不喜欢这个聚会。小说写道：

> 他（盖茨比）沉默不语，但我（尼克）猜想他有满腔说不出的郁闷。
>
> “我觉得离她很远，”他说，“很难使她理解。”
>
> …………
>
> 他狂躁地东张西望，仿佛他的旧梦就隐藏在这里，就在他房子的阴影里，几乎一伸手就可以抓到。
>
> “我要把一切都安排得跟过去一模一样，”他说，一面坚决地点点头，“她会看到的。”
>
> 他滔滔不绝地大谈往事，因此我揣测他想要重新获得一点什么东西，也许是关于他自己的某种理念，使他爱上黛西的某种东西。从那时以来，他的生活一直是混乱无序，但是假如他一旦能够回到某个出发点，慢慢地重新再走一遍，他可以发现那东西是什么……①

由此可见，作家通过尼克叙述主人公盖茨比直面应对其重温旧梦的欲望与阻碍之间的矛盾冲突，我们至少可以从以下四个方面找出作家是如何在尼克叙述故事的过程中，将主人公盖茨比拉入直面应对其欲望与阻碍之间矛盾冲突的戏剧性情景之中。

（1）我（尼克）猜想他（盖茨比）有满腔说不出的郁闷。

---

① 菲茨杰拉德．了不起的盖茨比．北京：人民文学出版社，2004：93－94.

（2）他（盖茨比）狂躁地东张西望，仿佛他的旧梦就隐藏在这里，就在他房子的阴影里，几乎一伸手就可以抓到。

（3）他（盖茨比）滔滔不绝地大谈往事，因此我（尼克）揣测他想要重新获得一点什么东西，也许是关于他自己的某种理念，使他爱上黛西的某种东西。

（4）假如他（盖茨比）一旦能够回到某个出发点，慢慢地重新再走一遍，他可以发现那东西是什么。

3. 在正面摆脱的情景中，通过主人公抗争其欲望阻碍的行动来推进小说情节结构中的叙事动力

在童话和神话的故事里，主人公往往需要借助于某种神灵或超人的力量来摆脱其欲望与阻碍之间的矛盾冲突。但是对于小说写作来讲，作者不仅通过主人公的欲望与阻碍之间的矛盾冲突设置戏剧性叙事动力，而且应该尽可能地促使主人公的抗争行动，进而主动地摆脱矛盾冲突。一方面，创意写作的小说写作实训倡导一种积极的人生态度，不只是把主人公抛入其欲望与阻碍之间矛盾冲突的旋涡，而且总是通过主人公的行动来正面摆脱矛盾冲突；另一方面，虚构叙事的戏剧性写作技术，要求作者用主人公的智慧和勇气（实际上也隐含作者的智慧和勇气），通过内在而必然的叙事动力来解决矛盾冲突。

例如，在小说《项链》的故事里，在借项链的情节性事件之前，有一个主人公玛蒂尔德争取其丈夫给她定做一件舞会礼服的事件。我们可以将其概括为以下六个情节序列：

（1）玛蒂尔德发现自己的爱美虚荣欲望与其阻碍的矛盾冲突——玛蒂尔德的丈夫把舞会请柬拿回家，满脸得意地请妻子去参加舞会，但玛蒂尔德却因为自己没有适合的舞会礼服而赌气地把舞会请柬往桌上一丢说：“我要这个干什么？”

（2）玛蒂尔德的丈夫没有领会妻子的意思——玛蒂尔德的丈夫不理解妻子为何要拒绝参加舞会的原因，想到自己好不容易弄到的舞会请柬，所以尽力劝妻子参加舞会。

（3）玛蒂尔德向丈夫暗示自己的困境——玛蒂尔德不耐烦地诘问丈夫：“你想想，我穿什么去？”

（4）玛蒂尔德的丈夫没理解妻子的暗示——玛蒂尔德的丈夫提醒妻子可以穿家里那件平时外出看戏时穿的衣服。

（5）玛蒂尔德只能用哭泣的方式来激起丈夫的同情——玛蒂尔德哭了，丈夫

这才发现了妻子的用意。

(6) 玛蒂尔德的丈夫答应为妻子定做一件舞会礼服——玛蒂尔德的丈夫表示将自己积攒下来准备买一支猎枪的钱拿出来，为妻子定做一套舞会礼服。

在上述六个叙述句中，作家不仅叙述了玛蒂尔德爱美虚荣的欲望遭遇了当下的阻碍，而且叙述了玛蒂尔德在丈夫面前的赌气、暗示和哭泣等主动抗争的行为，赢得了丈夫的理解和支持，并愿意出钱为她定做一件舞会礼服，最终摆脱了玛蒂尔德欲望与阻碍之间的矛盾冲突。

值得注意的是，作家不仅表现了玛蒂尔德主动采取摆脱困境的行动，而且也在玛蒂尔德所采取的摆脱困境的行动之中引入了她与丈夫围绕是否参加舞会而在两人之间产生的矛盾。也就是说，玛蒂尔德摆脱困境的行动本身也引发出自己与丈夫之间的一系列矛盾。于是，作家通过迂回曲折和逐层展开的方式叙述了玛蒂尔德如何处理与丈夫之间的矛盾，进而在小说情节线上带来戏剧性张力。读者的阅读期待也因此而在两个方向上展开：一个是玛蒂尔德的方向，她是否能有一件像样的舞会礼服，她的丈夫是否能够理解和支持玛蒂尔德的想法；另一个是玛蒂尔德的丈夫方向，玛蒂尔德为何不愿意参加舞会，他如何说服妻子参加舞会，以及如何理解和回应妻子提出没有一件舞会礼服的问题，等等。因此，作家不仅叙述玛蒂尔德因没有一件像样的舞会礼服而使其爱美虚荣的欲望直面困境，而且叙述了玛蒂尔德主动摆脱困境的行动，通过她在丈夫面前的赌气、暗示和哭泣等行为最终赢得了丈夫的理解和支持，并愿意出钱为她定做一件舞会礼服。

总之，情节单位的叙事动力原理是，作者从小说主人公的欲望中寻找叙事动力源，并在主人公的欲望与其阻碍的矛盾冲突中设置情节单位，叙述主人公在“两难抉择”等矛盾性行动抉择中采取摆脱困境的积极态度和主动行动，进而在主人公面临的困境及其摆脱困境的行动中展现戏剧性张力。

第二节　在情节线上重组叙事时态

与故事大纲不同，小说情节是一种面向读者的叙事文本结构，作者需要考虑如何使小说情节适应读者对书面故事的阅读习惯，启发和吸引读者对小说故事及其故事中的事件产生持续又有节奏的阅读期待。因此，在设计小说情节清单时，作者需要从书面故事的阅读角度对故事大纲中的事件进行必要的结构性重组，配置和增删小说故事素材中的事件。我们已经知道，一个情节单位应由两个以上的小规模事件在时间顺序和叙事逻辑中串联而成，所以，作者首先要在小说的情节线上进行叙事时态的结构性重组。我们将从叙事模态重组、叙事时序重组、叙事时长重组和叙事境遇重组四个方面，探讨作者如何在小说情节线上进行叙事时态重组。

一、叙事模态重组：从中间写起

小说情节从故事的哪一部分写起？这是选择什么样的叙事模态开始小说情节的基本问题。所以，叙事模态是小说情节的起始模式，大体上有三种：从故事开始写起、从故事结尾写起和从故事中间写起。

从中间写起是一种小说开篇的叙事模态，其基本的写作方法是，作者将故事中间部分的事件作为小说情节的开篇，并在小说的后续情节中，插入小说情节开始之前的事件。这样，后续插入的事件就成了小说情节上的一些背景信息。作者总是根据小说情节叙述的需要，选择背景信息的插入内容、插入时间和插入的叙述方式，进而使这些背景信息在小说情节主线上产生不同的叙事功能。因此，从设计小说情节上看，作者采用中间写起的叙事模态，不仅是一个小说情节从故事中间部分的什么事件开篇的问题，而且也涉及开篇之前的背景信息为何和如何插入小说情节之中的问题。根据背景信息插入小说情节的叙事功能，作者至少可以采用建置式和前景化式两类叙事模态。

1. 建置式

建置式是从中间写起的叙事模态之一，其基本的写法是，作者以场景展示方式开篇之后，往往用全知叙述者讲述的方式较为完整地交代小说情节开篇之前的事件，旨在为小说后续情节中的人物、事件进行铺垫和伏笔等建置。

例如，小说《围城》采用从中间写起的叙事模态，作家是从主人公方鸿渐乘坐邮轮留学回国开始写起的，小说开篇写道：

> 红海早过了，船在印度洋面上开驶着，但是太阳依然不饶人地迟落早起，侵占去大部分的夜。……

…………

照例每年夏天有一批中国留学生学成回国。这船上也有十来个人。大多数是职业尚无着落的青年，赶在暑假初回中国，可以从容找事。……甲板上只看得见两个中国女人，一个算不得人的小孩子——至少船公司没当他是人，没要他父母为他补买船票。①

甲板上的两个中国女人（留学回国的苏小姐和小孩的母亲孙太太）闲聊时，苏小姐的同舱鲍小姐走上甲板并跟两位打了招呼，于是，故事主人公方鸿渐正式出场。方鸿渐来到甲板，与苏小姐和孙太太应酬几句之后，便朝鲍小姐走去。当鲍小姐问方鸿渐要了一支香烟后，就把香烟放在自己的嘴上，没等方鸿渐用打火匣点烟，就用衔的烟头凑在方鸿渐抽的烟头上一吸，得意地吐口烟出来。苏小姐看到两人的点烟动作后，“气得身上发冷，想这两人真不要脸，大庭广众竟借烟卷来接吻”。小说接着用全知叙述者的口吻，笔锋一转写道：

苏小姐骂方鸿渐无耻，实在是冤枉的。他那时候窘得似乎甲板上人都在注意他，心里怪鲍小姐做得出，恨不能说她几句。他虽然现在二十七岁，早订过婚，却没有恋爱训练。父亲是前清举人，在本乡江南一个小县里做大绅士。②

由此可见，小说没有采取从头说起的叙事模态，从方鸿渐的家庭出身及其出国留学前的订婚事件说起，而是选取了方鸿渐乘坐邮轮留学回国开篇。所以，作家采用了从中间写起的叙事模态，并把方鸿渐留学回国之前的一系列事件变成小说情节主线上的背景信息。值得注意的是，钱锺书在小说《围城》中采用的建置式叙事模态有两方面的特点。首先，开篇上的场景展示。在小说情节开篇，作家用场景展示的手法叙述了方鸿渐在回国邮轮上发生的事情，主要是方鸿渐受鲍小姐的勾引而与其发生一夜情，事后却遭鲍小姐的冷落，以及苏小姐暗中喜欢方鸿渐，却又嫉妒和蔑视鲍小姐的轻率言行。其次，建置上的讲述性铺垫。作家通过全知叙述者讲述的方式，在小说开篇不久用较长的篇幅交代背景信息。虽然这些背景信息因较长的讲述而显得冗长，却对小说的后续情节起到了铺垫作用。以方鸿渐早年订婚的背景信息为例，因为早年订婚，才使方鸿渐回国后的第一站是去

---

① 钱锺书．围城．北京：人民文学出版社，2015：1－2.

② 同①5.

拜访岳父母；方鸿渐回国后的第一份职业是在岳父的银行里就职；方鸿渐回国后一直住在岳父母的家里，直到跟苏小姐和唐小姐闹翻后，才与岳母不和，并离开了岳父母的家。因此，建置式的叙事功能在于，一是小说开篇的场景展示，使小说具有场景化的代入感；二是背景信息的情节建置，为小说后续情节主线上的人物和事件埋下了伏笔和做了铺垫。

2. 前景化式

前景化式是从中间写起的又一种叙事模态，其主要的写法是，作者用场景展示的叙述方式开篇，在小说的后续情节中通过主人公在小说场景中的回忆或内心独白等方式披露小说情节开篇之前的背景信息，旨在为主人公回忆或内心独白时的小说情节提供某种前景化的叙事动力，推动情节的进展或转折。

例如，张爱玲的小说《色·戒》采用从中间写起的前景化式叙事模态，小说从主人公王佳芝生命中最后一天的上午写起。小说开篇写道：

> 麻将桌上白天也开着强光灯，洗牌的时候一只只钻戒光芒四射。白桌布四角绷在桌腿上，绷紧了越发一片雪白，白得耀眼。酷烈的光与影更托出（王）佳芝的胸前丘壑，一张脸也经得起无情的当头照射。稍嫌尖窄的额，发脚也参差不齐，不知道怎么倒给那秀丽的六角脸更添了几分秀气。脸上淡妆，只有两片精工雕琢的薄嘴唇涂得亮汪汪的，娇红欲滴，云鬓蓬松往上扫，后发齐肩，光着手臂，电蓝水渍纹缎齐膝旗袍，小圆角衣领只半寸高，像洋服一样。领口一只别针，与碎钻镶蓝宝石的“纽扣”耳环成套。①

作家非常细腻地描写了王佳芝在易太太家里打麻将时的神态和服饰。在小说的后续情节中，作家设置了王佳芝坐在咖啡馆里等易先生去珠宝店给自己买戒指的场景，并通过王佳芝的内心独白追叙其两年前经历的事件。小说写道：

> 在学校里演的也都是慷慨激昂的爱国历史剧。广州沦陷前，岭大搬到香港，也还公演过一次，上座居然还不坏。下了台她（王佳芝）兴奋得松弛不下来，大家吃了宵夜才散，她还不肯回去，与两个女同学乘双层电车游车河。楼上乘客稀少，车身摇摇晃晃在宽阔的街心走，窗外黑暗中霓虹灯的广告，像酒后的凉风一样醉人。

---

① 张爱玲．色·戒//张爱玲作品集．太原：北岳文艺出版社，2001：379.

借港大的教室上课，上课下课挤得黑压压的挨挨蹭蹭，半天才通过，十分不便，不免有寄人篱下之感。香港一般人对国事漠不关心的态度也使人愤慨。虽然同学多数家在省城，非常近便，也有流亡学生的心情。有这么几个最谈得来的就形成了一个小集团。汪精卫一行人到了香港，汪夫妇俩与陈公博等都是广东人，有个副官与邝裕民是小同乡。邝裕民去找他，一拉交情，打听到不少消息。回来大家七嘴八舌，定下一条美人计，由一个女生去接近易太太——不能说是学生，大都是学生最激烈，他们有戒心。生意人家的少奶奶还差不多，尤其在香港，没有国家思想。这角色当然由学校剧团的当家花旦担任。①

虽然，作家在小说《色·戒》开篇上也采用了场景展示的手法，通过文学视像的方式生动地展示了王佳芝在易太太家里打麻将的场景。但是，在插入小说情节主线上的背景信息时，作者却没有用建置式的方法，在全知叙述者的讲述中对背景信息进行铺垫交代，而是通过主人公在小说场景中的回忆方式，使背景信息前景化，将主人公在小说情节开篇之前经历的事件，转为小说情节中正在进行的事件。也就是说，王佳芝在坐在咖啡馆里等易先生去珠宝店给自己买戒指时，回忆起自己自参与港大暗杀汉奸行动以来的一系列经历，不只是交代其经历过的往事，而且也通过其场景中的回忆，影响着回忆中王佳芝的想法和感受，为王佳芝后续情节上迷失自我的人物反转提供了人物弧线上的叙事逻辑。

二、叙事时序重组：倒叙、追叙、预叙和插叙

叙事时序重组是指事件在故事时间和叙事时间之间的时间顺序所形成的对比关系。故事大纲中的事件是依照时间顺序相继排列起来的。但是，作者需要从叙事逻辑的意义上设计小说的情节单位，进而形成各种叙事时序的重组形态，诸如倒叙、追叙、预叙和插叙等。与叙事模态不同的是，叙事时序重组主要是小说情节在局部结构上的叙事文本形态。

1. 倒叙

倒叙是作者将故事结尾的叙事场景中的事件提到小说情节的开篇叙述，故事

---

① 张爱玲．色·戒//张爱玲作品集．太原：北岳文艺出版社，2001：385.

中的事件在小说情节结构中的次序为 3－1－2－3。与从故事结尾写起的叙事模态不同，倒叙只是一种叙事时序上的局部重组，其特点是，作者将小说故事结尾中的事件用作小说情节起始的一个引子式叙事片段。

例如，小说《伤逝》的情节框架采取了倒叙方式，作家从小说故事结尾的叙事场景写起，叙述了涓生在与子君分手一年后的旧地重游，以及由此产生的悔恨和悲哀之情。然后，作家根据小说故事的时间次第，相继叙述了涓生与子君的相识、同居、相爱和分手，直到子君的自杀。因此，作家主要是用倒叙的方式设置小说《伤逝》的情节清单的，目的是通过把小说故事的结局搬到小说情节的起始，为小说情节设定感伤和悲愤的叙事基调。

2. 追叙

追叙是作者将故事前面的叙事场景中的事件移至小说情节的后面叙述，故事中的事件在小说情节结构中的次序为 2－1－2－3。

例如，在小说《边城》中，沈从文在介绍了边城的地理状貌和民间风俗、小说主要人物的背景信息之后，在小说情节的第三部分结尾处开始叙述小说的故事情节。但是，作家选择了从中间写起的方法，先叙述了小说故事中的第三个端午节，翠翠跟着小黄狗站在小山头上听远处传来的鼓声。小说写道：

> 端午又快来了，初五划船，河街上初一开会，就决定了属于河街的那只船当天入水。
>
> …………
>
> 翠翠正坐在门外大石上用棕叶编蚱蜢蜈蚣玩，见黄狗先在太阳下睡着，忽然醒来便发疯似的乱跑，过了河又回来，就问它骂它：
>
> “狗，狗，你做什么！不许这样子！”
>
> 可是一会儿那声音被她发现了，她于是也绕屋跑着，且同黄狗一块儿渡过了小溪，站在小山头听了许久，让那点迷人的鼓声，把自己带到一个过去的节日里去。①

自小说的第四部分开始，作家用“这是两年前的事”一句话作引导，相继叙述了小说故事中前两次端午节里翠翠与二老、大老的初次见面。小说的第五部分

---

① 沈从文．边城（汇校本）．武汉：长江文艺出版社，2009：24.

开始时，作家在“两年的日子过去了”的引导语之后，又追叙起第二个端午节的事情，翠翠认识了大老，见到了二老和大老的父亲顺顺，并且，大老还送来一只肥鸭子。

在小说的第六部分以后，作家又回到小说故事中的第三个端午节，并接着小说情节第三部分结尾之后叙述，巧妙地用远处传来的鼓声来衔接，小说写道：

> 远处鼓声又蓬蓬的响起来了，黄狗张着两个耳朵听着。翠翠问祖父，听没听到什么声音。祖父一注意，知道是什么声音了，便说：
>
> “翠翠，端午又来了。你记不记得去年天保大老送你那只肥鸭子。早上大老同一群人上川东去，过渡时还问你。你一定忘记那次落的行雨。我们这次若去，又得打火把回家；你记不记得我们两人用火把照路回家?”
>
> 翠翠还正想起两年前的端午一切事情哪。……①

在小说的第七部分开头，作家便用“到了端午”一句引导语，接着叙述起小说故事中第三个端午节之后发生的事情，翠翠要老船夫与她一起去顺顺家的吊脚楼看热闹。此后，小说情节中的叙事时间顺序才与小说的故事时间顺序基本一致。

从小说情节结构上看，作家先从小说故事的第三个端午节写起，然后采取了追叙的方式叙述前两个端午节里翠翠与顺顺家兄弟俩初次见面的事件，之后又回到小说故事的第三个端午节。因此，作家通过全知叙述者叙述翠翠听到远处传来端午节的敲鼓声音，巧妙地在第三个端午节前夕追叙了翠翠在前两个端午节中遇见大老和二老的事件。

3. 预叙

预叙是作者将故事后面叙事场景中的事件提到小说情节的前面叙述，故事中的事件在小说情节结构中的次序为 1 - 2 - 1 - 2 - 3。

例如，马尔克斯的小说《百年孤独》开篇写道：

> 多年以后，奥雷连诺上校站在行刑队面前，准会想起父亲带他去参观冰块的那个遥远的下午。当时，马孔多是个二十户人家的村庄，一座座土房都盖在河岸上，河水清澈，沿着遍布石头的河床流去，河里的石头光滑、洁

---

① 沈从文. 边城（汇校本）. 武汉：长江文艺出版社，2009：40 - 41.

白，活像史前的巨蛋。①

在小说故事中，布恩蒂亚的儿子奥雷连诺曾投奔自由党的部队，并有了上校的军衔。但是，自由党战败后，奥雷连诺上校却被捕并被判处死刑。临刑前，奥雷连诺被其兄长救出，之后他又当上了加勒比海革命军的司令。作家在小说开篇采取了预叙的方式，先叙述在小说故事开始许多年后的事件：奥雷连诺上校被判处死刑，却在行刑队面前想起了小时候父亲曾带他去参观冰块的往事。接着叙述小说主人公奥雷连诺上校的父亲霍·阿·布恩蒂亚的故事，也就是第一代布恩蒂亚家族的故事。然后，在小说的第七章里，作家再次叙述在小说开篇时预先叙述过的事件。小说写道：

> 士兵们举枪瞄准的时候，奥雷连诺上校的怒火止息了，嘴里出现了一种粘滞、苦涩的东西，使得他的舌头麻木了，两眼也闭上了。铝色的晨光忽然消失，他又看见自己是个穿着裤衩、扎着领结的孩子，看见父亲在一个晴朗的下午带他去吉普赛人的帐篷，于是他瞧见了冰块。当他听到一声喊叫时，他以为这是上尉给行刑队的最后命令。②

因此，在小说的情节结构中，作家两次叙述了奥雷连诺上校在行刑队面前想起小时候父亲曾带他去看冰块的往事。一次是小说情节开篇时的预叙；一次是在小说的中间叙述的。也就是说，作家在小说情节开始处使用“多年以后”一词，实际上意味着全知叙述者是在小说情节开始的时间点上预叙小说故事多年之后发生的事件。值得注意的是，作家用预叙的方式设置小说情节的初始事件，不仅突出了被预叙的事件，即奥雷连诺上校在行刑队面前想起小时候父亲曾带他去看冰块的往事，而且从小说情节一开始就把奥雷连诺上校从布恩蒂亚家族七代人的故事中推举为小说故事的核心人物。

4. 插叙

插叙是作者在小说情节正在叙述的叙事场景中插入小说故事之前或之后的叙事场景，故事中的事件在小说情节结构中的次序为 1－2－1（预叙式插叙）或者 2－1－2（追叙式插叙）。在叙事时序重组中，预叙和追叙关注的是事件在小说情

---

① 加·加西亚·马尔克斯．百年孤独．北京：北京十月文艺出版社，1984：1.

② 同①122.

节结构中的时间取向，而插叙却侧重于事件在小说情节结构中的重组方式。所以，预叙式插叙和追叙式插叙主要探讨作者如何将不同时间取向的事件配置在小说情节线上，进而对正在叙述的叙事场景引入某种戏剧性叙事功能。

例如，在小说《红楼梦》第九十八回中，黛玉之死和宝玉之婚是小说故事里同一天却在不同场景中发生的两个叙事场景。作家先叙述黛玉之死，后叙述宝玉之婚。婚后不久，当宝钗把黛玉的死讯告诉宝玉后，宝玉放声大哭，昏厥后在梦中去阴司寻找黛玉。宝玉神志清醒后，小说写道：

> 宝钗看来不妨大事，于是自己心也安了，只在贾母王夫人等前尽行过家庭之礼后，便设法以释宝玉之忧。宝玉虽不能时常坐起，亦常见宝钗坐在床前，禁不住生来旧病。宝钗每以正言劝解，以“养身要紧。你我既为夫妇，岂在一时”之语安慰他。那宝玉心里虽不顺遂，无奈日里贾母王夫人及薛姨妈等轮流相伴，夜间宝钗独去安寝，贾母又派人服侍，只得安心静养。又见宝钗举动温柔，也就渐渐的将爱慕黛玉的心肠略移在宝钗身上。此是后话。
>
> 却说宝玉成家的那一日黛玉白日已经昏晕过去，却心头口中一丝微气不断，把个李纨和紫鹃哭得死去活来。到了晚间，黛玉睁开眼一看，只有紫鹃和奶妈并几个小丫头在那里。……探春紫鹃正哭着叫人端水来给黛玉擦洗，李纨赶忙进来了。三个人才见了不及说话，刚擦着，猛听黛玉直声叫道：“宝玉，宝玉，你好——”说道好字，便浑身冷汗，不作声了。紫鹃等急忙扶住，那汗愈出，身子便渐渐的冷了。探春李纨叫人乱着拢头穿衣，只见黛玉两眼一翻，呜呼：香魂一缕随风散，愁绪三更入梦遥。当时黛玉气绝，正是宝玉娶宝钗的这个时辰。①

由此可见，作家在叙述宝玉和宝钗的婚后生活时插入了以下两个不同叙事时空中发生的叙事序列：

首先是预叙式插叙，作家将小说故事后面发生的事件序列插入正在叙述的小说情节之中：由于宝钗的温柔举动，宝玉将爱慕黛玉的感情部分移到了宝钗身上。

其次是追叙性插叙，作家将小说故事前面发生的事件序列插入正在叙述的小说情节之中：叙述黛玉临死时的情形。

值得注意的是，虽然黛玉之死是小说故事中先前发生的事件序列，并且作家

---

① 曹雪芹，高鹗．红楼梦：下卷．北京：人民文学出版社，2000：1107－1108.

在宝玉与宝钗结婚之前的情节上也已叙述，但当作家用预叙式插叙点出宝玉婚后也把部分爱慕黛玉的感情移到了宝钗身上之后，却追叙起潇湘馆里的黛玉临死时向紫鹃诉说的那些凄惨而悲愤的话。显然，被追叙的事情是已经发生过的，但在小说情节中却是未曾叙述过的，因而是一种补充型的追叙式插叙。

三、叙事时长重组：略叙、等叙、概叙和扩叙

小说是用书面语言叙述故事的，所以，事件的时间长度在小说情节与小说故事中是不同的。一方面，故事时间与情节中的叙事时间在时间单位的标识上是不同的，故事中事件的时间长度是以生活中的钟表时间单位标识的，如秒、分、小时等；而情节中事件的时间长度是以书面语言的阅读时间单位标识的，如词、句子、段落等。另一方面，为了叙述故事的需要，作者总是会通过叙事时间的重组方式，对小说故事中事件的时间长度进行压缩、延展等扭曲处理。也就是说，在设计小说情节过程中，作者不仅要根据叙事逻辑的需要，对故事大纲中的事件进行叙事模态、叙事时序和叙事境遇等方面的结构性重组，而且要遵循小说阅读的节奏感，对小说故事中事件的时间长度进行叙事时态的结构性重组。

一般地讲，叙事时长重组是指事件在故事时间和叙事时间中的时间长度之间所形成的对比关系。法国叙事学家热奈特认为，作者往往通过省略、场景、概要和停顿等手段，改变故事时间中事件的时间长度，从而导致同一事件在叙事时间与故事时间之间的区别①。因此，叙事时长重组是叙事时态重组的重要叙事技术。

我们将以小说《红楼梦》第二十三回宝玉与黛玉在大观园的沁芳闸桥边诵读《会真记》(《西厢记》)的场景为例，探讨曹雪芹是如何采用略叙、等叙、概叙和扩叙的手法，在小说情节结构中进行叙事时长重组的。

1. 略叙

略叙（或省略）是指作者省去故事片段中节外生枝的部分事件，使该事件的叙事时间为零，进而缩短整个故事片段在小说情节结构中叙事时间的长度。其基本的运作方式是，剔除故事片段中偏离情节主线的事件细节，确保小说情节主线

---

① 热拉尔·热奈特．叙事话语 新叙事话语．北京：中国社会科学出版社，1990：60.

的明确、集中和清晰。

例如，小说叙述宝玉与黛玉诵读《西厢记》场景的开始写道：

> 早饭后，宝玉携了一套《会真记》，走到沁芳闸桥那边桃花底下一块石上坐着，展开《会真记》，从头细看。正看到“落红成阵”，只见一阵风过，把树上桃花吹下一大半来，落的满身满书满地皆是。宝玉要抖将下来，恐怕脚步践踏了，只得兜了那花瓣，来至池边，抖在池内。[①]

宝玉吃完早饭后，拿了一套《会真记》（《西厢记》）走到沁芳闸桥桃花树下的一块石上，坐着看《西厢记》。一阵风吹落了树上的桃花，宝玉兜了落在书上和身上的花瓣，走到池边，抖落池内。如果仔细揣摩，就会发现，作家在这段情节的叙述中省去了小说故事中的一些事件，如，宝玉早饭后，从什么地方拿了一套《西厢记》；走到沁芳闸桥桃花树下一块石头的过程中，宝玉沿路看到和听到了什么；一阵风吹落树上的桃花后，宝玉用什么和如何兜住满身满书的花瓣的；等等。由于作家主要叙述两个情节性事件，一个是宝玉在沁芳闸桥的桃花树下看《西厢记》，另一个是宝玉把树上吹落下来的桃花抖落池内。因此，作家在小说情节结构中省略的这个故事片段中的部分细节事件，非但没有影响小说情节主线中叙事序列的叙事逻辑，反而能够通过删除故事片段中的一些细节，压缩了该故事片段在叙事时间中的时间长度，保障了小说情节主线的明确、集中和清晰。

2. 等叙

等叙（或场景）是指事件的时间长度在叙事时间与故事时间中基本相等的叙事时长重组方式，其主要的叙事功能是，用场景化的方式逼真地模仿故事中的事件，进而将读者带入小说的具体场景之中。

例如，黛玉肩上担着花锄走过沁芳闸桥，见宝玉正将桃花瓣抖在池内，就劝宝玉不要把花瓣给脏水糟蹋了，而应把花瓣装在绢袋里，拿土埋上。小说接着写道：

> 宝玉听了喜不自禁，笑道：“待我放下书，帮你来收拾。”黛玉道：“什么书？”宝玉见问，慌的藏之不迭，便说道：“不过是《中庸》《大学》。”黛

① 曹雪芹，高鹗．红楼梦：上卷．北京：人民文学出版社，2000：240.

> 玉笑道："你又在我跟前弄鬼。趁早儿给我瞧，好多着呢。"宝玉道："好妹妹，若论你，我是不怕的。你看了，好歹别告诉别人去。真真是好文章。你要看了，连饭也不想吃呢。"一面说，一面递了过去。①

作家用直接引语的方式转述了黛玉和宝玉之间的对话内容：

● 宝玉笑道："待我放下书，帮你来收拾。"

● 黛玉道："什么书？"

● 宝玉说道："不过是《中庸》《大学》。"

● 黛玉笑道："你又在我跟前弄鬼。趁早儿给我瞧，好多着呢。"

● 宝玉道："好妹妹，若论你，我是不怕的。你看了，好歹别告诉别人去。真真是好文章。你要看了，连饭也不想吃呢。"

上述用直接引语转述的人物对话内容的时间长度在故事时间与叙事时间之间是基本相同的。也就是说，黛玉和宝玉在小说场景中言说这些话的内容所用的时间，与读者阅读这些对话内容的时间大体上是一致的，其目的是营造一种如临现场的场景化阅读效应。

3. 概叙

概叙（或概要）是指作者浓缩事件过程在故事中的时间长度，但与略叙不同，该事件的叙事时间长度小于故事时间长度，却不等于零。其叙事目的是，凸显事件本身而弱化事件过程中琐碎而单调的细节，保障小说情节主线的简约和厚实，加快小说情节的叙事节奏。

例如，当黛玉接了宝玉递过来的书后，小说写道：

> 黛玉把花具放下，接书（《会真记》，即《西厢记》）来瞧。从头看去，越看越爱。不顿饭工夫，将十六出俱已看完，自觉词藻警人，余香满口。②

作家只用了30个字左右的语言词汇叙述黛玉看完16出《西厢记》剧本。显然，作家只是概述黛玉看完了《西厢记》的剧本，由于小说只是概述了黛玉阅读剧本的事件，而略去了黛玉阅读剧本的过程，因而在叙事时间中浓缩了黛玉小说场景中阅读《西厢记》所用的时间。其目的在于，在叙述人物行动时，用突出行动的事件并弱化

---

① 曹雪芹，高鹗．红楼梦：上卷．北京：人民文学出版社，2000：240.

② 同①.

行动过程的方法，保障小说情节主线的简约和厚实，加快小说情节的叙事节奏。

4. 扩叙

扩叙（或停顿）是指作者叙述小说情节正在进行的事件时，该事件在故事时间中处于停顿状态，而作者却用延长描述该事件中的局部细节或跳出该事件的叙事场景等方式，扩展叙述与该事件相关的局部事件或背景信息。其主要的写作方法是，凸显该事件的局部，或者交代与该事件相关的背景信息，进而减缓小说情节的叙事节奏。

例如，黛玉读完《西厢记》后，听宝玉用《西厢记》中的戏文来调侃自己时，小说写道：

> 宝玉笑道："我就是个'多愁多病身'，你就是那'倾国倾城貌'。"林黛玉听了，不觉带腮连耳通红，顿时直竖起两道似蹙非蹙的眉，瞪了两只似睁非睁的眼，微腮带怒，薄面含嗔，指宝玉道："你这该死的胡说！……"①

在故事时间中，黛玉的表情变化与其指斥宝玉的话是"顿时"完成的，可作家却用了40个字左右的叙事时间长度加以叙述，无疑是在叙事时间中延长了黛玉的表情变化。与小说用短短的30个字叙述黛玉看完16出《西厢记》的概叙相比，作家却用了40个字描述黛玉"顿时"的神态，扩叙与概叙在叙事时长重组方面的差异就相得益彰了。因此，与概叙不同的是，扩叙的目的在于，作家通过减缓黛玉的表情在故事时间中的变化速度，让读者能细心感知和品味黛玉表情变化过程中表现出某种少女的害羞和嗔怒的神态。

四、叙事境遇重组：叙事意识流与叙事穿越

叙事意识流和叙事穿越是两种现代小说的情节重组方式，主要表现为，作者通过小说主人公叙事境遇的变异进行叙事时空的结构性重组。叙事意识流是在小说主人公的心理活动层面上把不同时空中的叙事场景组接起来；叙事穿越则是在小说主人公的身体行动层面上将不同时代的叙事场景进行结构性组接。也就是说，叙事意识流和叙事穿越都是通过小说主人公在不同时空或不同时代的叙事境遇中进行结构性重组的小说情节组接方式。

---

① 曹雪芹，高鹗．红楼梦：上卷．北京：人民文学出版社，2000：241.

1. 叙事意识流

叙事意识流是指作者在小说主人公的心理活动层面上，通过主人公的直觉、错觉、幻觉和梦境等的意识或潜意识流动把小说故事中不同时空内的叙事场景在小说情节线上组接起来，进而改变主人公的内心叙事境遇，推进小说情节主线的变化和转折。

例如，在小说《色·戒》中，为了表现小说主人公王佳芝自我迷失的心理过程，作家在小说的情节结构中设置了许多由主人公的叙事意识流所构成的情节单位，尤其是当王佳芝在珠宝店拿起那只易先生想给她买的钻戒时，小说情节实际上是随王佳芝的叙事意识流而逐渐推进的。小说写道：

> 她（王佳芝）拿起那只戒指，他（易先生）只就她手中看了看，轻声笑道："嗳，这只好像好点。"
>
> 她脑后有点寒飕飕的，楼下两边橱窗，中嵌玻璃门，一片晶澈，在她背后展开，就像有两层楼高的落地大窗，随时都可以爆破。一方面这小店睡沉沉的，只隐隐听见市声——战时街上不大有汽车，难得揿声喇叭。那沉酣的空气温暖的重压，像棉被捣在脸上。有半个她在熟睡，身在梦中，知道马上就要出事了，又恍惚知道不过是个梦。[①]

王佳芝已与地下组织布置了此次暗杀活动，虽然她用演员上台演戏的态度参加暗杀活动，却又对即将发生的暗杀活动产生了恐惧感。因此，当她看着手中那只六克拉的钻戒，听着耳边易先生的笑语话音，又一次想到即将发生的暗杀活动时，甚至产生了做梦般的幻觉。这样，作家通过主人公的叙事意识流中的梦幻般的心理活动，将可能发生暗杀活动的景象与王佳芝在珠宝店看钻戒时的场景组合起来，进而揭示了王佳芝因易先生给她买钻戒而逐渐地迷失自我的心理过程，直到最后，王佳芝示意易先生逃走。也就是说，作家通过主人公的叙事意识流的叙事方式，在王佳芝的内心活动中实现了小说情节的结构性重组，并通过背景信息的前景化处理，驱动小说情节主线的进展和转折。

2. 叙事穿越

叙事穿越是指作者在小说主人公的身体行动层面上，通过主人公的现实生活

---

① 张爱玲．色·戒//张爱玲作品集．太原：北岳文艺出版社，2001：391－392.

世界从一个时代到另一个时代的时空穿越，将不同时代的叙事场景进行结构性组接，进而叙述两个时代之间的故事。通常的做法是，作者将两个时代设置为主人公的两个现实生活世界：一个是主人公现世的生活世界，也称前景世界；另一个是主人公前世（或后世）的生活世界，也称背景世界。作者通过背景世界中的事件“前景化”方式在两个世界的叙事穿越中配置小说情节线上的戏剧性冲突。与叙事意识流不同的是，小说主人公通过自己的身体在两个超越人类生命周期的物理世界里进行叙事穿越。与神话故事不同的是，小说主人公在不同时代的现实生活世界之间从事穿越行动。

（1）历史架空穿越，即主人公的身体穿越至某个架空的历史时代，在虚构的主人公与知名的历史人物和历史事件之间的跨界组合中叙述故事。例如，桐华的网络小说《步步惊心》（2005）是一部较早发表的穿越-架空类网络小说。小说女主人公从一个 25 岁的当代单身白领张小文穿越至清朝的康熙年间，变成一名豆蔻年华的满族少女马尔泰·若曦。小说开篇写道：

> 2005 年，深圳
>
> 华灯初上的街道，比白天多了几分妩媚温柔，张小文身着浅蓝套装，在昏黄的灯光下显得有些疲惫。刚进楼门却想起浴室的灯泡坏了，忙转身向楼旁的便利店走去。
>
> 开门，打灯，踢鞋，扔包，一气呵成。张小文从阳台上把沉重的梯子一点点挪到浴室，试了试平衡，小心翼翼上了梯子，突然脚一滑，“啊”的一声惊叫，身子后仰重重摔倒在瓷砖地上，一动不动。
>
> 清、康熙 43 年，北京
>
> 湖边景亭的走道，面对面站着两位十三四岁的姑娘。穿鹅黄衫子的已是赏完湖景，正欲下楼，着浅蓝衫子的也就差着两步，即可上到亭间欣赏美景。但楼梯较窄，一人走富裕，却绝不能两人同行。双方又都不想让路。二人同时提脚，迈步，挤在了一起，浅蓝衫子的小姑娘因在下方不好用力，脚一滑，“啊”的一声从楼梯滚下，摔落地上，一动不动。①

从小说第一章起，作家用第一人称的方式布局小说情节主线，叙述女主人公

---

① 桐华．步步惊心．天涯书库，https：//www.tianyabooks.com/book/th11/，2020 年 9 月．

张小文穿越之后，以若曦的身份与康熙的几个儿子之间的感情生活，以及被卷入康熙年间“九子夺嫡”的朝廷政治斗争旋涡之后，在“四阿哥”和“八阿哥”之间的争储角逐中陷入纠结、彷徨和惶恐、无奈的情感矛盾和行为冲突中。

穿越-架空类网络小说的叙事优势是，作者可以通过主人公在两个故事世界之间的前景化叙述方式，借助于主人公遭遇不同时代价值观等方面的矛盾冲突来设置小说情节。如小说第十章，中秋宴席间，乾隆当众把明珠格格配给十七岁的“十阿哥”当嫡福晋，并驳回了“十阿哥”要明珠格格做侧福晋的请求。“我”（若曦）看着“十阿哥”和明珠格格并排跪着的身影，心里十分气愤，想到，“十阿哥”不是有最尊贵的身份吗？为什么这最尊贵的身份剥夺了他最珍贵的东西：自由！宴席散后，“我”听姐姐跟巧慧说自己今后自然会想通认命的话，小说写道：

> 我心想不会，不会。我永远不会想通，为什么我的命运会由他人随便一句话就决定？从小到大，我只知道我现在的努力决定明天的结果。“今日花，明日果”是我的座右铭。我不能接受自己的命运就是别人的几句话。不能，我不能！我痛恨老天，为什么要让我到这里。要么索性让我就出生在这里，这样我也许可以认命。可是我已经在现代社会活了 25 年，接受的教育是命运掌握在自己手里。现在突然告诉我，一切都是命，认命吧！我不能接受！①

按照主人公的清廷宫女的身份，若曦在“前景世界”中看到“十阿哥”屈从于乾隆皇帝的旨意，被迫接受明珠格格当嫡福晋，是十分自然的事情。但是，作家却在若曦的内心独白中引入了“背景世界”中的东西，并以此表达了张小文的现代价值观念——自己的命运应该掌握在自己手里。这样，作家借助于人物穿越的叙事技术，展示了不同时代价值观之间的矛盾冲突而形成的戏剧性跨界叙事奇观。

（2）玄幻-转生（转世）穿越，即主人公的身体转生至某个玄幻的时代或转世至某种玄幻的世界。与历史-架空穿越不同的是，玄幻-转生（转世）穿越有两种穿越方式，一是转生穿越，主人公从“背景世界”投生至“前景世界”的跨界形态，因而在超越人类生命周期的意义上实现叙事跨界；二是转世穿越，主人公借助其在“背景世界”里的跨界异能或跨界装备，在其“前景世界”里实现某种

---

① 桐华．步步惊心．天涯书库，https：//www.tianyabooks.com/book/th11/，2020 年 9 月．

超越人类生命形态的叙事跨界，主人公通常可以在“三个世界”（写实世界、仿写实世界和超写实世界）之间化身变形。其中，写实世界是指作者将现实的人类生活世界投射到小说的故事世界之中，故事中的主人公或主要角色是人类的角色。仿写实世界是指作者将模拟的人类生活世界设置为小说的故事世界，故事中的主人公或主要角色是拟人化的各类角色，如机器人、僵尸、吸血鬼等仿人类角色，以及狐狸、飞蛾等仿动植物角色。超写实世界是指作者把幻想中的人类生活世界引入小说的故事世界，故事中的主人公或主要角色是超人类的角色，如神仙、超人等①。

例如，唐家三少的网络小说《斗罗大陆》（2008）是一部较有影响的玄幻-穿越类小说。作家用第三人称叙述小说故事。小说开篇的引子部分叙述了主人公唐三转生前“背景世界”中的最后一个事件：二十九岁的唐门外门弟子唐三，把自己修炼的暗器——佛怒唐莲丢给身后追来的唐门长老后，在巴蜀的鬼见愁山峰上跃身跳崖。引子部分的结尾用全知叙述者的口吻写道：“他永远的离开了这个世界，但他的另一次命运却刚刚开始。”继引子之后的小说第一章起，作家叙述主人公转生后在一个名叫斗罗大陆的异界世界里的人生故事。尽管转生后的主人公名字依然叫唐三，但其角色却是一个五岁多的男孩，而小说情节主线也是从少年唐三在斗罗大陆圣魂村的“前景世界”中展开的。

与穿越-架空类网络小说不同的是，玄幻-穿越类网络小说的叙事优势在于，作者往往可以利用主人公的转生或转世方式设置小说情节线上的视像性奇观。例如，在小说《斗罗大陆》的第二章里，作家叙述唐三在素云涛魂师的引导下从事人生的首次武魂觉醒的场面。当唐三的武魂觉醒呈现为一棵蓝银草时，素云涛以从未见过废武魂的蓝银草出现魂力为由，拒绝再次测试唐三的魂力。但在唐三的一再恳求下，素云涛答应再次测试其魂力，并在自己的手掌中释放出蓝水晶球。小说写道：

> 手掌刚一贴上蓝水晶球，唐三的身体就剧烈的颤抖了一下，他吃惊的发现，那颗看上去很漂亮的蓝水晶球竟然拥有着巨大的吸力，自己的内力仿佛找到了宣泄口一般汹涌而出。他想要挣脱，但却怎么也无法逃开那股强势的吸力。
>
> 同样吃惊的还有素云涛，正在他以为这在圣魂村的最后一次魂力测试只

---

① 陈鸣．网络小说空间化叙事技术的变革与症候．雨花，2017（22）．

是走个形式的时候，突然，手中的蓝水晶球亮了起来，夺目的蓝光从开始的一点瞬间蔓延，眨眼的工夫，这颗水晶球就像是璀璨的宝石一般闪闪发光。淡淡的蓝色光晕外露，说不出的动人。

按照传统的测试，只要水晶球出现一点感应，哪怕是一丝光芒，就证明被测试者是有魂力存在的，而眼前蓝水晶球中闪耀着如此夺目的光芒，就只有一个解释。

“天啊，竟然是先天满魂力。”青光再次从素云涛身上释放，水晶球将唐三的手掌弹开，此时，他再看眼前这个男孩儿的目光已经变得截然不同。仿佛像是在看一个怪物似的。①

在上述案例中，作家采用了跨界异能的视像化奇观来描述唐三测试魂力时显现满魂力的场景。为了要表现主人公“背景世界”中的前生功法，小说巧妙地叙述素云涛拒绝再次测试唐三的魂力，进而说明在主人公的“前景世界”里，废武魂蓝银草是不可能有魂力的。但是，当素云涛答应唐三的一再请求而再次测试时，奇迹却发生了。只见唐三伸出手掌触摸素云涛手中的蓝色水晶球，那颗蓝色水晶球亮了起来，蓝光从开始的一点瞬间蔓延，顷刻变成璀璨的宝石般的光亮。素云涛惊讶地发现唐三居然有“先天满魂力”。当时，连素云涛魂师也无法理解和解释，唐三为何在第二次测试时能测出“先天满魂力”。而在后续情节中，小说才逐渐披露唐三是借助于“背景世界”里所练就的武功——玄天功内力，才会在“前景世界”中被测试出“先天满魂力”的。因此，在叙述测试唐三魂力的场景中，作家描述了素云涛手中的蓝色水晶球因唐三的满魂力而放射出奇光异彩的过程，展示了唐三在“两个故事世界”里的跨界异能所表现出的视像奇观。

第三节 在两个向度上配置情节序列

情节序列是由若干个情节单位借助于场景叙事所形成的叙事序列表达方式。

① 唐家三少．斗罗大陆．起点中文网，https：//read. qidian. com/chapter/YvJ9Xu5KMv01/NcfPhI9PSvwex0RJOkJclQ2，2020 年 9 月．

在撰写小说故事大纲时，作者主要根据事件与人物来概述小说故事中的事件，并用时间先后的顺序排列成故事序列；而在设计小说情节时，作者则更多地根据小说情节主线上的场景配置情节单位的叙事序列，因而也称为情节序列，以此区别于故事大纲中的叙事序列为故事序列。其基本的配置方法是，作者从叙事逻辑与叙事过程两个向度上，将小说情节线上的一系列情节单位通过小说场景组建起某种结构性的叙事语法关系，进而在两个层面上设计小说的情节序列。也就是说，作者通常从场景叙事的两个向度上设置情节序列：一是从叙事逻辑上，作者将两个或两个以上的情节序列置入某种叙事逻辑意义；二是从叙事过程上，作者将两个或两个以上的情节序列组接成某种时空连接的叙事过程形态。前者可以命名为叙事语义结构模式，而后者则可以称作叙事句法结构模式。

因此，作者可以运用叙事语义结构模式与叙事句法结构模式，进行小说情节设计中的叙事语法重组，而叙事语义结构模式与叙事句法结构模式，为作者用叙事场景设计小说情节结构提供了可操作和可分析的小说叙事技术。我们将以简·奥斯汀的小说《傲慢与偏见》为例，具体探讨作者是如何从场景叙事的两个向度上进行叙事语法重组的。

一、叙事语义结构模式

叙事语义结构模式是一种在场景叙事的叙事逻辑中设置小说情节链的情节序列配置方法，其要点是，作者在两个或两个以上的情节序列之间建立起一种叙事语义关系，进而在小说情节结构中构成情节链。法国叙事学家格雷马斯的结构语义学矩阵理论认为，语言符号表达意义的整合式结构可以描述为一个矩形模式。在这个矩形模式中存在着三种语义结构关系：一是水平线上的反义关系；二是对角线上的矛盾关系；三是垂直线上的蕴涵关系①。其实，在设计小说情节时，作者也可以通过反义、矛盾和蕴涵的叙事语义结构设置小说情节中的情节序列。也就是说，作者可以运用叙事语义结构模式，在两个或两个以上的情节序列中置入反义、矛盾或蕴涵等叙事逻辑关系，进而在小说情节结构中配置成情节序列。根据叙事逻辑关系的不同，叙事语义结构模式可以分为三类：矛盾式、反义式和蕴涵式。

① A. J. 格雷马斯．论意义：符号学论文集：上册．天津：百花文艺出版社，2011：141.

例如，在小说《傲慢与偏见》中，简·奥斯汀根据主要人物在婚姻问题上的观点和态度，设置了三条主要的情节线：一是财富式婚姻观的情节线，以班纳特太太、柯林斯等为代表，比如，班纳特太太一心想着如何使自己的五个女儿能嫁给有钱的单身汉，却不管女儿的婚姻是否建立在爱情的基础之上；二是爱情式婚姻观的情节线，以伊丽莎白、达西等为代表，比如，伊丽莎白主张婚姻是以互相尊重的爱慕之情为基础的，因而对夏绿蒂与柯林斯的财富式婚姻十分反感；三是欺骗式婚姻观情节线，以韦翰为代表，比如，韦翰骗取丽迪雅的欢心而私奔，后又以结婚为由要挟钱财。我们可以从叙事语法的分析中发现，在配置这三条主要的情节线时，作家自觉或不自觉地运用了矛盾式、反义式和蕴涵式三种叙事语义结构模式。

1. 矛盾式

矛盾式是一种依据相互排斥的叙事语义机制配置小说情节链的叙事语义结构模式，通常的做法是，作者将两个或两个以上的叙事序列设定为一方与另一方相互排斥的叙事逻辑关系，进而在场景叙事中配置成小说的情节序列。

例如，在柯林斯来班纳特家做客期间，作家在柯林斯的财富式婚姻情节线上配置了三个柯林斯向不同对象求婚的情节序列：

（1）在班纳特家的头一个晚上，柯林斯跟班纳特提起自己想娶吉英为妻的决定。但当班纳特太太告诉他吉英可能很快就要订婚后，柯林斯便打消了向吉英求婚的念头。

（2）在离开班纳特家的前一周的某天早餐之后，柯林斯当面向伊丽莎白求婚，却遭到伊丽莎白的婉言拒绝。

（3）在应邀去夏绿蒂家吃饭后的第二天早上，柯林斯独自来到夏绿蒂家，当面向夏绿蒂倾诉了自己的“千情万爱”，并诚恳地要求夏绿蒂择定订婚的日子，而夏绿蒂也“完全是为了财产打算”，答应了柯林斯的求婚。

由此可见，作家分别为柯林斯求婚的叙事序列配置了三个小说场景：前两个是在班纳特家，后一个则是在夏绿蒂家。显然，柯林斯向吉英求婚不成，是因为吉英已名花有主，而柯林斯向伊丽莎白的求婚失败却因两人在婚姻观上的矛盾。因为柯林斯将财产视作婚姻的条件，而伊丽莎白则把自由恋爱当作婚姻的基石。所以，在柯林斯的财富式婚姻情节线中，作家采用了矛盾式叙事语义的结构模式来配置伊丽莎白的情节序列。

在上述的第二个情节序列中，作家通过场景叙事的方式展示了伊丽莎白与柯林斯之间在婚姻问题上的矛盾冲突。当时，柯林斯想到自己的假期到下周六就要结束，便决定正式求婚。于是，在班纳特家刚吃过早饭后，柯林斯就向班纳特太太说，自己想与伊丽莎白做一次私人谈话。当班纳特太太与两个女儿上楼之后，柯林斯便向伊丽莎白说道："我向你求婚是得了令堂大人允许的。"随后，柯林斯列举了自己要结婚的几点理由。然而令伊丽莎白没有想到的是，柯林斯居然是出于财产继承上的考虑而想娶班纳特家的女儿。柯林斯认为，自己是班纳特家的财产继承人，所以，如果与伊丽莎白结婚的话，一旦班纳特先生过世，他就可以避免在继承班纳特家的财产问题上发生不愉快的事情。没等柯林斯的话讲完，伊丽莎白当即表示谢绝。柯林斯误以为伊丽莎白是出于女孩的害羞而谢绝他的首次求婚，便一再地劝解，致使伊丽莎白不得不直言道："我的谢绝完全是严肃的。你不能使我幸福，而且我相信，我也绝对不能使你幸福。"① 伊丽莎白敏感地意识到，柯林斯的婚姻观念与自己的不一致，因而当下便予以谢绝。

为了凸显伊丽莎白与柯林斯在婚姻观上的矛盾，作家还特意设置了一个夏绿蒂拜访班纳特府上时私下跟伊丽莎白谈话的场景。当时，伊丽莎白听夏绿蒂说自己跟柯林斯订婚的消息后，就惊叫了起来。虽然后来伊丽莎白镇定下来，并预祝他们两人婚后幸福。然而夏绿蒂走后，伊丽莎白却独自细想刚才听到的话。小说写道：

> 她（伊丽莎白）一向觉得，夏绿蒂关于婚姻问题方面的见解，跟她颇不一致，却不曾料想到一旦事到临头，她竟会完全不顾高尚的情操，来屈就一些世俗的利益。夏绿蒂竟做了柯林斯的妻子，这真是天下最丢人的事！她不仅为这样一个朋友的自取其辱、自贬身价而感到难受，而且她还十分痛心地断定，她朋友拈的这个阄儿，决不会给她自己带来多大的幸福。②

尽管在后续的情节中，夏绿蒂与柯林斯的婚后生活并未如伊丽莎白所料想的那样糟糕，然而在上述两个主要的小说场景中，作家通过伊丽莎白当面谢绝柯林斯求婚和听到夏绿蒂接受柯林斯求婚的消息后的惊叫，以及夏绿蒂走后的内心想法，明确地表明了伊丽莎白与柯林斯在婚姻观上的矛盾立场。因此，在叙述柯林

---

① 简·奥斯汀．傲慢与偏见．上海：上海译文出版社，1990：125.

② 同①89.

斯的婚姻情节线时，作家用矛盾式叙事语义机制来配置伊丽莎白与柯林斯之间在婚姻问题上的戏剧性冲突。

2. 反义式

反义式是一种依据相反取向的叙事语义机制配置小说情节链的叙事语义结构模式，其配置的特点是，作者将两个或两个以上的叙事序列设定为一方与另一方相互对立的叙事逻辑关系，进而在场景叙事中配置成小说的情节序列。

例如，伊丽莎白的爱情式婚姻观与韦翰的欺骗式婚姻观是两种本质对立的婚姻观。但是，作家并没有简单地设置这个反义式的叙事语义模式，而是通过伊丽莎白在对韦翰态度上的变化过程配置了一系列的情节序列，并主要通过以下两个小说场景加以展示。

（1）在腓力普太太府上，伊丽莎白在交谈中轻信了韦翰对达西的诽谤。那天，伊丽莎白等应邀前往腓力普太太府上做客。韦翰在伊丽莎白身旁坐下，边玩牌边跟伊丽莎白交谈起来。韦翰谈起了自己自小与达西家有特别的关系，并诉说起达西曾对自己有过如何的不公待遇，以及达西身上的傲慢习性。伊丽莎白听信了韦翰的话，并确立了对达西的“偏见”和对韦翰的好感。

（2）在韦翰随民团离开麦里屯的前一天，伊丽莎白表示了与韦翰的绝交之意。伊丽莎白初见韦翰时就被这个年轻军官的文雅风度迷惑了，不仅听信了韦翰对达西的诽谤之言，甚至把韦翰视作比达西更适合自己婚嫁的对象。直到舅母当面提醒后，伊丽莎白才表示自己不会贸然地与韦翰谈婚论嫁。在看了达西写给自己的信后，伊丽莎白才发现韦翰是一个浪荡挥霍、说谎成性的小人，并为自己轻信韦翰的谎言而感到羞愧，更对韦翰的贪财骗色而感到愤怒。于是，作家为伊丽莎白与韦翰的当面绝交设置了一个场景。小说写道：

> 现在轮到伊丽莎白和韦翰先生最后一次见面了。……他以往曾以风度文雅而博得过她的欢心，现在她看出了这里面的虚伪做作，陈腔滥调，觉得十分厌恶。……而他居然还自以为只要能够重温旧好，便终究能够满足她的虚荣，获得她的欢心，不管他已经有多久没有向她献过殷勤，其中又是为了什么原因，都不会对事情本身发生任何影响。她看到他那种神气，虽然表面上忍住了气不作声，可是心里却正在对他骂不绝口。①

---

① 简·奥斯汀．傲慢与偏见．上海：上海译文出版社，1990：260.

这是伊丽莎白与韦翰在私人感情上的一次诀别。虽然此次诀别的直接原因是伊丽莎白发现了韦翰诽谤达西的真相，不过，有关韦翰在婚姻上的贪财骗色的卑劣行径，当时的伊丽莎白也已有耳闻。一方面，伊丽莎白从达西的信中得知，韦翰曾因看中三百万英镑的财产而诱拐年仅十五岁的达西妹妹私奔；另一方面，伊丽莎白的舅母嘉丁纳太太曾亲口告诉她，韦翰是看上了玛丽·金小姐的家财才向她献殷勤的①。所以，在与韦翰“最后一次见面”的场景中，伊丽莎白识破了韦翰的卑劣人品，并使韦翰也心慌起来。于是，“他们俩客客气气地分了手，也许双方都希望永远不再见面了”。从这个意义上说，作家用反向对立的叙事语义机制配置了伊丽莎白与韦翰之间在婚姻情节线索上的情节序列。

值得注意的是，正是基于伊丽莎白与韦翰之间的反义式叙事语义关系，作家将韦翰设置为伊丽莎白与达西在爱情婚姻情节线上的阻碍者角色。伊丽莎白因轻信了韦翰对达西的诽谤才确立了对达西的“偏见”，后又因发现了韦翰的伪善和谎言，才开始改变对达西的成见，并最终接受了达西的求婚。

3. 蕴涵式

蕴涵式是一种基于相同取向而互为依存的叙事语义机制配置小说情节链的叙事语义结构模式，其基本的运作方式是，作者将两个或两个以上具有相同取向的叙事序列设定为一方与另一方互相依赖的叙事逻辑关系，进而在场景叙事中配置成小说情节序列。

例如，吉英与彬格莱、伊丽莎白与达西是小说中两个主要的婚姻情节线索。一方面，这两对人物都主张爱情式婚姻观，因而持有相同的婚姻取向；另一方面，吉英与彬格莱的叙事序列与伊丽莎白与达西的叙事序列之间构成了一种互为依存的叙事逻辑关系。因此，作家通过蕴涵式叙事语义结构模式来配置这两个爱情婚姻情节线上的情节序列。

在小说《傲慢与偏见》的婚姻情节线中，吉英与彬格莱是最早出现的一对情人。吉英在首场舞会上与英俊潇洒、热情开朗的彬格莱一见钟情，虽因心性娴静羞怯而没能向彬格莱大胆地表露芳心，却在舞会以后告诉了自己的妹妹伊丽莎白，并得到了伊丽莎白的首肯和鼓励。后来，吉英受邀至彬格莱家，因途中淋雨

---

① 在后续情节中，韦翰与丽迪雅的私奔，并以与丽迪雅的婚姻为借口要挟伊丽莎白的父亲解囊相济，更为充分地刻画了韦翰在婚姻问题上的卑劣嘴脸。

受寒而病倒，并在彬格莱的尼日斐花园养病期间受到了彬格莱的殷勤呵护。伊丽莎白去彬格莱的住处探望时，目睹了彬格莱细心照顾吉英的情景，心里十分高兴。但是，因达西（包括彬格莱妹妹）从中作梗，彬格莱离开尼日斐花园移居伦敦。这一事件直接导致吉英与彬格莱的爱情关系发生危机。当吉英从彬格莱妹妹的来信中得知彬格莱兄妹决定去伦敦过冬的消息后，小说写道：

希望破灭了，彻底破灭了。吉英继续把信读下去，只觉得除了写信人那种装腔作势的亲切之外，就根本找不出可以自慰的地方。……

吉英立刻把这些事大都告诉了伊丽莎白，伊丽莎白听了，怒不可言。她真伤透心了，一方面是关怀自己的姐姐，另方面是怨恨那帮人。①

彬格莱去了伦敦之后，吉英与彬格莱的婚姻情节线便出现了裂痕，甚至吉英后来去伦敦找彬格莱，也于事无补。直到小说情节将近尾声的时候，彬格莱才在达西的陪同下从伦敦回到尼日斐花园，并主动拜访班纳特家。后来，彬格莱又当面向吉英求婚，为彬格莱与吉英的婚姻情节线画上了一个圆满的句号。作家是从伊丽莎白的视角来叙述彬格莱向吉英求婚的：

且说她（伊丽莎白）一走进门，只见姐姐和彬格莱一起站在壁炉跟前，看来正在谈话谈得起劲，如果这情形还没有什么可疑，那么，只消看看他们俩那般的脸色，那般慌慌张张转过身去，立刻分开，你心里便有数了。他们窘态毕露，可是她自己却更窘。他们坐了下来，一言不发；伊丽莎白正待走开，只见彬格莱突然站起身来，跟她姐姐悄悄地说了几句话，便跑出去了。

吉英心里有了快活的事情，从来不隐瞒伊丽莎白，于是她马上抱住妹妹，极其热情地承认她自己是天下最幸福的人。②

因此，在吉英与彬格莱的爱情婚姻情节线中，伊丽莎白和达西起到了十分重要的作用。当然，吉英与彬格莱的叙事序列反过来也影响和促进了达西与伊丽莎白的爱情婚姻关系的演变。起初，在得知彬格莱突然移居伦敦的消息后，伊丽莎白就想到此事与达西有关，后来也听人暗示过。然而直到达西在柯林斯夫妇的家里向伊丽莎白亲口承认后，伊丽莎白十分气愤，并当面拒绝了达西的求婚。当达西离开后，小说写道：

① 简·奥斯汀．傲慢与偏见．上海：上海译文出版社，1990：153.

② 同①383－384.

她（伊丽莎白）回想到刚才的一幕，越想越觉得奇怪。达西先生竟会向她求婚，他竟会爱上她好几个月了！竟会那样地爱她，要和她结婚，不管她有多少缺点，何况她自己的姐姐正是由于这些缺点而受到他的阻挠，不能跟他的朋友结婚，何况这些缺点对他至少具有同样的影响——这真是一件不可思议的事情！一个人能在不知不觉中博得别人这样热烈的爱慕，也足够自慰了。可是他的傲慢，他那可恶的傲慢，他居然恬不知耻地招认他自己是怎样破坏了吉英的好事，他招认的时候虽然并不能自圆其说，可是叫人难以原谅的是他那种自以为是的神气，还有他提到韦翰先生时那种无动于衷的态度，他一点儿也不打算否认对待韦翰的残酷——一想到这些事，纵使她一时之间也曾因为体谅到他一番恋情而触动了怜悯的心肠，这时候连丝毫的怜悯也完全抵消了。①

虽然达西和伊丽莎白最终能步入婚姻的殿堂，主要是因为两人消除了彼此的傲慢与偏见，但是，作家经常会将彬格莱与吉英叙事序列上的事件和达西与伊丽莎白叙事序列的演变交织在一起，而吉英与彬格莱订婚之后又为达西与伊丽莎白提供了相见和沟通的机会。那天，达西和彬格莱再次拜访班纳特府上，在彬格莱的提议下，大家同意一块儿出去散步。彬格莱和吉英走在后面，伊丽莎白和达西边走边谈了起来。当话题谈到彬格莱和吉英已经订婚的事情时，小说写道：

伊丽莎白说："我得问问你，你是否觉得事出意外？"

"完全不觉得意外。我临走的时候，便觉得事情马上会成功。"

"那么说，你早就允许了他啦。真让我猜着了。"虽然他竭力声辩，说她这种说法不对，她却认为事实确实是如此。

他说："我到伦敦去的前一个晚上，便把这事情向他坦白了，其实早就应该坦白的。我把过去的事情都对他说了，使他明白我当初阻挡他那件事，真是又荒谬又冒失。他大吃一惊。他从来没有想到过会有这种事。我还告诉他说，我从前以为你姐姐对他平平淡淡，现在才明白是我自己想错了；我立刻看出他对吉英依旧一往情深，因此我十分相信他们俩的结合一定会幸福。"②

① 简·奥斯汀．傲慢与偏见．上海：上海译文出版社，1990：220.

② 同①411－412.

可见，吉英与彬格莱和伊丽莎白与达西是两组互为依存的叙事序列，而作家采用蕴涵式叙事语义的结构模式，通过一系列小说场景来配置这两个持有相同爱情婚姻取向的情节序列。

二、叙事句法结构模式

叙事句法结构模式是通过场景叙事中的叙事过程设置小说情节链的情节序列配置方法，其核心是，作者在两个或两个以上的叙事序列之间建立起一种叙事句法形态，进而在场景叙事中构成情节序列。法国叙事学家布雷蒙认为，一个基本的叙事序列是由三个环节构成的：情况发生，人物采取行动，行动取得结果。而两个以上的基本叙事序列可以组成三种类型的复合叙事序列：首尾接续、中间包含、平行展开①。我们可以将布雷蒙的基本叙事序列中的环节命名为小规模叙事序列，并把复合叙事序列称为大规模叙事序列。因此，叙事序列的叙事句法结构模式主要是从大规模叙事序列的意义上，探讨作者如何在小说场景的叙事过程中配置小说的情节链。首尾接续式、主次交叉式、中间包含式和平行展开式，是四种较为常用的叙事句法结构模式。

1. 首尾接续式

首尾接续式是由一个叙事序列的结尾环节与另一个叙事序列的开始环节直接相连的叙事句法结构模式。在设计小说情节序列时，作者将一个叙事序列与另一个相同或不同情节线上的叙事序列首尾串联起来，进而在场景叙事中构成小说的情节序列。

从结婚成亲的角度看，小说《傲慢与偏见》主要叙述了四对男女角色的婚姻故事，并在小说故事上依次为柯林斯与夏绿蒂、韦翰与丽迪雅、吉英与彬格莱和伊丽莎白与达西。虽然这四对人物的结婚成亲故事表现为一种叙事时间上的先后次第过程。但是，简·奥斯汀并没有单线条地逐一叙述，而通过穿插、悬置、复叠或并进等多种方式的叙述来设计这四对人物的婚姻情节线。因此，作家往往会在叙述某个婚姻情节线时植入其他婚姻情节线上的叙事序列，从而在不同的婚姻情节线之间配置成首尾接续的叙事句法结构模式。

① 克洛德·布雷蒙．叙述可能之逻辑//张寅．叙述学研究．北京：中国社会科学出版社，1989：153－156.

例如，在柯林斯的婚姻情节线上，作家为柯林斯依次设置了三个求婚对象：吉英、伊丽莎白和夏绿蒂，并采用了首尾接续的方式相继叙述柯林斯在求婚过程中的叙事序列。我们可以把柯林斯向吉英求婚的叙事序列称为叙事序列Ⅰ，柯林斯向伊丽莎白求婚的叙事序列称为叙事序列Ⅱ。两个叙事序列在小说情节上叙述顺序如下：

(1) 叙事序列Ⅰ之情况发生——柯林斯有了向吉英求婚的想法。柯林斯看到吉英那张可爱的脸蛋儿，便在班纳特家做客的第一个晚上选中了吉英做自己的太太。

(2) 叙事序列Ⅰ之人物采取行动——柯林斯向班纳特太太提出自己想娶吉英为妻。在与班纳特太太交谈中，柯林斯说起自己想要娶吉英为妻，班纳特太太却告诉他吉英可能很快就要订婚了。

(3) 叙事序列Ⅰ之人物行动的结果——柯林斯终止了向吉英求婚的行动。柯林斯听了班纳特太太的话后，立刻打消了要娶吉英为妻的念头。

(4) 叙事序列Ⅱ之情况发生——柯林斯有了向伊丽莎白求婚的念头。就在班纳特太太拨火的那一刹那，柯林斯将自己的求婚对象改为伊丽莎白。

(5) 叙事序列Ⅱ之人物采取行动——柯林斯主动与伊丽莎白亲近。在彬格莱周二主办的尼日斐花园舞会上，柯林斯主动邀请伊丽莎白跳舞。在第二个周二举行的尼日斐花园舞会上，柯林斯又笨拙地邀伊丽莎白跳舞，而在舞会的后半场，柯林斯一直围在伊丽莎白的身边，小心伺候。

如上所述，作家将柯林斯向吉英求婚的叙事序列的结尾环节（柯林斯向吉英求婚的失败结局）与柯林斯向伊丽莎白求婚的叙事序列的开始环节（柯林斯产生了向伊丽莎白求婚的想法）前后直接连接，构成了一个首尾接续的叙事序列。值得注意的是，作家之所以用首尾接续的方式，将另外两个婚姻情节线的叙事序列嫁接到柯林斯的婚姻情节线条中，主要在于凸显柯林斯的“唯财是图”的婚姻观念及其求婚行动。所以，在叙述上述两个叙事序列的首尾接续时，小说写道：

> 头一个晚上他（柯林斯）就选中了她（吉英）。不过第二天早上他又变更了主张，因为他和班纳特太太亲亲密密地谈了一刻钟的话，开头谈谈他自己那幢牧师住宅，后来自然而然地把自己的心愿招供了出来，说是要在浪搏恩找一位太太，而且要在她的令嫒们中间找一位。班纳特太太亲切地微笑着，而且一再鼓励他，不过谈到他选定了吉英，她就不免要提请他注意一下

了。“讲到我几个小女儿，我没有什么意见——当然也不能一口答应——不过我还没有听说她们有什么对象；至于我的大女儿，我可不得不提一提——我觉得有责任提醒你一下——大女儿可能很快就要订婚了。”

柯林斯先生只得撇开吉英不谈，改选伊丽莎白，一下子就选定了——就在班纳特太太拨火的那一刹那之间选定的。[①]

“就在班纳特太太拨火的那一刹那”，柯林斯的求婚对象从吉英转到伊丽莎白，作家通过在首尾接续的叙事句法结构中置入这一连接话语，深刻地揭露了柯林斯的财富至上的婚姻观念和求婚态度。

2. 主次交叉式

主次交叉式是由不同情节线上的叙事序列主次交叉相连而构成的叙事句法结构模式。为了使两个或两个以上的叙事序列能在叙事过程中配置成主次交叉的结构性关系，作者在主导性情节线的叙事序列中插入次要的叙事序列，进而在场景叙事中构成小说的情节序列。

在小说《傲慢与偏见》中，作家围绕着傲慢与偏见两个核心的叙事母题词汇，将伊丽莎白与达西的爱情婚姻设置为小说的主要情节线条。然而因为柯林斯与夏绿蒂是第一个成功订婚的婚姻情节线条，并且，自小说的第十三章后半部分柯林斯拜访班纳特府上起，到第二十二章夏绿蒂答应与柯林斯订婚为止，作家主要叙述并完成了柯林斯的财富式婚姻情节线。于是，在小说的第十三章至第二十二章的情节清单中，柯林斯的婚姻情节是主导性的情节线条，而伊丽莎白与达西的婚姻情节线则处于潜在的情节结构之中。不仅如此，作家还为伊丽莎白设置了两个与婚姻有关的叙事序列：一是柯林斯向伊丽莎白求婚；二是伊丽莎白受韦翰迷惑。前者是柯林斯的主导性婚姻情节线中的叙事序列，后者则是次要的叙事序列，进而构成了主次交叉的叙事句法结构模式。我们可以把柯林斯向伊丽莎白求婚的叙事序列称为叙事序列Ⅰ，伊丽莎白受韦翰迷惑的叙事序列称为叙事序列Ⅱ，两个叙事序列在小说情节上的叙述顺序如下：

(1) 叙事序列Ⅰ之情况发生——柯林斯有了向伊丽莎白求婚的念头。在班纳特太太拨火的那一刹那，柯林斯将自己的求婚对象由吉英改为伊丽莎白。

(2) 叙事序列Ⅱ之情况发生——韦翰认识伊丽莎白。因丹尼的介绍，伊丽莎

---

① 简·奥斯汀. 傲慢与偏见. 上海：上海译文出版社，1990：85.

白在路上见到并认识了年轻而漂亮的军官韦翰，两人谈得十分投机。

（3）叙事序列Ⅱ之人物采取行动——韦翰在伊丽莎白面前诽谤达西，并获得伊丽莎白的信任和好感。在腓力普太太家玩牌时，韦翰向伊丽莎白介绍了达西的家庭情况，并诉说起达西对自己的不公待遇以及达西身上的傲慢习性。伊丽莎白由此确立了对达西的“偏见”和对韦翰的好感。

（4）叙事序列Ⅰ之人物采取行动——柯林斯主动与伊丽莎白亲近。在彬格莱主办的尼日斐花园舞会上，伊丽莎白原本想与韦翰跳开头几场舞，却因为没有看到韦翰而大为扫兴，而柯林斯却主动邀请伊丽莎白跳舞。在第二个周二的尼日斐花园舞会上，柯林斯又笨拙地邀伊丽莎白跳舞，而在舞会的后半场，柯林斯一直围在伊丽莎白的身边，小心伺候。

（5）叙事序列Ⅰ之人物行动的结果——柯林斯向伊丽莎白求婚并遭到谢绝。在离开班纳特家的前一周的早餐之后，柯林斯当面向伊丽莎白求婚，却遭到伊丽莎白的婉言拒绝。

由此可见，柯林斯向伊丽莎白求婚是柯林斯婚姻情节线上的叙事序列，作家在叙述这个主导性情节线时，插入了伊丽莎白受韦翰迷惑的两个叙事序列，进而构成主次交叉的叙事句法结构模式。值得注意的是，作家将伊丽莎白受韦翰迷惑的次叙事序列插入柯林斯向伊丽莎白求婚的主叙事序列之间，客观上为伊丽莎白对柯林斯的求婚采取谢绝和回避的态度提供了一种人物感情上的支撑，同时也一定程度上推助了伊丽莎白陷入韦翰的欺骗迷局之中，甚至产生了逾越一般异性朋友关系的感情。

3. 中间包含式

中间包含式是指在一个叙事序列中内置了另一个叙事序列的叙事句法结构模式。具体的方法是，作者可以在一个叙事序列的叙述过程中插入另一个叙事序列，并使后一个叙事序列充当前一个叙事序列完成的条件，进而在场景叙事中构成小说的情节序列。

例如，韦翰与丽迪雅的私奔和成婚是小说中欺骗式婚姻情节线上的叙事序列。在叙述韦翰与丽迪雅从私奔至成婚的过程中，作家植入了一系列达西与伊丽莎白的爱情式婚姻情节线上的叙事序列，并使后者成为前者完成的条件。在小说的故事层面上，被包含其中的叙事序列可以概括如下：

（1）情况发生——伊丽莎白从吉英的来信中得知韦翰与丽迪雅私奔的消息。

伊丽莎白收到吉英的来信，得知丽迪雅私奔，大惊失色，并因达西的询问而诉说了自己对丽迪雅与韦翰私奔的愤怒和内疚之情。达西十分同情，临走时答应伊丽莎白对此事保密。

（2）人物采取行动——伊丽莎白从舅母的来信中得知，因达西慷慨解囊而使丽迪雅与韦翰能顺利成婚。达西用一千英镑给韦翰还清赌债，又用一千英镑给韦翰买了个官职。在韦翰与丽迪雅举行婚礼的那天，达西还要再去伦敦，办理一切有关韦翰与丽迪雅成婚的金钱方面的最后手续。

（3）人物行动的结果——伊丽莎白见到了新婚夫妇丽迪雅与韦翰。丽迪雅告诉伊丽莎白，达西参加了她与韦翰在圣克利门教堂举行的婚礼。

欺骗式婚姻线是小说《傲慢与偏见》中的三条婚姻情节线之一，而韦翰与丽迪雅的私奔与成婚是该婚姻情节线上的重要叙事序列。在叙述韦翰与丽迪雅的私奔与成婚的情节主线时，作家配置了达西与伊丽莎白的爱情式婚姻情节线上的叙事序列，并用达西的慷慨解囊行动促成了韦翰与丽迪雅最终成婚，进而使达西的行动成为韦翰与丽迪雅完婚的条件。值得注意的是，作家并没有正面叙述韦翰与丽迪雅的私奔与成婚，而是通过插入其中的达西与伊丽莎白的叙事序列从侧面加以叙述的，并且，作家主要是从伊丽莎白的角度叙述韦翰与丽迪雅的私奔，并将达西出钱帮助韦翰还清债务等行动设置为促成韦翰与丽迪雅正式成婚的重要叙事动力。具体分析，我们至少可以在这个中间包含式的复合叙事序列中找出以下两种叙述方式：

首先是追叙的方式。伊丽莎白从吉英的信中得知韦翰与丽迪雅私奔的消息，之后又从舅母的信中得知达西如何为韦翰与丽迪雅的成婚办妥了金钱方面的手续。因此，作家用追叙的方式配置这个叙事序列，即在事后追叙中披露韦翰与丽迪雅私奔的事件，以及达西出钱帮助韦翰还清债务等促成韦翰与丽迪雅成婚的行动。同样，在被追叙的相关事件中，作家又嵌入了一个追叙的结构，当韦翰与丽迪雅办完婚礼后拜访娘家时，丽迪雅告诉伊丽莎白达西也出席了她与韦翰的婚礼仪式。于是，伊丽莎白写信给自己的舅母询问事由，嘉丁纳太太在回信中叙述了达西用一千英镑给韦翰还清赌债，又用一千英镑给韦翰买了个官职，并准时参加了韦翰与丽迪雅的婚礼。所以，在叙述韦翰与丽迪雅完婚之后，小说才追叙起达西之前的解囊相助。

其次是间接叙述的方式。在上述两个追叙的事件中，作家都采用了一种间接叙述的方式加以叙述，既没有从当事人的角度叙述韦翰与丽迪雅私奔和成婚过程中发生的事件，也没有从参与者的角度叙述达西是如何出钱帮助韦翰还清债务，并出席了丽迪雅与韦翰的婚礼仪式，而主要通过伊丽莎白从吉英和舅母的来信中间接地知道韦翰与丽迪雅的私奔，以及韦翰与丽迪雅因达西的帮助而完婚。

总之，在韦翰与丽迪雅从私奔到成婚的叙事序列中，作家植入了一系列伊丽莎白与达西的爱情式婚姻情节线上的叙事序列，并在小说情节上构成了一种中间包含式的复合叙事序列。在这个复合叙事序列中，作家采取了追叙和间接叙述两种方式叙述韦翰与丽迪雅的私奔和成婚，以及达西帮助韦翰还清债务，参加丽迪雅与韦翰的婚礼仪式。其叙事意义在于，作家从侧面叙述韦翰与丽迪雅的私奔和婚礼的故事，不仅没有喧宾夺主，反而给小说主要情节线上伊丽莎白与达西之间的感情转折带来契机，达西的慷慨解囊促成了韦翰与丽迪雅的婚姻，不但消除了因丽迪雅的虚荣无知而使伊丽莎白陷入家庭丑闻的危机，也使伊丽莎白彻底放弃了对达西的偏见，进而推动了伊丽莎白与达西的爱情式婚姻情节线的发展。

4. 平行展开式

平行展开式是指一种由两个或两个以上平行展开的叙事序列组接而成的叙事句法结构模式。为了克服语言符号的线性特质在叙述小说故事中的局限性，作者通常会用平行展开的方式配置叙事序列，将小说故事中同一场景或同一时段两个或两个以上的叙事序列在小说的情节上组合成一个复合叙事序列，进而构成小说情节结构中的情节序列。

例如，吉英在彬格莱的尼日斐花园养病期间，伊丽莎白赶去探望。那天，吉英的病情已有所好转，便在晚饭后坐到客厅里来。小说写道：

> 达西一进门，彬格莱小姐的眼睛立即转到他身上去，要跟他说话。达西首先向班纳特小姐（吉英）问好，客客气气祝贺她病体复元；赫斯脱先生也对她（吉英）微微一鞠躬，说是见到她“非常高兴”；但是说到词气周到，情意恳切，可就比不上彬格莱先生那几声问候。彬格莱先生才算得上情深意切，满怀欢欣。开头半小时完全消磨在添柴上面，生怕换了房间，病人会受不了。吉英依照彬格莱的话，移坐到火炉的另一边去，那样她就离开门口远一些，免得受凉。接着他自己在她身旁坐下，一心跟她说话，简直不理睬别人。伊丽莎白正在对面角落里做活计，把这全部情景都看在眼里，感到无限

高兴。[①]

上述自然段落中，作家至少在故事层面上叙述了以下四个叙事序列中发生的事件：

（1）达西一进客厅，首先向吉英问好，而彬格莱小姐却立刻迎上去想跟他说话。

（2）赫斯脱进客厅后，对吉英微微鞠躬打招呼。

（3）彬格莱进客厅后，高兴地问候吉英，并一直往火炉里添柴，让吉英坐到离门口较远的火炉边上，自己坐在吉英的身旁，一心跟她说话。

（4）伊丽莎白坐在吉英对面的角落里做活计，却把全部的情景都看在眼里，感到很高兴。

在小说的故事层面上，上述四个叙事序列中的事件，前面三个叙事序列与最后一个叙事序列处于同一场景之中。在小说情节的叙述上，作家先用伊丽莎白“把全部的情景都看在眼里”之句，将前三个叙事序列与最后一个叙事序列组合设置成平行展开的情节序列。值得注意的是，作家通过伊丽莎白叙事序列以末尾总括的方式与前面三个叙事序列并列组合成小说情节链，其叙事功能在于，使读者先从全知叙述者的视角感知客厅里正在发生的事件，然后从伊丽莎白的旁观者视角总括，突出了伊丽莎白的细心观察及其对姐姐的关心和照顾。

第四节　用悬念与伏笔重组叙事逻辑

在撰写小说的故事大纲时，作者通过因果等叙事逻辑概述故事素材中的事件，并用叙述句子表达为一系列故事序列。在设计小说情节过程中，作者在故事大纲的引领下，也需要借助于叙事逻辑线来设计小说情节线上的情节序列。其中，悬念与伏笔便是作者用叙事逻辑设计小说情节序列的叙事技术。然而与故事大纲中的故事序列不同的是，作者用悬念与伏笔的方式设计小说的情节序列时，总是需要将叙事逻辑中相关的两个事件在小说的情节结构中分隔开来。通常表现

---

① 简·奥斯汀．傲慢与偏见．上海：上海译文出版社，1990：39.

为，作者以情节线上前后遥相呼应的间接连接方式，将两个具有因果等叙事逻辑关系的事件在小说的情节结构中配置成情节序列。从这个意义上说，悬念与伏笔是小说情节线上的叙事逻辑重组。因此，我们将探讨作者是如何用悬念与伏笔的方式在小说情节线上进行叙事逻辑重组的。

一、悬念

悬念是一种激活叙事期待的叙事逻辑重组模式，其运作方法是，作者在情节结构中预设一些能唤起不确定叙事期待的事件，并在情节的后续事件中释解其原因或显示其结果，进而使前叙事件与相关的后叙事件在因果叙事逻辑的基础上构成某种叙事期待的效应。

我们可以从作者在小说故事的外部或内部设置小说情节线上叙事期待的方式，将悬念分为叙述悬念和叙事悬念。

1. 叙述悬念

叙述悬念是作者站在小说故事外部设置小说情节线上的叙事期待，通常通过全知叙述者（第三人称小说）或故事叙述者（第一人称小说）的口吻预设悬念。

(1) 第一人称小说的叙述悬念。作者通过故事叙述者“我”的口吻，站在小说故事之后，以追叙的方式设置小说情节线上的叙事期待。

例如，在小说《朗读者》中，作家以第一人称小说中故事叙述者“我”回忆往事的方式，叙述主人公米夏十五岁那年经历的一段爱情故事。在人物“我”与故事叙述者“我”的交叉叙述中，作家极力采用故事发生之后的米夏视野，来反思和体验自己少年时经历的那段难忘的爱情。米夏因下学途中黄疸病呕吐而受到中年女子汉娜的好心帮助，后又因朗读文学名著而与汉娜相爱。当小说情节叙述人物“我”（米夏）沉浸于热恋汉娜的那段日子时，小说第九章开篇却用故事叙述者“我”的口吻写道：

> 为什么当我回首往事，总是这么伤感？这不是对昔日欢愉的强烈欲望，又是什么？说起来，那紧接下来的一个礼拜，对我才真是美事连连呢。我果真是像白痴一样做功课，功课也赶不上去了，我没有留级。我们照老规矩做爱，除此之外，整个世界对我来说都无所谓。难道是因为知晓后来会发生的

事情吗？或者知道事情一直在那儿等着，这一切才让我如此悲伤？[①]

“当我回首往事”的叙述句子表明，作家已经从小说的人物“我”转到了小说的故事叙述者“我”的叙事视野。因为当时的米夏沉浸在与汉娜的热恋之中，所以，小说借助故事叙述者“我”的口吻连续发出两个疑问：一个是，每当“我”回首往事时感到伤感，难道是因为知晓后来会发生的事情吗？另一个是，“我”知道的事情一直在那儿等着，才让“我”回首往事时如此悲伤？这两个由故事叙述者“我”事后回忆而发出的疑问，都指向小说后续情节中的事件，后来究竟发生了什么事情，使故事叙述者“我”回首往事时总觉得伤感？实际上作者是站在小说故事之后设置叙事期待，并在过了十章之后用小说情节中发生的一系列事件来解释此“伤感”的缘由：小说第一部第十七章，米夏发现汉娜跟自己不辞而别；小说第二部第二章，米夏在法庭上见到嫌疑犯汉娜；小说第二部第十七章，米夏发现汉娜因纳粹战犯的罪行被判终身监禁。

（2）第三人称小说的叙述悬念。作者通过全知叙述者的口吻，站在小说故事外部，以预叙的方式设置小说情节线上的叙事期待。

例如，肖洛霍夫的小说《静静的顿河》开篇不久，男主人公葛利高里在顿河边饮马时，主动搭讪挑着水桶走在山坡上的邻居司契潘的妻子婀克西尼亚，唤起了婀克西尼亚心里的少女恋情。在第一部卷一第七章中，作家用全知叙述者的口吻在整个一章里简要地叙述了婀克西尼亚不幸的家庭遭遇和婚后生活。婀克西尼亚十七岁的时候嫁给了司契潘，却在出嫁的前一年秋天被自己的父亲强奸。母亲和哥哥得知后，打死了五十岁的老头子，匆忙地给婀克西尼亚找了门婚事。婚后第二天，司契潘发现妻子的家庭丑闻后，就凶狠地殴打新娘婀克西妮亚。所以，当年轻的单身汉葛利高里向她发起猛烈的爱情攻势时，婀克西妮亚在理智上尽力抵抗，而在心理上却感到温暖和愉快。小说写道：

当麦列霍夫·葛利希加（葛利高里）开着玩笑，把婀克西妮亚的路拦住的时候，她害怕地感觉到，这个黑脸的可爱的小伙子正在吸引她。他表现着倔强的和满怀希望的爱情顽固地追求着她。这种顽强劲儿使婀克西妮亚觉得很害怕。她看到，他并不怕司契潘；她的内心里感觉到，他是决不会就此退却下去的，但是理智上却又不愿意这样，用尽力量抵抗，并且发觉自己不管

① 本哈德·施林克．朗读者．南京：译林出版社，2012：41.

是在过节的时候，还是在平常的时候，都仔细打扮起来，一面欺骗自己，一面却总想有机会使他看到。每当葛利希加的两只黑眼睛用力地和疯狂地对她表示着爱情的时候，她就觉得又温暖又愉快。每天清晨起床以后去挤牛奶的时候，她就微笑着，还不知道是为了什么，就想了起来："如今是真快活啦。怎么的？葛利高里……葛利沙……"这种充满了她心中的新感情使她很害怕，心里觉得好像顺着三月的千疮百孔的冰块穿过顿河一样，真是战战兢兢，小心翼翼。

她送司契潘入营以后，决心尽量减少和葛利希加见面的机会。自从那次用网捕鱼以后，这种决心在她的心里越发强烈了。①

上述引文中，作家从全知叙述者的视角叙述了婀克西尼亚面对葛利高里的热烈而疯狂的追求而产生的内心感受。婀克西尼亚喜欢葛利高里的追求，却又害怕如此狂热的追求；婀克西尼亚打扮得漂漂亮亮，希望葛利高里能够看到，却又尽力躲避见到葛利高里的机会。那么，葛利高里与婀克西尼亚之间的爱情究竟如何发展，婀克西尼亚能否拒绝葛利高里的狂热追求呢？这便是作家在小说情节线上设置的叙述悬念，是作家通过全知叙述者向读者设置的叙事期待。值得注意的是，在整个第七章里，作家站在全知叙述者的角度叙述婀克西尼亚的不幸命运，以及她对葛利高里追求自己的情感纠结，既为婀克西尼亚的婚外情确立了叙事逻辑上的合理性，又在后续情节中为婀克西尼亚与婚后的葛利高里私奔提供了人物情感变化上的层次感。

2. 叙事悬念

叙事悬念是作者通过限知叙述者的人物（包括第一人称中的人物"我"），站在小说故事内部设置小说情节线上的叙事期待。也就是说，与叙述悬念不同的是，叙事悬念是作者从小说场景中具体人物的好奇、猜测、预感等设计的悬念，所以，无论是第一人称小说还是第三人称小说，作者都是通过故事中的具体人物来设计叙事悬念的。

（1）第一人称小说的叙事悬念。作者通过人物"我"的口吻，站在故事内部设置小说情节的叙事期待。

例如，在小说《朗读者》第二部第三章中，主人公米夏在法庭上，从涉嫌纳

① 肖洛霍夫．静静的顿河：第一部卷一．北京：人民文学出版社，1980：49－50.

粹战犯审判的被告席上认出其中一人竟是汉娜时，很是震惊。小说写道：

> 如果迄今为止汉娜从来没有逃避法律，那她现在为什么要逃避呢？她又想掩饰什么呢？在当时，并没有其他逮捕汉娜的理由。[①]

在法庭上听检察长与安娜的辩护律师对话时，米夏突然产生了上述猜测。既然汉娜每次搬到新的地方，都到警察局登记，没有试图逃避法律的制裁，那么，她现在到底在逃避什么？小说第二部第十章后，作家才在小说情节上做了照应。小说写道：

> 原来，汉娜根本是既不会读，也不能写！
>
> 这就是为什么她总让别人给她朗读的原因。[②]

所以，这是一个由主人公以人物“我”的口吻在小说故事内部设置的叙事期待，并且，汉娜是不会读也不能写的人，是人物“我”产生疑问之前就存在的事情，因而是一个已然的悬念。小说只是通过米夏的猜测性疑问，为后续情节中米夏发现此疑问的谜底提供一种叙事期待。

（2）第三人称小说的叙事悬念。作者通过故事人物的口吻，站在故事内部设置小说情节线上的叙事期待。

例如，在小说《边城》中，老船夫知道大老托人给自己说媒要娶翠翠后，却发现翠翠已经喜欢上了二老，内心有些不祥的预感。小说写道：

> 老船夫猜不透这事情在这什么方面有个疙瘩，解除不去，夜里躺在床上便常常陷入一种沉思里去，隐隐约约体会到一件事情（指体会到翠翠爱二老不爱大老）。再想下去便是……想到了这里时，他笑了，为了害怕而勉强笑了。其实他有点忧愁，因为他忽然觉得翠翠一切全像那个母亲，而且隐隐约约便感觉到这母女二人共通的命运。[③]

在爱情婚姻问题上，十多年前，翠翠的父母自由恋爱，却最终相继为爱殉情。老船夫发现翠翠与二老也是自由恋爱，因而有了翠翠母女为爱殉情的担忧。虽然，翠翠与二老的爱情并没有像其父母那样，为爱殉情，可是，小说故事的后

---

① 本哈德·施林克．朗读者．南京：译林出版社，2012：100.

② 同①134.

③ 沈从文．边城（汇校本）．武汉：长江文艺出版社，2009：86－87.

续事件却也给翠翠的爱情婚姻道路上设置了种种坎坷，大老溺死的事件，为翠翠的爱情婚姻笼罩上一层宿命的色彩，而小说故事的结局，二老独自离家经商，也给翠翠的爱情婚姻带来不确定的因素。因此，这是作家通过小说人物的内心独白预设的叙事悬念。

二、伏笔

伏笔是一种激发叙事索引的叙事逻辑重组模式，表现为作者在小说情节结构中预设一些潜在而不易关注的事件，并在情节的后续事件中予以回应或点化，进而使前叙事件与相关的后叙事件在因果叙事逻辑的基础上构成某种叙事索引的效应。通俗地讲，伏笔是指作者对将要在小说作品中出现的人物或事件预先做出提示或暗示，以求前后呼应。只有在真相揭露时，读者才恍然大悟[①]。

根据作者在小说故事的外部或内部设置小说情节线上叙事索引的方式，我们可以将伏笔分为叙述伏笔和叙事伏笔。

1. 叙述伏笔

叙述伏笔是一种小说情节层面上的伏笔。其特点是，作者通过读者在小说情节的后续时间中突然领会了相关的前叙事件，因而是借助于读者的叙事索引完成的伏笔。所以，叙述伏笔是一种故事外部的伏笔，作者将伏笔设置在小说的情节线上，由读者在阅读小说作品的过程中将伏笔中的前后事件衔接起来。

（1）第一人称小说的叙述伏笔。作者通过故事叙述者“我”的口吻，站在小说故事之前，以预叙铺垫的方式设置小说情节线上的伏笔。

例如，在小说《了不起的盖茨比》中，当时，盖茨比邀请黛西夫妇一起参加自己的别墅晚会。晚会结束后，盖茨比与尼克两人畅谈起自己对黛西的感想，并觉得自己离黛西很远，以至于很难使她理解自己的想法。小说接着写道：

> “我看对她不宜要求过高，”我（尼克）冒昧地说，“你不能重温旧梦。”
>
> “不能重温旧梦？”他不以为然地喊道，“哪儿的话，我当然能够！”
>
> 他狂躁地东张西望，仿佛他的旧梦就隐藏在这里，就在他房子的阴影

---

① 拉里·布鲁克斯．故事工程：掌握成功写作的六大核心技能．北京：中国人民大学出版社，2014：170.

里，几乎一伸手就可以抓到。

“我要把一切都安排得跟过去一模一样，”他说，一面坚决地点点头，“她会看到的。”①

在小说的故事层面上，主人公盖茨比始终想与昔日情人黛西重温旧梦，热切地希望黛西与丈夫离婚后回到自己的怀抱。然而在小说的叙述层面上，人物“我”（尼克）却感觉到黛西并不适合盖茨比。早在黛西第一次应邀去参观盖茨比别墅的时候，尼克就已经意识到：“黛西远不如他（盖茨比）梦中想象的那样——这并不是由于她本人的过错，而是由于他的梦幻过高过大。他的梦幻超越了她，超越了一切。”② 所以，尼克听到盖茨比热衷于要黛西回到他的身边时，就劝说盖茨比放弃重温旧梦的想法。从这个意义上说，这是作家借助故事叙述者尼克之口，在小说情节线上设置叙述伏笔。

小说情节结尾时，作家借助故事叙述者尼克的口吻，回应了之前的预叙中设置的伏笔。尼克来到盖茨比死后留下的别墅外，看着海湾对岸一艘渡船上时隐时现的一丝微弱的亮光，小说接着写道：

当我（尼克）坐在那里对那个古老的、未知的世界思索时，我也想到盖茨比第一次认出对岸黛西码头上那盏绿灯时，他是多么惊奇。他走过了漫长的道路才来到这片蓝色的草坪上，他的梦似乎近在咫尺，唾手可得，几乎不可能抓不住的。他不知道那个梦已经远他而去，把他抛在后面，抛在这个城市后面那一片无垠的混沌之中，在那里合众国的黑色原野在夜色中滚滚向前伸展。③

因此，盖茨比与黛西不能重温旧梦，是故事叙述者尼克口里说出的一句话。在尼克告诫盖茨比时，盖茨比是不信的，也没有引起读者的重视。但是，直到小说情节结尾时，作家通过故事叙述者尼克的上述反思性独白，才对这句话做了索引式的阐释，那个旧梦已经远去，但盖茨比“他不知道那个梦已经远他而去”，也就是在这个时候，读者才恍然大悟，尼克之前告诫盖茨比的话，实际上预示了盖茨比的悲剧性命运。

---

① 菲茨杰拉德．了不起的盖茨比．北京：人民文学出版社，2004：93.

② 同①81.

③ 同①152.

(2) 第三人称小说的叙述伏笔。作者通过全知叙述者的口吻，站在故事之后，以追叙照应的方式设置小说情节线上的伏笔。

例如，在小说《红楼梦》第三十回和第三十一回中，宝玉曾两次当着黛玉的面说“你死了，我做和尚”的话，为小说的后续情节设置了一个叙述伏笔。

第一次是在潇湘馆里，与黛玉大闹一场之后，宝玉便主动来潇湘馆找黛玉言和。当黛玉赌气地说自己要回家时，小说写道：

> 宝玉笑道：“我跟了你去。”林黛玉道：“我死了。”宝玉道：“你死了，我做和尚！”林黛玉一闻此言，登时将脸放下来，问道：“想是你要死了，胡说的是什么！你家倒有几个亲姐姐亲妹妹呢，明儿都死了，你几个身子去作和尚？明儿我倒把这话告诉别人去评评。”宝玉自知这话说的造次了，后悔不来，登时脸上红胀起来，低着头不敢则一声。①

第二次是在怡红院里，黛玉来看望宝玉，看到袭人在哭，宝玉也在一边流泪，听袭人生气地说自己死了算了的话，小说写道：

> 黛玉笑道：“你死了，别人不知怎么样，我先就哭死了。”宝玉笑道：“你死了，我做和尚去。”袭人道：“你老实些儿罢！何苦还混说。”黛玉将两个指头一伸，抿着嘴儿笑道：“做了两个和尚了！我从今以后，都记着你做和尚的遭数儿。”宝玉听了，知道是点他前日的话，自己一笑，也就罢了。②

宝玉在潇湘馆和怡红院里当着黛玉的面说“你死了，我做和尚”的话时，并没有意识到这句话的深意，甚至遭黛玉斥责后还后悔自己说话造次。其实，读者第一次阅读时，通常会以为宝玉是随口说的，并不当真。然而在第一百二十回，宝玉在黛玉死后果然出家做了和尚。小说写道：

> （贾政）忽见船头上微微的雪影里面一个人，光着头赤着脚，身上披着一领大红猩猩毡的斗篷，向贾政倒身下拜。贾政尚未认清，急忙出船，欲待扶住问他是谁。那人已拜了四拜，站起来打了个问讯。贾政才要还揖，迎面一看，不是别人，却是宝玉。贾政吃一大惊，忙问道：“可是宝玉么？”那人只不言语，似喜似悲。贾政又问道：“你若是宝玉，如何这样打扮，跑到这

① 曹雪芹，高鹗．红楼梦：上卷．北京：人民文学出版社，2000：319.

② 同①330.

里?”宝玉未及回言，只见船头上来了两人，一僧一道，夹住宝玉说道：“俗缘已毕，还不快走。”说着，三个人飘然登岸而去。①

由此可见，作家通过宝玉之口两次说出黛玉死后自己去做和尚的话，实际上预设了一个“宝玉要在黛玉死后出家做和尚”的叙事铺垫。虽然，这句话是由宝玉口里说出的，却没有通过宝玉在后续的情节中加以照应，而是在第一百二十回，作家通过不知情的贾政见到出家做和尚的宝玉来照应，使作家预设的“宝玉要出家做和尚”的事件在小说的情节序列上得到照应。也就是说，宝玉说这句话时并不知晓话的深意，而贾政看到宝玉出家做和尚时也并不知道宝玉曾跟黛玉说过这句话。所以，这两次伏笔中的两个当事人都是不知情者，作家是通过读者把后续事件（贾政见到出家做和尚的宝玉）与相关的前叙事件（宝玉曾跟黛玉说“你死了，我做和尚”的话）前后照应的途径，在小说的情节序列上实现叙事索引。

2. 叙事伏笔

叙事伏笔是一种在小说故事层面上设置的伏笔。通常的做法是，作者通过小说故事中人物的叙事索引来完成伏笔事件的照应。所以，与叙述伏笔不同的是，叙事伏笔的特点是，人物在小说故事的后续事件中突然领会了相关的前叙事件，进而在小说故事内部完成了伏笔事件之间的因果衔接。

（1）第一人称小说的叙事伏笔。作者通过人物“我”的口吻，设置小说故事序列的叙事索引。在小说《朗读者》中，作家对汉娜不识字设置了一系列的叙事铺垫。我们至少可以找出以下四次叙事铺垫。

第一次叙事铺垫。米夏因汉娜在电车上故意不理他而发生矛盾，小说写道：

我同她却没法谈这方面的事儿。要谈论我们之间的争吵的话，只会引发新的争吵。有过那么一两次，我给她写了很长的信，她对此却毫无反应。我问起她，她马上就说：

“你怎么又来了?”②

第二次叙事铺垫。米夏与汉娜一起外出旅游时，汉娜要米夏安排路程，小说写道：

---

① 曹雪芹，高鹗．红楼梦：下卷．北京：人民文学出版社，2000：1325.

② 本哈德·施林克．朗读者．南京：译林出版社，2012：54.

我想把设想的路线在地图上指给她，她却闭目塞听地说：

“我现在定不下神来，再说，小家伙，你搞出来的总错不了。”①

第三次叙事铺垫。米夏与汉娜一起外出旅游途中，汉娜要米夏办理一切旅馆登记和餐馆点菜等事情。小说写道：

汉娜对我委以重任，我不仅要选择旅行方向和决定路线，找过夜住的旅馆也是我一个人的事。我们总是以母亲和儿子的名义填写住房登记，她只要签个名就可以了。另外，吃饭时我不但要给自己点菜，她吃什么也是由我来点的。她说：“我就喜欢这样，这一次什么事都不用操心。”②

第四次叙事铺垫。两人旅游中的一个早晨，米夏留下字条后外出买早点。汉娜误以为撇下她一个人，所以，米夏回旅馆后，汉娜与米夏大吵了一次，甚至哭着用皮带抽打米夏的脸部。大吵之后，两人和解，米夏在床头柜上寻找起自己曾给汉娜留下的字条。小说写道：

我坐起来，但是，我留下字条的床头柜上，什么也没有了。我于是下床来，在桌子上、桌子下、床铺上、床铺下都找了一通，一无所获。

“这我搞不懂了。我明明是给你留了一张字条嘛，说我去取早餐，马上就回来。”

“你真留了吗？我啥也没见到。”

“那么，你不相信我吗？”

“我倒是情愿相信你的，不过，我可没见到什么字条。”

我们没有再争吵下去。难道刮来了一阵风，把字条吹到不知什么地方去了吗？难道刚才的一切都是一场误会？她发的脾气，我破的嘴唇，她那受伤的脸，我这无助的情，这一切都只是一场阴差阳错吗？③

上述四次叙事铺垫都是作家在小说第一部里设置的，直到小说第二部第十章，作家才在小说情节上做了照应。小说写道：

原来，汉娜根本是既不会读，也不能写！

---

① 本哈德·施林克．朗读者．南京：译林出版社，2012：56.

② 同①57.

③ 同①59.

> 这就是为什么她总让别人给她朗读的原因。①

只有在这个时候，故事中的人物“我”（米夏）才突然发现，汉娜在之前之所以收到米夏给她写的两份长信后没有回应，并回避米夏的追问，尤其是在两人的外出旅游过程中，汉娜要米夏操办旅程中的所有事情，甚至因看不懂米夏给她留下的外出字条而大吵一场，其秘密在于汉娜不识字。从这个意义上说，作家用四次叙事铺垫与后续情节的叙事照应，在小说情节线上设置了叙事伏笔。

（2）第三人称小说的叙事伏笔。作者通过故事中人物（包括主人公）的叙事视角，设置小说情节线上的叙事索引。

例如，小说《围城》开篇不久，方鸿渐在邮轮上遇见了鲍小姐。小说写道：

> 讲不到几句话，鲍小姐笑说：“方先生，你叫我想起我的 fiancè，你相貌和他像极了！”方鸿渐听了，又害羞，又得意。一个可爱的女人说你像她的未婚夫，等于表示假使她没订婚，你有资格得到她的爱。刻薄鬼也许要这样解释，她已经另有未婚夫了，你可以享受她未婚夫的权利而不必履行跟她结婚的义务。②

小说后续，邮轮到了九龙码头，方鸿渐在甲板上遥望着鲍小姐下船，看到她的未婚夫李医生来迎接。小说写道：

> 鲍小姐扑向一个半秃顶，戴大眼镜的黑胖子怀里。这就是她所说的跟自己相像的未婚夫！自己就像他？吓，真是侮辱！现在全明白了，她那句话根本是引诱。一向还自鸣得意，以为她有点看中自己，谁知道由她摆布玩弄了，还要给她暗笑。③

由此可见，作家通过主人公方鸿渐与鲍小姐的对话方式，设置叙事铺垫。最初，方鸿渐听到鲍小姐说自己的相貌和她的未婚夫很像时，内心窃喜，读者也以为鲍小姐的话是在恭维方鸿渐。但是，当方鸿渐看到鲍小姐的未婚夫来码头接鲍小姐后，突然发现，鲍小姐的未婚夫居然是个半秃顶、戴大眼镜的黑胖子，感到自己受到了侮辱，读者这时才恍然大悟，原来鲍小姐曾经说方鸿渐很像自己的未婚夫，其实是个谎言，是在引诱方鸿渐。

---

① 本哈德·施林克．朗读者．南京：译林出版社，2012：134.

② 钱锺书．围城．北京：人民文学出版社，2015：11.

③ 同②18.

【本章概要】

本章是小说写作实训活动由构思小说故事转入设计小说情节的环节，一个重要的标志是，作者的小说写作重心由“写什么”变为“如何写”，写作取向上也从主要追求小说故事自身的感人、可信和完整变为突出小说故事阅读上的扣人心弦、曲折离奇和精彩纷呈，进而能激发读者的身体感知和叙事想象。无论在小说写作理论还是小说写作实训上，是否和如何区分小说的故事与情节都是一个十分重要而不可回避的问题。

首先，本章阐述了小说情节的最基本构成元素情节单位的构成、分类和叙事动力，明确了一个情节单位是由两个或两个以上小规模的事件在时间顺序和叙事逻辑中串联而成的，初步阐释了小说情节的最基本叙事单位是什么和如何构成的问题，有助于作者由小说情节的细胞——情节单位进入设计小说情节的实训环节。

其次，本章从叙事模态、叙事时长、叙事时序和叙事境遇四个方面探讨了作者如何在小说情节上重组叙事时态的问题，即作者如何从重新构造故事的时间形态上设计小说情节。值得指出的是，在叙事境遇重组中有关叙事穿越问题，笔者提出“历史-架空穿越”和“玄幻-转生（转世）穿越”两种网络小说的叙事技术及其叙事优势，旨在为网络小说写作实训活动提供叙事技术支撑。

再次，本章在“在两个向度上配置情节序列”的节标题下，阐述了两种小说情节的叙事语法重组模式：叙事语义结构模式与叙事句法结构模式，将情节单位中小规模事件之间的时间和逻辑的构造原则引入小说情节序列的设计环节，为作者用叙事场景设计小说情节结构提供了可操作和可分析的小说叙事技术。

最后，本章从小说情节的叙事逻辑重组的意义上探讨了悬念与伏笔的问题。指出，悬念与伏笔的共同特点是，作者以情节线上前后遥相呼应的间接连接方式，将两个具有因果等叙事逻辑关系的事件在小说的情节结构中配置成情节序列。不同在于，悬念是激活叙事期待的叙事逻辑重组模式，而伏笔则是激发叙事索引的叙事逻辑重组模式，并分别阐释了作者如何从小说情节序列的内部设置叙事悬念与叙事伏笔，以及从小说情节序列的外部配置叙述悬念与叙述伏笔。

【思考题】

1. 举例分析情节外情节单位的叙事功能。
2. 举例分析动态描述型情节单位。
3. 举例分析前景化型情节单位。
4. 举例分析叙述悬念与叙事悬念。
5. 举例分析叙述伏笔与叙事伏笔。

【练习题】

1. 用中间写起的叙事模态设计小说的开篇。
2. 根据情节单位的叙事动力原理，设计或修改自己小说的情节主线。
3. 根据悬念与伏笔的写作原理，设计或修改自己小说的情节结构。

【推荐阅读】

1. 福楼拜．包法利夫人．北京：人民文学出版社，1958.
2. 沈从文．边城（汇校本）．武汉：长江文艺出版社，2009.

第四章 用小说的方式叙述故事

小说语言不断地在两种形式中交替变换，一是向我们展示发生的事情，一是向我们叙述（即讲述）发生的事情。

——戴维·洛奇《小说的艺术》

小说是一种虚构叙事的书面故事，而“一部小说之所以存在，其唯一的理由就是它确实试图表现生活”①，即用书面故事来引导读者仿佛亲历生活场景中的事件。所以，用什么样的方式叙述小说中的故事，是小说创作者首先面对并需做出选择的问题。19 世纪末，美国作家詹姆斯曾质疑那种作者闯入小说作品直接向读者讲述故事的叙述方式，并倡导，作者要退出小说，应像画家作画那样给读者展示小说故事中的事件。20 世纪 20 年代，英国学者卢伯克提出了小说叙述的两种展示方式：图画法与戏剧法②。20 世纪 70 年代，美国学者查特曼提出，小说有两个平面：一个是内容平面的故事；另一个是表达平面的话语。在小说的话语结构中，叙事陈述有两种呈现方式：一是直接陈述的展示（showing）；二是经叙述者间接陈述的讲述（telling）③。换句话说，展示与讲述是作者叙述小说故事中使用的两种叙事陈述的呈现方式，即两种小说故事的叙述方式。

因此，在小说写作的实训活动中，展示（showing）是首要的小说叙述方式，不过在叙述小说故事的过程中，作者也需要使用讲述（telling）的叙述方式，包括但不限于詹姆斯所说的那种“闯入式”的讲述。也就是说，展示与讲述是两种互为对应的小说叙述方式，作者需要根据小说情节的需要，分别或交叉使用这两种叙述方式。其实，作者有时不只是简单地交替使用这两种叙述方式，并且可以将这两种叙述方式组合起来，进而构成小说的第三种叙述方式，我将其命名为修饰方式，并将叙述方式概括为三种：展示方式、讲述方式与修饰方式。

第一节　学会用展示方式叙述故事

在小说写作实训活动中，作者首先要学会如何用展示方式来创意性地构思和写作小说。小说是用语言文字书写的书面故事，而语言文字是一种表达观念的符

---

① 亨利·詹姆斯．小说的艺术．上海：上海译文出版社，2001：5.

② 珀西·卢伯克．小说的技巧//小说美学经典三种．上海：上海文艺出版社，1990．当代美国学者哈特提出了两种讲故事的方式——概括叙事与场景叙事，实际上就是小说创作中的讲述与展示。杰克·哈特．故事技巧：叙事性非虚构文学写作指南．北京：中国人民大学出版社，2012：57.

③ 西摩·查特曼．故事与话语：小说和电影的叙事结构．北京：中国人民大学出版社，2013：130－131.

号系统，人们习惯于用语言文字进行理性的思维活动，通过书面语言中的词语、句式和语法关系来表达理性的概念或抽象的观念。因此，小说作者首先要改变长期积累起来的语言文字的使用习惯，学会用语言文字进行形象思维活动，借助书面语言表达身体感官的叙事感知和叙事判断，用文学视像的方式叙述小说故事。

笔者认为，展示是一种感官叙事的小说叙述方式，旨在使作者能用书面语言文字这个媒介呈现文学视像。其特点在于：一是激活感知，作者凭借自己的身体感官叙述小说故事中的事件；二是模仿人物的行动，作者通过模拟小说人物的内心活动和外部行动的方式叙述正在发生的事件；三是设置场景，作者通过画面、场面、情景等视觉化的方式叙述小说场景中的事件，进而引发和促使场景中人物关系的变化和故事情节的演变。

根据叙述形态的不同，我们将展示分为三种基本的类型：情景式、言说式和场景式。

一、情景式展示

情景式展示是指作者从小说人物的叙事感知中呈现其当下或曾经所处场景中的事件，读者能从该人物的主观视角感知现实场景中正在发生的客观事件，如同用画家的眼睛描绘和观赏绘画作品一样[①]。可以说，在情景式展示中，作者用书面语言呈现小说人物是如何以画家的眼光“看世界”。

1. 用在场人物的主观感知描绘眼前的场景

作者用小说场景中某个人物的主观感知来描绘场景。因此，被描绘的小说场景已不是纯客观的场景，场景中的人物、事情和器物、景观等都投射了该人物的意识和情感。

例如，在福楼拜的小说《包法利夫人》中，当爱玛（即包法利夫人）进入侯爵庄园的舞会现场时，作家写道：

爱玛一进去，就感到四周一股热气，兼有花香、衣香、肉香、口蘑味道和漂亮桌布气味的热气。烛焰映在银罩上，比原来显得长了；多面的水晶蒙了一层厚汽，折射着苍白的光线；桌上一丛一丛花，排成一条直线；饭巾摆

① 珀西·卢伯克．小说的技巧//小说美学经典三种．上海：上海文艺出版社，1990：45－52.

在宽边盘子里，叠成主教帽样式，每个折缝放着小小一块椭圆面包。……司膳是丝袜、短裤、白领结、镶花边衬衫，严肃如同法官，在宾客肩膀空间，端上切好的菜，一匙子就把你选的那块东西送到你面前。小铜柱大瓷炉子上，有一座女雕像，衣服宽宽适适的，从下巴裹起，一动不动，望着满屋的人。①

作家从爱玛的视角描绘其眼中的舞会场面以及器物、菜肴、膳食总管等，进而引导读者从爱玛的感知视角进入侯爵庄园的室内舞会场面，体验和理解小说主人公爱玛身处舞会场面时的独特感受。值得注意的是，作家在描绘这些对象时投射了爱玛的感觉和情绪，其中，餐巾折叠得像主教的帽子和膳食总管严肃得像法官，形象化的视觉比喻中暗示出爱玛对主教、法官等社会正统人物的调侃和反讽；大炉子上的妇女雕像看着满屋子的人，则隐喻爱玛当时的自我感受。

2. 从在场人物的职业身份感知描绘周围的场景

当作者通过在场人物的叙事感知叙述其所处场景中的事件时，不仅会在被叙述的场景中投射出该人物的意识和情感，而且能在场景描绘中透露出该人物的性别、年龄、性格、职业等特质。所以，从在场人物的职业身份感中描绘场景，往往使作者能潜入人物的意识和情感的深层结构，展示出该人物在小说场景中独特乃至潜意识中的感受。

例如，杰克·伦敦的小说《马丁·伊顿》一开始，当年轻的伊顿穿一身散发着海水气味的粗布衣服进入宽敞的大厅时，小说写道：

他（伊顿）紧跟在那人后面走，肩膀一摇一晃，不知不觉地叉开两条腿，好像脚下平坦的地板正随着海浪的起伏而忽上忽下似的。对于他这种晃晃悠悠的步态，眼前这些房间显得狭窄了点，他生怕自己宽阔的肩膀会撞到门框子上，或者把低矮的壁炉架上的小摆设碰下来。他不由自主地在这些琳琅满目的陈设中间东闪西避，反而增添了危险，其实这只是他脑子里虚构出来的危险。在一架大钢琴和一张堆满书籍的大桌子之间，空着很宽的地方，足可供六个人并肩通过，然而他走过这里时，心里还是战战兢兢的。……想到自己走路的样子如此粗野，他不由得感到一阵羞耻，额头上冒出了一片细

① 福楼拜．包法利夫人．北京：人民文学出版社，1958：42.

小的汗珠。他停住脚步，掏出手绢擦了擦古铜色的脸膛。[①]

伊顿是个穷水手，一次偶然的机会，他随友人一起来到阔小姐露丝的家，因而觉得有些拘束和不知所措。作家正是通过伊顿首次跨进富豪人家大厅时所产生的陌生、惊叹、拘谨和惶恐等心理感受，以及他步入客厅途中的怪异举动，生动而细腻地表现出一个穷水手所特有的感知方式。伊顿走进的大厅虽然空间十分宽敞，地面也非常平坦，然而作者却从主人公的水手职业身份的感觉中加以表现：伊顿摇晃着肩膀，两腿不自觉地叉开，像在波涛上左右晃动，上下颠簸，以至于生怕自己的肩膀会撞倒门框或矮架上的摆设。因此，在叙述小说主人公伊顿第一次来露丝家的经历时，作者通过他独特的外部行为和内心感受形象而生动地展示了伊顿的职业身份，进而暗示出这位穷水手初入上层社会的家庭时所感受到的局促和恐慌。

3. 透过人物忆想时的心境或情绪描绘想象中的场景

在情景式展示的感官叙事中，除了描绘在场人物亲眼目睹的现实场景之外，作者也可以通过人物回忆中的视觉意象抒发人物的心境或情绪，进而唤起读者体验其独特的情意。

例如，在刘庆邦的小说《信》中，女主人公李桂常结婚后，在自家的柜子里藏着一封已故丈夫曾经写给她的信。当年，李桂常经人介绍而与一位同村的青年矿工相亲。李桂常见其家境贫寒而对两人的婚事犹豫不定，却因读了青年矿工写给她的一封长信而最终决定与其结婚。结婚两个月后，青年矿工在一次矿难中不幸死去。于是，这封信便成了青年矿工留给她的纪念物品。然而小说情节开始的那一天，那封信却找不到了。李桂常想起现任丈夫对她保存那封信一直心存不悦，甚至威胁她说，只要发现她看那封信，马上就把信撕掉。所以，丈夫在家时李桂常从来不看那封信。小说接着写道：

> 她（李桂常）清楚地记得，上次看信是在一个下雨天。那天，杨树叶子落了一地，每片黄叶都湿漉漉的。一阵秋风吹过，树上的叶子还在哗哗地往下落，它们一沾地就不动了。但片片叶子的耳郭还往上支愣着，像是倾听天地间最后的絮语。[②]

---

① 杰克·伦敦．马丁·伊顿．2版．北京：北京燕山出版社，2006：1.

② 刘庆邦．刘庆邦短篇小说集（点评本）．北京：作家出版社，2012：155.

显然，作家通过女主人公李桂常回忆起上次阅读那封信件时的自然景象，隐喻了李桂常读信时的心境，并在情景式展示中呈现出两个层面的意味。首先，秋风吹过，湿漉漉的杨树叶子哗哗地飘落地上，暗示写信者的青年矿工已不幸离世，而李桂常拿起那封信件就伤心感怀，潸然泪下。其次，杨树叶子被吹落后便沾地不动，但一片片叶子的耳郭却往上支愣着，像是倾听天地间最后的絮语，则暗喻李桂常读信时的虔敬情意。因此，秋天雨后，风吹杨树叶子飘落地上，已不只是李桂常阅读那封信时忆想起来的自然景色，而是在这一伤感的秋天景色中展示出的李桂常上次读信时的心境和情绪。

二、言说式展示

言说式展示是指作者通过人物的言说行为或言说内容来呈现该人物所处场景中的事件，引导读者从人物的言说活动了解小说场景中正在发生的事件，如同观众观看舞台上的演员表演剧情一样[①]。通过言说式展示，作者在书面语言中呈现小说人物是如何以演员在场言说的方式表演剧情的。

1. 人物对白的展示

在人物对白的展示中，作者通过人物对白的内容和行为来折射出该人物对话时所处的场景，并用于促进小说情节的演变和发展。

（1）利用人物的对白内容暗示人物所处的现实场景。例如，在海明威的小说《杀人者》中，傍晚时分，亨利餐厅走进了两个人，在柜台坐下后，边看菜单边询问餐厅的服务员乔治。小说写道：

> “我要一客烤猪里脊加苹果酱和马铃薯泥。”头一个人说。
>
> “烤猪里脊还没有准备好。”
>
> “那你干吗把它写上菜单呢?”
>
> “那是晚餐的菜，”乔治解释说，“六点钟有得吃。”
>
> 乔治瞄一眼挂在柜台后面墙上的那只钟。
>
> “五点啦。”
>
> “钟面上是五点二十分。”第二个人说。

---

① 珀西·卢伯克．小说的技巧//小说美学经典三种．上海：上海文艺出版社，1990：45-52.

“它快二十分钟。”

“混蛋钟,”头一个人说。“那么,你们有些什么吃的?”①

作家通过人物的对白内容暗示出人物对话时所处的小说场景，以及人物周边场景中的具体物品，如，“那你干吗把它写上菜单呢?”这句话，暗示说话人正看着菜单质疑乔治；而“钟面上是五点二十分”这句话，又暗示说话人正看着墙上的挂钟。所以，读者能从人物的对话内容中感知和了解到人物对话时所处的特定场景，进而造成一种读者亲临小说故事现场的阅读效应。值得注意的是，作家通过人物在对话内容中谈论墙上挂钟的具体时间，不仅暗示了人物对话时所处的周边场景，而且也为后续情节中刺客守候行刺对象来餐馆用餐的确切时间埋下了伏笔。

(2) 通过人物的对白内容交代故事背景信息并推动情节。海明威的小说《杀人者》，两个客人吃完了桌上的东西后，其中一个名叫艾尔的人带着厨师走进厨房，另一个叫麦克斯的人在餐厅里与餐馆的侍者乔治继续说着话。这时，麦克斯跟乔治说出了他们两人来亨利餐厅的真实意图。小说写道：

“我来告诉你,”麦克斯说,“我们准备杀一个瑞典佬。你可认识一个大个子瑞典佬，叫做奥利·安德烈森的?”

“认识。”

“他每天晚上都到这儿来吃晚饭，可不是吗?”

“他有时候到这儿来。”

“他是在六点钟到这儿来的，可不是吗?”

“如果他来的话，是这时间。”

....

“那你们为什么要杀他呢?”乔治问道。

“我们是替一个朋友杀他的。只是受一个朋友之托，聪明小伙子。”

“住口,”艾尔从厨房里说,“你他妈的话太多了。”②

上述引文中，小说几乎完全以直接引语的文体形式，叙述了麦克斯与乔治之间的人物对话。显然，刺客麦克斯与招待员乔治在餐厅里的对话内容不仅发生在

---

① 海明威．杀人者//海明威文集：短篇小说全集：上册．上海：上海译文出版社，1995：313-314.

② 同①318-319.

刺客准备实施凶杀行动的现场，而且对话本身也是与将会发生的凶杀事件直接有关。当时，刺客麦克斯直截了当地向餐馆侍者乔治表明，他们是来刺杀瑞典人奥利·安德烈森的，并假惺惺地询问乔治是否认识此人。这实际上是一句试探乔治的问话，因为两个刺客早知道安德烈森是这家餐馆的常客。所以，当乔治回答认识后，麦克斯就用反问的语气说，这个瑞典佬每天晚上来这儿吃晚饭，时间是在六点钟。最后麦克斯索性挑明道，我们全都知道有关的情况。而当乔治反问麦克斯为何要杀奥利·安德烈森时，麦克斯直言不讳地答道，我们没有与他见过面，只是替一个朋友来杀他。麦克斯与乔治的对话，既生动地表现了两人的性格特点，麦克斯的直来直去、口无遮拦，乔治的沉着应对、机智探问，又巧妙地暗示出人物对话场景中的相关信息，如两个客人来餐馆是要行刺瑞典人奥利·安德烈森，刺客知道那个瑞典人六点钟来此餐馆吃晚饭，刺客是因朋友之托来刺杀等，这些对话中的信息内容直接充当了人物对话时的情节性事件。也就是说，人物对话的内容与人物对话时的场景处于同一个时空之中，小说情节中的重要信息是借助于人物对话来交代的，并且，这些从人物对话中披露出来的信息本身也构成了人物对话时的场景演示要素。因此，对话式展示的特点是，如同演员在舞台上的对白表演一样，小说情节主要通过场景中不同人物之间的现场对话直接呈现出来，作者不需要用全知叙述者的描绘性叙述或概要性讲述来呈现小说情节中的事件。

(3) 借助人物的对白内容暗示在场人物的表情或行动。例如，小说《牛虻》的故事结尾，当牛虻被枪杀之后，一个卫队士兵将牛虻临死前托他转交的信件亲自带来交给琼玛。琼玛看完牛虻给她写的最后一封信后，小说写道：

> 半个钟头以后，玛梯尼走进房来。他突然从他半辈子沉默寡言的气度中惊起，丢掉了带来的一张布告，一把将她抱住了。
>
> “琼玛！我的天，你怎么啦？不要这样哭呀——你是从来不哭的！琼玛，琼玛！我的亲爱的！”
>
> “没有什么，西萨尔，改天再告诉你吧——我——我现在不能说——”
>
> 她（琼玛）把那张沾满了眼泪的信纸匆匆塞进袋里，站起来，朝窗口外靠着，不让他看见她的脸。玛梯尼不敢说话，只咬着自己的胡须。在这么些年之后，他竟像一个小学生似的泄露了自己的真情——可是她连注意都没有

注意到!①

琼玛看了牛虻最后写给自己的信后悲痛欲绝。但是，作家并没有直接描写琼玛的悲伤心情和痛苦表情，而是通过玛梯尼走进房看到琼玛时所说的话中暗示出来。“不要这样哭呀——你是从来不哭的!”玛梯尼的话不仅间接地叙述了琼玛看了信后在哭泣的情景，而且暗示了这位从不轻易掉泪的坚强女性却因自己心爱的恋人牛虻的去世而禁不住失声哭泣的痛楚心理。

(4) 在人物对白的言行中推动小说情节的发展。例如，在小说《红楼梦》中，当探春发帖邀请宝玉等人在大观园内成立诗社时，作家写道：

探春笑道：“我不算俗，偶然起个念头，写了几个帖儿试一试，谁知一招皆到。”宝玉笑道：“可惜太迟了，早该起个社的。”……李纨也来了，进门笑道：“雅的紧！要起诗社，我自荐我掌坛。前儿春天，我原有这个意思的，我想了一想，我又不会做诗，瞎乱些什么。因而也忘了，就没有说得。既是三妹妹高兴，我就帮你作兴起来。”黛玉道：“既然定要起诗社，咱们都是诗翁了，先把这些姐妹叔嫂的字样改了才不俗。”李纨道：“极是。何不大家起个别号，彼此称呼则雅。我是定了‘香稻老农’，再无人占的。”②

探春提议要在大观园里组建一个诗社。邀请的帖子刚发出，宝玉、黛玉、迎春、宝钗等人便都应邀来到秋爽斋。正当大家热议筹建诗社的时候，李纨一进门，就提出由自己来当诗社的社长。于是，黛玉也改了先前不敢起社的态度，鼓动大家起别号。李纨立刻给自己起了个“香稻老农”的别号。作家不仅从筹建诗社的场景中叙述人物间的对话行为，而且人物间的对话内容也是围绕着筹建海棠诗社的事件展开的，或者说，海棠诗社是在人物间的对话言行中筹建起来的。这里，作家通过人物对白的言行来推动小说情节的发展。

2. 人物独白的展示

在人物独白的展示方式中，作者通过人物的独白内容或独白行为来展示该人物独白时所处的场景，推动小说情节的变化和发展。

(1) 从在场人物的独白言行中展示戏剧性冲突。例如，在小说《牛虻》中，

---

① 艾·丽·伏尼契．牛虻．北京：中国青年出版社，1953：335-336.

② 曹雪芹，高鹗．红楼梦：上卷．北京：人民文学出版社，2000：390-391.

装扮成香客的牛虻在主教宫殿前巧遇蒙泰尼里，两人交谈时，牛虻故意将自己说成是一个曾杀死亲生儿子的罪人。受此刺激，蒙泰尼里当天夜晚来到教堂的祭坛前，为自己的亲生儿子亚瑟的死痛苦地忏悔，正巧又被躲在暗处的牛虻看见。小说写道：

> 他（牛虻）料想不到情形竟会糟到这个地步。往常他痛苦地安慰自己："我用不着再烦恼，那创伤是早已治好了。"现在隔了这么多年，这个伤疤又在他的眼前赤裸裸地揭开了，他看见它仍旧在流血。可是现在如果他想最后把它治好，又是多么容易啊！他只要举起手来——只要跨上前，说："神父，我在这儿！"还有那琼玛，一头乌黑的头发中间那么一绺白发。啊，只要他能够宽恕！只要他能够从自己的记忆里面剜去那一段曾经给它深深打上烙印的前情——那个拉斯加，那片甘蔗地，那个杂耍班！他愿意宽恕，渴望宽恕，但同时却又知道这是毫无希望的——因为他不能宽恕，也不敢宽恕：天下再没有比这更悲惨的事情了！①

看着蒙泰尼里独自痛苦的忏悔，牛虻心里十分矛盾。眼前的情景使他对蒙泰尼里耿耿于怀的报复心理发生了动摇，他想要宽恕这位主教大人曾对自己隐瞒了亲生父亲的身份。然而想到自己十三年前的离家出走，想到自己在南美洲的流亡生活中所遭遇的痛苦经历，牛虻意识到自己的内心还烙着伤疤的印记。所以，他最终选择了不予宽恕。值得注意的是，作家通过人物独白的展示方式深刻地揭示了牛虻的内心冲突：牛虻目睹自己的亲生父亲还在为自己十三年前的那个投河自杀的谎言而痛苦忏悔，想要宽恕蒙泰尼里，但是，牛虻却没有做好宽恕蒙泰尼里的心理准备，所以他又不能也不敢宽恕蒙泰尼里。

（2）通过在场人物的独白内容展示场景中的事件经过与人物间的微妙关系。例如，在小说《红楼梦》中，王夫人宴请宝钗母女等人过端阳节，作家写道：

> 午间，王夫人治了酒席，请薛家母女等赏午。宝玉见宝钗淡淡的也不和他说话，自知是昨儿的原故。王夫人见宝玉没精打彩，也只当是为金钏儿昨日之事，他没好意思的，越发不理他。黛玉见宝玉懒懒的，只当是他因为得罪了宝钗的原故，心中不自在，形容也就懒懒的。凤姐昨日晚间王夫人就告诉了他宝玉金钏的事，知道王夫人不自在，自己如何敢说笑，也就随着王夫

① 艾·丽·伏尼契．牛虻．北京：中国青年出版社，1953：220.

人的气色行事，便觉淡淡的。贾迎春姊妹见众人无意思，也都无意思了。因此，大家坐了一坐，就散了。

王夫人宴请宝钗母女过端阳节，书中虽然采用展示方式叙述了宴请的场景，却没有具体描写宴席场面，也没有叙述在场人物的外部言行，而是通过每个在场人物的内心独白来展示宴会的经过。其顺序依次如下：

- 宝玉见宝钗不和他说话，知道是宝钗为自己昨天说错了话在生气（宝玉曾因把宝钗比作杨贵妃而激怒了宝钗）；
- 王夫人见宝玉无精打采，以为是宝玉为自己昨天打骂金钏儿而不高兴（王夫人因宝玉与金钏儿的儿女戏言而打骂金钏儿，并执意将金钏儿撵出大观园）；
- 黛玉见宝玉懒于言说，只当是宝玉因昨天得罪了宝钗而心里郁闷；
- 王熙凤因昨天晚上从王夫人那里得知宝玉与金钏儿的事情，知道王夫人此时心情不佳，所以也不敢言笑；
- 迎春姊妹看到大家沉默寡言，也都不多言说。于是，大家吃完宴席后就草草散场了。

值得注意的是，作家不只是通过在场人物的内心独白来凸显王夫人为宝钗母女举办的端阳节宴会场面非常冷清，并从人物的独白内容中概要地追叙了昨天发生的两件情节内的事件：一是宝玉激怒宝钗；二是王夫人因见金钏儿与宝玉之间的亲昵言行而执意将金钏儿撵出大观园。显然，此处的目的在于突出这两个事件在当事人的情绪上所产生的负面作用，进而影响了在场的其他人物，并且，作家在宴席上重提王夫人将金钏儿撵出大观园的事件，也为后续情节中的金钏儿投井自杀事件埋下伏笔。

三、场景式展示

场景式展示是指作者通过不同的叙事视角来呈现小说场景中的事件，旨在使读者能从多个角度了解和感知小说场景中正在发生的事件，如同观众观看活动影像的故事影片那样。因此，与情景式展示和言说式展示不同，场景式展示是作者借助书面语言呈现“大影像师”① 是如何用镜头叙述影像故事的。

① “大影像师”是法国学者阿尔贝·拉费提出的电影叙事学概念，意指一个不可见的操作电影画面的机制。安德烈·戈德罗，弗朗索瓦·诺斯特．什么是电影叙事学．北京：商务印书馆，2005：14注释．

1. 全知视角展示场景

在第三人称小说中，作者通过用全知视角展示场景的方式叙述小说开篇，给读者带来全景式的文学视像感知。例如，小说《牛虻》开篇写道：

> 亚瑟坐在比萨神学院的图书馆里，正在翻查一大叠讲道的文稿。这是六月里一个炎热的傍晚，所有窗户都敞开在那儿，只是为了阴凉，才把百叶窗半掩着。神学院院长蒙泰尼里神父把笔停一下，慈爱地瞥视着那个俯在文稿上的黑发油油的脑袋。
>
> “你找不到吗，亲爱的？没有关系；我要把这一节重新写过。或许那已经给撕掉了。我让你白白花费了这许多时间。”
>
> 蒙泰尼里的声音很低，却圆润、响亮，音调像银子般纯净，因而使他的谈话具有一种特殊的魅力。这是一个天生演说家的富于抑扬顿挫的声音。当他跟亚瑟谈话时，语调中老是含着一种抚爱。①

作家从全知叙述者的视角描述主人公亚瑟与其教父蒙泰尼里在比萨神学院图书馆里查阅文献资料的场景。六月的傍晚，亚瑟坐在图书馆里替蒙泰尼里翻查着讲道的文稿。天气炎热，图书馆的所有窗户都敞开着，只有百叶窗为遮阳而半掩着。蒙泰尼里正停下了手中的笔，用慈爱的眼神瞥视着俯在文稿上的亚瑟。值得注意的是，作家在小说开篇采用全知叙述者的视角，通过敞开的窗户来展示比萨神学院图书馆的全景：“所有窗户都敞开在那儿，只是为了阴凉，才把百叶窗半掩着”，使读者能对比萨神学院图书馆有一个整体的叙事感知。

2. 限知视角展示场景

用某个人物的限知视角展示场景，可以引导读者从具体人物的视角来感知小说场景中正在进行的事件。例如，在小说《牛虻》中，亚瑟和蒙泰尼里走出比萨神学院的图书馆，来到修道院园子里，坐在一棵大木兰树下的木凳上谈话。亚瑟说起母亲去世后，自己不愿意再回到那个小镇，再看到自己曾经扶着母亲散步的河岸上那条路，还有那教堂旁边的墓地，并说自己一看见那些地方就觉得伤心。小说接着写道：

---

① 艾·丽·伏尼契．牛虻．北京：中国青年出版社，1953：1.

> 悠长而深沉的静寂，使他（亚瑟）不禁抬起头来，诧异神父为什么不说话。木兰树下面，天色渐渐黑下来，一切东西都显得昏暗、模糊；但还有一丝余光足以显出蒙泰尼里脸上怕人的惨白。他低低地垂着头，右手紧紧抓住了凳子的边缘。亚瑟不由起了一种畏惧的感觉，诧异地急忙把头转过去。他仿佛是无意之中闯进圣地了。
>
> “上帝啊！”他想，“我在他身边显得多么渺小和自私！即使我的不幸是他自己的，他的伤感也不过这样的吧。”①

小说主人公亚瑟非常敬仰自己的神父蒙泰尼里，所以，在小说情节安排两人第一次谈话时，作家就通过亚瑟的限知视角来表现其对蒙泰尼里的由衷仰慕之情。在亚瑟谈及自己的母亲去世后，不愿意再去那些引起回忆伤心的地方，接着是长时间的沉默。于是，亚瑟对蒙泰尼里的默默不语感到诧异，他借着傍晚的昏暗余光，突然看到蒙泰尼里的脸上露出可怕的惨白神色，从内心深处升起一种畏惧的感觉，急忙转过头去，心里想着自己在蒙泰尼里面前显得如此渺小和自私，而蒙泰尼里却是多么的伟大和无私，能为自己母亲去世的不幸表露出如此痛苦的神情。值得注意的是，作家在此埋下了一个重要的叙事伏笔，蒙泰尼里之所以在亚瑟谈起自己母亲去世的伤感心情时会表露出如此痛苦的神情，秘密在于亚瑟的母亲是蒙泰尼里的妻子，并且，亚瑟是蒙泰尼里与其母亲的亲生儿子。而当时的亚瑟并不知晓自己是在跟亲生父亲说话，读者当时也不知晓亚瑟身世的这一秘密。

3. 在两个场面的来回切换中展示场景

由于小说是用语言符号写作的书面故事，而不是用图像、肢体、声音等直观而感性的符号制作的影像故事，因此，小说作者无法像电影摄影师那样用活动和连续的镜头影像叙述故事。但是，为了展示场景中的不同人物在两个或两个以上场面之间的活动，小说写作者就需要学习摄影师用摄影机拍摄影片故事的影像叙述方式，通过来回切换不同场面的方式将不同场面中同时发生或互为关联的事件组织成小说情节线上的场景。

例如，在小说《包法利夫人》中，永镇的广场上要举办一场农业展览会，镇上的人们纷纷从街道、小巷涌入广场。这时，爱玛与罗道耳弗见广场上挤满了人，便一起来到镇公所的二楼会议室，搬了凳子放到一个窗前，然后并肩坐下。

① 艾·丽·伏尼契．牛虻．北京：中国青年出版社，1953：5.

小说写道：

> 司令台上起了一阵骚动：长久耳语和交换意见。最后还是州行政委员会先生站起。大家现在晓得他姓廖万，群众一个传一个，说起他的名姓。于是，他掏出几张纸，凑近眼睛细看了看，这才开口道：
>
> 诸位先生，
>
> 首先允许我（在没有和你们谈起今天的盛会之前：——我相信，你们全有这种感情），我说，首先允许我赞扬一下最高当局、政府、国君，诸位先生，赞扬一下我们的主人、万民爱戴的国王。……
>
> 罗道耳弗道：
>
> “我该退后一点坐。”
>
> 爱玛道：
>
> “为什么？”
>
> 不过州行政委员的声音分外高了，他朗诵：
>
> 诸位先生：兄弟阋于墙，血染公众广场的时期，已经一去不复返了；……
>
> 罗道耳弗接下去道：
>
> “因为下面也许有人望见我；这样一来，我就要一连两个星期道歉，像我这样的坏名声……”①

上述引文涉及两个相邻的场面：一个是广场上的官员正在为举办农业展览会发表演讲；另一个是坐在镇公所二楼会议室窗前的爱玛与罗道耳弗边看（和听）着广场上官员的演讲边对话。小说以广场上官员的讲话场面为主线，不时地插入爱玛与罗道耳弗之间的对话场面。因此，作家采用了一种类似于摄影师用摄影机镜头切换拍摄电影的方式，叙述在两个场面（广场上举行的农业展览会与镇公所楼上的爱玛和罗道耳弗的对话）中同时发生的事件。于是，两个场面中的事件各自在故事层面上的延续关系被打乱了，并被重新组织成小说的情节线索，进而形成一种空间化的叙事场景②，使读者能感受到不同场面中同时发生的事件。值得注意的是，作家通过两个场面的来回切换，使爱玛与罗道耳弗之间的对话内容与

---

① 福楼拜．包法利夫人．北京：人民文学出版社，1958：139－140.

② 约瑟夫·弗兰克．现代小说中的空间形式．北京：北京大学出版社，1991：1－4.

广场上的演讲内容结合起来，巧妙地展示两人一边听着广场上官员的演讲，一边在互相交谈，进而使作者能交叉叙述小说中的事件在不同场面之间的同步关联，打破了广场上演讲内容在时间上的延续性，并通过爱玛与罗道耳弗的对话和广场上的演讲在内容上的连接，将故事层面上的事件组建成内在关联的情节性场景。也就是说，作家通过两个场面之间来回切换的方式，重新组织并叙述了小说情节线上的事件进展。

4. 借不同视角的交替聚焦来展示场景

作者聚焦于小说场景中正在发生的某个事件，并通过在场人物的不同视角的交替聚焦方式加以叙述，而读者能从不同人物的视角和多个时空方位中了解和感知小说场景中正在发生的事件。

例如，在小说《水浒传》中，武松在庙门前揭下县衙门的榜文，才知道景阳冈有虎伤人，可是，武松并没有被吓倒，他一个人手提哨棒，袒露胸膛，借着酒力，踉踉跄跄地向那山冈走去。当武松来到一块大清石上，把哨棒放在一边，准备小憩的时候，突然乱树背后刮起一阵狂风来。小说写道：

> 那一阵风过处，只听得乱树背后扑地一声响，跳出一只吊睛白额大虫来。武松见了，叫声："呵呀！"从青石上翻将下来，便拿那条哨棒在手里，闪在青石边。那个大虫又饥又渴，把两只爪在地下略按一按，和身望上一扑，从半空里撺将下来。武松被那一惊，酒都作冷汗出了。说时迟，那时快，武松见大虫扑来，只一闪，闪在大虫背后。那大虫背后看人最难，便把前爪搭在地下，把腰胯一掀，掀将起来。武松只一躲，躲在一边。大虫见掀他不着，吼一声，却似半天里起个霹雳，振得那山冈也动；把这铁棒也似虎尾倒竖起来，只一剪，武松却又闪在一边。原来那大虫拿人，只是一扑，一掀，一剪；三般提不着时，气性先自没了一半。那大虫又剪不着，再吼了一声，一兜兜将回来。①

由此可见，作家先从全知叙述者的视角开始叙述："那一阵风过处，只听得乱树背后扑地一声响，跳出一只吊睛白额大虫来。"接着转入了小说人物武松的限知视角叙述："武松见了，叫声：'呵呀！'"随后在全知叙述者和武松之间的视角交替

---

① 施耐庵，罗贯中．水浒传：上卷．2版．北京：人民文学出版社，2005：294－295.

中叙述事件的进展，并夹入了老虎的视角，比如，“那大虫背后看人最难，便把前爪搭在地下，把腰胯一掀，掀将起来”；又如，“大虫见掀他不着，吼一声，却似半天里起个霹雳，振得那山冈也动”。因此，在武松打虎的场景叙事中，作家采用了一种场景式展示的叙述方法，从全知叙述者和武松、老虎的三种视角的交替组合中，全方位地展示了景阳冈武松打虎的场景，使读者能从不同的叙述者视角，以及不同的场景方位中了解和感受武松打虎的全过程。也就是说，作家虽然主要从武松的视角叙述武松打虎的场景，却又加入了全知叙述者的视角和老虎的视角，进而通过三种类型的视角交替全方位地叙述小说场景中正在发展着的情节性事件。

5. 从不同视角的交叠聚焦中展示场景

瑞士语言学家索绪尔指出，语言符号具有在时间顺序上排列符号单位的线条特征①。所以，小说作者无法像画家或摄影师那样，用语言符号在空间上并列地呈现同时发生的两个或两个以上的事件，而往往需要对同时发生的不同事件做出这样的选择：在一个时间的线条上先叙述其中的一个事件，接着叙述另一个同时发生的事件，或者在两个同时进行的事件之间来回切换或视角交替地加以叙述。当然，作者也可以采取从不同视角的交叠聚焦中展示场景的叙述方式，使读者能感受到那些存在于小说场景之中却又未被叙述出来的事件。也就是说，从不同视角的交叠聚焦中展示场景是一种暗示性的场景展示方式，作者通过小说场景中具体人物的视角所叙述出来的事件，暗示出未被叙述的其他在场者的叙事感知，进而诱导读者细心揣摩那些因视角交叠而被遮蔽的事件。

例如，在小说《牛虻》中，琼玛感到有些头疼，没听完蒙泰尼里的布道就与玛梯尼离开了教堂，两人来到河边散步交谈。当谈起琼玛曾打了亚瑟一记耳光的事件时，琼玛向玛梯尼透露了一段往事。当时，琼玛正为自己害死了亚瑟而感到内疚和自责。可是，蒙泰尼里却来告诉琼玛，是他杀死了亚瑟，原因是亚瑟发现蒙泰尼里欺骗了他。琼玛一直没有理解蒙泰尼里那句话的意思，却又时常感到亚瑟与蒙泰尼里的相貌非常相似。正当玛梯尼想劝琼玛不要老是用过去的那件错事来折磨自己的时候，恰好牛虻和列卡陀医生从旁边经过。听到牛虻的打招呼声后，小说写道：

> 玛梯尼一下子转过身来。牛虻嘴里衔着一支雪茄，钮孔里插着一朵从花

① 费尔迪南·德·索绪尔．普通语言学教程．北京：商务印书馆，2003：106.

房里买来的鲜花，正向他伸来一只瘦长的整整齐齐套着手套的手。阳光从他那光亮的皮靴上发出反光，又从水面上反映到他那笑盈盈的脸上，所以他在玛梯尼眼中不像往常那么瘸腿，而且好像比往常神气得多。他们握着手，一个是和蔼可亲，另一个却是悻悻含怒，突然列卡陀医生叫起来了：

“我怕波拉太太不很舒服呢！”

她的脸色是这样惨白，以至她那帽檐下的阴影部分，看上去简直是一片铅青色，脖子上的帽带在簌簌发抖，分明是由于心脏的猛烈跳动所引起的。

“我要回家去了，”她虚弱地说。

他们叫来了一辆马车，玛梯尼和她一起坐上去，护送她回家。牛虻弯腰给她拉起那被车轮勾住的披风时，突然抬头看着她的脸，玛梯尼就见她急忙地往后退缩，神色有些恐怖。①

由此可见，最初，牛虻招呼琼玛和玛梯尼时，玛梯尼听见了，琼玛自然也听到了。接着，玛梯尼看着牛虻并和他握手时，琼玛也是看到的，甚至也应感觉到牛虻靴子上刺眼的反光。所以，琼玛会脸色惨白。而当医生发出惊叫声时，在场的所有人都听到并看到琼玛惨白的脸色。最后，当牛虻拉起琼玛的披风并与琼玛对视时，玛梯尼也看到了琼玛脸上露出的惊恐神色。因此，作家采取了在多个视角的交叠中展示场景的方法，主要是通过玛梯尼的视角叙述小说场景中的事件，却隐去了其他在场人物的叙事感知，而读者可以从中解读出那些没有叙述出来却又隐含在字里行间的叙事感知，以及在交叠的叙事视角中被遮蔽的事件。也就是说，作家通过不同视角之间交叠组合的方式，直接或间接地叙述了小说场景中正在发展着的事件。值得注意的是，作家将琼玛的视角设置为被遮蔽的叙事感知，为琼玛见到牛虻后的心理变化，以及产生幻觉后的惊恐心情提供了一种叙事的合理性②。

第二节 不可忽视的讲述方式

展示是小说的首要叙述方式，它使作者能够用书面语言文字的符号媒介来从

---

① 艾·丽·伏尼契．牛虻．北京：中国青年出版社，1953：132－133.

② 在后续情节中，琼玛在马车上对玛梯尼说，刚才自己产生了幻觉，把牛虻认作亚瑟了。

事感官叙事的创意写作活动。然而，讲述也是小说创作中不可忽视的叙述方式。正如英国作家洛奇所言："小说语言不断地在两种形式中交替变换，一是向我们展示发生的事情，一是向我们叙述（即讲述）发生的事情。……一部纯粹用概述的方式写成的小说，是令人难以卒读的。不过，概述自有其独特的用途。"① 在这位英国作家看来，展示与讲述是小说的两种叙述方式，小说作者总是在展示与讲述的交替变换中叙述小说故事中发生的事情。

笔者认为，讲述是观念叙事的小说叙述方式，其特点在于：一是概述事件，作者简要地叙述小说故事中的事件，剔除事件中具体而感性化的细节；二是揭示人物行动的意义，作者从人物的行动中提炼出某种观念化的叙事意义；三是设置话题，作者根据观念性话题组织小说故事中的材料，介绍或评议小说故事中的人、事、物，以及营造小说故事的纪实或史实的效应等。

根据叙述者类型的不同，我们可以区分出三组六类讲述：写作者的讲述与代理者的讲述；全知叙述者的讲述与人物的讲述；人物"我"的讲述与故事叙述者"我"的讲述。

一、写作者的讲述与代理者的讲述

写作者的讲述与代理者的讲述是指作者以小说的写作者或代理写作者的身份叙述小说故事而采取的讲述方式，其叙事功能在于，作者能干预性地引导读者的小说阅读行为，或者能给读者营造在场性、纪实性或史实性的叙事氛围。

1. 写作者的讲述

写作者的讲述是指作者直接在小说作品中概述相关的话题信息。其表现为，作者以创作者的身份闯入小说作品之中，概述、解释或评议与小说故事有关的事件，进而能干预并引导读者的阅读行为。

例如，鲁迅的小说《阿Q正传》开篇写道：

> 我要给阿Q做正传，已经不止一两年了。但一面要做，一面又往回想，这足见我不是一个"立言"的人，因为从来不朽之笔，须传不朽之人，于是，人以文传，文以人传——究竟谁靠谁传，渐渐地不甚了然起来，而终于

---

① 戴维·洛奇．小说的艺术．北京：作家出版社，1998：135.

归结到传阿Q，仿佛思想里有鬼似的。

然而要做这一篇速朽的文章，才下笔，便感到万分的困难了。①

在后续的叙述中，鲁迅列举了自己在写这篇小说时所遇到的四个问题：一是文章的名目；二是立传的通例；三是被立传者的姓名；四是被立传者的籍贯。因此，在给小说《阿Q正传》写序时，鲁迅采用了作者讲述的方法，向读者讲述小说篇名的由来、小说的体例，以及小说的主人公的姓名和籍贯等。显然，小说中的“我”既不是小说中的人物，也不是小说故事的叙述者，而是鲁迅本人。值得注意的是，鲁迅在小说的开篇就用作者讲述的干预性叙述方式，以小说写作者的身份直接跑到作品里向读者说话，实际上是要激发读者阅读这部小说的好奇心。小说中的阿Q并不是历史上的不朽之人，甚至连籍贯和姓名都无从查实，那么，鲁迅为何要为这样一个名不见经传的小人物立传呢？也许，这就是鲁迅当年写这部小说时首先想到的问题，也是当时的读者最初阅读这部小说时产生的疑惑。鲁迅在小说的开篇采用作者讲述的方式，一个重要的原因在于，他试图用这种强烈的干预性叙述方式，向读者叙述自己为何要为阿Q这个名不见经传的“小人物”立传的缘由，进而引起读者对小说《阿Q正传》产生浓厚的阅读兴趣。

2. 代理者的讲述

代理者的讲述是指作者通过某个代理者在小说作品中概述相关的话题信息。与写作者讲述不同，作者通常以亲历者、调查者、目击者等的身份间接地考察、报道、讲解或评议一个以“他者”为核心的故事，旨在增添小说故事叙述时的在场体验和真实报道等叙事效应。

（1）第一人称小说中的代理者讲述。在第一人称小说中，“我”的叙述主体往往充当了作者的代理叙述者，代替作者叙述整个小说故事，并且，作者总会借助于第一人称“我”，以曾经亲历者或正在参与者等身份概述小说故事中的事件，进而增强小说故事的在场感。

例如，菲茨杰拉德的小说《了不起的盖茨比》是一部以第一人称叙述的小说。作家主要用小说人物尼克的身份，以“我”的口吻叙述了小说主人公盖茨比与其表妹黛西之间的悲剧爱情故事。小说开篇不久，作家写道：

① 鲁迅．阿Q正传//鲁迅全集：第一卷．北京：人民文学出版社，2005：512.

> 去年秋天，我从东部回来时，我觉得我想要世界变得全都一个样，至少都关注道德；我不再想带着优越的目光对人心进行漫无边际的探索。只有盖茨比，这个赋予本书书名的人，却对我的反应不闻不问。盖茨比代表了我所鄙视的一切，这种鄙视出自我的内心，而不是造作的。……（盖茨比身上）这种反应敏捷的品质与那个被美其名曰“创作气质”的可塑性——轻易受人影响的特性毫不相干。它是一种美好天赋，一种充满浪漫气息的聪颖，这种品性我在其他人身上还从未见过，很可能今后也不会见到。不——盖茨比最后的结局全然没错；是那个追杀围堵他的东西，是那些在他美梦之后扬起的肮脏尘埃，使我对他人突然破产的悲伤和稍纵即逝的欣喜失去了兴趣。[①]

在小说情节开始之前，作家通过代理叙述者“我”的讲述方式，称赞了小说主人公盖茨比身上所具有的浪漫而聪颖的美好天赋，以及他对生活前景异常敏感的品性，并承认，盖茨比的绝妙品性不但是“我”从未见过的，而且也是“我”曾经所鄙视的。在肮脏世俗的围追堵截之下，盖茨比的美梦最终成为令人感伤的悲剧性结局。因此，作家用第一人称小说中“我”的代理者讲述方式，在小说开篇就对小说主人公盖茨比的人格，以及小说故事的结局做出了正面的评判，使读者能对“我”将要叙述的盖茨比的故事有一个基本的了解，并产生了一系列的阅读期待：盖茨比究竟有什么“了不起”？盖茨比为何能改变“我”曾有的鄙视态度？肮脏的世俗是如何破灭了盖茨比的美梦？盖茨比的故事又是怎样一个令人感伤的悲剧？等等。

（2）第三人称小说中的代理者讲述。在第三人称小说中，作者可以通过某个代理者“我”来代替自己叙述小说故事中的事件。与第一人称小说中的代理叙述者“我”不同的是，在第三人称小说中，代理叙述者“我”往往以调查者或旁观者等的身份讲述与小说故事相关的事件，因而带有非虚构叙事中的真实感。也就是说，第三人称小说中的代理叙述者讲述是用“我”的口吻讲述他人的故事，所以，在叙述整个小说故事的过程中，讲述者“我”通常只是充当了某个故事报道人物的叙事视角[②]。

例如，莫言的《红高粱》是一部第三人称小说。为了使小说故事具有家族史

---

① 菲茨杰拉德．了不起的盖茨比．北京：人民文学出版社，2004：3-4.

② 在第三人称小说中使用代理者“我”的口吻讲述，实际上是在第三人称小说中植入了第一人称小说“我”的叙事视角，其叙事功能在于，用第一人称小说“我”的口吻制造某种非虚构叙事的真实感。

和地方史的叙事价值，作家采用了代理者讲述的方式，并巧妙地设计了一个“我”的代理叙述者身份，为小说故事中的人物和事件提供史实性佐证。在叙述了“我父亲”十四岁那年跟着传奇英雄余占鳌司令的队伍在胶平公路准备伏击日本人的汽车队之后，作家写道：

> 为了为我的家族树碑立传，我曾经跑回高密东北乡，进行了大量的调查，调查的重点，就是这场我父亲参加过的、在墨水河边打死鬼子少将的著名战斗。我们村里一个九十二岁的老太太对我说：“东北乡，八万千，阵势列在墨河边。余司令，阵前站，一举手炮声连环。东洋鬼子魂儿散，纷纷落在地平川。……”
>
> …………
>
> 刘罗汉大爷是我们家历史上的一个重要人物。关于他与我奶奶之间是否有染，现已无法查清。诚然，从心里说，我不愿承认这是事实。
>
> …………
>
> 我查阅过县志，县志载：民国二十七年，日军捉保密、平度、胶县民伕累计四十万人次，修筑胶平公路。毁稼禾无数。公路两侧村庄中骡马被劫掠一空。农民刘罗汉，乘夜潜入，用铁锹铲伤骡蹄马腿无数，被捉获。翌日，日军在拴马桩上将刘罗汉剥皮零割示众。刘面无惧色，骂不绝口，至死方休。①

作家以小说故事调查者“我”的身份讲述了民国二十七年那个真实发生过的历史事件。其作用在于，一方面，作者通过“我”的身份交代了小说故事中的事件来源于“我”的实地采访和县志考证，进而为小说故事提供了纪实和史实的阅读佐证；另一方面，作者又借助于“我”的身份，站在故事之外披露小说故事中的相关信息，评点小说故事中的人物和事件。例如，在叙述“我”父亲跟余占鳌司令的队伍前往胶平公路准备伏击日本人的汽车队，走过一片高粱地时，小说写道：

> 父亲常走这条路，后来他在日本炭窑中苦熬岁月时，眼前常常闪过这条路。父亲不知道我的奶奶在这条路上主演过多少风流悲喜剧，我知道。父亲不知道在高粱阴影遮掩着的黑土上，曾经躺过奶奶洁白如玉的光滑肉体，我

---

① 莫言．红高粱．北京：中国青年出版社，2008：13－14.

也知道。[①]

由此可见，代理者的讲述能使作者在全知叙述者之外创造出一个作者的代理者，而当代理者“我”以采访、调查和观察等方式讲述故事中的事件时，实际上是作者将非虚构叙事中的报道手法运用于第三人称小说的叙述方式之中。因此，在小说《红高粱》中，莫言通过“我”的代理者讲述的方法，不仅为小说故事增加了历史的真实性，也使作家能以作者代理者“我”的名义追叙故事情节之后将会发生的事件：在这条路上，“我”奶奶主演过多少风流悲喜剧；在这片高粱地的黑土上，曾经躺过“我”奶奶洁白如玉的光滑肉体，然而当时“我”的父亲却并不知道。

二、全知叙述者的讲述与人物的讲述

全知叙述者与人物的讲述是第三人称小说中的讲述方式，其叙事功能在于，作者能从小说人物的限知视角讲述小说故事中的事件，也可以站在人物的限知视角之外讲述小说故事中的事件。

1. 全知叙述者的讲述

在第三人称小说中，全知叙述者既不是作者，也不是故事中的具体人物，甚至没有姓名，却能知道小说故事中的所有事件，包括人物内心的想法、情感，甚至鲜为人知或秘而不宣的人物隐私。所以，全知叙述者的讲述是作者以局外人或非当事人的身份概述小说故事中的事件和背景信息，旨在为读者提供一种话语层面上的全知视角。

例如，沈从文的小说《边城》开篇不久，作家在介绍小说主人公翠翠的身世时写道：

> （翠翠母亲）十五年前同一个茶峒军人唱歌相熟后，很秘密的背着那忠厚爸爸发生了暧昧关系。有了小孩子后，这屯戍兵士便想约了她一同向下游逃去。但从逃走的行为上看来，一个违悖了军人的责任，一个却必得离开孤独的父亲。经过一番考虑后，屯戍兵见她无远走勇气，自己也不便毁去作军人的名誉，就心想：一同去生既无法聚首，一同去死应当无人可以阻拦，首

① 莫言．红高粱．北京：中国青年出版社，2008：6.

> 先服了毒。女的却关心腹中的一块肉，不忍心，拿不出主张。事情业已为作渡船夫的父亲知道，父亲却不加上一个有分量的字眼儿，只作为并不听到过这事情一样，仍然把日子很平静的过下去。女儿一面怀了羞惭，一面却怀了怜悯，依旧守在父亲身边。待到腹中小孩生下后，却到溪边故意吃了许多冷水死去了。①

全知叙述者用简短的篇幅概述了一段完整的往事：十五年前，翠翠父母因唱歌相熟，并有了孩子。后来，当这位茶峒军人得知有了孩子的消息后，便想约女子私奔，而女子却关心自己肚里的孩子。女子的父亲老船夫知道此事后，也不给有分量的表态。最后，军人服毒自杀，而女子生下孩子后殉情。

那么，作家为何要用全知叙述者的讲述方式概述这段往事呢？首先，作家无法通过这件事的当事人来回忆这段往事，因为翠翠的父母十五年前就双双殉情了，而小说主要是叙述十五年后翠翠的爱情婚姻故事，所以，通过翠翠的父母来叙述这段往事的话，就会使小说的故事情节显得庞杂而散漫。其次，作家也没有从老船夫的知情者角度概述这段往事，那样的话，就难以引起读者对翠翠父母的爱情悲剧产生同情，因为翠翠的父母未婚先孕，之后又相继殉情，这样的一个外部事件通常不会赢得一般读者的同情和共鸣。而作者采用全知叙述者的讲述方式，却可以弥补上述两种叙述方式所带来的局限，因为作者通过全知叙述者的讲述，可以揭示翠翠父母当年的内心想法和行为动机，尤其是两人在有了孩子之后所表现出来的责任心：一个想的是约女子私奔，见女子没有远走的勇气，又考虑到自己私奔也违反了军人的责任，所以先服毒自杀；另一个想的是自己肚里怀的孩子，所以等到孩子生下后才投河自尽。因此，作家采用全知叙述者的讲述方式，既能简要概述发生在十五年前的一段往事，又可以通过无所不知的叙述主体进入当事人的内心深处，揭示翠翠父母当年的行为动机，从而能赢得读者的理解，唤起更多人的同情。

2. 人物的讲述

人物的讲述是作者用小说场景中人物的言说内容概述场景外的事件，旨在为人物讲述时的场景叙事提供背景性的议论话题。

（1）人物独白的讲述——作者通过小说场景中人物独白的言说内容概述场景

---

① 沈从文．边城（汇校本）．武汉：长江文艺出版社，2009：3-4.

外的事件。例如，在小说《牛虻》中，神学院的学生亚瑟曾向他的教父蒙泰尼里诉苦，因自己的母亲刚去世，又住在“同父异母”的哥哥家里，心情十分不愉快，并无意中提到自己参加了青年意大利党地下组织的秘密活动。所以，趁暑假之际，蒙泰尼里邀亚瑟跟他一起去瑞士的阿尔卑斯山区旅游，一来为了排遣亚瑟的不愉快情绪；二来也想进一步探知亚瑟与意大利佛罗伦萨地下组织的关系。当两人的旅程即将结束时，小说写道：

> 蒙泰尼里不断地被那“确切地谈一谈”的不愉快的念头烦扰着，因为他知道这次假期正是进行这个谈话的好机会。在埃维诃的山谷中，他故意避免那些他们曾在木兰树下面谈过的话题；他想，对于亚瑟这样一个具有艺术气质的人，要是当他正在欣赏阿尔卑斯山区风景的时候，就拿这些势必令人感到苦痛的谈话去破坏他的新鲜的喜悦，就未免太残酷了。后来到马第尼时，他从第一天起，就每天早晨对自己说：“今天我一定要同他谈了，”而每天晚上又说：“明天，明天。”他之所以不能开口，是因为有一种说不出的寒冷感觉阻扰着他，他感觉到事情将不会和从前完全一样，感觉到自己和亚瑟之间将会隔着一层看不见的薄纱；直到假期的最后一天傍晚，他才突然明白，如果终于非说不可，那么现在是必须开口的了。当时他们留在鲁加诺过夜，第二天早晨即要动身回比萨。至少他要探察一下，他这心爱的人在这个性命攸关的意大利政治漩涡中究竟已经陷溺得多深了。①

在暑假旅游的过程中，蒙泰尼里一直想与亚瑟深谈一次，可又不愿用不愉快的谈话来干扰亚瑟在旅途中的心情。于是，蒙泰尼里只好一再地拖延，没能与亚瑟进行深入的交谈，直到旅行快要结束的时候，蒙泰尼里才不得不意识到：如果非说不可，那么现在是必须开口的了。虽然，蒙泰尼里的独白行为带有展示的特点，蒙泰尼里想与亚瑟“确切地谈一谈”的意图，为后续情节中的人物行动提供了心理上的依据，蒙泰尼里后来也确实与亚瑟做了一次交谈。但是，蒙泰尼里的独白内容却是概括性的，并且，被概括的事件也有较长的时间跨度，从两人的暑期旅游开始直到结束的前一天晚上。从这个意义上说，蒙泰尼里的独白内容是一种人物的讲述，概括了自旅游以来蒙泰尼里一直想与亚瑟深谈一次的想法，以及想与亚瑟“确切地谈一谈”的愿望与实现这个愿望时的顾虑之间的心理纠结。值

① 艾·丽·伏尼契．牛虻．北京：中国青年出版社，1953：19．

得注意的是，在叙述蒙泰尼里的独白式讲述时，作家巧妙地运用了漂亮的叙述句式："从第一天起……而每天晚上……直到假期的最后一天傍晚……"，生动地表现了蒙泰尼里想与亚瑟谈一谈的愿望与实现这个愿望时所经历的内心矛盾，以及这一内心矛盾所折射出的蒙泰尼里对亚瑟的细心关怀。

（2）人物对白的讲述——作者通过小说场景中人物的对话内容来概述场景外的事件。例如，在小说《红楼梦》中，两个婆子来怡红院给宝玉请安，见宝玉自己烫了手，却只顾着问身边的丫鬟玉钏烫着没有。当两人走出宝玉的屋子后，就边走边谈论了起来。小说写道：

> 那两个婆子见没人了，一行走，一行谈论。这一个笑道："怪道有人说他们家宝玉是外像好，里头糊涂，中看不中吃的；果然有些呆气。他自己烫了手，倒问人疼不疼，这可不是个呆子。"那一个又笑道："我前一回来，听见他谈论，家里许多人抱怨，千真万真的有些呆气。大雨淋的水鸡似的，他反告诉别人：'下雨了，快避雨去罢。'你说可笑不可笑！时常没人在跟前，就自哭自笑的；看见燕子，就和燕子说话；河里看见了鱼，就和鱼说话；见了星星月亮，不是长吁短叹，就是咕咕哝哝的。且连一点刚性也没有，连那些毛丫头的气都受的。爱惜东西，连个线头儿都是好的；糟蹋起来，那怕值千值万的都不管了。"两个人一面说，一面走出园来，辞别诸人回去。不在话下。①

两个婆子离开了怡红院，边走边聊。一个婆子谈论起刚才在怡红院里发生的事情，宝玉自己烫了手，却问玉钏烫疼了没有；另一个则说起宝玉曾自己淋在雨中，却告诉别人赶快避雨。虽然两个婆子一路上的对白行为，是到怡红院给宝玉请安之后的事件，因而具有一定的展示叙述的特点，但是，两人边走边聊的对白内容却游离了两人当时谈话的场景，第一个婆子谈论的是怡红院里已经发生过的事情；第二个婆子的对白内容不仅讲述了一个过去的事件，而且概述了宝玉"自哭自笑"的怪癖习性。值得注意的是，作家在小说的具体场景中叙述两个婆子的对白，在人物的对白行为上带有展示的叙述方式特点，而在人物的对白内容上却是一种人物讲述的方式，其用意是，通过次要人物的谈话内容来刻画主要人物的怪癖，使读者能从侧面了解宝玉的怪异习性，进而对宝玉的习性产生一种较为客

① 曹雪芹，高鹗．红楼梦：下卷．北京：人民文学出版社，2000：1094－1095.

观的判断。

三、人物“我”的讲述与故事叙述者“我”的讲述

从叙述主体上看，第一人称小说中的“我”是一个具有双重身份的叙述者。一方面，作为人物“我”，是一个正在参与并引领小说情节发展的具体角色，因而只能叙述“我”讲述时所知道的事件和信息；另一方面，作为故事叙述者“我”，又是整个小说故事的叙述者，既可以叙述人物“我”后来才能知道的事情和信息，也可以跳出人物“我”在小说场景中可能采取的叙述行为，穿插于小说故事的不同时空场景来讲述事件，甚至站在回忆之时的“我”来评判回忆之中的“我”所曾经经历的事件。因此，人物“我”的讲述与故事叙述者“我”的讲述是第一人称小说中两种独特而微妙的讲述方式。其叙事功能在于，作者能从故事的参与者或回忆者两个层面上讲述小说故事中的事件。

1. 人物“我”的讲述

人物“我”的讲述是指作者通过人物“我”以小说故事参与者的身份概述或议论小说情节中的事件，旨在为人物“我”讲述时的场景叙事提供背景性的议论话题等。

(1) 人物“我”以跨越时空的概述方式，交代自己之前所经历的一系列事件，并向读者暗示，小说场景中人物“我”正在采取的行动具有某种叙事合理性。

例如，在小说《朗读者》中，主人公米夏第一次去汉娜家表示谢意时，因偷窥汉娜在厨房换内衣的情形被发现，逃回家后，小说写道：

> 一个礼拜之后，我（米夏）又站在她（汉娜）家门前了。
>
> 整整一个礼拜，我都在竭尽全力不再去想她。可是，我整天无所事事，没有什么别的事情能够叫我分心。医生还迟迟没有决定我到底能不能重返学校。读书读了好几个月，让人厌倦。同学们倒还来看我，但是，他们的来访却不能架起一座桥梁，跨在我们的日常生活之间；而且，他们逗留的时间也越来越短。他们说，我应该去散散步，每天多走那么一点儿路，以不劳累为

限度。其实，劳累倒是我所需要的。[①]

小说叙述米夏再次来到汉娜的家门前时，作家以人物“我”的概述方式，简要地交代了米夏之前一个礼拜在家养病时所经历的事情，以及内心感受，使主人公米夏一周内经历的事情被处理成小说情节的背景信息，用跨越时空的概述方式暗示人物“我”再次拜访汉娜家的迫切性。为了进一步说明米夏再次拜访汉娜家的合理性，作家在后续情节中通过人物“我”（米夏）的口吻，用较长篇幅的讲述来说服米夏自己（其实也在试图说服读者）为何有必要再次拜访汉娜家。

（2）人物“我”用一句话或一个关键词的概述方式，交代自己之前所经历的某个事件，并向读者明示，小说场景中人物“我”没有采取的行动具有某种叙事合理性。

例如，在小说《伤逝》中，因涓生丢了工作而与子君的生活越来越拮据，连家里的狗阿随也豢养不起，所以，人物“我”（涓生）不得不把阿随放生在西郊野外，小说接着写道：

> 我一回寓，觉得又清静得多多了；但子君的凄惨的神色，却使我很吃惊。那是没有见过的神色，自然是为阿随。但又何至于此呢？我还没有说起推在土坑里的事。
>
> 到夜间，在她的凄惨的神色中，加上冰冷的分子了。
>
> “奇怪。——子君，你怎么今天这样儿了？”我忍不住问。
>
> “什么？”她连看也不看我。
>
> “你的脸色……”
>
> “没有什么，——什么也没有。”[②]

“我还没有说起推在土坑里的事”一句是作家以人物“我”的讲述方式提及小说故事中的事件。在小说情节之前的段落中，作家叙述了涓生将家里的狗阿随放生在西郊野外时，见阿随要追上来，就不得不将阿随推在一个并不很深的土坑里。因此，在上述引文中，作家通过主人公涓生的内心独白再次提及这个刚刚发生的事件，其叙事功能在于，用人物“我”的一句话概述的讲述方式，涓生也是出于无奈而把阿随放生到西郊野外，并且，眼看着子君因把阿随放生郊外而伤感

① 本哈德·施林克．朗读者．南京：译林出版社，2012：19.

② 鲁迅．伤逝//鲁迅全集：第二卷．北京：人民文学出版社，2005：123.

不已，涓生更不想提及阿随不愿离家的那一幕情景来加重子君的伤感情绪。也就是说，作家通过人物“我”用一句话的概述方式，不仅交代自己之前所经历的某个事件，也明示小说场景中人物“我”没有采取的行动具有某种叙事合理性。

2. 故事叙述者“我”的讲述

故事叙述者“我”的讲述是指作者通过故事叙述者“我”用回忆者的身份概述和议论小说故事中的事件，所以，作者可以借此超越人物“我”的视野叙述小说故事中的事件，进而打破单个场景的时空局限。

（1）在小说情节开篇，作者用故事叙述者“我”的回忆性讲述方式，简要交代整个小说故事的缘起背景。第一人称小说中，作者可以用两种方式写作小说情节的开篇。一是用人物“我”叙述其正在经历故事中事件的方式；二是用故事叙述者“我”回忆其曾经经历故事中事件的方式。所以，当故事叙述者“我”用回忆的方式概述小说故事起始的背景信息时，作者便是采用了故事叙述者“我”的讲述。

例如，小说《朗读者》开篇写道：

> 记得那时候我是十五岁，得了黄疸病。病是那年秋天发作的，到第二年春天才好。[①]

显然，“记得那时候我是十五岁”一句表明，作家是站在小说故事完成之后，用故事叙述者“我”的回忆口吻简要交代小说故事的起始背景。值得注意的是，故事叙述者“我”的回忆性讲述方式给作家提供了两个层面上叙述小说故事的优势，一个是人物“我”在小说故事层面上叙述故事中的事件，另一个是故事叙述者“我”在小说叙述层面上叙述故事中的事件。也就是说，作家用故事叙述者“我”的回忆性讲述方式开始小说情节的话，在后续小说情节中，作家就可以十分自然地引入故事叙述者“我”的叙述主体，并在人物“我”与故事叙述者“我”之间转换。

（2）在小说情节中间，作者用故事叙述者“我”的回忆性讲述方式，站在小说的后续情节位置来评点小说故事之前发生的事情。在第一人称小说中，作者既可以通过人物“我”的讲述来评判其在小说场景中正在经历的事情，也能够借助

---

① 本哈德·施林克．朗读者．南京：译林出版社，2012：3.

于故事叙述者“我”的回忆性讲述方式，对自己曾经经历的小说场景中的事情加以评点。也就是说，一旦小说中的“我”超出了人物“我”的叙事视野，讲述了小说场景中的“我”之后才能知晓或判断的事件，便成了一种故事叙述者“我”的回忆性讲述。

例如，在小说《了不起的盖茨比》中，当时，盖茨比通过乔丹向人物“我”（尼克）提议，请“我”出面邀请盖茨比的昔日情人黛西到“我”的家里，与盖茨比见上一面。盖茨比知道“我”答应此事后，就当面提起要给“我”介绍推销债券的生意，使“我”可以挣些钱。小说接着写道：

> 我现在才意识到，如果当时处境不同，那次谈话可能会是我一生中的一个转折点，但是，他的这个提议说得太露骨，太唐突，明摆着是为了酬谢我给他帮的忙，我别无选择，当场把他（盖茨比）的话打断了。
>
> “我手头工作很忙，”我说，“非常感激，可是我不可能再承担更多的工作。”①

因为小说场景中的人物“我”（尼克）在婉言谢绝盖茨比对“我”的酬谢时，并没有想到，如果接受盖茨比推荐的推销债券业务的话，可能会给“我”的人生带来转折。所以，作家用“我现在才意识到”这句话，说出了故事叙述者“我”（人物“我”后来）的想法，旨在暗示盖茨比非常想与黛西私下见面，因而十分感激人物“我”能答应出面邀请黛西。

（3）在小说情节的时空切换中使用故事叙述者“我”的讲述。在回忆式的第一人称小说中，作者往往会通过故事叙述者“我”回忆往事的角度叙述小说故事中的事件，其常用的手法是，故事叙述者“我”在时空切换的讲述中回忆人物“我”在不同时间段中所经历的事件。

例如，在小说《伤逝》中，当故事叙述者“我”叙述一年之前人物“我”（涓生）对子君表白爱意时，作家写道：

> 我已经记不清那时怎样地将我的纯真热烈的爱表示给她。岂但现在，那时的事后便已模糊，夜间回想，早只剩了一些断片了；同居以后一两月，便连这些断片也化作无可追踪的梦影。我只记得那时以前的十几天，曾经很仔细地研究过表示的态度，排列过措辞的先后，以及倘或遭了拒绝以后的情

① 菲茨杰拉德．了不起的盖茨比．北京：人民文学出版社，2004：71.

形。可是临时似乎都无用，在慌张中，身不由己地竟用了在电影上见过的方法了。后来一想到，就使我很愧恧，但在记忆上却偏只有这一点永远留遗，至今还如暗室的孤灯一般，照见我含泪握着她的手，一条腿跪了下去……①

在叙述人物"我"对子君表白爱意的事件中，作家分别涉及表白爱意之后、同居后一两月、表白爱意前十几天、表白爱意时以及故事叙述者"我"回忆时的五个时间段，这显然已超越了人物"我"的叙事视野，而起始句的"我已经记不清"便标识了作家将用故事叙述者"我"的回忆性讲述方式叙述小说故事中的事件。也就是说，作家在时空切换中采用了故事叙述者"我"的讲述方式，概要地叙述了有关人物"我"因向子君示爱而在五个不同时间段落中的断片式回想、梦影式感受、细致的措辞准备、慌张的行为和清晰的留遗。那么，作家为何要以故事叙述者"我"的讲述方式反复叙述人物"我"向子君示爱的事件呢？首先，作家试图表现人物"我"对当年向子君的示爱是深思熟虑的，进而暗示人物"我"在与子君同居的态度上是严肃认真的。其次，事过一年以后，故事叙述者"我"仍然对这一事件记忆犹新，作家是要读者体会到，与子君同居的那段生活，对故事叙述者"我"来说也是难以忘怀的。因此，读者自然会由此得出这样一个判断：无论对人物"我"还是对故事叙述者"我"来说，涓生曾对子君表白爱意这个事件，在此事的之前、当时、后来以及一年以后的回忆时，都是重要而难忘的。

(4) 以间接引语方式引入故事叙述者"我"的讲述。在进行式的第一人称小说中，作者主要通过人物"我"的角度叙述小说故事中正在发生的事件。但是，作者一旦用间接引语的方式概述故事中人物（包括人物"我"）的对话内容时，便会将叙述主体由人物或人物"我"滑向故事叙述者"我"，甚至成为故事叙述者"我"的讲述。

例如，在小说《迟桂花》中，人物"我"与翁则生妹妹一起游玩杭州五云山，当叙述者"我"观察着翁则生妹妹的身体曲线和朴实神态时，小说写道：

她（翁则生的妹妹）的身体，也真发育得太完全，穿的虽是一件乡下裁缝做的不大合适的大绸夹袍，但在我的前面一步一步的走去，非但她的肥突的后部，紧密的腰部，和斜圆的颈部的曲线，看得要簇生异想，就是她的两

① 鲁迅．伤逝//鲁迅全集：第二卷．北京：人民文学出版社，2005：115－116.

只圆而且软的肩膊，多看一歇，也要使我贪鄙起来。立在她的前面和她讲话哩，则那一双水涔涔的大眼，那一个隆正的尖鼻，那一张红白相间的椭圆嫩脸，和因走路走得气急，一呼一吸涨落得特别快的那个高突的胸脯，又要使我恼杀。……总之，我在昨天晚上，不曾在她身上发见的康健和自然的美点，今天因这一回的游山，完全被我观察到了。此外我又在她的谈话之中，证实了翁则生也和我曾经讲到过的她的生性的活泼与天真。譬如我问她今年几岁了？她说，二十八岁。我说这真看不出，我起初还以为你有二十四岁，她说，女人不生产是不大会老的。我又问她，对于则生这一回的结婚，你有点什么感触？她说，另外也没有什么，不过以后长住在娘家，似乎有点对不起大哥和大嫂。像这一类的纯粹直率的谈话，我另外还听取了许多许多，她的朴素的天性，真真如翁则生所说，是一个永久的小孩子的天性。①

在这篇第一人称小说中，作家是以人物“我”应邀前往杭州参加好友翁则生的婚礼设置故事情节的，因而主要采用了进行式的人物“我”来叙述故事。然而仔细阅读的话，我们还是能够发现小说文本中存在着一些故事叙述者“我”讲述的段落。在上述引文中，作家通过间接引语叙述“我”与翁则生的对话，将人物“我”的叙述转入了故事叙述者“我”的讲述，因为两人的对话内容经间接引语的转述成了一种概述性的叙述，进而也游离了人物“我”与翁则生妹妹游山时的具体场景。

那么，作家为何要用故事叙述者“我”的讲述来概述人物“我”与翁则生妹妹之间的对话内容呢？首先是为了压缩两人对话的内容和行为所占文本篇幅的长度，以免偏离作家想在两人游玩五云山时所要展示的核心情景、冲淡人物之间的戏剧性矛盾。其次是要给读者造成一种客观评价翁则生妹妹性情的阅读效果，尤其是上述引文的最后一句：“像这一类的纯粹直率的谈话，我另外还听取了许多许多，她的朴素的天性，真真如翁则生所言，是一个永久的小孩子的天性。”作家试图引导读者做出这样一种判断：对翁则生妹妹的这种评价不只是人物“我”当时的主观评判，也是一种客观的评介。也就是说，故事叙述者“我”的讲述能使读者感觉到，对翁则生妹妹的这种评价是站在当事人的人物“我”之外得出的。

① 郁达夫．迟桂花//郁达夫小说集．杭州：浙江文艺出版社，1985：735.

第三节　把展示与讲述组合起来的修饰方式

一部小说作品总是需要用展示与讲述两种方式叙述故事。这不只是说小说作品中存在着用展示与讲述来叙述的叙事片段，而是指作者根据小说情节的需要而将这两种叙述方式结合起来使用。这就有了小说的第三种叙述方式——修饰方式。笔者认为，修饰方式是由讲述与展示之间的互补叙事而形成的小说叙述方式。其特点在于，一是辅助性，作者用讲述方式来辅助展示性叙述，为感官叙事中的事件提供概述、话题和背景信息等，或者用展示方式辅助讲述性叙述，为观念叙事中的事件提供感性细节和场景氛围等；二是修辞性，作者将讲述中的事件用于对展示中的事件的修辞，使感官叙事中的事件具有熟悉化或陌生化的修辞效应，或者把展示中的事件用于对讲述中事件的感性例证，使观念叙事中的事件具有具体而生动的场景效应。因此，在用修饰方式叙述小说故事时，作者往往是因为小说情节上的需要而将展示与讲述结合成互补叙事的叙述方式。

根据叙述目标的不同，我们将修饰方式分为两大类：讲述性修饰与展示性修饰。

一、讲述性修饰

讲述性修饰是指为讲述而设置场景叙事的组合叙述方式。即作者将场景叙事中的事件用于议论话题或事件例证的叙事功能，进而在小说情节上形成一种旨在讲述而使用展示的组合叙述方式。其特点在于，展示服务于讲述。

1. 话题式

话题式是指作者为话题议论而设置的场景叙事。在一个场景叙事的构架中，作者将小说场景中人物的对话内容设置为议论话题，旨在向读者提供在场或不在场的小说主人公的背景信息。

（1）在小说开篇场景的次要人物对话中披露主人公背景信息的话题式。例如，张爱玲的小说《金锁记》开篇写道：

> 小双脱下了鞋，赤脚从凤箫身上跨过去，走到窗户跟前，笑道："你也起来看看月亮。"凤箫一骨碌爬起身来，低声问道："我早就想问你了，你们二奶奶……"小双弯腰拾起那件小袄来替她披上了，道："仔细招了凉。"凤箫一面扣钮子，一面笑道："不行，你得告诉我！"小双笑道："是我说话不留神，闯了祸！"凤箫道："咱们这都是自家人了，干吗这么见外呀？"小双道："告诉你，你可别告诉你们小姐去！咱们二奶奶家里是开麻油店的。"凤箫哟了一声道："开麻油店！打哪儿想起的？像你们大奶奶，也是公侯人家的小姐，我们那一位虽比不上大奶奶，也还不是低三下四的人——"小双道："这里头自然有个缘故。咱们二爷你也见过了，是个残废。做官人家的女儿谁肯给他？老太太没奈何，打算替二爷置一房姨奶奶，做媒的给找了这曹家的，是七月里生的，就叫七巧。"凤箫道："哦，是姨奶奶。"小双道："原是做姨奶奶的，后来老太太想着，既然不打算替二爷另娶了，二房里没个当家的媳妇，也不是事，索性聘了来做正头奶奶，好教她死心塌地服侍二爷。"①

由此可见，在小说情节开始时，张爱玲在场景叙事的框架中叙述小双与凤箫之间的谈话。显然，作家的意图并不是要场景化地展示姜家的这两个丫鬟如何在窗前月下谈话的事件，而是要通过这两个次要人物之间的对白内容来设置议论话题，进而介绍尚未出场的小说主人公曹七巧的背景信息。所以，作者是要让读者从小双与凤箫的谈话中了解主人公的背景信息，曹七巧是姜家的二奶奶，娘家是开麻油店的，七月里生的，所以叫曹七巧。嫁给残废的姜二爷后，原本是姨奶奶，后来成了正头奶奶。因此，这是一种在小说开篇的场景中引荐小说主人公的话题式叙述，其目的在于，由次要人物的谈话内容设置议论话题，进而概括性地介绍尚未出场的主人公曹七巧的背景信息。

（2）在小说过渡场景的次要人物对话中概要交代小说主人公事迹的话题式。例如，《神雕侠侣》中的杨过是小说的主人公，作家为他创造了一个"神雕侠"的美名。所以，杨过练就神雕侠的武功而在中原江南行侠仗义的事迹，是作家塑造杨过形象的重要素材。然而金庸并没有采用展示方式对此一一加以叙述，却用

① 张爱玲．金锁记//张爱玲作品集．太原：北岳文艺出版社，2001：42.

了话题式的讲述性修饰来处理。因此，在小说的第三十二章结尾时，作家写道："某一日风雨如晦，杨过心有所感，当下腰悬木剑，身披敝袍，一人一雕，悄然西去，自此足迹所至，踏遍了中原江南之地。"但在小说的第三十三章开篇，作家并没有直接叙述杨过如何在中原江南行侠仗义的事迹，而是将笔锋一转，叙述起黄河北岸风陵渡口上的一家安渡老店里发生的事件。

那天的傍晚时分，郭芙、郭襄和郭破虏姐弟三人来安渡老店，正坐在大厅的餐桌上喝酒吃饭。一些旅客正围坐在火堆旁谈论起"襄阳围城"的事件，并引起了郭芙的注意。一个四川人说起有位大侠从追兵的军马中救出了王惟忠将军的儿子，后来得知王惟忠将军已被处死后，便准备去刺杀奸臣陈大方。这时，边上的一位广东客人急切地问，这位侠客是谁？小说写道：

> 那四川人道："我不知这位侠客的姓名，只是见他少了一条右臂，相貌……相貌也很奇特，他骑一匹马，牵一匹马，另外那匹马上带着一头模样希奇古怪的大鸟……"他话未说完，一个神情粗豪的汉子大声说道："不错，这便是江湖上赫赫有名的'神雕侠'！"
>
> 那四川人问道："他叫作'神雕侠'？"那汉子道："是啊，这位大侠行侠仗义，好打抱不平，可是从来不肯说自己姓名，江湖上朋友见他和一头怪鸟形影不离，便送了一个外号，叫作'神雕大侠'。他说'大侠'两字决不敢当，旁人只好叫他作'神雕侠'，其实凭他的所作所为，称一声'大侠'又有甚么当不起呢？他要是当不起，谁还当得起？"①

如上所述，四川人与广东人的对话内容是说，朝廷奸臣抓了王惟忠将军后派人追拿王将军的儿子，一位大侠在危急关头赤手空拳地救出了王将军之子。当广东客人好奇地问大侠的名字时，四川人答道，不知大侠的姓名，却知道他少了一条右臂，骑着一匹马，带着一只模样奇特的大鸟。话没说完，一位神情粗豪的汉子大声说道，这位大侠就是江湖上赫赫有名的神雕侠。于是，众人谈论起神雕侠在中原江南行侠仗义的种种事迹来。因此，作家在小说的第三十三章设置了风陵夜话的场景，其目的并不是要叙述那晚在安渡老店里发生了什么事件，而是要通过旅客们在客店里的谈话内容，对小说主人公杨过十年里的行侠仗义事迹做一个概括性的交代。也就是说，作家没有正面叙述杨过如何在中原江南行侠仗义的事

---

① 金庸．神雕侠侣．西安：陕西人民出版社，1985：1231.

迹，而是将次要人物在场景叙事中的谈话内容设置为议论话题，进而概述杨过行侠仗义的事迹。值得注意的是，在这个为讲述而设置的场景中，作家既为人物的讲述活动布置了一个具体的场景，使人物讲述的行为具有戏剧性的场景感，又通过人物的对话内容设置了议论话题，简要地交代了杨过十年里的侠义行为在中原江南所产生的影响，以及人们对其事迹的客观评价。

2. 例证式

例证式是指作者为讲述中的人物等提供背景信息而设置的感性事件例证。其基本的运作方法是，作者用一些场景化的叙事片段来例证小说中的议论话题，进而使其增添形象而生动的叙事效果。

（1）作者讲述的例证式，即在作者讲述的议题时列举一些场景叙事的事例，加以叙事修饰。例如，在小说《阿 Q 正传》的第一章中，作家交代了自己为何要给阿 Q 撰写正传的缘由。可是作家却并不知道阿 Q 的姓名。有一回阿 Q 喝了两碗黄酒后，向人说起自己是赵太爷的本家，几个旁听的人有些肃然起敬起来，小说接着写道：

> 那知道第二天，地保便叫阿 Q 到赵太爷家里去；太爷一见，满脸溅朱，喝道：
>
> “阿 Q，你这浑小子！你说我是你的本家么？”
>
> 阿 Q 不开口。
>
> 赵太爷愈看愈生气了，抢进几步说：“你敢胡说！我怎么会有你这样的本家？你姓赵么？”
>
> 阿 Q 不开口，想往后退了；赵太爷跳过去，给了他一个嘴巴。
>
> “你怎么会姓赵！——你那里配姓赵！”
>
> 阿 Q 并没有抗辩他确凿姓赵，只用手摸着左颊，和地保退出去了；外面又被地保训斥了一番，谢了地保二百文酒钱。知道的人都说阿 Q 太荒唐，自己去招打；他大约未必姓赵，即使真姓赵，有赵太爷在这里，也不该如此胡说的。此后便再没有人提起他的氏族来，所以我终于不知道阿 Q 究竟什么姓。①

---

① 鲁迅．阿 Q 正传//鲁迅全集：第一卷．北京：人民文学出版社，2005：512.

在用讲述方式向读者介绍阿 Q 的姓名来历时，作家插入了一段展示性的事例，叙述阿 Q 曾因说自己是赵太爷的本家而遭赵老太爷的训斥。因此，作家使用了作者讲述的例证式，在作者讲述有关阿 Q 的姓名来历的议题中插入了一个场景叙事的事例，目的在于修饰作者所讲述的议题，使该议题经过场景叙事的事例例证而显得生动、幽默和活泼。

（2）全知叙述者讲述的例证式，即在全知叙述者的讲述中举一些场景展示的事例，修饰被讲述的议题。例如，在小说《边城》中，作家讲述翠翠一天比一天大了，她欢喜看满脸扑粉的新嫁娘，欢喜讲新嫁娘的故事，欢喜把野花戴到头上去，还欢喜听人唱歌。小说接着写道：

> 茶峒人的歌声，缠绵处她已领略得出。她有时仿佛孤独了一点，爱坐在岩石上去，向天空一片云一颗星凝眸。祖父若问："翠翠，想什么?"她便带着点儿害羞情绪，轻轻的说："翠翠不想什么"。但在心里却同时又自问："翠翠，你想什么?"同时自己也就在心里答着："我想的很远，很多。可是我不知想些什么。"她的确在想，又的确连自己也不知在想些什么。这女孩子身体既发育得很完全，在本身上因年龄自然而来的一件"奇事"，到月就来，也使她多了些思索。①

全知叙述者在概述翠翠的年龄一天比一天大了时，作家运用了一些具体的事例来叙述翠翠心理上的变化。尤其在叙述翠翠喜欢一人独处时，全知叙述者的讲述中举了一个场景叙事片段的例子。翠翠喜欢独自坐在岩石上凝视天上的星星，当祖父问她想什么时，翠翠害羞地回答"不想什么"，心里却朦胧地感觉到自己确实在想些什么，但又说不出来。因此，作家在全知叙述者讲述的议题中引入了场景叙事的事例，目的在于，通过生动而具体的事例来引导读者感受和体验翠翠成长过程中所表现出的微妙而重要的变化。

二、展示性修饰

展示性修饰是指为展示而使用讲述的组合叙述方式。为了引导读者将自己的生活经验带入小说的叙事场景，作者往往会在展示中插入一些以讲述方式叙述的

---

① 沈从文．边城（汇校本）．武汉：长江文艺出版社，2009：46.

事件，用于辅助和补充场景叙事，从而在小说情节上形成一种为了展示而使用讲述的组合叙述方式。其特点在于，讲述服务于展示。

1. 陈述式

陈述式是指作者在场景叙事中使用的辅助性讲述方式。通常的叙述方式是，作者用陈述句子的讲述修饰小说情节上的场景展示，进而用讲述的方式连接两个不同的小说场景、为后续场景叙事提供依据，以及浓缩叙事场景中的事件等。

（1）叙事场景转换的陈述式讲述。例如，在小说《边城》中，作家第一次叙述杨马兵为大老向老船夫说媒要娶翠翠的情节时，涉及两个场景：

- 在新碾坊内，杨马兵为大老想娶翠翠而向老船夫说媒的场景。
- 在二老家的吊脚楼内，翠翠看着河里划龙船比赛，突然发现小黄狗不在身边而在屋内四处寻找，却听到众人议论着二老的父亲正为二老与当地王团总的女儿筹办婚事。

在第一个场景转入第二个场景的时候，作家通过全知叙述者的陈述式讲述的自然段落过渡性地加以组接。小说写道：

> 这里两人把话说妥后，就过另一处看一只顺顺新近买来的三舱船去了。河街上顺顺吊脚楼方面，却有了如下事情。[①]

值得注意的是，作家用陈述式讲述的方式将两个场景连接起来之后，突出了翠翠婚姻情节线上的矛盾性张力。前一个场景叙述杨马兵在为大老要娶翠翠向老船夫说媒，而后一个场景则叙述翠翠听到众人谈论起二老的父亲正为二老与王团总的女儿筹办婚事。而翠翠的内心深处却已喜欢上了二老。因此，作家用一个陈述句直接衔接起两个不同的场景，进而在小说的情节线上制造出强烈的戏剧性对比效应。

（2）为后续的场景展示提供依据的陈述性讲述。例如，在小说《朗读者》中，主人公米夏因放学回家途中黄疸病发作而呕吐，一位陌生的中年妇女（汉娜）主动相助，并送他回家。母亲请来医生，诊断出米夏得了黄疸病后，小说接着写道：

> 瞅着个机会，我就把那女人的事告诉了母亲。如果不是这么着，我相信

---

① 沈从文．边城（汇校本）．武汉：长江文艺出版社，2009：73.

> 我再也不会去看望她的。我母亲理所当然认为，一旦等我好了，就应该去谢谢她，介绍一下我是哪家的孩子，另外，别忘了用零用钱买束鲜花。于是，在二月底的一天，我就到车站路去了。①

作家用展示的方式叙述米夏如何在放学回家途中因黄疸病发作而呕吐，以及一位陌生的中年妇女（汉娜）如何主动相助，并送他回家，接着，用人物“我”（米夏）的讲述口吻向其母亲说起此事。于是，母亲要米夏病好后买束鲜花去登门感谢人家。作家插入了这样一句话：“如果不是这么着，我相信我再也不会去看望她的。”正是这句话，为米夏病愈之后买了鲜花去汉娜家的场景展示提供了人物行动的依据和情节衔接的逻辑。

（3）浓缩叙事场景中事件的陈述式讲述。例如，在小说《了不起的盖茨比》中，当黛西与盖茨比在“我”家私下见面时，“我”独自走出后门，留下两人在起居室里交谈。半个小时以后，雨过天晴，太阳出来了。“我”才走进屋子，小说写道：

> 我走了进去——故意在厨房里做出一切可能的响声，就差把炉灶掀翻了——但我相信他们什么也没听见。他们两人分坐在长沙发两端，面面相觑，仿佛有什么问题提了出来，或者悬而未决，一切窘迫的迹象都已消失了。②

在叙述“我”从门外走进起居室时，作家通过“故意在厨房里做出一切可能的响声，就差把炉灶掀翻了”的陈述句子，暗示“我”故意做出声响告知屋内的盖茨比和黛西自己要进屋了。但作家没有（当然也没有必要）具体叙述“我”在厨房里是用哪些东西做出声响的，以及如何做出声响的，而只是把“我”进屋时故意做出声响的行为浓缩成一个陈述句，进而使小说场景的叙事节奏简洁明快。

2. 修辞式

修辞式是指作者为场景叙事中的议论话题引入场景外的修辞元素。虽然这些隐喻、象征等修辞性叙事元素源于小说的场景之外，但是，作者却借此为场景叙事中的议论话题营造某种熟悉化的叙事联想或陌生化的叙事想象。

---

① 本哈德·施林克．朗读者．南京：译林出版社，2012：5.

② 菲茨杰拉德．了不起的盖茨比．北京：人民文学出版社，2004：76.

（1）限知视角的议题修辞式。例如，在小说《安娜·卡列尼娜》中，托尔斯泰经常会在小说的场景叙事中使用修辞式的修饰方式，并且，这位俄国作家主要通过熟悉化的叙事修辞来唤起读者的日常生活经验，进而使读者感受和体验小说场景中人物的独特心情。

首先，单个人物的限知视角修辞式。安娜的丈夫亚历山特罗维奇发现妻子与渥伦斯奇的亲昵举动引起了周边人的关注和议论后，便下定决心要和妻子谈谈。可是，当看着安娜露出单纯而快活的神态，并质疑丈夫有什么事要警告自己时，小说接着写道：

> 他（亚历山特罗维奇）看到了她（安娜）的灵魂深处，一直向他开放的，现在对他封锁起来了。不仅这样，他从她的声调看出了她并没有为这事情弄得羞愧不安，而只是好像直截了当地在对他说："是的，它关闭起来了，这不能不这样，而将来也还要这样。"现在他体验到这样的一种心情，就像一个人回到家，发觉自己家里的门关上了的时候所体验的一样。"但是也许还可以找到钥匙。"亚历克赛·亚历山特罗维奇想。①

为了让读者能够形象而细腻地感受到亚历山特罗维奇因妻子安娜的婚外情而产生了嫉妒和斥责之情，作家采用了人物感知的修辞式，将其隐约感觉到妻子安娜对自己的冷漠设置为叙事场景中的议论话题，并通过亚历山特罗维奇的内心独白引入场景外的修辞性叙事元素。亚历山特罗维奇发现安娜对自己的态度发生了根本的变化。过去，她的灵魂深处是一直向他开放的，而现在却对他封锁起来了。并且，从安娜回答自己话的声调中感觉到，安娜的心灵之门将来会永远向他关闭。于是，亚历山特罗维奇体验到一种心情，如同一个人回家后发现自己的家门关上了，却找不到开门的钥匙。但是，他还是希望或许可以找到那把开门的钥匙。因此，这是一种人物感知的议题修辞式，作家将小说场景中单个人物的独特感受设置为议论话题，并用场景外的修辞性叙事元素加以修饰。

其次，人物间议题的修辞式。渥伦斯奇与安娜相爱后，便经常去安娜的家里约会。然而安娜的儿子谢辽沙的在场却成为两人约会时的心理障碍。作家写道：

> "这是怎么回事呢？他是谁啊？我该怎样地去爱他呢？要是我不知道，

① 列夫·托尔斯泰．安娜·卡列尼娜：上卷．北京：人民文学出版社，1978：212－213.

那是我自己的错呵；我要不是笨，就是一个坏孩子，”这小孩这样想着。这就是为什么他有那试探的，询问的，又是多少含着一些敌意的表情和那种羞怯和游移不定，那是使得渥伦斯奇那么着恼的，就都是由此而来的。但凡小孩在的时候，总要在渥伦斯奇心里引起一种异样的不可解的厌恶心情，那是他最近所常常体验到的。这小孩在的时候，在渥伦斯奇和安娜两人的心里都唤起这样一种心情，好比一个航海者由罗盘知道了他所急速航行的方向和正当的方向离得很远，但要停止进行却又非他力所能及，而且随时随刻都在载着他离得愈来愈远了，而要自己承认误入了歧途就等于承认自己灭亡了。

这小孩，抱着他对于人生的天真的见解，就好比是一个罗盘，向他们指示出，他们离开他们所明明知道但却不愿意知道的正当的方向有多么远了。[①]

渥伦斯奇和安娜在家里约会时，遇到安娜的儿子谢辽沙在场。这使三人都感到十分别扭。于是，作家将三人的别扭感受设置为小说场景中的议论话题，并从场景之外找来了两个修辞性叙事元素，一是用航海者比喻安娜与渥伦斯奇约会时见谢辽沙在场而产生异样的不可解的厌恶感；二是用指示航海方向的罗盘比喻谢辽沙见母亲安娜与渥伦斯奇在家里约会而产生的困惑感。值得注意的是，在航海者与罗盘的比喻性修辞中，作家不仅将其设置于故事层面上，借助于人物间议题修辞的方式生动而形象地叙述了渥伦斯奇和安娜的心理矛盾和内心困惑，而且也表现在话语层面上，对于渥伦斯奇与安娜毫无顾忌地在未成年人谢辽沙面前从事婚外恋约会的行径表达了隐含作者的质疑和指斥。

（2）全知视角的议题修辞式。例如，在小说《围城》中，作家通过全知叙述者的讲述方式交代方鸿渐的背景信息，讲到在回国邮轮的中国人里，只有苏小姐是旧相识时，小说写道：

在大学同学的时候，她（苏小姐）眼睛里未必有方鸿渐这小子。那时候苏小姐把自己的爱情看得太名贵了，不肯随便施与。现在呢，宛如做了好衣服，舍不得，锁在箱里，过一两年忽然发见这衣服的样子和花色都不时髦了，有些自怅自悔。[②]

方鸿渐与苏文纨都是留学生，并坐同一艘邮轮回国。在归国的邮轮上，苏小

① 列夫·托尔斯泰．安娜·卡列尼娜：上卷．北京：人民文学出版社，1978：271－272.
② 钱锺书．围城．北京：人民文学出版社，2015：10.

姐对方鸿渐已经有所倾心，表面上却故作矜持。当她看到方鸿渐忙着追求鲍小姐时，心里既有些失落的怅然，又含着不平的气愤。尤其是亲眼目睹鲍小姐跟方鸿渐在甲板上公然用各自嘴上衔着的香烟点烟时，更是气得身上发冷。于是，作家在全知叙述者的讲述中，用一种近似刻薄的嘲讽手法刻画了苏小姐对方鸿渐的复杂情感：如同做了好衣服，舍不得穿，过了一两年后要穿时，却发现没有原先那样时髦了，便感到有些怅然与后悔。读者能从全知叙述者修辞性讲述所描述的日常生活经验里，体验出苏小姐当时的情感纠结。

【本章概要】

本章是小说写作实训活动由设计小说情节进入撰写小说初稿的环节。所以，小说的叙述方式便成为专业小说写作者将面临的实操问题，也是小说写作的叙事学理论命题。

首先，本章从感官叙事的意义上定义小说的展示方式，提出了情景式、言说式和场景式三种具体方法，并举例分析作者如何创意性地运用这三种小说的展示方式。在情境式展示方式中，作者要像画家那样描绘小说中的场景，使读者能如同看一幅绘画作品那样阅读情景式展示；在言说式展示中，作者要像演员在舞台上表演那样叙述小说场景中人物的言行举止，使读者能如同观看舞台上的演员表演剧情一样欣赏言说式展示；在场景式展示中，作者要像“大影像师”用镜头拍摄影像故事那样描述小说场景、场面之间的切换，以及场景中人物之间的视角互动和交替。

其次，本章从观念叙事的角度界定小说的讲述方式，并从写作者的讲述与代理者的讲述、全知叙述者的讲述与人物的讲述，以及人物“我”的讲述与故事叙述者“我”的讲述三个方面，通过案例比较分析的方法论述了讲述是小说写作实训活动中不可或缺的叙述方式。第三人称小说中的全知叙述者的讲述和第一人称小说中的故事叙述者“我”的讲述，是小说叙述故事的两种重要方式，作者可以借助于这两种小说的讲述方式调控叙述小说故事的时空位置和叙事视野，进而控制小说的叙事节奏。

最后，本章提出了小说写作的第三种叙述方式，并将其命名为修饰方式。修饰方式并不是作者在撰写小说初稿时简单地使用讲述与展示的叙述方式，而是作者根据小说情节的需要将这两种叙述方式有所侧重地结合起来使用，构成一种同构互补的叙述方式，并从讲述性修饰与展示性修饰两个方面具体阐释了作者如何使用小说的修饰方式，用讲述方式修饰小说场景中的叙事展示，抑或用展示方式修饰小说情节中的叙事讲述。

【思考题】

1. 举例分析讲述与展示的区别。

2. 举例分析讲述与展示这两种类型的修饰方式。

3. 举例分析全知叙述者的讲述与人物的讲述，及其在小说叙述层面上的不同。

4. 举例分析人物“我”的讲述与故事叙述者“我”的讲述，及其在小说叙述层面上的不同。

【练习题】

1. 分别用展示方式或讲述方式撰写自己小说作品的开篇或结尾片段。

2. 用修饰方式撰写自己小说作品的高潮片段。

【推荐阅读】

1. 列夫·托尔斯泰．复活．南京：译林出版社，2019.

2. 金庸．神雕侠侣．西安：陕西人民出版社，1985.

第五章 如何配置小说人物的结构关系

塑造人物弧线是一门学问。

——拉里·布鲁克斯《故事工程：掌握成功写作的六大核心技能》

没有故事的文学作品就不是小说。当然，一部好的小说作品不只要讲好一个书面故事，还要塑造好故事中的人物（尤其是主人公）形象。假如作者一味沉迷于故事中离奇的事件和异域的场景，却没有注重在故事的事件和场景里塑造人物，特别是故事主人公，其结果很可能是，整部小说只是在叙述奇异或有趣的故事，不仅使小说的故事容易陷入表面化和雷同化的俗套，而且也难以表达小说作品的文学魅力，激发读者的叙事感悟和阅读记忆。

当然，通过故事写好故事事件中的人物，作者不仅要叙述主人公的行动及其行动背后的欲望、观念和态度，而且要用一种结构性叙事策略，在小说故事中配置不同的人物类型，为主人公配置小说人物结构，为主人公在故事事件的变化转折中设计人物弧线。因此，在小说写作实训活动中，作者如何通过配置小说人物的结构性关系，巧妙地设置主人公的人物弧线，是基础性叙事技术训练课题。

第一节　人物类型的不同搭配

在设计小说人物的时候，作者通常会有一些小说故事中的人物原型，尤其是小说主人公的人物原型。这些人物原型主要是作者从故事素材中发现的，也有一些是在现实生活中积累的，而更多的则是综合了故事素材与生活积累中的原型而形成的。因此，作者首先要考虑的是，如何在自己的小说故事中搭配不同的人物类型。

20 世纪 20 年代，英国作家福斯特提出了小说创作中的两种人物类型：扁平人物与圆形人物，扁平人物是类型人物，“其最纯粹的形式是基于单一的观念或品质塑造而成的；当其中包含的要素超过一种时，我们得到的就是一条趋向圆形的弧线了。真正的扁平人物可以用一句话来概括”[①]。也就是说，有些没有变化的人物，就成为扁平人物，而有些在小说情节的推进中发生了变异的人物，就由扁平人物演变为圆形人物。

在小说写作实训活动中，作者可以从三个维度训练人物结构关系，搭配小说

---

① E. M. 福斯特 . 小说面面观 . 北京：人民文学出版社，2009：57.

中不同的人物类型：一是依人物的习性特质配置扁平人物与圆形人物；二是依人物与情节的关系配置主要人物与次要人物；三是依人物与场景的关系配置控场人物与陪场人物等。

一、依人物的习性特质配置扁平人物与圆形人物

福斯特的研究表明，作者可以依人物的气质和性格把小说中的人物类型分为扁平人物与圆形人物。也就是说，扁平人物与圆形人物主要是从人物的习性特质上配置的人物类型。

虽然在一部故事较为复杂的小说作品中，扁平人物与圆形人物是两种互为补充的结构性人物类型，并且，作者塑造一个圆形人物往往要比扁平人物的难度更大，然而从小说写作流程上看，任何一个小说人物都是从扁平人物开始的，即使圆形人物也是从扁平人物中演化出来的。一方面，为了刻画人物的个性特质，作者往往首先会强调人物习性的某一方面，而使其习性的其他方面隐而不露；另一方面，小说中的圆形人物总是随情节的展开而变异，作者需要分步骤、分层次地展现圆形人物的变化和成长过程。因此，在塑造人物的时候，作者先要凸显人物习性的某一方面，只有当人物的习性因不同的遭遇而发生变化时，才会展示其原有习性的变化，进而使人物由扁平变为圆形。尽管小说中人物的习性特质并不一定会在小说情节的推进中发生质变，然而所有原有的习性发生变异的人物，最初总是呈现为单一习性特质的扁平人物形象。

1. 扁平人物

扁平人物是一种单纯气质或性格不变的人物类型，作者通常可用一个单词或单纯的观念加以概括，如傲慢、暴躁、自私、伪善、忠义等。作为人物类型，扁平人物并不随小说情节的发展而发生变异，因而又是一种静态人物。我们可以从气质与性格两个方面探讨作者如何设计扁平人物的习性特质。

（1）单一气质的扁平人物，是从人物身上与生俱来的单个习性特质来塑造的扁平形象。例如，在小说《水浒传》中，作家把李逵塑造成一个胆汁质类的扁平人物，其习性特质是暴躁鲁莽，率直好斗。小说中最能表现李逵的鲁莽莫过于第七十五回“黑旋风扯诏骂钦差”。当时，陈太尉等人受宋徽宗的钦差，来梁山泊宣读招安书。当萧让刚读完招安书时，李逵就从梁上跳下，扯碎了招安书。小说

写道：

萧让却才读罢，宋江已下皆有怒色。只见黑旋风李逵从梁上跳将下来，就萧让手里夺过诏书，扯的粉碎，便来揪住陈太尉，拽拳便打。此时宋江、卢俊义大横身抱住，那里肯放他下手。恰才解拆得开，李虞侯喝道："这厮是甚么人？敢如此大胆！"李逵正没寻人打处，劈头揪住李虞侯便打，喝道："写来的诏书是谁说的话？"张干办道："这是皇帝圣旨。"李逵道："你那皇帝正不知我这里众好汉，来招安老爷们，倒要做大！你的皇帝姓宋，我的哥哥也姓宋，你做得皇帝，偏我哥哥做不得皇帝！你莫要来闹犯着黑爷爷，好歹把你那写诏的官员尽都杀了！"众人都来解劝，把黑旋风推下堂去。①

李逵不顾宋江的面子，当众闹事，扯了皇帝的诏书，还要动手杀朝廷的钦差命官，李逵身上所具有的暴躁和鲁莽的性情刻画得淋漓尽致。因此，在小说《水浒传》的情节中，李逵从头到尾是一个草莽英雄式的扁平人物形象。

（2）性格不变的扁平人物，因凸显人物后天习得的文化习性特质而塑造的扁平形象。例如，小说《三国演义》中的关羽是一个以忠义为性格特征的人物形象。一方面，作家表现了他对刘备的忠心，自桃园三结义后，关羽就成了刘备的忠诚将领，小说第二十七回叙述关羽放弃了曹操给自己的汉寿侯官印，千里走单骑，途中过五关斩六将，投奔刘备；另一方面，作家又刻画了他对曹操的义气，赤壁之战后，诸葛亮派关羽伏击逃亡中的曹操，小说第五十回叙述关羽在华容道上演了一场义释曹操的戏。为了进一步凸显关羽对刘备的忠诚，在小说的第七十六回中，关羽败走麦城后，孙权的部队兵临城下，眼看麦城即将被攻克，然而关羽却丝毫没有投降的打算，并驳斥了前来劝降的诸葛瑾。作家写道：

关公正色而言曰："吾乃解良一武夫，蒙吾主以手足相待，安肯背义投敌国乎？城若破，有死而已。玉可碎而不可改其白，竹可焚而不可毁其节，身虽殒，名可垂于竹帛也。汝勿多言，速请出城，吾欲与孙权决一死战！"②

在小说的第七十七回又叙述了关羽被孙权手下擒获后，对着孙权严厉地训斥道："吾与刘皇叔桃园结义，誓扶汉室，岂与汝叛汉之贼为伍耶！我今误中奸计，

---

① 施耐庵，罗贯中．水浒传：下卷．2版．北京：人民文学出版社，2005：978.

② 罗贯中．三国演义．北京：人民文学出版社，1979：658－659.

有死而已，何必多言!”[①] 可见，关羽是一个非常注重忠诚与义气的人物，直到临死前依然如故。值得注意的是，为了彰显关羽的忠义性格，作家不仅刻画了关羽能因忠诚于友人而敌友分明，甚至视死如归，而且表现了关羽能因感恩于友人而超越了刘备与曹操之间的敌友界限，义释曹操。

2. 圆形人物

圆形人物是一种气质上混合或性格上变异的人物，作者往往难以用一个词或单纯的观念来概括。与扁平人物不同的是，圆形人物总是会随小说的情节变化而发生变异，由扁平人物变为圆形人物，或者圆形人物的观念、态度和性格发生质的变化，因而是一种动态人物。

（1）混合气质的圆形人物，作者把异质性的气质特点组合在同一个人物身上，使该人物的行为表现出不同的气质特性。

例如，小说《水浒传》中的鲁智深便是一个混合气质的圆形人物，包含了胆汁质的暴躁好斗与多血质的灵活应变。在小说第三回中，作家较为集中地刻画了鲁智深的混合气质，表现了其遇事粗中有细。鲁智深听说郑屠仗势欺人，非常愤怒，准备教训一下这个卖肉的镇关西。于是，鲁智深只身来到郑屠的肉铺，以买肉为名，当众戏弄郑屠，既杀了郑屠的威风，又故意激怒郑屠与自己打斗。接着，鲁智深将郑屠引到街上，当众质问郑屠，直到在场的人听到郑屠强骗良家女孩的霸道行径之后，鲁智深才动手打郑屠。但是，当鲁智深发现自己失手打死郑屠后，小说写道：

> 鲁达看时，只见郑屠挺在地上，口里只有出的气，没了入的气，动弹不得。鲁提辖假意道：“你这厮诈死，洒家再打!”只见面皮渐渐的变了。鲁达寻思道：“俺只指望痛打这厮一顿，不想三拳真个打死了他。洒家须吃官司，又没人送饭，不如及早撒开。”拔步便走，回头指着郑屠尸道：“你诈死，洒家和你慢慢理会!”一头骂，一头大踏步去了。街坊邻舍，并郑屠的火家，谁敢向前来拦他。[②]

发现郑屠已被自己打死，鲁智深担心自己会因杀人而被官府逮捕。但是，鲁智深表面上却佯装不知，边走边指着说郑屠诈死。虽然作家在小说中曾多次表现

---

① 罗贯中．三国演义．北京：人民文学出版社，1979：663.

② 施耐庵，罗贯中．水浒传：上卷．2版．北京：人民文学出版社，2005：50.

鲁智深性格中的暴躁和鲁莽，但这里却表现了鲁智深气质中灵活应变的一面。从这个意义上说，鲁智深是一个混合气质的圆形人物，既有胆汁质的暴躁好斗，又有多血质的灵活应变，因而组合了两种异质性的气质特点。

(2) 性格变异的圆形人物，作者通过人物性格的变化导致其由扁平人物变为圆形人物，或者表现为圆形人物的人生态度、价值观念等的变化。

例如，在严歌苓的小说《少女小渔》中，二十二岁的小渔为了能在悉尼取得合法的永久居住权，在男友的怂恿下，与六七十岁的意大利老头在移民局登记假结婚。作家通过小渔与意大利老头在同住期间的互相了解和感情沟通，表现了老头的性格变异。最初，老头贫困潦倒，嗜酒如命，甚至沾染了许多陋习，顺手牵羊、欺骗敲诈的事情时有发生。后来，在小渔搬来同住后，老头改变了自己身上的陋习。小说写道：

> 他（老头）仿佛真的在好好做人：再不捱门去拿邻居家的报看，也不再敲诈偶尔停车在他院外的人。他仍爱赤膊，但小渔回来，他马上找衣服穿。他仍把电视音量开得惊天动地，但小渔卧室灯一暗，他立刻将它拧得近乎哑然。一天小渔上班，见早晨安静的太阳里走着拎提琴的老人，自食其力使老人有了副安泰认真的神情和庄重的举止。①

作家叙述了意大利老头的性格发展——从贫困潦倒、嗜酒如命、满身陋习变为主动关心他人、注重礼节、自尊自爱，进而成功地塑造了一个在性格变异中改过自新的圆形人物形象。

3. 扁平人物的圆形化路径

如上所述，从小说写作流程上看，任何一个小说人物都是从扁平人物开始的，即使圆形人物也是从扁平人物中演化出来的。那么，选择什么样的路径表现小说中的人物由扁平变为圆形呢？笔者认为，作者可以从个人境遇的变化与人物关系的变化两个层面上选择人物圆形化的路径。前者是扁平人物的分层次圆形化，后者则是扁平人物的分角色圆形化。

(1) 扁平人物的分层次圆形化。作者依据人物所面对困境的变化和恶化，一步步地展示人物的性格变异。正如麦基所言："人物性格真相在处于压力之下做

---

① 严歌苓．少女小渔．西安：陕西师范大学出版社，2013：18.

出的选择时得到揭示——压力越大，揭示越深，其选择便越真实地体现了人物的本性。”① 剧作与小说的文体特质虽有不同，然而两者都依赖于人物的行动叙述故事，都要为故事配置扁平人物或圆形人物。所以，麦基提出的银幕剧作人物的设计原理同样也适合小说人物的创意设计。也就是说，为了将小说主人公塑造成圆形人物，展示其情感和灵魂深处的本性，最好的办法是把主人公置于不断恶化的困境之中，使他在不断加大的压力下选择并调整行动方向，改变原有的观念、态度乃至性格，进而逐步展示主人公由扁平人物向圆形人物的发展轨迹。

例如，林冲是小说《水浒传》的主要人物，从第六回至第十一回，作家主要通过以下四个叙事序列表现林冲的性格由扁平变为圆形的过程：

第一，因调戏自己妻子的人是高太尉的干儿子，林冲只得忍屈受辱、息事宁人。当时，林冲与鲁智深在相国寺的槐树下正席地交谈，突然有人来报，林冲的妻子在岳庙与人吵架。林冲立刻赶到岳庙，见一后生在光天化日之下调戏自己的妻子，非常恼火，刚要用拳头教训那后生时，却发现那人是高俅的干儿子高衙内，于是便“先自手软了”，并劝鲁智深不要动武，理由是高太尉是自己的上司，所谓“不怕官，只怕管”。

第二，因高衙内与陆虞候串通试图再次调戏自己的妻子，林冲怒砸陆虞候的家。高衙内与奸臣陆虞候谋划奸计后，先由陆虞候去林冲家，当着林冲妻子的面约林冲出门喝酒。随后，高衙内差人谎说林冲在陆虞候家喝酒时昏倒在地上，将林冲妻子骗至陆虞候家，妄图再次实施调戏。林冲闻讯后即刻赶到现场，见高衙内已跳窗逃离，就怒砸陆虞候的家。

第三，因高俅陷害，林冲误入白虎堂而被判刑刺配沧州道，差役奉命要在押解途中害死林冲，而林冲劝说前来营救自己的鲁智深放过两个差役的性命。高俅得知自己的干儿子因没有得到林冲的老婆而犯了大病，便与陆虞候等设计陷害林冲。先是差人谎称高太尉要买林冲的宝刀，骗林冲持刀误入商议军机的白虎堂，高俅以刺杀太尉之罪将林冲当场抓捕，刺配沧州道。得知官府派两名押解林冲的差役是董超和薛霸后，陆虞候便代高太尉亲自出面，用十两金子贿赂两差役，并吩咐两人找一个僻静处了结林冲的性命。来到野猪林时，林冲发现两差役想用棍子打死自己，便向差役告饶道：“我与你二位往日无仇，近日无冤，你二位如何

---

① 罗伯特·麦基．故事——材质、结构、风格和银幕剧作的原理．天津：天津人民出版社，2016：99.

救得小人，生死不忘。”薛霸不由分说，举起水火棍就向林冲的脑袋劈去。躲在树林后的鲁智深跳了出来，挥起铁禅杖来解救林冲。林冲劝阻鲁智深放过两差役的性命，因为是高太尉派陆虞候吩咐两差役要害死自己。

第四，高俅指使陆虞候等人用火烧草料场的方式害死林冲，林冲被逼无奈，杀死了陆虞候等人后投奔梁山。林冲发配沧州道之后，被安置在牢城的军营内看管草料场。因大风雪将草料场的茅舍压塌了，林冲只好到附近的山神庙过夜。不料，半夜里草料场燃起了大火，林冲发现是高俅指使陆虞候等人火烧草料场，想害死自己。盛怒之下，林冲拔刀将陆虞候等三个刺客一起杀死。小说的第十一回“雪夜上梁山”，作家叙述了林冲在柴进的帮助下投奔梁山。

由此可见，从小说的第六回至第十一回的六个章回篇幅中，作家叙述了林冲的性格如何从扁平人物开始逐步地演变为圆形人物的轨迹。从自己的妻子遭高太尉的干儿子调戏，林冲只得忍屈受辱、息事宁人开始，到最后，高俅指使陆虞候等人试图用火烧草料场的方式害死林冲，林冲被逼无奈，杀死了陆虞候等人后投奔梁山。林冲的困境一步步加深，他的性格也随之逐步变化，最终投奔梁山，由北宋朝廷的官员变为推翻北宋王朝的起义者。

（2）扁平人物的分角色圆形化。如果说分层次圆形化是小说人物因个人境遇的逐步变化而导致其由扁平人物变为圆形人物的，那么，分角色圆形化则是在小说人物与不同角色的关系中设置人物的圆形化轨迹，因而是通过小说人物的结构性关系来设置的圆形人物。

例如，在小说《简·爱》中，夏洛蒂·勃朗特为简·爱与罗切斯特设置了两个不同的角色圆形化路径。

第一，简·爱是在与其舅妈里德太太这个次要人物的关系中完成其性格上的圆形化的。简·爱从小养成了叛逆反抗的性格，原因是简·爱寄养在舅妈家时，里德太太偏护自己的子女，歧视和虐待简·爱。然而瘦弱的简·爱并不屈服，并敢于跟骄横残暴的表哥约翰抗争扭打，甚至指责冷酷护短的舅妈：“你以为你是好人，可是你坏，你狠心。”但是，在小说的第二十一章，作家却叙述了成年后的简·爱消除了对里德太太的旧怨夙仇。简·爱得知里德太太病重后，就独自赶了一百英里的路前去探望。当简·爱走进那间熟悉的房间时，就想到这是自己小时候经常受罚或挨骂的地方。透过昏暗中的灯光，简·爱看到屋里有一张过去曾使自己上百次罚跪的凳子，想着过去曾使自己非常害怕的鞭子。简·爱走近大床，拉开帐子，弯下身去细看里德太太，小说写道：

> 我清清楚楚地记得里德太太的脸，我急切地寻找那熟悉的形象。时间平息了复仇的渴望，压下了愤怒和厌恶的冲动，这是件快乐的事。我在痛苦和憎恨中离开了这个女人，现在我回来时的心情，却只是同情她的极大病痛，强烈渴望忘却和原谅一切伤害——强烈渴望和好，并在亲善中握手。①

在小说中，里德太太是个扁平类的次要人物，而作家借助于简·爱与里德太太之间的两段人生经历，叙述了简·爱在寄养舅妈家时养成的叛逆与反抗的性格，以及简·爱长大成人后在探望病中的里德太太时所表现出的同情和宽容。因此，简·爱性格的变化是通过她与小说中次要人物的关系完成的。

第二，罗切斯特是通过与主要人物简·爱的关系实现其性格上的圆形化的。作家主要通过以下四个叙事序列设置罗切斯特的圆形化路径：

首先，与简·爱初次谈话时，罗切斯特表现出严厉而易怒的扁平性格。小说的第十三章中，人物“我”（简·爱）在与罗切斯特的第一次交谈中发现，罗切斯特有着严厉而易怒的性格。

其次，罗切斯特开始改变严厉的态度，并认同简·爱的观点。小说的第十四章中，罗切斯特在与简·爱话语交锋时，先为自己的严厉态度寻找理由，一是自己的年纪大和经历广；二是自己是雇佣简·爱的主人。但都遭到简·爱的否定。接着，简·爱巧妙地答道，如果罗切斯特忘掉雇佣关系而在关心下属时撒点威风，或者表现为一种不拘礼节的态度，自己是能够接受的。于是，罗切斯特表示同意并赞赏简·爱的回答，甚至检讨起自己的过失，及其对他人过于苛刻。

再次，罗切斯特从赞赏到信任简·爱，并开始改变其严厉而易怒的性格。小说的第十五章，罗切斯特向简·爱谈起自己过去的隐私，并承认简·爱能使自己振作起来。

最后，罗切斯特在向简·爱的求婚态度中表现出温和而柔情的一面，并最终改变其单一的严厉而易怒的性格，变成圆形人物。小说的第二十三章中，当时，罗切斯特向简·爱说，自己一个月以后如果当上新郎的话，就要为简·爱找个新的职位和住所。简·爱误以为罗切斯特要娶英格拉姆小姐，就说自己将会离开罗切斯特，去爱尔兰。当罗切斯特问简·爱，离开桑菲尔德是否觉得难受时，简·

---

① 夏洛蒂·勃朗特．简·爱．上海：上海译文出版社，1980：230.

爱坦诚地表白，自己确实喜欢上了桑菲尔德，也喜欢上了罗切斯特。于是，罗切斯特告诉简·爱，英格拉姆小姐并不是自己的新娘，并要求简·爱不要离开自己。简·爱感到罗切斯特虽也喜欢自己，却没能向自己亲口表白，因而恼怒地说道：

> 你以为，因为我穷、低微、不美、矮小，我就没有灵魂没有心吗？你想错了！——我的灵魂跟你的一样，我的心也跟你的完全一样！要是上帝赐予我一点美和一点财富，我就要让你感到难以离开我，就像我现在难以离开你一样。我现在跟你说话，并不是通过习俗、惯例，甚至不是通过凡人的肉体——而是我的精神在同你的精神说话；就像两个都经过了坟墓，我们站在上帝跟前，是平等的——因为我们是平等的！[①]

简·爱的话终于使罗切斯特放下长者的威严和易怒的习性，温柔而恳切地向简·爱求婚。因此，作家是通过简·爱与罗切斯特的矛盾冲突路径，叙述罗切斯特的性格如何由单一的严厉易怒变为温和柔情，进而在异质性的性格要素中构成圆形人物。值得注意的是，在小说《简·爱》中，夏洛蒂·勃朗特采取了分角色的人物圆形化路径，不仅表现出小说主要人物性格的两种圆形化路径，而且也为罗切斯特能爱上自己雇佣的家庭女教师简·爱提供了叙事条件。可以说，罗切斯特是在与简·爱的交往中改变了粗暴易怒的习性，也从简·爱那里学到了尊重他人和平等待人的处世原则。所以，他会爱上简·爱。

二、依人物与情节的关系配置主要人物与次要人物

从人物与小说情节的关系上，人物类型可以分为主要人物与次要人物。主要人物是主要情节线索上的人物，直接控制并推进小说情节的发展方向，而次要人物则是从属性的人物，通常是间接地调控小说情节的演变方向。因此，作者往往会更多地关注主要人物在小说情节中的作用。其实，小说中的次要人物也有着不可忽视的叙事功能。

我们将从次要人物的叙事功能上，探讨作者如何从人物与情节的关系上配置主要人物与次要人物。

---

① 夏洛蒂·勃朗特. 简·爱. 上海：上海译文出版社，1980：330.

1. 用次要人物衬托主要人物的性格特征

作者通过次要人物衬托主要人物的性格，进而发挥次要人物在小说情节中独特的叙事功能。

例如，在小说《红楼梦》中，曹雪芹设置了次要人物贾瑞，其在小说情节上的主要叙事功能便是为了刻画主要人物王熙凤的手段毒辣和善于谋划的性格。在小说的第十一回中，王熙凤吃完了贾敬的寿酒后，正由宁国府回荣国府，途经园子时却撞见了从假山后走出来的贾瑞。王熙凤从贾瑞的言谈神色中发现他对自己起了淫心，于是就有了设计害死贾瑞的想法，暗自说道："他果如此，几时叫他死在我手里，他才知道我的手段!"[①] 接着，王熙凤谋划了以下两次毒计：

（1）王熙凤哄骗贾瑞当天夜晚在荣国府的西边穿堂见面。结果是，贾瑞在寒冷刺骨的冬夜露宿待了一整夜，却不见王熙凤的身影，回家后还挨了祖父贾代儒的三四十大板。

（2）王熙凤指使贾蓉和贾蔷以勾引琏二奶奶为名，敲诈贾瑞写下一张五十两银子的借条，甚至用一桶尿粪浇了贾瑞一头一身，贾瑞逃回家后就病倒了。不久，贾瑞看着从道士手里接过的一面镜子，神志恍惚中走进镜子与王熙凤交欢，结果精尽人亡。

由此可见，作家将二十多岁的单身汉贾瑞设置成一个淫荡之徒，其在小说情节上的叙事功能便是揭示王熙凤性格中毒辣而善谋的特征。所以，作家在小说情节上叙述了王熙凤两次设局害死贾瑞的叙事序列。

2. 用次要人物的行动改变或制约主要人物间的关系

为了给主要人物之间制造矛盾或猜疑，作者通常会通过作为当事人的主要人物加以直接表现，但有时也可以由局外人的次要人物来间接地表现。并且，用次要人物的行动改变或制约主要人物间的关系，既能使主要人物之间的关系显得扑朔迷离，也会在小说情节上造成意想不到的戏剧性效果。

例如，在金庸的小说《神雕侠侣》中，全真教的尹志平是个次要人物。但是，作家却通过尹志平玷污小龙女的事件，在主要人物杨过与小龙女之间的关系上造成两方面的重要影响：

---

① 曹雪芹，高鹗．红楼梦：上卷．北京：人民文学出版社，2000：120.

（1）为师徒分手制造机会。在小说的第七回中，小龙女遭尹志平玷污，却误以为是杨过所为。小龙女见杨过装傻而不理会自己的暗示，就愤然割断师徒之情，与杨过分手。

（2）为小龙女与杨过的婚姻制造障碍。在小说的第十四回中，庆功宴上，小龙女当众宣布两人将结为夫妻，引得在座的众人大为震惊。但是，两人并没有随后就筹办婚礼，因为小龙女心里还对杨过心存阴影。直到小说的第二十四回，小龙女在襄阳郭府偷听到尹志平和赵志敬之间的谈话，才知道自己曾是被尹志平玷污的，并解开了因误会杨过而心存的阴影。最终，小龙女与杨过在重阳宫举行了拜天地的婚礼仪式。

值得注意的是，在处理小龙女与尹志平的关系时，作家并没有简单地将尹志平设定为反面型次要人物，而是为尹志平设置了一个舍身救小龙女的场景。当时，在重阳宫的后玉虚洞，蒙古武士、尹志平等全真教道士和小龙女等打成一片。正当蒙古武士金轮法王右手挥着金轮向小龙女砸去时，尹志平奋不顾身地扑了上去，用自己的背脊硬挡了金轮，结果是背遭金轮砸，胸中剑刺，小说写道：

> 尹志平命在垂危，忽然听到这“你何苦如此”五字，不禁大喜若狂，说道：“龙姑娘，我实……实在对你不起，罪不容诛，你……你原谅了我么？”
>
> 小龙女又是一怔，想起在襄阳郭府中听到他和赵志敬的说话，一个念头在脑子中闪过：“过儿对我如此深情，又曾立誓决不会变心。但他忽然决意和郭姑娘成亲，弃我如遗，了无顾惜，定是知悉了我曾受这厮所污。”她心思单纯，虽然一路跟踪尹赵二道，却从未想到此事，这时猛地给尹志平一言提醒，心中的怜悯立时转为憎恨，愤怒之情却比先前又增了几分，一咬牙，右手长剑随即往他胸口刺落。只是她生平未杀过人，虽然满腔悲愤，这一剑刺到他胸口，竟然刺不下去。①

虽然尹志平舍身救小龙女的事件一定程度上削弱了尹志平的负面形象，然而却并不改变作家的人物配置意图。在小说的第十四回的庆功宴上，小龙女尽管当众宣布了自己与杨过将结为夫妻，却迟迟没有兑现。只有当小龙女发现自己曾是遭尹志平玷污之后，才解开了因误会杨过而在内心深处留下的心结，正式与杨过进入婚姻的殿堂。从这个意义上说，次要人物尹志平玷污小龙女的事件，不只是

① 金庸．神雕侠侣．西安：陕西人民出版社，1985：967.

改变了主要人物小龙女与杨过的师徒关系，而且也阻碍了两人的婚姻关系，是埋伏在两人婚姻情节线上的绊脚石。

三、依人物与场景的关系配置控场人物与陪场人物

从人物与小说场景的关系上，人物类型可以分为控场人物与陪场人物。控场人物是场景中的主导人物，引导场景中人物关系的变化，以及情节发展的方向，而陪场人物则是场景中的陪衬人物，配合控场人物制造场景的氛围，或者协助控场人物推进场景中的情节发展。

我们可以从矛盾的激发、视角的统领、话语的主导和氛围的把控四个方面，探讨作者应如何设置控场人物与陪场人物的关系。

1. 在矛盾的激发上，控场人物引发和操控人物间矛盾的产生与展开，陪场人物则延缓和释解矛盾

在用人物矛盾设置小说场景中的戏剧性冲突时，作者总是会用控场人物来引发和激化矛盾，而陪场人物则缓和或消解矛盾。

例如，在小说《项链》中，莫泊桑在借项链的情节环节中设置了一个定做一件舞会礼服的情节单位。对此，我们曾从作者如何设置情节单位的叙事动力的角度做过分析。其实，在这个由六个叙事序列构成的情节单位中，作家采用了戏剧性矛盾的方式来配置控场人物与陪场人物的关系。

(1) 玛蒂尔德引发矛盾——玛蒂尔德的丈夫把舞会请柬拿回家，满脸得意地请玛蒂尔德去参加舞会，但玛蒂尔德却赌气地把舞会请柬往桌上一丢说：我要这个干什么。

(2) 玛蒂尔德的丈夫延缓矛盾——玛蒂尔德的丈夫不理解妻子的态度，想到自己好不容易才弄到舞会请柬，所以尽力劝妻子参加舞会。

(3) 玛蒂尔德激化矛盾——玛蒂尔德不耐烦地诘问丈夫：你想想，我穿什么去？暗示她没有一件像样的舞会礼服去参加舞会。

(4) 玛蒂尔德的丈夫再次延缓矛盾——玛蒂尔德的丈夫还是没能理会妻子的暗示，却惊讶而慌张地询问起妻子：你怎么啦？

(5) 玛蒂尔德再次激化矛盾——直到发现玛蒂尔德哭了，玛蒂尔德的丈夫这才发现了妻子的用意。

（6）玛蒂尔德的丈夫解决矛盾——玛蒂尔德的丈夫表示将自己积攒下来准备买一支猎枪的钱拿出来，为妻子做一套舞会礼服。

因此，在定做舞会礼服的场景中，玛蒂尔德是控场人物，直接引发矛盾，推动情节，而她的丈夫则是陪场人物，缓解和解决妻子因没有像样的舞会礼服去参加舞会的矛盾。值得注意的是，作家通过控场人物与陪场人物的方式，深入而细腻地表现了控场人物玛蒂尔德爱美虚荣的欲望，以及为追求其欲望而表现出来的努力，并最终赢得其丈夫的理解和支持，从而消除了实现欲望的障碍。

2. 在视角的统领上，控场人物主导小说场景中的叙事视角，陪场人物则衬托和依附控场人物的视角

在用叙事视角设置小说场景中的人物关系时，作者总是会用控场人物的叙事视角来引领和归结小说场景中的叙事视角，而陪场人物的叙事视角则总是处于衬托和依附的境地。

例如，在小说《围城》中，方鸿渐回沪后第一次拜访苏文纨的家。当时，方鸿渐、苏小姐的表妹唐晓芙、新闻社编辑赵辛楣初次见面。作家先让赵辛楣向方鸿渐发难。听说方鸿渐在国外学的是哲学，小说写道：

> 赵辛楣喉咙里干笑道："从我们干实际工作的人的眼光看来，学哲学跟什么都不学全没两样。"
>
> "那么得赶快找个眼科医生，把眼光验一下；会这样看东西的眼睛，一定有毛病。"方鸿渐为掩饰斗口的痕迹，有意哈哈大笑。赵辛楣以为他讲了俏皮话而自鸣得意，一时想不出回答，只好狠命抽烟。苏小姐忍住笑，有点不安。只唐小姐云端里看厮杀似的，悠远淡漠地笑着。鸿渐忽然明白，这姓赵的对自己无礼，是在吃醋，当自己是他的情敌。苏小姐忽然改口不叫"方先生"而叫"鸿渐"，也像有意要姓赵的知道她跟自己的亲密。想来这是一切女人最可夸傲的时候，看两个男人为她争斗。自己何苦空做冤家，让赵辛楣去爱苏小姐得了！苏小姐不知道方鸿渐这种打算；她喜欢赵方二人斗法比武抢自己，但是她担心交战得太猛烈，顷刻就分胜负，二人只剩一人，自己身边就不热闹了。她更担心败走的偏是方鸿渐；她要借赵辛楣来激发方鸿渐的勇气，可是方鸿渐也许像这几天报上战事消息所说的，"保持实力，作战

略上的撤退。”①

虽然苏文纨是此次聚会的主人，并且谈话的矛盾是由赵辛楣引起的，但是，在叙述这个场景的过程中，作家从主人公方鸿渐的叙事视角开始，最后又落到了他的视角。因此，小说通过叙事视角的统领方式，用方鸿渐的视角来表现场景中人物之间的矛盾关系，进而引导情节的变化。

3. 在话语的主导上，控场人物因掌控话题而拥有场景中的主导地位，陪场人物则顺从控场人物的话语

当人物在小说场景中议论话题时，作者通常会使控场人物主导议论话题的话语权，而使陪场人物依从或顺应议论话题的走向。

例如，在小说《红楼梦》的第八回中，作家设置了一个宝玉、黛玉拜访宝钗母亲住处的场景。在这个场景中，人物有宝钗、宝钗的母亲“薛姨妈”、宝玉、宝玉的奶妈“李嬷嬷”，以及后到的黛玉、雪雁等。无论从辈分还是年龄上讲，黛玉都是薛姨妈的晚辈，即使从场景的主客身份上看，黛玉也是个来访的客人，而薛姨妈则是场景中的主人。然而作家却通过驾驭人物议论话题的方式，把黛玉设置成一个控场人物，而宝钗母女等场景中的其他人都扮演了陪场人物的角色。我们至少可以从以下三个层面上分析黛玉的控场策略：

（1）在拜访方式的话题上，黛玉用以客代主的方式拥有话语的主导权。黛玉刚进宝钗母女的屋子，发现宝玉也在场，就酸溜溜地说：早知宝玉来，自己就不来了。宝钗先是不解，黛玉便答道：如果大家天天错开着来，就不至于一天太冷落，一天太热闹。末了，黛玉反问宝钗为何不解自己的话语。于是，在黛玉刚进入场景时，作家就通过黛玉在拜访方式话题上压过宝钗而初步取得场景内的话语主导地位。

（2）在送小手炉的话题上，黛玉用借题发挥的方式取得话语的主控权。当宝玉提出自己想要在薛姨妈家喝酒时，薛姨妈就要宝玉热了再喝，并说了一番道理，宝玉只好命人暖酒。黛玉见薛姨妈教导宝玉，一时却插不上话。这时刚巧雪雁给黛玉送来小手炉，黛玉便乘机借题发挥，当众责怪雪雁把紫鹃叫她送小手炉的话当圣旨，而将自己平日说的话全当耳边风。宝玉听这话，知是黛玉借此奚落自己，只好嘻笑处之；宝钗素知黛玉的脾气，也不去理睬。而薛姨妈听后，诘问

---

① 钱锺书．围城．北京：人民文学出版社，2015：43－44．

起黛玉，难道紫鹃她们记挂你的身子不好吗？不料，黛玉却笑着反唇相讥道：到薛姨妈家里，还要人从自己的家里送个手炉来吗？如果被别人看到了，以为薛姨妈家里连个手炉也没有，或者把黛玉当作是轻狂惯了。这样，黛玉通过借题发挥，使长辈的薛姨妈也无语应答，在小说场景中又一次赢得了话语权。

（3）在宝玉喝酒的话题上，黛玉用离间的方式赢得话语的制导权。当宝玉喝了三杯酒以后，一旁的李嬷嬷便上来拦阻，宝玉只好放下手中的酒，心中大不自在。李嬷嬷见黛玉出面为宝玉说话，就想让黛玉劝宝玉不要续杯了，不料黛玉冷笑着说道：

> “我为什么助着他？我也不犯着劝他。你这妈妈，也太小心了。往常老太太又给他酒吃，如今在姨妈这里多吃一口，料也不妨事。必定姨妈这里是外人，不当在这里的也未可知。”李嬷嬷听了，又是急，又是笑，说道：“真真这林姐儿说出一句话来，比刀子还尖。你这算了什么！”宝钗也忍不住笑着，把黛玉腮上一拧，说道：“真真这个颦丫头的一张嘴，叫人恨又不是，喜欢又不是。”薛姨妈一面笑着，又说：“别怕，别怕，我的儿！来了这里，没好的你吃，别把这点子东西吓的存在心里，倒叫我不安。只管放心吃，都有我呢！越发吃了晚饭去。便醉了，就跟着我睡。”因命：“再热酒来。——姨妈陪你吃两杯，可就吃饭罢。”宝玉听了，方又鼓起兴来。①

李嬷嬷是宝玉的乳母，在贾府的女仆中有着独特的地位。所以，由她出面劝阻宝玉不要喝太多的酒，也是情理中的事情。然而黛玉却用离间计来挑起薛姨妈与李嬷嬷之间的矛盾，唤起薛姨妈作为一家之主的尊严，进而反击李嬷嬷搬出贾政的权威性，最终，薛姨妈主动提出自己陪宝玉再喝几杯酒。至此，黛玉完全操控了小说场景中的话语主导权。值得注意的是，在这个场景中，作家通过黛玉与宝钗、薛姨妈和李嬷嬷的话语交锋，一步一步地占据人物间不同议论话题的上风，并使场景中身为长辈和住家主人的薛姨妈甘拜下风，进而生动有序地刻画了黛玉的机智善辩，以及巧于掌控局面的谋略。

4. 在氛围的把控上，控场人物策划或制造场景中的搞笑事件，而陪场人物则扮演搞笑的对象，或者充当笑柄

在一些搞笑的场景中，作家往往通过控场人物策划或制造搞笑事件与陪场人

---

① 曹雪芹，高鹗．红楼梦：上卷．北京：人民文学出版社，2000：91-92.

物充当笑柄来配置人物关系。虽然令人可笑或遭人嘲弄的人物未必一定是小说故事中的次要人物，也未必一定是陪场人物，然而作者往往会从喜剧性氛围的把控上配置控场人物与陪场人物。其中，控场人物是喜剧性氛围的策划和掌控者，而陪场人物则处于被动和从属的位置。

例如，在小说《红楼梦》第四十回中，刘姥姥在餐桌上闹的笑话就是由王熙凤与鸳鸯两人策划制造的。当时，刘姥姥按贾母的吩咐，跟着鸳鸯来到贾母身边坐下。鸳鸯故意把一双象牙镶金的筷子递给刘姥姥，王熙凤又拣了一碗鸽子蛋，放在刘姥姥桌上。当刘姥姥见贾母示意用餐后，刘姥姥便站起身来，高声说道："老刘，老刘，食量大似牛，吃个老母猪不抬头。"小说接着写道：

> 众人先是发怔，后来一听，上上下下都哈哈大笑起来。史湘云支撑不住，一口饭都喷了出来。林黛玉笑岔了气，伏着桌子嗳哟。宝玉早滚到贾母怀里，贾母笑的搂着宝玉叫"心肝"。王夫人笑的用手指着凤姐儿，只说不出话来。薛姨妈也掌不住，口里茶喷了探春一裙子。探春手里的饭碗都合在迎春的身上。惜春离了坐位，拉着他奶姆，叫揉一揉肠子。地下的无一个不弯腰屈背，也有躲出去蹲着笑去的，也有忍着笑上来替他姊妹换衣裳的。独有凤姐鸳鸯二人掌着，还只管让刘姥姥。刘姥姥拿起箸来，只觉不听使，又说道："这里的鸡儿也俊，下的蛋也小巧。乖俊的，我且肏攮一个。"众人方住了笑，听见这话，又笑起来。贾母笑的眼泪出来，琥珀在后捶着。贾母笑道："这定是凤丫头促狭鬼儿闹得，快别信他的话了，"那刘姥姥正夸鸡蛋小巧，要肏攮一个。凤姐儿笑道："一两银子一个呢，你快尝尝罢。那冷了就不好吃了。"刘姥姥便伸箸子要夹，那里夹的起来。满碗里闹了一阵，好容易撮起一个来，才伸着脖子要吃，偏又滑下来，滚在地上。忙放下箸子，要亲自去捡，早有地下的人捡了出去了。刘姥姥叹道："一两银子，也没听见响声儿就没了。"众人已没心吃饭，都看着他取笑。①

在这个场景中，贾母虽然是宴席的主人，但实际的控场人物却是王熙凤和鸳鸯，刘姥姥则扮演了陪场人物的角色。虽然小说场景中的喜剧性氛围是由刘姥姥的笑话言行所引起的，然而却是由王熙凤和丫鬟鸳鸯策划挑起的。从这个意义上说，作家通过控场人物（王熙凤和丫鬟鸳鸯）策划制造搞笑事件和陪场人物（刘姥姥）

---

① 曹雪芹，高鹗．红楼梦：上卷．北京：人民文学出版社，2000：429.

充当搞笑对象的方式，在小说《红楼梦》中设置了一个屈指可数的搞笑场景。

第二节 为主人公配置相关的角色

在设计小说人物时，作者既要为小说故事搭配不同类型的人物，进而建立起各具特征而又形象生动的人物系列，又要为故事中的人物系列配置结构性关系，并寻找到能够统领小说人物关系的“人物核”。美国学者麦基曾指出：“从本质上而言，是主人公创造了其他人物。其他所有人物之所以能在故事中出现，首先是因为他们与主人公的关系以及他们每一个人在帮助刻画主人公的复杂性格维方面所起的作用。”① 虽然麦基说的是银幕剧作中的人物配置原理，但它同样适用于小说写作中的人物配置。也就是说，小说故事主人公往往是支配小说人物关系的人物核，作者可以根据主人公来配置小说故事中的相关角色。

其实，传统的叙事学理论研究界也十分关注故事中的人物关系问题。俄国学者普洛普提出童话故事中的七种人物类型：加害者、提供者、相助者、要找的人物、派遣者、主人公和假冒主人公者②。法国学者格雷马斯概括出三组六类小说人物：第一组是主体（主人公）与客体（对象）；第二组是施动者（授者）与受动者（受者）；第三组是帮助者（助手）与阻挠者（对手）③。

在小说写作实训活动中，作者不仅需要为故事主人公配置不同类型的人物，而且应该从主人公的欲望取向、主人公行为的施受取向、人物与主人公的利害关系三个方面为主人公配置相关的角色，进而使围绕在小说故事主人公周围的人物群像构成一种多个取向的结构图式。

一、根据主人公的欲望取向配置小说中人物的结构性关系

大家知道，一个人的欲望总是涉及主客体两个方面。所以，格雷马斯把小说

---

① 罗伯特·麦基．故事——材质、结构、风格和银幕剧作的原理．北京：中国电影出版社，2001：445.

② 弗拉基米尔·雅可夫列维奇·普洛普．故事形态学．北京：中华书局，2006：73－74.

③ A.J. 格雷马斯．结构语义学．天津：百花文艺出版社，2001：257－262.

中的第一组功能性的人物类型分为主体（主人公）与客体（对象）。其中，人物欲望的主体是指人物的主观意向，包括人物的行为动机、行为态度、价值取向等，而人物欲望的客体则是人物欲望的指涉对象，即人物的行动目标。这个行动目标既可以是人物，也可以是其他东西，诸如金钱、名誉、地位等。当主人公的欲望对象设定为人物时，作者就要考虑如何为主人公的欲望目标配置小说人物的结构关系。

例如，宝玉是小说《红楼梦》中的主人公，作家便是从情爱欲望的对象上为宝玉配置了众多年轻貌美的女性人物形象，以至于构成了一个围绕着宝玉而形成的人物关系结构。笔者认为，作家主要通过以下三种情爱欲望目标的模式，为宝玉配置了众多年轻貌美的女性人物。

1. 性欲模式

性欲模式，是一种意指性欲对象的情爱欲望。在小说的第五和第六回中，作家为宝玉的性欲客体配置了两个对象，一个是秦可卿，另一个是袭人。但是，小说采取了不同的方式叙述宝玉与两人的欢好。宝玉与秦可卿的性爱行为发生在梦境之中，小说叙述宝玉睡在秦可卿的床上，刚合上眼，就恍恍惚惚地进入梦境。当宝玉游历完太虚幻境，又听了境幻仙姑的“意淫”之说之后，小说写道：

> （境幻仙姑）便秘授以云雨之事。于是推宝玉入房，将门掩上自去。那宝玉恍恍惚惚，依警幻所嘱之言，未免有儿女之事，也难以尽述。至次日便柔情缱绻，软语温存，与可卿难解难分。①

而宝玉与袭人的性欲行为则发生在现实之中，作家叙述宝玉将自己神游太虚幻境的故事向袭人细说之后，小说写道：

> 宝玉亦素喜袭人柔媚姣俏，遂强拉袭人同领警幻所训之事，袭人自知贾母曾将他给了宝玉，也无可推托的，扭捏了半日，无奈何，只得和宝玉温存了一番。②

因此，秦可卿与袭人是宝玉一生中最初的两个性欲客体，前者是宝玉梦中的性欲对象，后者则是宝玉现实生活中的性欲对象。

---

① 曹雪芹，高鹗．红楼梦：上卷．北京：人民文学出版社，2000：59-60.

② 同①61.

2. 情欲模式

情欲模式，是一种意指儿女私情和红颜知己的情爱欲望。在小说《红楼梦》中，围绕着宝玉的异性情欲对象中，既有晴雯、金钏儿等作为儿女私情对象，也有紫鹃等作为红颜知己对象。小说通过具体的细节刻画和精彩的场景展示，生动而逼真地叙述了宝玉与这些少女的情欲故事。

（1）宝玉与晴雯的儿女私情。在小说的第三十一回“撕扇子作千金一笑”中，作家叙述了宝玉如何为博得晴雯一笑而许可并鼓动晴雯撕扇子的场景，鲜活地表现了宝玉能接纳身为丫鬟的晴雯在自己面前的率性怪癖，而在小说的第五十二回中，又叙述了晴雯给宝玉缝补外套而强忍病痛，从夜晚一直缝补到凌晨四点的场景，生动地展示了晴雯与宝玉之间的真挚情义。

在小说的第七十七回中，晴雯被王夫人逐出大观园之后，宝玉偷偷地前往探病，两人的儿女私情表露得入木三分。当宝玉问起晴雯还有什么话要对自己说时，小说写道：

> 晴雯呜咽道：“有什么可说的。不过是挨一刻是一刻，挨一日是一日。我已知横竖不过三五日的光景就好回去了。只是一件，我死也不甘心的：我虽生得比人略好些，并没有私情密意，勾引你怎样，如何一口死咬定了我是狐狸精！我太不服。今日既已担了虚名，而且临死，不是我说一句后悔的话，早知如此，我当日也另有个道理。不料痴心傻意，只说大家横竖是在一处。不想平空里生出这一节话来，有冤无处诉。”①

虽然一个是贾府的少爷、贾母的掌上明珠，而另一个却是少爷的丫鬟，并被王夫人视作“狐狸精”而撵出大观园，但是，两人却能在各自的身份和地位之外建立起真挚的儿女私情。晴雯说的是自己在大观园没有干过见不得人的事情，却在后悔和冤屈的言辞中透露出对宝玉的一片儿女私情，所以，她才会含泪剪下自己手上养护了二寸长的两个指甲，脱下贴身穿着的旧红绫袄，一并交给宝玉收藏，希望宝玉能在自己死后念着二人的昔日情意。

（2）宝玉与紫鹃的红颜知己情谊。在小说的第五十七回中，紫鹃向宝玉当面坦白，林家已没人在苏州住了，自己当初说自己和黛玉要回苏州去的话，只是吓

---

① 曹雪芹，高鹗．红楼梦：下卷．北京：人民文学出版社，2000：883.

唬宝玉的。接着，紫鹃又试探说，老太太给宝玉与琴姑娘定了亲。宝玉笑紫鹃比自己还要傻，因为琴姑娘已许配给梅翰林家了。随后宝玉说出了肺腑之言，小说写道：

> （宝玉）说道："我只愿这会子立刻我死了，把心迸出来，你们瞧见了。然后连皮带骨一概都化成一股灰，——灰还有形迹，不如再化成一股烟，——，烟还可凝聚，人还看得见，须得一阵大乱风吹的四面八方都登时散了，这才好。"①

宝玉此前虽然跟袭人也说过类似的话，但紫鹃却十分了解宝玉对黛玉的一腔情怀，所以总想早日促成两人的好事。回潇湘馆后，紫鹃向黛玉提起宝玉时，称赞宝玉心倒实在，听紫鹃和黛玉要走就发那样大的病。接着，紫鹃劝黛玉，趁老太太还在，早点拿定主意。当薛姨妈和宝钗在潇湘馆闲聊起黛玉的婚嫁时，紫鹃听薛姨妈要向贾母给黛玉与宝玉提亲，就笑着催薛姨妈给王夫人去说。黛玉死后，小说的第一百十三回中，作家设计了一个宝玉与紫鹃隔窗对话的场景，生动地展示了宝玉与紫鹃之间的红颜知己情谊。

总之，宝玉的情欲对象大多是丫鬟，并且，宝玉与这些丫鬟之间也有不少亲昵的举动。尽管这些丫鬟只是大观园里的仆人，然而宝玉却能逾越主仆身份的界线，并在性爱之外建立起儿女私情和红颜知己的情欲关系。

3. 婚姻模式

婚姻模式，是一种指涉婚姻对象的情爱欲望。在小说《红楼梦》中，作家为宝玉设置了黛玉和宝钗两个婚姻欲望对象，前者是在小说的叙述声音上设定的"木石前盟"，后者则是通过小说的故事情节兑现的"金玉良缘"。因此，"木石前盟"与"金玉良缘"便成为宝玉的两种婚姻模式。

（1）宝玉和黛玉的婚姻是"木石前盟"。在小说的第一回中，作家假借女娲补天与绛珠仙草的神话故事，暗示黛玉的前身是绛珠仙草，宝玉的前身则是补天石，因而两人前世结下了"木石前盟"。所以，在小说的第三回中，作家叙述宝玉与黛玉初次见面时分别写道：

- 黛玉一见，便吃一大惊，心下想道："好生奇怪，倒像在那里见过一

---

① 曹雪芹，高鹗．红楼梦：上卷．北京：人民文学出版社，2000：633.

般，何等眼熟到如此。”[①]

● 宝玉看罢，因笑道：“这个妹妹，我曾见过的。”贾母笑道：“可又是胡说。你又何曾见过他。”宝玉笑道：“虽然未曾见过他，然我看着面善，心里就算是旧相识的，今日只作远别重逢，亦未为不可。”[②]

作家通过宝玉和黛玉初见面时都有一见如故之感，回应小说第一回中有关“木石前盟”的神话故事，进而向读者暗示，宝玉与黛玉的姻缘是前世注定的。

(2) 宝玉和宝钗的婚姻是“金玉良缘”。在小说的第八回中，作家设计了一个宝玉与宝钗互识金玉铭文的场景。宝钗先提出要瞧瞧宝玉身上的通灵玉石。一旁的丫鬟莺儿听宝钗口念玉石上的铭文后，便插话道，宝玉长命金锁上的八个字“莫失莫忘，仙寿恒昌”与宝钗金项圈上的两句话像似一对。于是，经再三央求，宝玉也看了宝钗金项圈上的“不离不弃，芳龄永继”。宝玉将通灵玉石和金项圈上的铭文分别念了两遍后说道：“姐姐这八个字倒与我的是一对。”这就是宝玉与宝钗之间的“金玉良缘”的由来。

值得注意的是，作家采取了梦幻世界与现实世界的比对方式，叙述宝玉的“木石前盟”与“金玉良缘”两种婚姻模式。在小说的第五回中，作家在小说故事的梦幻世界中预设了宝玉的“木石前盟”与“金玉良缘”两种婚姻模式。宝玉神游太虚幻境时，看到了十二支红楼梦词曲的第二首《终身误》的歌词内容：

都道是金玉良缘，俺只念木石前盟。空对着山中高士晶莹雪，终不忘世外仙姝寂寞林。叹人间美中不足今方信。纵然是齐眉举案，到底意难平。[③]

而在小说的现实世界中，作家也用“木石前盟”与“金玉良缘”暗示性地叙述宝玉与黛玉、宝钗的情爱婚姻故事。但是，他梦幻世界中向往的“木石前盟”却在现实世界中的“金玉良缘”面前碰壁。作家在小说的第九十七回“林黛玉焚稿断痴情 薛宝钗出闺成大礼”中，同时叙述了黛玉的死去与宝玉、宝钗的成婚，进而突出了两种婚姻模式的对比效应。

此外，作家又通过人物的欲望目标与其结果在现实世界中的比对方式，叙述

① 曹雪芹，高鹗．红楼梦：上卷．北京：人民文学出版社，2000：35.

② 同①36.

③ 同①56.

宝玉的“木石前盟”与“金玉良缘”两种婚姻模式。虽然宝玉与宝钗最终在小说的故事情节中实现了“金玉良缘”，然而宝玉心目中的婚姻对象却是黛玉。作家在小说情节的多个场景中叙述了宝玉对黛玉的爱恋嫁娶诉求，以及暗示黛玉对宝玉的爱恋婚嫁意向，甚至在小说的第三十六回，作家为表现宝玉的恋爱婚姻欲望而设置了一个说梦话的场景。当时，袭人有事走开后，宝钗就坐在宝玉的床边，拿起袭人留下的针线活做了起来。碰巧黛玉与湘云路过。黛玉隔着纱窗看到，宝玉穿着银红纱衬衫，随便睡着在床上，宝钗坐在身旁做针线。当湘云拉着黛玉离开时，小说写道：

> 这里宝钗只刚做了两三个花瓣，忽见宝玉在梦中喊骂，说：“和尚道士的话如何信得？什么‘金玉姻缘’？我偏说‘木石姻缘’！”坐在一旁做针线活的宝钗听后，不觉怔住了。①

因此，在梦境与现实，以及人物欲望的目标与其结果的比对中，作家巧妙地叙述了宝玉一生中的“木石前盟”与“金玉良缘”两种婚姻模式。这两种婚姻模式不仅在核心人物的欲望主体与欲望客体之间制造出各种戏剧性的矛盾冲突，使人物的结构关系在多个向度上呈现张力，而且也为小说的叙事主题“红楼梦”提供了人物关系和故事情节上的支撑，红楼之梦不只是发生在神话梦境与现实生活之间的矛盾冲突之中，而且也发生在人物的欲望目标与现实世界之间的无奈感伤之中。

二、根据主人公行为的施受取向配置小说中人物的结构性关系

人物行为的施受取向是人物的行动取向，涉及人物行动的施受态度与施受途径。所以，格雷马斯把小说中的第二组功能性的人物类型分为施动者（授者）与受动者（受者）。而作者可以在两个方面设计如何由主人公行为的施受取向配置小说人物关系：一个是主人公行为的施动与受动，另一个是主人公行为的直接施受与间接施受。

1. 通过主人公的反向施动行为设置人物关系

我们可以把人物行为的施受态度分为正向施动与反向施动。其中，正向施动

---

① 曹雪芹，高鹗．红楼梦：上卷．北京：人民文学出版社，2000：383.

是指拥有权力、权威或主动权的一方向受动者发出的行动，比如，上级对下级的指令性行动，长辈对晚辈的教导性行动，以及男性对女性的爱情诉求行动等。而反向施动则是指施动者以抗争、反叛等逆向施动方式，向处于拥有权力、权威或主动权位置上的人物发出的行为，比如，下级违抗上级的指令而擅自采取逆向行动，晚辈违逆长辈的教导而自行其道，以及女性对男性的主动爱情诉求等。因此，正向施动与反向施动并不是一个人物行为的主动与被动的范畴，而是在性别关系、家庭关系、组织关系、社会关系等层面上界定人物行为的态度取向，作者可以通过人物行为态度上的施受取向配置小说中的人物关系，进而从一个侧面表现人物的价值取向。

通过主人公的反向施动行为态度设置小说中的人物关系，不仅可以使作者赋予小说的主人公独特的价值取向和人格魅力，而且能在小说的人物关系中创造出某种超越现实的文学审美世界。

例如，在小说《钢铁是怎样炼成的》中，奥斯特洛夫斯基为主人公保尔与冬妮娅之间设置了一个由相识到恋爱的情节线。但是，要使林务官的女儿冬妮娅爱上工人家庭出身的保尔，在现实生活中是难以想象的。为此，在小说的第三章中，作家为冬妮娅与保尔湖边的巧遇设置了两个场景，并采用了反向施动的方式加以叙述。我们可以将两人第一个场景概括为以下十个叙事序列[①]：

（1）冬妮娅发现有个男孩在池塘边钓鱼。

冬妮娅闷闷不乐，拿着一本没读完的小说，走进花园，推开小栅栏门，走过小桥，上了大路，在前往旧采石场的路上，看到池塘岸边扬起一根钓鱼竿，便停住脚步，发现一个晒得黝黑的男孩子在钓鱼。

（2）保尔因冬妮娅的叫嚷声慌了手脚而感到恼火。

保尔感到身后有人，就生气地回头看了冬妮娅一眼，看到这个陌生的女孩子身上的衣服、短裙、短袜、便鞋，最后将眼光落在了一条粗大的辫子上。听到冬妮娅焦急地提醒保尔鱼咬钩了，保尔慌了手脚，急忙提起钓鱼竿，却发现没有钓到鱼，心里有些恼火。

（3）保尔听到冬妮娅嘲笑自己的话十分生气。

保尔发现自己的钓鱼竿下错了地方，便低声埋怨背后的冬妮娅。听到冬妮娅

---

① 尼·奥斯特洛夫斯基．钢铁是怎样炼成的．北京：人民文学出版社，1952.

嘲笑挖苦自己的话，保尔竭力克制自己，只是习惯性地把帽子扯到前额上，以示生气。

（4）冬妮娅的俏皮语调使保尔克制住内心的火气。

保尔客气地要求冬妮娅离开，不要打扰自己钓鱼。冬妮娅却眯着眼微笑地反问保尔：难道我妨碍你了吗？保尔本想发作，听到冬妮娅俏皮的语调，只好再次压住了内心的火气。

（5）保尔不愿在陌生的女孩子面前出丑，冬妮娅也不满保尔的粗野言语。

保尔虽然没有执意反对冬妮娅在旁边看自己钓鱼，但心里还是希望她能走开，因为他不愿意自己在陌生的女孩子面前出丑，看着自己钓不到鱼。而冬妮娅却坐在一棵柳树上，把书放在膝盖上，看着保尔钓鱼，心想，保尔是个粗野的家伙，先是对自己不太客气，现在又故意不理她。

（6）保尔从湖面上偷窥冬妮娅的倒影。

保尔从湖面上看到冬妮娅的倒影，发现她正坐着看书，便悄悄地往外拉那挂住的钓丝，但因绷得很紧而拉不起来，一斜眼却从水中瞧见冬妮娅顽皮的笑脸。

（7）维克多和苏哈里科从远处走来，边走边谈论起冬妮娅的情况。

七年级的学生维克多和苏哈里科从远处走来，苏哈里科向维克多谈起冬妮娅的情况，冬妮娅是个浪漫女郎，在基辅读六年级，暑假才来父亲这儿玩，她的父亲是本地的林务官。而维克多要苏哈里科将冬妮娅介绍给自己认识。

（8）苏哈里科将保尔放鱼饵的铁罐子踢翻，冬妮娅因湖水溅到自己脸上而生气地指斥苏哈里科。

苏哈里科向维克多介绍冬妮娅认识时，冬妮娅提醒两人不要打搅别人在湖边钓鱼。苏哈里科上前踢翻了保尔放鱼饵的铁罐子。掉进河里的铁罐子激起的水星溅到冬妮娅的脸上，冬妮娅生气地指斥苏哈里科。

（9）保尔把挑衅的苏哈里科打入湖里。

保尔想到，自己的父亲和哥哥都在苏哈里科的父亲手下干活，苏哈里科万一因被自己打了而向其父亲告状，准会牵连到刚去厂里干活的哥哥。所以，保尔没有动手还击苏哈里科的挑衅。但是，苏哈里科却以为保尔要动手打自己，所以先用双手推保尔，保尔就抓住苏哈里科的衣领，并拖至水里。两人上岸后，狂怒的苏哈里科扑向保尔。保尔依照拳击的要领，把苏哈里科打入湖里。

（10）冬妮娅为保尔的胜仗喝彩，并从维克多那里得知了保尔的名字。

冬妮娅见保尔把苏哈里科打入湖里而大笑称赞打得好，保尔却生气地拉断了鱼竿上的钓丝而离开湖边，路上听到维克多向冬妮娅说起自己的名字。

因此，在保尔与冬妮娅初次见面的情节线中，作家采用了反向施动的人物行动取向，即冬妮娅是施动者，保尔则是受动者。作家通过冬妮娅在湖边散步而遇见正在垂钓的保尔，使两个社会身份悬殊的青年男女能在巧遇中彼此相识。一方面，冬妮娅对保尔在湖边钓鱼产生好奇，所以，她不顾保尔的埋怨和生气，站在一旁观看，后来索性靠在柳树枝上，边看书边观看保尔的垂钓；另一方面，保尔不愿旁人打扰自己钓鱼，更不愿自己在女孩子面前出丑，所以，对冬妮娅的出现和干扰声音十分恼火，希望她能早点离开。因此，作家通过女方主动和男方被动的反向施动的人物行动取向，巧妙地解决了两人因性别和身份的差异所带来的交往障碍，也使读者能从特定的场景中理解并接受这种反向施动的人物行为态度。

2. 由主人公行为的直接施受与间接施受设置人物关系

直接施受与间接施受是两种基本的人物行为的施受途径。其中，直接施受是指人物采取当面或直白的方式表达自己的欲望诉求，而间接施受则是人物借助于他者或隐晦的方式表达自己的欲望诉求。作者可以用直接施受与/或间接施受的施受途径，为主人公配置小说中的人物关系。

例如，在小说《红与黑》中，主人公于连的人生志向是身份钻营，他千方百计地想要跻身法国的上流社会，以此改变其木匠儿子的贫苦出身，以及家庭教师和私人秘书的卑微身份。在于连实施其身份钻营的行动中，作家配置了两个法国上流社会的女性人物：市长夫人德·瑞那和侯爵女儿玛蒂尔德，并且，小说分别以直接施受与间接施受的途径叙述了于连与市长夫人、侯爵女儿之间的情爱与婚姻故事。

（1）于连与德·瑞那夫人之间的直接施受途径。于连与德·瑞那夫人是一种正向施动方式，而双方的情爱关系又呈现为一种直接施受形式。一方面，于连最先发出主动的情爱诉求，并通过在后花园偷握德·瑞那夫人之手而确立了两人在情爱方式上的直接施受途径；另一方面，德·瑞那夫人虽然单纯和天真，却为人妻和为人母，并年长于于连，但对于连颇有好感，所以，在默认和接受于连的情爱诉求之后，德·瑞那夫人也以其内心的情欲冲动和处世经验做出了快速的回应，甚至主动将这种婚外偷情的行为编织成她与于连之间的两人世界的秘密隐私。在初次见面时，作家通过于连与德·瑞那夫人之间的互相好感和吸引，为两人后来的情爱关系埋下了伏笔。在市长夫人家当家庭教师期间，作家设计了一个于连与德·瑞那夫人在后花园握手的情节。最初是于连主动地偷握德·瑞那夫人的手，后来，德·瑞那夫人的态度也由开始的惊恐和躲避到最后自然地把手放在于连的手里。为了使于连与德·瑞那夫人之间的情爱关系显得更为直接，作家还设置了一个德·瑞那夫人给于连赠送礼物的场景。当时，德·瑞那夫人叫于连带上她的孩子一起散步。小说写道：

> 她（德·瑞那）挽起于连的胳膊，依偎在他的身边。这种情状让于连有点纳闷。她还是第一次称他为“亲爱的”。
>
> 散步快结束时，于连发觉她脸红了起来，脚步也放慢了。
>
> “也许你已知道，”她说，眼睛避开了他的目光，“我有个姑母住在贝尚松，非常富有，指令我为她唯一的继承人。她常常送我各种礼物……我的孩子近来学业大有进步……进步得令人惊叹……我准备了一份小小的礼物，聊表我的感激之情。不过是几个路易，让你买几件内衣。不过……”说到这里，她的脸更红了，话头戛然而止。
>
> “不过什么，夫人？”于连大声问道。
>
> “这件事，”她低垂着头接着说，“不宜让我丈夫知道。”[①]

德·瑞那夫人发现于连衣着简朴，便以奖励他对自己的孩子教育有方为由，主动提议以赠送礼物的方式让于连有钱买几件内衣。虽然这个事件本身只是表示市长夫人对家庭教师的工作奖励，但是，当德·瑞那夫人提醒于连不要将此事告诉自己的丈夫后，却使这个事件具有了另一层新的含义，即暗示并确立了两人的婚外情爱是一个他们两人之间的私下秘密。因此，于连与德·瑞那夫人之间的情爱关系是一种直接施受的途径，进而构成双向互动的施受模式。

（2）于连与侯爵女儿玛蒂尔德之间的间接施受途径。于连与侯爵女儿之间是一种反向施动的取向，由侯爵女儿主动向于连发出情爱诉求。并且，作家为两人设置了一种间接施受的方式，即侯爵女儿借助于传递书信约会的间接方式约于连晚上爬到她的卧室里。

于连当上了拉莫尔侯爵的秘书之后，引起了侯爵女儿玛蒂尔德的注意。相处不久，这位傲慢而浪漫的侯爵女儿看上了这个木匠的儿子。于连的阴郁和冷漠的

---

① 司汤达．红与黑．武汉：湖北人民出版社，2008：43-44.

眼色，以及尖酸的嘲讽语气不仅没有引起她的反感，却激发了这位年少的侯爵女儿的好奇和兴趣，甚至主动向于连写信示爱。小说写道：

> 下午五点钟光景，于连收到了第三封信，信是从图书室门口丢进来的。拉莫尔小姐照例转身即走。“真是写信上瘾了！”他笑着自语道，“其实当面谈话是很方便的！显然，我的敌人想骗取我的信件作为罪证，而且还多多益善。”他不慌不忙，慢悠悠地拆开。“无非是些风雅之辞。”他想。但看着看着，不禁脸色陡变。信只有短短几行：
>
> 我必须和你一谈，就在今夜。午夜一点，你到花园来。把花匠放在井边的大梯子带来，搁在窗口，爬进我的房里。夜半时分，明月当空，但那又何妨？①

一方面是反向施动，侯爵女儿玛蒂尔德主动约会于连，进而消解了侯爵女儿与于连之间因社会地位差异而造成两人情爱婚姻道路上的障碍；另一方面是间接施动，作家通过写信的间接施动方式表现侯爵女儿主动约会于连的行为，巧妙地展示了侯爵女儿向于连示爱方式上的独特心理。孤傲的习性和浪漫的观念使玛蒂尔德采取了大胆的示爱行动，然而她毕竟是个未婚的贵族少女，所以作家便设计了一个玛蒂尔德主动给于连写信约会的间接施动方式。

三、根据人物与主人公的利害关系配置小说中人物的结构性关系

人物间的利害关系，是指人与人之间因利害得失的机制而形成的结构性关系。而所谓利害得失则涉及人类生活的各个方面，诸如物质或精神的、经济或政治的、身体或灵魂的、情感或理智的，等等。根据人物间的利害关系，我们可以将小说中的人物分为两种角色：协助者与阻碍者。格雷马斯把小说中的第三组功能性的人物类型分为帮助者（助手）与阻挠者（对手），其实也是着眼于此类人物与主人公在小说故事中的利害关系。其中，协助者与主人公之间有着正向的利害关系，而阻碍者则与主人公的利害关系处于反向的关系之中。

诚然，作者不但要根据与主人公的利害关系配置协助者或阻碍者，并且要具

---

① 司汤达．红与黑．武汉：湖北人民出版社，2008：357.

体地叙述小说中的人物是如何成为主人公的协助者或阻碍者的，以及两者又是如何变化的。其中，因人物对与主人公的利害关系上的判断失误而造成角色错位，以及因人物与主人公的利害关系上的客观变化而造成的角色变异，是两种较为常用的方法。

1. 角色错位

角色错位，是指因与主人公利害关系上的判断失误而将阻碍者误以为协助者或者相反。根据判断角度的不同，我们可以把角色错位分为两种：对象判断上的角色错位与自我判断上的角色错位。

（1）对象判断上的角色错位，因人物对他人与主人公利害关系上的错误判断而将阻碍者视作协助者，诸如轻信谗言、误中圈套等。

例如，在小说《傲慢与偏见》中，作家通过伊丽莎白的角色错位，最初将年轻的军官韦翰误以为是自己的协助者。由于韦翰告诉伊丽莎白，达西为人傲慢，品性卑劣，曾经违背其父亲的遗愿，剥夺了韦翰当牧师的机会。伊丽莎白便信以为真，从而对达西产生了偏见。所以，韦翰是伊丽莎白对达西产生偏见的协助者。后来，伊丽莎白从达西留给自己的一封长信中得知，韦翰说达西的话其实都是谎言，因而对自己错怪达西感到内疚。韦翰与伊丽莎白的关系也因此由协助者转向阻碍者。最后，伊丽莎白接到姐姐吉英的信，发现小妹丽迪雅跟韦翰私奔了，并且，韦翰似乎并没有与丽迪雅结婚的打算。于是，韦翰完全地站在了伊丽莎白的阻碍者位置之上。当伊丽莎白收到信后，不禁失声尖叫，脸色苍白，正巧达西进屋。伊丽莎白极力控制自己的感情，试图在达西面前保持镇静，但后来还是哭了起来。小说接着写道：

> 达西一时摸不着头脑，只得含含糊糊说了些慰问的话，默默无言地望着她，心里很是同情。后来她（伊丽莎白）便向他吐露实情："我刚刚收到吉英一封信，告诉了我一个非常不幸的消息，反正这也瞒不住任何人。告诉你，我那最小的妹妹丢了她所有的亲友——私奔了——落入了韦翰先生的圈套。他们俩是从白利屯逃走的。你深知他的为人，下文也就不必提了。她没钱没势，没有任何地方足以使他要……丽迪雅一生完了。"
>
> 达西给吓呆了。伊丽莎白又用一种更激动的声调接下去说："我本来是可以阻止这一件事的！我知道他的真面目！我只要把那件事的一部分……我

所听到的一部分，早讲给家里人听就好了，要是大家都知道了他的品格，就不会出这一场乱子了，但现在事已太迟。”①

值得注意的是，作家正是通过韦翰的骗婚行为，不仅使伊丽莎白最终改变了对达西的偏见，而且也为达西用行动证实自己的慷慨助人提供了机会，达西替韦翰还清赌债，还给了一笔钱让他与丽迪雅完婚。因此，伊丽莎白对韦翰的角色判断是由对象错位开始的，即伊丽莎白将阻碍者的韦翰视作协助者，进而因听信了韦翰的诽谤而确立了对达西的偏见。

（2）自我判断上的角色错位，因人物对自己与主人公利害关系上的错误判断而导致的角色错位，诸如好心办坏事、鬼迷心窍、利令智昏等。

例如，在小说《边城》中，在翠翠的爱情与婚姻的问题上，作家把老船夫设置成一个自我错位的角色。最初，老船夫从杨马兵那儿得知，大老想通过媒人介绍的途径娶翠翠，却不知道翠翠自己喜欢上了二老。所以，老船夫想方设法地询问翠翠对大老提亲的态度，试图撮合大老与翠翠的婚事。虽然老船夫的行为动机是善意的，但客观上却在翠翠所向往的爱情婚姻道路上设置了障碍。因此，老船夫尽管意识到应由翠翠决定自己的婚姻，但发现翠翠喜欢上了二老的时候，内心还是有些不祥的预感。小说写道：

老船夫猜不透这事情在这什么方面有个疙瘩，解除不去，夜里躺在床上便常常陷入一种沉思里去，隐隐约约体会到一件事情（指体会到翠翠爱二老不爱大老）。再想下去便是……想到了这里时，他笑了，为了害怕而勉强笑了。其实他有点忧愁，因为他忽然觉得翠翠一切全像那个母亲，而且隐隐约约便感觉到这母女二人共通的命运。②

值得注意的是，作家通过老船夫在自我角色错位中的好心办坏事，给翠翠与二老之间的爱情与婚姻制造了一系列的曲折，并巧妙地把翠翠母亲的爱情悲剧与老船夫的角色错位联系起来，进而在翠翠的爱情与婚姻故事中笼罩着一层浓厚的宿命而感伤的色彩。尽管老船夫在大老死后曾主动去顺顺家里想为翠翠和二老的婚事说情，但他一直没有真正明白自己是好心办了坏事，无意中干扰并延误了翠翠的婚姻；他更不明白，自己曾在翠翠喜欢二老的问题上做出过错误的主观判

① 简·奥斯汀．傲慢与偏见．上海：上海译文出版社，1990：187．

② 沈从文．边城（汇校本）．武汉：长江文艺出版社，2009：86－87．

断，以至于将翠翠的爱情婚姻与翠翠母亲的悲剧命运掺和在一起。然而读者却不难意识到老船夫在自己孙女的婚姻上扮演了一个自我错位的角色。

2. 角色变异

角色变异是指因与主人公利害关系上的客观变化而使人物从协助者变为阻碍者或者相反。其结果是，人物与主人公的利害关系在小说故事的现实生活中发生了实质性的变化。根据不同的变异路径，我们可以把角色变异分为两种：协助者变为阻碍者；阻碍者变为协助者。就角色错位来说，作者主要从“人物想什么”的主观判断方面配置人物与主人公利害关系的变化；而在角色变异中，作者却是从“人物做什么”的客观行为方面配置这种利害关系的变化。

（1）协助者变为阻碍者，人物与主人公的利害关系由正向关系变为反向关系，即人物对主人公的利益取向由顺转逆。

例如，在小说《红楼梦》中，面对宝玉与黛玉的婚姻问题，贾母和王熙凤有一个从协助者变为阻碍者的过程。最初，贾母和王熙凤是宝玉与黛玉在婚姻路上的协助者，客观上为宝玉与黛玉走到一起铺平了道路。在小说的第三回中，黛玉是因贾母的执意邀约而离别父亲去荣国府的，所以，小说叙述黛玉初到荣国府见了贾母，“方欲拜见时，早被他外祖母一把搂入怀中，心肝儿肉叫着大哭起来”[①]。可见，贾母对这位远道而来的亲外孙女是十分疼爱的。而王熙凤第一次见到黛玉后，也连声夸赞：“天下真有这样标致的人物，我今儿才算见了。况且这通身的气派，竟不像老祖宗的外孙女儿，竟是个嫡亲的孙女，怨不得老祖宗天天口头心头，一时不忘。”[②] 在小说的第二十五回中，王熙凤甚至直接跟黛玉开玩笑地说：“你既吃了我们家的茶，怎么还不给我们家作媳妇?”[③] 因此，贾母与王熙凤起初在宝玉与黛玉之间的爱情婚姻关系上充当了协助者，而王熙凤的玩笑话似乎表明贾母当时也有宝黛成婚的想法。

但是，随着黛玉经常与宝玉闹口角，尤其是黛玉性格上的刻薄和身体上的病情恶化，贾母与王熙凤的立场开始由协助者变为阻碍者。从小说情节上看，贾母与王熙凤的角色变异最初发生在小说的第二十九回。当时，因张道士提起宝玉的婚事，贾母就说道：“上回有个和尚说了，这孩子命里不该早娶，等再大一大儿

---

① 曹雪芹，高鹗．红楼梦：上卷．北京：人民文学出版社，2000：26.

② 同①28－29.

③ 同①263.

再定罢。你可如今也打听着，不管他根基富贵，只要模样儿配的上就好，来告诉我。便是那家子穷，也不过给他几两银子罢了。只是模样性格儿难得好的。”① 正是张道士的提亲和贾母的这一席话，使在场的宝玉感到十分不自在，回家后便生气起来，发誓今后再也不见张道士了。第二天，宝玉与黛玉又发生了口角，宝玉一气之下将身上的通灵宝玉狠命地摔在地上，黛玉也赌气地用剪子剪断了那块宝玉送的穗子，这件事又惊动了贾母和王夫人。过了一天，是薛蟠的生日。贾母本想以看戏之名撮合宝玉和黛玉，结果两人都没前来。于是，贾母说出了怨言：“不是冤家不聚头。”②

宝玉身上的通灵宝玉丢失后，犯起疯傻病来。贾母提出，要为宝玉冲冲喜而操办宝钗与宝玉的婚事。在小说的第九十六回中，贾母对贾政说：“我昨日叫赖升媳妇出去叫人给宝玉算算命，这先生算得好灵，说要娶了金命的人帮扶他，必要冲冲喜才好。不然只怕保不住。”③ 于是，贾母与王夫人、王熙凤商量宝玉与宝钗的婚事。王熙凤出了个“掉包儿的法子”，并对贾母解释道：“如今不管宝兄弟明白不明白，大家吵嚷起来，说是老爷做主，将林姑娘配了他了。瞧他的神情儿怎么样。要是他全不管，这个包儿也就不用掉了。若是他有些喜欢的意思，这事却要大费周折呢。”④ 于是就瞒着宝玉和黛玉两人，上演了一场宝玉与宝钗的婚姻闹剧。总之，在宝玉与黛玉的爱情婚姻上，贾母和王熙凤由协助者变为阻碍者。

值得注意的是，作家不仅叙述了贾母与王熙凤在宝黛婚姻上的角色变异，而且巧妙地设计了两人在角色变异中的人物结构性关系，其中，贾母是做决策和发指令的人，而王熙凤则是谋士和具体的执行人。因此，无论是作为协助者还是阻碍者，贾母与王熙凤在宝黛婚姻上扮演了一对联手搭档的角色。

（2）阻碍者转为协助者，人物与主人公的利害关系由反向关系变为正向关系。

例如，在小说《边城》中，在翠翠的婚姻问题上，杨马兵扮演了一个由阻碍者转为协助者的角色。最初，为了能使大老迎娶翠翠，杨马兵曾几次向老船夫说

---

① 曹雪芹，高鹗．红楼梦：上卷．北京：人民文学出版社，2000：310.

② 同①317.

③ 曹雪芹，高鹗．红楼梦：下卷．北京：人民文学出版社，2000：1082.

④ 同③1085－1086.

媒，因而客观上成了翠翠与二老之间在爱情婚姻道路上的阻碍者。大老溺水死后，特别是老船夫病死后，杨马兵却由阻碍者变为协助者，不仅承担了老船夫的职责，日夜陪伴孤独的翠翠，而且向翠翠讲述了许多翠翠所不知道却又十分重要的事情。翠翠把事弄明白后，哭了一个夜晚。小说接着写道：

> 过了四七，船总顺顺派人来请马兵进城去，商量把翠翠接到他家中去，作为二老的媳妇。但二老人既在辰州，先就莫提这件事，且搬过河街去住，等二老回来时再看二老意思。马兵以为这件事得问翠翠。回来时，把顺顺的意思向翠翠说过后，又为翠翠出主张，以为名分既不定妥，到一个生人家里去不好，还是不如在碧溪岨等，等到二老驾船回来时，再看二老意思。①

因此，在翠翠与二老的爱情婚姻关系上，杨马兵有一个由阻碍者变为协助者的转换过程。值得注意的是，作家通过杨马兵转为翠翠与二老爱情婚姻的协助者，不仅为翠翠的婚事出谋划策，建议翠翠先不要去二老家里，等二老回家后再说，而且对翠翠讲述了许多二老的事情，比如，二老如何对翠翠唱歌；大老死后，家里逼二老与碾坊的女孩结婚；二老赌气地离家出走；等等。老船夫没有或不想让翠翠知晓的事情，作家通过将杨马兵转为协助者的角色而使翠翠都知晓了。

第三节 为主人公设计一条人物弧线

一般说来，人物弧线是指小说主人公在小说故事中呈现出的变化和转折的叙事曲线图。美国学者布鲁克斯认为，人物弧线是作者描述主人公学习如何克服自身的缺点，是讲故事的灵魂所在。只有为故事的主人公设置一个心魔，让他面对并征服这个心魔，故事才能深入人心②。准确地讲，人物弧线通常起始于主人公在人生态度和价值观念方面的情感包袱，而主人公的情感包袱会使其遭遇各种艰难曲折的困境，经历意想不到的磨难，最后的结局往往是：主人公挣脱情感包袱

① 沈从文．边城（汇校本）．武汉：长江文艺出版社，2009：145.

② 拉里·布鲁克斯．故事工程：掌握成功写作的六大核心技能．北京：中国人民大学出版社，2014：92.

或战胜由情感包袱滋生的心魔而实现人生的成长或救赎，或者主人公因陷入情感包袱的陷阱或屈从心魔的蛊惑而迷失自我。因此，在为小说故事设计主人公的时候，作者不仅要考虑主人公应是一个什么样的人物，如何撬动主人公的行动意愿，处理好主人公行动结构中的目标、动机和路径，还要考虑如何描述主人公的身体状貌、刻画主人公的气质性格、为主人公配置其他角色，更为重要的是，作者要考虑如何给主人公设计一条起伏变化的情感动作线，一条植入了隐含作者叙述声音的人物弧线。

根据隐含作者的叙述声音与主人公的情感包袱之间的叙事逻辑关系，我们可以将人物弧线分为三种类型：成长型、迷失型和救赎型。

一、成长型

成长型人物弧线是指作者在叙述声音的同构互动中配置主人公的人物弧线。在成长型人物弧线中，作者总会在小说主人公的情感动作线中引入两种对峙、矛盾乃至冲突的叙述声音，通过主人公自觉选择或无奈选择等方式，抉择自己的人生成长道路，进而呈现主人公曲折而耐人寻味的人生成长历程。其同构互动的方式是，作者在故事层面上为小说主人公预先设定情感包袱，并通过在小说话语层面上隐含作者叙述声音的介入，展示主人公自觉或无奈等人生成长方式，进而使主人公能够逐渐地克服障碍，挣脱情感包袱，战胜心魔，实现人生的成长。

1. 自觉选择式

自觉选择式人物弧线是侧重于根据小说主人公以自身觉悟方式选择成长道路而配置的人物弧线。年幼、无知、天真或性格缺陷等原因使主人公背上了某种情感包袱，作者通过主人公因某种重大的发现而获得人生的领悟等途径，突然找到了摆脱情感包袱的力量，进而将隐含作者的叙述声音巧妙地融入主人公的人生态度或价值观念之中，展示其勇敢而自觉地走上了新的人生之路。

在小说《牛虻》中，作家采用自觉选择式成长的方式设计主人公亚瑟的人物弧线。最初，亚瑟是个虔诚的教徒，十分敬仰自己的教父蒙泰尼里，因而总是用自己笃信的宗教信仰来引导其个人的言行，甚至用来解释意大利地下组织的革命使命。这便是主人公亚瑟的情感包袱。在主人公以牛虻的名字出现在小说故事之后，他已经自觉地选择了做一名革命战士的人生志向，虽然作家并没有正面叙述亚瑟离家出走以后如何在南美洲参与武装革命活动，并且，十三年之后牛虻重回家乡的人生故事里也经历了不少的现实磨难和人生困惑，然而小说主人公毕竟已经完成了人生成长的根本转折。也就是说，当亚瑟发现蒙泰尼里神父竟是自己的亲生父亲后，他对上帝的信仰彻底崩塌，于是，他毅然抛弃了情感包袱，自觉地选择个人的人生道路。

从叙事逻辑上讲，作家主要通过以下四个叙事序列，叙述亚瑟的情感包袱的缘起，他如何放弃其情感包袱，进而自觉选择自己的人生成长道路。

(1) 亚瑟混淆了自己笃信的宗教信仰与自己参与的意大利地下组织的使命，这便是亚瑟的情感包袱的缘起。

亚瑟是个热血青年，虽然早就参加了意大利地下组织的活动，却一直从自己信仰的宗教教义理解和解释该地下组织的革命行动。小说写道：

> 至于他（亚瑟）五年来一直认为是他的理想英雄的蒙泰尼里，现在在他的心目中就更加上了一道新的光辉，仿佛他就是他那新信仰里面的一个具有神通的先知似的。他满腔热忱地倾听着神父的讲道，努力想从神父的话里面找出一些痕迹，借以证明这些道理和他自己的共和理想有一种内在的血肉关连；他又深入钻研各种福音书，庆幸着基督教义的根源中原来就具有一种民主倾向。①

可见，亚瑟把意大利地下组织的革命行动与基督教教义混淆起来，因而试图从蒙泰尼里神父的讲道中找出与地下组织“共和理想”的关联。这是亚瑟的情感包袱的缘起。

(2) 蒙泰尼里神父得知亚瑟参加了秘密社团的活动，非常担忧，亚瑟却认为这是他自己的事情，两人的隔阂由此产生。

两人谈话时，蒙泰尼里劝说亚瑟要慎重行动，即使真是上帝的意旨，也得弄确实你并没有误解他的话。最后，蒙泰尼里询问：“你心里想着要去进行的事业究竟是什么呢?”小说写道：

> 亚瑟站了起来，好像背诵一篇教文一样，缓慢地回答：
>
> “要把我的生命献给意大利，帮助她从奴役和贫困之中解放出来，要把奥地利人驱逐出去，使意大利成为一个除了基督没有帝王的自由共和国。”

---

① 艾·丽·伏尼契．牛虻．北京：中国青年出版社，1953：22.

“亚瑟，想一想，你说的是什么话！你是连意大利国籍都还没有的人呀。”

“这没有什么分别，我是我自己。我既已了解这个事业，就是这个事业中的一个人了。”

又是一阵沉默。

蒙泰尼里把一只臂膀靠在一条树枝上，举起一只手放在眉毛下面遮住两只眼睛。

“你来坐一会儿，我的孩子，”他终于说。

亚瑟坐了下来，神父把他的两只手紧紧握住。

“今天晚上我不能跟你讨论，”他说，“事情对我来得太突兀……我完全没有料想到……我必须有充分时间来仔细考虑一下。改天我们再确切地谈一谈。但目前我要你记住一件事：如果你为了这件事情搞出麻烦来，如果你……因此而死，那你是要使我心碎的。”①

（3）作家通过亚瑟与琼玛的对话分歧，表现了亚瑟的情感包袱遭到琼玛的质疑。

当时，亚瑟与琼玛在意大利地下组织活动结束后一起回家，两人谈论起刚才在地下组织活动中听到的演讲内容。在关于意大利要实现共和理想的话题上，亚瑟非常赞赏演讲人的观点。但琼玛却指出，意大利现在需要的不是忍耐，而是有人站起来，保卫自己。小说接着写道：

“琼，亲爱的，如果忿怒和热情能够拯救意大利，她应该早就获得自由了，意大利所需要的并不是恨，而是爱。”

当他（亚瑟）说到最后一个字的时候，一阵突发的红潮涌上了他的前额，随即又消褪了。琼玛没有注意到这个；她正皱起眉，抿着嘴，眼睛直看着前面。

“你以为我是错了，亚瑟，”她（琼玛）停了一会儿说，“但我是对的，将来总有一天你会明白过来的。这就是我住的地方。不进去坐坐吗？”

“不了；已经很晚了；晚安，亲爱的！”

---

① 艾·丽·伏尼契．牛虻．北京：中国青年出版社，1953：9-10.

亚瑟站在门阶上，紧握着琼玛的手。①

其实，琼玛的话不仅击中了亚瑟的情感包袱，而且也隐约地透露出隐含作者的叙述声音。

(4) 亚瑟发现蒙泰尼里神父竟是自己的亲生父亲后，自己对上帝的信仰崩塌了，于是，他毅然抛弃了情感包袱，自觉地选择个人的人生道路。小说写道：

疯狂的笑从亚瑟的嘴唇上消失了。他从桌上抓起了那柄铁锤，奋身向那耶稣蒙难像扑过去。

随着那阵喀喇喇的响声，他突然清醒过来，站在那个空底座前面，手里仍旧拿着那柄铁锤，神像的碎片在他脚跟前散满一地。

他丢掉了铁锤。"这么容易!"他说着，掉转身子。"我以前真蠢呀!"

他在桌旁坐下来，气咻咻地喘息着，两手托住前额。随后他又站起来，走到洗面枱前，拿一壶冷水浇了自己的头和脸。他很宁静地走回来，坐下来思索。

他之所以会遭受这么许多羞辱、刺激以及绝望的痛苦，原来都是为了这些东西——为了这些虚伪而卑鄙的人，和这些不会开口、没有灵魂的神道；假使他用一条绳子把自己吊死了，真的，那就单单为了有这么一个教士是说谎的东西，好像所有别的教士并不都是说谎的东西似的！好吧，所有这一切都滚蛋了，现在他聪明起来了。他要摆脱这些毒虫，再开始新的生活。②

在叙述亚瑟的情感包袱的缘起和受到质疑之后，作家设计了亚瑟发现蒙泰尼里神父竟然是自己亲生父亲的情节性事件。对于亚瑟来说，这一事件本身是突如其来的，击毁了亚瑟的宗教信仰和对蒙泰尼里的崇拜。亚瑟第一次痛苦地认识到自己笃信的宗教的虚伪性，发现自己敬仰的蒙泰尼里居然一直在欺骗自己。但是，这一事件却也给亚瑟创造了一次人生成长的突转契机，使亚瑟能够抛弃原初的情感包袱，离家出走。

值得注意的是，作家采用自觉选择的方式设计小说主人公的人物弧线。一方面，在小说的故事层面上，作家为小说主人公预先设定了这样一个情感包袱：亚瑟将自己的上帝信仰与参与的地下组织革命活动混淆起来，甚至试图用基督教的

---

① 艾·丽·伏尼契．牛虻．北京：中国青年出版社，1953：29－30.

② 同①72.

教义来解释地下组织的革命使命；另一方面，在小说话语层面上，作家通过蒙泰尼里的担忧、琼玛的质疑，隐含作者的叙述声音逐渐介入，而在亚瑟用铁锤砸毁那座耶稣受难的神像坐下来思索之后，小说写道："他之所以会遭受这么许多羞辱、刺激以及绝望的痛苦，原来都是为了这些东西——为了这些虚伪而卑鄙的人，和这些不会开口、没有灵魂的神道；假使他用一条绳子把自己吊死了，真的，那就单单为了有这么一个教士是说谎的东西，好像所有别的教士并不都是说谎的东西似的!"这些话实际上是作家通过全知叙述者的口吻传递出隐含作者的叙述声音，并由此确定主人公放弃了一个虔诚教徒的情感包袱，离家出走，选择了新的人生道路。因此，十三年以后，牛虻重新回到家乡时，已是一名反抗宗教虚伪的叛逆者和武装革命的勇敢斗士。在一次准备武装起义而偷运军火的行动中，牛虻为了掩护其他战士突围而不幸被捕。最后，当牛虻站在刑场上直面行刑士兵的枪口时，视死如归，甚至命令士兵举枪为自己执行死刑。从这个意义上说，小说《牛虻》为主人公设计了自觉选择式的人物成长弧线，作家通过主人公在发现突转的契机下，找到了摆脱情感包袱的力量，进而自觉地抉择了革命斗士的人生成长道路。

2. 无奈选择式

无奈选择式人物弧线是侧重于小说主人公在某种外部力量的引导或压制下成长而设置的人物弧线。与自觉选择式不同的是，在设计无奈选择式成长的人物弧线时，作者通常是在隐含作者叙述声音的引领下，促使主人公逐渐地摆脱一系列的情感包袱，进而无奈地选择自己的人生成长道路。

例如，在小说《红楼梦》中，作家为主人公宝玉设计了一条无奈选择式成长的人物弧线。由于小说为宝玉设置了一系列情感包袱，从儿女情缘、世间情缘、恋人情缘到亲人情缘，因此，宝玉的人物弧线表现为，主人公在已有情感包袱的摆脱中面临着新的情感包袱，一再而无奈地选择自己的人生成长道路。

我们可以将宝玉的人物弧线归纳出 12 个叙事序列：

(1) 宝玉恳求袭人留下陪自己一辈子，因而产生了儿女情缘的情感包袱。

袭人从娘家回来后，想借机治一下宝玉的任情恣性，便向宝玉说起家人要赎她回去。宝玉闻讯后满面泪痕，并发誓自己今后听袭人的规劝，只要袭人能留下来。小说写道：

只求你们同看着我，守着我，等到自己化成了飞灰，——飞灰还不好，灰还有形有迹，还有知识，等我化成一股轻烟，风一吹便散了的时候，你们也管不得我，我也顾不得你们了。那时凭我去，我也凭你们爱那里去就去了。①

（2）听了黛玉和宝钗的南禅机锋，宝玉不得不放弃了断情绝义的念头，因而没能用正确的方式摆脱儿女情缘。

黛玉与湘云为宝玉使了一个眼色而闹矛盾，宝玉试图劝说调解却夹在两人之间而受气，想到《南华经》上的话和“鲁智深醉闹五台山”戏文中“赤条条来去无牵挂”的唱词，不禁为自己的委屈大哭起来，并写下了一个“生死无挂碍”的偈子。黛玉来怡红院见后，拿回去与湘云看，第二天又给宝钗看，于是三人一起来怡红院，黛玉和宝钗以南禅的机锋向宝玉发难，宝玉自认两人知觉在先，自己不应自寻烦恼。小说写道：

宝玉自以为觉悟，不想忽被黛玉一问，便不能答；宝钗又比出语录来：此皆素不见他们能者。自己想了一想：“原来他们比我的知觉在先，尚未解悟，我如今何必自寻苦恼。”想毕，便笑道：“谁又参禅，不过一时玩话罢了。”②

（3）听了黛玉念诵的葬花词，宝玉对世间的美好东西终将消失而深感无奈和悲伤，因而有了世间情缘的情感包袱。

宝玉怀里兜着落花独自来花冢葬花，却听到黛玉念诵的葬花词中有“侬今葬花人笑痴，他年葬侬知是谁”之句，不觉恸倒在山坡之上。小说写道：

试想林黛玉的花颜玉貌，将来亦到无可寻觅之时，宁不心碎肠断；既黛玉终归无可寻觅之时，推之于他人，如宝钗、香菱、袭人等人亦可以到无可寻觅之时矣；宝钗等终归无可寻觅之时，则自己又安在哉；且自身尚不知何在何往，则斯处、斯园、斯花、斯柳，又不知当属谁姓矣。——因此一而二，二而三，反复推求了去，真不知此时此际，欲为何等蠢物，杳无所知，逃大造，出尘网，便可解释这段悲伤。③

---

① 曹雪芹，高鹗．红楼梦：上卷．北京：人民文学出版社，2000：201.
② 同①231.
③ 同①290.

(4) 宝玉首次正式向黛玉表示爱意，并消解了黛玉的误会，因而产生了恋人情缘的情感包袱。

当时，宝玉向黛玉说自己一向用心相待，却总遭黛玉的冷遇，也不知自己错在何处。黛玉听后不觉滴下眼泪。宝玉继续说道："（我）就是死了也是个屈死鬼，任凭高僧高道忏悔，也不能超升，还得你伸明了缘故，我才得托生呢。"① 于是，黛玉说起昨天自己被关在怡红院门外的事情，经宝玉解释，黛玉笑着叫宝玉好好教训一下那些姑娘们。

(5) 宝玉无意中两次当着黛玉的面说："你死了，我做和尚去。"

宝玉因贾母要张道士给自己娶亲而怄气与黛玉争吵后，经袭人的劝说而主动去潇湘馆向黛玉赔礼。宝玉听黛玉赌气地说自己要回家去，因而笑道："我跟了你去。"黛玉说："我死了呢?"宝玉道："你死了，我做和尚去。"听黛玉的斥责后，宝玉自知话说得造次了，涨红了脸，低着头不敢作声。后来，黛玉来怡红院，见袭人在哭泣，而宝玉也因与晴雯斗嘴而在一旁流泪，便向袭人询问事由。袭人赌气地说："死了倒也罢了。"黛玉笑道："你死了，我先就哭死了。"宝玉笑道："你死了，我做和尚去。"黛玉抿嘴笑着提醒宝玉已说了两次去做和尚。宝玉知道是点他前日说的话，便一笑了之。

(6) 宝玉在午睡的梦话中呵斥和尚道士说的金玉良缘。

宝玉午睡时，宝钗一人坐在床边做起袭人留下的针线活，正巧被路过怡红院的黛玉从窗外看见。湘云拉着黛玉去找袭人。不久，宝玉在梦中喊骂："和尚道士的话如何信的！什么金玉良缘，我偏说木石姻缘。"

(7) 宝玉悟出人生情缘各有分定的道理，因而感悟到恋人情缘与女儿情缘的区别。

在梨香院里，宝玉见贾蔷买了鸟雀逗龄官高兴，却因龄官的一句气话而将鸟雀放走了。当贾蔷想去请医生为龄官治病时，龄官却又不忍心贾蔷走到毒热的太阳下面。宝玉亲眼目睹这一切之后，才明白龄官曾在蔷薇花下画"蔷"字的深意，回到怡红院后对黛玉袭人说道："昨夜说你们的眼泪单葬我，这就错了。我竟不能全得了。"小说接着写道：

> （宝玉）自此深悟人生情缘，各有分定，只是每每暗伤，不知将来葬我

① 曹雪芹，高鹗．红楼梦：上卷．北京：人民文学出版社，2000：291.

洒泪者为谁。此皆宝玉心中所怀，也不可十分妄拟。[①]

(8) 宝玉因听了紫鹃说黛玉要回苏州老家的谎话而犯病，纠结于儿女情缘（与紫鹃）与恋人情缘（与黛玉）之间。

紫鹃谎称黛玉明年将回苏州老家，并要把小时的礼物还给宝玉。宝玉听后受刺激而犯起病来。见宝玉病情有所好转，神志也开始清醒，紫鹃就向宝玉招认黛玉要回苏州的话是自己瞎编的，并说出了编谎话的缘由，以为贾母已定下宝玉与宝琴的婚事。宝玉告诉紫鹃薛宝琴已许配给梅翰林家了，并笑道："原来是愁这个，所以你是傻子。从此后再别愁了。我只告诉你一句打趸儿的话：活着，咱们一处活着；不活着，咱们一处化为灰烬。如何？"[②]

(9) 神志不清的宝玉被安排与宝钗结婚后，听宝钗说黛玉已死而昏厥，恍惚中去阴府找黛玉，宝玉的恋人情缘就此破灭。

宝玉揭开新娘的盖头，仔细认出新娘是宝钗，以为是在梦中，听袭人说娶的是宝钗后，吵着要找林妹妹去。后来，听宝钗说黛玉已死了时，宝玉昏厥过去，恍惚去了阴府找黛玉，却被阴司用一石子打回后惊醒，才发现是一场大梦。

(10) 结婚之后，宝玉与宝钗依然在人生志向上互相抵牾。

见过甄宝玉后，贾宝玉大失所望，回家后对宝钗说不过是个禄蠹。宝钗抢白道："做一个男人原该要立身扬名，谁像你一味的柔情私意。不说自己没有刚烈，倒说人家是禄蠹。"贾宝玉听了甄宝玉的话甚不耐烦，又被宝钗抢白了一场，心中更加不乐，闷闷昏昏，不觉将旧病又勾起来了，并不言语，只是傻笑[③]。仔细品味，作家在此处用了曲笔的手法表现贾宝玉与宝钗在人生志向上的矛盾冲突，婚后依然如故。所以，对宝钗抢白的话，贾宝玉脸上虽然露出傻笑，心里却用"并不言语"来暗示其不以为然的态度。

(11) 宝玉笑着为紫鹃服侍惜春一起出家而送行，因而放弃了儿女情缘的情感包袱。

惜春出家，拜了邢夫人和王夫人等，紫鹃要王夫人准许自己服侍惜春一起去修行。宝玉听了想起黛玉，心酸流泪，后又笑着求王夫人准了紫鹃。最后，宝玉当众念诵起"金陵十二钗"册子中的诗句：勘破三春景不长，缁衣顿改昔年妆。

---

① 曹雪芹，高鹗．红楼梦：上卷．北京：人民文学出版社，2000：387.

② 同①633.

③ 曹雪芹，高鹗．红楼梦：下卷．北京：人民文学出版社，2000：1273.

可怜绣户侯门女，独卧青灯古佛旁[①]。

（12）宝玉中举后出家为僧，报了父母的养育之恩，因而摆脱了亲人情缘的情感包袱。

宝玉和贾兰一起出门赴考，临别时给王夫人跪下，满眼流泪磕了三个头，并说自己无从报答母亲的养育之恩，只好中个举人出来，便是儿子一辈子的事也完了。王夫人和宝钗哭得像生死离别一般，宝玉却嘻天哈地地出门走了，大有疯傻之状。后来，贾政在船头望见雪地里一人，光着头赤着脚，身披一领大红猩猩毡的斗篷，向自己拜了四拜，刚认出是宝玉而要问讯时，只见一僧一道夹住宝玉离去。

由此可见，宝玉的人物弧线是一个在已有情感包袱的摆脱中面临着新的情感包袱的过程，涉及儿女情缘、世间情缘、恋人情缘和亲人情缘。其中，第一至第四个叙事序列表现为情感包袱的增加；第七个叙事序列是宝玉感悟到恋人情缘与儿女情缘的区别；第八个叙事序列表现宝玉还是放不下儿女情缘的包袱，并与恋人情缘混淆起来。第九个叙事序列因黛玉的死而导致宝玉的人物弧线出现根本的转折，而第十个叙事序列说明宝玉与宝钗婚后还是在人生志向上存在着矛盾。所以，第十一和第十二个叙事序列表现宝玉破除所有情感包袱后出家为僧。

从人物弧线的结构形式上看，宝玉的人物弧线有一个由下降至上升的过程，黛玉之死是根本的转折点。之前，宝玉的依赖、委屈、无奈、困惑、纠结都是被动的情感，因情感包袱的接连纠结而表现为下降；之后，宝玉坚守自己的人生志向，支持惜春、紫鹃出家，笑着告别母亲和妻子而出门应举，以及似喜似悲地朝贾政四拜的方式自愿出家，都是主动的情感，因情感包袱的逐一摆脱而呈现为上升。所以，宝玉的人物弧线在结构形式上呈现为三个波浪起伏的情感动作线条：先是由因情感包袱的产生和增加呈现为下降；中经因黛玉之死而出现转折；最后因宝玉摆脱儿女情缘和亲人情缘的情感包袱而呈现为上升。

总之，从宝玉的人生成长上看，小说《红楼梦》设计了一条无奈选择式成长的人物弧线。其特点是，作家在小说的故事层面上预设了宝玉的儿女情缘等一系列情感包袱，并在小说的话语层面上通过隐含作者的叙述声音的引领方式使宝玉逐步而又无奈地摆脱这些情感包袱。具体地讲，在小说的话语层面上，作家分别

---

① 曹雪芹，高鹗．红楼梦：下卷．北京：人民文学出版社，2000：1299.

从三个层面配置隐含作者的叙述声音：一个是宝玉的意识层面，一个是宝玉的无意识层面①，一个是可靠的全知叙述者。虽然宝玉客观上是以出家为僧的方式完成其人生成长的道路，但这并不意味着作家是要用出家为僧的方式昭示宝玉的人生成长，而是表现宝玉的人生成长是一种无奈选择式成长，旨在从小说主人公出家为僧的人生命运中揭示出宝玉对人生理想的执着追求和对人间情感的深切感悟。宝玉一开始非但没有出家为僧的想法，反而十分留恋大观园的世俗生活。可以说，儿女情缘、世间情缘、恋人情缘和亲人情缘之所以会成为宝玉的情感包袱，是因为宝玉一直纠结在这些人世间的情感缘分之中，致使他在人生态度上困惑不已。而宝玉能够相继摆脱这些情感包袱，其实也是无可奈何的选择，他无法使身边的丫鬟永远陪伴自己，无法留住世间的美好东西，无法与心仪的恋人结婚成家，无法让父母理解自己的人生理想。因此，在恋人病逝、婚姻欺骗、婚后夫妻人生志向矛盾，以及身边的红颜知己相继离去之后，宝玉才不得不出家为僧。值得注意的是，在叙述宝玉摆脱这些情感包袱时，作家不仅展示了宝玉在现实生活中的压力和挫败下做出的种种无奈的人生抉择，而且通过隐含作者的叙述声音揭示出宝玉在有意识和无意识层面上的人生感悟和情感诉求。也就是说，宝玉的出家为僧是由现实的人生和家庭的遭遇与不幸的爱情和婚姻命运造成的悲剧，作家通过无奈选择式人物弧线的设计，由隐含作者引领宝玉获得人生觉悟，一再地摆脱各种情感包袱的纠缠，在宝玉无奈地摆脱各种情感包袱的过程中，展示了他对诗性人生的执着神往、对真挚爱情的勇敢追求、对幸福婚姻的美好憧憬、对世间美好东西终将失去的无限悲悯。

二、迷失型

迷失型人物弧线是指作者逆着小说主人公的情感动作线的转折方向而设置的人物弧线。在迷失型人物弧线中，小说主人公往往在追逐物欲、情欲、名利等世俗欲望的过程中执迷不悟，并以心智迷失或志向迷失等方式而误入人生迷途，最终失去自我并受到惩罚，但作者对此并不会采取简单而粗暴的指责或批判，而是细致耐心地挖掘并展示主人公迷失自我的缘由，质疑其为世俗欲望所困的行动选

① 值得注意的是，在第五个叙事序列中，作家通过宝玉无意中说黛玉死后自己去做和尚的话，预设宝玉最终出家的伏笔；而在第六个叙事序列中，作家借助于宝玉的梦话，呼应了小说第五回里叙述的红楼十二曲中第二支“终身误”：都道是金玉良姻，俺只念木石前盟。

择，进而传递出隐含作者的人文关怀。

1. 心智迷失式

心智迷失式是侧重于小说主人公在追逐物欲、情欲、名利等世俗欲望的过程中丢失了健全的理性或感性的判断力，并造成心智扭曲而设置的人物弧线。

在小说《色·戒》中，张爱玲为小说主人公王佳芝设置了心智迷失式的人物弧线。小说的情节起始于王佳芝借口离开易先生的家后，在咖啡馆与上海地下组织工作者电话联系暗杀汉奸易先生的行动，而小说的结尾则叙述了当天晚上易先生在自己的家里暗想着王佳芝等暗杀组织的人员被抓捕并执行枪决。由于人物弧线是作家在小说故事时间顺序上预设的小说主人公的行动路线图，因此我们要从还原小说故事的意义上将王佳芝的人物弧线概括为以下七个基本的叙事序列：

（1）在港大读书时，王佳芝被推举为暗杀汉奸的美人计主角，并结识了汉奸易先生及其妻子。

（2）因用美人计暗杀汉奸的行动计划需要，王佳芝与暗杀组织的成员梁闰生发生了性关系，事后却懊悔起来，甚至怀疑起自己是否得了性病。

（3）转学上海后，王佳芝参与了上海地下组织工作者的暗杀汉奸易先生的计划，并谎称自己来上海跑单帮，说服易太太留她住进了易先生家。

（4）住进易先生家后，易先生曾两次带王佳芝去外面的公寓发生性关系，使王佳芝感到像洗了个热水澡那样舒爽。

（5）最后一次实施暗杀易先生行动的那天，王佳芝借口离开易先生家，与上海地下组织工作者用电话联系了暗杀易先生的行动计划，而在咖啡馆等易先生时，王佳芝却感到自己像在演戏，并回想起自己两年多来参与暗杀汉奸行动的经过。

（6）在珠宝店里，王佳芝戴上了易先生为她挑选的六克拉的粉红钻戒，突然感到自己有点爱上了易先生，甚至误以为易先生也爱上了自己，于是便低声提醒易先生快逃离。

（7）易先生逃离珠宝店后，下令把王佳芝等暗杀组织的成员都抓捕起来，并于当晚统统执行枪决。

小说《色·戒》叙述了女大学生王佳芝参与暗杀汉奸计划而终告失败的故事。作家浓缩了两年多时间里发生的小说故事，将小说情节设定在主人公王佳芝生命的最后一天，并且通过王佳芝的个人回忆追叙两年以来的事件。也就是说，作家主要用王佳芝的个人回忆在小说情节线上串联起主人公在人物弧线上的心路历程。值得注意的是，作家巧妙地抓住了王佳芝的演戏经验，在小说情节上将她的当下感受与两年前往事的回忆连接起来。当时，王佳芝独自在咖啡馆等汉奸易先生前来一起去珠宝店给自己买钻戒，她看到有个中年男子正在注意自己，便琢磨着自己给人的印象。小说写道：

> 她（王佳芝）倒是演过戏，现在也还是在台上卖命，不过没人知道，出不了名。
>
> 在学校里演的也都是慷慨激昂的爱国历史剧。[①]

接着，作家叙述王佳芝回忆起两年前在香港大学参加暗杀汉奸计划的往事。当时，王佳芝是港大校演剧团的当家花旦，被推举出来担任暗杀汉奸的美人计主角，并装扮成进出口商人麦先生的妻子，出于美人计暗杀行动的考虑，王佳芝与暗杀组织内有性经验的梁闰生发生了性关系，但事后却懊悔自己太傻。转学上海后，王佳芝参与了上海地下组织工作者暗杀汉奸易先生的计划，并住进了易先生的家。易先生曾两次带她去外面的公寓幽会。王佳芝感到，每次与易先生在公寓里发生性关系都像洗了个热水澡，把积郁都冲掉了。由此可见，作家不仅以主人公的演戏经验为契机，在小说情节上通过王佳芝的个人回忆交代两年前她在香港大学的往事，而且恰到好处地揭示了王佳芝对自己参加暗杀汉奸计划的身份感——以演员的身份“在台上卖命”。

也许，王佳芝之所以会迷失自我而走上不归路，一个重要的原因便在于她没有意识到参加暗杀汉奸计划的行动意义，或者说她没有为此抉择做好准备。所以，以演员在舞台上演戏的态度参与暗杀汉奸计划，实际上是作家给王佳芝设置的一个情感包袱，使她无法直面暗杀汉奸计划的严肃性和危险性。并且，作家在王佳芝迷失自我的心路历程中设置了两个核心的转折环节：

- 王佳芝在咖啡馆等易先生时的色欲迷失。王佳芝想到自己曾因美人计的暗杀计划需要而与梁闰生发生了性关系，事后却懊悔起来，但与易先生在外面公寓里发生的两次性关系却给她留下了从未有过的舒爽感觉。
- 王佳芝在珠宝店接受汉奸易先生给自己买戒指时的物欲迷失。王佳芝看着

---

① 张爱玲．色·戒//张爱玲作品集．太原：北岳文艺出版社，2001：385.

易先生已为自己预定了六克拉的粉红钻戒，终于不敌物欲的诱惑。小说写道：

> 那，难道她（王佳芝）有点爱上了老易？她不信，但是也无法斩钉截铁地说不是，因为没有恋爱过，不知道怎么样就算是爱上了。
>
> 从十五六岁起她就只顾忙着抵挡各方面的攻势，这样的女孩子不容易坠入爱河，抵抗力太强了。[①]

应该看到，作家通过王佳芝心路历程中的色欲迷失与物欲迷失的两大核心转折环节，实际上是将主人公的人物弧线定义为一种心智迷失式。并且，作家在王佳芝的心智迷失式人物弧线中挖掘出深层缘由："因为没有恋爱过，不知道怎么样就算是爱上了。"这句话已经不再只是王佳芝的内心独白，而是作家通过全知叙述者的口吻表露出隐含作者的干扰性叙述声音。也就是说，作家通过全知叙述者的这句话揭示了王佳芝将要走向不归路的深层原因：正是因为王佳芝没有真正恋爱过，所以，她对自己与易先生之间的私人情感产生了错误的感受和理解，进而向易先生泄露了暗杀计划，使她从一个暗杀汉奸易先生的执行者蜕变为叛变者。从表面上看，王佳芝的不合常理的蜕变似乎是一念之差。然而当我们从王佳芝的人物弧线中找出隐含作者的叙述声音后，不难看出，作家实际上叙述了王佳芝心智迷失的蜕变过程中所蕴含的内在逻辑。她用像演戏一样的态度参与暗杀汉奸计划，这一行为动机使王佳芝在参加暗杀汉奸的活动中背上了情感包袱；为了暗杀计划而与他人发生没有爱情的性关系，这一行为结果又在王佳芝的初次性爱经验中烙下了无法弥补的伤痕印记。所以，王佳芝在汉奸易先生的色欲和物欲的诱惑下迷失了自我的心智，从一个爱国而清纯的女大学生最终成为暗杀汉奸行动中的牺牲品。正是从这个意义上说，作家采用心智迷失式的人物弧线，通过全知叙述者以质疑和惋惜的反思性话语方式，传递出隐含作者对王佳芝的悲剧性结局的人文关怀：王佳芝没有做好准备却参加了暗杀汉奸计划，没有真正恋爱过却发生了性关系，以至于在易先生的色欲和物欲面前迷失了自我，甚至把原本要暗杀的汉奸易先生误认为是自己的情人。显然，全知叙述者的反思性叙述声音中所蕴含的隐含作者的人文关怀叙事意向，与王佳芝在小说故事中的人物弧线的转折方向恰恰构成了一种相反的取向，而这其实便是小说《色・戒》的叙事主题。

---

① 张爱玲．色・戒//张爱玲作品集．太原：北岳文艺出版社，2001：394.

2. 志向迷失式

志向迷失式是侧重于小说主人公以不择手段等方式实现其人生理想而设置的人物弧线。与心智迷失式不同的是，作者往往通过主人公在追求个人的人生理想过程中，以抛弃或背叛真挚的爱情和婚姻等人世间的普世价值，并导致其追求人生理想的路径陷入歧途，进而迷失了自己的人生志向。

例如，在小说《红与黑》中，作家给主人公于连设计了一条志向迷失式的人物弧线。于连是木匠的儿子，却不甘卑微的家庭出身，凭着自己的聪明才智，不择手段地想要跻身法国的上流社会。所以，于连有个身份钻营的人生志向，并且，这个人生志向时常跟于连的现实生活的情感婚姻之间产生矛盾冲突，并最终导致其志向迷失。

我们至少可以从以下四个叙事序列中，探讨作家如何通过于连的身份钻营人生志向与现实生活的情感婚姻之间的矛盾纠结，最终迷失其志向。

（1）在市长夫人家当家庭教师期间，作家设计了一个于连与市长夫人德·瑞那在后花园握手的场景，叙述于连用身份钻营的人生志向战胜其男女情爱欲望，进而实现身体占有的行动目标。

夏日之夜，市长夫人邀请女友德尔维尔夫人一起，坐在自己家的后花园里聊天，于连也坐在一旁。当时，于连想借助夜色偷偷地握住德·瑞那夫人之手，却又怕市长夫人拒绝。小说写道：

> 城堡的时钟已敲过九点三刻，他（于连）还是不敢有所作为。于连对自己的怯懦感到恼怒，暗自决定：“十点钟声响过，我得做我一整天里一直向自己保证要在晚上做的事。否则我就回到房间，一枪打碎自己的脑袋。”
>
> 在焦灸的等待中度过了最后的时刻。于连由于过度紧张，精神几乎崩溃。终于，他头顶上的时钟敲响了十点。这生死攸关的钟声，每一下都在他心中回荡，使他不由得心惊胆战。
>
> 最后一记钟声余音未了，他便伸出手去，一把握住了德·瑞那夫人的纤手。但她立刻抽了回去。于连连自己也不知哪来的勇气，又握住了她的手。虽然激动不已，他握住的那只冰也似的手还是令他吃了一惊。他使劲地握着。德·瑞那夫人曾最后一次试图把手抽回，但那只手还是留在了他的手里。

于连的心中涌动着幸福的暖流，不是因为他爱德·瑞那夫人，而是一次可怕的折磨终于结束了。①

最初，于连想要偷握市长夫人之手，却又迟迟不敢动手，原因在于，当时的他正沉迷于男女情爱的表层动机之中，却又无法以情人的方式去偷握德·瑞那夫人的手。但是，当于连把自己的行动时间设定在时钟敲响十点之后时，实际上激活了潜藏在于连深层动机之中身份钻营的人生志向，所以，于连才有勇气去抓住德·瑞那夫人的手，并最终涌动起幸福的暖流。由此可见，于连起初的心理矛盾表现为男女情爱的表层动机与身体占有的行动目标之间的矛盾，后因深层动机中的身份钻营的觉醒，才使他鼓足勇气，并完成了身体占有的行动目标。也就是说，于连用身份钻营的人生志向战胜了与市长夫人的男女情爱欲望，才使于连成功地实现了身体占有的行动目标。

(2) 担任拉莫尔侯爵的私人秘书期间，作家设计了于连与侯爵女儿玛蒂尔德之间深夜约会的场景，表现于连用身份钻营的人生志向战胜其男女情爱的欲望，进而力图实现拥有婚姻的行动目标。

于连收到侯爵女儿的来信，约他午夜一点钟爬到她的卧室时，小说写道：

“如果这不是圈套，那她为我干出的事也太疯狂了！……如果这是愚弄，那么，先生们，是否把事情闹大，那就全在我了，我可不是让他们随意耍弄的。

“但要是我一进去便被他们捆住了胳膊怎么办呢，他们可能已经装了什么巧妙的机关！

“这像是一场决斗，”他（于连）笑着自语道，“我的剑术教师说过，有进招就有破招，但是仁慈的天主希望有个了结，就让两个人中的一个忘记招架。再说，我有东西回敬他们。”他从口袋里掏出两把手枪，尽管火药还有效，他还是换上了新的。②

侯爵女儿写信跟于连约会，并要求他午夜时分爬到她的卧室。于连的内心十分矛盾。这显然是个机会，侯爵女儿主动向于连伸出了爱情的橄榄枝，于连可以通过与侯爵女儿的婚姻而跻身法国的上流社会，进而实现其身份钻营的人生志

① 司汤达．红与黑．武汉：湖北人民出版社，2008：59.

② 同①361.

向。但是，于连却担心这可能是个阴谋。身为贵族小姐的玛蒂尔德为何要向木匠出身的于连主动示爱呢？如此悬殊的社会身份又怎么可能喜结良缘呢？于连思前顾后，无法在男女情爱的行为动机与拥有婚姻的行动目标之间获得平衡。于是，作家从于连的深层动机中找到了身份钻营的人生志向欲望冲动，与侯爵女儿的半夜约会不只是男女情爱的行为，而是于连有机会摆脱平民的身份，通过与贵族小姐玛蒂尔德的婚姻踏入贵族社会的难得良机。即使是个圈套，于连最终还是下定决心前去赴约，甚至把半夜赴约视作一场决斗。正是这次勇敢的半夜赴约行动，最终使于连跟侯爵女儿结婚。因此，于连用身份钻营的人生志向战胜其男女情爱的欲望，进而实现拥有婚姻的行动目标。

（3）看到市长夫人的匿名举报信后，作家设计了一个于连枪击市长夫人的场景，叙述于连陷入男女情爱的情感包袱的旋涡之中。

在教会的策划下，市长夫人被逼写了一封告密信揭发于连。于连看了这封匿名信件后，就决定行刺德·瑞那夫人。那是一个星期天的早餐，于连从店里买了两把手枪，并装上子弹。教堂的钟声敲了三下，弥撒即将开始。小说写道：

> 于连走进维利埃尔的新教堂。深红色的窗帘遮住了教堂里所有的高窗。于连走到距德·瑞那夫人的凳子几步远的地方站住了。他觉得她正在虔诚地祈祷。看到这个他曾经深爱的女人，于连的胳膊不住地抖动，他无法实施自己的计划。“不能这样，”他对自己说，“我怎能下得了手呢。”
>
> 这时，辅弥撒的年轻教士摇响了举扬圣体的铃声。德·瑞那夫人低下头，披肩的皱褶几乎把她完全遮住了，于连难以认出是她了。他朝她开了一枪，没有打中；接着又开了一枪，她倒了下去。[①]

在行刺德·瑞那夫人时，于连的内心是犹豫的。因为德·瑞那夫人是于连深爱过的女人，并且，于连的身份钻营动机最初是通过对这个女人的身体占有来实施的。然而自从由家庭教师变为侯爵的秘书之后，于连的行动境遇发生了变化，他的行动目标也因其职业的变化而有所调整。所以，于连试图通过与侯爵女儿的结婚来实现自己跻身法国上流社会的目标。显然，德·瑞那夫人的匿名信构成了于连在身份钻营之路上的障碍，于连想要摆脱情感上的挣扎与犹豫，采取了朝德·瑞那夫人开枪的行动，这表明于连再次陷入男女情爱的情感包袱的旋涡之中。

---

① 司汤达．红与黑．武汉：湖北人民出版社，2008：484.

（4）被捕入狱后，于连在法庭上对陪审团的发言，传递出隐含作者的叙述声音。小说写道：

> “各位陪审官先生：
>
> 我本来以为，在死亡临近的时刻，我能够无视你们对我的蔑视，可是我仍然感到很厌恶，这让我不得不说几句话。先生们，我没有属于你们那个阶级的荣幸。在你们看来，我只是一个起来反抗自己命运的乡下人。
>
> “我决不会向你们请求任何的宽恕，”于连说，语气也变得更加坚定，“我决不抱任何的幻想，死亡在等着我：这是公平的。我居然要企图杀害最值得我尊敬和钦佩的女人，而她曾经像一个母亲那样对待我。各位陪审官先生们，我的罪行是残酷的，而且是有预谋的，因此我应该被判处死刑。但是，哪怕我的罪行比这要轻得多，我仍看到有些人不会因为我年轻，值得可怜，而善罢甘休。他们仍想通过我来杀一儆百，永远地让我这个阶级的受到贫穷的压迫，出身卑微，却有幸受到良好教育，敢于跻身于高傲的有钱人的上流社会之中的年轻人灰心丧气。
>
> “先生们，这就是我的罪行。事实上，正因为我不是受到与我同等阶层的人的审判，所以，惩罚会更严厉。在陪审官的座位上，没有一个是富裕起来的农民，我看到的只是一些愤怒的资产者……”
>
> 于连一直用这种口气说了二十分钟，他说出了郁积在心中的所有的话。[①]

虽然于连为了实现个人的身份钻营的人生志向而抛弃或背叛真挚的爱情和婚姻等人世间的普世价值，最终受到命运的惩罚，被送上了断头台，但是，作家并没有简单而粗暴地指责或批判主人公于连选择的自我迷失的人生道路，而是对于连因迷失自己的人生志向而遭到悲剧性的命运给予了反思性的人文关怀。在上述引文中，于连在法庭上对陪审团的一席话，实际上是作家通过主人公于连之口隐秘地表达了隐含作者的叙述声音。于连怀有身份钻营的人生志向，一定程度上表现了当时法国的有志青年希望通过自己的拼搏改变个人社会地位的人生理想，“只是一个起来反抗自己命运的乡下人”，属于“受到贫穷的压迫，出身卑微，却有幸受到良好教育，敢于跻身于高傲的有钱人的上流社会之中的年轻人”。所以，于连力图改变自己社会地位的人生理想并没有错，但是，于连在反抗自己命运的

---

① 司汤达．红与黑．武汉：湖北人民出版社，2008：519.

人生志向追求过程中，却误入了寻求人生理想的歧路而迷失自我，他把爱情与婚姻作为追求其身份钻营的工具，尤其是企图杀害最值得自己“尊敬和钦佩的女人”德·瑞那夫人，所以，于连的“罪行是残酷的，而且是有预谋的”，“应该被判处死刑”。

三、救赎型

救赎型人物弧线是指作者顺着小说主人公的情感动作线的转折方向而设置的人物弧线，通常表现为，作者将人性向善的叙述声音藏匿于主人公的情感动作线中，通过主人公以灵魂救赎或人格救赎等方式，赎回自己曾经拥有或曾经遗弃的东西，进而在主人公摆脱自己的情感包袱争斗过程中传递出隐含作者的叙述声音。

1. 灵魂救赎式

灵魂救赎式是侧重于小说主人公的人生信念等觉悟而设置的人物弧线。在灵魂救赎式人物弧线中，作者往往预设主人公因曾经的过错等缘由而陷入灵与肉争斗的情感包袱之中，并在自觉或不自觉的感化和领悟中救赎自己过往的过错或罪孽，进而传递出隐含作者的叙述声音。

例如，在小说《复活》中，作家叙述了十年前后的两段故事。十年以前，大学生聂赫留朵夫暑期住在姑妈的庄园，认识并诱奸了姑妈家养女玛丝洛娃。十年之后，当聂赫留朵夫以陪审员身份出席法庭审判时，认出被告玛丝洛娃是自己曾经诱奸过的姑妈家养女，决定采取忏悔和赎罪的救赎行动。

作家通过聂赫留朵夫与玛丝洛娃的四次面谈，集中地叙述了聂赫留朵夫的灵魂救赎过程，所以，我们可以将聂赫留朵夫的灵魂救赎概括为以下四个叙事序列。

（1）初次面谈，聂赫留朵夫意识到玛丝洛娃已经沾染上妓女的丑陋习性，却依然希望她醒悟过来。

聂赫留朵夫发现玛丝洛娃是自己曾经诱奸过的姑妈家养女后，就亲自到监狱里，当面向玛丝洛娃认罪。可是，玛丝洛娃没有接受其忏悔，反而主动问聂赫留朵夫要十个卢布。小说写道：

> “这已经是一个没有灵魂的女人了。”他（聂赫留朵夫）望着这张当初娇

艳可爱、如今流露着十足庸俗神气的浮肿的脸，以及紧紧盯着副典狱长和他攥着钱的手的那一双妖气的斜视的黑眼睛，心中不由得这样想。一时间他心里动摇起来。

…………

“卡秋莎！我是来向你请求饶恕的，可是你还没有回答，是不是饶恕了我，或者是不是将来有一天会饶恕我。”他说。忽然对她称起“你”来。

她不听他的话，却一会儿看看他的手，一会儿看看副典狱长。等副典狱长转过身去，她急忙伸过手来，抓住钞票，塞到腰带底下。

“您说得好奇怪。”她笑着说。他觉得那笑里有不值得听的意思。

聂赫留朵夫觉得，她有一种什么东西在跟他直接作对，要使她保持现在这种样子，不让他触动她的心。

可是，说来奇怪，这种情况非但没有使他后退，而且成为一种特殊的新的力量，更有力地推动着他去接近她。他觉得他应该使她在精神上苏醒过来，又觉得这是极其困难的事；但正是这事的困难吸引着他。……他不希望从她身上得到什么，只希望她不再是现在这种样子，希望她醒悟过来，成为她以前那样的人。①

(2) 第二次面谈，聂赫留朵夫跟玛丝洛娃表示，为了弥补自己的过错，决定跟她结婚。可玛丝洛娃借着酒劲，严厉训斥。小说写道：

“你走开，别挨我。我是苦役犯，你是公爵，你用不着到这儿。”她气得一张脸变了颜色，叫了起来，一面把手从他手里往外抽。“你是想拿我来拯救你自己。”她继续说着，急不可待地要把心中一股怨气全吐出来。“你今生拿我寻欢作乐，来世还要拿我来拯救自己！我讨厌你，讨厌你那副眼镜，讨厌你这一副又肥又丑的嘴脸。你走开，走开！”她腾地站起来，嚷道。②

(3) 第三次面谈，聂赫留朵夫跟玛丝洛娃表白，如果不同意跟他结婚，就跟随她一起，直到她愿意。玛丝洛娃没有反对，并表示，自己愿意听聂赫留朵夫的劝告，去狱中医院干活，并主动表示戒酒。小说写道：

他们又沉默了一会儿。

---

① 列夫·托尔斯泰．复活．南京：译林出版社，2019：149－150.

② 同①166.

“哦，还有去医院的事，”她（玛丝洛娃）忽然用斜视的眼睛看了他一眼，说：“如果您要我去，我就去，酒我也不再喝了……”

聂赫留朵夫默默地看了看她的眼睛。她的眼睛在微笑。

“这太好了。”他只能说出这样一句，便和她告别了。

“是的，是的，她完全变成了另外一个人了。”聂赫留朵夫想道。因为这时原来的种种疑虑已经消失，心中产生了一种全新的、从来不曾有过的感觉，那就是相信爱情具有无坚不摧的力量。①

与此同时，玛丝洛娃也受聂赫留朵夫救赎行动的感召，美好善良的灵魂苏醒了。第三次见面之后，小说通过玛丝洛娃的内心独白写道：

玛丝洛娃仍然以为，并且一直千方百计地要自己相信，她还像第二次见面时说的那样，没有原谅他，恨他，然而她早已重新爱上他，而且爱得那样深，凡是他希望她做的，她都不由自主地去做；戒了烟酒，不再卖弄风情，而且进医院去做看护。她所以这样做，就因为她知道他希望这样。每次他提到要同她结婚，她都是断然拒绝，不肯接受他的牺牲，那也是因为她既然说过很倔强的话，就要继续说下去，但主要却是因为她知道，他跟她结婚，对他不是幸福的事。她下定决心不接受他的牺牲，然而她一想到他瞧不起她，认为她还是像原来那样，看不到她精神上的变化，心里就十分难受。②

（4）最后一次面谈，聂赫留朵夫得知玛丝洛娃决定嫁给政治犯西蒙松后，接受了她的选择，并由衷地赞叹玛丝洛娃的人品。小说写道：

“不必了，德米特里·伊凡诺维奇，如果我的做法不是您所希望的，那就请您原谅我吧。”她用她那斜视的神秘的目光看着他的眼睛说。“是的，看起来，只好这样了。您也要生活呀。”

…………

“我没料到会这样。”他说。

“您何必在这儿生活和受苦呢？您可是受了很多苦呀。”她说着，怪样地笑了笑。

“我没有受苦，我过得很好，而且如果我还能出些力的话，我愿意为您

---

① 列夫·托尔斯泰．复活．南京：译林出版社，2019：198.

② 同①314.

再做些什么。”

“我们……”她说到“我们”，对聂赫留朵夫看了一眼，“……什么也不需要。您已经给我出了那么多力。要不是您……”她想说些什么，可是她的声音哆嗦起来。

“您可是不能感谢我。”聂赫留朵夫说。

“何必计算恩怨呢？我们的账自有上帝来算。”她说过这话，那乌黑的眼睛里涌出了泪水，亮闪闪的。

“您是多么好的一个女人呀！”他说。

“我倒是好吗？”她噙着眼泪说，脸上闪过一丝苦笑。①

由此可见，作家为主人公聂赫留朵夫设计了一条灵魂救赎式人物弧线。聂赫留朵夫用自己的实际行动，向玛丝洛娃忏悔当年的过错，并最终得到了玛丝洛娃的宽恕。其实，不只是聂赫留朵夫的灵魂得到了救赎，玛丝洛娃的灵魂也复活了。

2. 人格救赎式

人格救赎式是侧重于小说主人公改邪归正或改过自新等方式而设置的人物弧线。与灵魂救赎式不同的是，作者主要通过主人公在生活态度和行为方式等人格方面的人格蜕变而走出人生迷途，进而传递出隐含作者的叙述声音。

我们已经知道，在小说《少女小渔》中，严歌苓给主人公少女小渔设置了一个人格救赎式人物弧线，其基本的行动路线图可以概述如下：

（1）在男友江伟的劝说下，二十二岁的小渔为了能获得在悉尼的居留权而与六七十岁的意大利老头在悉尼的移民局办了假结婚证，内心却对老头产生了厌恶和恐惧。

（2）小渔因移民局上门来查，老头把小渔叫去卧室同住，并吩咐原来的女伴瑞塔搬出自己的卧室，小渔为自己与老头的假结婚影响了老头与其原来女伴的关系而感到惭愧。

（3）看到老头以长辈的身份与自己相处，并在两人的交谈中流露出对自己的关心，小渔消除了原先对老头的恐惧感。

见小渔进屋，老头推开了正在吻他的瑞塔。小渔发现老头脸上露出自卑和

---

① 列夫·托尔斯泰．复活．南京：译林出版社，2019：440－441．

羞愧的神色，便感到自己与老头的假结婚是一种堕落，虽然自己有足够的时间加以纠正，但老头剩下的余生却不多了。小渔听老头说背痛，就主动帮老头揉背。老头握住小渔的手问道：三个月就要搬走了，为何还要把屋子打扫得这么干净？小渔惊恐中回过神后答道：你要住下去的。老头笑着，并用长辈的方式在小渔的额头上吻了一下。小渔发现老头像变了个人，也许什么使老头想做一回长辈。

(4) 瑞塔离开后，小渔主动关心老头的生活和未来，并不顾男友江伟的劝阻，冒着风雨帮老头捡起撒落在地上的钞票。

(5) 老头改变了原先的陋习而好好做人，小渔看着老头清早拎着提琴上街卖艺，心里十分感动，并消除了对老头的厌恶感。

(6) 老头中风躺在家里的病床上，拿出火车月票让小渔带着行李离开。小渔接到男友一再打来的催促电话，却想多陪伴老头一会儿。临走时小渔对老头说道："我还会回来看你……"小说接着写道：

> "别回来……"他（意大利老头）眼睛去看窗外，似乎说：外面多好，出去了，干嘛还进来？
>
> 老头的手动了动，小渔感到自己的手也有动一动的冲动。她的手便去握老头的手了。
>
> "要是……"老头看着她，满嘴都是话，却不说了。他眼睛大起来，仿佛被自己的不知天高地厚吓住了。她没问——"要是"是问不尽的。要是你再多住几天就好了。要是我死了你会记得我吗？要是我幸运地有个葬礼，你来参加吗？要是将来你看到任何一个孤零零的老人，你会由他想到我吗？
>
> 小渔点点头，答应了他的"要是"。
>
> 老头向里一偏头，蓄满在他深凹的眼眶里的泪终于流出来。①

小说《少女小渔》叙述了小说主人公小渔在澳大利亚与比自己年长四十多岁的意大利老头假结婚的故事。作者没有从故事的表面叙述小渔与意大利老头假结婚的经过，以及在老头中风后离开的结局，而是为主人公小渔设置了一条人物弧线。最初，因男友的提议和介绍，小渔同意与比自己年长四十多岁的意大利老头假结婚。由此，作者为小渔预设了一个情感包袱：为了获取在悉尼的居留权而与

① 严歌苓．少女小渔．西安：陕西师范大学出版社，2013：20.

意大利老头假结婚，因而在假结婚仪式上对意大利老头产生了厌恶和恐惧的情绪。随后，作者主要从以下四个环节叙述了小渔与意大利老头相处过程中的感情变化：

- 为自己的假结婚影响了老头与其原来女伴的关系而感到惭愧；
- 见老头以长辈的身份与自己相处而消除了原先对老头的恐惧感；
- 主动地关心老头的生活和未来；
- 因发现老头改变了陋习而消除了对老头的厌恶感。

在人物情感变化的四个环节中，第二和第四个环节是小渔的两大重要的情感转折点。前者是因消除了对老头的恐惧感而使小渔能主动地关心起老头的生活和未来；后者则是因消除了对老头的厌恶感而使小渔能在惜别病中的老头时心存牵挂。于是，一对陌生而荒诞的假夫妻最终却产生了两代人之间的真情意。因此，作家在小说的故事中嵌入了一条人格救赎式人物弧线，并在主人公小渔的情感动作线中植入了隐含作者的人性向善的叙述声音，进而使小渔逐渐地消除了对意大利老头的恐惧感和厌恶感，转而关心起老头的未来生活，临走时还牵挂着因中风而躺在病床上的老头。“要是你再多住几天就好了。要是我死了你会记得我吗?要是我幸运地有个葬礼，你来参加吗？要是将来你看到任何一个孤零零的老人，你会由他想到我吗？小渔点点头，答应了他的‘要是’。”显然，小说中这些设问已从小渔的内心独白滑向了隐含作者的叙述声音，而作家通过小渔的点头答应来展示小说的救赎主题：主人公小渔在与意大利老头假结婚生活过程中被激发了善良的人性，终于摆脱了对老头的恐惧感和厌恶感，并像对待自己的亲人那样关心和牵挂着老头。值得注意的是，小渔对老头的情感转折并不是单向的，而是处于与意大利老头的人物互动关系之中。小渔能消除对意大利老头的恐惧感，是因为老头以长辈的身份与小渔相处；而小渔能消除对意大利老头的厌恶感，则在于老头改变了陋习而好好做人。从这个意义上说，这是一个关于少女小渔和意大利老头两人的情感与灵魂的救赎的故事。

【本章概要】

本章涉及作者如何配置小说作品中的人物结构问题。与传统的小说写作和文学理论不同，小说写作实训活动强调从人物结构而不是人物形象的意义上探讨作者如何塑造小说人物的命题，并强调为小说故事主人公配置相关的角色。

首先，本章分别从人物的习性、人物与情节、人物与场景的小说叙事三要素的关系上，探讨小说人物类型的结构性配置问题。在人物的习性配置方面，从小说写作实训活动的可操作角度提出了扁平人物的圆形化路径；在人物与情节的结构性配置上，从次要人物的叙事功能上探讨作者如何配置主要人物与次要人物；在人物与场景的结构性配置方面，从矛盾的激发、视角的统领、话语的主导和氛围的把控四个方面探讨作者应如何设置控场人物与陪场人物的关系。

其次，本章借鉴了法国学者格雷马斯有关三组六类的小说人物分类方法，并将其运用于作者为小说故事主人公配置角色的人物类型的结构性方法中。从主人公的欲望取向、主人公行为的施受取向、人物与主人公的利害关系三个方面探讨了作者如何为主人公配置相关的角色，进而使围绕在小说故事主人公周围的人物群像构成一种多个取向的结构图式。

最后，本章引入了好莱坞编剧的“人物弧线”范畴和小说叙事学的“隐含作者”范畴，并将两种叙事范畴整合起来探讨作者在小说写作实训活动中如何设计主人公人物主线的结构性配置问题。笔者根据隐含作者的叙述声音与主人公的情感包袱之间的叙事逻辑关系，举例论述了成长型、迷失型和救赎型三种小说的人物弧线类型，并分别从自觉选择与无奈选择、心智迷失与志向迷失、灵魂救赎与人格救赎方面，具体分析三种人物弧线类型各自不同的呈现形态与叙事技术。

【思考题】

1. 举例分析扁平人物的圆形化路径。
2. 举例分析控场人物与陪场人物。
3. 举例分析人物弧线。

【练习题】

1. 从主人公的欲望取向、主人公行为的施受取向和与主人公的利害关系三个层面，设计或修改自己小说故事中的人物关系。

2. 按照人物弧线的类型，设计或修改自己小说故事中的主人公人物主线。

【推荐阅读】

1. 小仲马．茶花女．北京：人民文学出版社，1980.
2. 哈代．德伯家的苔丝．北京：人民文学出版社，2004.

第六章 在书面故事中构造场景

书面的故事是一种可视的媒介。是的，好的虚构故事就像电影一样是可以看在眼里的。无论什么时候，假如你的脑子里没有呈现出一幅栩栩如生的画面，你就遇到麻烦了，或者很快就要遇到麻烦了。故事体验的是事物的具象，这种东西全是我们可以看得见、摸得着的。

——杰里·克利夫《虚构文学速成全攻略》

我们已经知道，展示是小说作者首先并主要采用的叙述方式。笔者将其命名为感官叙事的小说叙述方式，旨在突出作者主要依赖于自己身上的感觉器官来叙述小说故事中的事件，进而在小说作品的书面语言中呈现出鲜活的生活世界。所以，为了讲好小说的故事，作者需要用感官叙事的方式为小说故事中的人物行动和具体情节提供一些具有画面感和场景感的小说场景。当然，场景要素不只是一个如何用语言文字描绘画面和情景的问题，也是一个如何在画面和情景中塑造人物和推进情节的问题。正是从这个意义上，我们用“场景构造”一词来指称小说中的场景要素。也就是说，场景构造是指作者通过画面描写、场面烘托和时空衔接或情节助推等途径，使小说中的场景要素具有文学视像意义上的可感性，以及推动情节进展和变化的叙事功能。

第一节 用画面描写激活叙事感知与叙事想象

许多有经验的作者都谈到过用画面感的方式构思和描写小说中的人物、事件和场景，这种独特的思维方式也被学术界称为形象思维。所以，作者要像画家、导演和摄影师那样，用画面、场面和镜头的方式去感知、想象小说的故事素材，并通过书面语言的感官叙事方式把小说故事中鲜活而具体的视觉表象呈现为小说作品中的文学视像。也就是说，画面描写既是作者用语言文字描述小说场景的书面表达方式，也是作者感知和想象小说场景的形象思维方式。

一、激活感知

如何摆脱语言文字在感性呈现方面的限制，是作者写小说时首先要面临的挑战。笔者认为，通过激活身体感官的感知途径描写具有画面感的小说场景，是一种行之有效的方法，即作者用书面语言把自己头脑中鲜活的人物、事件和场景书写成能够激活读者身体感知的文学视像。

1. 从感知类型上，分为画面描写中的视听感知、嗅觉感知与多元感知

视听感知是两种基础性的身体感知方式，也是人的身体感官中最具想象和智

性特质的感知功能。所以，作者往往会首先用视听感知来构思和撰写小说故事，并以此来唤起读者的叙事感知。

（1）诉诸视听感知的画面描写。作者从视听感知的角度描写小说场景，引导读者用眼睛和耳朵的叙事感知来体验小说中的场景和景象。例如，小说《风波》的开篇写道：

> 临河的土场上，太阳渐渐的收了他通黄的光线了。场边靠河的乌桕树叶，干巴巴的才喘过气来，几个花脚蚊子在下面哼着飞舞。面河的农家的烟突里，逐渐减少了炊烟，女人孩子们都在自己门口的土场上泼些水，放下小桌子和矮凳；人知道，这已经是晚饭的时候了。①

作家先从视感觉入手：河边的土场上，金黄色的晚霞逐渐淡去；然后转入听感觉：靠河的乌桕树下，几只花脚蚊子哼着飞舞；接着又回到视感觉：农家的烟囱里的炊烟也渐渐消失，女人和孩子们在各家门口的土场上泼些水，放下小桌子和矮凳。这就使读者能够凭借从视觉到听觉的身体感知来欣赏作家描绘的小说场面。值得注意的是，作家用由远及近、由高及低的方式描写画面，从天边的晚霞、河边的树木和飞舞的蚊子、面河的农家烟囱里冒出的炊烟，直到女人和孩子们往自家门口的土场上泼水，放下桌子和凳子，勾勒出农户人家准备在土场上吃晚饭的叙事场面。

（2）诉诸嗅觉感知的画面描写。作者用独特的嗅觉感知描写小说人物在特殊场景中感受到的气味，引导读者用鼻子的叙事感知来体验和回忆小说场景中人物、器物等的嗅觉气味。例如，在小说《朗读者》中，米夏接到女监狱长有关汉娜提前赦免出狱的通知，就来监狱与汉娜谈论她出狱后的生活和工作安排。当米夏在汉娜身边坐下来后，小说写道：

> 以前，我总是特别爱闻她（汉娜）身上的气味。她闻起来那么清新，是才洗过澡，是新洗过的衣服，是方才沁出的香汗，是刚刚被爱过的余味。有时候她也用香水，可我不知道是哪一种。而且，就是她用的香水，闻上去也要比其他香水清新爽朗。就在这种闻上去清爽的气味之下，又流连着另外一种味道，很浓重，潜伏着，涩得刺鼻。回想那时候，我经常在她身上嗅来嗅去，就像一只小动物似的。……她的手是白天干活的味道，带有车票的油墨

---

① 鲁迅．风波//鲁迅全集：第一卷．北京：人民文学出版社，2005：491.

香、钳子上的铁器味，以及洋葱头、鱼、煎肥肉、肥皂水、烫衣服的蒸汽等的味儿。如果她刚刚洗过澡，手上就什么也闻不出来了。不过，那也只是香皂味把其他气味都掩盖起来而已。过了一会儿，那些味道又会卷土重来，微弱地混合进一天干活的气息当中，那就终于是傍晚、回家和居家的气氛了。

现在，我坐在汉娜身旁，闻到的是一个老女人的体臭。我不晓得这种气味是怎么形成的，我从老祖母、老外婆和老姑妈、老姨妈那儿闻到过，或者是在养老院，在那儿，房间啦走廊啦到处是这种味道。要说起来，这种气味对于汉娜来说未免太早了吧。①

在上述引文中，主人公米夏探监时闻到汉娜身上的气味时，回想起自己曾经特别爱闻汉娜身上气味的美好记忆，并对两种不同的气味进行了比较：两人热恋时，汉娜的气味是清新爽朗而令人迷乱的，而当汉娜因入狱和衰老而对生活失去信心后，她的身上却散发出一种老女人的体臭。这里，作家通过两种气味的描述和比对，引导读者用嗅觉的方式感知米夏在两个时期对汉娜身上气味的直观感受。值得注意的是，两种气味的比较，不仅通过嗅觉感知和嗅觉记忆来呈现画面描写的文学视像，而且表达出米夏对生命的无情流失和爱情的无可挽回的悲哀。

（3）诉诸多元感知的画面描写。作者在视听感知的基础上加入了嗅觉、触觉、味觉等多种叙事感知的描写内容，使读者能够打开所有的感觉器官，全身心地沉浸到小说的场景之中。例如，小说《祝福》一开始写道：

旧历的年底毕竟最像年底，村镇上不必说，就在天空中也显出将到新年的气象来。灰白色的沉重的晚云中间时时发出闪光，接着一声钝响，是送灶的爆竹；近处燃放的可就更强烈了，震耳的大音还没有息，空气里已经散漫了幽微的火药香。②

从眼睛所见的晚云中的爆竹闪光，耳朵所闻的爆竹声响，到爆竹燃放后的火药香味，作家用色彩、光线、声响和气味等语言文字的感性表征，诱导读者用视觉、听觉和嗅觉等多种身体感觉器官，欣赏除夕之夜鲁镇上燃放爆竹的场景。值得注意的是，作家将鲁镇上除夕燃放爆竹的画面设置于小说的开头和结尾，给读者造成一种首尾呼应的阅读效应。

---

① 本哈德·施林克．朗读者．南京：译林出版社，2012：198－199.
② 鲁迅．祝福//鲁迅全集：第二卷．北京：人民文学出版社，2005：5.

2. 从感知主体上，分为画面描写中的人物感知与全知叙述者感知

在小说的画面描写中，作者可以站在两个层面上激活读者的叙事感知：一个是故事中的人物感知，作者用人物在具体场景中的主观身体感知来描写画面，使读者通过人物的身体感官来感知人物身处的场景；二是故事外的全知叙述者感知，作者也能够游离至小说故事场景之外或之上，通过全知叙述者的客观视角来描写画面，使读者站在旁观者的位置上观察人物所处的场景。因此，作者可以通过人物感知与全知叙述者感知的方式，引导读者对小说场景产生远近距离感。

例如，在小说《包法利夫人》中，女主人公爱玛与罗道耳弗之间产生了婚外情。但是，爱玛却先后两次遭遇罗道耳弗的背信弃义，身心受到严重的伤害和打击。福楼拜从不同叙事主体的角度描写爱玛遭受打击时的室外场景。

（1）人物感知的场景描写。作者从人物的感知来描写小说中的情景或景象，使读者能通过小说场景中的人物感知获得某种画面感。比如，在叙述爱玛第一次受到罗道耳弗背信弃义的打击时，作家主要从爱玛的视角描写小说中的情景和景象。当爱玛看了罗道耳弗的来信后便意识到，罗道耳弗是个情场上的懦夫，不愿与她一起私奔。于是，小说写道：

> 明晃晃的阳光，从底下笔直反射上来，裹住她（爱玛）的身体，往深渊拉。她觉得广场土地晃晃悠悠，齐墙凸起，地板向一边倾斜，好像船只前后摆动一样。她站在窗口，仿佛挂在半空，四周一无所有。碧天近在身边，空气在她的空洞的头里流来流去，她只要就势一跳，朝前一纵，也就成了。旋床乌隆乌隆，并不中断，活像一个发怒的声音在叫她一样。①

小说主要是从爱玛的身体感知来描写她当时所处的小说场景。从“她觉得”开始，小说先描写了爱玛眼中所见到的身边场景，广场上的土地在摇晃、墙面升起、地板倾斜，仿佛自己被挂在半空。接着又描写了爱玛耳朵中所感知到的周围场景，空气在流动，旋床在吼叫。因此，作家是从小说人物的视听感知中描写了人物所处的场景，其目的是引导读者从小说故事的具体人物的主观感知中感受人物所处的场景，进而切身地体验小说人物当时的真实感受。

（2）全知叙述者感知的场景描写。作者通过全知叙述者的角度，站在故事的

① 福楼拜．包法利夫人．北京：人民文学出版社，1958：203.

外部描写小说中的情景或景象，使读者能够产生一种客观的画面感。比如，爱玛发现罗道耳弗是个十足的伪善者，不愿借钱给自己还债，因而再次遭遇罗道耳弗背信弃义的打击。小说写道：

> 她（爱玛）出来了。墙在摇晃，天花板往下压她。她又走进悠长的林荫道，绊在随风散开的枯叶堆上。她终于走到栅栏门前的壕沟；她急着开门，在门闩上碰断了指甲。然后百步开外，她气喘吁吁，眼看就要跌倒，只得站住。……①

作家先从小说人物的角度描写爱玛走出房间过程中的场景感知：墙在摇晃，天花板似乎向爱玛压来，表现爱玛内心的愤怒和绝望。当爱玛走进林荫道后，小说却转入全知叙述者的视角描写场景，从爱玛绊在枯叶堆上，继而走到壕沟，开门时指甲被门闩碰断，气喘吁吁到跌跌撞撞，作家将画面描写的“镜头”从爱玛的主观视角后移，变为全知叙述者的客观视角，进而游离出小说故事的内部叙述层面，从一个旁观者的视角展示爱玛的人物外部行动，以及林荫道、枯叶堆、栅栏门等场景。值得注意的是，作家将描写场景的“镜头”从爱玛的主观视角转移到全知叙述者的客观视角，旨在引导读者由近距离的人物体验进入远距离的人物观察，进而能在两个层次上解读出爱玛绝望的心境和可怜的情形。

3. 从感知取向上，分为客观感知式描写与主观体验式描写

客观感知式描写是一种侧重于场景感知的外部描写，而主观体验式描写则是侧重于人物感知的内部描写。因此，作者可以通过客观感知与主观体验的方式，引导读者从由外入内、由内出外的角度来阅读小说中的场景。

（1）由外入内式。作者从外部描写转入内部描写，旨在引导读者由场景的客观感知向人物的主观体验方式进入小说的场景。例如，小说《牛虻》开篇写道：

> 亚瑟坐在比萨神学院的图书馆里，正在翻查一大叠讲道的文稿。这是六月里一个炎热的傍晚，所有窗户都敞开在那儿，只是为了阴凉，才把百叶窗半掩着。神学院院长蒙泰尼里神父把笔停一下，慈爱地瞥视着那个俯在文稿上的黑发油油的脑袋。
>
> “你找不到吗，亲爱的？没有关系；我要把这一节重新写过。或许那已

① 福楼拜．包法利夫人．北京：人民文学出版社，1958：321.

经给撕掉了。我让你白白花费了这许多时间。”

蒙泰尼里的声音很低，却圆润、响亮，音调像银子般纯净，因而使他的谈话具有一种特殊的魅力。这是一个天生演说家的富于抑扬顿挫的声音。当他跟亚瑟谈话时，语调中老是含着一种抚爱。①

作家先从全知叙述者的视感知角度客观地描写图书馆内的景象，亚瑟坐在比萨神学院的图书馆里，正在翻查一大沓讲道的文稿，所有的窗户都敞开着，只有百叶窗为遮阳而半掩着。蒙泰尼里正停下了手中的笔，用慈爱的眼神瞥视着俯在文稿上的亚瑟。当小说叙述到蒙泰尼里对亚瑟说话之后，却转入了对说话语调的内心感知描述，“银子般纯净”的声调和“含着一种抚爱”的语调。值得注意的是，在小说开篇采用由外入内式的画面描写，作家不仅引导读者从外在场景进入场景中的人物内心情感，而且呈现为一种由视感知向听感知转换的感官体验过程，进而引导读者从蒙泰尼里瞥视亚瑟的慈爱神态，以及在向亚瑟说话中的抚爱语调，感觉出两人之间有着超出一般师生关系的亲密感情。

(2) 由内出外式。作者从内部描写转入外部描写，使读者能从人物的主观体验来感知小说的场景。例如，小说《牛虻》在叙述亚瑟回到自己与同母异父的哥哥及嫂子所居住的家时，作家采取由内出外式的方式描写了亚瑟回家时所见的室内场景。耶稣受难周的礼拜四下午，亚瑟离开神学院徒步回家度假期。当亚瑟走进家门时，小说写道：

亚瑟怀着一种受到压抑的沉重心情走进去。一所多么阴郁可怕的房子！生活像潮水一样在它旁边流过去，却永远冲不到它的头上。房子里什么都不曾变动——无论是住的人，是那一家人的肖像，那笨重的家具和恶俗的器皿，那庸俗的摆阔的排场和每一件东西的死气沉沉的形象，都原封未动。就是那些插在黄铜花瓶中的鲜花，也好像是上过油漆的金属制成的假花，在和暖的春天里也没有那种青春气息的激动。裘丽亚，已经穿上了餐服，在那对她说来就是生活中心的客厅里等待着客人，她脸上显出呆板的微笑，头上耸着亚麻色的发鬈，膝盖上还伏着一只小狗，那样子活像时装画里的人。

“你好，亚瑟?”她生硬地说了一句，把她的指尖给亚瑟握了一握，随即转过去抚摸那只小狗的光泽毛皮，好像那样更来得舒适些一样。“希望你身

① 艾·丽·伏尼契．牛虻．北京：中国青年出版社，1953：1.

体好，并且在学校里大有进步。”①

亚瑟一直寄居在同母异父的哥哥及嫂子家里。小说情节开始不久，亚瑟就曾跟蒙泰尼里抱怨道，自母亲去世后就不想再在那个“悲惨的屋子里待下去了。裘丽亚会逼得我发疯的”。所以，亚瑟是怀着一种压抑而沉重的心情回家的，而作家也是从亚瑟的这种主观情绪出发，描写他进屋后对室内场景的主观体验：笨重的家具和恶俗的器皿，摆出一副庸俗而摆阔的排场，而每一件东西却死气沉沉的，那些插在黄铜花瓶中的鲜花，也好像是上过油漆的金属制成的假花；穿上餐服的嫂子裘丽亚脸上显出呆板的微笑，活像时装画里的人。由此可见，作家采取了由内出外式的画面描写方式，先叙述了亚瑟回家时的主观感受，并在这种不愉快的人物感受中描写室内场景，然后才转入客观地描写裘丽亚跟亚瑟打招呼的情形。

二、画面构图

在画面描写中，激活感知只是用身体感官进入小说的场景的引导机制，接下来的任务是如何使小说的场景具有画面感。因此，作者要像画家、舞台设计师和摄影师那样用画面构图的方式描写小说中的场景。

1. 从描写对象上，分为静态画面与动态画面

作者将静态的物象与动态的物象组合起来，使小说中的场景或景象呈现为具有层次化或节奏感的画面结构。

例如，在小说《边城》中，沈从文时常会从全知叙述者的角度描绘边城的地理风貌。小说写道：

> 茶峒地方凭水依山筑城，近山一面，城墙如一条长蛇，缘山爬去。临水一面则在城外河边留出余地设码头，湾泊小小篷船。船下行时运桐油、青盐、染色的五棓子。上行则运棉花、棉纱以及布匹、杂货同海味。贯串各个码头有一条河街，人家房子多一半着陆，一半在水，因为余地有限，那些房子莫不设有吊脚楼。②

① 艾·丽·伏尼契．牛虻．北京：中国青年出版社，1953：42－43.

② 沈从文．边城（汇校本）．武汉：长江文艺出版社，2009：8.

作家勾勒了一幅奇丽的边城画面。茶峒城靠山临水，城后山的一面有一条长长的城墙，城外临水的一面有码头，停泊着小篷船。一条河街将各个码头串联起来，街上的房子多是吊脚楼，一半在陆地，一半在水里。但是，在静态图画中，作家也描写了一些动态的画面，比如，装着货物的船只在河里航行，下行的船运桐油、青盐、染色的五棓子；上行的船则运棉花棉纱以及布匹杂货同海味。因此，作家以静态画面切入，勾勒边城的地貌轮廓，然而在河道描写中却引入了动态画面的要素，穿梭来往的货船装载着各地的货物，进而构成静态景物主导下的静动组合画面。

2. 从视角调控上，分为远近描写与高低描写

作者描写出小说场景中的物体所处的远近与高低的位置，并通过远近推移和高低升降的方式，在时空的位移中构造出错落起伏的画面结构。

例如，小说《边城》开头写道：

> 由四川过湖南去，靠东有一条官路。这官路将近湘西边境到了一个地方名为“茶峒”的小山城时，有一小溪，溪边有座白色小塔，塔下住了一户单独的人家。这人家只一个老人，一个女孩子，一只黄狗。
>
> 小溪流下去，绕山岨流，约三里便汇入茶峒大河。人若过溪越小山走去，则只一里路就到了茶峒城边。溪流如弓背，山路如弓弦，故远近有了小小差异。小溪宽约廿丈，河床为大片石头作成。静静的河水即或深到一篙不能落底，却依然清澈透明，河中游鱼来去皆可以计数。[①]

作家先从远景的一条官路、一条小溪、一座白塔、一户人家拉到近景中的一个老人、一个女孩和一只黄狗。接着，从高空俯视的角度描绘茶峒城周围的地貌，从小溪的河道流向和山路的走向，到溪流和山路的形状。然后将视角从高空拉到地面的小溪边上，用近距离的角度描写了小溪的河面宽度、河床材质，河中的水流、水深、水质，以及水中的游鱼。因此，整个画面的构图上呈现为由远至近的视觉距离，以及由高至低的视点调控。

3. 从画面结构上，分为黑白色彩、冷暖色调与光影幻象

作者用色彩或色调的要素配置来描写小说中的情景或景象，诸如黑白色彩、

---

① 沈从文．边城（汇校本）．武汉：长江文艺出版社，2009：1.

冷暖色调、光影幻象等，引导读者感受和体验画面背后的叙事意义。

（1）黑白色彩。作者通过黑白色彩的对比配置来对小说故事进行叙事修辞，使读者能体悟出画面之外的叙事意味。例如，在小说《金锁记》中，女主人公曹七巧因贪图金钱而嫁到姜家后，被套在了“金锁”之中。尽管生了一儿一女，但是曹七巧却因丈夫患有“骨痨”病而较早地失去了夫妻间应有的性爱生活，于是便与姜家三少爷的姜季泽之间发生了暧昧关系。丈夫死后，曹七巧带着一对儿女离开了姜家，与季泽之间的婚外恋情也走到了尽头，便想在自己的儿女身上获得某种心理上的补偿。一天晚上，曹七巧正躺在自己的家里抽大烟，她的儿子长白盘踞在烟铺跟前的一张沙发椅上嗑瓜子，无线电里播放着一出冷门戏曲。曹七巧责怪儿子娶了媳妇忘了娘，并要儿子替自己烧一夜的烟。小说写道：

> 起坐间的帘子撤下送去洗濯了。隔着玻璃窗望出去，影影绰绰乌云里有个月亮，一搭黑，一搭白，像个戏剧化的狰狞的脸谱。一点，一点，月亮缓缓的从云里出来了，黑云底下透出一线炯炯的光，是面具底下的眼睛。天是无底洞的深青色。久已过了午夜了。长安早去睡了，长白打着烟泡，也前仰后合起来。七巧斟了杯浓茶给他，两人吃着蜜饯糖果，讨论着东邻西舍的隐私。七巧忽然含笑问道：“白哥儿你说，你媳妇儿好不好？”长白笑道：“这有什么可说的？”七巧道：“没有可批评的，想必是好的了？”长白笑着不做声。七巧道：“好，也有个怎么个好呀！”长白道：“谁说她好来着？”七巧道：“她不好？哪一点不好？说给娘听。”长白起初只是含糊对答，禁不起七巧再三盘问，只得吐露一二。旁边递茶递水的老妈子们都背过脸去笑得格格的，丫头们都掩着嘴忍着笑回避出去了。七巧又是咬牙，又是笑，又是喃喃咒骂，卸下烟斗来狠命磕里面的灰，敲得托托一片响。长白说溜了嘴，止不住要说下去，足足说了一夜。①

躲在乌云里的月亮，半白半黑的像个狰狞的脸谱。当月亮缓缓地从云层里出来以后，便在黑云底下透出一线光亮，这光线又像面具底下一双窥探隐私的眼睛。值得注意的是，作家将云层下的月亮描绘成黑白对比的假面具，以及窥探隐私的眼睛，实际上是用场景描写的隐喻手法刻画曹七巧的人物形象。在母亲身份的假面具下，曹七巧试图打听自己儿子的夫妻隐私生活，以至于边上的老妈子们

① 张爱玲．金锁记//张爱玲作品集．太原：北岳文艺出版社，2001：65-66.

背过脸去笑，而丫头们也都掩着嘴忍着笑回避出去了。因此，作家通过自然场景描写，深刻地展示了不幸的婚姻造成了曹七巧的扭曲心理。

(2) 冷暖色调。作者用冷暖色调的组合配置来增添画面的情感或意境。例如，在小说《故乡》中，当母亲提起闰土想要见人物“我”时，小说写道：

> 这时候，我的脑里忽然闪出一幅神异的图画来：深蓝的天空中挂着一轮金黄的圆月，下面是海边的沙地，都种着一望无际的碧绿的西瓜，其间有一个十一二岁的少年，项带银圈，手捏一柄钢叉，向一匹猹尽力的刺去，那猹却将身一扭，反从他的胯下逃走了。
>
> 这少年便是闰土。我认识他时，也不过十多岁，离现在将有三十年了……①

作家运用蓝、绿的冷色调与黄的暖色调的组合配置，营造出一幅童话般的画面：上面是深蓝的天空和一轮金黄色的圆月，下面是海边的沙地和一望无际的碧绿西瓜地，一个十一二岁的少年，脖子上戴着银项圈，手里捏着一把钢叉，在西瓜地中寻猎，突然，他向一只猹尽力刺去，那猹却从少年的胯下逃走了。值得注意的是，在这幅海边沙地的图画中，作家在人物“我”对孩时伙伴的美好记忆中，印刻了特定的地方风情：少年闰土的脖子上戴着银项圈，手里捏着一把钢叉，在一望无际的碧绿西瓜地里驱赶着偷吃西瓜的猹。

(3) 光影幻象。作者将小说场景中的光与影进行组合配置，呈现一种玄幻或神秘的意象。例如，在小说《金锁记》中，曹七巧在丈夫去世后，便携其子女搬出姜公馆，另租了一幢屋子住下，因而和姜家各房很少来往。几个月后，姜季泽上门拜访。起初，姜季泽的一番花言巧语几乎打动了曹七巧，使她内心复燃起两人的旧情，但当发现姜季泽是来劝自己卖掉田地时，曹七巧便勃然大怒，并用扇子向姜季泽的头上掷过去。扇子打翻了玻璃杯里的酸梅汤，姜季泽被溅了一身，狼狈地离去。小说写道：

> 她（曹七巧）到了窗前，揭开了那边上缀有小绒球的墨绿洋式窗帘，季泽正在弄堂里往外走，长衫搭在臂上，晴天的风像一群白鸽子钻进他的纺绸裤褂里去，哪儿都钻到了，飘飘拍着翅子。
>
> 七巧眼前仿佛挂了冰冷的珍珠帘，一阵热风来了，把那帘子紧紧贴在她

① 鲁迅．故乡//鲁迅全集：第一卷．北京：人民文学出版社，2005：502.

脸上，风去了，又把帘子吸了回去，气还没透过来，风又来了，没头没脸包住她——一阵凉，一阵热，她只是淌着眼泪。

玻璃窗的上角隐隐约约反映出弄堂里一个巡警的缩小的影子，晃着膀子踱过去，一辆黄包车静静在巡警身上辗过。小孩把袍子掖在裤腰里，一路踢着球，奔出玻璃的边缘。绿色的邮差骑着自行车，复印在巡警身上，一溜烟掠过。都是些鬼，多年前的鬼，多年后的没投胎的鬼……什么是真的，什么是假的?①

作家运用光影构图的方法，叙述曹七巧在窗前凝视着姜季泽离去时所看到的室外景象：玻璃窗映出了楼下弄堂里的巡警影子；黄包车碾过巡警身体；小孩踢球；邮差骑自行车驶过等。值得注意的是，作家通过人物眼里所见的光影变幻的景象，生动地折射出曹七巧失魂落魄的心理状态，因为她亲眼目睹自己与姜季泽之间的婚外情就此终结了。

三、意象修辞

虽然书面的语言文字不能像图画或影像那样直观地呈现小说中的场景，却能使图画描写具有意象修辞的功能。作者不仅可以描写小说人物身处的现实场景，或者小说人物意念中的画面和景象，而且能够在小说场景中赋予某种叙事修辞的意味。也就是说，作者是在叙事意向的驱动下进行小说的画面描写，进而使画面描写中的文学视像能够以意象修辞的方式表征小说中的人物性情、叙事氛围和叙事主题。

1. 隐喻

隐喻意象修辞是指作者依据相似性的原则，在画面描写中暗示小说故事中的人、事、物，使画面描写具有意象修辞的功能。

例如，在小说《了不起的盖茨比》中，菲茨杰拉德在叙述主要人物黛西首次出场时，就使用了隐喻的意象修辞手法。当尼克第一次拜访表妹黛西的豪宅时，小说写道：

我们（尼克和黛西的丈夫汤姆·布坎南）走过一条高高的走廊，进入一

---

① 张爱玲．金锁记//张爱玲作品集．太原：北岳文艺出版社，2001：60.

个敞亮的、玫瑰色的大厅，其两端都是法式落地窗，把它与主楼巧妙地连接起来。窗门半开着，外面碧绿的青草仿佛悄悄地长到房子里来了一般，在那清新的绿意映衬下窗门显得更光亮洁净。一阵风吹进屋子，把窗帘吹得好像片片白色的旗帜随风飞舞。风从这一头吹进来，从那一头吹出去，窗帘卷曲上升，飞向天花板上像婚礼蛋糕似的装饰图案，然后从绛色地毯上面拂过，留下一道阴影，就像风掠过海面时那样。

屋子里惟一静止不动的东西是一张巨大的长沙发，上面的两个年轻女人（黛西和贝克）活像是漂浮在一个被系住的大气球上。她们都穿着一身白色衣裳，裙子在起伏飘动，仿佛她们刚环绕房子飞了一圈回来。我（尼克）一定是站了好一会儿了，倾听窗帘拍打的响声和墙上一幅挂像发出的吱嘎声。突然砰的一声，汤姆·布坎南关上了后面的窗子，室内的风随之平息了下来，窗帘、地毯，还有那两个年轻女人也慢慢地飘落到地板上。①

这是黛西在小说情节中的首次出场，在对黛西的豪宅进行室内场景描写时，作家抓住了一阵风吹进屋子后的画面效果。一阵风把白色的窗帘吹得卷曲上升，而沙发上的两个年轻女人的白色衣裳和裙子也随风起伏飘动。当汤姆关上后面的窗子后，室内的风才平息下来，而两个年轻女人也慢慢地飘落到了地板上。作家在描写躺在沙发上的黛西和其女伴贝克小姐身上的衣裙随风飘起，后又因风的平息而飘落地板上的景象，不只是一种客观的场景描写，而是用黛西身上随风飘起和飘落的衣裙来隐喻黛西的价值取向和生活态度：盲从而空虚的拜金主义。四年多前，十八岁的黛西与穷中尉盖茨比相恋。可是，在盖茨比去欧洲参加第一次世界大战后的第二个年头的二月份，黛西就与新奥尔良来的汤姆订婚了，六月份就在芝加哥举行豪华阔绰的婚礼场面，新婚礼物是一串价值高达 35 万美元的珍珠项链，以至于黛西对丈夫爱得痴迷。四年多以后，当成了富翁的盖茨比重新找上黛西时，黛西正为丈夫在纽约有外遇而恼怒，因而与盖茨比见面之后就坠入了爱河。后来，黛西开车意外地撞死了汤姆的婚外情人。然而当盖茨比因黛西的撞人事件而遭误杀后，黛西却又跟着丈夫去欧洲旅游，甚至没有出席盖茨比的葬礼。

2. 对比

对比意象修辞的含义是，在异质性比对的基础上，作者将两个在叙事时空上

① 菲茨杰拉德．了不起的盖茨比．北京：人民文学出版社，2004：10.

不相关的小说场景组接起来，进而在画面描写中营造某种戏剧性张力，最终产生原有的两个小说场景所不具有的新的叙事意味。

例如，小说《红楼梦》采取了对比的意象修辞手法叙述黛玉之死与宝玉之婚时的悲喜场景。作家先叙述黛玉之死的场景。黛玉从傻大姐那里知道，贾母已安排了宝玉与宝钗的“金玉良缘”，尽管举办成婚仪式的时间和地点并不知晓，但料到自己与宝玉的“木石姻缘”已没了希望，所以，黛玉在自己的卧室内焚烧诗稿，悲愤气绝，场面十分悲凉。黛玉临死前身边只有紫鹃和雪雁两个贴身丫鬟；死后也只有李纨、探春、平儿和几个仆人给黛玉收尸。接着，黛玉的丫鬟雪雁离开潇湘馆，来到宝玉与宝钗的成婚新房。小说的场景也由黛玉之死转入宝玉之婚，吹吹打打，一片热闹。所以，黛玉之死的凄凉悲伤与宝玉之婚的吹打乐声之间形成了一种叙事场景的对比修辞效应。

值得注意的是，为了增强叙事场景的悲喜对比效应，作家采用了追叙的手法，补充叙述黛玉气绝身亡之前的场景。当时，宝钗将黛玉去世的消息告诉宝玉后，宝玉不禁放声大哭，昏厥过去。接着，小说以全知叙述者的角度补充追叙黛玉临死前的情景。黛玉对紫鹃说，原指望与紫鹃相处，不料自己先走。并嘱咐紫鹃，自己的身子是干净的，死后送她回去。最后，黛玉直声叫道“宝玉，宝玉，你好——”后，气绝身亡。小说写道：

> 当时黛玉气绝，正是宝玉娶宝钗的这个时辰。紫鹃等都大哭起来。李纨探春想他素日的可疼，今日更加可怜，也便伤心痛哭。因潇湘馆离新房子甚远，所以那边并没有听见。一时大家痛哭了一阵，只听得远远一阵音乐之声，侧耳一听却又没有了。探春李纨走出院外再听时，惟有竹梢风动，月影移墙，好不凄凉冷淡。①

潇湘馆里哭声一片，而远处正在举办宝玉成婚的新房那里却传来了一阵音乐之声，探春和李纨走出潇湘馆院外细听时，却只有“竹梢风动，月影移墙”的凄凉景象。悲喜对比的情感冲突跃然纸上。作家将潇湘馆里的黛玉之死与宝玉在新房内举办与宝钗的婚礼组接起来，进而营造一种悲喜对比的叙事氛围，并使读者能够从中感悟到人生的无奈和世俗的冷酷等叙事修辞意象。

① 曹雪芹，高鹗．红楼梦：下卷．北京：人民文学出版社，2000：1108.

3. 复述

复述是画面描写的意象修辞手法之一。作者以重复赋意的方法，通过对同一场景的重复性描述而使其在小说情节中具有新的叙事意味。

例如，在小说《了不起的盖茨比》中，作家设计了一个十分经典的景象：盖茨比从自己的别墅远眺海湾对岸黛西家码头上的一盏绿色之灯。并且，这一景象在小说情节中出现过以下三次：

（1）盖茨比首次出场时，作家将其描写成小说场景中的海湾夜景。当时，尼克刚拜访完表妹黛西的豪宅回到自己的住处，把车停在车棚里后，便在院子里一架闲置的剪草机上坐了一会儿。当尼克见邻居宅邸的阴影里隐现出一个人的身影，正仰望着布满银色繁星的夜空时，猜想是盖茨比先生。小说接着写道：

> 我决定向他打一声招呼。刚才吃饭时贝克小姐提到过他，那可以正好用来作自我介绍。但是我没有和他打招呼，因为忽然间他给我一种感想——他不愿有人打扰他——他以一种奇怪的方式朝幽暗的海面伸出双臂。虽然我离他很远，我十分肯定他在颤抖。我不由向海边望去，那里除了一盏绿色的灯之外，什么也没有。灯光微弱又遥远，也许那是一个码头的尽头。[①]

这是盖茨比第一次在小说情节中出场。虽然尼克当时并不认识盖茨比，只是在表妹黛西家拜访时听贝克小姐谈起，甚至也没有在此场景中跟盖茨比打招呼，但是，作家却为盖茨比的首次出场设计了一个非常独特的画面景象：夜晚时分，盖茨比独自一人眺望着海湾对岸码头上那一盏绿色之灯。

（2）盖茨比与黛西首次重逢那一天，作家将雨雾蒙蒙中的那盏绿色之灯隐喻为盖茨比试图与黛西重温旧梦的向往。当时，盖茨比第一次邀请黛西来自己的别墅游玩。因为窗外下起雨来，于是，盖茨比和黛西、尼克就站在盖茨比别墅的窗前，远眺起水波荡漾的海面。小说写道：

> “要不是有水雾，我们可以看见海湾对面你家的房子，”盖茨比说：“你家的码头的尽头总有一盏通宵不灭的绿灯。”
>
> 黛西蓦地伸出胳膊去挽着他的胳膊，但他似乎还沉浸在他方才所说的话里。可能他突然想到那盏灯的巨大意义现在永远消失了。跟将他和黛西分开

① 菲茨杰拉德．了不起的盖茨比．北京：人民文学出版社，2004：22.

的遥远距离相比较，那盏灯似乎离她很近，近得几乎碰得着她，就好比一颗星离月亮那么近。现在它又只是码头上的一盏绿灯罢了。他为之神魂颠倒的事物减少了一件。①

这是作家第二次叙述盖茨比站在自己的别墅前远眺海湾对岸黛西家码头上的一盏绿色之灯的景象。当时，盖茨比与黛西在尼克的住处会面后，就直接邀请黛西来自己的别墅游玩。黛西对看到的一切赞不绝口，尤其当盖茨比拿出专门从英国买来的各种颜色和材质的衬衫时，黛西竟然把头埋进衬衫堆里兴奋地号啕大哭起来。接着，盖茨比领着黛西和尼克来到别墅的窗前远眺海湾景色。因为受到雨水的雾气遮掩，所以，三人当时无法看清楚对岸码头上的那盏绿色之灯。并且，作家也没有对水雾朦胧中的那盏绿灯做过多的描写，而是从盖茨比的默默神情中引申出新的画面意味：当黛西挽着盖茨比的臂膊时，盖茨比也许感到，那盏绿灯离自己很近，近得几乎碰得着，然而那盏绿灯在盖茨比心中曾经拥有的巨大意义消失了。

（3）盖茨比去世后，作家以黛西家码头上的那盏绿灯来象征盖茨比所憧憬的美好理想。小说情节结尾时，尼克来到盖茨比死后留下的别墅外，看着海湾对岸一艘渡船上时隐时现的一丝微弱的亮光，小说接着写道：

当我（尼克）坐在那里对那个古老的、未知的世界思索时，我也想到盖茨比第一次认出对岸黛西家码头上那盏绿灯时，他是多么惊奇。他走过了漫长的道路才来到这片蓝色的草坪上，他的梦似乎近在咫尺，唾手可得，几乎不可能抓不住的。他不知道那个梦已经远他而去，把他抛在后面，抛在这个城市后面那一片无垠的混沌之中，在那里合众国的黑色原野在夜色中滚滚向前伸展。

盖茨比相信那盏绿色的灯，它是一年一年在我们眼前渐渐远去的那个美好未来的象征。从前它从我们面前溜走，不过那没关系——明天我们将跑得更快，手臂伸得更远……总有一个明朗的早晨……②

尼克站在盖茨比曾远眺海湾对岸黛西家的地方，却看不到黛西家码头上的那盏绿色之灯，只是一艘渡船上时隐时现的一丝微弱的亮光。于是，尼克联想起当

---

① 菲茨杰拉德．了不起的盖茨比．北京：人民文学出版社，2004：79.

② 同①152.

时盖茨比第一次认出对岸黛西家码头上的那盏绿色之灯时的情形，并认为，当时的盖茨比把那盏绿色之灯视作梦寐以求的东西，也深信自己已有足够的实力跟黛西重温旧梦。但是，盖茨比不知道他与黛西曾有的美梦已远他而去，他已不可能与黛西重温旧梦。最后，作家借尼克之口说出了隐含作者的叙述声音：盖茨比相信那盏绿色之灯象征着美好的未来。因此，作家在小说情节中三次描写了在盖茨比别墅眺望海湾对岸黛西家码头上的一盏绿色之灯的景象，第一次是小说夜景的画面描写；第二次是将那盏绿色之灯隐喻为盖茨比试图跟黛西重温旧梦的向往；第三次是将那盏绿色之灯象征着盖茨比对美好未来的憧憬，进而引申出小说的叙事主题：了不起的盖茨比虽然没能抓住那盏绿色之灯的光芒，却使我们意识到，从前美好的理想尽管从我们面前溜走了，然而总有一个明朗的早晨，我们可以赶上并抓住它。

4. 遐想

在用遐想进行画面描写的意象修辞时，作者往往借助于主人公因睹物思情而激活想象的方式，通过情景化的意象活动展示该事物（景象、器物等）在主人公内心深处所唤起的意义和价值。虽然遐想是小说人物的意识流活动，然而作为画面描写的意象修辞手段，作者是以人物的画面感知导向而不是观念或感觉导向的方式呈现其遐想中的意识流的。因此，遐想中的人物意识流主要呈现为画面意象，即使是人物的感觉或观念也是由画面意象引发和推进的。

例如，在刘庆邦的小说《信》中，作家用遐想的意象修辞方式设计了主人公李桂常读信的叙事片段。当年，李桂常因读了青年矿工写给她的一封长信而最终决定与其结婚。然而结婚两个月后，青年矿工却在一次矿难中不幸死去。于是，这封信便成了青年矿工留给她的纪念物品。那是一个秋天的夜晚，月色晒在阳台上，李桂常拧亮了台灯，拿出那封珍藏已久的信件独自看了起来。小说写道：

> 就是这样一封经年累月的信，她（李桂常）刚看了几行，像是有只温柔的手把她轻轻一牵，她就走进信的情景里去了。她走得慢慢的，每一处都不停下来，每一处都看到了。不知从什么时候，牵引她的手就松开了，退隐了，一切由她自己领略。走着走着，她就走神了。信上忆的是家乡的美好，念的是故乡之情。以这个思路为引子，她不知不觉就回到与写信人共有的故乡去了。一忽儿是遍地金黄的油菜花，紫燕在花地上空掠来掠去。一忽儿是

向远处伸展的河堤，河堤尽头是茫茫无际的地平线，一轮红日正从地平线上升起。一晃是暴雨成灾，白水浸溢。一晃又变成漫天大雪，茅屋草舍组成的村庄被盈尺的积雪覆盖得寂静无声……这些景象信上并没有写到，可李桂常通过信看到了。或者说，信上写到的少，李桂常看到的多，信上写的是具体的，李桂常看到的是混沌的，信上写到的是有限，李桂常看到的是无限。可是，如果没有这封信，她的幻觉就不能启动，她什么都看不到。仿佛这封信是一种可以飞翔的载体，有了它的接引和承载，李桂常的心魂才能走出身体的躯壳，才能超越尘世，自由升华。[①]

在小说主人公李桂常读信过程中，作家从以下四个层次逐步地叙述了李桂常读信时所忆想到的景象和情景：

首先，从李桂常读信时唤起的记忆景象中，作家描写了李桂常对美好的家乡景象的忆念。信件如同一只温柔的手牵着李桂常走进信的情景，后来牵着的手松开了，李桂常却走神了，脑海里呈现出一幅又一幅美丽的家乡景致，其心魂也随之走出了躯壳，超越尘世。

其次，在李桂常读信时的记忆情景中，作家描写了李桂常被看和被追寻的体验。信件唤起了少女时代的回忆，李桂常在春天的河堤上奔跑，却总感觉有一双羞怯的眼睛在追寻着她，于是疑惑自己为何值得人家追寻，便想从信件中读出自己的心境——一个与现实的自己不同的自我。李桂常喜欢这个陌生的自我。

再次，作家在听觉与触觉的感官叙事中隐喻李桂常读信时的遐想心境。信件激发了李桂常记忆表象中的听觉景象，似号子或曲子吹奏出自然质朴的曲调，转而又如秋天田野里的薄雾那样具有湿润而轻柔的触觉感，于是便闭上眼睛，用心之眼遐想。

最后，作家描写了李桂常读信中忆想起青年矿工当年的身影和笑容，以及不愿离去的留恋神态。李桂常从信上的字看到了青年矿工写字的手、身体和微笑，看完信件后，她记忆中的青年矿工却迟迟不愿离去。

值得注意的是，作家不仅通过画面描写的方式叙述主人公读信时的遐想，表现主人公对青年矿工的悼念和思恋，而且在遐想的意象修辞中引导读者一步一步地进入主人公的遐想心境，进而学习和领悟如何用意象修辞的方式进行遐想。

---

① 刘庆邦．刘庆邦短篇小说集（点评本）．北京：作家出版社，2012：161.

5. 印象

印象作为一种意象修辞，是通过小说故事叙述者或小说人物的视觉记忆进行画面描写的修辞手法。在第一人称小说中，作者往往通过故事叙述者“我”的感官追忆方式，有所选择地描写小说场景，引导读者体验故事叙述者“我”的印象记忆，淡化小说场景描述的写实效应。

例如，在小说《朗读者》的第二、三章中，作家用了两章的篇幅，叙述故事叙述者“我”回忆起当年自己到车站路去登门拜访汉娜的情形。当时，米夏按照母亲的嘱咐，自己的黄疸病好了之后，买束鲜花去谢谢汉娜。可当时的米夏，只知道汉娜住的那幢四层楼的老房子，却不知道汉娜的家在哪一层、哪一室，甚至也不知道汉娜的真实姓名。而追忆中的故事叙述者“我”，也只记得有一个男人把自己领到四楼，站在施密茨太太（汉娜）家的门前。同样，故事叙述者“我”也不记得自己当年是如何向施密茨太太表示感谢的。然而故事叙述者“我”却对汉娜家里的厨房和起居室，以及里面的器物摆设等都记得十分清楚，尤其对当时米夏在厨房间里看施密茨太太熨烫衣服的情形，印象更为清晰。小说写道：

> 在厨房里我们究竟讲了些什么话，我同样也回忆不起来了。我只记得那会儿施密茨太太正在熨烫衣物。她把一块毛巾铺到桌子上，再在上面盖一条麻布毛巾，随后就一件接一件从篮子里拿出洗涤好的衣物，又一件接一件烫好，叠得整整齐齐，放到旁边的椅子上去。我呢，就坐在另外一把椅子上。施密茨太太连内衣内裤也烫，这我就不敢看了，但也不能够就这么掉过头去。施密茨太太外边套着一袭无袖的蓝底罩裙，上面满是小小的红白花朵。她那齐肩的头发是金黄中带着灰色，在头颈背后用一根发夹子箍着。她裸露着的手臂膀画出一道道苍白。我在旁边瞧着，她的手不停地抓握着，她把烫斗一会儿拿起来，一会儿平移，一会儿又放下去；她把洗涤好的衣物一会儿拿起来，一会儿归拢好，一会儿又叠叠好。那动作是既舒缓又专注；她本人一忽儿弯腰，一忽儿又直身，动作也是既舒缓又专注。渐渐地，在我记忆中她那时的脸蛋上，覆盖重叠上了她后来的脸盘。而每当我希望把她重新呼唤到我眼前来，要看她当时是什么模样时，她虽然显现出来，却是一个没有脸的她了。①

---

① 本哈德·施林克．朗读者．南京：译林出版社，2012：12－13.

小说是主人公米夏以故事叙述者“我”的回忆方式，从叙述自己十五岁那年因放学途中黄疸病发作呕吐，受到陌生中年女子汉娜的主动援助开篇的，后来，两人又在米夏给汉娜朗读世界文学名著的过程中坠入爱河。但是，当米夏发现汉娜是纳粹集中营的看守，并被判刑入狱后，便陷入了一种悖论性的价值观冲突，他爱的人是个纳粹战犯，他却又无法放下那段曾经的爱情。所以，作家巧妙地采用印象式意象修辞手法，通过一种具有浓厚的主观忆念痕迹的方式描写小说故事中的场景。这种印象式描述，一方面符合米夏十五岁时的场景感知，他确实不知道这位施密茨太太究竟住在那幢老房子的哪个楼层，也不知道施密茨太太的具体姓名；另一方面也真实地表达了作为故事叙述者“我”（米夏）的历史记忆，那么多年以后，米夏不记得自己当时是如何感谢汉娜的，又是如何进入汉娜的家里的，然而却清楚地记得当时是如何观看汉娜熨烫衣物的，以及自己观看的感受。当然，作家通过故事叙述者“我”回忆，具体而详尽地描述当年自己在厨房观看汉娜熨烫衣物的场景，这种印象式意象修辞不只有小说故事层面上的叙事功能，还在一定程度上透露出作家在小说话语层面上的叙述声音：在主人公米夏的记忆里，自己在十五岁那年亲历的爱情故事，是一种美妙的“印象”，它不应该也没有因为米夏后来发现汉娜被判纳粹战犯罪而受到玷污，米夏依然十分怀念那段美好的时光，依然珍藏着自己对初次拜访汉娜家时的印象记忆。正如作家施林克所言：是爱将米夏卷入了汉娜的罪责之中。然而，“人并不因为曾做了罪恶的事而完全是魔鬼，或被贬为魔鬼；因为爱上了有罪的人而卷入所爱之人的罪恶中去，并将由此陷入理解和谴责的矛盾中”①。

第二节 在环境刺激与情感投射中烘托小说的场面

为了在书面故事中构造场景，作者需要通过感官叙事的展示方式描写画面。

① 本哈德·施林克专访：人不因为曾做罪恶的事而完全是魔鬼//本哈德·施林克．朗读者．南京：译林出版社，2012.

然而作者不是简单或孤立地描写小说故事中的画面，而应将画面描写与故事中的人物有机地联系起来，在情景交融中烘托场面。因此，场面烘托是作者在小说场面描写与小说人物行动的关系中进行场景构造的叙事策略。表现为，作者以环境刺激或情感投射的方式，在人物的情感、意识等因素与其所处的具体环境之间形成一种感性互动的叙事场面。

一、环境刺激的场面烘托

环境刺激是一种触景生情的场面烘托方式，作者从小说的环境中发现并呈现人物情感意识，进而引导读者与小说中的人物一起身临其境并感同身受。

1. 孤独型

作者用客观的景象引发场景中人物的孤独感。例如，在小说《边城》中，从小失去父母的翠翠，十多年来一直与祖父相依为命。随着年龄的增长，翠翠在生理上也逐渐发育成熟，并逐渐地产生了一种对异性爱情的欲望。在结识了顺顺家的二老之后，这种少女的爱情欲望便在翠翠的无意识深处越发强烈起来。于是，翠翠经常一个人静静地看山、看云、看河、看水。小说写道：

> 黄昏来时翠翠坐在家中屋后白塔下，看天空被夕阳烘成桃花色的薄云，十四中寨逢场，城中生意人过中寨收买山货的很多，过渡人也特别多，祖父在溪中渡船上忙个不息。天已快夜，别的雀子似乎都要休息了，只杜鹃叫个不息。石头泥土为白日晒了一整天，草木为白日晒了一整天，到这时节皆放散一种热气。空气中有泥土气味，有草木气味，且有甲虫类气味。翠翠看着天上的红云，听着渡口飘来生意人的杂乱声音，心中有些儿薄薄的凄凉。①

作家从人物的视角描绘夜晚时分的边城乡村景象。天空中的夕阳映照着桃花色的彩云，耳边传来杜鹃的叫声，空气里散发着泥土、草木和甲虫类的气味，远处飘来生意人的嘈杂声音。所有这些都刺激着翠翠的嗅觉、视觉和听觉等感觉器官，使这位边城少女的内心深处情不自禁地生发出一种孤单失落的凄凉情怀。因此，翠翠的孤独感是她在边城的夜晚乡村场景中产生的。值得注意的是，作家在场景描写中两次提及“渡口”，使小说中的场景描写具有了特定的地理标识。

---

① 沈从文．边城（汇校本）．武汉：长江文艺出版社，2009：93.

2. 恐惧型

作者通过制造恐怖的景象或物象，表现或衬托场景中人物的恐惧感。例如，在小说《德伯家的苔丝》中，苔丝和牛奶厂一起干活的小伙子克莱相爱结婚，办完结婚仪式后的当天晚上，克莱主动向苔丝交代了自己曾和一个素不相识的女人过了四十八小时的放荡生活。苔丝听后，原谅了克莱，并准备将自己曾被亚雷奸污的事情告诉克莱。小说写道：

> 他们（苔丝和克莱）的手还是互相紧握。炉栅底下的灰，叫炉火从上往下映照，显得好像一片毒热的荒野。煤火的红焰，照到他们两个的脸和手上，透进了她额上松散的头发，把她发下的细皮嫩肉映得通红。这种红焰，让人想起来，觉得仿佛末日审判的时候那样阴森吓人。她的身子，映成一个大黑影，射到墙上和天花板上。她向前弯腰的时候，脖子上的钻石都跟着闪烁了一下，好像毒蛤蟆的眼睛那样不怀好意。她把头靠着他的太阳穴，开始把她和亚雷·德伯的事情，前因后果地说了一遍，说的时候，把眼皮下垂，一点儿也不畏缩，低声一个字一个字地说。①

首先，炉栅底下的灰烬如同毒热的荒野，而炉火的红焰将苔丝头发下的皮肤映得通红，好似末日审判一样阴森吓人，隐喻了苔丝当时的心情。其次，戴在苔丝脖子上的那颗钻石是克莱教母的遗物，好像毒蛤蟆的眼睛那样不怀好意，暗示苔丝对克莱的坦白也受到了宗教伦理或传统道德婚姻习俗的窥视和监察。所以，作家通过壁炉的火焰和火焰下的苔丝身影，以及苔丝脖子上的钻石等室内场景的描写，表现并衬托了苔丝内心深处阴森可怕的情绪，并暗示了苔丝向丈夫的真诚坦白将遭受不幸。值得注意的是，作家是通过全知叙述者来叙述恐怖的室内场景氛围的，从而将苔丝的身影和脖子上的钻石纳入场景描写之中，使读者对小说中阴森恐怖的场景氛围能有一个较为客观的感受。

3. 愉快型

作者用欢快的景象感染场景中的人物，使人物与环境融汇成一种愉悦快乐的氛围。例如，在小说《挂在脖子上的安娜》中，十八岁的阿尼雅嫁给了五十二岁的官吏。两人办完婚礼后，乘坐火车去参拜圣地，途中，阿尼雅想起了父亲酗

① 哈代．德伯家的苔丝//哈代文集（5）．北京：人民文学出版社，2004：319.

酒、母亲去世，以及自己这门糟糕的婚事，心里十分沮丧。但是，当火车在一个小站上停下来时，阿尼雅的情绪却变得快活起来。听着月台后面飘来的美妙乐曲声，看着消夏的人群在月台上走来走去，阿尼雅不愿再想那些烦心的事情了，便和一些认识的军官们握手打招呼，等到火车开动时，认识她的军官们向她行军礼告别，阿尼雅哼着舞曲快乐地回到车里。小说最后写道：

> 于是，因为她（阿尼雅）自己的声音那么好听，因为她听见了音乐，因为月亮映在水池上，又因为阿尔狄诺夫，那出名的风流男子和幸运的宠儿，那么热切而好奇地瞧着她，还因为大家的兴致都很好，她忽然觉着快活起来。等到火车开动，她所认识的军官们向她行军礼告别，她就索性哼起从树林后面的军乐队那边传来的波尔卡舞曲了。她一面走回车室，一面觉得方才在那小车站上好像已经得到保证：不管怎样，她将来一定会幸福的。[①]

值得注意的是，作家通过场面烘托的方式展示了人物情绪的变化，阿尼雅的心情因在火车站上耳闻目睹了美妙的音乐和消夏的人群而由沮丧变为愉快。

二、情感投射的场面烘托

情感投射是一种移情写景的场面烘托方式，作者将小说人物的主观情绪移植或倾注到周围环境之中，进而引导读者从特定人物的情绪来感受和体验小说中的现实环境。

1. 喜悦型

作者将人物当下的愉悦之情投射到小说的环境之中，进而使周边的景象在该人物的眼里成了赏心悦目的场面。例如，在小说《安娜·卡列尼娜》中，渥伦斯奇乘坐在马车里，正前往与安娜约会的途中，小说写道：

> 他（渥伦斯奇）从马车窗口所眺望到的一切，在那寒冷的清澈的空气里的一切，照在落日的苍白的光线里，就像他自己一样的清新、快乐和壮健。在落日的余晖里闪烁着的家家户户的屋顶，围墙和屋角的鲜明的轮廓，偶尔遇见的行人和马车的姿影，树木和草的一片静止的碧绿，种着的马铃薯的畦沟匀整的

---

① 契诃夫．挂在脖子上的安娜//契诃夫小说全集：第9集．上海：上海译文出版社，2000：291-292.

田亩，以及房子、树木、丛林、甚至马铃薯田塍投下的倾斜的阴影——这一切都是明朗的，像一幅刚刚画好，涂上油漆的美丽的风景画一样。[①]

在赶往与安娜约会的途中，渥伦斯奇因将与自己的情人首次约会而感到激动、喜悦和幸福。所以，在这位年轻军官的眼里，沿途的田野景色是快乐、清新和明朗的。无论是空气里的夕阳光线，还是余晖中闪烁的房屋、行人、马车、树木、草和田地，以及房屋、行人、马车和树木投下的倾斜阴影，都十分明朗而美好。值得注意的是，作家将田野景色比喻为一幅美丽的风景油画，恰到好处地折射出渥伦斯奇在情感展望中感受到的喜悦和幸福之情。

2. 痛楚型

作者将人物记忆中的痛苦感情投射到小说的环境之中，进而使周边的景象在该人物的眼里具有了独特的情感印记。例如，在小说《牛虻》中，圣诞节的一天下午，佛罗伦萨的地下组织正在开会。因晚到会场，牛虻就走到琼玛的座椅旁边，坐在窗台上。这时，一队马戏班从楼下的街上经过，传来阵阵的叫嚷声和欢笑声，以及铃声和脚步声，夹着铜管乐队的吹奏声和大鼓的敲击声。牛虻因看马戏班走了神，以至于会场上的提问也没有听到，直到琼玛碰了一下胳膊时，牛虻才缓过神来。琼玛看到牛虻脸上露出痛苦而恐怖的神色，十分惊讶。为了不让屋内的人发现，琼玛故意站起身子，打开窗子，看着楼下街上正走过的一个马戏班子。小说接着写道：

> 琼玛转过了身子。
>
> “没有什么有趣的东西，”她说，“不过是个杂耍班，可是他们闹得那么厉害，我当是还有什么旁的呢。”
>
> 她把一只手搁在窗台上，站在那儿，突然感觉到牛虻的冰冷的手指把她的手激情地捏了一捏。“谢谢你！”他温和地轻轻说了一声，就关上了窗子，仍旧在窗台上坐下来。[②]

显然，牛虻是因自己的痛苦记忆才会在看到街上路过的马戏班时产生痛苦的神态。值得注意的是，作家通过比对的方式来凸显人物的感情投射。街上经过的

---

① 列夫·托尔斯泰．安娜·卡列尼娜：上卷．北京：人民文学出版社，1978：456.

② 艾·丽·伏尼契．牛虻．北京：中国青年出版社，1953：140.

马戏班传来了圣诞节庆的欢笑声，但牛虻见之却露出痛苦而恐怖的神色，所以，琼玛对牛虻的异常神态感到十分诧异，当牛虻缓过神来后，他对琼玛掩饰自己的异常举动而示谢。

3. 浪漫型

作者将人物的浪漫情怀投射到小说的环境之中，进而使周边的景象变得奇特而玄幻。例如，在小说《金锁记》中，曹七巧的女儿长安与世舫订婚后，两人经常瞒着曹七巧在公园约会。小说写道：

> 有时在公园里遇着了雨，长安撑起了伞，世舫为她擎着。隔着半透明的蓝绸伞，千万粒雨珠闪着光，像一天的星。一天的星到处跟着他们，在水球银烂的车窗上，汽车驰过了红灯，绿灯，窗子外营营飞着一窠红的星，又是一窠绿的星。①

一对情侣撑着雨伞，在雨中的公园里约会，原本是十分平常的事情。然而作家却透过小说人物的浪漫情感，展示了情人在雨中约会的美妙景象。长安从半透明的蓝绸雨伞往外看，天上降落的雨水像一天的星星，跟随着他们，在街灯的映照下，雨滴好似飞舞着的红色与绿色的星星。值得注意的是，作家将伞上的雨滴比作闪光的星星，十分贴切地表现了人物的情感展望是以一种视觉幻想的方式投射其身边场景的，进而也巧妙地展示了恋爱中少女的浪漫情怀。

第三节　如何发挥场景描写在小说情节上的叙事功能

用场景描写为小说的故事营造出各种具体而感性的画面感和场面感，是小说场景构造的基础作用，与此同时，作者也可以在小说场景与小说情节之间建立起某种叙事关系，进而把场景描写用于衔接或助推小说情节线上的事件。

---

① 张爱玲．金锁记//张爱玲作品集．太原：北岳文艺出版社，2001：70.

一、小说情节上的转折性预兆

将场景中的环境因素用于小说情节转折的预兆，实际上是一种设置小说悬念的场景描写方法，一方面，在故事层面上，作者可以将这一转折性预兆用于改变故事中的事件进展；另一方面，在叙述层面上，作者可以在小说情节的叙述方式上使用这一转折性预兆，进而制造某种叙事氛围。因此，作者可以在故事和叙述两个层面上将场景中的环境因素设置为小说情节上的转折性预兆。

1. 用环境因素在故事层面上预示小说情节的转折

作者将场景中的环境因素在小说故事层面上用于预示小说情节将要转折的信号。例如，在小说《德伯家的苔丝》中，苔丝和克莱在教堂举行完婚礼后，午后时分，准备离开牛奶厂。正当他俩向牛奶厂员工和老板夫妇告别的时候，小说写道：

> 忽然一声鸡鸣，打破了寂静。原来有一只红冠子、白翎毛的公鸡，飞到房前的栊篱上，离他们（苔丝和克莱）不到几码远，朝着他们叫了一声，起初声音很高，一直钻到他们的耳鼓里，后来慢慢低微，像岩石山谷里的回声一般。
>
> “哦？”老板娘说。“过午晌还有鸡叫！”
>
> 场院的栅栏门旁，站着两个工人，给他们把门开着。
>
> “这可不吉祥，”这一个悄悄地对那一个说，却没想到，这句话，小栅栏门前那群人也能听见。①

作家将午后公鸡朝苔丝和克莱的鸣叫，以及在场人物谈论起午后公鸡鸣叫的不祥预兆，用于在小说的故事层面上预示后续情节中苔丝与克莱新婚的分离。值得注意的是，作家通过场景中人物而不是全知叙述者来叙述这一转折性预兆，使这一场景调度显得较为客观，也更具有场景感。

2. 用环境因素在叙述层面上预示小说情节的转折

作者将场景中的环境因素用于制造小说情节将要转折的叙事氛围。例如，在

---

① 哈代．德伯家的苔丝//哈代文集（5）．北京：人民文学出版社，2004：305.

小说《红楼梦》的第一〇一回之后，大观园里接连发生的“闹鬼”现象，虽然与后来贾府遭朝廷查抄之间在小说的故事层面上并没有直接的联系，并且，这些与“闹鬼”相关的当事人也没有在故事中直接预测这些事件可能造成的实际后果。但是，作家却从小说的叙述层面上将这些“闹鬼”事件设置为情节转折的伏笔。

大观园的“闹鬼”事件主要涉及以下三人：

● 王熙凤——小说的第一〇一回，王熙凤在大观园的秋爽斋路上遇见一只大狗，吓得魂不附体。后又于神魂恍惚中遇见了秦可卿的鬼魂。秦可卿责怪王熙凤只管享荣华、受富贵，却把秦可卿早年对她说的“立万年永远之基”的话都付于东洋大海了！

● 尤氏——小说的第一〇二回，宁国府的尤氏从大观园回家后得了怪病，身上发热，挣扎一两天，竟躺倒了。贾珍让儿子贾蓉为妻子尤氏请毛半仙占卜，还命人在大观园里烧纸钱。于是，众人传言大观园中有妖怪。

● 贾赦——小说的第一〇二回，贾赦起初不信众人的传言，挑了一个风清日暖的日子，带了好几个家人，拿着器械去大观园查看，果然阴气逼人。当听到一只五色灿烂的东西跳过去时，贾赦吓得腿子发软，躺倒在地。为此，贾赦只得请道士到大观园里作法，驱邪逐妖。

继大观园里发生系列“闹鬼”事件之后，在小说的第一〇五回，作家叙述了宁国府被查抄的事件。当时，贾赦请道士在大观园作法擒妖，事毕，小说写道：

> 贾赦恭敬叩谢了法师。贾蓉等小弟兄背地都笑个不住，说：“这样的大排场，我打量拿着妖怪给我们瞧瞧到底是些什么东西，那里知道是这样收罗，究竟妖怪拿去了没有！”贾珍听见，骂道：“糊涂东西，妖怪原是聚则成形，散则成气，如今多少神将在这里还敢现形吗！无非把这妖气收了便不作祟就是法力了。”众人将信将疑，且等不见响动再说。那些下人只知妖怪被擒，疑心去了，便不大惊小怪，往后果然没人提起了。贾珍等病愈复原，都道法师神力。独有一个小子笑说道：“头里那些响动我也不知道，就是跟着大老爷进园这一日，明明是个大公野鸡飞过去了，拴儿吓离了眼，说得活象。我们都替他圆了个谎，大老爷就认真起来。倒瞧了个很热闹的坛场。”众人虽然听见，那里肯信，究无人住。①

---

① 曹雪芹，高鹗．红楼梦：下卷．北京：人民文学出版社，2000：1247－1248.

从小说情节上看，朝廷查抄宁国府是贾府由盛转衰的标志性事件，并且，王熙凤、尤氏夫妇、贾赦等当事人确实也对“闹鬼”之事产生了恐惧感。但是，在小说的故事层面上，大观园的“闹鬼”事件与贾府的由盛变衰之间并没有必然的关联，作家甚至还通过次要人物的对话来质疑“闹鬼”事件的真实性。因此，大观园的“闹鬼”现象只是在叙述层面上用于预示小说情节转折的叙事氛围，引导读者将大观园“闹鬼”与贾府被朝廷查抄两个事件在阅读过程中联结起来。

二、小说情节上的时空衔接枢纽

时间和空间是小说场景中两个基本的叙事因素，作者可以通过空间位移、时间串联等方式将两个不相关的场景或场面中的事件衔接起来，进而推动小说情节的演变和发展。

1. 在场景要素的空间位移中推进小说的情节

作者将场景中的环境因素设定为驱动人物从一个场面进入另一个场面的引导机制，进而在两个不相关的场面连接中推进小说情节的发展。

例如，在小说《红楼梦》中，时值芒种节，大观园的女孩子们都在用各色各样的礼物祭饯花神。宝钗原本想叫黛玉一起玩耍，却见宝玉进了潇湘馆，便抽身回来。小说写道：

> （宝钗）忽见面前一双玉色蝴蝶，大如团扇，一上一下，迎风翩跹，十分有趣。宝钗意欲扑了来玩耍，遂向袖中取出扇子来，向草地下来扑。只见那一双蝴蝶忽起忽落，来来往往，穿花度柳，将欲过河去了，倒引的宝钗蹑手蹑脚的，一直跟到池中滴翠亭上，香汗淋漓，娇喘细细。宝钗也无心扑了，刚欲回来，只听那亭里边嘁嘁喳喳有人说话。①

潇湘馆外与滴翠亭内，是大观园中的两个场面，原本相邻却并不相关。但是，作家却通过宝钗追赶蝴蝶而将这两个场面联系起来，进而引出小说故事中的另一个情节内事件，即坠儿正在将贾芸捡到的手帕交给小红，而小红也让坠儿转交贾芸谢情之物。虽然小说的后续情节并没有顺着宝钗听到小红和坠儿之间的谈话而展开，而是叙述了王熙凤在山坡上召唤小红，以及王熙凤想要小红给自己做

---

① 曹雪芹，高鹗．红楼梦：上卷．北京：人民文学出版社，2000：281.

丫头。但是，作家通过在大观园里玩耍的宝钗碰巧隔着游廊的窗纸听到小红和坠儿之间的谈话，将在小说第二十七回中发生的事件与第二十四回中的事件联系起来，叙述了小红不仅收下了贾芸经坠儿转交给她的手帕，而且又应贾芸的要求而让坠儿转交了自己给贾芸的谢礼。因此，作家通过宝钗因追赶蝴蝶来到滴翠亭而听到小红与坠儿的对话场面，在小说情节上侧面叙述了小红与贾芸因一块手帕而引发的爱情故事。从这个意义上说，作家通过宝钗追赶蝴蝶（场景中的环境因素）的空间位移方法，将潇湘馆外的祭饯花神的场面与滴翠亭内小红与坠儿的对话场面联系起来，进而在小说情节上推进了小红与贾芸的爱情故事。

2. 用场景要素的时间串联来推进小说的情节

作者将场景中的环境因素设定为贯穿整个叙事序列中的时间串联纽带，进而使一系列事件在场景因素的统摄下连接起来。

例如，在小说《带小狗的女人》中，古罗夫与安娜在雅尔塔公园相识一周以后，两人便在一个刮风天里约会。小说写道：

> 他们相识以后，一个星期过去了。这一天是节日。房间里闷热，而街道上刮着大风，卷起灰尘，吹掉人的帽子。人们一整天都口渴，古罗夫屡次到那个售货亭去，时而请安娜·谢尔盖耶芙娜喝果汁，时而请她吃冰淇淋。人简直不知躲到哪儿去才好。①

在叙述海边的大风是如何影响着古罗夫与安娜的那一天约会时，小说主要涉及以下三个时段：

- 白天，大风卷起的尘土，吹掉了在街上行走的人的帽子，古罗夫顶着大风，去售货亭给安娜买果汁和冰淇淋。
- 傍晚时分，风力小了点，古罗夫与安娜来到防波堤上散步。但海上的风浪还是使轮船来迟了，安娜在码头上等着她丈夫乘船前来。
- 风完全停住了，码头上的人都走了，只有古罗夫和安娜还站在那儿，但安娜的丈夫并没有出现。

作家将刮大风的自然环境因素设置为场景调度的机制，使故事中人物的活动区域具有海边气候的地域性特性，同时也在小说的故事层面上提供了一种叙事组

① 契诃夫．带小狗的女人//契诃夫小说全集：第10集．上海：上海译文出版社，2000：255－256.

接的纽带。白天海上起了风浪，所以，古罗夫只好顶着风去售货亭给安娜买饮料，安娜丈夫乘坐的轮船也来迟了；傍晚风力小了，古罗夫才陪安娜来到防波堤上散步；风力停住后，码头上的人都走了，而古罗夫还在那里陪着安娜。因此，作家借大风以及由此带来的海浪串联起那一天里古罗夫与安娜的人物行动，小说情节也由此而推进和演变。

三、小说情节上的人物行动机制

作者不仅可以利用小说场景中的环境因素和时空因素进行场景调度，而且能将环境因素设定为引导、制约人物在场景中行动的叙事机制，进而推动小说情节的发展和转折。我们将从环境因素对人物行动的影响方式上，探讨作者是如何用场景因素来推进小说情节发展的。

1. 用场景要素诱导主人公的行动意向

例如，在小说《带小狗的女人》中，因安娜的丈夫没有如期乘船到来，古罗夫便陪安娜来到安娜居住的旅馆客房，小说写道：

> 她（安娜）的旅馆房间里闷热，弥漫着一股她在一家日本商店里买来的香水的气味。古罗夫瞧着她，心里暗想："在生活里会碰到那么不同的人啊！"在他的记忆里，保留着以往一些无忧无虑、心地忠厚的女人的印象，她们由于爱情而高兴，感激他带来的幸福，虽然这幸福十分短暂；还保留着另一些女人的印象，例如他的妻子，她们在恋爱的时候缺乏真诚，说过多的话，装腔作势，感情病态，从她们的神情看来，好像这不是爱情，不是情欲，而是一种更有意义的事情似的；另外还保留着两三个女人的印象，她们长得很美，内心却冰冰的，脸上忽而会掠过一种猛兽般的贪婪神情，她们具有固执的愿望，想向生活索取和争夺生活所不能给予的东西，这种女人年纪已经不轻，为人任性，不通情理，十分专横，头脑不聪明，每逢古罗夫对她们冷淡下来，她们的美貌总是在他心里引起憎恨的感觉，在这种时候，她们的衬衣的花边在他的眼睛里就好像鱼鳞一样了。[1]

安娜的旅馆房间里弥漫的香水味道、桌子上点燃的蜡烛，是小说场景中的环

---

① 契诃夫．带小狗的女人//契诃夫小说全集：第10集．上海：上海译文出版社，2000：258.

境要素，然而作家却运用场景调度的方式，用场景中的这些环境要素来诱导古罗夫的嗅觉感受和内心联想。所以，安娜的旅馆房间里弥漫着的香水气味，使古罗夫想起曾与自己发生过性关系的三种女人印象：一种是心地忠厚的女人；一种是装腔作势的女人；一种是心怀贪欲的女人。小说接着叙述道，安娜的腼腆神情和惊慌失措的举动，是古罗夫从未遇到过的。于是，当古罗夫看着桌子上燃着的一支孤零零的蜡烛时，心里不禁同情起眼前这位拘谨而又孤单的女人。虽然小说没有直接叙述古罗夫与安娜在那一夜的风流事情，然而两人的关系无疑是从那次的一夜情开始而发生了质变，以至于古罗夫改变了情场老手的习性，爱上了安娜，后来又有了与妻子离婚而与安娜结婚的想法，所以，小说的情节也由两人关系的突变而发生转折。值得注意的是，作家巧妙地抓住了安娜的旅馆房间里的香水味道和桌子上燃着的一支蜡烛，并以此作为场景调度的契机，诱发古罗夫的触景联想，以及他对安娜的同情感，最终由两人关系的质变而导致小说情节的转折。

2. 将场景要素设定为主人公应对的困境

例如，在小说《水浒传》第十回“林教头风雪山神庙 陆虞候火烧草料场”中，林冲发配沧州道之后，负责看管当地的一个军用草料场。于是，林冲冒着大风雪前往草料场。小说写道：

> 大雪下的正紧，林冲和差拨两个在路上又没买酒吃处，早来到草料场外。看时，一周遭有些黄土墙，两扇大门。推开看里面时，七八间草屋做着仓廒，四下里都是马草堆，中间两座草厅。到那厅里，只见那老军在里面向火。①

随后，林冲先是发现草厅在狂风下坏了，想叫人来修理；后来感觉草厅里寒气逼人，就外出买酒取暖；最后买了酒回草料场时，看到草厅被大雪压塌了，只好去附近的山神庙里暂住一晚。由此可见，林冲是在大风雪中来到了草料场，也因大风雪压坏了草厅而离开草料场。

值得注意的是，作家不仅通过大风雪的自然场景因素叙述人物是如何采取应对行动的，逐层地推进小说的故事情节，而且以火烧草料场的人为场景因素驱动小说故事情节的转折。在小说的后续情节中，林冲正准备前往草料场救火时，却

---

① 施耐庵，罗贯中．水浒传：上卷．2版．北京：人民文学出版社，2005：137.

听见庙门外有人在说话。原来是陆虞候等人受高俅指使，想用一把火烧死林冲。林冲义愤填膺，挺着花枪推开庙门，当场杀死了凶手。于是，小说的故事情节出现了重大转折，林冲的人物性格发生了质变，由过去的安分守己突变为杀人谋反，林冲的身份也因此由朝廷囚犯变为反朝廷的绿林好汉。如果说大风雪的自然场景因素造成的系列事件，驱使林冲采取了相应的行动，那么，林冲能躲过陆虞候等人火烧草料场的劫难，也是因大风雪压塌草料场的草厅而导致的。因此，作家通过大风雪的自然场景因素与火烧草料场的人为场景因素，设置和叙述小说中人物的应对行动，以及故事情节的转折。

【本章概要】

场景是小说写作实训活动中的基础性叙事元素，传统的小说理论将其称作“环境”，并与人物、事件组合成小说叙事“三要素”。本章用“场景构造”一词来指称小说写作实训中场景的叙事功能，探讨作者如何通过画面描写、场面烘托和时空衔接或情节助推等途径，使小说中的场景要素具有文学视像意义上的可感性，以及推动情节进展和变化的叙事功能。

首先，本章论述了用画面描写激活叙事感知与叙事想象的场景构造方式，要求作者要像画家、导演和摄影师那样，用画面、场面和镜头的方式去感知、想象小说的故事素材，通过激活感知、画面构图、意象修辞的途径，在书面语言的感官叙事中把小说故事中鲜活而具体的视觉表象呈现为小说作品中的文学视像。

其次，在论述环境刺激与情感投射中小说的场面烘托方法时，本章要求作者需要通过感官叙事的展示方式描写场面，进而将场面烘托视作在小说场面描写与小说人物行动关系中进行场景构造的叙事策略，并举例分析了作者如何使用环境刺激或情感投射的场面烘托方式，在人物的情感、意识等因素与其所处的具体环境之间形成一种感性互动的叙事场面。

最后，本章把场景构造用于衔接或助推小说情节线上的事件，并分别从情节转折、时空衔接和人物行动三个方面，举例分析小说场景中的环境描写和场面描写在小说情节上的叙事功能。值得注意的是，在运用小说的要素重组小说的情节序列时，作者可以直接用人物和事件两个小说要素来驱动小说情节的变异，也应该学会如何通过场景的小说元素来间接地引发小说情节的变化、进展和反转。

【思考题】

1. 举例分析如何用画面激活叙事感知或叙事想象。
2. 举例分析如何用环境刺激或情感投射进行场面烘托。
3. 举例分析如何发挥环境描写的场景调度功能。

【练习题】

1. 根据用画面激活感知或想象的原理，设计或修改自己小说的场景。
2. 根据用环境刺激或情感投射进行场面烘托的方法，设计或修改自己小说的场景。
3. 根据在环境描写中进行场景调度的方法，设计或修改自己小说的场景。

【推荐阅读】

1. 简·奥斯汀．傲慢与偏见．上海：上海译文出版社，1990.
2. 温斯顿·葛鲁姆．阿甘正传．北京：人民文学出版社，2002.

第七章 小说写作中的“看”与“被看”

有关聚焦的情况，下述问题至关重要：

1. 人物聚焦什么：它（他）所瞄准的是什么？

2. 它（他）如何从事这一点：它（他）以什么态度来观察事物？

3. 谁对之进行聚焦：它（他）是谁的聚焦对象？

——米克·巴尔《叙述学：叙事理论导论》

在用叙事视角构思和撰写小说作品的过程中，作者首先要考虑和应对两个层面的问题：一是用哪种类型的叙述者叙述整个小说故事，涉及小说人称的问题，其中，第一人称小说和第三人称小说是较为常用的小说人称模式；二是用什么样的叙事视角叙述小说故事中的具体事件，也就是小说视点或视角的问题。前者可以称为框架性叙事视角，而后者则是局部性叙事视角。法国叙事学家热奈特曾试图将两者统一起来，建议将“视角”改为“聚焦”，并形象地把“聚焦”比喻为瓶子的细颈，作者只让情景允许的信息通过，写入小说作品之中[①]。也就是说，叙事视角是指作者在叙述故事时所使用的聚焦方式。

笔者认为，叙事视角可以定义为作者叙述小说故事的事件过程中所选取的叙述主体、叙述角度、叙述位置、聚焦层次，以及由此表现的叙事感知和叙事判断取向。所以，在小说实训活动中，叙事视角不仅仅是一个“看”的问题，即叙述故事中的人物“看到”什么的问题，也不只是一个“被看”的问题，即小说故事中的人物和事件如何“被看到”的问题，小说写作中的“看”与“被看”至少涉及三个方面：一是作者叙述小说故事过程中所选择的叙述者、叙述角度和叙述位置；二是叙事视角结构中的聚焦层次、呈现方式与调控路径；三是叙事视角所传达的叙事感知与判断取向。因此，我们将从视角类型、聚焦层次和调控路径三个方面，具体探讨作者如何在小说作品中使用叙事视角的聚焦与调控的问题。

第一节　从创意写作的角度区分视角类型

法国叙事学家热奈特曾依据托多罗夫的视角分类，将小说的叙事视角分为三类聚焦：零聚焦、内聚焦和外聚焦[②]。笔者认为，从创意写作上看，小说作者首先要从三个维度上考虑叙事视角的类型问题：一是采用何种叙述主体来叙述小说故事及其事件；二是选择什么样的视角投射层次来叙述小说故事中的事件；三是如何将被聚焦的事件在小说作品中呈现出来。因此，我们可以从叙述主体、叙事感知投射和被聚焦事件的视角呈现方式三个方面，探讨小说中的视角类型。

① 热拉尔·热奈特．叙事话语 新叙事话语．北京：中国社会科学出版社，1990：234.

② 同①129.

一、三类叙述主体的视角

当作者考虑用“谁”的叙事视角来叙述小说故事及其事件时，实际上涉及采用什么样的叙述主体来叙述的问题。其中，有三种叙事视角与小说人称有关，即：第三人称小说中的全知视角，第一人称小说中的故事叙述者“我”的视角，而限知视角则是两种人称小说中的人物都使用的叙事视角。因此，全知视角、故事叙述者“我”的视角和限知视角，是三种较为常用的小说叙述主体的叙事视角。

1. 全知视角

全知视角是第三人称小说中全知叙述者所特有的叙事视角。其特点是，作者能使用凌驾于小说故事中所有人物之上的视野，不受限制地观察并叙述小说故事中的事件，以及人物的外部行动和内心活动。

（1）无人称身份的全知视角。在第三人称小说中，作者经常会采取站在故事之上的叙事视角，全方位地叙述小说故事中发生的事情，于是就形成一种既没有人称也没有姓名的叙述者视角。

例如，小说《安娜·卡列尼娜》开篇写道：

> 幸福的家庭都是相似的；不幸的家庭各有各的不幸。
>
> 奥布浪斯基家里，一切都混乱了。妻子发觉了丈夫和他们家从前的一个法国女家庭教师有暧昧关系，她向丈夫声言她不能和他再在一个屋子里住下去了。这样的状态已经继续了三天，不只是夫妻两个，就是他们整个的家庭和仆人都为此感到痛苦。家里的每个人都觉得他们住在一起没有意思，而且觉得就是在任何客店里萍水相逢的人都比他们奥布浪斯基的整个家庭和仆人情投意合些。妻子没有离开自己的房间一步；丈夫三天不在家了；小孩们像失了管教一样在家里到处乱跑；英国女家庭教师和女管家吵了一架，写了信给朋友，请替她找一个新的位置；厨师昨天恰好在晚餐时走掉了，厨娘和马车夫辞了工。①

因为丈夫奥布浪斯基与女家庭教师发生了暧昧关系，妻子不愿意和他再住在

---

① 列夫·托尔斯泰．安娜·卡列尼娜：上卷．北京：人民文学出版社，1978：3.

一个屋子里，而丈夫三天没有回家，所以，孩子们失去了管教，在家里到处乱跑；女家庭教师与女管家吵了一架后，写信给友人另谋出路；家里的厨师和厨娘走掉了，马车夫也辞了工。于是，奥布浪斯基的一家乱套了。小说的叙述主体既没有人称指代，也没有具体的姓名，却能站在所有人物的视野之上全方位地叙述故事中的事件。值得注意的是，作家通过无人称身份的全知叙述视角所概述的奥布浪斯基家的夫妻矛盾，直接导致安娜来莫斯科调解哥嫂间的矛盾，进而也为安娜与渥伦斯奇在去莫斯科的火车站上一见钟情创造了客观的条件。

（2）超出人物当下感知视野的全知视角。当叙述视角超出了人物的感知视野时，实际上是作者将叙事视角从小说人物滑向了全知叙述者，因而构成一种全知视角。

例如，在小说《边城》中，大老溺水死后，老船夫又听说二老要娶王团总的女儿，心里觉得很不踏实，于是就进城去了顺顺家里。老船夫问起顺顺的儿子二老去哪里了，得到的回答是他出外好些日子了。小说写道：

> 二老下桃源的事，原来还同他爸爸吵了一阵方走的。船总性情虽异常豪爽，可不愿意间接把第一个儿子弄死的女孩子，又来做第二个儿子的媳妇，这是很明白的事情。若照当地风气，这些事认为只是小孩子的事，大人管不着，二老当真喜欢翠翠，翠翠又爱二老，他也并不反对这种爱怨纠缠的婚姻。但不知怎么的，老船夫对于这件事情的关心处，使二老父子对于老船夫反而有了一点误会。船总想起家庭间的近事，以为全与这老而好事的船夫有关，虽不见诸形色，心中却有个疙瘩。①

二老是在同顺顺吵嘴后离家的。大老死了，顺顺不愿意让翠翠做第二个儿子的妻子。二老如果喜欢翠翠，翠翠也爱二老的话，做父亲的他也并不反对两人的婚姻。但是，二老父子对老船夫在翠翠婚事上的处理产生了误会，以为两家间的这些烦心的事情都是因老船夫的好事引起的。作家通过全知叙述者的视角叙述了二老父子所知道的事情，比如二老是如何离家的，顺顺又是如何对待二老与翠翠的婚姻问题的，同时也叙述了二老父子所不知道的事情，即二老父子在老船夫关心翠翠婚事上产生的误会，并且，老船夫当时也并不完全明了二老父子的误会。值得注意的是，作家在全知叙述者的讲述中表达了隐含作者的声音。“老船夫对

---

① 沈从文．边城（汇校本）．武汉：长江文艺出版社，2009：132－133.

于这件事情的关心处，使二老父子对于老船夫反而有了一点误会。”在隐含作者看来，大老之死并不应牵扯到翠翠的命运，所以，二老父子因大老之死而以为老船夫好事是一种“误会”。

(3) 越出人物道德观念的全知视角。作者可以在人物的内心独白中引入隐含作者的道德评判，进而使叙事视角由人物的限知视角滑向全知视角。

例如，小说《包法利夫人》中，爱玛与见习生赖昂之间有了婚外情之后，首次去卢昂和赖昂约会。约会结束后，爱玛回客店想乘驿站的马车回永镇家里时，却发现驿车已经开走了。小说写道：

> 其实，她（爱玛）也不是非回去不可；不过她有话在先，说她当天黄昏到家。再说，查理在等她回来；她心里已经起了那种惟命是从的胆怯感觉：对于许多妇女，犯了奸淫，这种感觉就是惩罚，也就是赎罪。①

当爱玛赶回客店时发现回家的驿车已经开走后，作家便通过爱玛的内心独白叙述道，虽然她并不一定要回家，但她答应丈夫查理当天黄昏就回家。所以，爱玛为自己忘了对丈夫的约定而感到胆怯。这时，小说引入了隐含作者的道德评判：对于许多妇女，犯了奸淫，这种感觉就是惩罚，也就是赎罪。虽然对于爱玛婚后没有从丈夫查理那里得到应有的关心和体贴，作家是同情的，但是，当爱玛因婚外恋而践踏了最基本的为人之道，没有履行答应丈夫黄昏回家的承诺时，作家则采取了道德上的指斥。因此，作家已不再只是叙述爱玛的内心自责，而是越出了爱玛的道德观念，通过全知叙述者的视角表达了隐含作者的叙述声音。

2. 故事叙述者“我”的视角

故事叙述者“我”是第一人称小说中整个故事的叙述者所特有的叙事视角。与第三人称小说中的全知视角相似，故事叙述者“我”的视角也是一种站在整个小说故事之上进行叙述的叙事视角，然而却只能叙述“我”所知晓的事件。也就是说，作者能在小说中的人物“我”和其他人物的叙事视角之上叙述其所知晓的事情。

(1) 故事叙述者“我”游离出小说场景中人物“我”的叙事视野。在第一人称小说中，人物“我”实际上也只能采取限知视角，所以，当小说中的“我”一

① 福楼拜．包法利夫人．北京：人民文学出版社，1958：253.

旦离开了该人物当时场景的叙事视野时，作者便是用故事叙述者“我”的视角在叙述小说故事。

例如，在小说《伤逝》中，当人物“我”跪下一条腿向子君求爱时，小说写道：

> 不但我自己的，便是子君的言语举动，我那时就没有看得分明；仅知道她已经允许我了。但也还仿佛记得她脸色变成青白，后来又渐渐转作绯红，——没有见过，也没有再见的绯红；孩子似的眼里射出悲喜，但是夹着惊疑的光，虽然力避我的视线，张皇地似乎要破窗飞去。然而我知道她已经允许我了，没有知道她怎样说或是没有说。[①]

当时，人物“我”向子君跪下一条腿示爱时，并没有看清楚子君的言语举动，只知道她已经允许我了。接着，小说的叙事视角从人物“我”转入故事叙述者“我”。“没有见过，也没有再见的绯红；孩子似的眼里射出悲喜，但是夹着惊疑的光，虽然力避我的视线，张皇地似乎要破窗飞去。”这句话已超出当时人物“我”向子君求爱时的叙事视野，并涵盖了人物“我”与子君认识和相处的整个时间长度，因而是以故事叙述者“我”的视角叙述人物“我”亲历的事件。值得注意的是，作家采用故事叙述者“我”的视角，叙述人物“我”曾向子君示爱的场景，旨在暗示这一场景在人物“我”记忆中的难忘印象。

(2) 故事叙述者“我”叙述小说场景中所有人所不知晓的事情。故事叙述者“我”与第三人称小说中全知视角的异同在于，一方面，故事叙述者“我”可以采取类似于全知视角那样站在小说故事之上的位置叙述小说场景中所有人所不知晓的事情；另一方面，故事叙述者“我”只能采用“我”的人称来叙述，而不能用无人称身份的视角来叙述，因而被叙述出来的事情在小说的后续情节中既可以不加回应，也可以通过人物“我”在后续故事中加以印证或落实。

例如，在小说《朗读者》中，主人公米夏跟汉娜因朗读而相爱后，一直没有把两人的事情跟同学提起。一天雷暴雨后，米夏和女同学苏菲在花园小屋下面躲雨，苏菲问起米夏为何上课经常迟到早退，小说写道：

> “那么，你不愿意讲一讲吗？要不，你实际上想讲出来，却又不晓得怎么讲，是吗？”

---

① 鲁迅．伤逝//鲁迅全集：第二卷．北京：人民文学出版社，2005：116．

是我不想讲吗？是我不晓得怎么讲吗？我自己也说不清楚。但是，我们俩这么站在一起，天上在电闪雷鸣，大雨倾盆而下，底下就站着我们俩，在一起受冻，在相互取暖。此时此景，逼得我非得对苏菲，对所有人，把我跟汉娜的事讲出来不可。可我只是说了一句："也许，在下一次我会讲给你听的。"

可惜，这个"下一次"不会再来了。①

作家在小说场景里，起初是用人物"我"的视角叙述米夏与苏菲在避雨时的对话，并且也是用主人公内心独白的方式叙述米夏听了苏菲的问话之后的想法，当作家用米夏跟苏菲说"也许，在下一次我会讲给你听的"结束了两人在小说场景里的对话后，接着用"可惜，这个'下一次'不会再来了"的话，由人物"我"的对话滑向故事叙述者"我"。作家用这句话道出了小说场景里的两个人都不知晓的事情，即使米夏当时也不知道今后是否会跟苏菲讲出自己与汉娜的事情。

(3) 故事叙述者"我"站在小说故事完成之后叙述故事主人公"我"曾经经历的事情，填补人物"我"在小说场景中未能领悟的东西，进而隐蔽地表达隐含作者的叙述声音。在第一人称小说中，为了挖掘或提升故事场景中人物"我"的视角在叙事感知和叙事判断方面的局限性，作家往往采用故事叙述者"我"的视角，进而使读者借助于这个站在小说故事完成之后的"我"的视角，自然而然地体验和反思故事叙述者"我"所传递出的隐含作者的叙述声音。

例如，在小说《朗读者》中，主人公米夏以人物"我"的视角，叙述自己第一次从门缝里偷窥汉娜在厨房里换衣服的情形：看着汉娜如何脱下裙子，穿上长筒袜子，"我"的目光无法离开她的颈背、肩膀、内衣遮盖的乳房、臀部、大腿，直到"我"感觉汉娜发现自己偷窥后，立刻慌张地冲下楼梯，跑到街上。在路上放慢脚步后，作家从人物"我"的展示性叙述滑向故事叙述者"我"的追忆性讲述。小说写道：

多年以后，我才想起，我不光是因为她的身材才目不转睛的，吸引我的还有她的姿态和举止。……我至今还记得，要说起她的身段、姿态和举止，有时倒是以一种沉稳厚重之感取胜。不过，这倒不是说她真有那么沉重。那

① 本哈德·施林克．朗读者．南京：译林出版社，2012：79.

> 情景更像是她在向自己的身体内部收敛进去，任其独行其事，以一种安详稳重的韵律行事，并且不受她头脑中任何命令的干扰，也就完全忘却了这纷扰的外部世界。这是一种物我两忘的风格，原来就蕴涵在她的姿态和举止当中；也正是用这样一种风度，她在穿着那双长筒袜子。然而，在那时刻，她并不让人感到沉甸甸的，而是舒缓流丽，妩媚生姿，风情万种。的确是某种诱惑，只是，这一切并不来自丰满的乳房、滚圆的臀部或健壮的大腿，而是一种邀请和招引，使人在她身体内的深邃之处把这世界一时遗忘。
>
> 此情可以追忆，只是当时惘然。但愿我现在清楚了点，不致陷于牵强附会。①

显然，作家通过故事叙述者“我”的视角讲述人物“我”后来知道的事情。值得注意的是，故事叙述者“我”站在小说故事完成之后的回忆往事的位置追叙自己曾经的亲历和感受时，实际上是作家通过隐含作者的叙述声音填补了人物“我”在小说场景中未能领悟的东西，进而给米夏偷窥汉娜的故事事件赋予了耐人寻味的新意，引导读者能用故事叙述者“我”的领悟加以体验和反思。

(4) 故事叙述者“我”用扩叙或概叙等方式延展或压缩故事场景中事件的时间长度。在第一人称小说中，人物“我”是一种限知视角，不仅受制于知晓信息的范围，而且也受到感知事件的时间限制。如果说用时空跳跃的方式叙述小说故事中的时间，是故事叙述者“我”用概述方式浓缩了故事中事件的时间长度的话，那么，故事叙述者“我”也可以用扩叙方式延展故事中事件的时间长度。

例如，在小说《了不起的盖茨比》中，尼克以第一人称“我”的身份叙述自己第一次应邀参加盖茨比在自己的别墅里举办的聚会。当尼克向聚会中的新朋友说起自己收到了盖茨比的司机送来的聚会请柬，却到现在还没有见到聚会的主人时，不料那位新朋友突然说：我就是盖茨比。小说接着写道：

> 他（盖茨比）会意地笑起来——不仅仅是会意。这种微笑是极为罕见的微笑，带有一种令人无比放心的感觉，也许你一辈子只可能碰上四五次。一瞬间这种微笑面对着——或者似乎面对着整个永恒的世界，然而又一瞬间，它凝聚到你身上，对你表现出一种不可抗拒的偏爱。它所表现出的对你理解的程度，恰恰是你想要被理解的程度。相信你如同你乐意相信你自己那样，

① 本哈德·施林克．朗读者．南京：译林出版社，2012：17-18.

> 并且让你相信他对你的印象不多不少正是你最得意时希望留给别人的印象，就在此刻他的笑容消失了，我所看到的是一个风度翩翩的壮年男子，年纪约三十一二岁，说话措辞文雅，文绉绉得近乎滑稽可笑。在他做自我介绍之前，我强烈地感到他说话字斟句酌，谨小慎微。①

在小说场景中，尼克“我”对盖茨比的笑容、年龄和言辞神态的判断实际上是瞬间完成的。但是，作家却用了较长的篇幅叙述“我”对盖茨比脸上露出的会意笑容所做的叙事判断，以至于叙事视角也因扩叙在时间长度上的延展而从人物“我”滑向故事叙述者“我”。其目的在于，作家用尼克“我”与盖茨比在首次见面时所获得的信任和理解来确立两人之间独特的友好关系，进而为小说后续情节中叙述盖茨比对尼克的信任感埋下伏笔。

3. 限知视角

在第一人称和第三人称小说中，限知视角是指小说中具体人物的叙事视角。表现为，作者从某个人物的眼光来叙述小说中的事件，因而只能叙述出该人物当时所看到和想到的东西，包括叙述该人物的错觉、幻觉等。

（1）第三人称小说中的限知视角。

首先，人物不知实情的限知视角。为了制造悬念或戏剧性张力，作者往往采用某个不知情的人物眼光来叙述故事中的事件，从而形成一种人物不知情的限知视角。例如，在小说《牛虻》中，琼玛在病床前听牛虻讲述自己在南美洲冒险而痛苦的经历。接着，牛虻问琼玛这一生是否做过一件真正残忍的事，小说写道：

> 她（琼玛）没有回答，但已经把头低下来，两颗大大的泪珠滴到了他的手上。
>
> “告诉我！”他热情地低声说着，把她的两只手捏得更紧。“告诉我吧！我已经把我一切苦恼统统告诉你了。”
>
> “是的……有一次……在很久以前。而且是对我在世界上最心爱的人做出来的。”②

在牛虻的一再追问下，琼玛坦白自己曾因误会而打了自己最爱的人一个耳光，

---

① 菲茨杰拉德．了不起的盖茨比．北京：人民文学出版社，2004：44.

② 艾·丽·伏尼契．牛虻．北京：中国青年出版社，1953：182.

使他投河自杀。显然，琼玛当时并不知晓眼前的牛虻就是当年的亚瑟。所以，作家用了人物的限知视角。值得注意的是，在后续情节中，作家是从琼玛的视角叙述两人的对话过程，而牛虻的内心活动则是由其外部行动呈现出来的，比如紧握琼玛的手、双手剧烈地抖动、低头吻了一下琼玛的手等。作家从琼玛的视角叙述牛虻的这些外部行动，凸显了琼玛当时处于不知实情的限知视角之中，她不知道牛虻为何对自己讲述的实情产生异常的反应，更不理解牛虻为何低头吻了自己的手。

其次，人物幻觉中的限知视角。幻觉虽然也是一种错觉，然而与有意识的错觉不同，幻觉是一种因人物失去意识或理性而产生的错觉。所以，在错觉中，作者主要表现人物因客观条件的作用而产生错误的判断；而在幻觉中，作者更多地表现人物因主观条件的影响而产生错误的判断。

例如，在小说《红楼梦》中，晴雯死后，宝玉一直怀念起当初两人的儿女私情。当时，宝钗和袭人睡在里屋，麝月和五儿侍候着宝玉在外间睡下后，也准备打铺睡觉。宝玉看着麝月和五儿正在打铺，想到晴雯曾因夜里服侍自己时少穿衣服而着凉生病，后又病重死去。接着，宝玉想起王熙凤曾对自己说过，五儿的外形活像晴雯，所以将想晴雯的心思移到了眼前的五儿。小说接着写道：

> （宝玉）假装睡着，偷偷的看那五儿，越瞧越像晴雯，不觉呆性复发，听了听里间已无声息，知是睡了。却见麝月也睡着了，便故意叫了麝月两声，却不答应。五儿听见宝玉唤人，便问道：“二爷要什么?”宝玉道：“我要漱漱口。”五儿见麝月已睡，只得起来重新剪了蜡花，倒了一钟茶来，一手托着漱盂。却因赶忙起来的，身上只穿着一件桃红绫子小袄儿，松松的挽着一个纂儿。宝玉看时，居然晴雯复生。忽又想起晴雯说的“早知担个虚名，也就打个正经主意了”，不觉呆呆的呆看，也不接茶。①

宝玉偷看起五儿，越看越像晴雯，就故意叫唤麝月，引五儿到自己跟前来。小说的叙事视角暂时从宝玉转入五儿，叙述五儿看到麝月已睡，便从床上起身，点了蜡烛，倒了水，托着漱盂，朝宝玉那里走去。然后，小说的叙事视角转回到宝玉的眼睛，宝玉看到五儿身上只穿了件桃红绫子的小袄儿，头上松松地挽着一个发髻，恍惚看到了晴雯。于是又想起了晴雯临死时对自己说过的话，不禁呆呆地看着五儿，竟然忘记了去接五儿手中的茶水。因此，作家是从人物的幻觉中叙

---

① 曹雪芹，高鹗．红楼梦：下卷．北京：人民文学出版社，2000：1208－1209.

述宝玉将眼前的五儿误当作晴雯。值得注意的是，作家从两个角度叙述宝玉的幻觉，先叙述宝玉想起王熙凤曾说五儿很像晴雯，继而叙述宝玉看到五儿身上的小袄儿和头上的蓬松发髻，这就使宝玉的幻觉显得十分自然可信。

（2）第一人称小说中的限知视角。第一人称小说中，人物“我”也是一种限知视角，在小说场景中只能叙述人物“我”所知晓的事情，然而与一般的限知视角不同，人物“我”的视角在第一人称小说中可以用于代理叙述者“我”的视角，或者主人公人物“我”的视角，尤其在进行式第一人称小说中，作者总是通过主人公人物“我”的视角来叙述和推进小说情节的展开和变化。因此，第一人称小说中的人物“我”是一种较为独特的限知视角。

首先，在叙述小说故事中的情节性事件时，作者不得不采用故事主人公人物“我”的限知视角叙述其当时不知情的信息，以展示或推进小说情节主线中的事件。例如，小说《朗读者》开篇，作家最初用故事叙述者“我”的回忆口吻，叙述小说故事的起始。当小说叙述主人公米夏在放学回家的路上发黄疸病呕吐后，作家就将叙事视角从故事叙述者“我”滑向了人物“我”的限知视角，小说写道：

> 有位妇女前来照护我了，她那动作却不能说是很轻柔体贴。她抓住我的胳膊，把我拖着走过门楼下黑咕隆咚的过道，进了院子。[①]

米夏是小说故事的主人公，小说场景中的米夏当时并不知道汉娜的名字，然而汉娜主动前来照护途中犯病的米夏却是小说故事中不可回避的情节性事件，所以，作家只好用人物“我”的限知视角来叙述米夏当时是如何受到一位“妇女”照护的，却并没有标明这个“妇女”就是汉娜，进而在人物“我”的限知视角中叙述小说故事中的后续事件：米夏被汉娜带进一个院子里，在水龙头上帮米夏洗手洗脸，拿出手绢擦干后，拥抱并宽慰米夏不用哭，最后搀着米夏走回了家里。

其次，用人物“我”的限知视角，叙述其在小说场景中所想要知晓的事情，在小说情节线上设置叙事悬念或叙事伏笔。例如，在小说《朗读者》中，与汉娜相爱之后，米夏却一直不知道汉娜的身世，即使连汉娜的日常生活情况也知晓甚少。小说写道：

> 我从来不知道，汉娜在既不去上班也不同我幽会的时候，到底在干些什么。每当问起她，她就把我给顶了回来。其实，与其说我们俩共享着同一片

① 本哈德·施林克．朗读者．南京：译林出版社，2012：79.

> 生命世界，不如讲她在自己的世界里给我让出了一角空间，大小宽窄全凭她愿意怎样就怎样。我该对此知足了。要想得到更多，或者只是想晓得更多，就是一种冒犯。[①]

作家通过米夏的人物“我”的限知视角，叙述了米夏当时想要通过了解汉娜的更多情况来增进两人的感情，却总是得不到汉娜的回应，作家只好用“冒犯”一词来表达米夏的心情。值得注意的是，作家用“冒犯”性猜测来叙述米夏因不了解汉娜的日常生活情况而感到困惑，在故事层面上表达了米夏希望通过了解来增进两人的感情，而在叙述层面上却为后续情节中汉娜突然跟米夏不告而别，以及米夏后来看到汉娜出现在纳粹战犯嫌疑人的法庭被告席上，做了叙事铺垫。

二、客观视角与主观视角

当作者考虑用什么样的叙事视角投射来叙述小说故事中的事件时，就涉及客观视角与主观视角的问题。所以，与叙事学家托多罗夫和热奈特等提出的“外视角”与“内视角”（或者“外聚焦”与“内聚焦”）不同，客观视角与主观视角是从叙事视角投射层次界定的叙事视角范畴，然而与被聚焦对象的内部呈现或外部呈现无关。或者说，客观视角与主观视角侧重于叙述者对聚焦对象的叙事投射方式，与被聚焦的人物或事件等对象的视角呈现方式没有关系。

1. 客观视角

客观视角是一种侧重于客观叙事感知层投射的视角类型。其特点是，作者只是叙述了叙述者对其聚焦对象的事实感知，却并不表露其主观的叙事评判，进而拉大了读者与小说故事之间的阅读距离，使读者能站在小说故事之外或者小说人物的主观判断之外来感知和了解小说情节中正在发生的事件。

（1）全知叙述者的客观视角，即作者能站在小说故事之外，以全景聚焦的方式客观地叙述小说故事中的事件。例如，在小说《红楼梦》中，元宵佳节，贾元春受朝廷册封为贵妃后回贾府省亲，小说写道：

> 忽见一对红衣太监骑马缓缓的走来，至西街门下了马，将马赶出围幕之外，便垂手面西站住。半日，又是一对，亦是如此。少时便来了十来对，方

---

① 本哈德·施林克．朗读者．南京：译林出版社，2012：81.

闻隐隐细乐之声。一对对龙旌凤翣，雉羽夔头，又有销金提炉，焚着御香；然后一把曲柄七凤金黄伞过来，便是冠袍带履。又有执事太监捧着香巾、绣帕、漱盂、拂尘等物。一队队过完，后面方是八个太监抬着一顶金顶鹅黄绣凤版舆，缓缓行来。贾母等连忙路旁跪下。早飞跑过来几个太监，扶起贾母、邢夫人、王夫人来。那版舆抬进大门，入仪门往东去，到一所院落门前，有执佛太监跪请下舆更衣。于是抬舆入门，太监散去，只有昭容彩嫔等引领着元春下舆。①

作家通过全知叙述者的客观视角叙述了元妃回贾府省亲的豪华壮观的场景。从一对红衣太监骑马至西街门、十来对骑马的红衣太监依次接连而来、管弦细乐声中走来飘着旌旗和举着金黄色伞的列队、八个太监抬着金顶鹅黄绣凤的皇宫轿子缓缓行进、候在路旁的贾母等人连忙跪下示礼时却被飞跑过来的几个太监扶起，到那皇宫轿子中的宫女引领元春下轿，作者主要通过客观视角来展示宏大的小说场景，使读者能从文学视像的意义上对元妃回贾府省亲的小说场景有一个整体而客观的视听感受。值得注意的是，作者虽然通过全知叙述者的客观视角来展示元妃回贾府省亲的场景，却又将视角的观察点设置在贾母等人所处的位置，所以，整个省亲的仪式队伍都是由远至近，并从众人的眼前走过的。

（2）人物的客观视角，即在叙述小说中具体人物的所见所闻时，作者能剔除其主观的叙事判断，并以局部聚焦的方式呈现其叙事感知中的事件。例如，在小说《药》中，老栓半夜去为儿子买药，当他看到丁字街头围着一群人时，小说写道：

老栓也向那边看，却只见一堆人的后背；颈项都伸得很长，仿佛许多鸭子，被无形的手捏住了的，向上提着。静了一会，似乎有点声音，便又动摇起来，轰的一声，都向后退；一直散到老栓立着的地方，几乎将他挤倒了。②

这里，小说只是叙述了老栓当时所耳闻目睹的现实场面。虽然作家不仅展示了老栓对小说场景的事实感知，而且也反映其在感知现实场景时的瞬间联想——那围着的一堆人的后背，仿佛许多鸭子被无形的手提着颈项——但是，老栓的这个联想来源于普通人的生活经验，只是一种客观的感知判断，并不包含小说人物

① 曹雪芹，高鹗．红楼梦：上卷．北京：人民文学出版社，2000：183.
② 鲁迅．药//鲁迅全集：第一卷．北京：人民文学出版社，2005：464.

对眼前场景的叙事评判[①]。从这个意义上说，这是一种小说人物的客观视角。

（3）故事叙述者“我”的客观视角，即在第一人称小说中“我”来叙述时，作者能以超越人物“我”视野的聚焦方式客观地呈现小说故事中的事件。也就是说，故事叙述者“我”的客观视角是一种站在第一人称小说整个故事之上的叙述者所采用的客观视角。

例如，在小说《了不起的盖茨比》中，当尼克以第一人称叙述者“我”的身份叙述自己第一次参加盖茨比别墅的晚会时，小说写道：

> 我相信我自己第一次到盖茨比家去时，我是少数几个得到正式邀请的客人之一。一般来说，人们都没有受到邀请——他们去了就是。他们上了汽车，汽车把他们拉到长岛，然后便不知怎么的到了盖茨比的家门口。在那里只要有认识盖茨比的人引见一下，此后他们便根据游乐园的行为规则自行其是。有的时候，他们从来到走，压根儿没有见过盖茨比，他们就是一心奔着晚会来的，这颗心就是入场券了。[②]

尼克第一次去盖茨比的别墅，所以，尼克当时不可能知道绝大多数的人是未受邀请而去的。这里，作家的叙事视角已由人物“我”滑向了故事叙述者“我”，其目的在于为后续情节制造伏笔：一是盖茨比特意邀请尼克去玩，所以，盖茨比后来请尼克出面安排自己与黛西会面；二是有不少去的人压根儿就没有见过盖茨比，所以，尼克后来竟然当着盖茨比的面谈论自己是盖茨比派司机送了请柬才来参加晚会的。

2. 主观视角

主观视角是一种侧重于主观叙事判断层投射的视角类型。与客观视角不同，作者不仅叙述了叙述者看到和感知到了什么，而且也叙述了其对聚焦对象的叙事判断，进而缩短了读者与小说故事之间的阅读距离。因为主观视角通常是一种限知视角，所以，作者主要通过小说中具体人物的叙事视角，叙述其对他者和自身的叙事判断。

（1）作者从人物的主观视角叙述其对他者的叙事判断，使读者能感受到小说

---

① 虽然作家在老栓的这个场景联想中表露出隐含作者的叙述声音，但就老栓而言，这只是一种客观事实的叙事感知。

② 菲茨杰拉德．了不起的盖茨比．北京：人民文学出版社，2004：36－37.

人物对其所见之人或所见之物的独特的叙事判断。

例如，在小说《安娜·卡列尼娜》中，渥伦斯奇去莫斯科火车站接他的母亲。当渥伦斯奇与安娜在车厢门口擦肩而过的一刻，小说接着写道：

> 当他（渥伦斯奇）回过头来看的时候，她（安娜）也掉过头来了。她那双在浓密的睫毛下面显得阴暗了的闪耀着的灰色眼睛亲切而注意地盯在他的脸上，好像她在辨认他一样，随后又立刻转向走过的人群，像是在寻找什么人似的。在那短促的一瞥中，渥伦斯奇已经注意到了有一股被压抑的生气在她的脸上流露，在她那亮晶晶的眼睛和她的朱唇弄弯曲了的轻微的笑容之间掠过。仿佛有一种过剩的生命力洋溢在她的全身心，违反她的意志，时而在她的眼睛的闪光里，时而在她的微笑中显现出来。她故意地竭力隐藏住她眼睛里的光辉，但它却违反她的意志在隐约可辨的微笑里闪烁着。①

渥伦斯奇走进车厢时，瞥了安娜一眼，即刻辨别出眼前这位妇人属于上流社会。当渥伦斯奇回头再看一眼时，便感觉出安娜脸上带着几分特别的柔情蜜意，甚至发现，在安娜的眼神和嘴唇的笑容中流露出一股被压抑的生气。显然，这是渥伦斯奇的眼里所见到的安娜，以及他对安娜的主观评判。值得注意的是，作家通过人物的主观视角所做出的叙事评判，不仅叙述了渥伦斯奇眼里所看到的安娜，而且叙述了渥伦斯奇在安娜的神态背后所发现的东西——“一股被压抑的生气”。正是这一发现暗示了渥伦斯奇对安娜有了一见钟情的感觉。

（2）作者从人物的主观视角叙述其对自我遭遇的叙事判断，读者能从中感受到小说人物的个性化自我叙事判断。例如，在小说《阿Q正传》中，那天晚上，阿Q在未庄赛神的赌摊上偶然赢了钱，却被起哄的人抢走了，回到土谷祠后，他才感到失败的苦痛了。小说写道：

> 但他（阿Q）立刻转败为胜了。他擎起右手，用力的在自己脸上连打了两个嘴巴，热剌剌的有些痛；打完之后，便心平气和起来，似乎打的是自己，被打的是别一个自己，不久也就仿佛是自己打了别个一般，——虽然还有些热剌剌，——心满意足的得胜的躺下了。②

阿Q在赌摊上赢了钱，却又被人抢走了所有的赌资。这原本是件失败的事

---

① 列夫·托尔斯泰．安娜·卡列尼娜：上卷．北京：人民文学出版社，1978：90.

② 鲁迅．阿Q正传//鲁迅全集：第一卷．北京：人民文学出版社，2005：518-519.

情，然而阿 Q 在反应和处理上却表现得十分怪诞和不可理喻。虽然阿 Q 对于自己的赌资被抢这件事最初也感到了失败的苦痛，但在稍感失败的苦痛之后，阿 Q 居然用自己的右手连打了自己两个嘴巴，立刻又转败为胜。值得注意的是，在人物的个性化感知判断中，作家不仅从人物的主观视角叙述了阿 Q 稀里糊涂地被人打了，连自己的赌资也在混乱中被抢，而且叙述了阿 Q 对于自己的赌资遭抢和被人拳打脚踢所采取的叙事态度，阿 Q 用自打嘴巴的方式转败为胜，并以为，“似乎打的是自己，被打的是别一个自己”。这一叙事态度深刻而生动地展示了阿 Q 性格中虚狂自大的特征。

(3) 作者从人物“我”的主观视角叙述其对他人的叙事判断，引导读者感受并了解人物“我”对小说场景中其他人物的独到的叙事判断。

例如，在小说《了不起的盖茨比》中，盖茨比在尼克的住处与黛西重逢后，就邀请黛西和尼克一起去自己的别墅。他们穿过小客厅，走上楼，经过了一间间古色古香的卧室，最后来到盖茨比的套房，并在书房里坐下喝酒。小说写道：

> 他（盖茨比）一刻不停地看着黛西。我（尼克）想他是在把房子里的每一件东西都按照那双他所钟爱的眼睛里作出的反应重新估价。偶然他也用茫然的目光环视一下他所拥有的这一切，仿佛她真切的、意想不到的到来使得他所有的这些东西就没有一件是真实的了。有一次他差点从楼梯上滚了下去。[①]

在第一人称小说中，人物“我”是一种限知视角。作者无法通过人物“我”的叙事感知直接地叙述小说中其他人物内心深处的意识情感，往往需要借助于人物“我”的叙事判断来间接地叙述。尤其当人物“我”以旁观者、见证者等身份叙述小说主人公的故事的时候，作者更需要运用人物“我”的观察、猜测、评判等叙事判断间接地叙述主人公在小说场景中的意识情感。因此，菲茨杰拉德在小说《了不起的盖茨比》中时常通过尼克的猜测和评判来叙述盖茨比的内心想法。在上述引文中，作家通过尼克对盖茨比的观察和猜测，深刻揭示了盖茨比因黛西能来自己的家而表露出的欣喜若狂之情。值得注意的是，作家在尼克的叙事判断中也传递出隐含作者的反讽式叙述声音。

---

① 菲茨杰拉德．了不起的盖茨比．北京：人民文学出版社，2004：78.

3. 主客观视角的交叉组合

为了从小说人物的视角中折射出该人物细腻而微妙的情绪，作者往往会通过该人物的主客观视角的交叉组合方式，叙述人物的叙事视角在小说场景中的叙事感知与叙事判断之间呈现出的结构性层次感。

例如，小说《静静的顿河》开篇不久，主人公葛利高里在河边饮马时跟来河边挑水的邻居司契潘的妻子婀克西尼亚调情之后，回到家里，隔着自家的篱笆远远地看着婀克西尼亚送司契潘离家参加军训的情形。小说写道：

> 葛利高里隔着篱笆看见，司契潘也在预备上路了啦。婀克西尼亚穿着一条绿色毛布裙子，给他牵过马来。司契潘微笑着，也不知道对她说了些什么。他不慌不忙地、毫不客气地亲着自己的妻子，两条胳膊好久都没有从她肩上放下来。一只被太阳晒黑、被劳动折磨得很粗糙的胳膊搭在婀克西尼亚的白色外衣上，像煤炭一样放着黑光。司契潘脊背朝葛利高里站着；隔着篱笆可以看见他那绷紧的、刮得很漂亮的脖子，可以看见他的宽阔的、有点下垂的肩膀，——当他把脑袋俯在妻子身上的时候，又看见了他的卷起的亚麻色胡子尖。
>
> 婀克西尼亚不知道为什么笑着，不以为然地摇了摇脑袋。骑马的人踏上马镫以后，那匹高大的铁青色的马就摇晃起来。司契潘骑在马鞍子上，很像一个泥塑木雕的人，放开急促的步子骑出门去，但是婀克西尼亚抓着一只马镫，和他并排走着，并且恋恋不舍地和拼命地仰起脑袋看着他的脸。
>
> 他们就这样从邻居的房子前头走过，消逝在拐角后面去了。
>
> 葛利高里的眼睛眨也不眨地看了他们半天。①

上述引文中，作家叙述了葛利高里从自家门口的篱笆前远眺婀克西尼亚送丈夫司契潘骑上马后，离家启程参加军训的场景。小说主要采用了葛利高里的客观视角来叙述。所以，葛利高里只是远远地看到婀克西尼亚给司契潘牵马过来后，司契潘跟妻子笑着说话，却听不到说些什么，后来又亲着妻子，用胳膊搭在妻子的白色外衣的肩上。同时，葛利高里看到婀克西尼亚笑着，摇着头，却不知道她为什么笑。就这样，葛利高里一直看着夫妻二人消逝在拐角后面。在这些叙述葛

---

① 肖洛霍夫．静静的顿河：第一部卷一．北京：人民文学出版社，1980：30－31．

利高里的视角里，作家突出了葛利高里因远距离观看的客观感知。但是，仔细阅读，可以发现作家还是从葛利高里的视角里投射其主观的叙事判断，如司契潘“不慌不忙地、毫不客气地亲着自己的妻子，两条胳膊好久都没有从她肩上放下来”，以及婀克西尼亚“恋恋不舍地和拼命地仰起脑袋看着他（司契潘）的脸”，字里行间不难感觉到葛利高里在观看过程中投射的主观情绪和叙事判断。从这个意义上说，作家在葛利高里的客观视角为主的叙事视角中，植入了葛利高里的主观视角，因而构成一种主客观视角的交叉组合。值得注意的是，作家通过在葛利高里的客观视角中引入其主观视角的方法，既叙述了葛利高里在小说场景中所处的现实空间距离，他是隔着自家篱笆远距离观看婀克西尼亚送司契潘骑马离家去军营集训的，同时又表达了葛利高里内心深处的嫉妒和渴望的感情投射。

三、外部视角与内部视角

小说中的叙事视角不只是叙述者如何聚焦的问题，也是被聚焦的对象如何呈现的问题。后者又可以分为外部视角与内部视角。因此，外部视角与内部视角是指被聚焦的对象如何在小说作品中呈现的叙事视角范畴，其中，外部视角是被聚焦对象的外观呈现，而内部视角则表现为由内里来呈现被聚焦的对象。根据小说写作中人物、事件和场景的叙事“三要素”，我们可以从人物行动、情节性事件和故事场景三个方面探讨外部视角与内部视角。

1. 人物行动展示上的内外部视角

小说中的人物行动可以区分为外部行动与内心活动。所以，作者通过内外部视角的方式来呈现被聚焦的人物行动，使读者能以外部观察或内心体验的方式了解和感知小说中的人物行动。

（1）内部视角是指作者把叙事视角深入到被聚焦人物的内心世界，叙述其内心深处的意识和情感活动。

第一，人物的内部视角，即作者从单个人物的限知视角中呈现其内心活动。例如，在小说《红楼梦》中，黛玉路过怡红院，偶然听到宝玉与史湘云、袭人在屋里的讲话。史湘云劝宝玉要关心读书为官的经济事，不料宝玉说：“林妹妹不说这些混帐话，要说这话，我也和他生分了。”小说接着写道：

> 林黛玉听了这话，不觉又喜又惊，又悲又叹。所喜者：果然自己眼力不

错，素日认他是个知己，果然是个知己；所惊者：他在人前，一片私心称扬于我，其亲热厚密竟不避嫌疑；所叹者：你既为我的知己，自然我亦可为你的知己矣；既你我为知己，又何必有金玉之论哉；既有金玉之论，亦该你我有之，则又何必来一宝钗哉！所悲者：父母早逝，虽有铭心刻骨之言，无人为我主张；况近日每觉神思恍惚，病已渐成，医者更云："气弱血亏，恐致劳怯之症。"你我虽为知己，但恐自不能久待；你纵为我知己，奈我薄命何。想到此间，不禁滚下泪来。①

黛玉在屋外听到宝玉对史湘云说的话后，心情十分复杂。于是，作家采取人物的内部视角来展示黛玉的情感纠结，读者也可以探入黛玉的内心深处，真切地感受其由喜至惊、悲中感叹的情感意味，进而选择对黛玉的阅读态度。

第二，全知叙述者的内部视角，即作者从全知视角中呈现场景中两个或两个以上人物间的内心活动。例如，在小说《红楼梦》中，当贾环与宝钗、香菱、莺儿因玩回棋而发生争执时，贾环委屈地哭着说因为自己不是太太养的，所以大家都欺负他。宝钗听后好言相劝。小说写道：

正值宝玉走来，见了这般景况，问："是怎么了?"贾环不敢则声。宝钗素知他家规矩，凡作兄弟的都怕哥哥。却不知那宝玉是不要人怕他的。他想着："兄弟们一并都有父母教训，何必我多事，反生疏了。况且我是正出，他是庶出，饶这样看待，还有人背后谈论，还禁得辖治了他?"更有个呆意思存在心里。你道是何呆意? 因他自幼姐妹丛中长大，亲姊妹有元春探春，叔伯的有迎春惜春，亲戚中又有史湘云林黛玉薛宝钗等人，他便料定原来天生人为万物之灵，凡山川日月之精秀，只钟于女儿，须眉男子不过是些渣滓浊沫而已。因有这个呆念在心，把一切男子都看成浊物，可有可无。只是父亲、伯叔、兄弟中，因孔子是亘古第一人说下的不可忤慢，只得要听他这句话；所以弟兄之间不过尽其大概的情理就罢了，并不想自己是丈夫，须要为子弟之表率。是以贾环等都不怕他，却怕贾母，才让他三分。②

在全知叙述者的内部视角中，作家先叙述了宝钗的想法：贾府的家规是，凡作兄弟的都怕哥哥；接着叙述了宝玉的想法：宝玉是不要人怕他的，况且自己是

---

① 曹雪芹，高鹗．红楼梦：上卷．北京：人民文学出版社，2000：341－342.

② 同①210.

正出，而贾环是庶出，这个名分还有人背后议论，自己怎么管教得了他呢。其中，“却不知那宝玉是不要人怕他的”是从全知叙述者的视角中叙述了宝钗的想法，而“更有个呆意思存在心里”则是从全知叙述者的叙事中叙述了宝玉的想法。所以，作家通过全知叙述者的视角分别叙述了宝钗和宝玉的内心想法。不仅如此，在“你道是何呆意?”的设问句后，作家通过全知叙述者的内部视角解释了宝玉心里的“呆意”，进而为读者对被聚焦人物宝玉的阅读态度提供了一种解释性的背景信息。

值得注意的是，在以全知叙述者的内部视角叙述宝玉的内心想法时，作家采取了两种转述人物想法的书写方式，其中，“他想着”后面用双引号标识的两句话，是全知叙述者转述宝玉在当时场景中的内心独白，而“你道是何呆意”之后用间接引语转述的宝玉想法，则主要是全知叙述者对人物背景信息的介绍，因而离开了人物当时的叙事视野，表现出全知叙述者能够超越具体场景中的人物视角来呈现该人物的内心世界。

(2) 外部视角是指作者将叙事视角瞄准了被聚焦人物的外部行动，叙述该人物的外观状貌与外表举动。

第一，全知叙述者的外部视角，即作者在全知视角中呈现人物的外部行动，却并不展示人物的内心活动。例如，在小说《边城》中，作家通过全知叙述者来介绍老船夫和翠翠的日常渡船作业情况。小说写道：

> 老船夫不论晴雨，必守在船头。有人过渡时，便略弯着腰，两手缘引了竹缆，把船横渡过小溪。有时疲倦了，躺在临溪大石上睡着了，人在隔岸招手喊过渡，翠翠不让祖父起身，就跳下船去，很敏捷的替祖父把路人渡过溪，一切皆溜刷在行，从不误事。有时又与祖父黄狗一同在船上，过渡时与祖父一同动手牵缆索。船将近岸边，祖父正向客人招呼“慢点，慢点”时，那只黄狗便口衔绳子，最先一跃而上，且俨然懂得如何方为尽职似的，把船绳紧衔着拖船拢岸。①

作家通过全知视角依次叙述了老船夫、翠翠和黄狗在渡船作业过程中的外部行动，即使对小黄狗的行动所做的叙事判断也来自全知叙述者的外观猜测。值得注意的是，作家巧妙地展示了三者在渡船行动上的默契配合。老船夫有时躺在临

① 沈从文．边城（汇校本）．武汉：长江文艺出版社，2009：5.

溪大石上睡着了，翠翠就主动地替老船夫把路人渡过溪；当老船夫与翠翠一起手牵缆索把渡船靠近岸边时，黄狗便口衔绳子，最先一跃而上，把船绳紧衔着拖船拢岸。

第二，人物的外部视角，即作者在限知视角中呈现被聚焦人物的外部行动，却遮蔽了被聚焦人物的内心活动，以至于形成对被聚焦人物行动的误判。例如，在小说《红楼梦》中，盛夏时节，宝玉独自来到大观园的蔷薇花架边，远远地看见一个女孩流着泪在地上画字，小说写道：

> 只见他虽然用金簪画地，并不是掘土埋花，竟是向土上画字。宝玉用眼随着簪子的起落，一直、一画、一点、一勾的看了去数，一数十八笔。自己又在手心里，用指头按着他方才下笔的规矩写了，猜是个什么字。写成一想，原来就是个蔷薇花的“蔷”字。宝玉想道：“必定是他也要做诗填词，这会子见了这花，因有所感。或者偶成了两句，一时兴至恐忘，在地下画着推敲，也未可知。且看他底下再写什么。”一面想，一面又看，只见那女孩子还在那里画呢。画来画去，还是个“蔷”字；再看，还是个“蔷”字。①

后来，天上下起了大雨，那女孩听宝玉提醒自己身上淋湿后，以为宝玉是丫头，便笑道：“多谢姐姐提醒了我。难道姐姐在外头有什么遮雨的?”由此可见，虽然作家也叙述了人物之间的叙事判断，但是，宝玉与女孩（龄官）的叙事判断都来自对对方的外部观察。宝玉只是看到了那女孩（龄官）在地上写“蔷”字，却不知道女孩是谁，更不知道女孩为何写“蔷”字。而那女孩（龄官）也不知道提醒自己下大雨的人是宝玉，甚至误以为宝玉也是女孩。因此，作家通过人物的外部视角叙述了宝玉与龄官隔着蔷薇花架的观察和对话，两人都是对对方的外部行动所做的叙事判断，以至于都产生了误判。

2. 情节性事件展示上的内外部视角

用叙事视角叙述小说情节中的事件时，内外部视角之间的主要界限在于作者是否采用了知情者的叙事视角。也就是说，内部视角是指作者从小说情节内部叙述事件，而外部视角则是站在小说情节之外来叙述小说故事中的事件。

（1）内部视角，即作者从知情者的视角中展示小说场景中正在发生的事件。

---

① 曹雪芹，高鹗．红楼梦：上卷．北京：人民文学出版社，2000：323－324.

第一，人物的内部视角，即人物以知情者的身份目睹或参与了事件的过程。例如，在小说《水浒传》第三回中，鲁智深从金老的口中得知，当地有个卖肉的商人，名叫郑屠，号称镇关西。此人仗势欺人，强媒硬保地将金老的女儿纳了妾，然而不到三个月，却将其赶出家门，并向金老追讨三千贯的典身钱。于是，父女俩只得被迫来酒店卖唱筹钱。鲁智深听后，暴跳如雷，决意要教训教训那个杀猪的镇关西。小说写道：

> 且说郑屠开着两间门面，两副肉案，悬挂着三五片猪肉。郑屠正在门前柜身内坐定，看那十来个刀手卖肉。鲁达走到门前，叫声：“郑屠!”郑屠看时，见是鲁提辖，慌忙出柜身来唱喏道：“提辖恕罪。”便叫副手掇条凳子来：“提辖请坐。”鲁达坐下道：“奉着经略相公钧旨，要十斤精肉，切做臊子，不要见半点肥的在上头。”①

切完了十斤不带肥的精肉后，鲁智深又要郑屠再切十斤不带精的肥肉。而店小二却在店外看着干着急。因此，鲁智深在郑屠的肉店闹事的场景中，涉及三个主要的当事人，其中，有两个人物是知情者，一个是不知情者。

- 鲁智深是知情者。他从金老父女的口中得知郑屠仗势欺人，以至于父女俩被迫来酒店卖唱筹钱。所以，鲁智深到郑屠的肉店闹事，目的是要教训郑屠。于是，小说详尽地叙述了鲁智深先要郑屠亲手切十斤精肉，然后又要切十斤肥肉。
- 店小二也是知情者。因为当天清早鲁智深将金老父女两人领出店时，店小二向金老父女索要房钱而被鲁智深打掉了两个门牙。所以，店小二本想告诉郑屠鲁智深领走金老父女的事情，但见鲁智深坐在店门边，知道是来闹事的，不敢进入店里，就只好站在肉店的房檐下观望。
- 郑屠是不知情者。他误以为鲁智深是来店里买肉的，所以，鲁智深提出要他亲自动手切肉时，郑屠照办了；鲁智深要他切了十斤纯精肉后，再切十斤纯肥肉，郑屠也没有恼怒。直到鲁智深要他再切十斤软骨时，郑屠才有些不耐烦。当鲁智深将两包切好的肉朝郑屠的脸上摔去时，郑屠才大怒。于是，两人挥拳相向起来。

作家从鲁智深和店小二的知情者的内部视角叙述小说情节上的鲁智深拳打镇关西的事件。所以，读者既能认可鲁智深作弄郑屠的行动，也能理解店小二为何

---

①　施耐庵，罗贯中．水浒传：上卷．2版．北京：人民文学出版社，2005：48－49.

不敢将其知道的事情告诉郑屠的缘由。值得注意的是，作家从知情者的内部视角叙述整个事件，而将郑屠置于不知情者的角色，并使之始终处于被动的位置，使鲁智深惩治郑屠的事件充满了戏剧性的矛盾效果。从这个意义上说，作家实际上采用了内外部视角交叉组合的方式叙述鲁智深拳打镇关西的戏剧性场景。

第二，全知叙述者的内部视角，即作者通过全知视角揭示小说情节上的事件缘由。例如，在小说《红楼梦》中，宝玉被贾政毒打后病卧在床，宝钗去探病时从袭人那里得知，宝玉遭打的原因是，薛蟠因琪官的事吃醋而挑唆了人向贾政告宝玉的状。小说写道：

> 原来宝钗素知薛蟠情性，心中已有一半疑是薛蟠挑唆了人来告宝玉的；谁知又听袭人说出来，越发信了。究竟袭人是焙茗说的；那焙茗也是私心窥度，一半据实，竟认准是他说的。那薛蟠因素日有这个名声，其实这一次却不是他干的，被人生生的一口咬死是他，有口难分。这日正从外头吃了酒回来，见过母亲，只见宝钗在这里。说了几句闲话，因问："听见宝玉兄弟吃亏，是为什么？"薛姨妈正为这个不自在，见他问时，便咬牙道："不知好歹的冤家，都是你闹的，你还有脸来问！"薛蟠见说，便怔了，忙问道："我何尝闹什么？"薛姨妈道："你还装憨呢！人人都知道是你说的，还赖呢。"①

宝钗听了袭人的话，真的以为是薛蟠挑唆了人来告宝玉的状，才使贾政下如此重手打宝玉。然而，小说却转而用全知叙述者的内部视角揭示了小说故事中的真实情况："那薛蟠因素日有这个名声，其实这一次却不是他干的，被人生生的一口咬死是他，有口难分。"读者也由此知道是宝钗错怪了薛蟠。所以，在阅读后续情节时，读者能对薛姨妈、宝钗与薛蟠之间的人物矛盾有一种先期的叙事判断。

(2) 外部视角，即作者通过不知情者的视角展示小说场景中正在发生的事件。

第一，参与者的外部视角，即参与事件的人物并不明了眼前发生的事件的真相。例如，在小说《水浒传》第九回中，林冲被判刺配沧州道，负责押解的差役薛霸受高俅的指使，想在押解途中处死林冲。当薛霸正要用水火棍向林冲的脑袋劈下来时，小说写道：

---

① 曹雪芹，高鹗．红楼梦：上卷．北京：人民文学出版社，2000：363.

话说当时薛霸双手举起棍来，望林冲脑袋上便劈下来。说时迟，那时快，薛霸的棍恰举起来，只见松树背后雷鸣也似一声，那条铁禅杖飞将来，把这水火棍一隔，丢去九霄云外，跳出一个胖大和尚来，喝道：“洒家在林子里听你多时!”两个公人看那和尚时，穿一领皂布直裰，跨一口戒刀，提起禅杖，轮起来打两个公人。林冲方才闪开眼看时，认得是鲁智深。林冲连忙叫道：“师兄，不可下手！我有话说。”智深听得，收住禅杖。两个公人呆了半响，动弹不得。①

押解林冲的差役薛霸，先听到松树背后传来了雷鸣般的吼声，接着看到飞出来一条铁禅杖，最后又发现跳出了一个胖大和尚。在场的三个人都不明了来者是何人。当两个差役抬头看胖大和尚时，却已被鲁智深提起禅杖轮打了过来。所以，两人稀里糊涂地遭了鲁智深一顿棒打，既不知道眼前的胖大和尚是如何闯入的，又不认识正在用禅杖打他们的人是谁，甚至当林冲叫鲁智深住手时，两个差役还是莫名其妙，呆了半响。因此，作家是从参与者的外部视角叙述了两个差役所经历的不明事由的事件。

第二，旁观者的外部视角，即在场的人物以旁观者的身份观察正在发生的事件，却并不明了该事件的内在缘由。例如，在小说《德伯家的苔丝》中，克莱回国后，在群鹤公寓找到了与亚雷同居的苔丝，并承认自己错怪了苔丝。苔丝责怪克莱来得太晚了，克莱无奈地只身离开群鹤公寓。苔丝上楼后，群鹤公寓的老板卜露太太出于好奇，轻轻地走上楼，听见屋里传出苔丝的哭声，便从门外的钥匙孔里偷看到苔丝正扑在桌子上抱头痛哭，接着传出苔丝的哭诉声音，以及亚雷在屋里说了许多难听的话。卜露太太回到自己的起居室后，又听到楼上的吵架声，甚至楼顶的地板也发出吱吱声响。随后，卜露太太听到有人关上了公寓的前门，并看到苔丝一个人离开了公寓，便琢磨起刚才来的人（克莱）与楼上争吵的一对儿是什么关系，小说写道：

她（卜露太太）的眼光无意中落到了天花板上。只见一个小点儿，从前永远没有看见过的，在白色的天花板中间出现。她刚一看见那个小点儿的时候，它的大小跟一个小蜂窝饼干差不多。但是待了一会儿，它就变成手掌那么大，同时还可以看出来，它的颜色是红的。这个长方形的白色天花板，中

① 施耐庵，罗贯中．水浒传：上卷．2版．北京：人民文学出版社，2005：121.

间添上了这样一个红点儿，看来好像一张硕大无朋的幺点红桃牌。

卜露太太当时不知怎么，往坏里疑虑起来。她上了桌子，用手去摸那块地方，一摸是湿的，还好像是血迹。

她从桌子上下来，出了起坐间，上了楼，本想一直走进作寝室的后屋。但是卜露太太虽说现在已经成了一个神经麻木的人了，当时她却怎么也不敢去动那个门钮。她只站在外面留神细听。屋里非常地静，什么动静也没有，只有一种滴答声，快慢一样，送到她的耳朵里。

滴答，滴答，滴答。①

作家完全是从旁观者角度叙述卜露太太是如何发现苔丝杀死亚雷的事件的：卜露太太先是从苔丝的房门外听到和房门的钥匙孔里看到屋内的争吵；接着在自己卧室中听到楼上的吵闹声和楼顶地板声响；后来听到公寓前门的关门声音，看到苔丝离开公寓；然后看到天花板上滴落下来的血迹；最后叫人打开门才发现亚雷死在床上。而读者也是从卜露太太的外部视角中了解事件的真相，并对苔丝杀死亚雷的事件采取相应的叙事态度。值得注意的是，苔丝杀死亚雷是小说故事中的核心事件，然而作家却是通过一个不知详情的次要人物的外部视角来叙述，不仅回避了叙述苔丝如何杀死亚雷的事件，而且增添了小说情节上的曲折和离奇。

3. 故事场景展示上的内外部视角

在叙述小说故事中的场景时，也有一个外部视角与内部视角的问题，两者的区别在于作者如何将被聚焦事件的场景加以叙述。从场景内叙述的是内部视角，反之则是外部视角。也就是说，故事场景展示上的内外部视角指的是作者是从小说场景的内部还是外部来呈现该场景中正在发生的故事。

（1）人物的内部视角，即小说人物亲眼目睹小说场景内正在发生的故事。例如，在小说《红楼梦》中，宝玉在梨香院里认出了龄官，正是那天在蔷薇花下画“蔷”字的丫鬟。后见贾蔷正提着鸟笼找龄官，就好奇地想看个究竟。贾蔷起先想用自己买来的鸟雀逗龄官开心，却见龄官不高兴，只好把鸟雀放了。后听龄官身子还不见好，就准备出门找大夫去。小说接着写道：

龄官又叫站住，“这会子大毒日头地下，你赌气子去请了来，我也不

---

① 哈代．德伯家的苔丝//哈代文集（5）．北京：人民文学出版社，2004：536.

> 瞧。”贾蔷听如此说，只得又站住。宝玉见了这般景况，不觉痴了，这才领会了画“蔷”深意。自己站不住，便抽身走了。贾蔷一心都在龄官身上，也不愿送，倒是别的女孩子送出来了。①

宝玉在梨香院内，看着贾蔷与龄官之间情意绵绵、互相体贴的情景，深受感动，方才明白龄官前几天在蔷薇花下画“蔷”字的深意。值得注意的是，作家采用人物的内部视角方式，通过宝玉亲眼目睹贾蔷与龄官之间的爱恋情意，在情节上呼应了之前宝玉在蔷薇花架下看到的龄官，进而也领悟了龄官画“蔷”字的情意。

（2）人物的外部视角，即小说人物观察和感知自己所处的小说场景外正在发生的故事。例如，在小说《红楼梦》中，金桂嫁给薛蟠后，两人经常打闹。后来，金桂看中了薛蟠的堂弟薛蝌，于是就指使丫鬟宝蟾设计勾引。那天晚上，宝蟾把一壶酒和四碟果子拿到薛蝌的房里，说是大奶奶叫宝蟾给二爷送来的。宝蟾离开后，小说写道：

> 话说薛蝌正在狐疑，忽听窗外一笑，吓了一跳，心中思道：“不是宝蟾，定是金桂。只不理他们，看他们有什么法儿。”听了半日，却又寂然无声。自己也不敢吃那酒果，掩上房门。刚要脱衣时，只听见窗纸上微微一响。薛蝌此时被宝蟾鬼混了一阵，心中七上八下，竟不知是如何是可。听见窗纸微响，细看时又无动静，自己反倒疑心起来，掩了怀，坐在灯前呆呆的细想，又把那果子拿了一块，翻来覆去的细看。猛回头看见窗上纸湿了一块。走过来觑着眼看时，冷不防外面往里一吹，把薛蝌吓了一大跳，听得吱吱的笑声。薛蝌连忙把灯吹灭了，屏息而卧。只听外面一个人说道：“二爷为什么不喝酒吃果子就睡了？”这句话仍是宝蟾的话音。薛蝌只不作声装睡。又隔有两句话时，听得外面似有恨声道：“天下那里有这样没造化的人。”薛蝌听了是宝蟾又似是金桂的语音。这才知道他们原来是这一番意思，翻来覆去，直到五更后才睡着了。②

薛蝌先听到窗外一笑，后又听见窗纸微微一响，接着看见窗纸湿了一块，走进细看时，冷不防被外面一吹，紧接着听见吱吱的笑声，不一会儿又传出宝蟾的

---

① 曹雪芹，高鹗．红楼梦：上卷．北京：人民文学出版社，2000：386.

② 曹雪芹，高鹗．红楼梦：下卷．北京：人民文学出版社，2000：1029.

话语。作家起初是从薛蝌的卧室场景内叙述小说故事的，然而当叙述薛蝌隔着窗纸听到宝蟾和金桂在室外的笑声和话语声时，小说的叙事视角已经从薛蝌卧室的室内转到室外。值得注意的是，作家通过外部视角展示薛蝌听着宝蟾的问话而装睡不回应，突出刻画了薛蝌的软弱性格和无奈处境。

第二节　在三个聚焦层次上表现“看”与“被看”

叙事视角的聚焦层次是指作者通过特定的聚焦取向和聚焦组合等方式调控叙事视角的结构形态。在聚焦取向上，一方面，作者可以在“看”的意义上使用叙事视角，叙述出聚焦者在同一个视角方向上的感知和评判；另一方面，作者也能够将叙事视角表现为一种“看”与“被看”的关系，在聚焦者与被聚焦者的视角互动中叙述各自对对方的感知和评判。而在聚焦组合上，一方面，作者可以在同一人称的视角框架内组合“看”与“被看”的聚焦结构关系；另一方面，作者也能够将“看”与“被看”的聚焦结构纳入一种跨人称的视角框架之中。因此，我们将从一度聚焦、二度聚焦和复叠聚焦三个方面具体探讨作者如何在小说作品中设计聚焦层次的问题。

一、一度聚焦

一度聚焦是作者从一个聚焦方向上设置的聚焦结构形态。即作者从一个聚焦方向上叙述了聚焦者所看到和感知到的东西。

1. 单人聚焦

单人聚焦是指作者从一个聚焦方向上叙述聚焦者所看到和感知到的东西，是最为常见的一度聚焦方式。尤其在第一人称小说中，作者主要依赖于“我”来叙述小说故事，即使是小说中其他人物的感知和判断也往往需要通过“我”的视角来叙述。所以，第一人称小说主要是用“我”的单人聚焦来叙述小说故事的。

例如，小说《迟桂花》是一篇进行式的第一人称小说，作家是通过主人公人物“我”的单人聚焦方式来叙述故事的。当人物“我”走到好友翁则生的家门口时，小说写道：

> 约莫离他家还有半箭路远的时候，我一面喘着气，一面就放大喉咙向门里面叫了起来：
>
> “喂，老翁！老翁！则生！翁则生！”
>
> 听见了我的呼声，从两扇关在那里的腰门里开出来答应的，却不是被我所唤的翁则生自己，而是我从来也没有见过面的，比翁则生略高三五分的样子，身子强健，两颊微红，看起来约莫有二十四五的一位女性。[①]

人物“我”在翁则生家的门口大声呼唤“翁则生”的姓名，不料，从门里走出了一位二十四五岁的女子。随后，小说叙述了人物“我”眼里见到该女子的表情和神态，并猜测是翁则生的妹妹，进而又从人物“我”的视角中叙述了两人的对话。值得注意的是，作家没有叙述人物“我”与翁则生之间的直接见面，而是设计了翁则生的妹妹来门口迎接的场景，以便于能通过人物“我”的叙事视角描绘翁则生妹妹的外貌，以及她热情而又腼腆的神态，进而也为后续情节中人物“我”与翁则生妹妹之间的感情故事做铺垫。

2. 单向聚焦

单向聚焦是指作者叙述了两个以上的人物在同一方向上所看到和感知到的东西。当作者将小说场景中多个人物的视角设计成同一方向的聚焦形式，既可以表现出聚焦方式上的场景感，又能够通过聚焦方向展示小说场景中的叙事重心。

例如，在小说《脖子上的安娜》中，女主人公阿尼雅经常与丈夫阿尔狄诺夫乘马车外出打猎，所以越来越不太回家，阿尼雅的父亲酒瘾越来越大，甚至卖了小风琴抵债，而阿尼雅的两个弟弟却生怕父亲一个人上街跌倒，所以总跟着他。小说的结尾写道：

> 每逢他们在旧基辅街上遇见阿尼雅坐着由一匹马驾辕、一匹马拉套的双马马车出来兜风，而阿尔狄诺夫代替车夫坐在车夫座上的时候，彼得·列昂契奇就脱下高礼帽，想对她叫喊一声，可是彼嘉和安德留沙拉住他的胳膊，恳求他说：

---

① 郁达夫．迟桂花//郁达夫小说集．杭州：浙江文艺出版社，1985：724.

"不要这样，爸爸。……得了，爸爸。……"①

阿尼雅和她的丈夫在旧基辅街上驾着马车兜风时，阿尼雅的父亲脱下高礼帽，想召唤阿尼雅，却被他的两个儿子拉住胳膊，叫嚷着加以阻止。所以，在小说场景中，阿尼雅的父亲和他的两个弟弟都在同一方向上看着马车上的阿尼雅和阿尔狄诺夫。值得注意的是，作家采取了两种不同的方式叙述三个在场人物的单向聚焦。阿尼雅的父亲是脱下礼帽，想对着马车上的女儿叫嚷，这一人物动作本身说明了阿尼雅的父亲看到了自己的女儿坐在马车上，所以才想对她叫嚷。而彼嘉和安德留沙则上前阻拦自己的父亲，暗示两人也看到了自己的姐姐坐在马车上。因此，作家采取了单向聚焦的方式，在小说场景中，间接地叙述了阿尼雅的父亲和她的两个弟弟都看到了阿尼雅坐在马车之上。

3. 切换聚焦

切换聚焦是指作者相继叙述两个以上的人物在各自单一聚焦取向上所看到和感知到的东西。在叙述小说场景中不同人物之间的谈话时，作者经常会使用切换聚焦的方式，相继从一个人物的视角转到另一个人物的视角。

例如，在小说《红楼梦》中，宝玉遭父亲毒打后，宝钗来怡红院探望。当宝钗问宝玉为何遭打时，袭人便把焙茗的话说了出来②。小说写道：

宝玉原来还不知贾环的话，见袭人说出，方才知道。因又拉上薛蟠，惟恐宝钗沉心，忙又止住袭人道："薛大哥哥从来不这样的，你们别混猜度。"宝钗听说，便知宝玉是怕他多心，用话相拦袭人，因心中暗暗想道："打的这个形象，疼还顾不过来，还是这样细心，怕得罪了人，可见在我们身上也算是用心了。你既这样用心，何不在外头大事上做工夫，老爷也欢喜了，也不能吃这样亏。但你固然怕我沉心，所以拦袭人的话，难道我就不知我哥哥素日恣心纵欲，毫无防范的那种心性。当日为一个秦钟，还闹的天翻地覆，自然如今比先更利害了。"想毕，因笑道："你们也不必怨这个，怨那个。据我想，到底宝兄弟素日不正，肯和那些人来往，老爷才生气。就是我哥哥说话不防头，一时说出宝兄弟来，也不是有心调唆：一则也是本来的实话；二

---

① 契诃夫．挂在脖子上的安娜//契诃夫小说全集：第9集．上海：上海译文出版社，2000：299.

② 作家在小说的上一回叙述道，焙茗告诉袭人，宝玉遭毒打的原因是宝钗的哥哥因琪官儿的事吃醋，所以在外面挑唆人来告宝玉的状。

> 则他原不理论这些防嫌小事。袭姑娘从小儿只见过宝兄弟这么样细心的人，你何曾见过我哥哥那天不怕，地不怕，心里有什么口里就说什么的人。”袭人说出薛蟠来，见宝玉拦他的话，早已明白自己说造次了，恐宝钗没意思；听宝钗如此说，更觉羞愧无言。宝玉又听宝钗这一番话，半是堂皇正大，半是体贴自己的疑心，更觉比先畅快了。[①]

袭人把焙茗告诉自己的话说出来之后，小说相继叙述了在场的宝玉、宝钗和袭人的内心想法以及言谈内容：

● 宝玉听了袭人的话后，才知道这事与薛蟠有关，却又担心宝钗听了不高兴，所以就出言制止袭人，别乱猜测。

● 宝钗听了袭人和宝玉的话后，明白宝玉是怕自己多心，所以用话拦袭人，并想到，宝玉自己被打成这样，还怕得罪人，既然这样用心，何不做些让贾政高兴的事？于是，宝钗笑着说出打圆场的话来，一半是为自己的哥哥开脱；一半是为宝玉的遭打找托词。

● 袭人听了宝玉的话，知道自己不应在宝钗面前讲薛蟠的坏话，怕得罪了宝钗；听了宝钗的话后，心里感到羞愧。

● 宝玉听了宝钗的话，十分佩服宝钗的得体之言，心里更觉得畅快。

作家主要是通过单一聚焦取向的连续切换方式，相继叙述了宝玉、宝钗、袭人在怡红院里的对话场景。虽然作家也在三人的视角中叙述了彼此间的叙事判断，比如，宝玉因担心宝钗生气而出言阻拦袭人的话；宝钗理解宝玉阻拦袭人是怕得罪自己，所以说了一番打圆场的话；袭人听了宝玉和宝钗的话后，更是为自己贸然直言薛蟠的坏话而感到羞愧。然而就聚焦取向而言，作家侧重于从不同人物的视角切换来表现每个人物的内心想法和言语神态，进而形成多个人物在单一聚焦方向的相继切换中的聚焦关系。

二、二度聚焦

二度聚焦是作者从两个聚焦方向上设置的聚焦结构形态。具体表现为，作者从某个人物的叙事视角中叙述了被聚焦者的他者的感知和判断，进而做出相应的叙事判断。一方面，聚焦者从自己的“看”中叙述了被聚焦者的感知和判断；另

---

① 曹雪芹，高鹗．红楼梦：上卷．北京：人民文学出版社，2000：356.

一方面，聚焦者从被聚焦者的“看”中意识到他人对自己的叙事感知，并选择或修正自己的叙事判断。因此，在二度聚焦中，聚焦者“看”的注意力不再只是人物看到什么的问题，而是要从看到的文学视像中叙述其所感知到的“被看”，以及对“被看”所做出的叙事判断。

1. 逆向型与正向型

在使用二度聚焦的时候，作者不仅要表现聚焦者从“看”与“被看”中所获得的感知和判断，而且要对聚焦者的反馈性叙事判断取向做出选择。也就是说，作者借助于二度聚焦的方式来表现聚焦者之间的视角交流，并在被聚焦者的视角中找到自己的行动取向。因此，从聚焦者的反馈性叙事判断取向上，我们可以从二度聚焦中区分出逆向型与正向型。

(1) 逆向型，侧重于叙述聚焦者在“看”与“被看”中所采取的逆取向叙事判断。作者叙述了聚集者看到并理解的被聚焦者的示意举动，进而对被聚焦者的叙事感知做出反方向的叙事判断。

例如，在小说《红楼梦》中，王夫人问黛玉，吃了鲍太医开的药后是否好些了。宝玉插嘴说道，自己曾给薛蟠一个药方，花了上千两银子才配成，并表示王夫人如果不信可以问宝钗。宝玉见宝钗没有当场证实自己的话，又听见王夫人夸宝钗不撒谎，就急着站起身来争辩自己没有说谎。正当宝玉回身时，“只见林黛玉坐在宝钗身后抿着嘴笑，用手指头在脸上画着羞他”。这时，王熙凤出面证实宝玉说的那个方子确有其事，小说接着写道：

> 宝玉向林黛玉说道：“你听见了没有，难道二姐姐也跟着我撒谎不成?”脸望着林黛玉说话，却拿眼睛瞟着宝钗。林黛玉便拉王夫人道：“舅母听听，宝姐姐不替他圆谎，他只问着我。”王夫人也道：“宝玉很会欺负你妹妹。”宝玉笑道：“太太不知道这个原故。宝姐姐先在家里住着，那薛大哥的事他也不知道，何况如今在里头住着呢，自然是越发不知道了。林妹妹才在背后羞我，打量我撒谎呢。”①

当听到王夫人为黛玉打圆场时，宝玉说出了黛玉刚才在背后示意自己在说谎。在此，作家采用了逆向型二度聚焦，其中，一度聚焦是指宝玉看到黛玉在向

① 曹雪芹，高鹗．红楼梦：上卷．北京：人民文学出版社，2000：293－294.

自己示意；二度聚焦是指宝玉从黛玉的示意中意识到黛玉不相信自己刚才说的话，并示意自己该感到害羞。逆向型便是指在小说场景中，宝玉看着黛玉的示意，却做出与黛玉示意相反的叙事判断，用王熙凤的话来质疑黛玉。值得注意的是，在宝玉用王熙凤的话反问时，作家巧妙地刻画了宝玉的神态：脸望着黛玉说话，眼睛却瞟着宝钗，表现出宝玉以诘问的方式同时对黛玉和宝钗的示意做出质疑。

（2）正向型，侧重于叙述聚焦者在“看”与“被看”中所选择的正取向叙事判断。作者叙述了聚集者看到并理解被聚焦者的示意举动，并参照被聚焦者的感知和判断修正其原有的叙事判断，或选择与被聚焦者相同取向的叙事判断。

例如，在小说《红楼梦》中，当周瑞家的媳妇领着刘姥姥来到王熙凤的家时，小说写道：

> 周瑞家的听了，方出去领了他们进入院来。上了正房台阶，小丫头打起了猩红毡帘，才入堂屋，只闻一阵香扑了脸来，竟不辨是何气味。身子如在云里一般。满屋中之物都耀眼争光的，使人头悬目眩。刘姥姥此时，惟点头咂嘴，念佛而已。于是来至东边这间屋内，乃是贾琏的女儿大姐儿睡觉之所。平儿站在炕沿边，打量了刘姥姥两眼，只得问个好，让坐。刘姥姥见平儿遍身绫罗，插金带银，花容玉貌似的，便当是凤姐儿了，才要称姑奶奶。忽见周瑞家的称他是“平姑娘”，又见平儿赶着称周瑞家的称“周大娘”，方知不过是个有些体面的丫头。①

刘姥姥看到平儿花容玉貌、身上插金戴银，起初误以为她是王熙凤。后来又听到周瑞家的媳妇称呼“平姑娘”，以及平儿称“周大娘”，刘姥姥才意识到眼前的平姑娘只是个体面的丫鬟，而不是王熙凤。因此，作家通过正向型二度聚焦，从刘姥姥的视角反馈中叙述周瑞家的媳妇与平儿之间的互相称呼，其中，一度聚焦是指刘姥姥看到周瑞家的媳妇与平儿的互道称呼；二度聚焦是指刘姥姥从周瑞家的媳妇看着平儿称“平姑娘”中意识到自己刚才误认平儿为王熙凤。正向型便是指刘姥姥依据周瑞家的媳妇对平儿的叙事判断来纠正自己先前对平儿身份的误会，这才知道平儿只是个有些体面的丫头。

---

① 曹雪芹，高鹗．红楼梦：上卷．北京：人民文学出版社，2000：67.

2. 独白型、对话型与描述型

独白、对话和描述是小说叙述三种常用的文体形式。因此，作者时常会在三种小说叙述的文体形式中分别使用二度聚焦，这便使小说叙述文体上形成了三种二度聚焦的类型。

（1）独白型，即作者在人物的独白中设置二度聚焦。例如，在小说《伤逝》中，当人物“我”回忆起自己曾跪下一条腿向子君求爱的情景时，小说写道：

> 不但我自己的，便是子君的言语举动，我那时就没有看得分明；仅知道她已经允许我了。……
>
> 她却是什么都记得：我的言辞，竟至于读熟了的一般，能够滔滔背诵；我的举动，就如有一张我所看不见的影片挂在眼下，叙述得如生，很细微，自然连那使我不愿再想的浅薄的电影的一闪。夜阑人静，是相对温习的时候了，我常是被质问，被考验，并且被命复述当时的言语，然而常须由她补足，由她纠正，像一个丁等的学生。
>
> 这温习后来也渐渐稀疏起来。但我只要看见她两眼注视空中，出神似的凝想着，于是神色越加柔和，笑窝也深下去，便知道她又在自修旧课了，只是我很怕她看到我那可笑的电影的一闪。但我又知道，她一定要看见，而且也非看不可的。①

人物“我”（涓生）只要看见子君两眼注视空中，出神似的凝想着，于是神色越加柔和，笑窝也深下去，便知道她又在自修旧课了。这里，一度聚焦是指人物“我”看到子君正在温习自己向她求婚时的情形；二度聚焦是指人物“我”从子君的温习神态中猜测到子君正回忆自己向她求爱时的可笑情景②。独白型便是指作家在人物“我”的独白中呈现了二度聚焦。

（2）对话型，即作者在人物的对话中设置二度聚焦。例如，在小说《迟桂花》中，人物“我”在与翁则生的妹妹游玩五云山的途中，蓦然产生了性冲动，而翁则生的妹妹却天真地以为，人物“我”是在为她考虑将来如何与哥嫂同住的

---

① 鲁迅．伤逝//鲁迅全集：第二卷．北京：人民文学出版社，2005：116.

② 在一度聚焦中，作者将人物“我”的叙事视角设置于现实的场景之中，因而叙述了人物“我”看到的被聚焦者的外部行为和神情，而在二度聚焦中，作者却把叙事视角放置于人物“我”的想象之中，因而叙述了人物“我”猜测到被聚焦者的视觉意象。也就是说，在二度聚焦中，人物“我”是在自己的猜度中感觉到子君又看到了自己当时向她求爱的可笑举动。

问题。小说写道：

> “是在想我的将来如何的和他们同住么？”
>
> 她的这句反问，又是非常的率真而自然，满以为我是在为她设想的样子。我只好沉默着把头点了几点，而眼睛里却酸溜溜的觉得有点热起来了。
>
> “啊，我自己倒并没有想得什么伤心，为什么，你，你却反而为我流起眼泪来了呢？”
>
> 她像吃了一惊似的立了起来问我，同时我也立起来了，且在将身体起立的行动当中，乘机拭去了我的眼泪。①

当人物“我”听了翁则生妹妹的问话后，“眼睛里却酸溜溜的觉得有点热起来了”，接着，作家巧妙地通过翁则生妹妹的反问来叙述人物“我”的流泪行为：“啊，我自己倒并没有想得什么伤心，为什么，你，你却反而为我流起眼泪来了呢？”作家采用了对话型的二度聚焦，在人物“我”听到被聚焦者（翁则生妹妹）的问话时，叙述出人物“我”对被聚焦者的叙事判断：翁则生妹妹看到人物“我”正在流泪，并由此表现出的惊讶和率真的语气。其中，一度聚焦是指人物“我”听到翁则生妹妹的问话；二度聚焦是指人物“我”从翁则生妹妹的问话中意识到翁则生妹妹看到自己在流泪，并误以为是自己在为她的不幸的婚姻遭遇和尴尬的家庭处境而伤心。对话型便是指作家将二度聚焦纳入人物对话之中。

（3）描述型，即作者在描写性的叙述中设置二度聚焦。例如，在小说《了不起的盖茨比》中，由于黛西的建议，大家一起开车去城里。尼克和贝克乘坐着汤姆开的盖茨比的车，在威尔逊的车行前停了下来加汽油。当汤姆一边给威尔逊付汽油费一边商议起卖车的事时，站在汤姆身边的尼克却四处张望起来。他先看了看威尔逊和汤姆，后又掉过头去看到灰土堆上方的广告牌上画着艾克尔伯格医生的巨大眼睛。接着，尼克发现有一双眼睛在不到二十英尺外的地方正注视着自己。小说写道：

> 在车行上面一扇窗户面前，窗帘向旁边拉开了一点儿，梅特尔·威尔逊正在向下窥视着这辆车。她那样全神贯注，所以她毫不觉察有人在注意她，一种又一种的表情在她脸上慢慢显露出来，好像物体在一张冲洗的底片上慢

---

① 郁达夫．迟桂花//郁达夫小说集．杭州：浙江文艺出版社，1985：736－737.

慢显影。她的表情熟悉得有点蹊跷——这是我时常在女人脸上看到的表情。可是在梅特尔·威尔逊的脸上，这种表情似乎毫无意义而且难以理解，直到我明白她那两只睁得大大的、充满了妒火和惊恐的眼睛并没盯在汤姆身上，而是盯在乔丹·贝克身上，原来她误以为乔丹是他（汤姆）的妻子。[①]

梅特尔是威尔逊的妻子，又是汤姆的情人。所以，作家通过尼克的视角描述了梅特尔在偷窥中表现出来的嫉妒和误会的表情。其中，一度聚焦是指人物“我”（尼克）看到威尔逊的妻子梅特尔正从车行上面的窗户内朝自己的车子方向窥视着；二度聚焦是指人物“我”从梅特尔的窥视中发现她充满了妒火和惊恐的眼睛正看着乔丹，进而猜测她把乔丹误以为是汤姆的妻子。描述型便是指作家用描述的方式呈现人物“我”的二度聚焦。

三、复叠聚焦

复叠聚焦是作者从两类聚焦主体的聚焦组合上设置的聚焦结构形态。作者可以通过不同人物类型或不同人称的聚焦者来配置“看”与“被看”的聚焦关系，旨在能从不同的叙事感知和叙事判断的聚焦组合中叙述小说故事以及小说故事中的事件。

1. 插入式、镶嵌式与复合式

全知视角是第三人称小说中特有的叙事视角，作者不仅可以通过全知视角叙述小说人物的外部行动和内心活动，而且能够隐蔽地传递出隐含作者的叙事感知和叙事判断。插入式、镶嵌式与复合式是第三人称小说中常用的复叠聚焦。

（1）插入式，即作者在不同人物的限知视角中插入全知视角，进而揭示因限知视角的局限而造成的人物间的误会等。

例如，在小说《边城》中，在二老家看完端午节的划龙船比赛后，翠翠发现祖父还没有回来，就只好在河边等祖父来接她回家。翠翠在河边等祖父的时候，先是听到了附近船上的两个水手正在闲聊吊脚楼上陪酒唱曲的妓女，随后又看到河里有只白鸭正慢慢地向自己所在的岸边游来，于是便想等鸭子游近后抓住它。后来，翠翠发现有个小伙子（翠翠当时并不知道这个小伙子是二老）抓起那只鸭

---

① 菲茨杰拉德．了不起的盖茨比．北京：人民文学出版社，2004：105.

子后，从河里爬上岸来。小伙子上岸后，听到小黄狗的叫声才发觉站在岸边的翠翠，便问起翠翠你是谁、在这儿做什么，翠翠一一做了回答。小伙子得知翠翠是在等老船夫后，便主动邀翠翠到点了灯的吊脚楼上等。这时，作家将叙事视角从翠翠的限知视角转为全知视角，小说写道：

> 翠翠误会了邀他进屋里去那个人的好意，心里正记着水手说的妇人丑事，她以为那男子就是要她上有女人唱歌的楼上去，本来从不骂人，这时正因等候祖父太久了，心中焦急得很，听人要她上去，以为欺侮了她，就轻轻的说：
>
> “悖时砍脑壳的！”①

随后，作家又将聚焦点转入了二老的叙事视角，叙述二老听出翠翠轻轻的骂人声音，并从声音上判断出翠翠的年纪。小说写道：

> 话虽轻轻的，那男的却听得出，且从声音上听得出翠翠年纪，便带笑说：“怎么，你骂人！你不愿意上去，要呆在这儿，回头水里大鱼来咬了你，可不要叫喊！”
>
> 翠翠说：“鱼咬了我也不管你的事。”②

这里，作家采用了插入式复叠聚焦，在翠翠的视角与二老的视角之间插入了全知视角，并从全知叙述者的角度交代了翠翠因误会了二老的好意而不愿去吊脚楼，以及翠翠产生误会的原因。值得注意的是，作家在翠翠与二老的人物叙事视角之间的切换中插入了全知视角，准确地揭示了翠翠因误会而骂二老的缘由。

（2）镶嵌式，即作者在同一人物的限知视角中嵌入了全知视角，进而揭露出该人物不知晓的、不愿说的或不敢说的信息。

例如，在小说《红楼梦》中，宝玉在丢失通灵宝玉后一直神志不清，可是，在宝玉与宝钗的婚礼上，贾政却觉得宝玉好了许多，并且，在贾政离家上京时，贾母又隐瞒了宝玉发病的实情。因此，贾政回家后，并不知道宝玉病情的真实情况。小说写道：

> 贾政回到自己屋内，王夫人等见过，宝玉贾琏替另拜见。贾政见了宝玉

---

① 沈从文．边城（汇校本）．武汉：长江文艺出版社，2009：31.

② 同①.

> 果然比起身之时脸面丰满，倒觉安静，并不知他心里糊涂，所以心甚喜欢，不以降调为念，心想幸亏老太太办理的好。又见宝钗沉厚更胜先时，兰儿文雅俊秀，便喜形于色。独见环儿仍是先前，究不甚钟爱。①

贾政看见宝玉脸面丰满，心里十分高兴，心里称赞贾母照顾得好。但是，作家在贾政的人物视角中嵌入了一句全知叙述者的话：贾政当时并不知道宝玉心里糊涂。值得注意的是，作家通过镶嵌式复叠聚焦，通过全知视角暗示贾政的错觉实际上说明他并不关心宝玉的实际病情。

(3) 复合式，即作者在人物的限知视角中隐含了全知视角，进而十分隐蔽地透露出隐含作者的叙述声音。

例如，在小说《德伯家的苔丝》中，苔丝第一次来德伯家时，在草坪的帐篷前遇上亚雷，小说写道：

> 苔丝站在那儿，像一个要扎到水里的沐浴者，几乎还没有拿定主意，是前进还是后退，正在这样犹豫不决的时候，有一个人从帐篷昏暗的三角门里走了出来。他是一个身材高大的青年，嘴里还叼着烟。
>
> 他差不多得说脸膛深色；两片厚嘴唇，虽然红而光滑，样子却没长好；其实他不过二十三四岁，但是嘴上却早已留了两撇黑八字须了，修得很整齐，两个尖儿朝上撅着。虽然他全身的轮廓带着一些粗野的神气，但是在他脸上和他那双滴溜溜转的眼睛里，却含着一种特殊的力量。②

苔丝第一次碰到亚雷，并且又是在昏暗的帐篷阴影之下，所以只是看到亚雷的模糊外表。然而作家却引入了全知视角。一方面，小说描绘了苔丝对亚雷外表的初次印象：这个身材高大的青年嘴里叼着烟，脸膛深色，两片厚嘴唇，嘴上留着两撇八字胡须。另一方面，小说也叙述了全知叙述者对亚雷的外表和神态的叙事评判：两片厚嘴唇红而光滑，样子却没长好；年龄只有二十三四岁，却留起了八字胡须；脸上和眼睛里含着一种特殊的力量，身体的外形却带着些粗野。因此，作家采用了复合式复叠聚焦，既叙述了苔丝遇见亚雷时，在昏暗的光线和短暂的时间里对亚雷外表所得出的十分粗略的视觉印象，又隐含着全知叙述者对亚雷的介绍和评价，比如二十三四岁的年龄、样子没长好、身体外形带着粗野等。

---

① 曹雪芹，高鹗．红楼梦：下卷．北京：人民文学出版社，2000：1164.

② 哈代．德伯家的苔丝//哈代文集（5）．北京：人民文学出版社，2004：50-51.

也就是说，作家将苔丝的人物视角与全知视角有机地组合起来，以至于读者很难从中做出区分，而作家正是在全知视角中隐蔽地传递出隐含作者对亚雷的负面评价。

2. 循环式与跨时式

在第一人称小说中，作者无法使用全知视角来叙述小说故事，并且，第一人称小说中的人物“我”在叙事小说故事时总是会受到叙事视角上的限制。所以，作者会在第一人称小说中的人物“我”中析离出故事叙述者“我”的独特视角，进而在故事叙述者“我”与人物“我”之间构成一种独特的复叠聚焦模式。循环式与跨时式是第一人称小说中常用的复叠聚焦。

（1）循环式，即作者以循环往复的视角组合方式，将故事叙述者“我”的视角与人物“我”的视角交互重叠，进而使小说中的叙事视角在回忆时的现实之“我”与回忆中的历史之“我”之间循环交替。

首先，触景生情型，作家在故事叙述者“我”触景生情的叙事视角中引入人物“我”的视角。例如，在小说《伤逝》中，故事叙述者“我”以回忆的方式叙述起一年前人物“我”与子君同居过的会馆，小说写道：

> 如果我能够，我要写下我的悔恨和悲哀，为子君，为自己。
>
> 会馆里的被遗忘在偏僻里的破屋是这样地寂静和空虚。时光过得真快，我爱子君，仗着她逃出这寂静和空虚，已经满一年了。事情又这么不凑巧，我重来时，偏偏空着的又只有这一间。依然是这样的破窗，这样的窗外的半枯的槐树和老紫藤，这样的窗前的方桌，这样的败壁，这样的靠壁的板床。深夜中独自躺在床上，就如我未曾和子君同居以前一般，过去一年中的时光全被消灭，全未有过，我并没有曾经从这破屋子搬出，在吉兆胡同创立了满怀希望的小小的家庭。[①]

小说从故事叙述者“我”的视角开始叙述，抒发了故事叙述者“我”对自己曾与子君分手而感到深切的悔恨和悲哀，接着，在叙述故事叙述者“我”旧地重游时，将叙事视角滑向一年前的人物“我”。或者说，小说的叙事视角是在一年后的故事叙述者“我”与一年前的人物“我”的叙事视角之间循环往复。所以，

① 鲁迅．伤逝//鲁迅全集：第二卷．北京：人民文学出版社，2005：113.

在小说的文体上，作家继“依然是”之后一连使用了五个“这样的”词组前缀，用排比句式来呈现这种叙事视角在现实的故事叙述者“我”与历史的人物“我”之间的循环往复。值得注意的是，作家通过故事叙述者“我”回忆时的视角与人物“我”一年前亲历时的视角循环交叠，十分巧妙地展示了隐含作者试图唤回过去的叙事意愿。

其次，梦幻忆想型，即作家在故事叙述者“我”回忆中引入人物“我”的梦幻忆想的视角。与触景生情型不同的是，在故事叙述者“我”与人物“我”的视角交叠中引入了梦幻式的回忆或想象。例如，在小说《朗读者》的第二章中，作家开篇写道：“现在，车站路那栋高大的房子已经不复存在了。”用整章篇幅叙述主人公米夏第一次拜访汉娜家时的场景，从故事叙述者“我”回忆的口吻叙述汉娜当年居住的、事后的好些年月“我”居然一再梦见的这栋房子。小说接着写道：

> 我做的梦都大同小异，都只是同一片梦境、同一个主题的花样翻新而已。我梦见在一座陌生的城市行走，忽然间就瞥见了这栋房子。……（我）踏上台阶。我要进去。我想按铃。
>
> 如果我是在乡间见到这房子，那梦境就会拉得很长很长，或者说，我会详细地回忆起房子的一些细节。我好像是开着车，看到这房子就在右边，我却继续往前开。……我踏上台阶，去按门铃。
>
> 但是，我没有去推门。我大梦骤醒，只知道我碰到了门铃，而且还按了一下。于是，整个梦境又回到了我的记忆中，我发觉自己曾经梦到过这一切。①

在上述引文中，作家在故事叙述者“我”的回忆性叙述中引入了人物“我”的叙事视角，叙述人物“我”事后一再梦见汉娜家的那栋房子，以及人物“我”当年前往汉娜家的梦境。值得注意的是，作家在循环式复叠聚焦方式中植入了人物“我”的梦境，不只是真实地叙述人物“我”事后多次梦到自己第一次拜访汉娜家的情形，而是隐蔽地传达出这样的叙事意味：在米夏的记忆中，汉娜当年居住的那栋房子的位置、外貌并不重要，甚至米夏当年是如何去拜访汉娜家的，也显得十分模糊，然而他一再地梦见自己以不同的方式首次去汉娜家的情形表明，

---

① 本哈德·施林克．朗读者．南京：译林出版社，2012：7－9.

米夏对那次去汉娜家的事件难以忘怀，同时也为后续情节中米夏与汉娜之间在那栋房子里发生的朗读恋情埋下伏笔。

（2）跨时式，即作者在故事叙述者“我”的视角中引入人物“我”的视角，以跨越时间的方式复叠叙事聚焦。

首先，开篇导入型。在小说情节开篇，作者用故事叙述者“我”回忆故事的口吻导入小说故事的缘起，接着转入人物“我”的视角，叙述人物“我”亲历或目睹小说故事的起始事件。例如，小说《朗读者》开篇写道：

> 记得那时候我是十五岁，得了黄疸病。病是那年秋天发作的，到第二年春天才好。旧年的天气逐渐寒冷和暗淡起来，我的病体也愈来愈虚弱了。直到新年来到，才有了点起色。这年一月份很暖和，于是母亲把我的床移到阳台前边。我可以看见天空，太阳，云彩，听见小孩在院子里玩耍的欢声笑语。二月的一个傍晚，我听到一只鸫鸟在歌唱。①

在小说《朗读者》中，主人公米夏患上黄疸病是小说故事的缘起事件，所以，作家用故事叙述者“我”的口吻起句：“记得那时候我是十五岁，得了黄疸病。”接着逐渐滑向人物“我”的视角，而最后一句“二月的一个傍晚，我听到一只鸫鸟在歌唱”则已经转入人物“我”的视角。值得注意的是，作家在小说开篇的第一个自然段落中，从故事叙述者“我”的视角开篇，并在段尾引入人物“我”的视角，不仅在故事叙述者“我”与人物“我”的视角转换中跨越了整个小说故事的时间位置，一个是小说故事结束后的回忆位置，一个则是小说故事开始的位置，而且确立了小说作品采用的第一人称回忆式叙述基调。也就是说，整部小说是由故事叙述者“我”的回忆来叙述的。

其次，中间离场型。在小说情节中段，作者在人物“我”的视角叙述小说故事时引入故事叙述者“我”的视角，从而将叙事视角离开小说场景，概要性地叙述出人物“我”在不同时段中亲历的实情或知晓的信息。例如，在小说《迟桂花》中，人物“我”与翁则生两人在翁则生家的客厅里交谈。小说写道：

> 我们两人在客厅上谈谈笑笑，竟忘记了点灯，一道银样的月光，从门里洒进来。则生看见了月亮，就站起来去拿煤油灯，我却止住他，说：
>
> “在月光底下清谈，岂不是很好么？你还记不记得起，那一年在井之头

① 本哈德·施林克．朗读者．南京：译林出版社，2012：3.

公园里的一夜游行?”

所谓那一年者，就是翁则生患肺病的那一年秋天。他因为用功过度，变成了神经衰弱症。有一天，他课也不去上，竟独自一个在公寓里发了一天的疯。到了傍晚，他饭也不吃，从公寓里跑出去了。我接到了公寓主人的注意，下学回来，就远远的在守视着他，看他走出了公寓，就也追踪着他，远远地跟他一道到了井之头公园。从东京到井之头公园去的高架电车，本来是有前后的两乘，所以在电车上，我和他并不遇着。直到下车出车站之后，我假装无意中和他冲见了似的同他招呼了。他红着双颊，问我这时候上这野外来干什么，我说是来看月亮的，记得那一晚正是和这天一样地有月亮的晚上。两人笑了一笑，就一道的在井之头公园的树林里走到了夜半方才回来。后来听他的自白，他是在那一天晚上想到井之头公园去自杀的，但因为遇见了我，谈了半夜，胸中的烦闷，有一半消散了，所以就同我一道又转了回来。“无限胸中烦闷事，一宵清话又成空!”他自白的时候，还念出了这两句诗来，藉作解嘲。以后他就因伤风而发生了肺炎，肺炎愈后，就一直的为结核病所压倒了。[①]

上述引文中，“所谓那一年者，就是翁则生患肺病的那一年秋天”引出的自然段落，作家将叙事视角由人物“我”转入故事叙述者“我”，并在故事叙述者“我”的回忆性讲述中，涉及三个时间位置：

- 十余年前，人物“我”与翁则生在东京留学时的往事，主要是翁则生曾想在日本的井之头公园自杀的事件；
- 十余年后，人物“我”与翁则生正坐在翁则生家的客厅里叙旧，“记得那一晚正是和这天一样地有月亮的晚上”；
- 十余年间，“后来听他的自白”，即翁则生自杀未成之后向人物“我”的自白，发生在翁则生请人物“我”参加婚礼之前。

因此，在小说情节的中间部分，作家采用了时间跨越的方式，在故事叙述者“我”讲述十余年前人物“我”与翁则生两人在东京留学的往事中，引入了人物“我”十余年后坐在翁则生家的客厅里叙旧的视角，并叙述了人物“我”十余年中曾听到翁则生的告白，人物“我”那次在日本井之头公园的出现，消除了翁则

① 郁达夫．迟桂花//郁达夫小说集．杭州：浙江文艺出版社，1985：728－729.

生想要自杀的念头。值得注意的是，在故事叙述者“我”的回忆性讲述中，作家两次引入人物“我”的视角，一次是场景化的作用，“记得那一晚正是和这天一样地有月亮的晚上”；一次是交代事件的缘由，那天翁则生原本是想去井之头公园自杀的，因人物“我”的出现和交谈了半夜才一道回来，进而打消了自杀的念头。

3. 框架内复叠式与框架间复叠式

一般说来，第一人称小说是指作者用“我”的叙述人称来叙述整个小说故事，而故事叙述者“我”通常具有小说故事的回忆者或参与者的身份；第三人称小说则是作者用全知叙述者的叙述人称来叙述整个小说的故事，因而是一个站在小说故事之外或之上叙述他人故事的叙述者。其实，在同一部小说作品中，作者既可以在同一小说人称的叙事框架内设置小说故事的叙述者，也能够在第一人称小说与第三人称小说（乃至第二人称小说）的叙事框架之间设置小说故事的叙述者。前者可称作框架内复叠式，后者可称作框架间复叠式，作者可以在同一部小说的框架性叙事视角中使用这两类复叠聚焦方式。

例如，菲茨杰拉德的小说《了不起的盖茨比》总体上是一部第一人称小说，作家主要通过小说故事的纪实者尼克以第一人称“我”的叙事视角从头至尾地叙述小说故事。然而在具体叙述小说故事中的事件时，作家采用了框架内复叠式与框架间复叠式这两种复叠聚焦方式。也就是说，作家在尼克的第一人称“我”的框架性叙事视角中植入了两种组合复叠形式，下面我们将结合小说中的两段文本具体探讨作家如何和为何使用这种组合复叠形式。

（1）框架内复叠式，即在不改变小说人称的前提下，作者通过由不同的人物充当叙述者“我”的聚焦组合方式，交叉地叙述小说故事中的事件。

当时，尼克与盖茨比在餐厅里用完餐，正巧在付账时遇见了黛西的丈夫汤姆，尼克便将盖茨比与汤姆两人介绍认识。小说写道：

> 他们（盖茨比与汤姆）敷衍了事地握了握手，盖茨比的脸上显露出局促不安，颇不自然的神态。
>
> “你一直在哪儿啊？”汤姆追问我（尼克）。“你怎么跑到这么远来吃饭？”
>
> “我一直同盖茨比先生在一起吃午饭。”
>
> 我转向盖茨比先生，但他已不知去向。

一九一七年十月的一天——

(那天下午乔丹·贝克坐在旅馆广场茶室里一张靠背很直的椅子上开始讲述。)

——我（贝克）在路边从这里走到那里，一只脚在人行道上，另一只脚走在草地上。我更喜欢走在草地上，因为我穿着一双从英国带来的鞋子，鞋底上有橡皮的小疙瘩，咬住柔软的地面。那天我还穿了一件新的方格呢裙。只要裙子在风中微微飘动，那么在各家房子前面的红的、白的、蓝的旗子也都伸展开来，发出啧-啧-啧-啧的响声，仿佛有点不心甘情愿的样子。

旗子中最大的旗子和草坪中最大的草坪都是属于黛西·费伊家的。她（黛西）那时才十八岁，比我大两岁，但是在路易斯维尔的姑娘中风头最足，尽人皆知。她一身白色的衣服，有一辆白色的双座敞篷小跑车。她家里的电话从早到晚响个不停，驻在泰勒军营里的年轻军官一个个都迫不及待地要求哪天晚上能有幸同她独处。“无论如何给一小时吧!”

那天上午我来到她家的对面时，她的白色跑车就停在路边。她跟一名我以前从未见过的中尉军官坐在车里。他们两人都全神贯注地看着对方，直到我离他们只有五英尺远时他们才看到我。

“你好，乔丹，”她出其不意地大声叫我。“请过来。”①

随后，作家继续通过乔丹·贝克以第一人称“我”的身份叙述以下主要事件：

● 贝克后来知道，那天坐在车里与黛西交谈的中尉是盖茨比，从那以后的四年多时间再也没有见过他。

● 贝克听外面的传闻，第二年，黛西准备去纽约向那个要去海外的士兵道别，结果被她母亲拦住，在家里闹了几个星期不说话。

● 第一次世界大战停战后，黛西就与新奥尔良来的汤姆结婚。贝克做了黛西的伴娘，婚宴上黛西喝醉酒，手里拿着一封信，要把汤姆给她的结婚礼物——价值三十五万的一串珍珠项链还给汤姆。黛西洗了个冷水澡后才平息了风波，婚礼之后便与汤姆去南太平洋旅行。

● 贝克在加州的圣巴巴拉见到结婚旅行回来后的黛西夫妇，发现黛西对汤姆

① 菲茨杰拉德．了不起的盖茨比．北京：人民文学出版社，2004：64-65.

十分痴迷。

● 第二年四月，黛西生下了一个女孩。后来，黛西去法国待了一年，后又回到了美国芝加哥定居。

小说接着写道：

> 后来，大约六个星期以前，她（黛西）好多年来第一次听到了盖茨比这个名字。这就是那次我问你（尼克）——你还记得吗？——是否认识西埃格村的盖茨比。你回家之后，她跑到我房里来，把我叫醒，问我“哪个盖茨比？”我半睡半醒，把他形容了一番。她听了之后，用一种十分怪异的声调说，一定是她过去认识的那个人。直到那时我才把这个盖茨比跟坐在她白色跑车里的军官联系起来。
>
> 等到乔丹·贝克把上面这段故事讲完，我们离开广场饭店已经有半个小时，两人乘坐着一辆敞篷马车穿过中央公园。①

首先，作家在尼克的第一人称“我”的叙述中插入了贝克以第一人称“我”的框架性叙事视角，主要叙述了黛西与盖茨比分手后的事件，包括贝克第一次见到盖茨比；第二年听说黛西因其母亲的阻拦而没有能去纽约与盖茨比道别、贝克在为黛西与汤姆结婚当伴娘时的见闻，以及黛西婚后与汤姆的感情等。因此，这是一个框架内复叠式组合聚焦。

其次，作家用两段转换语句来标识这个框架内复叠式组合聚焦：一是“那天下午乔丹·贝克坐在旅馆广场茶室里一张靠背很直的椅子上开始讲述”；二是“等到乔丹·贝克把上面这段故事讲完，我们离开广场饭店已经有半个小时，两人乘坐着一辆敞篷马车穿过中央公园”。

最后，作家使用框架内复叠式的目的在于，第一，通过贝克以第一人称“我”的见证者身份来叙述尼克当时不知晓的却又十分重要的事件。关于盖茨比与黛西的相识和分手，尼克是第一次从贝克的上述叙述中知道的，而相关的内容在小说故事中十分重要且信息量较大，所以，作家通过贝克用第一人称“我”的框架性叙事视角叙述，而没有采用直接引语的方式，由贝克在与尼克的对话中交代。第二，由贝克来叙述黛西结婚之初对汤姆十分痴情，显得较为客观，进而为后来盖茨比的悲剧埋下伏笔。第三，为小说的后续情节提供叙事铺垫。尼克听了

---

① 菲茨杰拉德．了不起的盖茨比．北京：人民文学出版社，2004：67.

贝克叙述的这段故事后，才知道盖茨比买那幢别墅是因为黛西住在海湾对面。贝克也向尼克提起，盖茨比想知道尼克是否愿意出面邀请黛西与盖茨比在尼克家会面。于是，小说的后续情节进入了一个重要的场景：四年多以后，盖茨比与黛西在尼克的住处首次重逢。

（2）框架间复叠式，即作者通过第一人称叙述者“我”的视角与第三人称全知叙述者的视角之间的组合聚焦，叙述小说故事中的事件。

当时，盖茨比要黛西向汤姆挑明自己只爱盖茨比而从没爱过汤姆，于是，三人发生了激烈的争吵，后来又都驱车来到纽约城。在城里的旅馆内，盖茨比、黛西与汤姆继续为之前的话题而发生争吵。最后，黛西便坐着盖茨比开着汤姆的车离开，而尼克、贝克则随后坐上汤姆开着盖茨比的车回家。小说写道：

> 我们（尼克、贝克和汤姆）在渐渐凉快下来的暮色中向死亡驶去。
>
> 年轻的希腊人米凯利斯在灰土堆旁开了一家咖啡馆，他是后来案件审理时的主要见证人。那天下午因为太热，他午觉睡到五点以后才起来，溜到车行里，发觉乔治·威尔逊（汤姆情妇梅特尔的丈夫）在他的办公室里病倒了——真的病了，面色和他本人苍白的头发一样苍白，浑身都在发抖。米凯利斯劝他上床去睡觉，但威尔逊不肯，说那样就要错过不少生意。这位邻居正在劝说他的时候，楼上忽然大吵大闹起来。[①]

随后，作家叙述了米凯利斯在梅特尔被车撞死那天的所见所闻。我们可以从以下三个方面分析作家使用框架间复叠式的特点和目的。

首先，作家在尼克的代理者“我”的视角叙述中插入了米凯利斯的案件证词，并通过米凯利斯的限制视角叙述他那天看到撞人案件的过程。所以，作家没有用尼克的代理者“我”的视角加以叙述，而是通过第三人称的全知视角和米凯利斯的限知视角叙述了该案件的证词内容。其结果是，作家根据撞车事件在小说故事中的时间节点设置小说情节上的叙事序列，而不是按照尼克知道该事件的时间节点，进而在小说的情节上叙述了尼克事后才知道的事件，使读者能及时地了解梅特尔被车撞死的基本经过。

其次，作家用“他是后来案件审理时的主要见证人”的转换语句标识，从尼克的代理者“我”的叙述转入第三人称的全知视角，并通过米凯利斯的限知视角

① 菲茨杰拉德．了不起的盖茨比．北京：人民文学出版社，2004：116.

叙述了他在案发前后的所见所闻。

最后，作家使用框架间复叠式的目的在于，第一，为了表明梅特尔被车撞死是一个偶发事件，作家根据该事件在小说故事序列中发生的时间来设置小说情节，并通过事件目击者米凯利斯的客观叙述来消除诸如蓄意谋杀等可能产生的叙事悬念；第二，作家用第三人称的方式叙述米凯利斯的案件证词，增强了在叙述该偶发事件上的可信度；第三，为盖茨比在后续情节中被梅特尔的丈夫威尔逊误杀设置伏笔。

第三节　不同路径的视角调控

叙事视角的调控路径是指作者将小说故事中的叙事元素设定为聚焦媒介而实施聚焦调控的方式。根据聚焦媒介的特质，我们将从人物调控、器物调控和场景调控三个方面探讨小说写作实训活动中较为常用的视角调控路径。

一、人物调控

人物调控是指作者通过人物的身体语言或人物言说中的语音、语义的聚焦媒介，展示人物之间传递和获取信息的聚焦调控方式。

1. 眼色示意

作者可以通过人物之间的眼神、手势、表情等无声示意行为的方式传递或获取信息，简称“使眼色”。

(1) 即时会意式，即人物能即刻理会他人“使眼色”的意图。例如，在小说《红楼梦》中，宝玉、黛玉、宝钗等人商量起贾母昨天叫惜春画一幅大观园。因为贾母要求在画面中配上人物，惜春正在犯愁，黛玉得知后，建议画上草虫儿，并将画取名为“携蝗大嚼图”，用“母蝗虫”来嘲讽昨天宴席上闹出许多笑话的刘姥姥，引得在场众人哄然大笑，小说写道：

只听咕咚一声响，不知什么倒了，急忙看时，原来是史湘云伏在椅子背儿上，那椅子原不曾放稳，被他全身伏着背子大笑，他又不防，两下里错了

> 劲，向东一歪，连人带椅子都歪倒了。幸有板壁挡住，不曾落地。众人一见，越发笑个不住。宝玉忙赶上去扶住了起来，方渐渐止了笑。宝玉和黛玉使个眼色儿，黛玉会意，便走至里间，将镜袱揭起照了照，只见两鬓略松了些，忙开了李纨的妆奁，拿出抿子来，对镜抿了两抿，仍旧收拾好了，方出来，指着李纨道："这是叫你带着我们做针线，教道理呢。你反招了我们来，大玩大笑的。"①

黛玉用"母蝗虫"嘲讽刘姥姥，引得在场众人哄然大笑。湘云笑得连人带椅地倒下了。这时，宝玉对黛玉使了个眼色，黛玉立刻会意，马上走进了里屋，用镜子照了照自己的脸，发现两鬓的头发略微松了，便从李纨的梳妆镜盒中取出抿子，对着镜子，用梳头小刷子抿了两抿后，收拾好抿子，才走出来与李纨说笑起来。黛玉走进屋子对着镜子梳妆的行为表明，她即时领会了宝玉给自己使眼色的意思。值得注意的是，作家通过人物间的即时会意式眼线示意的视角调控方式，生动地表现了宝玉与黛玉之间的默契关系。

（2）延迟会意式，即人物在对后续事件的感知和观察后才能完全明白他人"使眼色"的含义。例如，在小说《红楼梦》中，听了丫鬟傻大姐无意中说出贾母要为宝玉娶宝钗的话后，黛玉顿时腿脚软了，眼睛也直直的。后来见紫鹃走过来，黛玉便执意要紫鹃搀扶着去贾母住处找宝玉。一到屋前，黛玉抢着掀起门帘子，先进了屋，小说写道：

> 因贾母在屋里歇中觉，丫头们也有脱滑儿玩去的，也有打盹的，也有在那里伺候老太太的。倒是袭人听见帘子响，从屋里出来一看，见是黛玉，便让道："姑娘，屋里坐罢。"黛玉笑着道："宝二爷在家么？"袭人不知底里，刚要答言，只见紫鹃在黛玉身后和他努嘴儿，指着黛玉，又摇摇手儿。袭人不解何意，也不敢言语。黛玉却也不理会，自己走进房来。看见宝玉在那里坐着，也不起来让坐，只瞅着嘻嘻的傻笑。黛玉自己坐下，却也瞅着宝玉笑。两个人也不问好，也不说话，也无推让，只管对着脸傻笑起来。袭人看见这番光景，心里大不得主意，只是没法儿。忽然听着黛玉说道："宝玉，你为什么病了？"宝玉笑道："我为林姑娘病了。"袭人紫鹃两个吓得面目改色，连忙用言语来岔。两个却又不答言，仍旧傻笑起来。袭人见了这样，知

① 曹雪芹，高鹗．红楼梦：上卷．北京：人民文学出版社，2000：455－456.

道黛玉此时心中迷惑不减于宝玉，因悄和紫鹃说道：“姑娘才好了，我叫秋纹妹妹同着你搀回姑娘歇歇去罢。”①

由此可见，作家采用了延迟会意式的视角调控方式，叙述了袭人如何通过自己的观察，才最终理解紫鹃给自己“使眼色”的意思。黛玉进屋时，袭人并没有发现她已失控，甚至在紫鹃向自己努嘴儿时也没有明白紫鹃的真正用意，直到黛玉与宝玉对着傻笑时才明白了紫鹃进屋时对自己“使眼色”的意图。值得注意的是，紫鹃向袭人“使眼色”，一半是为了瞒着黛玉，一半却是希望袭人能理会自己的意思。而作家之所以用延迟会意的方式叙述紫鹃与袭人之间的“使眼色”视觉交流活动，目的在于突出展示黛玉见了宝玉后所表现出的失魂落魄，以及黛玉与宝玉之间对视傻笑的悲剧性场景。

2. 声线对话

作者可以通过人物之间“背对背”的有声言谈方式传递信息。也就是说，作者依赖于人物的谈话方式，使小说场景中处于视域之外②的人物之间能够传递或获取信息。

(1) 语义式，即人物能通过声线对话中的语义因素而向视域之外的他者传递信息。例如，在小说《红楼梦》中，黛玉死后，为了消除宝玉对黛玉的牵挂，宝钗故意跟屋里的袭人闲聊起黛玉临死前的话，实际上是想说给外间的宝玉听的。小说写道：

话说宝钗叫袭人问出缘故，恐宝玉悲伤成疾，便将黛玉临死的话与袭人假作闲谈，说是：“人在世上有意有情，到了死后各自干各自的去了。并不是生前那样个人死后还是这样。活人虽有痴心，死的竟不知道。况且林姑娘既说仙去，他看凡人是个不堪的浊物，那里还肯混在世上。只是人自己疑心，所以招出些邪魔外祟来缠扰了。”宝钗虽是与袭人说话，原说给宝玉听的。袭人会意，也说是没有的事。“若说林姑娘的魂灵儿还在园里，我们也算好的，怎么不曾梦见了一次。”宝玉在外间听着，细细的想道：“果然也奇。我知道林妹妹死了，那一日不想几遍，怎么从没梦见过。想是他到天上

① 曹雪芹，高鹗．红楼梦：下卷．北京：人民文学出版社，2000：1088－1089.

② 视域之外有两层意思：一是指小说中人物的眼睛所不能看到的；二是指小说中人物的眼睛所看不清的。

去了，瞧我这凡夫俗子不能交通神明，所以梦都没有一个儿。我就在外间睡着，或者我从园里回来，他知道我的实心，肯与我梦里一见。我必要问他实在那里去了，我也时常祭奠。若是果然不理我这浊物，竟无一梦，我便不想他了。”主意已定，便说：“我今夜就在外间睡了，你们也不用管我。”宝钗也不强他，只说：“你不用胡思乱想。你不瞧瞧太太因你园里去了，急得话都说不出来。若是知道还不保养身子，倘或老太太知道了，又说我们不用心。”宝玉道：“白这么说罢咧，我坐一会子就进来。你也乏了，先睡罢。”[①]

坐在外间的宝玉虽然没有目睹宝钗和袭人之间的对话场面，却隔着房间听到了两人在里屋的谈话内容，心里便想，黛玉死后，自己确实未曾梦见过，所以，今晚一个人睡在外间，希望黛玉能与自己托梦相见。如果正如宝钗所言，黛玉不愿理睬自己这个浊物的话，自己今后也就不再想她了。主意已定，宝玉就对里屋的宝钗和袭人说他今晚睡在外间，让二人不用管他了。宝钗隔着房间用言语劝宝玉不要胡思乱想。宝玉回答说，坐一会就进来，并让宝钗先睡。因此，作家是在人物言谈的语义内容中进行声线对话的。值得注意的是，作者通过全知叙述者点明，宝钗与袭人的谈话原本是说给外屋的宝玉听的，袭人会意，也应和着宝钗的意思接话。而宝玉确实也听到了两人在里屋的谈话内容，并产生了独自睡在外间的念头及其行动。

（2）语调式，即人物能通过声线对话中的语调因素而对视域之外的他者身份进行叙事判断。例如，在小说《红楼梦》中，一天午后，宝玉独自走出怡红院，来到藕香榭，远远地只见几个人靠在栏杆上。宝玉看不清这些人在干什么，甚至也无法看清这些人是谁，于是便轻轻地走到假山背后，竖起耳朵细听起她们的谈话声音。小说写道：

宝玉轻轻的走在假山背后听着，只听一个道：“看他浮上来不浮上来。”好似李纹的语音。一个笑道：“好，下去了。我知道他不上来的。”这个却是探春的声音。一个又道：“是了，姐姐你别动，只管等着，他横竖上来。”一个又说：“上来了。”这两个是李绮邢岫烟的声儿。宝玉忍不住拾了一块小砖头往那水里一撂。咕咚一声，四个人都吓了一跳，惊讶道：“这是谁这么促狭，吓了我们一跳？”宝玉笑着从山子后直跳出来，笑道：“你们好乐啊！怎

① 曹雪芹，高鹗．红楼梦：下卷．北京：人民文学出版社，2000：1205.

么不叫我一声儿?”探春道:“我就知道再不是别人,必是二哥哥这样淘气。没什么说的,你好好儿的赔我们的鱼罢。刚才一个鱼上来,刚刚儿的要钓着,叫你吓跑了。”①

显然,宝玉与李纹等四个女孩处在两个场面。所以,在假山背后的宝玉只是听见远处传来四个女孩的交谈声音,既不能看清楚四个女孩的脸,也无法从她们的交谈内容中判断出四人的名字。于是,作家通过语调式的声线对话方式,叙述了宝玉从四人说话的语音调式中,一一分辨出这四个女孩分别是李纹、探春、李绮和邢岫烟。值得注意的是,作家通过语调式的声线对话方式,刻画了宝玉与大观园里众女孩之间的熟识关系,即宝玉仅从说话的语调中就能判断出各人的姓名。

二、器物调控

器物调控是指作者通过某种自然物品或人工物品的视角媒介而设置的聚焦调控方式,旨在发挥转移聚焦重心、推进小说情节等叙事功能。

1. 营造情景

作者可以用自然或人工的物品表现或化解特定场景中人物间的尴尬、可笑等情景,进而制造聚焦重心的转移。

例如,小说《了不起的盖茨比》设置了一个盖茨比与黛西在尼克的住处首次重逢的场景。当时,黛西因尼克的邀请先来到尼克的住处,两人在起居室坐下后,就听到外屋传来轻轻的敲门声音。尼克出去开门,把神色凄惶的盖茨比引进门。当盖茨比大步走进起居室后,尼克关上大门,心却怦怦直跳。小说写道:

一阵沉寂。时间长得叫人难以忍受。我在门廊里没事可做,于是我走进屋子。

盖茨比正斜倚在壁炉架上,两手仍然揣在口袋里,强装出一副悠然自得,甚至慵懒厌烦的样子。他的头极力往后仰,一直碰到一台早已废弃不用的大座钟的钟面上。他从这个位置用那双神情迷惘的眼睛向下凝视着黛西。她坐在一张硬背椅子的边上,神色惶恐,姿态却很优美。

---

① 曹雪芹,高鹗.红楼梦:下卷.北京:人民文学出版社,2000:925-926.

“我们以前见过。”盖茨比咕哝着说。他瞥了我一眼，嘴唇张开想笑又没笑出来。幸好在这一刻那座钟受不了他头的压力晃动起来，摇摇欲坠，他连忙转过身来用颤抖的手指把钟抓住，扶正放好。然后他坐了下来，正襟危坐，胳臂肘放在沙发扶手上，手托住下巴。

“对不起，把钟碰了。”他说。

我自己的脸也火辣辣的，像被热带的太阳晒过那样。我从脑袋里装的那么多客套话里，竟然找不出一句来应对。

“那是一台摆设的老钟，”我呆头呆脑地告诉他们。

我想有一会儿我们大家都相信那台钟已经在地板上砸得粉碎了。

“我们多年不见了。”黛西说，她的声音尽可能显得以事论事。①

盖茨比与黛西的首次重逢，在场的三个人实际上都感到十分尴尬。而盖茨比更是在尴尬中掺杂了恐慌、紧张等情绪。因此，作家借助一只座钟来表现并化解盖茨比的尴尬、恐慌和紧张情绪，进而也使在场人物的叙事聚焦点因这只座钟的出现而发生转移。

2. 推进情节

作者可以用自然或人工的物品激化或缓解特定场景内人物间的矛盾冲突，进而推进小说情节的发展。

例如，在小说《红楼梦》中，由于王夫人的吩咐，贾环只好坐到王夫人坐的炕上抄写《金刚经咒》，却故意使唤起身边的丫鬟，一会儿叫彩霞倒茶水，一会儿又叫玉钏儿剪蜡花。彩霞好心劝说，贾环反说彩霞和宝玉要好，气得彩霞用手指戳贾环的头责怪他没有良心。不一会儿，王熙凤和宝玉先后进屋。宝玉因喝了酒，在王夫人身后躺下后，并笑着让彩霞来拍着他的身子哄睡。小说写道：

只见彩霞淡淡的不大答理，两眼睛只向贾环处看。宝玉便拉他的手，说道：“好姐姐，你也理我理儿呢。”一面说，一面拉他的手。彩霞夺手不肯，便说：“再闹，我就嚷了。”二人正闹着，原来贾环听的见，素日原恨宝玉，——如今又见他和彩霞厮闹，心中越发按不下这口毒气，——虽不敢明言，却每每暗中算计，只是不得下手。今见相离甚近，便要用热油烫他一

① 菲茨杰拉德．了不起的盖茨比．北京：人民文学出版社，2004：74.

下；因而故意装作失手，把那一盏油汪汪的蜡灯向宝玉脸上只一推。只听宝玉“嗳哟”了一声，满屋里众人都吓一跳，连忙将地下的戳灯挪过来，又将外间屋里的拿了三四盏看时，只见宝玉满脸满头都是蜡油。王夫人又急又气，一面命人来替宝玉擦洗，一面又骂贾环。凤姐三步两步上炕去替宝玉收拾着，一面笑道：“老三还是这么慌脚鸡似的。我说你上不得高台盘。——赵姨娘时常也该教导教导他。”一句话提醒了王夫人。那王夫人不骂贾环，便叫过赵姨娘来，骂道：“养出这样黑心不知道理下流种子来，也不管管。几番几次我都不理论，你们得了意了，越发上来了。”那赵姨娘素日虽然也常怀嫉妒之心，不忿凤姐宝玉两个，也不敢露出来；如今贾环又生了事，受这场恶气，不但吞声承受，而且还要走去替宝玉收拾。①

起初，贾环因妒忌宝玉而与王夫人的丫鬟彩霞之间闹矛盾，后来看到宝玉与彩霞间的玩耍更是满腔醋意。当贾环故意用身边的蜡灯热油烫伤宝玉的脸之后，人物间的矛盾便由此激化，以至于王熙凤和王夫人也训斥起贾环的母亲赵姨娘。

值得注意的是，作家通过蜡灯热油的器物调控，不仅激化了在场人物之间的矛盾冲突，而且也直接导致隔天赵姨娘与马道婆合谋暗算宝玉和王熙凤。因此，作家通过将蜡灯热油设置为贾环宣泄醋意和报复宝玉的器物工具，推进了小说情节的发展，也为后续情节线上的事件埋下伏笔。

三、场景调控

场景调控是作者从小说场景格局中选取聚焦调控的视角媒介，进而调节小说场面或推进情节等。

1. 场面布局

作者可以通过聚焦人物在场面内的位置或行动的方式，调控读者与小说场景之间在叙事视角上的距离感。

（1）全知视角的景观式，即作者通过全知叙述者的视角叙述人物在不同场面中的位置和行为，进而设置出一个全景化的场景。例如，在小说《红楼梦》中，贾母和王夫人离开了大观园的宴席后，宝玉便提议菊花诗会开始。小说写道：

① 曹雪芹，高鹗．红楼梦：上卷．北京：人民文学出版社，2000：258.

> 湘云便取了诗题，用针绾在墙上。众人看了，都说："新奇固新奇，只怕作不出来。"湘云又把不限韵的原故说了一番，宝玉道："这才是正理。我也最不喜限韵。"林黛玉因不大吃酒，又不吃螃蟹，自命人掇了一个绣墩，倚栏坐着，拿了钓杆钓鱼。宝钗手里拿着一枝桂花，玩了一回，俯在窗槛上，掐了桂蕊掷向水面，引的游鱼浮上来唼喋。湘云出一回神，又让一回袭人等，又招呼山坡下的众人，只管放量吃。探春和李纨惜春立在垂柳阴中看鸥鹭。迎春又独在花阴下，拿着花针穿茉莉花。宝玉又看了一回黛玉钓鱼；一会又俯在宝钗旁边说笑两句；一回又看袭人等吃螃蟹，自己也陪他喝两口酒，袭人又剥一壳肉给他吃。①

宝玉等人乘蟹宴席刚结束，便在大观园的藕香榭举办咏菊诗歌会。于是，藕香榭的栏杆外摆起两张桌子，山坡下的桂树下铺了两条花毡，而史湘云便在墙上挂出诗题。接着，小说叙述了黛玉、宝钗等人各自在小说场面中所处的空间位置及其外部行为：

● 黛玉倚栏坐着，拿了钓杆在藕香榭的池中钓鱼；

● 宝钗手里玩着一枝桂花，后俯在藕香榭的窗槛上，掐了桂蕊掷向水面，引的池面上浮起许多游鱼；

● 史湘云出了一会神，让了一会正在吃螃蟹的袭人等，又招呼山坡下的众人只管放量吃螃蟹；

● 探春和李纨、惜春站立在垂柳阴中看鸥鹭；

● 迎春独自在花阴下，拿着花针穿茉莉花；

● 宝玉先看了一会黛玉钓鱼，后又俯在宝钗旁边说笑两句，又看了一会袭人等吃螃蟹，最后自己也陪袭人喝了两口酒，袭人又剥一壳螃蟹肉给他吃。

可见，作家通过全知叙述者的视角，叙述了主要人物在咏诗场景中的空间方位，以及各人的行为举动，以至于前五个叙述句本身就构成了五个独立的场面，而第六个叙述句则通过宝玉的外部行动牵连起黛玉和宝钗所处的两个场面，以及袭人等丫鬟吃螃蟹的场面。

因此，作家从场景的整体布局上设计不同的场面区位，以及不同人物在场面中的空间位置及其外部行为，进而拉大了读者与小说场景之间的叙事距离。值得

---

① 曹雪芹，高鹗．红楼梦：上卷．北京：人民文学出版社，2000：406－407.

注意的是，作家通过全景化的场面构图，生动地展示了相关人物在咏诗场景中各具特色的角色形象和个人性情，比如，专心的黛玉和宝钗，一个在池中钓鱼、一个向池中边撒花蕊边观赏着浮鱼；热心的宝玉则在黛玉与宝钗之间走动，后又与袭人喝酒吃螃蟹肉；而尽心的湘云却在招呼着众人放量吃螃蟹。

（2）限知视角的情景式，即作者从人物的行为动机中叙述其外部行动，使读者能进入该人物在小说场景中所透露出来的独特而隐秘的内心世界。例如，在小说《红楼梦》中，宝玉见了红玉后，便对这个长得几分容貌，却在怡红院的外院当差的丫鬟产生了好感。当晚，红玉梦中见到贾芸，吓醒之后一夜未眠。次日天明，红玉起床后，来不及梳洗，就和丫鬟们一起去打扫房屋。小说写道：

> 谁知宝玉昨儿见了红玉，也就留了心。若要直点名唤他来使用，一则怕袭人等寒心，二则又不知红玉是何等行为，若好还罢了，若不好起来，那时倒不好退送的。因此心下闷闷的，早起来也不梳洗，只坐着出神。一时下了窗子，隔着纱屉子，向外看的真切。只见好几个丫头在那里扫地，都擦脂抹粉，簪花插柳的，独不见昨儿那一个。宝玉便靸了鞋，晃出了房门，只装着看花儿，这里瞧瞧，那里望望。一抬头，只见西南角上游廊底下栏杆上似有一个人倚在那里。却恨面前有一株海棠花遮着，看不真切。只好又转了一步，仔细一看，可不是昨儿那个丫头在那里出神。待要迎上去，又不好去的。正想着，忽见碧痕来催他洗脸，只得进去了。①

宝玉昨日见了红玉后，就想将她从外院调到自己的内屋使唤，但心里却怕袭人多心，也担心自己不了解红玉的性格。所以，清早起来，宝玉感到心里烦闷，便独自坐着出神，眼睛却透过窗纱向外院探望，只见有几个丫鬟正在打扫院子，就是看不到红玉。于是，宝玉走出房间，表面上装作看花，暗地里却在东张西望地寻找红玉。他突然抬头望见有个丫鬟倚着游廊下的栏杆旁，像是红玉，却因一株海棠花的遮挡而看不真切。宝玉便转一步细看，才发现正是昨天见到的红玉，一个人倚栏出神。然而，宝玉刚想上前，却听见碧痕丫鬟来催他去洗脸，所以只得进房去了。作家从宝玉内心的隐秘动机来叙述其在小说场景中的诡异举动，进而拉近了读者与小说场景的叙事距离，并能进入宝玉的内心世界来感知和理解其外部行动。

---

① 曹雪芹，高鹗．红楼梦：上卷．北京：人民文学出版社，2000：256.

2. 场景调度

场景调度是指作者通过场面内或场面间的场景调控方式，引发和激化小说场景中的戏剧性矛盾，进而推动小说情节的发展或转折。

例如，在小说《红楼梦》第一〇三回中，作家主要通过以下几个叙事序列叙述夏金桂之死的查实过程：

- 贾琏入场，提议报官府断案。薛姨妈派人向王夫人和宝钗报告夏金桂的死讯后，贾琏受王夫人的吩咐首先赶到现场，听了薛姨妈述说夏金桂之死的经过后，提出要报官府断案。

- 宝钗入场，提议把宝蟾和香菱一起捆了。宝钗闻讯赶来，听了母亲述说夏金桂之死的经过后，提出不能只绑捆香菱，而要把香菱和宝蟾一起捆了。

- 金桂的母亲赶来闹场。夏金桂的母亲闻讯后，哭嚷着闯进薛姨妈的家里，冲着薛姨妈要讨还女儿的人命。这时，贾琏已去刑部报案，而宝钗等只得在里屋干着急。

- 周瑞家的媳妇入场劝架，激发外部冲突。受王夫人的吩咐，周瑞家的媳妇来到现场，见金桂的母亲正在拉扯薛姨妈，就出手劝架，夏家的儿子见状就冲进屋来，并用椅子砸人。

- 贾琏进场，制止冲突的激化。贾琏带人进屋，发现屋里闹作一团，就命人把夏家的儿子拉出去。

- 冲突的焦点由外屋转入金桂的卧室。金桂的母亲随周瑞家的媳妇进入金桂的卧室，听宝蟾说是香菱用药毒死金桂，就冲向香菱。薛姨妈说家里没有砒霜，宝钗让人从炕褥子底下翻出纸包，冲突的焦点由香菱毒死金桂转移到谁买来了毒药。宝蟾指认，前几天金桂从娘家的舅爷那要来耗子药，就是用那个纸包包装的。夏金桂母亲听后，恼怒地要告宝蟾毒死金桂，冲突的焦点由查实毒药的来由转入夏金桂母亲要状告宝蟾。

- 冲突焦点逆转。宝蟾被逼说出了金桂之死的真相，原来金桂本想毒死香菱，却误喝了自己放了毒药的汤而死。

- 冲突悬案释解。贾琏带来了刑部官员，金桂的母亲怕真相暴露有损自家的声誉，就向薛姨妈讨饶，不要朝廷的官员给自己的女儿验尸，夏家的儿子主动向刑部官员提出，由自己家人来处理金桂的尸体。

由此可见，作家主要采用以下三种场景调控的方式叙述夏金桂之死的查实过程：

（1）人物进场调度，即通过人物进场，引导场面中小说情节的发展方向。首先，贾琏、宝钗的最初进场，为处理金桂之死的悬案做出了相应的决定和行动。贾琏提出要报官，宝钗提出要把香菱和宝蟾一起捆了。其次，金桂的母亲和周瑞家的媳妇的进场，触发人物间的矛盾。金桂的母亲冲着薛姨妈吵闹，周瑞家的媳妇则动手劝架，进而导致夏家儿子用椅子砸人。这场肢体冲突最终因贾琏的再次到场而平息。最后，刑部官员的进场，最终解决了因金桂之死的悬案而产生的人物间矛盾冲突。因怕真相揭露而有损于自家的声誉，夏家母子主动提出由自己家人来处理金桂的尸体。

（2）场面间人物调度，即通过不同场面之间的人物调度，推进小说情节的进展。首先，贾琏走后，金桂的母亲冲进屋子，吵嚷着要薛姨妈还自己女儿的人命，宝钗等人只得在里屋瞧着外屋的吵闹而干着急。其次，周瑞家的媳妇引金桂的母亲由外屋进入里屋之后，众人便在里屋追查金桂之死的悬案，从查问谁毒死金桂到毒药如何进屋，后因宝蟾指认耗子毒药是金桂从娘家要来的，金桂母亲就要告宝蟾是凶手，于是，毒死金桂凶手的焦点便由香菱转到宝蟾。

（3）场面内人物调度，即通过场面内的人物调度，实施小说情节的转折。在金桂的卧室里，宝蟾和香菱当众交代了昨天晚上金桂和香菱喝汤过程中的全部事件，终于使真相大白，金桂误喝了自己放了毒药的汤。

【本章概要】

叙事视角是小说写作实训活动中的基本叙事范畴和叙事技术。本章在传统叙事学有关零聚焦、内聚焦和外聚焦的叙事视角分类基础上，从创意写作的角度对小说写作实训活动中的叙事视角进行重新分类，并将叙事视角定义为作者叙述小说故事的事件过程中所选取的叙述主体、叙述角度、叙述位置、聚焦层次，以及由此表现的叙事感知和叙事判断取向。因此，叙事视角有一个“看”的问题与一个“被看”的问题，至少涉及三个方面：一是作者叙述小说故事过程中所选择的叙述者、叙述角度和叙述位置；二是叙事视角结构中的聚焦层次、呈现方式与调控路径；三是叙事视角所传达的叙事感知与判断取向。

首先，本章从三个维度论述小说写作实训活动中的叙事视角类型：一是叙述主体上的全知视角、故事叙述者“我”的视角与限知视角；二是视角投射层次上的客观视角与主观视角；三是被聚焦事件呈现方式上的外部视角与内部视角。这三个维度的叙事视角分类不仅从小说人称的意义上探讨了叙述主体与叙事视角的关系，分析了叙述者在叙事视角中的叙事感知投射与叙事判断投射的主客观视角形态，而且也从人物行动、情节性事件和故事场景的展示方式上界定外部视角与内部视角，为小说写作实训活动提供了多种选择的实操性叙事视角类型。

其次，本章从一度聚焦、二度聚焦和复叠聚焦三个方面具体探讨作者如何在小说作品中设计聚焦层次的问题。其中，一度聚焦是作者从一个聚焦方向上叙述了聚焦者所看到和感知到的东西；二度聚焦是指作者从某个人物的叙事视角中叙述了被聚焦者的他者的感知和判断；而复叠聚焦则是指作者可以通过不同人物类型或不同人称的聚焦者来配置“看”与“被看”的聚焦关系。在二度聚焦的案例分析中，本章从聚焦者的反馈性叙事判断取向上区分出逆向型与正向型，阐释了作者如何在“看”与“被看”的叙事视角中展示小说场景中具体人物的叙事感知以及反馈性叙事判断。

最后，本章根据聚焦媒介的特质，从人物调控、器物调控和场景调控三个方面探讨小说写作实训活动中较为常用的视角调控路径。其中，在人物调控方面探讨了人物在小说场景中的“使眼色”与声线对话，在场景调控方面阐释了场面布局与场景调度的问题，力图将小说写作实训活动中的叙事视角与小说场景的静态空间布局和动态时空调度结合起来，使作者能够全方位地使用小说叙事视角中的“看”与“被看”的叙事技术。

【思考题】

1. 为什么要从创意写作的角度对小说写作实训活动中的叙事视角重新分类?
2. 举例分析三类叙述主体的叙事视角。
3. 举例分析客观视角与主观视角。
4. 举例分析外部视角与内部视角。
5. 举例分析二度聚焦。
6. 举例分析复叠聚焦。
7. 举例分析叙事视角中的人物调控、器物调控和场景调控。

【练习题】

1. 根据叙事视角的视角类型和聚焦层次，设计或修改自己小说中的叙事视角。

2. 根据叙事视角的调控路径，设计或修改自己小说中的叙事视角。

【推荐阅读】

1. 鲁迅．阿Q正传//鲁迅全集：第一卷．北京：人民文学出版社，2005.

2. 钱锺书．围城．北京：人民文学出版社，2015.

第八章 叙述声音的修辞策略

这个隐含的作者始终与“真实的人”不同——不管我们把他当作什么——当他（作者）创造自己的作品时，他也就创造了一种自己的隐身的替身，一个“第二自我”。

——韦恩·布斯《小说修辞学》

小说是叙述书面故事的文学作品，没有故事就不成其为小说。然而小说却又不单单是讲故事的作品，作者总是会通过小说故事向读者传递一些故事之外的东西，表达作者对于故事中的人、事、物的叙事判断和叙事态度等。因此，小说写作实训原理中便有了叙述声音的问题。我们已经知道，“展示”（showing）与“讲述”（telling）是两种叙述方式，其实，作者不仅可以将展示和讲述用于叙事陈述的呈现方式①，叙述小说故事中的事件，也能够表达小说故事中的叙述声音。笔者认为，叙述声音是指作者在叙述小说故事的言说话语中传递其话语取向，主要表现为小说人物的对话或独白，以及第三人称小说中的全知叙述者或第一人称小说中的故事叙述者“我”在讲述或展示中的言说话语。

大家知道，修辞学史上有过许多关于修辞的定义。古希腊学者亚里士多德曾将修辞定义为一种劝说的技巧，认为修辞术的功能“在于发现存在于每一事例中的说服方式”②。而英国学者瑞恰兹则把修辞视作一种推断意义的技巧，因而十分注重语境在修辞中的作用，指出词汇或其他符号的意义“是通过它们所在的语境来体现的”③。法国学者利科强调“活的隐喻”的创意功能，指出“活的隐喻”能够通过话语的虚构想象作用，在相似性中赋予对象新的意义④。作为小说写作实训的叙事修辞技术，叙述声音的修辞策略是指作者在小说言说话语层面上使用的创意表达技巧。其特点是，作者通过言说语义、言说语式、言说行动和言说意向等途径，在叙述小说故事中传递隐含作者的叙述声音，间接而巧妙地表达写作者的叙述话语。

第一节 言说语义的声音修辞

19 世纪末，美国作家亨利·詹姆斯曾倡导作者不应跑到自己的小说作品里

---

① 西摩·查特曼．故事与话语：小说和电影的叙事结构．北京：中国人民大学出版社，2013：130－131.

② 亚里士多德．修辞术//亚里士多德全集：第九卷．北京：中国人民大学出版社，1994：337.

③ I. A. 瑞恰兹．论述目的和语境的种类//赵毅衡．“新批评”文集．北京：中国社会科学出版社，1988：194－195.

④ 保罗·利科．活的隐喻．上海：上海译文出版社，2004：292－296.

直接跟读者说话，而要尽量从自己所写的故事中退出来，像画家画画那样，用展示的方式叙述故事。但是，作者绝不可能从自己创作的书面故事中完全退出，总是会自觉或不自觉地在小说作品中表达一些属于他个人的看法。所以，作者不可能也没有必要完全从自己的小说作品中退出来，问题的核心在于，作者如何在小说作品中隐蔽地表达自己的叙事感知和叙事判断。美国学者布斯认为，作者在小说作品里可以创造一个“自己的隐身的替身”，一个“第二自我”[①]，而“可靠的叙述者”实际上是作者在小说故事中不断地指导读者的理智、道德和情感的那一个“隐含作者”[②]。因此，作者创造了一个能够在小说作品中为作者代言的隐含作者，并通过隐含作者的叙述声音来表达可靠的声音。一个成熟的作者很少在小说作品中直白地呈现可靠的声音，而往往将可靠的声音隐藏于小说的字里行间，通过叙述声音的修辞方式引导读者从小说作品的文本细读中理解并接受可靠的声音，进而使之成为真可靠的声音。

笔者认为，作者通过可靠的声音叙述小说的故事，而读者则根据真可靠的声音来解读小说作品。因此，可靠与不可靠的声音、假可靠与真可靠的声音是指作者在叙述声音的言说语义上所采用的声音修辞类型。我们将从故事层面和阅读层面具体分析作者应如何在小说的叙述声音中呈现可靠的声音与真可靠的声音。

一、故事层面上可靠的声音与不可靠的声音

可靠的声音与不可靠的声音，是指小说故事的事实和真实意义上配置的叙述声音修辞类型。作者时常会通过叙述声音在小说故事中的真实性与可信性之间的反差来实施其叙述声音的修辞策略。

1. 不可靠的声音

不可靠的声音，是指不符合事实或违背叙述者真实意愿的叙述声音。其修辞策略表现为，叙述者“说出”了背离小说故事真实性的叙述声音，而小说中的人物乃至读者却信以为真，目的在于，作者用不可靠的声音欺骗、蒙蔽受话人等方式，给说话人与受话人的人物或读者在话语理解上制造戏剧性矛盾。

（1）谎言，是说话者故意制造或无意听信了违背事实的谣言而向受话者言说

① W. C. 布斯．小说修辞学．北京：北京大学出版社，1987：80.

② 同①285.

的不可靠的声音，却被受话者当作可靠的声音。

例如，在小说《红楼梦》中，因戏子琪官的出走，忠顺亲王府派了长史官前来荣国府告宝玉的状，贾政听后十分恼火。贾环正巧经过，听见贾政的呵斥声，就连忙上前拉住贾政袍襟，贴膝跪下，说道：

> "父亲不用生气。此事除太太房里的人，别人一点也不知道。我听见我母亲说——"说到这里，便回头四顾一看。贾政知其意，将眼一看众小厮。小厮们明白，都往两边后面退去。贾环便悄悄说道："我母亲告诉我说，宝玉哥哥前日在太太屋里，拉着太太的丫头金钏儿强奸不遂，打了一顿，那金钏儿便赌气投井死了。"话未说完，把个贾政气得面如金纸，大喝："快拿宝玉来！"一面说，一面便往里边书房去。喝命"今日再有人劝我，我把这冠带家私一应就交与他与宝玉过去。我免不得做个罪人，把这几根烦恼鬓毛剃去，寻个干净去处自了，也免得上辱先人，下生逆子之罪"。众门客仆从见贾政这个形景，便知又是为宝玉了，一个个都是啖指咬舌，连忙退出。①

当时，贾政正因忠顺亲王府的告状而喝令小厮们打宝玉，又听了贾环状告宝玉强奸丫头金钏儿的事情，遂毒打宝玉。因此，这是一个以谎言的方式表现的叙述声音，然而贾政却信以为真。值得注意的是，读者当时知道这是贾环陷害宝玉而说的谎言。因为早在小说的第三十回中，王夫人曾不听金钏儿的苦求，执意要将其撵出大观园，并且在小说的第三十二回里，作家在王夫人与宝钗的谈话内容中侧面证实了，金钏儿的投井自杀是因王夫人打了她，并要撵她出去。所以，读者清楚金钏儿的投井自杀是王夫人一手造成的。而作家用人物的谎言来表达不可靠的声音，并使贾政信以为真，从而推波助澜地酿成了贾政毒打宝玉的事件。

（2）误解，是说话人与受话人单方面或双方面对言说语义的错误理解而形成的不可靠的声音。所以，误解可以分为单向的误解与双向的误解两种类别。

第一，单向的误解是指说话者的意思表示与内心意志不一致而使受话者得出错误的理解。例如，在小说《牛虻》中，亚瑟刚出狱时，琼玛便向他问起了佛罗伦萨地下组织青年意大利党的骨干波拉被捕的事情，并明确表示自己并不相信这些谣言。亚瑟知道，自己从未有过要出卖波拉的想法，然而却曾因对琼玛的爱而嫉妒过波拉，并在向新来的神学院院长忏悔时无意中提到过波拉的名字。所以，

① 曹雪芹，高鹗．红楼梦：上卷．北京：人民文学出版社，2000：349－350.

亚瑟想向琼玛承认自己曾向人说过波拉的名字。当琼玛的话刚说完，小说接着写道：

> “琼玛！但这是……这是真的！”
>
> 她慢慢地从他身边退缩开去，寂然不动地站着，眼睛睁得大大的，阴沉沉地充满了恐怖，脸色白得就跟她脖子上的丝围巾一样。一片冰冷的沉默仿佛一阵巨浪冲过他们两人的四周，将他们冲进另外一个世界里，跟街上的人和一切活动完全隔绝了。
>
> “是的，”他终于低声说，“那轮船的事情……我曾经说过；而且我还说出了他的名字……啊，我的上帝！我的上帝！我怎么好呢？”
>
> 他突然清醒过来，看见琼玛站在他面前，又看见她脸上那种异乎寻常的恐怖。是的，当然啰，她一定以为……
>
> “琼玛，你不明白！”他突然迸出一句话，一面凑近她去，但她发出一声尖叫急忙避开了。
>
> “不要碰我！”
>
> 亚瑟猛的一下抓住了她的右手。
>
> “听我说，看上帝的面上！这不怪我，我……”
>
> “放开，放开我的手！放开！”
>
> 随即，她的指头从他的手里挣脱了，而且就用她脱空了的手打了他一个耳光。[①]

由此可见，这是一种单向的误解。值得注意的是，读者当时已经知道整个事件的真相。亚瑟曾无意中向新来的院长说出了波拉的名字，却没有向琼玛解释清楚自己并没有出卖波拉；而琼玛起初并不听信外面的谣传，现在却因亚瑟的含混之言而误以为亚瑟真的出卖了波拉。因此，琼玛因无意曲解亚瑟的话而打了亚瑟一记耳光，这一行为实际上是因误解而冤枉了亚瑟，是由单向的误解造成的不可靠的声音。在小说的故事中，作家将这个不可靠的声音设置为小说情节的转折机制，葬送了亚瑟和琼玛两人正在发展的恋爱关系，进而导致小说主人公亚瑟的爱情悲剧。

第二，双向的误解是指说话者与受话者之间因误会而造成互相曲解。例如，

---

① 艾·丽·伏尼契．牛虻．北京：中国青年出版社，1953：63－64.

在小说《红楼梦》中，张道士与贾母给宝玉提亲的第二天，宝玉来潇湘馆探望黛玉的病情，并邀黛玉一起去看戏，听黛玉赌气地说宝玉只管自己去看戏后，两人发生口角。小说写道：

> 宝玉心内想的是："别人不知我的心，还有可恕；难道你就不想我的心里眼里只有你！你不能为我烦恼，反来以这话奚落堵噎我，可见我心里一时一刻白有你，你竟心里没我。"心里这意思，只是口里说不出来。那林黛玉心里想着："你心里自然有我。虽有金玉相对之说，你岂是重这邪说，不重我的。我便时常提这金玉，你只管了然自若无闻的，方见得待我重而毫无此心了。如何我只一提金玉的事，你就着急，可知你心里时时有金玉，见我一提，你又怕我多心，故意着急，安心哄我。"看来两个人原本是一个心，但都生了枝叶，反弄成两个心了。那宝玉心中又想着："我不管怎么样都好，只要你随意，我便立刻因你死了也情愿。你知也罢，不知也罢，只由我的心，方可见你和我近，不和我远。"那林黛玉心里又想着："你只管你，你好我自好。你何必为我而自失。殊不知你失我自失。可见是你不叫我近你，有意叫我远你了。"如此看来，却都是求近之心，反弄成了疏远之意。如此之话皆他二人素昔所存私心，也难备述，如今只述他们外面的形容：那宝玉又听见他说"好姻缘"三个字，越发逆了己意，心里干咽，口里说不出话来，便赌气向颈上抓下通灵玉来，咬牙恨命往地上一摔，道："什么劳什骨子，我砸了你完事。"①

宝玉与黛玉是因双方的误解而发生口角的。然而作家并没有简单地叙述两人的误解，而是采用两种叙述主体的叙述声音来展示两人的双向误解。一方面，作家通过人物的内心独白表现宝玉与黛玉各自对对方的误会；另一方面，作家又插入全知叙述者的讲述来揭示两人误会的缘由："两个人原本是一个心，但都生了枝叶，反弄成两个心了"；两人"都是求近之心，反弄成了疏远之意"。因此，宝玉与黛玉的内心独白，使读者知道两人的误会是如何表现的，而全知叙述者的讲述则使读者理解了两人的误会的症结所在。

2. 可靠的声音

可靠的声音，是指符合事实或表达叙述者真实意愿的叙述声音。与不可靠的

---

① 曹雪芹，高鹗．红楼梦：上卷．北京：人民文学出版社，2000：314－315.

声音相反，叙述者“说出”了在小说故事中真实的叙述声音，而小说中的人物乃至读者却并不信服，所以，可靠的声音在修辞策略上的运作方法是，作者通过可靠的声音在小说故事层面上未被确认的方式，在读者的小说阅读过程中制造悬念或伏笔。

(1) 自责，是说话者以符合事实或表达真实意图的方式向受话者表示内心愧疚、自我谴责等可靠的声音，受话者却未能采信或认可。

例如，在小说《牛虻》中，当时，琼玛与青年意大利党佛罗伦萨支部的同事西萨尔·玛梯尼离开了蒙泰尼里正在布道的教堂，沿着隆·阿诺河的河岸散步聊天。玛梯尼问起琼玛什么时候见过蒙泰尼里，琼玛便回忆起十三年前亚瑟投河自杀后第二天见到蒙泰尼里的情形。小说通过琼玛的对白写道：

> “……我（琼玛）正独自坐在房间里，一个女仆上楼来告诉我，说有一位‘可敬的神父’来拜访我们，她告诉他说我父亲在码头上，他就走了。我知道那一定是蒙泰尼里，就打后门追出去，在花园大门口追上了他。当时我对他说：‘蒙泰尼里神父，我想跟你说句话，’他就停住了，默默地站在那儿，等着我说话。啊，西萨尔，你真没有看见他那张脸呢——后来我足足有几个月一闭眼睛就会看见它！我说：‘我是华伦医生的女儿，我要告诉你，杀死亚瑟的人就是我。’于是我把经过情形统统告诉他，他像一个石头人似的站在那儿听着，直等我说完，这才说：‘我的孩子，你安心吧，杀他的人是我，不是你。我欺骗了他，他发觉了。’说完他就转身走出园门去，再没有一句话了。”①

蒙泰尼里向琼玛坦言是自己杀死了亚瑟，理由是亚瑟发觉了蒙泰尼里欺骗他。这是蒙泰尼里的自责。虽然读者也知道，在小说的故事层面上，亚瑟并没有投河自杀，但是，亚瑟当年确实是因发觉了蒙泰尼里隐瞒了自己是亚瑟的生父而离家出走的，并且，蒙泰尼里当时也已从亚瑟留给他的字条上得知这一实情。因此，蒙泰尼里的自责是一种可靠的声音，至少是表达了蒙泰尼里当时的真实意图。然而，琼玛无法确认蒙泰尼里在自责中言说的实情，却一直认为亚瑟是因自己打了他耳光而投河自尽的。值得注意的是，作家通过蒙泰尼里的自责而向琼玛说出了可靠的声音，却又叙述琼玛把亚瑟之死归咎于自己，实际上是通过两人互

① 艾·丽·伏尼契．牛虻．北京：中国青年出版社，1953：129.

相自责的言说话语修辞策略在小说情节上营造一系列叙事悬念：琼玛和蒙泰尼里是否或何时才能发现牛虻就是当年的亚瑟，而牛虻是否或何时原谅琼玛的那记耳光，是否和何时宽恕蒙泰尼里的欺骗。

（2）劝说，是说话者以符合事实或表达真实意图的方式规劝、忠告受话者的可靠的声音，受话者却未能采纳或予以斥责。

例如，在小说《了不起的盖茨比》中，当时，盖茨比邀请黛西夫妇一起参加自己的别墅晚会。晚会结束后，盖茨比与尼克畅谈起自己对黛西的感想，并觉得自己离黛西很远，以至于很难使她理解自己的想法。小说接着写道：

> “我看对她不宜要求过高，”我（尼克）冒昧地说，“你不能重温旧梦。”
>
> “不能重温旧梦？”他不以为然地喊道，“哪儿的话，我当然能够！”
>
> 他狂躁地东张西望，仿佛他的旧梦就隐藏在这里，就在他房子的阴影里，几乎一伸手就可以抓到。
>
> “我要把一切都安排得跟过去一模一样，”他说，一面坚决地点点头，“她会看到的。”①

在小说的故事层面上，主人公盖茨比始终想与昔日情人黛西重温旧梦，热切地希望黛西能与丈夫离婚后回到自己的怀抱。但是，人物“我”（尼克）却感觉到黛西并不适合盖茨比。早在黛西第一次应邀去参观盖茨比别墅的时候，尼克就已经意识到：“黛西远不如他（盖茨比）梦中想象的那样——这并不是由于她本人的过错，而是由于他的梦幻过高过大。他的梦幻超越了她，超越了一切。”②所以，尼克听到盖茨比热衷于要黛西回到他的身边时，就劝说盖茨比放弃重温旧梦的想法。但是，盖茨比却并没有听取尼克的规劝，依然抱着自己的梦想不放。值得注意的是，作家不仅通过尼克的劝说表达了可靠的声音，而且通过盖茨比的固执己见来突出其对黛西的迷恋和执着，进而也为盖茨比与黛西之间在爱情婚姻上的不归之路埋下了叙事伏笔。

二、阅读层面上假可靠的声音与真可靠的声音

小说作品中的叙述声音是否可靠最终是由读者的阅读来感知、理解和评判

---

① 菲茨杰拉德．了不起的盖茨比．北京：人民文学出版社，2004：93.

② 同①81.

的。所以，作者不仅要考虑如何在小说故事层面上配置可靠的声音与不可靠的声音，而且也要顾及读者阅读时的接受效应，合理应用假可靠的声音与真可靠的声音的声音修辞策略。所谓叙述声音的真可靠与假可靠，是指作者在小说阅读层面上是否认可和赞同小说故事层面上的可靠声音而设置的声音修辞类型。其修辞方法是，作者通过小说阅读层面上的隐含作者的叙述声音，引导或规定读者对小说故事层面上的假可靠的声音或可靠的声音做出叙事判断。

1. 假可靠的声音

假可靠的声音是指将不可靠的或未被确认的叙述声音设置成可靠的声音。在假可靠的声音的修辞策略中，作者通过叙述者“说出”了在小说故事层面上不可靠的或未经证实的声音，却引导读者在阅读层面上理解成一种可靠的或假设可靠的声音。

（1）蒙骗，即作者通过与小说中特定人物的共谋方式，使读者将小说故事层面上不可靠的声音误以为是可靠的声音。

例如，在小说《傲慢与偏见》中，伊丽莎白在麦里屯小镇的腓力普太太家做客，遇见了年轻的军官韦翰。得知韦翰的父亲曾在达西家做管家，韦翰又从小与达西相识，所以，伊丽莎白很想从韦翰那里打听到达西的情况。而韦翰也乘机向伊丽莎白数落起达西的种种不是，诸如：达西的父亲曾在遗嘱中答应给韦翰一个牧师的职位，但达西却把空缺的牧师职位让给了别人；达西的父亲曾主动提出愿意负担韦翰的一切生活费用，而达西也没有照办。最后，韦翰对达西做出了以下结论：

> 韦翰回答道：“归根结底来说，差不多他的一切行动都是出于傲慢，傲慢成了他最要好的朋友。照说他既然傲慢，就应该最讲求道德。可是人总免不了有自相矛盾的地方，他对待我就是意气用事多于傲慢。”①

韦翰向伊丽莎白诉说达西曾对他的各种不公的待遇，甚至是卑劣的行为，实际上是一种恶意诽谤，但伊丽莎白却信以为真，而读者也因不知实情而与伊丽莎白一起被蒙骗。值得注意的是，作家通过这种蒙骗型的假可靠的声音，使伊丽莎白采信了韦翰对达西的傲慢评介，从而确立起伊丽莎白对达西的偏见。

---

① 简·奥斯汀．傲慢与偏见．上海：上海译文出版社，1990：59.

（2）流言，即作者通过与小说中众多人物的共谋方式，在小说的故事层面上制造出一系列不可靠的或未经证实的声音，并在小说的阅读层面上引导读者将这些广为流传的叙述声音假设为可靠的声音。

例如，在小说《了不起的盖茨比》中，作家最初是通过流言的方式叙述小说主人公盖茨比的背景信息的。当时，尼克在第一次参加盖茨比别墅举办的晚会上，听人私下议论起盖茨比为人怪异。第一个姑娘说，盖茨比不想招惹人，因为他杀过人。另一个姑娘却说，盖茨比多半在第一次世界大战时当过德国间谍。一个男子点头道，自己曾从一个跟盖茨比在德国一起长大的人那里也听说过。第一个姑娘却并不同意盖茨比当过德国间谍的说法，因为盖茨比在第一次世界大战时在美国军队里，并强调盖茨比肯定杀过人。于是，作家通过尼克的人物“我”的叙述语言概括道：“有些人认为在这个世界上已经没有多少事需要窃窃私语的了，而恰恰从他们那里引来了关于他（盖茨比）的那么多的窃窃私语，这就足以证明他可以激起人们多少浪漫的遐想。”① 尼克在那次晚会上与盖茨比相识后，贝克私下里告诉尼克，盖茨比曾跟她说自己上过牛津大学，但她表示不相信。小说接着写道：

> 她（贝克）说话的口气让我（尼克）想起另一个姑娘说的话：“我想他杀过人，”从而激起了我的好奇心。假如有人对我说盖茨比是从圣路易斯安娜州的沼泽地里走出来的，或者是从纽约东城贫民窟里冒出来的，我都会毫无疑问地接受，因为那是可以理解的。但是这么一个年纪轻轻的人不可能——至少依据我这个没见过世面的人来说，我不相信他会如此“酷”，不知从什么地方飘然而至，在长岛海湾买下一座宫殿似的豪宅。②

由此可见，尼克在第一次参加盖茨比别墅举办的晚会上听到了许多人私下里议论盖茨比的各种说法。这些说法有的是不靠谱的无稽之谈，有的则是未经证实的传闻。然而作家正是用这些流言促使读者对小说主人公盖茨比的人物背景产生各种可靠性判断的假设性猜测，并通过人物“我”（尼克）的引导来激发读者的好奇心：盖茨比究竟是什么样的人；这么年轻的他又是如何能在长岛买下那座海湾别墅的。

---

① 菲茨杰拉德．了不起的盖茨比．北京：人民文学出版社，2004：39.

② 同①45.

2. 真可靠的声音

真可靠的声音是指将小说故事层面上可靠的声音设置为读者能认可或赞同的叙述话语。作为一种叙述声音的修辞策略，真可靠的声音在修辞策略上的特点是，作者在小说作品中设置复调声音，并使其处于矛盾或冲突的结构性关系之中，进而通过隐含作者的叙述声音的引导，使读者能在小说阅读层面上选择出真可靠的声音。

需要指出的是，读者是否认可或赞同小说中的真可靠的声音，其实是一个接受美学的研究课题，涉及读者的阅读理解力，以及与读者的信仰、价值观、伦理观等相关的叙事判断，这超出了本教程的研究范围。从小说写作实训上看，小说写作者需要应对的是，如何使读者理解小说故事层面上的可靠声音，并尽可能地通过隐含作者的叙述声音来规定并引导读者选择可靠声音的路径和方向，进而在小说阅读层面上选择真可靠的声音。我们可以从话语式与故事式两种模式探讨真可靠的声音的修辞策略。

（1）话语式真可靠的声音，即作者将小说话语层面上主人公的叙述声音设置为可靠的声音，并使之与小说故事层面上主人公的现实遭遇处于矛盾关系之中，进而在隐含作者的叙述声音引导下，使读者在小说阅读层面上将其认可或赞同为真可靠的声音。

例如，在小说《红楼梦》中，作家为宝玉设定了“木石前盟”和“金玉良缘”两种爱情婚姻模式。在小说的第一回中，作家假借女娲补天的神话故事与绛珠仙草的“还泪故事”，暗示黛玉的前身是绛珠仙草，宝玉的前身则是补天石，因而有了宝黛爱情的“木石前盟”的故事。在小说的第八回中，作家通过宝玉与宝钗互识金玉铭文的场景暗示了玉钗婚姻故事中的“金玉良缘”寓言。因此，“木石前盟”和“金玉良缘”是小说主人公宝玉在爱情婚姻故事中的两大模式。

我们可以从以下三个方面分析作家是如何为宝玉的爱情婚姻模式设定真可靠的声音的：

首先，在小说的故事层面上，无论是“木石前盟”还是“金玉良缘”，宝玉的两种爱情婚姻模式都是悲剧性的结局。其中，宝玉与黛玉之间的“木石前盟”是有爱情而没有婚姻的悲剧，而宝玉与宝钗之间的“金玉良缘”则是有婚姻而没有爱情的悲剧，以至于宝玉最终出家为僧。因此，从小说的故事结局来看，作家并没有在“木石前盟”与“金玉良缘”之间选择并叙述可靠的声音。

其次，在小说的话语层面上，作家将小说主人公宝玉的叙述声音设定为可靠的声音，通过宝玉与黛玉逐渐建立起来的恋人情缘和共同持有的人生志向，以及与宝钗在人生志向上始终存在的矛盾，叙述了宝玉对“木石前盟”爱情婚姻的向往和追求。我们至少可以从以下几个叙事序列中解读出宝玉向往的“木石前盟”的叙述声音是作家在小说话语层面上表达的可靠的声音：

- 在小说的第二十八回，宝玉第一次正式向黛玉表白爱意，并消除了黛玉的误会。

- 在小说的第三十二回，宝玉指斥湘云和袭人的劝说并直言道：黛玉从来不会像宝钗那样劝自己要关心为官之道。

- 在小说的第九十七回，宝玉听宝钗说黛玉已死而昏厥，恍惚中去阴府找黛玉。

- 在小说的第一一五回，结婚之后，宝钗批评宝玉不像个男人那样立身扬名，宝玉却不以为然。

因此，作家将主人公宝玉的爱情婚姻在小说故事层面上的命运结局与小说话语层面上的主人公叙述声音设置为一种矛盾冲突的关系。宝玉的两种爱情婚姻的命运结局都是悲剧，而宝玉却执着地追求与黛玉之间的“木石前盟”，而排斥与宝钗之间的“金玉良缘”。

最后，在小说的阅读层面上，作家通过隐含作者的话语取向，引导读者将宝玉的“木石前盟”的叙述声音解读为真可靠的声音。一方面，作家在小说的梦幻世界中为宝玉所追求的“木石前盟”提供神话寓言的支撑。在小说的第五回中，宝玉神游太虚幻境时听到了十二支红楼梦词曲的第二首《终身误》的唱词内容，其中便有“都道是金玉良姻，俺只念木石前盟”的句子①。另一方面，作家通过主人公的梦话凸显宝玉在灵魂深处向往与黛玉的爱情婚姻。在小说的第三十六回中，宝玉在午睡时的梦中喊骂：和尚道士的话如何信的！什么金玉良缘，我偏说木石姻缘②。因此，作家不仅通过宝玉在现实生活中坦言自己对黛玉的眷恋和爱

---

① 曹雪芹，高鹗．红楼梦：上卷．北京：人民文学出版社，2000：56.

② 同①383. 在小说的第一一三回，作家又通过紫鹃的内心独白表达了隐含作者的叙述声音。紫鹃与宝玉隔窗对话后哭了一夜，意识到，宝玉并非是忘情负义之徒，而可怜的黛玉却无福消受宝玉的这份爱意。

意，而且通过宝玉在幻境和梦境中听到的歌词和说出的言语传递出隐含作者的叙述声音取向。

由此可知，在小说的话语层面上，作家将主人公宝玉的爱情婚姻的叙述声音设定为可靠的声音，并与宝玉在故事层面上的悲剧性爱情婚姻构成矛盾冲突；而在小说的阅读层面上，作家通过隐含作者的叙述声音为读者设定真可靠的声音，使读者能接受宝玉对自己的爱情婚姻的选择。也就是说，作家通过真可靠声音的话语式修辞策略，启发读者对宝玉的两种爱情婚姻模式在小说故事层面上遭遇的悲剧性命运进行审美反思，进而认可并赞同宝玉在爱情婚姻上的叙述声音。

(2) 故事式真可靠的声音，即作者把小说故事层面上主人公的命运结局设置为可靠的声音，并使之与小说话语层面上主人公的叙述声音相互抵牾，而读者在隐含作者的叙述声音的引导下，在小说阅读层面上将其认可或赞同为真可靠的声音。

例如，小说《了不起的盖茨比》叙述了主人公盖茨比试图与昔日情人黛西重温旧梦的故事。四年多以前，盖茨比与黛西相恋，却因为自己的家境清寒而放弃了结婚的念头。四年多以后，盖茨比成了个大富翁，并在黛西夫妇家的对面买了一座豪华的别墅，希望能够引起黛西的注目，进而重温旧梦。虽然盖茨比确实与黛西见面重逢，并赢得了黛西的好感，然而盖茨比的重温旧梦却未能如愿以偿，他非但没有使黛西重回自己怀抱，反而因黛西开着自己的车撞死人而遭误杀毙命。与话语式修辞策略不同的是，作家采用了一种故事式的修辞策略。一方面，在小说的故事层面上，作家将主人公盖茨比在小说故事中的悲剧性命运结局设定为可靠的叙述声音，并与盖茨比的“重温旧梦”的叙述声音之间构成矛盾；另一方面，在小说的阅读层面上，作家通过小说故事的叙述者尼克的声音传递隐含作者的叙述声音取向，明确地告诉盖茨比“你不能重温旧梦”①。在小说故事层面上，作家将主人公盖茨比的爱情婚姻的悲剧性命运结局设定为真可靠的声音，并与盖茨比在爱情婚姻上的叙述声音之间构成矛盾冲突，使读者能在小说阅读层面上接受盖茨比遭遇爱情悲剧的合理性，进而能认可并赞同隐含作者的叙述声音：黛西远不如他（盖茨比）梦中想象的那样——这并不是由于她本人的过错，而是由于他的梦幻过高过大。他的梦幻超越了她，超越了一切②。

---

① 菲茨杰拉德．了不起的盖茨比．北京：人民文学出版社，2004：93.

② 同①81.

第二节　言说语式的声音修辞

在小说作品中，作者总是以转喻的方式讲述故事的。因为“对于故事的听众或者读者来说，某个故事所讲述的世界，不管在时间或空间上与讲述者如何相近，它也是属于另一个人的世界，与讲述者所在的世界不同”[①]，所以，在叙述小说故事时，作者总是通过叙述者来转喻性地叙述另一个时空中所发生的故事。这个叙述者可以是小说写作者、全知叙述者或故事叙述者“我”，也可以是正在小说中言说的人物。其实，作者可以从两个方面使用转喻的方式叙述小说故事：一方面，作者可以用小说作品中的言说话语来转喻性地叙述小说故事世界中发生的事情；另一方面，作者也可以通过叙述者在小说场景中的言说话语来转喻性地修饰另一个场景中的叙述声音，进而形成一种言说语式意义上的声音修辞类型。也就是说，言说语式的声音修辞是指一种将小说的转喻方式引入叙述声音而形成的声音修辞策略，其特点是，作者将两个小说场景中的言说话语建立一种转喻修辞关系，使得一个场景中的言说话语以邻近性等逻辑关系修饰另一场景中的言说话语，进而构成言说语式上的声音修辞。其中，拟仿与戏仿便是两种常用的言说语式的声音修辞策略。

一、拟仿

拟仿是一种以可靠的声音为言说语式的声音修辞方式。其基本的运作方式是，作者通过小说人物之间在言说语式方面的模仿，将人物在小说场景中的叙述声音指向并修饰另一个小说场景中的叙述声音，进而使不同时空中的叙述声音之间建立起言说语式的模拟修辞关系。

1. 对话中的拟仿

作者通过小说人物在对话活动中模拟自己或他人的言说语式，使两个处于不

① 热拉尔·热奈特．转喻：从修辞格到虚构．桂林：漓江出版社，2013：129.

同时空中的叙述声音建立起语式模拟的修辞关系。

例如，在小说《边城》中，杨马兵在新碾坊里向老船夫谈起大老想娶翠翠的事情。起初，杨马兵对老船夫说，顺顺家的大老托自己说媒要娶翠翠时讲过，如果怕挨打的话，就先当笑话去说。然后问老船夫，大老初九从川东回来时，自己该如何回答他？小说接着写道：

> 老船夫说："等他来时你说：老家伙听过了笑话后，自己也说了个笑话，他说，'车是车路，马是马路，各有走法。大老走的是车路，应当由大老爹爹作主，请了媒人来正正经经同我说。走的是马路，应当自己作主，站在渡口对溪高崖上，为翠翠唱三年六个月的歌。'"①

杨马兵先是以"说笑话"的言说形式将自己与大老的对话内容模仿给老船夫听，而老船夫也让杨马兵以"说笑话"的言说方式将自己的话模仿给大老听。所以，作家通过杨马兵与老船夫以"说笑话"的言说语式模拟方式转述在小说故事中处于两个不同时空里的人物的话，而"说笑话"的语式拟仿形式巧妙地表现了杨马兵的委婉试探，以及老船夫的机智诙谐。

2. 梦幻中的拟仿

作者通过小说人物在其梦境或幻境世界中模拟自己或他人的声音，与小说故事中另一个梦幻世界或现实世界中的叙述声音在言说语式上建立起声音修辞关系。所以，与对话中的拟仿不同，梦幻中的拟仿在言说语式修辞上的特点是，作者用人物在梦境或幻觉中的叙述声音来叙述其在另一个梦境或幻觉中的叙述声音。

例如，宝玉梦游太虚幻境的事件在小说《红楼梦》中出现过两次。第一次是在小说的第五回，第二次则是在小说的第一一六回。在第二次梦游太虚幻境时，宝玉跟了那前来送玉的和尚飘飘摇摇地离开荣国府，来到一个荒野的地方，过了一座牌楼，迎面见鸳鸯向自己招手，正想赶上去说话，却又不见了鸳鸯，连身边的和尚也不见了，于是便独自走进一座巍峨的殿宇里，举目看时，却见屋里黑漆漆的，小说写道：

> 宝玉忽然想起："我少时作梦曾到过这样个地方，如今能够亲身到此，

① 沈从文．边城（汇校本）．武汉：长江文艺出版社，2009：71－72.

也是大幸。”恍惚间把找鸳鸯的念头忘了。便仗着胆把上首的大橱开了橱门一瞧，见有好几本册，心里更觉喜欢，想道：“大凡人作梦说是假的，岂知有这梦便有这事。我常说还要做这个梦再不能的，不料今儿被我找着了。但不知那册子是那个见过的不是。”伸手在上头取了一本，册上写着“金陵十二钗正册”。宝玉拿着一想道：“我恍惚记得是那个，只恨记不得清楚。”便打开头一页看去。见上头有画，但是画迹模糊，再瞧不出来。后面有几行字迹也不清楚，尚可摹拟，便细细的看去。见有什么玉带上头有个好像“林”字，心里想道：“不要是说林妹妹罢。”便认真看去，底下又有“金簪雪里”四字，诧异道：“怎么又像他的名字呢！”复将前后四句合起来一念道：“也没有什么道理，只是暗藏着他两个名字，并不为奇。独有那‘怜’字‘叹’字不好。这是怎么解？”①

宝玉跟随那送玉的和尚离开荣国府后，再次梦游进太虚幻境。在梦中，宝玉想起自己少年时曾来过此地，并拿起恍惚曾见过的《金陵十二钗正册》，隐约看到画册中的玉带图案上头写着“林”字，下句还有“金簪雪里”四字。其实，在小说的第五回中，宝玉第一次梦游太虚幻境时，曾在《金陵十二钗正册》中见过四句词：“可叹停机德，堪怜咏絮才。玉带林中挂，金簪雪里埋。”所以，宝玉在第二次梦境中叙述出自己曾在第一次梦游太虚幻境时所见的词句，实际上是作家以拟仿的形式叙述了宝玉在两个不同时期所做的梦中见到了相同的东西。值得注意的是，作家是在两个层面上采取的拟仿策略。一方面是梦中梦的言说形式，叙述宝玉在二度梦境中对一度梦境的忆想，进而在小说的故事层面上建立起有关宝玉梦游太虚幻境的情节性因果连接；另一方面是寓言式的言说形式，叙述宝玉再次看到《金陵十二钗正册》词句，以及对小说主要人物的猜测，在小说的话语层面上进一步引导读者将画册中的词句与小说主要人物的命运联系起来。例如，《金陵十二钗正册》的上述四句词中，前两句暗示宝钗是个具有“停机德”（符合封建道德标准）的妇人，值得赞叹，而黛玉具有能诗善文的才华，应该怜惜。后两句暗示黛玉与宝玉的“木石姻缘”，如同美好的玉带悬挂于两株枯木之间，在人世间遭遇的悲惨命运，而宝钗与宝玉的“金玉姻缘”，也好像埋入雪里的金簪，在贾府内落得个冷落孤寒的结局。

---

① 曹雪芹，高鹗．红楼梦：下卷．北京：人民文学出版社，2000：1278－1279.

二、戏仿

戏仿是一种以不可靠的声音为言说语式的声音修辞方式。与拟仿不同的是，戏仿的声音修辞方法是，作者以一种嘲弄的言说语式在人物说出的叙述声音与实际想要表达的叙述声音之间建立起矛盾或对立的话语关系，较为常见的是调侃、挖苦等。

1. 调侃

作者通过人物以善意嘲讽的方式模拟自己或他人的声音，进而在不可靠的声音的言说语式中表达自嘲或无奈等话语意味。

（1）人物的调侃。作者通过小说场景中的人物以善意嘲讽的方式传递叙述声音。例如，在小说《边城》中，当老船夫与大老谈起翠翠梦里听到歌声时，小说写道：

> 他（老船夫）拍了大老一下，翘起一个大拇指，轻轻的说："你唱得很好，别人在梦里听着你那个歌，为那个歌带得很远，走了不少的路！你是第一号，是我们地方唱歌第一号。"
>
> 大老望着弄渡船的老船夫涎皮的老脸，轻轻的说：
>
> "算了吧，你把宝贝孙女儿送给了会唱歌的竹雀吧。"
>
> 这句话使老船夫完全弄不明白它的意思。大老从一个吊脚楼甬道走下河去了，老船夫也跟着下去。到了河边，见那只新船正在装货，许多油篓子搁在岸边。一个水手正用茅草扎成长束，备作船舷上挡浪用的茅把，还有人坐在河边石头上，用脂油擦桨板。老船夫问那个水手，这船什么日子下行，谁押船，那水手把手指着大老。老船夫搓着手说：
>
> "大老，听我说句正经话，你那件事走车路，不对；走马路，你有分的！"
>
> 那大老把手指着窗口说："伯伯，你看那边，你要竹雀做孙女婿，竹雀在那里啊！"
>
> 老船夫抬头望到二老，正在窗口整理一个鱼网。①

大老用调侃式语调回答了老船夫的误会，并将二老讽喻为"会唱歌的竹雀"。所以，作家采用了一种善意的戏仿手法。虽然"你把宝贝孙女儿送给了会唱歌的

① 沈从文．边城（汇校本）．武汉：长江文艺出版社，2009：101－102.

竹雀吧”表达了人物的不可靠的声音，因为它背离了大老的内心意愿，然而这句话却并不带有恶意的讥讽意味，而是带有一定的自嘲或无奈的意味。大老的言下之意是，我的歌唱得不好，你还是把翠翠嫁给会唱歌的二老吧。值得注意的是，作家将戏仿中的“竹雀”一词引向小说场景，当大老指着窗口对老船夫说“你要竹雀做孙女婿，竹雀在那里啊”后，老船夫便抬头望见正在窗口整理渔网的二老。这就使大老的调侃与其所处场景之间建立了密切的叙事关系。

（2）全知叙述者的调侃。与人物的调侃不同，作者可以站在小说故事之外以善意嘲讽的戏仿方式传递叙述声音，因而通过全知叙述者的声音传递隐含作者的叙述话语。例如，在小说《围城》中，主人公方鸿渐并不愿意接受苏文纨的爱意，却又碍于情面，没有勇气跟苏文纨表明自己的真实想法。一次，方鸿渐应邀去苏文纨家约会，两人在月光下聊天，在苏文纨主动要求下，方鸿渐吻了她。小说写道：

> 鸿渐没法推避，回脸吻她。这吻的分量很轻，范围很小，只仿佛清朝官场端茶送客时的把嘴唇抹一抹茶碗边，或者从前西洋法庭见证人宣誓时的把嘴唇碰一碰《圣经》，至多像那些信女们吻西藏活佛或罗马教皇的大脚趾，一种敬而远之的亲近。①

方鸿渐离开苏文纨家时，小说写道：

> 鸿渐一溜烟跑出门，还以为刚才唇上的吻，轻松得很，不当作自己爱她的证据。好像接吻也等于体格检验，要有一定斤两，才算合格似的。②

方鸿渐是一个为人懦弱、处事被动的人物。所以，在方鸿渐与苏文纨接吻的场景里，作家不仅生动地表现了方鸿渐性格上的缺陷，自己并不爱苏文纨，却因苏文纨的要求而吻了对方的脸，而且通过全知叙述者的叙述声音嘲讽了方鸿渐接吻后的内心感受。最初，小说用比喻的方式顺着方鸿渐的感受为其接吻行为开脱，最后在方鸿渐离开苏文纨家时，作家从方鸿渐的言说滑向了全知叙述者的声音，并传递出隐含作者的叙述话语，对方鸿渐荒唐的接吻行径和可笑的内心想法进行了善意的嘲讽。

2. 挖苦

作者通过人物非善意讥讽的方式模仿自己或他人的声音，进而通过不可靠的

---

① 钱锺书．围城．北京：人民文学出版社，2015：82.

② 同①83.

言说语式的模拟来表达言说者的怨怒、泄愤等叙述声音。

(1) 人物的挖苦。作者通过人物以非善意讥讽的戏仿方式传递人物的声音。例如，在小说《红楼梦》中，当听到宝玉将自己比作杨贵妃时，宝钗心里十分恼火，却又不好当着众人的面发作。小说写道：

> 林黛玉听见宝玉奚落宝钗，心中着实得意，才要搭言，也趁势儿取个笑，不想靓儿因找扇子，宝钗又发了两句话，他便改口说道："宝姐姐，你听了两出什么戏?"宝钗因见林黛玉面上有得意之态，一定是听了宝玉方才奚落之言，遂了他的心愿，忽又见他问这话，便笑道："我看的是李逵骂了宋江，后来又赔不是。"宝玉便笑道："姐姐通今博古，色色都知道，怎么连这一出戏的名字也不知道，就说了这么一串子。这叫'负荆请罪'。"宝钗笑道："原来这叫作'负荆请罪'！你们通今博古，才知道'负荆请罪'，我不知道什么是'负荆请罪'。"一句话还未说完，宝玉林黛玉二人心里有病，听了这话，早把脸羞红了。……①

黛玉见宝玉奚落宝钗心中着实得意，又见宝钗训斥丫鬟，便改口问宝钗看了两出什么戏。宝钗便笑道："我看的是李逵骂了宋江，后来又赔不是。"一旁的宝玉听了插言道，这出戏是《负荆请罪》。宝钗笑道："原来这叫作'负荆请罪'！你们通今博古，才知道'负荆请罪'，我不知道什么是'负荆请罪'。"显然，宝钗的话是不可靠的声音，因为宝钗并不是不知道有《负荆请罪》的戏目，而是以自我挖苦的方式讥讽宝玉之前去潇湘馆向黛玉主动认错。所以，宝玉和黛玉听后羞得脸也红了。值得注意的是，作家将宝钗的挖苦式戏仿声音与小说情节上宝玉曾向黛玉主动认错的事件连接起来，进而回击了宝玉之前的言语造次和黛玉的乘机得意。

(2) 全知叙述者的挖苦。与人物的挖苦不同，作者通过全知叙述者的非善意讥讽传递隐含作者的叙述话语。例如，在小说《围城》中，方鸿渐第一次拜访苏文纨家时，就喜欢上苏文纨的表妹唐晓芙。临走时，方鸿渐情不自禁地伸手拍了苏文纨搁在沙发边上的手。方鸿渐乘电车回家途中，想到唐晓芙无意修饰打扮，可能没有男友，心里非常快活。小说写道：

> 电车到站时，他（方鸿渐）没等车停就抢先跳下来，险些摔一跤，亏得撑着手杖，左手推在电杆木上阻住那扑向地的势头。吓出一身冷汗，左手掌

① 曹雪芹，高鹗．红楼梦：上卷．北京：人民文学出版社，2000：321.

擦去一层油皮，还给电车司机训了几句。回家手心涂了红药水，他想这是唐晓芙害自己的，将来跟她细细算账，微笑从心里泡沫似地浮上脸来，痛也忘了。他倒不想擦去皮是这只手刚才按在苏小姐手上的报应。[①]

方鸿渐因提前跳下电车而擦破手，作家先是从小说场景中人物的内心独白方式，叙述方鸿渐对此意外事件的解释，自以为是唐晓芙害自己心不在焉而导致的，最后滑向全知叙述者的声音："他倒不想擦去皮是这只手刚才按在苏小姐手上的报应"。这句话实际上是作家在全知叙述者的挖苦中传递出隐含作者的声音，嘲讽方鸿渐在与苏文纨关系上的暧昧态度。

第三节　言说行动的声音修辞

在小说写作实训活动中，作者不仅可以通过叙述者的言说话语在言说语义（可靠的声音与不可靠的声音）或言说语式（拟仿与戏仿）层面上实施叙述声音的修辞策略，而且能够在叙述者的言说行动中设置声音修辞类型。我们已经知道，言说式展示是指作者以演员在舞台上表演剧情的方式，在书面故事中具体而感性地叙述小说人物的言说行动。所以，作者会在言说式展示中使用叙述声音的修辞策略。因此，除了言说语义和言说语式外，作者也可以通过小说人物的言说行动来实施其叙述声音的修辞策略。我们以失言与辍言为例，探讨作者如何使用叙述声音在人物言说行动中的修辞策略。

一、失言

失言是指说了不该说的话，其方法是，作者用说话人无意中跟受话人说错了话的方式，在人物的声音中植入与隐含作者相抵触的叙述话语。所以，失言是人物在不恰当的言说行动中说出的叙述声音，与其言说语义上的可靠与不可靠、真可靠与假可靠之间没有直接的关系。

---

① 钱锺书．围城．北京：人民文学出版社，2015：47.

1. 说漏嘴

说漏嘴是指小说中的人物无意中向受话者说了不该说的话。即作者通过人物意识到自己言说内容上的失误，并在受话人的辩解或说话人的掩饰等方式中营造戏剧性叙事张力。

例如，在小说《牛虻》中，十三年后，亚瑟以牛虻的名字回到佛罗伦萨，与琼玛首次见面。那天傍晚，在女主人客厅外的阳台上独自清静时，琼玛无意中听到牛虻与女主人的谈话。当女主人将琼玛介绍给牛虻之后，两人便在阳台上交谈起来。小说写道：

> "我知道你在生我的气，"他（牛虻）有些后悔地说，"因为我愚弄了这个彩色的蜡制洋娃娃。可是这有什么办法呢？"
>
> "你既然问我，我确实以为把一个智力不如自己的人拿来这样开玩笑，是一种不厚道……甚至……是卑怯的行为，这就好比去嘲笑一个瘸子，或者……"
>
> 他突然痛苦地屏住呼吸，把身子缩回，对那瘸脚和残手臂瞥了一眼。但随即就又恢复了自制力，迸发出一阵大笑。
>
> "这不见得是一个适当的比方，太太；我们这些瘸子并不在别人面前夸耀自己的残废，像她夸耀自己的愚蠢一般。至少你得相信我们，我们自己也承认，弯曲的脊背并不比弯曲的行为更使人愉快。这儿有踏步，让我来搀你一把好吗？"
>
> 琼玛怀着一种惶惑的心情默默地回到屋里去；他那出人意料的敏感，使她觉得非常狼狈。①

牛虻承认，刚才自己是在嘲弄女主人。于是，琼玛指责牛虻不够大度，顺口说道，嘲笑智力低下的人是一种怯懦的行径，就像嘲笑瘸子一样。牛虻听后，突然痛苦地将自己的身体向后退缩，并看了一眼自己的瘸腿和残手。琼玛这时才发现自己失言了，颇感窘迫。所以，作家是用人物说漏嘴的方式设置琼玛说的瘸子比喻的，使牛虻与琼玛十三年后的初次见面陷入了尴尬的境地，而当事人牛虻和琼玛都意识到这是不该说的话。值得注意的是，在牛虻与琼玛十三年之后的初次

---

① 艾・丽・伏尼契．牛虻．北京：中国青年出版社，1953：110.

见面场景中，作家通过琼玛说漏嘴的话语修辞策略设计了一个不愉快的谈话事件，进而为两人在后续情节中的相处预设了一种具有戏剧性张力的障碍。

2. 说错人

说错人是指小说中的人物无意中把话说给了不该听的受话者。与说漏嘴不同，说错人的特点是作者通过人物在言说对象上的失误，在小说的故事层面上造成某种戏剧性冲突。

例如，在小说《红楼梦》中，黛玉路过大观园内的沁芳桥时，见一个丫鬟在哭泣，询问后才知是贾母身边的丫鬟傻大姐。当黛玉问她的姐姐为何要打她时，小说写道：

> 那丫头道："为什么呢，就是为我们宝二爷娶宝姑娘的事情。"黛玉听了这句话，如同一个疾雷，心头乱跳，略定了定神，便叫这丫头："你跟了我这里来。"那丫头跟着黛玉到那畸角儿上葬桃花的去处。那里僻静。黛玉因问道："宝二爷娶宝姑娘，他为什么打你呢?"傻大姐道："我们老太太和太太、二奶奶商量了，因为我们老爷要起身，说就赶着往姨太太商量把宝姑娘娶过来罢。头一宗，给宝二爷冲什么喜；第二宗，"说到这里，又瞅着黛玉笑了一笑，才说道："赶着办了，还要给林姑娘说婆婆家呢。"黛玉已经听呆了。①

贾母屋里的丫鬟傻大姐在不知情的情况下，向黛玉说起了老太太、太太和二奶奶商量着要给宝玉娶宝钗的事情，黛玉听后非常震惊。因此，作家通过说错人的方式设置傻大姐向黛玉说的话，而读者从隐含作者的声音中知道，傻大姐向不该说的人说了不该说的话，因而伤害了受话人黛玉。值得注意的是，作家通过傻大姐以说错人的话语修辞策略设置了一个戏剧性反讽的叙事场景：一边是傻大姐的诉说，甚至瞧着黛玉又是笑又是哭；一边是黛玉听得惊呆了，看着傻大姐一个劲儿地说话，最后颤巍巍地转身回潇湘馆去。

二、辍言

辍言是指小说人物不得不停止言说中的话。其运作方式是，作者通过改变小

---

① 曹雪芹，高鹗．红楼梦：下卷．北京：人民文学出版社，2000：1087.

说人物的言说语境或言说心境，使人物在小说场景中突然停止正在言说的话语，旨在小说情节线上制造叙事悬念、展示人物言说时敏感的心理感受，以及暗示人物之间微妙而复杂的关系等。

1. 不可言说的辍言

不可言说的辍言，是指人物因客观语境的压力而中断正在言说的话语，即人物想要说而客观语境却不允许说出的话。

例如，在小说《牛虻》中，牛虻前往参加地下组织的偷运武器行动之前，特地来到琼玛的住处做临行前的告别。牛虻和琼玛内心都预感到，这很可能是两人的最后一次单独会面，所以，将近十二点时，琼玛终于开口询问起牛虻的真实身份。小说写道：

> “你就把实情告诉我吧。”她（琼玛）小声说道，“想一想，如果你被杀了，我却活着——我就得回顾我的一生，但却永远也不知道——永远都不能肯定——”
>
> 他（牛虻）抓起她的手，紧紧地握住它们。
>
> “如果我被杀死了——你知道，当我去了南美——噢，马尔蒂尼！”
>
> 他猛然吓了一跳，赶紧打住话头，并且打开房门。马尔蒂尼正在门口的垫子上蹭着靴子。[①]

牛虻要去参加地下组织的偷运武器行动，便到琼玛的家里做临行前的告别。当琼玛问他临别前是否有事想要告诉自己时，牛虻刚要说出实情，却被玛梯尼的突然闯入打断，于是，牛虻不得不中断想要对琼玛袒露自己身份的话。作者在此使用了因当下语境的压力而不可言说的辍言修辞手法。值得注意的是，作家将不能言说的辍言设置为小说情节上的叙事悬念，进而使牛虻生前终究未能当面向琼玛说明自己的真实身份。

2. 不能言说的辍言

不能言说的辍言，是指人物因主观心境的变化而突然中断正在言说中的话语，并往往以肢体语言、话题转移等方式掩饰或呈示未说之言。与不可言说的辍言不同，不能言说的辍言是人物想要说而主观语境却不允许说出的话。

① 艾・丽・伏尼契．牛虻．北京：中国青年出版社，1953：242－243.

首先，未被叙述出来的辍言，即人物想要说而未能说出话，小说也没有叙述其想说的话。

例如，在小说《红楼梦》中，与黛玉大闹一场之后，宝玉便主动来潇湘馆找黛玉言和。宝玉当面表白，黛玉如果死了，自己就去做和尚。黛玉听后立刻予以训责。宝玉自知说话造次，涨红了脸。小说写道：

> 黛玉直瞪瞪的瞅了他半天，气的一声也说不出话来。见宝玉憋的脸上紫涨，便咬着牙用指头狠命的在他额颅上戳了一下，哼了一声，咬牙说道："你这——"刚说了两个字，便又叹了一口气，仍拿起手帕子来擦眼泪。[①]

因为宝玉的主动上门言和，以及言语中袒露出对自己的一片真情，黛玉心中原有的怨气已消了一半；后见宝玉听了自己的训斥而涨红了脸，黛玉的情绪已由怨气转为委屈和无奈，于是便咬着牙，用指头狠命地在宝玉的额头上戳了一下，哼了一声，说道："你这——"刚说了两个字，便又叹了一口气，到了嘴边的话又咽了下去。作家在此采用了未被叙述出来的不能言说方式叙述黛玉的辍言，既在人物的言说形式上生动地表现了黛玉的情绪变化而中止了已到嘴边的气话，又在小说的言说形式上将黛玉对宝玉态度的转变设置成小说情节的转折性事件。随后，当看到宝玉用自己的衫袖去擦眼泪时，黛玉就将自己的手帕给了宝玉，两人终于消除误会，重归于好。值得注意的是，作家分别从人物间的限知视角叙述宝玉与黛玉的对话场景，不仅展示了两人当面说了些什么，而且叙述了两人互相看到了什么，以及在"说"与"看"中想到了什么，进而引导读者从黛玉的不能言说的辍言中体会出黛玉因主观心境的变化而陷入纠结和无奈的复杂情绪之中。

其次，被叙述出来的辍言，虽然也是不能言说的辍言，但作家却在小说场景中叙述了人物想说又觉得不该说的话抑或不敢说的话，不仅能引导读者理解说话者的言说意向，而且往往可以在被叙述出来的辍言中透露出隐含作者的话语取向。

例如，在小说《围城》中，唐晓芙从表姐苏文纨那里得知方鸿渐在爱情和婚姻方面的"荒唐"行径后，十分生气。所以，方鸿渐来家拜访时，唐晓芙当面指斥，甚至没有给方鸿渐解释的机会。当方鸿渐听到唐晓芙说"我只希望方先生前途无量"的话后，小说写道：

---

① 曹雪芹，高鹗．红楼梦：上卷．北京：人民文学出版社，2000：319.

“你说得对。我是个骗子，我不敢再辩，以后绝不来讨厌了。”（方鸿渐）站起来就走。

唐小姐恨不能说：“你为什么不辩护呢？我会相信你，”可是只说：“那么再会。”她送着鸿渐，希望他还有话说。外面雨下得正大，她送到门口，真想留他等雨势稍杀再走。①

上述引文中，“唐小姐恨不能说”的话是唐晓芙该说而没有说出口的，而唐晓芙说“那么再会”的话则是唐晓芙用以掩饰自己该说却没有勇气说出的话，同时也期待方鸿渐说出为自己辩护的话。值得注意的是，在上述两句话里，作家采用了被叙述出来的辍言叙述方式，用“恨不能说”的语句叙述了唐晓芙该说而不敢说出的话，不只是揭示出唐晓芙对方鸿渐的斥责、怨恨而又难舍、羞怒的矛盾纠结的内心活动，一定程度上也隐约地传递出隐含作者的话语取向。

第四节　言说意向的声音修辞

俄国学者巴赫金曾提出小说中的“复调声音”的概念。他认为，在陀思妥耶夫斯基的小说中，主人公“能与自己的创造者站在一起，不与他妥协，甚至反抗他”，因而有着“各种独立的不相混合的声音与意识之多样性、各种有充分价值的声音之复调”②。也就是说，作者可以在小说主人公的声音中表达出与作者的意识相矛盾或冲突的叙述话语，因而形成了“复调声音”。

笔者认为，从叙述声音的修辞策略上讲，“复调声音”可以从两个方面定义：一方面是从复调声音的语义结构上，作者可以在叙述话语取向上设置各种独立的叙述声音，尤其是通过小说主人公的声音与作者的声音之间的矛盾而平等关系构成的复调声音结构；另一方面是从复调声音的句式形态上，作者能够在单个叙述者的声音中配置两种或两种以上的叙述声音，尤其是在小说的全知叙述者、故事叙述者“我”或小说人物的声音中隐蔽地传递出隐含作者的声音。因此，作者通

① 钱锺书．围城．北京：人民文学出版社，2015：86.

② 米哈伊尔·巴赫金．陀思妥耶夫斯基诗学问题．北京：中央编译出版社，2010：3.

过“复调”的语义结构与句式形态来表达叙述者的言说意向。从这个意义上说，含混与反讽是两种言说意向上的声音修辞类型。

一、含混

含混是一种模棱两可的言说意向，即在互不矛盾的复调声音的语义结构中传递出隐含作者的话语取向。通常的做法是，作者在叙述者的声音中引入了隐含作者的声音，并使叙述者的声音与隐含作者的声音之间构成异声同质的关系。因此，含混的叙事功能在于，作者将隐含作者的声音隐藏于叙述者的叙述语调之中，读者需要仔细辨别，才能体味或理解藏匿于叙述者声音背后的隐含作者的声音。

1. 全知叙述者声音中的含混

在第三人称小说中，全知叙述者可以凌驾于小说故事之上叙述故事中的事件，并能站在不同的小说人物之间表达叙述声音。因此，在全知叙述者的声音中传递隐含作者的叙述声音，是第三人称小说中最为常见的含混修辞方式。

例如，在小说《边城》中，作家在介绍湘西边城淳朴的民间习俗时，在全知叙述者的声音中情不自禁地表达了隐含作者的话语。小说写道：

> 由于边地的风俗淳朴，便是作妓女，也永远那么浑厚，遇不相熟的主顾，做生意时得先交钱，数目弄清楚后，再关门撒野。人既相熟后，钱便在可有可无之间了。妓女多靠四川商人维持生活，但恩情所结，却多在水手方面。感情好的，别离时互相咬着嘴唇咬着脖子发了誓，约好了“分手后各人皆不许胡闹”；四十天或五十天，在船上浮着的那一个，同在岸上蹲着的那一个，便皆呆着打发这一堆日子，尽把自己的心紧紧缚定在远远的一个人。……短期的包定，长期的嫁娶，一时间的关门，这些关于一个女人身体上的交易，由于民情的淳朴，身当其事的不觉得如何下流可耻，旁观者也就从不用读书人的观念，加以指摘与轻视。这些人既重义轻利，又能守信自约，即便是娼妓，也常常较之知羞耻的城市中人还更可信任。①

虽然住在吊脚楼上的妓女们从事的是肉体与金钱的交易，但是边城山区的淳

① 沈从文．边城（汇校本）．武汉：长江文艺出版社，2009：14－16.

朴民情却使那里的妓女重义轻利、守信自约，甚至要比城市中人更为可信。所以，身当其事的不觉下流可耻，旁观者也不加以指责和歧视。虽然小说是用全知叙述者的讲述来介绍边城妓女的生活习俗，但是，作家却隐蔽地表达了隐含作者对湘西边城的淳朴民风的称赞之情。

2. 限知叙述者声音中的含混

在第三人称小说中，小说中的人物是小说故事中的限知叙述者，因而首先表达的是人物自己的叙述声音。但是，作者也可以借助于人物之口来“说出”隐含作者的叙述声音，进而形成限知叙述者声音中的含混修辞方式。

例如，在小说《红楼梦》中，黛玉病死之后，宝玉与紫鹃隔窗对话。两人说到伤心之处都不禁哽咽流泪。宝玉离开后，紫鹃一个人想了一整夜。小说写道：

> 这里紫鹃被宝玉一招，越发心里难受，直直的哭了一夜。思前想后：“宝玉的事，明知他病中不能明白，所以众人弄鬼弄神的办成了。后来宝玉明白了，旧病复发，常时哭想，并非忘情负义之徒。今日这种柔情，一发叫人难受。只可怜我们林姑娘真真是无福消受他！如此看来，人生缘分都有一定。在那未到头时，大家都是痴心妄想。及至无可如何，那糊涂的也就不理会了；那情深意重的也不过临风对月，洒泪悲啼。可怜那死的倒未必知道，那活的真真是苦恼伤心，无休无了。算来竟不如草木石头，无知无觉，倒也心中干净。”想到此处，倒把一片酸热之心一时冰冷了。①

紫鹃心里明白，宝玉并非是个忘情负义之徒。所以，作家通过紫鹃的内心独白来表达其在隔窗对话之后的伤感心情。然而在“如此看来”一语之后，作家却在紫鹃的内心独白中引入了隐含作者的叙述声音。值得注意的是，作家合情合理而又十分隐蔽地在限知叙述者的声音中传递出隐含作者的叙述声音。在紫鹃看来，宝玉与黛玉之间缺少缘分，虽然两人都曾为爱情而“痴心妄想”，到头来却是无可奈何的结局。临死前的黛玉情深意重，也不过临风对月，洒泪悲啼；而病中的宝玉却受人摆布，稀里糊涂地与宝钗成了婚。结果是，死去的黛玉并未知晓宝玉对她的真实情意，而活着的宝玉也只得对那可怜死去的黛玉苦恼伤心，无休

① 曹雪芹，高鹗．红楼梦：下卷．北京：人民文学出版社，2000：1258.

无了。显然，这些看法不只是紫鹃的内心独白，同时也是隐含作者的叙述声音[①]。也就是说，作家通过紫鹃内心独白的路径表达了隐含作者的叙事判断，进而点出了小说的叙事主题，正所谓：说到辛酸处，荒唐愈可悲。由来同一梦，休笑世人痴！在隐含作者看来，宝黛的爱情悲剧乃是人世间的红楼一梦，梦过之后，留下的只是无奈的感伤。而这正是小说《红楼梦》的叙事主题。

3. 故事叙述者"我"声音中的含混

在第一人称小说中，故事叙述者"我"是整个小说故事的叙述者。虽然故事叙述者"我"并不等同于作者，却可以更为直接地在小说作品中传递隐含作者的叙述声音。

例如，在小说《了不起的盖茨比》中，黛西的撞车事件发生之后，尼克知道黛西是开着盖茨比的车撞死人的，所以就劝盖茨比离开长岛去其他地方待一个星期，以免因追查他的车而引起不必要的麻烦。但是，盖茨比却执意要等待黛西的最后决定，幻想着黛西能与丈夫离婚后回到他的怀抱。为了赶坐去城里的班车，尼克不得不向盖茨比告别，小说写道：

> 我们握握手，然后我（尼克）就走开了。快走到树篱前时，我想起了一件事，于是又掉转身来。
>
> "他们一伙全是混蛋，"我隔着草坪喊道，"他们那一伙全放在一块都比不上你。"
>
> 我后来一直很高兴我说了那句话。那是我对他说过的惟一的一句恭维话，因为我自始至终都不赞成他。他起先有礼貌地点点头，随后笑逐颜开，露出一种会心的微笑，仿佛我们俩在这件事上早已狼狈为奸，勾结在一起了。他那套华丽的粉红色衣服衬托在白色的台阶上，构成一片鲜艳的色彩，于是我联想起三个月前，我初次来访他的古色古香的别墅的那个晚上。当时他的草坪和汽车道上人头攒动，纷纷揣测着他的劣迹罪愆——而他站在台阶上向他们挥手告别，心中蕴藏着他那永葆清纯的梦想。[②]

---

① 在小说的第三十六回，宝玉目睹了贾蔷与龄官之间的深情爱意而深悟了人生情缘各有分定的道理。这里，作家通过紫鹃之口说出"人生缘分都有一定"的话，实际上是隐含作者为宝黛悲剧爱情设定的叙述话语，进而也印证了小说第一回中的"还泪故事"：灵河岸三生石畔的绛珠草因感恩神瑛的雨露而愿用一生眼泪还情。

② 菲茨杰拉德．了不起的盖茨比．北京：人民文学出版社，2004：130.

这是尼克与盖茨比的最后一次面谈。作家先用人物“我”（尼克）的话对盖茨比称赞道：“他们那一伙全放在一块都比不上你”，接着转入故事叙述者“我”的声音：“我后来一直很高兴我说了那句话。”如果说尼克对盖茨比的当面称赞还只是表达了人物“我”在小说故事中的叙事判断，那么，故事叙述者“我”称赞人物“我”当时所说的话，就清楚地传递出隐含作者的叙述声音，而这也呼应了小说的标题——了不起的盖茨比。

二、反讽

反讽是一种言非所指的言说意向。虽然作者也是在复调声音的语义结构中传递隐含作者的话语取向，但与含混不同的是，作者设置了一种互相矛盾的复调声音，并总是选择与叙述者言说话语的字面意思相反的言说意向，进而使复调声音构成一种异声异质的关系，读者需要细心揣摩，才能从中发现隐含作者的叙述声音。

1. 全知叙述者声音中的反讽

在第三人称小说中，作者既可以在全知叙述者的声音中表达可靠的声音，也能够表达不可靠的声音。所以，在小说写作实训活动中，作者可以通过全知叙述者可靠的声音或不可靠的声音的方式，设计全知叙述者的反讽修辞策略。

（1）全知叙述者不可靠的声音的反讽，即作者在全知叙述者不可靠的声音中传递出隐含作者的反讽话语。

例如，在小说《阿Q正传》中，当阿Q用手拧了小尼姑的脸后，听到小尼姑远去的哭声与酒店里传来的喝彩声，心中觉得有些飘飘然，回到土谷祠里后久久难以入眠，便开始畅想了起来。小说写道：

> 他（阿Q）飘飘然的飞了大半天，飘进了土谷祠，照例应该躺下便打鼾。谁知道这一晚，他很不容易合眼，他觉得自己的大拇指和第二指有点古怪：仿佛比平常滑腻些。不知道是小尼姑的脸上有一点滑腻的东西粘在他指上，还是他的指头在小尼姑脸上磨得滑腻了？
>
> …………
>
> “女人，女人！……”他想。
>
> “……和尚动得……女人，女人！……女人！”他又想。

我们不能知道这晚上阿Q在什么时候才能打鼾。但大约他从此总觉得指头有些滑腻，所以他从此总有些飘飘然："女……"他想。

即此一端，我们便可以知道女人是害人的东西。

中国的男人，本来大半都可以做圣贤，可惜全被女人毁掉了。商是妲己闹亡的；周是褒姒弄坏的；秦……虽然史无明文，我们也假定他因为女人，大约未必十分错；而董卓可是的确给貂蝉害死了。[①]

阿Q因拧了小尼姑的脸而飘飘然起来，因而躺在土谷祠里想到了有关女人的种种话题。显然，在"即此一端，我们便可以知道女人是害人的东西"这句后，作家将叙述声音从阿Q转入全知叙述者。整个自然段落的语句都是全知叙述者的声音，因为有关中国历史上的大半男人全被女人毁掉的观点已经超出了阿Q所能有的历史知识的视野，并且，这一观点也是与隐含作者的叙述声音相抵触的。因此，作家通过全知叙述者的不可靠的声音传递出隐含作者的反讽话语。

（2）全知叙述者可靠的声音的反讽，即作者以与字面意思相反的反讽表达全知叙述者可靠的声音，进而传递出隐含作者的话语取向。

例如，在小说《围城》中，方鸿渐喜欢苏文纨的表妹唐晓芙，却因情面难却而吻了苏文纨，回家后非常后悔，写信给苏文纨表示歉意，并在电话里跟苏文纨表白自己另有所爱。苏文纨得知后非常生气，并向唐晓芙说了方鸿渐的许多坏话，甚至把方鸿渐写给她的信件给唐晓芙看。后来，方鸿渐冒雨来到唐晓芙家里，得知唐晓芙看了自己曾经写给苏文纨的信后，询问苏文纨说些什么时，小说写道：

"你自己做的事还不知道么？"

"唐小姐，让我解释——"

"你'有法解释'，先对我表姐去讲。"方鸿渐平日爱唐小姐聪明，这时候只希望她拙口钝腮，不要这样咄咄逼人。"表姐还告诉我几件关于方先生的事，不知道正确不正确。方先生现在住在周家，听说并不是普通的亲戚，是贵岳家，方先生以前结过婚——"鸿渐要插嘴，唐小姐不愧是律师的女儿，知道法庭上盘问见证的秘诀，不让他分辨——"我不需要解释，是不是岳家？是就好了。你在外国这几年有没有恋爱，我不知道。可是你在回

① 鲁迅．阿Q正传//鲁迅全集：第一卷．北京：人民文学出版社，2005：524－525.

国的船上，就看中一位鲍小姐，要好得寸步不离，对不对?”鸿渐低头说不出话——“鲍小姐走了，你立刻追求表姐，直到——我不用再说了。并且，据说方先生在欧洲念书，得到过美国学位——”①

“唐小姐不愧是律师的女儿，知道法庭上盘问见证的秘诀，不让他分辨”，这是作家借助全知叙述者口吻说的反讽，用与字面意思相反的言说意向委婉地传递出隐含作者指责唐晓芙只顾自己振振有词的训斥，却不给方鸿渐解释和争辩的机会。所以，在后续情节中，当方鸿渐含着眼泪离开唐晓芙家时，作家又笔锋一转，小说写道：

唐小姐恨不能说：“你为什么不辩护呢？我会相信你，”可是只说：“那么再会。”她送着鸿渐，希望他还有话说。外面雨下得正大，她送到门口，真想留他等雨势稍杀再走。②

2. 限知叙述者声音中的反讽

在第三人称小说中，主人公也是限知叙述者，而作者往往会通过小说主人公的声音来隐蔽地表达隐含作者的叙述声音。所以，主人公的反讽声音既可以表达人物的声音，也能够传递隐含作者对人物（包括对主人公）的反讽。

（1）限知叙述者可靠的声音的反讽，即作者通过人物言说的可靠的声音方式传递隐含作者的反讽话语。例如，在小说《傲慢与偏见》中，班纳特太太的小女儿丽迪雅与韦翰私奔之后，伊丽莎白认为，妹妹的私奔行为将使自己和家人蒙羞。后来，伊丽莎白从舅父的来信中得知韦翰准备与丽迪雅结婚的消息，而结婚的条件是，伊丽莎白的父亲必须能提供一笔钱款。当伊丽莎白将丽迪雅与韦翰要结婚的消息告诉母亲时，班纳特太太显得异常高兴。小说写道：

班纳特太太简直喜不自禁。吉英一读完丽迪雅可能在最近就要结婚的那一段话，她就高兴得要命，越往下读她越高兴。她现在真是无限欢喜，极度兴奋，正如前些时候是那样地忧烦惊恐，坐立不安。只要听到女儿快要结婚，她就心满意足。她并没有因为顾虑到女儿得不到幸福而心神不安，也并

① 钱锺书．围城．北京：人民文学出版社，2015：85－86.

② 同①86.

没有因为想起了她的行为失检而觉得丢脸。[①]

身为母亲的班纳特太太，听到女儿丽迪雅与韦翰要结婚的消息后，非常高兴和兴奋。然而在“只要听到女儿快要结婚，她就心满意足”之后，作家却在班纳特太太的人物独白中引入了隐含作者的声音：班纳特太太一心只顾女儿的出嫁，而不关心出嫁的女儿是否幸福，甚至没有想到丽迪雅与韦翰的私奔行为违背了传统的道德伦理，更没有为此觉得心神不安或有失家风。显然，这是一种嘲讽班纳特太太的叙述声音，而作家正是以反讽的话语策略在限知叙述者的声音中传递出隐含作者的叙述声音。

（2）限知叙述者不可靠的声音的反讽，即作者通过人物声音的不可靠方式传递隐含作者的反讽话语。例如，在小说《围城》中，一天，赵辛楣请客，晚上馆子吃饭，方鸿渐到馆子后发现两个客人已经先在。一个是戴着夹鼻金丝眼镜的、躬背的哲学家褚慎明，另一个是擅长写旧体诗的大才子董斜川。四人闲聊一会儿后，见苏文纨迟迟未来，褚慎明有些不耐烦，小说写道：

鸿渐攀谈道：“褚先生最近研究些什么哲学问题？”

褚慎明神色慌张，瞥了鸿渐一眼，别转头叫赵辛楣道：“老赵，苏小姐该来了。我这样等女人，生平是破例。”[②]

不一会儿，苏文纨来了，赵辛楣以东道主的身份向苏文纨献殷勤，董斜川则一拉手后正眼不瞧她，小说接着写道：

褚哲学家害馋痨地看着苏小姐，大眼珠仿佛哲学家谢林的“绝对观念”，像“手枪里弹出的子药”，险的突破眼眶，迸碎眼镜。[③]

在闲聊一会儿之后，褚慎明故意提起方鸿渐先前的问话。见方鸿渐记不起了，小说写道：

“你好像问我研究什么哲学问题，对不对？”对这个照例的问题，褚慎明有个刻板的回答，那时候因为苏小姐还没来，所以他留到现在表演。

“对，对。”

---

① 简·奥斯汀．傲慢与偏见．上海：上海译文出版社，1990：207.

② 钱锺书．围城．北京：人民文学出版社，2015：71.

③ 同②.

“这句话严格分析起来，有点毛病。哲学家碰见问题，第一步研究问题：这成不成问题，不成问题的是假问题 pseudoquestion，不用解决，也不可解决。假使成问题呢，第二步研究解决：相传的解决正确不正确，要不要修正。你的意思恐怕不是问我研究什么问题，而是问我研究什么问题的解决。

方鸿渐惊奇，董斜川厌倦，苏小姐迷惑，赵辛楣大声道：“妙，妙，分析得真精细，了不得！鸿渐兄，你虽然研究哲学，今天也甘拜下风了，听了这样好的议论，大家得干一杯。”①

接着，褚慎明谈起自己跟英国哲学家罗素是朋友，并批评方鸿渐说数理逻辑太难的话有语病，甚至说，即使方鸿渐不开口，心里的思想照样混乱不合逻辑。小说写道：

苏小姐撅嘴道：“你太可怕了！我们心里的自由你都要剥夺了。我瞧你就没本领钻到人心里去。”

褚慎明有生以来，美貌少女跟他讲“心”，今天是第一次。他非常激动，夹鼻眼镜泼剌一声直掉在牛奶杯子里，溅得衣服上桌布上都是奶，苏小姐胳膊上也沾润了几滴。大家忍不住笑。赵辛楣捺电铃叫跑堂来收拾。苏小姐不敢皱眉，轻快地拿手帕抹去手臂上的飞沫。褚慎明红着脸，把眼镜擦干，幸而没破，可是他不肯就戴上，怕看清了大家脸上逗留的余笑。②

在上述四段引文中，作家采用了褚慎明的不可靠的声音的反讽手法，刻画了褚慎明在异性交往上口是心非的可怜相。一方面，作家通过人物在场景中的言行举止反讽褚慎明的口是心非，他自吹聚会场上从不等女人，却在苏文纨到来后想方设法显摆自己的所谓学识，批评方鸿渐说话有语病；另一方面，作家借助于全知叙述者的口吻揭示褚慎明在苏小姐到后重提方鸿渐的问话借题发挥，“留到现在表演”，同时，生动地描述了褚慎明在美貌少女苏文纨面前的失态情形：听了苏文纨跟他讲“心”话题后，非常激动，以至于夹鼻眼镜掉在牛奶杯子里，溅得衣服上桌布上都是奶，红着脸，把眼镜擦干，庆幸自己的眼镜没有摔破。值得注意的是，作家是在小说场景中的限知叙述者与全知叙述者的双重叙述主体的复调

① 钱锺书．围城．北京：人民文学出版社，2015：74－75.

② 同①75.

结构中传递隐含作者的反讽话语：一是小说场景中限知叙述者的不可靠的声音；二是全知叙述者的可靠的声音。

3. 故事叙述者“我”声音中的反讽

在第一人称小说中，作者可以在故事叙述者“我”的可靠的声音与不可靠的声音中传递隐含作者的反讽话语。与第三人称小说中的全知叙述者反讽不同，故事叙述者“我”的反讽更能展现叙述者的反思性自我领悟。

首先，故事叙述者“我”不可靠的声音的反讽。例如，在小说《祝福》中，作家通过故事叙述者“我”来鲁镇见到祥林嫂，后又听到祥林嫂去世为故事框架，用第一人称叙述者身份在小说情节的开始和结尾表达故事叙述者“我”的声音。但是，当“我”在得知祥林嫂去世的噩耗后，作家却在故事叙述者“我”的声音中引入隐含作者的叙述声音。当时，“我”感觉有些负疚，晚饭后便独自一人，坐在窗前的油灯下思考起来。小说写道：

> 雪花落在积得厚厚的雪褥上面，听去似乎瑟瑟有声，使人更加感得沉寂。我独坐在发出黄光的菜油灯下，想，这百无聊赖的祥林嫂，被人们弃在尘芥堆中的，看得厌倦了的陈旧的玩物，先前还将形骸露在尘芥里，从活得有趣的人们看来，恐怕要怪讶她何以还要存在，现在总算被无常打扫得干干净净了。魂灵的有无，我不知道；然而在现世，则无聊生者不生，即使厌见者不见，为人为己，也还都不错。我静听着窗外似乎瑟瑟作响的雪花声，一面想，反而渐渐的舒畅起来。①

在“从活得有趣的人们看来”一语之后，作家在“我”的不可靠的声音中反话正说式地讲述了“活得有趣的人们”的生死观念。虽然“我”并不知道一个人是否有灵魂，但在现世中，感到生之无聊的，可以不来这个世上，而使世人厌倦的人，也可以离开尘世，这样，为他人和为自己都还是不错的。想到这些，“我”感到逐渐地舒畅起来了。于是，“我”的心情也不再为听到祥林嫂的去世噩耗而感到沉重。隐含作者的反讽声音便在“我”的心情“舒畅”中显现了出来，并指向那些持有不可靠的声音的“活得有趣的人们”。

其次，故事叙述者“我”可靠的声音的反讽。例如，在小说《伤逝》中，

① 鲁迅．祝福//鲁迅全集：第二卷．北京：人民文学出版社，2005：10.

当时，人物“我”看到自己的小品文在《自由之友》杂志上刊登后，感到新生面便要来到了，然而回家后发现子君却因“我”提出分手而离开了寓所。小说写道：

> 我不应该将真实说给子君，我们相爱过，我应该永久奉献她我的说谎。如果真实可以宝贵，这在子君就不该是一个沉重的空虚。谎语当然也是一个空虚，然而临末，至多也不过这样的沉重。
>
> 我以为将真实说给子君，她便可以毫无顾虑，坚决地毅然前行，一如我们将要同居时那样。但这恐怕是我错误了。她当时的勇敢和无畏是因为爱。
>
> 我没有负着虚伪的重担的勇气，却将真实的重担卸给她了。她爱我之后，就要负了这重担，在严威和冷眼中走着所谓人生的路。
>
> 我想到她的死……。我看见我是一个卑怯者，应该被摒弃于强有力的人们，无论是真实者，虚伪者。然而她却自始至终，还希望我维持较久的生活。①

上述引文的四个自然段落，作家在故事叙述者“我”的可靠的声音中，表达了对人物“我”的追悔和反讽，进而从中传递了隐含作者的叙述话语。“我不应该将真实说给子君，我们相爱过，我应该永久奉献她我的说谎。”这句话实际上带有故事叙述者“我”可靠的声音的反讽话语取向。故事叙述者“我”当年对子君说了实话，然而子君却听了这一实话后回家，不久又投河自尽，所以，故事叙述者“我”在此表达的自责、追悔的可靠的声音中传递出隐含作者的反讽意味。

值得注意的是，四个自然段落可以分为两个层次。第一，在前两个自然段中，故事叙述者“我”先是用可靠的声音的反讽方式追悔自己当年不该说出“真实”之言，而应永久对子君“说谎”，后又说出了自己当时向子君提出分手的理由是，以为子君会毫无顾虑地开始她的新生活，并承认，现在看来是错误的。第二，在后面两个自然段中，作者却将这种悔恨引向了故事叙述者“我”可靠的声音中的反思性自责，进而传递出隐含作者的声音：当时的“我”没有勇气承担为爱奉献的“虚伪”的责任，却将“真实”的重担卸给了子君，所以，“我”在与子君的爱情关系上是一个卑怯者。

---

① 鲁迅．伤逝//鲁迅全集：第二卷．北京：人民文学出版社，2005：130.

【本章概要】

叙述声音是小说写作实训活动中的基本叙事范畴和叙事技术。本章从叙述声音的修辞策略上探讨作者如何在小说言说话语层面上使用创意表达技巧，并通过言说语义、言说语式、言说行动和言说意向等途径，在叙述小说故事中传递隐含作者的叙述声音，间接而巧妙地表达写作者的叙述话语。

首先是言说语义的声音修辞策略。在小说写作实训活动中，作者通过可靠的声音叙述小说的故事，而读者则根据真可靠的声音来解读小说作品。所以，在叙述声音的言说语义上采用的声音修辞策略涉及两个方面，一个是可靠的声音与不可靠的声音；另一个是假可靠的声音与真可靠的声音。本章运用小说作品的文本细读方法，从故事层面上举例分析可靠的声音与不可靠的声音，并在阅读层面上阐释了假可靠的声音与真可靠的声音。

其次是言说语式的声音修辞策略，即作者将两个小说场景中的言说话语建立为一种转喻修辞关系，使得一个场景中的言说话语以邻近性等逻辑关系修饰另一场景中的言说话语。本章通过拟仿与戏仿的叙述声音修辞范畴，举例分析了小说写作实训活动中的言说语式声音修辞策略。

再次是言说行动的声音修辞策略，即作者通过小说人物的言说行动叙述其不该说的话抑或不能说的话。本章以失言与辍言为例，具体阐释了作者如何通过人物言说行动中的叙述声音来实施其声音修辞策略。

最后是言说意向的声音修辞策略。含混与反讽是两种言说意向上的声音修辞类型。其中，含混表现为言说意向的模棱两可，而反讽则是言说意向上的言非所指。本章从全知叙述者、限知叙述者和故事叙述者“我”的角度举例分析了含混与反讽的声音修辞策略，进而指导写作者学会通过不同的叙述主体来传递含混和反讽的叙述声音，在“复调”的语义结构与句式形态中表达叙述者的言说意向，进而隐蔽而巧妙地传递出写作者的叙述话语。

【思考题】

1. 什么是可靠的声音与不可靠的声音？

2. 为何要使用假可靠的声音?

3. 举例分析拟仿与戏仿。

4. 举例分析失言与辍言。

5. 举例说明含混与反讽的区别。

【练习题】

1. 用可靠的声音与不可靠的声音，设计或修改自己小说的叙述声音。

2. 用拟仿与戏仿，设计或修改自己小说的叙述声音。

3. 用含混与反讽，设计或修改自己小说的叙述声音。

【推荐阅读】

1. 尼·奥斯特洛夫斯基．钢铁是怎样炼成的．北京：人民文学出版社，1952.

2. 肖洛霍夫．静静的顿河．北京：人民文学出版社，1980.

参考文献

一、小说作品

1. 中短篇小说作品

鲁迅．阿Q正传；药；风波；祝福；伤逝//鲁迅全集：第一卷；第二卷．北京：人民文学出版社，2005.

郁达夫．迟桂花//郁达夫小说集．杭州：浙江文艺出版社，1985.

沈从文．边城（汇校本）．武汉：长江文艺出版社，2009.

张爱玲．色•戒；金锁记//张爱玲作品集．太原：北岳文艺出版社，2001.

刘庆邦．刘庆邦短篇小说集（点评本）．北京：作家出版社，2012.

严歌苓．少女小渔．西安：陕西师范大学出版社，2013.

莫泊桑．项链；羊脂球//莫泊桑小说精选．北京：人民文学出版社，2010.

契诃夫．带小狗的女人；挂在脖子上的安娜//契诃夫小说全集：第9集；第10集．上海：上海译文出版社，2000.

海明威．杀人者//海明威文集：短篇小说全集（上册）．上海：上海译文出版社，1995.

2. 长篇小说作品

罗贯中．三国演义．北京：人民文学出版社，1979.

施耐庵，罗贯中．水浒传．2版．北京：人民文学出版社，2005.

曹雪芹，高鹗．红楼梦．北京：人民文学出版社，2000.

钱锺书．围城．北京：人民文学出版社，2015.

莫言．红高粱．北京：中国青年出版社，2008.

金庸．神雕侠侣．西安：陕西人民出版社，1985.

司汤达．红与黑．武汉：湖北人民出版社，2008.
哈代．德伯家的苔丝//哈代文集（5）．北京：人民文学出版社，2004.
福楼拜．包法利夫人．北京：人民文学出版社，1958.
简·奥斯汀．傲慢与偏见．上海：上海译文出版社，1990.
小仲马．茶花女．北京：人民文学出版社，1980.
夏洛蒂·勃朗特．简·爱．上海：上海译文出版社，1980.
艾·丽·伏尼契．牛虻．北京：中国青年出版社，1953.
阿加莎·克里斯蒂．尼罗河上的惨案．北京：人民文学出版社，2006.
菲茨杰拉德．了不起的盖茨比．北京：人民文学出版社，2004.
杰克·伦敦．马丁·伊顿．2版．北京：北京燕山出版社，2006.
马里奥·普佐．教父．南京：江苏文艺出版社，2013.
温斯顿·葛鲁姆．阿甘正传．北京：人民文学出版社，2002.
马尔克斯．百年孤独．北京：北京十月文艺出版社，1984.
列夫·托尔斯泰．复活．南京：译林出版社，2019.
列夫·托尔斯泰．安娜·卡列尼娜．北京：人民文学出版社，1978.
肖洛霍夫．静静的顿河．北京：人民文学出版社，1980.
尼·奥斯特洛夫斯基．钢铁是怎样炼成的．北京：人民文学出版社，1952.
本哈德·施林克．朗读者．南京：译林出版社，2012.

二、小说理论

张寅．叙述学研究．北京：中国社会科学出版社，1989.
弗拉基米尔·雅可夫列维奇·普洛普．故事形态学．北京：中华书局，2006.
E. M. 福斯特．小说面面观．北京：人民文学出版社，2009.
珀西·卢伯克．小说的技巧//小说美学经典三种．上海：上海文艺出版社，1990.
W. C. 布斯．小说修辞学．北京：北京大学出版社，1987.
戴维·洛奇．小说的艺术．北京：作家出版社，1998.
热拉尔·热奈特．叙事话语 新叙事话语．北京：中国社会科学出版社，1990.

热拉尔·热奈特．转喻：从修辞格到虚构．桂林：漓江出版社，2013.
米哈伊尔·巴赫金．陀思妥耶夫斯基诗学问题．北京：中央编译出版社，2010.
巴赫金．小说的时间形式和时空体形式//小说理论．石家庄：河北教育出版社，1998.
保尔·利科．虚构叙事中的时间的塑形：时间与叙事卷二．北京：三联书店，2003.
拉里·布鲁克斯．故事工程：掌握成功写作的六大核心技能．北京：中国人民大学出版社，2014.
西摩·查特曼．故事与话语：小说和电影的叙事结构．北京：中国人民大学出版社，2013.
约瑟夫·弗兰克．现代小说中的空间形式．北京：北京大学出版社，1991.

三、小说写作教材

杰里·克利弗．小说写作教程：虚构文学速成全攻略．北京：中国人民大学出版社，2011.
杰克·哈特．故事技巧：叙事性非虚构文学写作指南．北京：中国人民大学出版社，2012.
陈鸣．创意写作：虚构与叙事．桂林：广西师范大学出版社，2011.
陈鸣．小说创作技能拓展．北京：中国人民大学出版社，2016.

四、其他

亚里士多德．诗学．北京：商务印书馆，2003.
铃木大拙，弗洛姆．禅与心理分析．北京：中国民间文艺出版社，1986.
费尔迪南·德·索绪尔．普通语言学教程．北京：商务印书馆，2003.
米克·巴尔．叙述学：叙事理论导论．北京：中国社会科学出版社，2003.
A.J. 格雷马斯．论意义：符号学论文集．天津：百花文艺出版社，2011.
A.J. 格雷马斯．结构语义学．天津：百花文艺出版社，2001.
保罗·利科．活的隐喻．上海：上海译文出版社，2004.

罗伯特·麦基．故事——材质、结构、风格和银幕剧作的原理．天津：天津人民出版社，2016.

悉德·菲尔德．电影编剧创作指南．修订版．北京：世界图书出版公司，2012.

陈鸣．艺术传播原理．上海：上海交通大学出版社，2009.

“创意写作书系”介绍

这是国内首次系统引进国外创意写作成果的丛书，它为读者提供了一把通往作家之路的钥匙，帮助读者克服写作障碍，学习写作技巧，规划写作生涯。从开始写，到写得更好，你都可以使用这套书。

“创意写作书系”丛书书目

非虚构类写作指导		
书名	作者	出版日期
自我与面具：回忆录写作的艺术	玛丽·卡尔	2017年10月
新闻写作的艺术	纳维德·萨利赫	2017年6月
回忆录写作（第二版）	朱迪思·巴林顿	2014年6月
写作法宝：非虚构写作指南	威廉·津瑟	2013年9月
写出心灵深处的故事——非虚构创作指南	李华	2014年1月
★故事技巧——叙事性非虚构文学写作指南	杰克·哈特	2012年7月
★开始写吧！——非虚构文学创作	雪莉·艾利斯	2011年1月
虚构类写作指导		
小说的艺术：给青年作者的写作指导	约翰·加德纳	2019年10月
超级结构：解锁故事能量的钥匙	詹姆斯·斯科特·贝尔	2019年6月
人物与视角：小说创作的要素	奥森·斯科特·卡德	2019年3月
从生活到小说（第三版）	罗宾·赫姆利	2018年1月
小说写作：叙事技巧指南（第九版）	珍妮特·伯罗薇等	2017年10月
★成为小说家	约翰·加德纳	2016年11月
小说创作谈	大卫·姚斯	2016年11月
如何创作炫人耳目的对话	詹姆斯·斯科特·贝尔	2016年11月
小说创作技能拓展	陈鸣	2016年4月
故事力学：掌握故事创作的内在动力	拉里·布鲁克斯	2016年3月
写小说的艺术	安德鲁·考恩	2015年10月
弗雷的小说写作坊：让劲爆小说飞起来	詹姆斯·N. 弗雷	2015年7月
弗雷的小说写作坊：劲爆小说秘境游走	詹姆斯·N. 弗雷	2015年7月
经典情节20种（第二版）	罗纳德·B. 托比亚斯	2015年4月
故事工程——掌握成功写作的六大核心技能	拉里·布鲁克斯	2014年6月
★冲突与悬念——小说创作的要素	詹姆斯·斯科特·贝尔	2014年6月
情节与人物——找到伟大小说的平衡点	杰夫·格尔克	2014年6月
★经典人物原型45种——创造独特角色的神话模型（第三版）	维多利亚·林恩·施密特	2014年6月
★30天写小说	克里斯·巴蒂	2013年5月

★情节！情节！——通过人物、悬念与冲突赋予故事生命力	诺亚·卢克曼	2012 年 7 月
★开始写吧！——虚构文学创作	雪莉·艾利斯	2011 年 1 月
★小说写作教程——虚构文学速成全攻略	杰里·克利弗	2011 年 1 月
★小说写作实训教程	陈鸣	2021 年 3 月
综合类写作指导		
与逝者协商——布克奖得主玛格丽特·阿特伍德谈写作	玛格丽特·阿特伍德	2019 年 10 月
童书写作指南	玛丽·科尔	2018 年 7 月
心灵旷野：活出作家人生	纳塔莉·戈德堡	2018 年 1 月
来稿恕难录用：为什么你总是被退稿	杰西卡·佩奇·莫雷尔	2018 年 1 月
大学创意写作·应用写作篇	葛红兵 许道军 主编	2017 年 10 月
大学创意写作·文学写作篇	葛红兵 许道军 主编	2017 年 4 月
从创意到畅销书：修改与自我编辑	詹姆斯·斯科特·贝尔	2016 年 1 月
写作是什么：给爱写作的你	克莉·梅杰斯	2015 年 10 月
故事工坊	许道军	2015 年 5 月
写好前五十页	杰夫·格尔克	2015 年 1 月
作家创意手册	杰克·赫弗伦	2015 年 1 月
创意写作教学（实用方法 50 例）	伊莱恩·沃尔克	2014 年 3 月
你的写作教练（第二版）	于尔根·沃尔夫	2014 年 1 月
诗性的寻找——文学作品的创作与欣赏	刁克利	2013 年 10 月
创意写作大师课	于尔根·沃尔夫	2013 年 7 月
★一年通往作家路——提高写作技巧的 12 堂课	苏珊·M. 蒂贝尔吉安	2013 年 5 月
写好前五页——出版人眼中的好作品	诺亚·卢克曼	2013 年 1 月
畅销书写作技巧	德怀特·V. 斯温	2013 年 1 月
成为作家	多萝西娅·布兰德	2011 年 1 月
类型文学写作指导		
开始写吧！——推理小说创作	劳丽·拉姆森	2016 年 7 月
开始写吧！——科幻、奇幻、惊悚小说创作	劳丽·拉姆森	2016 年 1 月
弗雷的小说写作坊：悬疑小说创作指导	詹姆斯·N. 弗雷	2015 年 10 月
网络文学创作原理	王祥	2015 年 4 月
好剧本如何讲故事	罗伯·托宾	2015 年 3 月
写我人生诗	塞琪·科恩	2014 年 10 月
开始写吧！——影视剧本创作	雪莉·艾利斯	2012 年 7 月
青少年写作指导		
北大附中创意写作课	李韧	2020 年 1 月
北大附中说理写作课	李亦辰	2019 年 12 月
奇妙的创意写作：让你的故事和诗飞起来	卡伦·本基	2019 年 3 月
会写作的大脑 1：梵高和面包车（修订版）	邦妮·纽鲍尔	2018 年 7 月
会写作的大脑 2：怪物大碰撞（修订版）	邦妮·纽鲍尔	2018 年 7 月
会写作的大脑 3：33 个我（修订版）	邦妮·纽鲍尔	2018 年 7 月
会写作的大脑 4：亲爱的日记（修订版）	邦妮·纽鲍尔	2018 年 7 月

创意写作书系·青少年系列

《会写作的大脑》（套装四册）

作者：【美】邦妮·纽鲍尔 出版时间：2018年6月

《会写作的大脑1·梵高和面包车（修订版）》

这是一本给青少年的创意写作练习册，包括100个趣味写作练习，它将帮助你尽快进入写作，并养成写作习惯。你只需要一支笔和每天十分钟，就可以加入这个写作训练营了。

《会写作的大脑2·怪物大碰撞（修订版）》

本书包含了100个充满创意、异想天开的写作练习，帮助你迅速进入状态，并且坚持写作。你在开始写作时遇到过困难吗？以后不会了！拿起这本书，释放你内心的作家自我吧！

《会写作的大脑3·33个我（修订版）》

在这本书中，你会用各种各样的工具、用各种各样的姿势、在各种各样的地方写作。它将帮助你向内探索，把自己的生活写成故事。

《会写作的大脑4·亲爱的日记（修订版）》

本书是那些需要点燃或者重启写作灵感的人的完美选择。无论何时、何地，只要你翻开这本书，开始动笔跟着练习去写，它都能激发你的创造力，给你的写作过程增加乐趣，并帮助你深入生活、形成自己的创作观。

面包师有办法

把这13种食物或者与食物有关的词语用在故事中。

- 甘薯
- 种瓜得瓜，种豆得豆
- 鲜奶油
- 椰子
- 矮冬瓜
- 虾仁杯
- 牛排
- 香蕉蛋糕
- 巧克力
- 瓜熟蒂落
- 鸡肉
- 冰块
- 面有菜色

这样开头：

抽屉了一点……

下一步

有很多种方法可以滋养你的作家自我。我喜欢阅读，还有打破常规，我可以一边写作一边阅读同类型的作品。在写作中，你打破过什么样的规则？遵守什么样的规则？

图书在版编目（CIP）数据

小说写作实训教程 / 陈鸣著 . -- 北京：中国人民大学出版社，2021. 3

（创意写作书系）

ISBN 978-7-300-28987-8

Ⅰ. ①小… Ⅱ. ①陈… Ⅲ. ①小说创作－高等学校－教材 Ⅳ. ①I054

中国版本图书馆 CIP 数据核字（2021）第 022561 号

创意写作书系

小说写作实训教程

陈鸣 著

Xiaoshuo Xiezuo Shixun Jiaocheng

出版发行 中国人民大学出版社

社　　址 北京中关村大街 31 号　　**邮政编码** 100080

电　　话 010－62511242（总编室）　　010－62511770（质管部）

010－82501766（邮购部）　　010－62514148（门市部）

010－62515195（发行公司）　　010－62515275（盗版举报）

网　　址 http://www.crup.com.cn

经　　销 新华书店

印　　刷 天津中印联印务有限公司

规　　格 170 mm×240 mm　16 开本　　**版　　次** 2021 年 3 月第 1 版

印　　张 25 插页 1　　**印　　次** 2021 年 3 月第 1 次印刷

字　　数 402 000　　**定　　价** 72.00 元